# *Libère tes rêves*

## Anita Jack

# Libère tes rêves

## Roman contemporain

Ce livre est déjà paru aux Editions Amalthée
sous le titre de : *Détruire sa vie, mode d'emploi*

# Remerciements

*Merci à mes parents, à mes sœurs et à toute ma famille pour leurs encouragements.*

*Merci à mon mari qui, grâce à son immense amour, m'a beaucoup inspiré pour écrire cette histoire.*

*Merci à mes enfants qui supportent très souvent une maman en parfait décalage avec la vie réelle.*

*Merci à tous mes amis qui ont joué les critiques littéraires sans jamais se plaindre.*

*Merci à mes bloggeuses préférées qui n'ont jamais cessé de me soutenir et de m'encourager dans la suite de ce roman.*

*Et enfin, merci à toutes mes lectrices qui me donnent encore et toujours l'envie d'écrire.*

*A mon mari,*
*A mes trois fils,*

*Chapitre premier*

06 h 00 – Aéroport de Roissy Charles de Gaulle – Paris.

*Lundi 28 mai*

En pénétrant dans cet immense aéroport parisien, j'avoue avoir du mal à cacher mon bel enthousiasme. D'ailleurs, je souris comme une idiote en regardant autour de moi. Parmi la foule, j'aperçois Claire, meilleure amie *et* collègue de travail. En riant bêtement, nous nous embrassons affectueusement sur les joues, tout excitées par notre prochain voyage. Nous partons six jours à un congrès professionnel, à l'île Maurice. Moi, rien que d'y penser, j'en ai la chair de poule car je n'ai pas pour habitude de voyager. Je vais souvent chez mes parents, à Isigny-sur-Mer, mais ce n'est qu'à quatre cents kilomètres de chez moi, rien d'exceptionnel. Je ne vais jamais dans les grandes villes, et surtout pas à Paris. Je ne suis pas très à l'aise pour conduire dans la capitale, ou même pour prendre le métro. Je n'ai jamais pris l'avion, je n'ai jamais quitté la France, alors partir à l'île Maurice, c'est un vrai événement. C'est même un véritable chamboulement dans ma petite vie ordinaire. C'est pour cette raison que je suis morte de trouille. Excitée mais morte de trouille. Heureusement, Claire, qui voyage à l'étranger chaque année et qui, elle, n'a pas peur du changement, est là pour me rassurer et gérer les choses. C'est ce qu'elle est déjà en train de faire en m'entraînant vers le Terminal A, là où nous avons rendez-vous avec *les autres*.

- Tu vas voir, Anna, me dit-elle en me pressant le bras, on va s'amuser comme des petites folles !
- J'espère bien ! je ris gaiement, avec une pointe de nervosité dans la voix.

- Il y a des tas de mecs canon ! ajoute-t-elle en riant.
- Je suis mariée, je lui rappelle gentiment.
- Et alors ?

Je ris en lui faisant les gros yeux.

- Je suis mariée et je compte le rester, *moi* !

Claire, à trente-deux ans, a déjà divorcé deux fois !

- T'es trop coincée, ma petite mère ! rit-elle sans s'offenser par mes paroles.

Un instant plus tard, nous arrivons dans le Terminal A. Quand je découvre *les autres*, je perds légèrement mon euphorie. Etant une grande timide et me sentant la plupart du temps assez maladroite, je suis souvent en train de rougir, surtout lorsqu'un inconnu s'adresse à moi. Je regarde alors droit devant moi et suis Claire jusqu'au Comptoir *Evasion*, l'agence qui est chargée de notre voyage à l'île Maurice. J'aperçois néanmoins des têtes que je connais. Mon responsable, Lucas Lebelle et sa femme Céline se tiennent debout près de Sophie Dekinsa, une collègue de Cholet. Cette fille, plutôt jolie avec des cheveux bruns coupés très court et des yeux noirs en amande, est toujours célibataire à trente-trois ans mais Claire m'a raconté qu'elle collectionnait les conquêtes amoureuses. Elle profite d'ailleurs des congrès annuels pour faire de nouvelles rencontres, et s'envoyer en l'air quand l'occasion se présente, m'a également précisé Claire en riant gaiement. Lorsque nous allons la saluer, Claire et moi nous jetons un regard significatif. Sophie me salue brièvement, nous ne sommes pas très copines toutes les deux.

- Alors, Anna, fait Lucas en me souriant gentiment, prête pour le grand saut ?

En essayant de rigoler, mais c'est peine perdue, je hausse les épaules sans oser lui avouer mes soudaines angoisses à l'idée de rencontrer *les autres*, soit quatre cent cinquante personnes faisant partie de *Bricodeal's*. Quatre cent cinquante personnes appelées « adhérents ».

*Bricodeal's* est un Groupe de bricolage, installé à Toulouse, qui gère quatre-vingts magasins intégrés, tenus par des directeurs, et qui possède quarante-deux magasins, tenus par des indépendants, propriétaires de leur fonds de commerce. Ces cent vingt-deux magasins de bricolage sont répartis dans la France entière. L'homme qui a créé ce Groupe est François-Xavier Gersse mais aujourd'hui, c'est son fils François qui dirige ce petit bijou de cinq cent millions d'euros de chiffres d'affaires. Moi, j'ai été engagée comme assistante de direction dans le nouveau magasin intégré de Saint-Gilles-Croix-de-Vie, en Vendée, il y a exactement six mois. Je travaille sous les ordres de Lucas. Le magasin a ouvert en décembre et fonctionne plutôt bien, voire même très bien malgré la concurrence. D'ailleurs, François Gersse nous a complimentés quant aux excellents résultats.

Je ne connais qu'une partie de l'équipe de direction du Groupe car trois « hauts » responsables étaient absents à l'inauguration du magasin. En tant que « simple » assistante de direction, je n'ai pas eu l'occasion de discuter avec ceux présents, mais ces hommes « importants » m'ont semblé vraiment très... hautains. Bien entendu, je me suis gardé de le dire à Lucas mais, depuis, j'appréhende de les revoir. Toujours à cause de cette timidité maladive, je ne me sens pas très à l'aise parmi ces personnes. J'ai toujours peur de bégayer ou de dire une bêtise. Je suis pourtant une bonne assistante de direction, rapide et efficace, mais je perds facilement confiance lorsque je me retrouve face à des hommes ou des femmes de la « haute » direction. Je sais, c'est complètement idiot mais c'est vraiment un problème pour moi.

En ce qui concerne le congrès *Bricodeal's*, François Gersse l'organise chaque année à l'étranger, souvent dans des endroits paradisiaques, m'a-t-on dit, pour présenter à chaque adhérent du Groupe les résultats de chaque magasin, les prévisions de chaque magasin, les futurs projets de chaque magasin, les prochaines ouvertures de magasin, etc., etc. Je sais que ce voyage va être superbe et qu'il n'y a aucune raison de stresser mais c'est plus fort que moi. Partir seule à l'étranger avec de parfaits inconnus m'angoisse littéralement. En plus, le congrès est organisé pour chaque adhérent, *avec son conjoint respectif,* mais mon mari, Antoine, a refusé de m'accompagner. Tous ceux que je connais dans le Groupe savent que je suis mariée, que je viens de faire construire une ravissante petite maison en face de la mer, j'ai fait l'erreur d'en discuter un peu, mais Antoine n'a pas voulu venir, prétextant ses nombreux déplacements dans l'année. Bon, c'est vrai, je le reconnais, il voyage beaucoup. Non, je dirais plutôt qu'il n'est jamais à la maison mais quand même, c'est mon premier congrès, il aurait pu faire un effort et reporter son séjour en Allemagne. Je n'aime pas me faire remarquer, je déteste me faire remarquer et Claire m'a dit que les femmes seules étaient toujours remarquées. Une Claire qui continue de jouer les guides touristiques et qui m'accompagne au Comptoir *Evasion* pour récupérer mes papiers : bon de réservation pour le vol, différents détails sur l'hôtel, planning des six prochains jours et liste des participants. J'en ai le vertige quand je jette un œil sur la liste, elle fait trois pages !!!

Nous allons ensuite enregistrer nos bagages. Je fais la grimace en découvrant la file de voyageurs, il y a au moins une heure d'attente. Bon, en essayant de rester décontractée, je me mets dans le rang et regarde les adhérents autour de moi, en souriant. En grimaçant plutôt quand j'aperçois tous les couples. Mon Dieu, sur environ quatre cent cinquante personnes, je n'aperçois qu'une dizaine de personnes seules et pratiquement que des hommes. J'en ai un haut-le-cœur. Claire rit en voyant ma tête et se moque gentiment de mon célibat forcé, qui, soit dit en passant, l'arrange bien. Je crois qu'elle a l'intention de me dévergonder pendant ce congrès, ce dont elle rêve depuis de longues années. Mais il va falloir qu'elle s'accroche, la petite blonde, je ne suis pas si influençable qu'elle semble le penser !

-   Premier congrès, premier faux pas ! me glisse-t-elle à l'oreille, taquine.
-   Premier congrès, première impression ! je réplique le plus sérieusement possible.

Claire éclate de rire, amusée par mon sens du devoir. Attention, moi, avec le boulot, je ne rigole pas. Mon père m'a toujours appris qu'il ne fallait pas mélanger le travail et le sexe. Si j'ai envie de m'envoyer en l'air avec un homme autre que mon mari, surtout pas au boulot. N'est-ce pas, papa ?!!!

§§§

Ça y est ! Après deux heures d'attente, *deux heures*, je suis enfin débarrassée de mes bagages. Il était temps car j'ai très envie d'aller me rafraîchir. Pendant tout ce temps d'attente, j'ai discuté avec de nombreux voyageurs et j'ai bien rigolé. Mais là, il y a urgence. Je plante Claire et marche très vite jusqu'aux toilettes, que j'aperçois à quelques mètres.

Un instant plus tard, tout en me lavant les mains, je me regarde dans le miroir et fais un peu la grimace. Je ne me trouve pas très belle. Je me doute que je ne suis pas vilaine car beaucoup d'hommes, sans aucune prétention de ma part, me font souvent la cour mais je n'aime pas mon reflet dans le miroir et ce, depuis bien longtemps maintenant. Déjà, je ne suis pas très grande. Enfin, dans ma famille, je suis considérée comme la « petite » car je fais à peine un mètre soixante-dix. J'ai trois sœurs et elles font chacune un mètre soixante-quinze, si ce n'est plus. La nature n'est pas juste. J'ai des cheveux bruns épais mais raides alors que mes sœurs ont de ravissantes boucles blondes. Pourquoi ? Aucune idée. Nous sommes vraiment sœurs, pas de coucheries extraconjugales entre mes parents, ce n'est pas imaginable dans la famille. Enfin bref, je trouve que je suis trop petite, que mes cheveux bruns sont affreux, et qu'ils mériteraient une bonne coupe chez le coiffeur. Je trouve également que j'ai des traits quelconques et d'affreuses rondeurs, à cause de quelques kilos en trop, *que je n'arrive pas à perdre*. Mes sœurs, encore elles, ont une véritable taille mannequin. Je les déteste pour ça ! Par contre, je crois que j'ai de beaux yeux. J'avoue que l'on me le dit très souvent. Très, très souvent même. Pour je ne sais quelle raison encore, alors que toute ma famille a les yeux bleus, j'ai des yeux verts mais très clairs, très, très clairs. Bizarrement clairs, dit Antoine. Je n'ai jamais su si c'était un compliment de sa part. Enfin, ils sont très verts, très clairs avec de longs cils noirs. Mon père appelle mes cils des « *balais à chiottes* » !!! Bon, en attendant, je me regarde dans le miroir et me répète pour la énième fois que je suis le vilain petit canard de la famille. En poussant un soupir résigné, je recoiffe mes cheveux en un souple chignon, ça fait sérieux, ça me vieillit un peu mais ça fait sérieux. En plus, Antoine déteste me voir avec les cheveux raides sur les épaules, il dit que je ressemble à un colley mouillé. Je me rends compte que mon mari est plein de délicatesse ! En grimaçant, je me repoudre le bout du nez, histoire de redonner un peu d'éclat à mon teint mais je crois que c'est peine perdue, je ressemble à une fleur fanée. Cela fait rire Antoine quand je le lui dis, il ne cherche même pas à me contredire. Evitant de penser à ce petit détail désagréable parmi tant d'autres, je vérifie une dernière fois mon apparence avant de me décider à quitter les toilettes, cela fait plus de quinze minutes que je suis enfermée à l'intérieur de ces lieux. Il est temps d'aller rejoindre les autres et Claire va se demander où je suis passée.

En marchant tranquillement vers le hall d'embarquement, je décide soudain de prendre mon passeport et ma carte de vol en apercevant la douane, soudain stressée. Je ne suis jamais à l'aise devant ces bonshommes. Je n'ai rien à me reprocher mais dès que j'aperçois un gendarme ou un policier, je panique. Alors devant la douane, c'est l'angoisse totale !

- Où sont ces fichus papiers ?

Bien sûr, dans mon sac, je ne trouve rien. Agacée, en équilibre sur un pied, je cherche plus énergiquement, en râlant. Je suis assez râleuse dans la vie, je râle souvent pour pas grand-chose. Antoine dit que je rouspète beaucoup mais que je ne suis pas méchante. Bien entendu, je prends ça pour un compliment. Ah, ça y est ! J'ai trouvé mon passeport et ma carte de vol. Du coup, je relève la tête et reprends mon chemin vers le hall d'embarquement. Je croise alors un homme d'une beauté vraiment... *exceptionnelle*, le genre de type que l'on voit souvent dans les magazines de mode ou placardé sur les panneaux publicitaires. Je ne peux m'empêcher de lever la tête vers lui, il est très grand, *vraiment très grand*. Je rencontre aussitôt deux yeux bleus, très clairs, très, très clairs. Etrangement clairs, comme dirait Antoine, et... ça me fait bizarre. On se regarde, une seconde, une toute petite seconde seulement mais j'ai un drôle de frisson dans le dos... Je n'ai *jamais* de frisson dans le dos. Je continue mon chemin, je ne me retourne pas mais en arrivant devant la douane, je me rends compte que je suis... troublée.

Oui, c'est le mot, je suis troublée. Etrange, la façon dont cet inconnu m'a regardée...

« *Bah, n'importe quoi !* », je me dis rapidement avec un petit rire idiot. Voilà, à peine séparée d'Antoine, je pars dans des délires de jeune fille. Elle est pas mal, la femme mariée et coincée ! Mais tout de même, il est clair qu'un parfait inconnu, dans un grand aéroport parisien, a réussi à me troubler, bien plus que je n'oserais l'admettre. Je me demande comment réagirait mon cher mari en l'apprenant ?!!!

§§§

Dans le hall d'embarquement, je retrouve tous les adhérents. Bon sang, ça fait du monde ! Lucas s'approche aussitôt de moi en souriant. Nous nous entendons vraiment bien tous les deux. Nous discutons souvent de sujets autres que le boulot et nous rigolons beaucoup. Parfois, il me fait penser à mon frère malheureusement décédé, et à cette complicité qui nous liait. J'aime bien ces moments-là.

- Anna, il faut que je te présente aux adhérents, me dit-il avec un sourire encourageant. Tu es notre petite dernière !
- Maintenant ? je rougis aussitôt.
- Bien entendu ! rit Lucas en pensant probablement que je plaisante... mais je ne plaisante pas, loin de là.

« *Petite dernière* » : je suis la dernière à avoir été embauchée dans le Groupe *Bricodeal's*, ce qui veut dire que je ne connais pratiquement personne et vice versa. Je ne suis pas certaine qu'être la « petite dernière » soit un privilège. En tout cas, pas pour moi. Je m'efforce cependant de suivre Lucas vers de nombreux adhérents, un sourire un peu crispé sur le visage. Il me présente à un tas de monde, je serre beaucoup de mains, retiens très peu de noms, mais ce n'est pas grave, j'ai l'impression que la plupart des adhérents se moquent royalement de savoir qui je suis. J'essaie cependant d'être souriante et agréable et lorsque je retrouve enfin Claire, celle-ci ne peut s'empêcher de se moquer de mon sérieux.

  - Je suis une professionnelle ! je réponds en riant.
  - Un peu coincée ! ajoute mon amie, amusée.

Claire et moi sommes amies depuis de longues années. Nous nous sommes rencontrées au lycée, à Paris. Nous étions toutes les deux internes. Nous avons fait pratiquement toutes nos études ensemble puis Claire est retournée chez ses parents à Angers, moi à Isigny-sur-Mer, en Normandie. Nous sommes toujours restées en contact et à chaque période de vacances, on se retrouvait pour faire la fête. Puis Claire est rentrée chez *Bricodeal's,* comme assistante de direction à Orléans, avant de revenir à Angers. Elle y a rencontré son premier mari, a divorcé un an après. C'était un véritable abruti. Ensuite, j'ai rencontré Antoine à Paris et on s'est marié deux ans plus tard avant de s'installer en Vendée, Antoine y est né et désirait y retourner vivre définitivement. Claire était ma demoiselle d'honneur. Puis elle a épousé David, un type sympa mais un peu coureur, il a même tenté sa chance avec moi. Mon amie l'a fichu dehors deux ans plus tard. Depuis, elle vit seule, s'envoie en l'air de temps en temps et semble plutôt heureuse de son célibat. Je lui souhaite néanmoins de rencontrer un homme sérieux qui réussira à la rendre heureuse, elle le mérite.

Enfin, tandis que Claire travaillait chez *Bricodeal's,* moi je galérais avec des petits boulots sans avenir certain, j'ai fait l'erreur d'arrêter mes études juste après avoir obtenu mon BTS. Il y a un an, lorsque le magasin de Saint-Gilles-Croix-de-Vie recherchait du personnel, elle m'a proposé, non ordonné, dirais-je, de déposer ma candidature comme assistante de direction. Après deux entretiens plutôt réussis, j'ai été prise. J'avoue qu'aujourd'hui, je suis très reconnaissante envers mon amie. Grâce à elle, j'ai un boulot vraiment sympa et plutôt bien payé. Heureusement d'ailleurs car, avec les frais de notre nouvelle maison, les fins de mois ne sont pas toujours faciles. Enfin, grâce à mon statut de nouvelle adhérente « cadre », j'ai droit au congrès annuel, entièrement pris en charge par le Groupe. Les congrès sont organisés pour tous les propriétaires de magasins, les directeurs des magasins intégrés et toute l'équipe de direction de l'entreprise, une tradition familiale dans le Groupe depuis de longues années. Je suis une nouvelle adhérente cadre alors je fais désormais partie du voyage. N'est-ce pas merveilleux une semaine de vacances aux frais de *Bricodeal's* ? Ce ne sont pas vraiment des vacances mais je sens que ces quelques jours vont me faire du bien. J'en ai besoin, vraiment besoin.

- Anna, m'appelle encore Lucas en revenant vers moi, viens, je vais te présenter l'équipe de direction.

Je rougis violemment, soudain paniquée.

- Oh ! Je... euh...
- Ils ne vont pas te bouffer ! me souffle Claire en pouffant de rire.
- Je ne suis pas à l'aise face à tous ces gens hautains, je gémis tout bas.
- Ils sont peut-être hautains mais il y en a un qui est carrément canon ! me murmure-t-elle encore en me poussant vers Lucas, sans me laisser le temps de réagir.

Une deuxième fois, je dois me résoudre à suivre mon responsable vers de parfaits inconnus. Mais là, je suis vraiment mal à l'aise. Car ce ne sont que des hommes, plus ou moins jeunes, qui discutent entre eux, *uniquement entre eux*. Il est clair que ces gens ne se mélangent pas avec le petit personnel.

Je rencontre Xavier Anton, l'adjoint de François Gersse. Il était l'un des responsables absents à l'inauguration du magasin. A peine deux mots échangés avec cet homme d'une quarantaine d'années au charme révolu, je me dis que c'est un véritable abruti. Il est arrogant, prétentieux et me prend probablement pour une dinde prête à coucher avec le premier venu, ou avec lui, éventuellement. Je déteste sa façon de loucher sur mon décolleté. Heureusement, Edmond Patterson, notre directeur des ressources humaines, jeune anglais plutôt bel homme, la trentaine, également absent à l'inauguration, m'accueille avec un large sourire et me souhaite chaleureusement la bienvenue, avec un fort joli accent. Je le trouve tout de suite sympa. Le directeur financier, le directeur régional de la région Ouest et le directeur de la région Est, quant à eux, m'accueillent gentiment *mais sans cesser de discuter entre eux*. Bon, d'accord, nous avons déjà eu l'occasion de nous rencontrer à l'inauguration mais tout de même, quel manque de savoir vivre !, je trouve aussitôt, légèrement frustrée par leur comportement.

- François Gersse n'est pas là ? je demande à Lucas lorsque nous nous éloignons.

- Bien sûr que si ! rigole-t-il, franchement amusé par cette remarque incongrue. Il est certainement en train de saluer tous les adhérents.

- Ah, oui, c'est sûr ! je fais en me sentant un peu bête.

Je m'apprête alors à aller retrouver Claire quand, brusquement, je me retrouve devant un homme très grand, voire carrément immense pour moi. Je ne peux m'empêcher de sursauter, surprise. Je ne l'ai pas vu arriver celui-là. Pourtant, je comprends très vite qu'il est quelqu'un « d'important » car je vois mon chef s'agiter devant l'inconnu, soudain très nerveux. Je le regarde donc, l'inconnu. L'homme est vraiment très grand, au moins un mètre quatre-vingt-cinq, si ce n'est plus. Je trouve qu'il a une carrure très imposante et... Ouah, un sacré charisme ! Je ne peux m'empêcher de le détailler plus attentivement alors que les deux hommes se saluent. Il a une voix grave à vous donner des frissons dans le dos. *J'ai des frissons dans le dos.* Je l'observe encore plus scrupuleusement. Il porte un beau costume noir, sûrement d'un grand couturier, sur une chemise blanche et une cravate assortie. Il est chaussé de magnifiques chaussures en cuir noir qui doivent valoir une fortune. Il est assez jeune, pas plus de trente-cinq ans, je dirais. Il a des cheveux bruns, épais, qui bouclent légèrement. Ils sont bien coupés, assez courts mais pas trop. J'adore la longueur de ses pattes. Il a un visage... Oh, bon sang, qu'est-ce qu'il est beau !!! Mais qu'est-ce qu'il ressemble à... à... Oh, c'est pas vrai, c'est lui !!! C'est le type de l'aéroport, enfin le type que j'ai croisé dans le Terminal A après m'être observée dans le miroir pendant quinze minutes en me disant que je n'étais vraiment pas belle. Non mais c'est incroyable !!! Je croise un magnifique inconnu dans un aéroport, on se regarde une seconde, je suis bizarrement troublée et... et... Oh, mais... mais c'est qui cet homme ??? Je ne l'ai jamais vu. Je comprends cependant qu'il fait partie du Groupe *Bricodeal's* et que nous sommes probablement « collègues ».

Je sens que je deviens rouge écarlate en réalisant soudain que ce superbe inconnu me fixe depuis quelques secondes, en fronçant les sourcils. Il semble surpris. Se pourrait-il qu'il m'ait reconnue ? Qu'il se souvienne de moi ? Ou peut-être est-il tout simplement étonné par mon étrange comportement ?

Je le regarde alors, droit dans les yeux. Oui, j'ose le faire ! Je trouve ses yeux encore plus beaux que tout à l'heure. Ils sont vraiment clairs, j'ai l'impression de voir un ciel d'été en Vendée. Très vite, cela me fait vraiment bizarre la façon dont on s'observe. Ce n'est pas « normal » de se dévisager ainsi. Pourtant, moi, je ne peux m'empêcher de le dévorer du regard, le souffle court. Il est tellement beau, tellement grand, tellement puissant. Il est clair que c'est un homme qui prend soin de son corps. Il est vraiment canon, comme dirait Claire. Est-ce de lui dont elle parlait ?

- Anna, fait Lucas avant même que je remette les pieds sur terre, je voudrais te présenter Hugo Delaroche. Tu te rappelles, bien entendu, que Monsieur Delaroche est notre directeur France des magasins intégrés, ajoute-t-il le plus sérieusement possible.

*Hugo Delaroche.* C'est bizarre, ce nom me dit quelque chose mais j'avoue avoir le cerveau complètement embrouillé. Je me rappelle pourtant l'avoir eu au téléphone, à plusieurs reprises même. J'aimais bien sa voix au téléphone et il se montrait toujours très correct avec moi, ce qui n'était pas le cas de tout le monde… Je crois qu'il a un poste important dans le Groupe… Oh non, c'est le grand patron de Lucas, et le troisième « haut » responsable absent à l'inauguration du magasin !!!

D'ailleurs, Lucas est si coincé devant cet homme particulièrement beau qu'il me donne envie de rire. Je serre immédiatement les lèvres afin de me retenir mais Hugo Delaroche s'en rend compte, j'en suis sûre. J'aperçois son léger haussement de sourcils.

- Monsieur Delaroche, dit encore Lucas, voici mon assistante, Anna Beaumont.

Nous continuons de nous regarder, un long moment, un très long moment, un trop long moment peut-être... et j'avoue que j'oublie immédiatement qui est cet homme et où je me trouve. C'est étrange cette impression de flotter au-dessus du sol, d'entendre en sourdine les bruits qui vous entourent, de ne plus voir la foule autour de vous mais seulement deux yeux bleus qui vous dévisagent fixement. Il va falloir que je me bouge pourtant, que je dise quelque chose. Je sens soudain Lucas qui nous regarde bizarrement. Hugo Delaroche doit s'en rendre compte aussi car, brusquement, il se ressaisit et me tend une main ferme et droite. Il paraît... déconcerté. Cela ne fait que m'embarrasser davantage.

- Alors, c'est vous, Anna Beaumont, me dit-il de sa belle voix grave.

C'est bizarre, alors que je devrais plutôt m'interroger sur la signification de ces quelques mots, je ne peux m'empêcher de ressentir un délicieux petit frisson dans le creux du dos.

- Je suis ravi de vous connaître, *enfin*, ajoute-t-il plus lentement sans cesser de me fixer, comme s'il cherchait à graver mes traits dans sa mémoire.
- En... Enchantée, je bredouille en rougissant encore.

Je lui prends la main comme si je m'accrochais à une bouée de sauvetage. Je trouve qu'il a les mains fraîches, mais c'est agréable, très agréable. Elles ne sont pas moites comme celles d'Antoine. Antoine a toujours les mains moites et je déteste ça. Non, là, c'est vraiment agréable. En plus, il me serre délicatement les doigts. Sa poignée de main est franche mais il a la courtoisie de ne pas m'écraser les phalanges.

Alors que nous nous saluons, j'avoue ressentir comme un léger vertige. Je me sens étourdie, déjà parce que je suis littéralement ensorcelée par un homme que je ne connais pas, et ensuite parce que cet homme me regarde *aussi* avec insistance et semble franchement confus. D'ailleurs, il me tient toujours la main et n'a pas l'air de s'en rendre compte.

- Ravi de vous connaître, me répète-t-il tout bas.
- De... de même...

On se dévisage encore, encore, encore... et c'est très, très... troublant.

Soudain, Lucas toussote, mal à l'aise avec l'impression désagréable d'être de trop. Cela suffit à provoquer un déclic brutal entre Hugo Delaroche et moi. Nous nous lâchons aussitôt la main et nous écartons l'un de l'autre en rougissant violemment, et ce tous les deux. Deux secondes après, moi, je me sens très confuse en rencontrant le regard surpris de mon responsable. Hugo Delaroche, lui, semble déstabilisé. Il se reprend néanmoins très vite et entame une discussion avec Lucas. Je trouve cependant sa voix un peu altérée. J'évite de le regarder. J'ai le cœur qui bat à cent à l'heure et, horreur, j'ai les mains moites !

Je les écoute alors discuter d'une oreille distraite. Je devrais me joindre à la conversation mais j'en suis incapable. Je me sens complètement chamboulée. Jamais un homme de cette beauté, de cette prestance, n'avait daigné poser les yeux sur moi. *JAMAIS*. D'ailleurs, je n'arrive pas bien à comprendre ce qui vient de se passer avec ce jeune directeur France mais je ne suis pas stupide, je sais que notre rencontre n'était pas « normale ». Je n'ai pas rêvé, ce n'est pas un fantasme de ma part et cette réalité me met dans un drôle d'état. Je me sens soudain très mal à l'aise en réalisant que Hugo Delaroche est une personne importante dans le Groupe. *Directeur France des magasins intégrés*, ce n'est pas rien comme poste. Cet homme est responsable de quatre-vingts magasins de bricolage. Bon sang, je me suis fait remarquer par un membre haut placé de la direction ! Je ne sais pas si je dois m'en réjouir, ou, au contraire, m'en inquiéter mais une chose est sûre : mon moral vient de remonter d'un cran, et cela me fait un bien fou !

Bon, en attendant, je fais semblant de les écouter mais, au bout de quelques minutes, je finis par m'excuser pour aller rejoindre Claire et Sophie. J'ai l'air un peu bête près d'eux sans prononcer un mot. En plus, devant mon silence, Lucas semble au bord de l'apoplexie. Voilà un moment qu'il essaie de me joindre à leur discussion mais c'est une vraie catastrophe, je ne suis pas fichue de réagir. En plus, Hugo Delaroche semble aussi gêné que je puisse l'être et évite de me regarder. Il s'est complètement ressaisi et a retrouvé un visage impassible mais lorsque je croise involontairement son regard, juste avant de me détourner, il est apparemment incapable de me dire un mot et rougit encore, même si ce n'est que légèrement. Je m'empresse de m'éloigner, les jambes tremblantes.

Claire et Sophie m'accueillent avec le sourire. Je sais que celui de Claire est sincère mais j'ai déjà moins confiance dans celui de Sophie. D'ailleurs, celle-ci s'empresse de m'interroger en rigolant exagérément.

- Alors, comment tu trouves Hugo Delaroche, il est beau, hein ?!!!

Bon sang, j'ai l'impression qu'elle bave littéralement d'admiration devant cet homme.

- Oui, je dis cependant. Il est très beau.

Comment pourrais-je certifier le contraire ? On me prendrait sûrement pour une menteuse ou une mijaurée.

- Ne t'avais-je pas dit que nous avions un homme canon ? sourit Claire, amusée.
- Si, j'approuve en essayant de rire mais je me sens étrangement mal à l'aise.
- Cet homme est beau comme un Dieu ! renchérit Sophie en l'observant de loin, comme de nombreuses femmes présentes dans cet aéroport, je remarque alors. Dommage qu'il soit marié !
- Ah ! je fais en rougissant.
- Hugo Delaroche n'est pas pour nous, poursuit la jolie brune en continuant de rigoler bêtement. Nous ne sommes pas du tout du même monde : pas assez belles, pas assez riches, pas assez intelligentes… Pas pour lui, quoi !!! termine-t-elle en grimaçant.

Je jurerais la voir mauvaise en prononçant ces paroles. Aurait-elle aperçu quelque chose ? Je préfère ne pas relever. De toute façon, je me sens soudain très mal. J'ai l'impression d'avoir commis une faute et d'être dévisagée par de nombreux adhérents. Mais lorsque je regarde autour de moi, je me rends compte que personne ne m'observe. Mon Dieu, je suis si perturbée que j'imagine des trucs débiles. Et cette Sophie Dekinsa, avait-elle besoin de me préciser que Hugo Delaroche était marié ? Je n'ai même pas pensé à regarder son annulaire, quelle idiote je fais. Je me sens vraiment mal maintenant. Je me sens coupable envers sa femme. Franchement, je n'aimerais pas qu'une autre femme dévisage ainsi Antoine. Je rougis subitement. Moi aussi, je l'ai dévisagé attentivement. *Très attentivement.* Mais cet homme doit certainement être un coureur, c'est évident. Un homme fidèle ne regarde pas ainsi de parfaites inconnues. Il est jeune, il est beau, il en profite, normal. Mais il ne m'a pas dragué. Il m'a juste regardé avec insistance et serré la main un peu plus longtemps que la normale, rien de particulier à ça. En plus, ce genre d'homme, beau comme un Dieu, ne s'intéresse sûrement pas à une fille comme moi. Sophie a raison, je ne suis pas assez belle, pas assez riche, pas assez intelligente... et suis mariée à un homme depuis six ans. Ce petit détail suffit à me remettre dans le droit chemin et soudain, je me sens ridicule, complètement ridicule. « *Anna Beaumont,* je me dis alors en reprenant une discussion sérieuse avec Claire, *tu vas te calmer, reprendre tes esprits et arrêter de fantasmer sur ton directeur France. Tu es mariée, tu es assistante de direction et tu pars six jours à l'île Maurice... Que du sérieux !* ».

Mais je ne suis pas folle et je ne fantasme pas. Durant l'attente avant notre prochain vol, je croise plusieurs fois le regard de ce fascinant Hugo Delaroche. Il me regarde souvent, discrètement mais souvent. Je le vois même rougir en le surprenant en train de m'observer de la tête aux pieds. Il paraît assez... troublé. C'est prétentieux de le dire mais il paraît vraiment troublé par ma présence. *Ma présence.* Je ne sais que penser de cette situation et ça me met les nerfs à vif. Du coup, je suis très maladroite. Il y a encore un instant, j'ai voulu m'acheter un magazine dans une presse et j'ai malencontreusement fait tomber une gondole remplie du dernier livre d'un romancier à la mode. Ça a fait un boucan d'enfer et la vendeuse a vraiment été très méchante avec moi malgré mes innombrables excuses. J'ai vraiment eu honte en me rendant compte que le jeune directeur France avait observé la scène, amusé et agacé. Agacé contre qui ? Ma maladresse ou la vendeuse désagréable ?

Bon, afin d'éviter de faire d'autres bêtises, je m'installe sur un banc et décide d'attendre sagement l'embarquement. Les mains croisées sur ma poitrine, je me contente de regarder les différents voyageurs et de sourire à ceux qui me sourient. Claire, qui était partie faire des achats avec Sophie dans les magasins détaxés, vient me rejoindre quelque temps plus tard. Alors que je rêve de lui poser des tonnes de questions sur le directeur France, il se tient assis à quelques mètres de moi en compagnie des directeurs régionaux et ignore superbement la ribambelle de jolies filles qui le dévorent littéralement du regard, je me contente de discuter de sujets banals.

### §§§

Je suis en train de ranger mon sac dans le compartiment réservé à cet effet quand j'aperçois Hugo Delaroche monter à bord de l'avion. Je me sens soudain complètement paniquée et me dépêche d'aller m'asseoir sur mon siège. Je n'ai vraiment pas envie de croiser une nouvelle fois son regard. J'ai de la chance, je suis près du hublot. Je me fais toute petite alors qu'il s'avance dans l'allée et passe près de mon siège, sans me voir. Afin de recouvrer mon calme, je m'efforce un moment de fixer l'extérieur de l'avion mais apercevoir tous ces hommes autour de l'appareil me rend nerveuse. Heureusement, je découvre bientôt mes futurs voisins et souris immédiatement en reconnaissant les Brissan, un jeune couple de Nantes avec qui j'ai travaillé plusieurs fois, en direct ou par téléphone. Marine et Tom Brissan se sont pratiquement mariés en même temps que moi et viennent d'avoir un petit garçon. Ils sont propriétaires d'un *Bricodeal's* dans la banlieue de Nantes et cherchent une maison à acheter. « *Une vraie galère* », me disent-ils en grimaçant. Les prix sont si élevés dans la région nantaise qu'ils ne réussissent pas à trouver leur bonheur. Nous continuons de discuter jusqu'au décollage. Quand l'avion prend enfin son envol, je ne peux m'empêcher de m'accrocher aux accoudoirs, en me crispant, j'ai tellement la trouille. Antoine m'a raconté que les crashs se produisaient souvent au moment du décollage, je l'aurais tué quand il m'a dit ça. J'essaie alors de me concentrer en respirant à fond, les yeux fixés droit devant moi. Heureusement, l'appareil atteint rapidement son altitude de croisière et lorsque je vois les hôtesses recommencer leurs va-et-vient, je me sens aussitôt rassurée. Je sais que c'est idiot mais s'il y avait un problème, elles ne seraient pas si décontractées. Du moins, je l'espère !

Bon, en attendant que les heures s'écoulent les unes après les autres, je discute gaiement avec mes voisins. Je mange, je dors, je mange encore. Je tente de suivre un film en anglais mais comme je ne comprends pas grand-chose, je n'ai pas l'occasion de pratiquer cette langue, je me lasse assez vite. Ça m'énerve alors je redors, je remange et je re-regarde un film que je ne comprends toujours pas. Un peu galère les vols long-courriers.

§§§

En entendant Tom Brissan rire tout bas, je lève soudain une paupière. C'est bizarre, je ne me rappelle pas m'être endormie mais en me redressant d'un bond, je m'aperçois qu'il fait nuit dans l'avion. Tous les volets ont été abaissés et seules quelques veilleuses éclairent la cabine. En bâillant discrètement, je regarde mes voisins.

- Je crois avoir dormi des heures ! je fais en m'étirant.

Je suis tout engourdie, c'est horrible. Je dois avoir les cheveux en bataille et j'imagine aisément que mon maquillage a coulé. « *Bah, ce n'est pas grave* », je me dis en essayant de refaire mon chignon, je ne suis pas là pour plaire. Pourtant, quand je vois Tom rire encore en voyant mes traits légèrement tirés, je ne peux m'empêcher de grimacer. Apparemment, je suis affreuse. Tout de même, il est gonflé de se moquer de moi. Je finis néanmoins par rire aussi, je ne suis pas méchante comme fille.

- Est-ce que tu veux aller prendre un café ? me demande Marine en se penchant vers moi. Nous pourrons nous dégourdir les jambes.
- Volontiers, je réponds en me levant déjà.

Je me rends compte alors que la plupart des voyageurs sont en train de dormir et qu'il y a un silence de plomb dans l'avion. Il y a quand même quelques adhérents qui regardent un film, ou d'autres qui travaillent sur leur ordinateur portable, mais cela fait bizarre, c'est vraiment calme. Je suis mes collègues en tâchant de ne réveiller personne. Qu'est-ce que cela fait du bien de marcher un peu. J'essaie de faire de grands pas pour me dégourdir les membres et... zut, j'ai oublié de remettre mes chaussures. Je m'apprête à faire demi-tour puis y renonce. Après tout, qu'est-ce que cela peut bien faire ? Je suis certaine que personne dans cet avion ne fera attention à mes pieds nus. Je me remets donc en marche vers le bar.

*Le bar ?* Je me demande un instant s'il ne s'agit pas d'une blague. En fait, le bar est une toute petite table installée au fin fond de l'avion, où sont rassemblées quelques personnes de *Bricodeal's,* pas trop sinon on finit les uns sur les autres. Les quelques voyageurs présents sont en train de siroter une boisson chaude ou un jus de fruits servis par un Stewart aux manières un peu féminines. En arrivant dans le fameux bar, je salue les adhérents d'un sourire puis commande rapidement un thé avant d'aller me mettre dans un petit coin pour ne gêner personne. C'est vraiment tout petit et je trouve que l'on a l'air ridicule mais bon, cela fait du bien d'être debout. Je discute avec mes voisins, observe les autres adhérents discuter de tondeuses à gazon, de tables de camping dernier cri, savoure ma boisson chaude... et manque soudain de m'étrangler en apercevant Hugo Delaroche en personne arriver dans ce minuscule espace.

C'est étrange, toutes les personnes présentes autour de moi se figent dans la seconde en écarquillant les yeux. Ils semblent tous ébahis par cette « visite » impromptue. Moi, je me contente de regarder le directeur France approcher et je le trouve super sexy. Il a les cheveux en bataille et les traits un peu tirés comme quelqu'un qui vient de se réveiller ou qui n'a pas assez dormi. Il a retiré sa veste, sa cravate, a déboutonné les deux premiers boutons de sa chemise et a remonté ses manches. Il me paraît plus... accessible.

Alors que tous les adhérents baissent les yeux pour cacher leur embarras, je continue de le regarder et je le trouve encore plus attirant. Je rougis néanmoins quand il pose sur moi son regard clair. Intimidée, je baisse précipitamment les yeux tandis qu'il me regarde avec insistance. Je ne peux m'empêcher de me dire que je dois être vraiment affreuse. La honte !

Le jeune homme commande un café avant de venir se poster... tout près de moi. Je trouve cette promiscuité assez excitante mais je me sens de plus en plus gênée, surtout quand je vois tous les regards converger vers moi, apparemment surpris. Ils sont surpris mais, « moi aussi ! », ai-je envie de leur crier. Je me contente de me faire toute petite.

- Bonsoir, me dit alors Hugo Delaroche.
- Bonsoir.
- Vous allez bien ?

- Oui, merci, je réponds sans oser lever les yeux vers lui.

Je sens mon cœur faire un bond dans ma poitrine en réalisant qu'il ne s'adresse qu'à moi. Je m'efforce cependant de prendre un air détaché, je ne voudrais pas que cet homme pense qu'il me plaît... alors qu'il me plaît, ce dont je suis parfaitement consciente.

- Avez-vous réussi à dormir un peu ? me demande-t-il d'une voix, je l'avoue, très, très agréable.
- Oui, un peu, je fais, laconique.

Tous ces regards posés sur moi me mettent les nerfs à vif alors je garde une expression quasi indifférente devant ce beau directeur. Je n'ai pas envie que l'on raconte que je suis tout émoustillée devant lui. Lui qui jette un regard autour de lui avant de revenir rapidement vers moi, le visage impassible. Il semble totalement indifférent à cet accueil plus ou moins embarrassant, mais cet homme ne doit pas être facile à déstabiliser. J'en suis persuadée en l'observant discrètement.

- Connaissez-vous l'île Maurice ? poursuit-il doucement.
- Non.

*Pas très aimable, la nana !!!*

Il faut pourtant que je réagisse. Hugo Delaroche est mon supérieur hiérarchique, je lui dois un minimum de courtoisie. Et en plus, ce type ne m'a rien fait. A voir la réaction des autres adhérents, je réalise que ce n'est pas une habitude chez lui de venir discuter avec une nouvelle adhérente mais est-ce une raison pour me montrer grossière ? J'essaie alors d'oublier toutes ces commères autour de moi et relève enfin la tête pour le regarder. Qu'est-ce que je suis petite à ses côtés mais, bon sang, qu'est-ce qu'il est beau ! Je ne peux m'empêcher de devenir écarlate en rencontrant ses yeux si étrangement clairs. Nous nous dévisageons quelques secondes, quelques secondes seulement mais c'est étrange, je sens immédiatement un... courant passer entre nous. Je sais, cela fait un peu cliché de dire ça mais j'ai vraiment l'impression que quelque chose passe entre nous, et cette impression me fait tout drôle dans le creux du dos.

- Combien d'heures reste-t-il avant notre arrivée ? je lui demande précipitamment.

Je n'ai rien trouvé d'autre à lui demander et me trouve aussitôt un peu idiote. Sur les écrans installés devant chaque fauteuil défile le chemin parcouru et le temps de vol restant. « Mon » compagnon regarde néanmoins sa montre et me répond très gentiment. Je le trouve charmant.

- Il nous reste environ quatre heures de vol.
- C'est long, je murmure en faisant une petite grimace.
- Mais le paradis nous attend à notre descente d'avion ! souffle-t-il avec un petit rire.

Il vient de remarquer mes pieds nus et semble amusé. C'est vrai que je suis la seule à être sans chaussures. Mon Dieu, que doit-il penser ? Plutôt négligée, l'assistante de direction, mais c'est bizarre, j'ai l'impression qu'il apprécie mon côté « simple et naturel ». Et moi, je me sens tout émoustillée avec ses « nous ». Ça me met dans un drôle d'état.

- Vous, vous connaissez l'île Maurice ? j'ose lui demander encore.

Il se penche légèrement vers moi afin de ne pas être entendu des autres adhérents lorsqu'il me répond tout bas :

- Ma sœur s'est mariée là-bas, il y a quelques années. Vous verrez, c'est tout simplement magnifique.
- Ah ! je fais simplement, troublée par ce corps si près du mien.

Il est si près de moi que je sens l'odeur de son after-shave. Mal à l'aise, je termine mon thé et rougis en me rendant compte que ma main tremble comme une feuille. Hugo Delaroche le remarque aussi. Il me fixe durant quelques secondes comme s'il cherchait à lire dans les profondeurs de mes pensées puis finit son café d'une seule gorgée, le visage impénétrable. Je n'ose plus bouger. Avant de retourner à sa place, il se permet de me souffler à l'oreille :

- Rendez-vous au paradis, Anna Beaumont !

Je deviens écarlate. C'est vachement osé de sa part, je trouve en le regardant s'éloigner, sans prendre la peine de saluer les adhérents. Mais j'avoue que ces quelques mots me font frissonner, ils ressemblaient étrangement à une invitation. Je n'ai pas le temps cependant de m'épancher sur ces derniers mots car je me rends compte que chaque adhérent présent me regarde d'un air interrogateur. Je me sens soudain très mal en croisant le regard de mes voisins. Mon Dieu, je les avais complètement oubliés, ces deux-là ! Rougissant une nouvelle fois, je m'empresse de retourner m'asseoir afin d'éviter des questions embarrassantes. Mais Tom et Marine me rejoignent très vite, pressés de me parler.

- Dis donc, t'as la cote ! s'exclame Marine en riant franchement. Hugo Delaroche n'avait d'yeux que pour toi ! ajoute-t-elle en cachant difficilement son étonnement.

*Suis-je si laide que ça ?*

- Oh ! Euh... Je... Je suis nouvelle alors... je bafouille comme une dinde.
- Alors il nous a complètement ignorés ! rigole Tom en faisant un clin d'œil à sa femme.
- Je vous rappelle qu'il est marié ! je proteste après un silence, gênée et quelque peu agacée.

« *Toi aussi, t'es mariée* », je pense après un instant. Mon Dieu, je l'avais oublié !!!

- Excuse-nous, Anna, reprend Marine plus sérieusement. Hugo Delaroche n'est pas du genre à venir discuter avec un adhérent et encore moins avec une femme. Nous sommes assez surpris.
- Est-ce que... Est-ce que sa femme est au congrès ? je demande alors en m'agitant sur mon siège, me sentant de plus en plus nerveuse.
- Non, elle ne vient jamais, me répond Tom avant d'ajouter après un moment : nous l'avons vu une fois, il y a quatre ans environ. Une belle femme, très grande, très mince, très froide... Le genre de femme qui correspond bien à Delaroche ! ricane-t-il avec, dans la voix, une pointe de méchanceté ou... de jalousie peut-être ?

Je préfère ne pas relever. C'est étrange, je n'ai pas ressenti une quelconque fierté chez le beau jeune homme, pas une once d'orgueil dans son comportement. Il m'a paru plutôt sympathique. Je n'aime pas les réflexions de Tom, cela m'agace prodigieusement. Pour clore la conversation, je fais mine de bâiller et me tourne vers le hublot. J'ai besoin de réfléchir, je me sens vraiment perturbée et ce n'est pas mon genre. Je ne sais que penser du comportement du jeune directeur. Apparemment, je lui plais. J'ai beaucoup de mal à y croire mais à moins d'être aveugle ou stupide, je dois me rendre à l'évidence : je lui plais vraiment. Je ne peux m'empêcher de penser que ce type est tordu. Il semblerait qu'il soit marié à une superbe femme mais il n'a aucun scrupule à me faire la cour avec ses regards appuyés et ses paroles déplacées. Il va falloir que j'en discute avec Claire. Dommage qu'elle soit à l'opposé de mon siège, je l'aurais bien interrogée maintenant. Il faut que je me reprenne pourtant. Ce Hugo Delaroche est certainement un dragueur alors je ne dois pas me mettre dans des états pareils, je ne dois pas m'exciter comme une jeune fille. Et surtout, je suis mariée, mariée depuis six ans. Mais il faut être honnête, qu'une fille comme moi puisse plaire à cet homme est plutôt flatteur. Flatteur... mais terriblement perturbant.

## Chapitre 2

J'ai immédiatement pensé à Hugo Delaroche en arrivant au *Sugar Beach Resort Hôtel*. « *Le paradis nous attend à notre descente d'avion* », m'a-t-il dit. Je dois me rendre à l'évidence, il avait totalement raison.

De style colonial, le hall d'entrée, tout en marbre, a un charme typique des îles. Grandiose, il s'ouvre naturellement sur un magnifique escalier donnant accès au… *Paradis*. Une haie d'honneur, faite de palmiers plus ou moins grands, invite les voyageurs à traverser un jardin verdoyant aux splendides fleurs tropicales afin de se rendre sur une plage privée, à seulement quelques pas. Sur la droite, on aperçoit une piscine aux dimensions irréelles. Un restaurant éclairé de mille feux surplombe le bassin, rendant l'endroit tout simplement féérique.

A notre descente d'autocars, nous sommes accueillis par de nombreux Mauriciens en costume traditionnel, qui nous mettent autour du cou un collier de fleurs naturelles. Tout en nous souhaitant chaleureusement la bienvenue, ils nous conduisent directement sur une terrasse, posée presque naturellement sur une plage de sable blanc, où nous attend un cocktail de bienvenue. C'est le dépaysement total. J'ai l'impression d'être dans un rêve en suivant les adhérents. Je ne peux m'empêcher de sourire bêtement en découvrant des tables déjà dressées aux nappes d'une blancheur éclatante. Un immense buffet, où sont présentés de façon grandiose une multitude de mets, dégage des odeurs alléchantes. De nombreux serveurs, en file indienne, attendent le feu vert afin de nous servir, un sourire franchement contagieux sur le visage. Sur une musique très rythmée, des danseurs et danseuses créoles se déhanchent sur le sable encore chaud avec, entre les mains, des torches allumées. La musique et l'ambiance de folie nous donne immédiatement envie de danser.

J'aperçois les chambres, donnant toutes sur le lagon. Toujours de style colonial, elles ressemblent à de petits chalets posés sur un gazon impeccable. Chaque chalet comporte deux chambres séparées par une terrasse commune. Il y a des fleurs partout, des palmiers, des cocotiers, des arbres du voyageur... L'endroit est vraiment paradisiaque.

Un cocktail à base de rhum à la main, je retrouve Claire et Sophie. On rit comme des idiotes, tout étourdies par la beauté des lieux. Bon sang, on va vivre six jours de rêve dans un endroit de rêve ! On retrouve cependant notre sérieux quand le grand patron arrive avec sa femme, Angèle. Il est accompagné de toute son équipe de direction. En évitant de regarder Hugo Delaroche, je m'empresse d'aller le saluer, je ne l'ai pas vu à l'aéroport. François Gersse me souhaite chaleureusement la bienvenue, son épouse me dit quelques mots banals mais sympathiques. Je trouve ce couple plutôt simple mais François Gersse est un homme simple et proche de ses adhérents. J'ai déjà eu l'occasion de le rencontrer deux fois et je l'ai toujours trouvé aimable. Je ne peux m'empêcher de me dire que ses conseillers devraient l'imiter. Ils sont tous là à discuter entre eux, un verre à la main et accompagnés de leurs femmes parées comme des sapins de Noël. Aucun ne fait l'effort d'aller converser avec les adhérents de façon détendue et amicale. Je trouve ce comportement vraiment déplaisant. En m'éloignant avec Claire, je ne peux m'empêcher d'observer discrètement le jeune directeur France. Mais je ne suis pas la seule, je m'en rends compte très vite. De très nombreuses femmes, célibataires ou même mariées, *tout comme moi*, le regardent comme s'il s'agissait d'un gâteau au chocolat qu'elles s'apprêtent à dévorer. Cet homme est tellement beau qu'il est impossible de ne pas le remarquer... et de souhaiter follement se faire remarquer par ses beaux yeux bleus. Il discute avec Edmond Patterson et... moi, je deviens écarlate en croisant son regard. Je le vois rougir aussi, légèrement. Mais malgré notre embarras évident, nous nous dévisageons quelques secondes. Je finis cependant par me détourner, mal à l'aise. Ses regards deviennent carrément gênants. Est-ce une habitude chez lui de regarder les femmes de la sorte ? Est-ce un jeu ? Ne sachant que penser, j'entraîne soudain Claire à l'écart et lui demande brutalement :

- Parle-moi de Hugo Delaroche, c'est un coureur de jupons ?
- Tu rigoles ! s'étrangle Claire en ouvrant de grands yeux, surprise par cette étrange question.
- Cet homme est bizarre, je reprends en essayant de me calmer. Il n'arrête pas de me regarder.
- Ouah ! fait mon amie en rigolant, gentiment moqueuse. Quelle horreur !
- Ce n'est pas drôle ! je proteste vivement. C'est franchement gênant.

Claire me regarde fixement durant un petit moment, sans prononcer un mot, puis finit par éclater de rire. Elle me donne l'impression d'avoir affaire à une folle.

- Anna, t'es sérieuse ?
- Mais oui ! je fais le plus sérieusement possible, sans remarquer son air de plus en plus éberlué. Il est venu discuter avec moi dans l'avion et je l'ai trouvé franchement... euh... bizarre.
- Il est venu discuter avec toi dans l'avion ! répète mon amie en écarquillant une nouvelle fois les yeux.

- Mais oui ! je persiste en me demandant si elle le fait exprès d'être à ce point obtus.
- Bon sang, t'as dû vraiment lui taper dans l'œil ! s'écrie-t-elle en ayant apparemment du mal à le croire. Hugo Delaroche ne se mélange jamais aux adhérents, ne prend jamais la peine de discuter avec nous. Il est froid comme un iceberg. Tu sais, cela fait huit ans que je travaille dans le Groupe, je ne lui ai jamais parlé. Tu imagines ?!!!
- Mais…
- Franchement, Anna, reprend Claire après un silence, si tu plais à cet homme, tu es une sacrée veinarde. J'aimerais bien que ce type daigne poser les yeux sur moi mais il est fidèle à sa femme comme un chien à son maître !
- Ce n'est pas un coureur, alors ? je dis faiblement, ne sachant que penser.
- Sûrement pas ! proteste-t-elle avec véhémence. Je ne l'ai jamais vu accorder le moindre regard ou geste déplacé envers une femme. *JA-MAIS*.

Après cette discussion avec Claire, j'avoue que je reste un moment sur un petit nuage. « *Est-ce possible ?* », je me demande de nombreuses fois en sirotant mon cocktail. Se peut-il qu'un homme beau comme un Dieu puisse me trouver « intéressante » au point de se comporter étrangement aux yeux des adhérents ? J'ai envie d'y croire même si je sais que cela n'est pas raisonnable. Ce type est marié, je suis mariée. Nous sommes à un congrès professionnel, mon responsable est présent, le grand patron est présent. Je n'ai aucune envie de me faire remarquer. Les regards sidérés des adhérents dans l'avion m'ont suffi. J'imagine un peu les réflexions : « *La petite dernière adhérente a le béguin pour notre directeur France* ». Je sais que les cancans vont vite dans le Groupe, je n'ai pas envie d'en faire les frais. Non, merci, très peu pour moi.

En regardant les danseurs faire leur chorégraphie, je me promets alors d'éviter ce type. Je ne suis pas certaine d'être capable de lui résister longtemps. Oui, je sais, cela peut choquer mais l'endroit me rend tellement euphorique que je ne sais pas si je réussirai à rester maîtresse de mes faits et gestes. En six ans de mariage, je n'ai jamais, *jamais*, trompé Antoine. Je n'y ai même jamais pensé, mais Hugo Delaroche me met dans un drôle d'état. Face à lui, je me sens étrangement... différente. Je crois que je serais prête à faire une bêtise avec lui. Mais qui ne craquerait pas devant tant de beauté et de charisme ?

« *Non, non, je ne suis plus une gamine !* », je me raisonne très vite. Je suis mariée et j'ai toujours été une femme fidèle. Je dois être capable de contrôler mes hormones. Je dois oublier ces frissons dans le creux de mon dos, ces bouffées de chaleur lorsque je sens son regard bleu glisser sur moi, ces petites crampes à l'estomac... Je dois l'éviter, impérativement.

- Bonsoir, fait soudain une voix grave juste derrière moi, interrompant brutalement mes pensées indécentes.

Avant même de me retourner, je reconnais *sa voix* et ne peux m'empêcher de devenir toute rouge en lui faisant face d'un bond. Hugo Delaroche se tient devant moi avec un verre dans chaque main, essayant de prendre un air décontracté mais lorsque nos yeux se rencontrent, je vois qu'il est loin d'être aussi à l'aise qu'il veut bien me le montrer. Sentant mon cœur s'emballer sous son regard clair, je fixe sa petite fossette sur le menton, je la trouve vraiment craquante. Bon, d'accord. J'ai dit il y a un instant qu'il fallait que je l'évite mais là, tout de suite, j'avoue que je rêverais plutôt de lui passer les bras autour du cou. J'oublie instantanément les regards sidérés des adhérents autour de moi. Je ne vois même pas Claire et Sophie se pétrifier sur place, abasourdies.

- Merci, je dis en prenant machinalement le cocktail qu'il me tend.
- Vous avez fait bon voyage ? me demande-t-il en trinquant son verre contre le mien.
- Très bien, merci, je réponds avant de m'enfiler une grande gorgée d'alcool.

Je vais être complètement saoule, je n'ai pas pour habitude de boire et c'est mon troisième cocktail. Hugo Delaroche me fixe en portant son verre à ses lèvres. Mon Dieu, que va-t-il penser ?! J'ai vraiment l'impression d'être une ivrogne, une femme sans aucune classe. J'aperçois néanmoins une petite lueur pétillante au fond de son regard. Il semble franchement amusé par mon comportement. Ou gentiment moqueur ? Je ne sais pas.

- Vous aviez raison, je dis enfin après un silence, c'est le paradis ici !

Je ris soudain. Bon sang, cet homme est sympa, j'en reste convaincue. Je ne vois pas pourquoi je devrais rester si coincée avec lui. Après tout, je lui plais, pourquoi ne pas en profiter ? Flirter gentiment avec lui ne me déplairait pas. Bon, je crois que je suis un peu pompette, là ! Mon Dieu, si Antoine m'entendait.

- Humm... le paradis, sourit-il en me fixant toujours. Dites-moi, enchaîne-t-il abruptement, depuis quand travaillez-vous pour le Groupe ?
- Depuis six mois.
- Comment se fait-il que nous ne nous soyons jamais rencontrés ? s'étonne-t-il.
- Vous étiez absent à l'inauguration du magasin, je lui dis en le regardant droit dans les yeux.
- ... Effectivement, affirme-t-il après un silence. J'étais à l'étranger.

C'est étrange, j'ai l'impression qu'il tient absolument à se justifier devant moi.

- Etes-vous de Vendée ? me demande-t-il, vraisemblablement très curieux.
- Non, je suis née et j'ai grandi en Normandie, à Isigny-sur-Mer, je lui explique avant d'ajouter en riant : je suis certaine que vous n'avez jamais entendu parler de cette petite ville !
- Je... non, effectivement, m'avoue-t-il en émettant un petit rire tout simplement craquant.

Nous buvons encore une gorgée de notre cocktail, sans nous quitter des yeux. Je le trouve vraiment sympa et de plus en plus attirant. D'ailleurs, je sens que ce sentiment s'avère réciproque. Il est clair qu'il ressent exactement ce que je ressens à cet instant présent : une folle envie de nous connaître personnellement, une folle envie de nous connaître... *intimement...*

- Voyagez-vous souvent, Anna Beaumont ? me demande-t-il précipitamment, apparemment troublé.
- Non, pas trop.

Je ris doucement. Je pense que nos fins de mois ne sont pas tout à fait identiques. Avec Antoine, qui est aussi panier percé que moi, nous galérons souvent pour boucler les fins de mois. Alors voyager...

- Je suis folle de joie d'être ici ! je dis en essayant de prendre un air dégagé.

*Tu n'imagines pas à quel point, mon gars !*

- C'est vrai que cet hôtel est magnifique.
- Les congrès se passent toujours dans ce genre d'endroit ?
- Non, François Gersse a fait très fort cette année.

- Alors j'ai de la chance ! je souris en regardant autour de moi avec des yeux brillants.

Oh non ! Je me rends compte avec horreur que de nombreux adhérents nous observent avec incrédulité et semblent se poser beaucoup de questions. C'est affreux, j'ai l'impression d'être surveillée comme une personne fautive, une allumeuse, ou pire. Je retrouve aussitôt tous mes esprits.

- Ma présence près de vous surprend beaucoup de monde, remarque Hugo Delaroche en se rendant compte de mon changement d'humeur.

Je me sens effrayée par tous ces regards.

- Je n'ai pas pour habitude de discuter avec les adhérents, s'excuse-t-il vivement, comme pour se justifier. J'espère que cela ne vous ennuie pas ?

Que dois-je lui répondre ? J'avoue que discuter avec lui est fort agréable mais tous ces gens qui nous regardent comme si nous faisions quelque chose de mal me refroidissent considérablement.

- Nous ne faisons que discuter, n'est-ce pas ? ajoute-t-il en me dévisageant attentivement.

Quelle étrange question. Je me sens rougir.

- Je... Je... je bredouille en baissant les yeux. Oui, vous avez raison mais...
- Mais cela vous ennuie de converser seule avec moi ? relève-t-il lentement.
- Tous ces regards...
- Tous ces regards vous gênent ?
- Eh bien...

Bon sang, pourquoi insiste-t-il de la sorte ? Bien sûr que tous ces regards me gênent ! Je suis flattée de son intérêt mais je ne suis pas prête à risquer ma réputation.

- Venez, me dit-il alors en se permettant de me prendre doucement par le coude. Allons voir Lucas, vous vous sentirez plus à l'aise.
- Merci, je fais aussitôt en lui souriant, reconnaissante et terriblement troublée par le contact de ses doigts sur ma peau nue.

Cet homme est plein de délicatesse et j'ai envie de le remercier, de lui dire que je rêverais de discuter encore et encore avec lui, en tête-à-tête. J'apprécie vraiment sa gentillesse, sa façon de me regarder, ses doigts sur ma peau, un peu trop peut-être... mais je me contente de le suivre vers mon responsable qui se tient à quelques pas de nous. Je me rends compte immédiatement que Lucas n'a pas osé nous déranger. Je me sens devenir écarlate en rencontrant son regard surpris. Mal à l'aise, je lui adresse un petit sourire crispé.

- Madame Beaumont a beaucoup de chance de vous avoir, Lucas, déclare vivement Hugo Delaroche lorsque nous nous retrouvons en face de lui. Elle vient de me raconter le travail que vous avez effectué ces six derniers mois. Je suis impressionné !

Alors que Lucas rougit de plaisir en gratifiant le jeune directeur France de remerciements exagérés, celui-ci plonge son regard dans le mien. Je ne peux m'empêcher de lui sourire, amusée par ce pieux mensonge. Mais cet amusement futile se transforme très vite en un sentiment de honte. Je réalise que face à cet homme, j'oublie totalement Antoine. Ça doit être l'alcool, je m'empresse de me rassurer.

Le dîner est annoncé à ce moment-là. Aussitôt, je vois tous les adhérents se jeter sur le buffet, apparemment affamés. J'en profite pour m'éclipser alors que les deux hommes continuent de discuter entre eux. Je me dépêche d'aller retrouver Claire. Celle-ci bavarde avec un couple de Lyon mais lorsque j'arrive près d'elle, elle s'excuse brièvement auprès de ses interlocuteurs et m'entraîne rapidement à l'écart.

- Je veux tout savoir ! s'écrie-t-elle vivement.
- Il n'y a rien à dire, je rigole en rougissant bien malgré moi. Nous n'avons fait que discuter.
- *Nous n'avons fait que discuter* ! m'imite-t-elle en me foudroyant gentiment du regard. Tu te fous de moi, Anna Beaumont ?
- Pas du tout ! je proteste en prenant un air contrit.
- Ce type te dévorait du regard !
- Ne dis pas n'importe quoi ! je fais en secouant la tête, les joues brûlantes.

Mais Claire a raison. Hugo Delaroche avait une façon toute particulière de me regarder alors que nous discutions. J'en suis parfaitement consciente, et en suis secrètement toute retournée.

- Bon, je fais en riant, je te raconte tout mais d'abord, on va dîner. Je meurs de faim !
- D'accord, bougonne mon amie, mais je ne te laisserai pas te coucher sans savoir !
- J'en suis parfaitement consciente ! je ris encore en l'obligeant à me suivre vers le buffet, franchement amusée par son immense curiosité.

§§§

Lorsque j'ouvre la porte de ma chambre, quelques heures plus tard, j'avoue que le charme de la pièce me réduit au silence, les yeux écarquillés. Plus spacieuse que ma propre salle à manger, et probablement lumineuse dans la journée grâce à sa grande baie vitrée, la chambre est décorée avec raffinement dans les tons blanc et gris. Le lit est immense. Je crois n'avoir jamais dormi dans un lit aussi grand. Il y a une baignoire avec jacuzzi et une douche toute en galets. Mes deux valises m'attendent dans l'entrée. Je m'empresse de les vider et range tous mes vêtements dans les penderies en prenant soin de ne rien froisser. J'ai passé des heures à tout repasser !

Je prends ensuite une longue douche puis me jette rapidement sous la couette moelleuse. Je me sens fatiguée, physiquement et moralement. Je m'endors aussitôt, légèrement euphorique après cette première journée.

§§§

*Mardi 29 mai*

A peine levée, il est encore très tôt, j'enfile mon maillot de bains, spécial ventre plat que je viens d'acheter, et cours me baigner dans l'océan turquoise entouré par une barrière de corail, où l'eau est délicieusement bonne. Je fais de nombreuses longueurs avant de retourner dans ma chambre afin de me préparer pour le petit déjeuner. Claire m'attend au restaurant de l'hôtel, pour huit heures. Comme convenu, je retrouve mon amie à une table au bord de la piscine. Le climat est vraiment agréable. Nous ne souffrons pas d'une certaine canicule comme je le craignais car la chaleur est vraiment très douce.

Je me sers un bon petit déjeuner à l'américaine, toasts grillés et œufs brouillés, et craque pour de succulents pancakes au sirop d'érable. Je craque *aussi* pour un jus de goyave pressé. Si je mange ainsi tous les matins, je vais prendre des kilos mais tant pis, je suis affamée. Et je viens de faire des longueurs, ne me suis-je pas dépensé ?!!! Cela suffit à me sentir moins coupable.

En déjeunant, je discute avec Claire de notre prochaine réunion tout en observant les va-et-vient des différents voyageurs. L'hôtel est complet et nous découvrons de nombreuses nationalités. Lorsque Hugo Delaroche fait son entrée dans le restaurant, une entrée très remarquée par de nombreuses femmes plus ou moins jolies, je ne peux m'empêcher de rougir. Claire remarque aussitôt :

- Alors, t'as rêvé de lui cette nuit ?
- Qu'imagines-tu ? je fais vivement en écarquillant les yeux. C'est vrai qu'il est beau mais je te rappelle, ma chère Claire, que nous sommes mariés tous les deux.
- Et alors ? rigole mon amie en se penchant vers moi. Rien ne t'empêche de t'amuser un peu.
- Claire ! je proteste, outrée.
- Oh, Anna ! pouffe-t-elle en levant les yeux au ciel. Ne sois pas si coincée !
- Je ne pourrai jamais faire ça à Antoine, il ne s'en remettrait pas.
- Tu n'es pas obligée de le lui dire ! rit-elle, amusée par mon air scandalisé.

Mon Dieu, mon amie me choque !

- Anna, je te rappelle que tu as un ticket avec notre directeur France, poursuit-elle le plus sérieusement possible. Tu serais folle de ne pas craquer !

J'ai l'impression de traiter un dossier hyper important. Je ne peux m'empêcher de rire.

- Il est marié, je dis en essayant de reprendre mon sérieux. Qu'est-ce qui te fait croire que ce monsieur aimerait s'envoyer en l'air avec une fille comme moi ?

Bon sang, si Antoine m'entendait !

- Ça ! répond Claire en me faisant signe de regarder discrètement sur ma droite.

Sans chercher à comprendre les raisons de son air amusé, je suis son regard. Je rencontre aussitôt deux yeux bleus étrangement clairs. Je rougis violemment lorsque Hugo Delaroche m'adresse un petit signe de la tête, un léger sourire au coin des lèvres.

- Depuis qu'il est entré dans ce restaurant, il ne cesse de te jeter des regards, fait mon amie avec un air triomphant. Tu lui plais, ma petite mère !

Je ne réponds pas. Mal à l'aise, je finis mon thé en gardant les yeux baissés. J'ai réfléchi ce matin. C'est vrai que ce type a un étrange comportement vis-à-vis de moi mais est-ce une raison pour me faire un film ? Nous n'avons rien en commun, absolument rien. Je ne suis pas belle, il est magnifique. Je peine à finir mes fins de mois, il respire l'argent et l'aisance des personnes riches. J'avoue que je ne suis pas très cultivée, j'imagine qu'il a fait de grandes études. Non, décidément, nous n'avons absolument rien en commun. Certes, il est venu la veille discuter avec moi, m'a offert à boire et m'a regardée comme si j'étais la plus belle femme au monde mais je ne pense pas qu'il y ait une quelconque arrière-pensée chez lui. Ou alors, il est tordu, me suis-je dit en grimaçant. Peut-être rêve-t-il de s'envoyer en l'air avec un petit boudin, histoire de se changer les idées. Mais je n'y crois pas, cet homme a de l'éducation. S'il prend le temps de discuter avec moi, c'est qu'il me trouve sympa. Il ne faut imaginer rien d'autre à cet étrange comportement. *Rien d'autre*. Et je suis mariée, je n'ai pas le droit de rêver à des trucs complètement indécents avec cet homme. Surtout pas. Si Antoine apprenait mon étrange comportement, je crois qu'il ne s'en remettrait pas tant ce n'est pas moi. En temps normal, je suis totalement différente. Je suis toujours très sérieuse, très sage, depuis mes dix-sept ans, pour être exacte. Il penserait probablement que je suis devenue folle.

§§§

Avec Claire, nous trouvons le moyen d'arriver avec quelques minutes de retard à la première réunion. Bravo, les filles ! Les adhérents sont déjà installés dans de confortables fauteuils gris et attendent, en discutant, que la séance commence. Rouges de honte, nous nous empressons d'aller nous asseoir sur les quelques sièges restants, soit au deuxième rang devant la scène où sont assis tous les membres du Conseil de direction. Je remarque aussitôt Hugo Delaroche, en pleine discussion avec Xavier Anton, et ne peux m'empêcher de rougir en croisant son regard. Il m'adresse un nouveau petit signe de tête, toujours affublé de son sourire au coin des lèvres. Mal à l'aise, je réussis néanmoins à lui répondre avant de m'installer, ce qui n'échappe pas à Claire, qui a l'air d'adorer cette situation.

- Hugo Delaroche t'a dit bonjour, ou ai-je rêvé ?! me taquine-t-elle en me mettant un petit coup de coude dans les côtes, franchement amusée.
- Je pense que tu as rêvé ! je réplique en pouffant.

La réunion commence et nous reprenons instantanément notre sérieux pour écouter le discours de bienvenue de notre Président. J'ai beaucoup de mal cependant à me concentrer. Je regarde chaque membre du Conseil assis devant moi, avant d'observer discrètement le jeune directeur France. Il porte un costume gris souris très bien coupé et une chemise blanche. Je m'aperçois qu'il est le seul à ne pas porter de cravate. Il est beau. Encore une fois, je reconnais qu'il me plaît énormément, mais Hugo Delaroche plaît à beaucoup de femmes. Il a un tel charisme qu'il est impossible de ne pas être subjuguée. Je pense alors aux paroles de Claire. Se peut-il qu'il soit attiré par ma personne ? Non, franchement, j'ai du mal à le croire. Mais, en même temps, j'avoue que cette idée me ravit, surtout de la part d'un homme tel que lui. Antoine ne me regarde pas. D'ailleurs, je me demande s'il s'en rendrait compte si je partais entièrement nue au boulot. Il n'est pas attentif, il n'est pas attentionné. Il n'a jamais un mot pour me faire plaisir, ou pour me rassurer. Et à cause de lui, je me déteste de plus en plus. Je me trouve laide, ridée pour mon âge. Je me trouve vieille alors que je ne vais avoir que trente ans dans quelques jours, le cinq juin, pour être exacte. Antoine n'est pas non plus démonstratif quant à ses sentiments. Je sais qu'il m'aime mais ses absences et son manque d'attention me font du mal. J'ai besoin qu'il me regarde, j'ai besoin de me sentir belle entre ses bras, j'ai besoin qu'il me dise qu'il m'aime en me faisant l'amour. Malheureusement, j'ai compris depuis longtemps qu'il n'était pas sensible à mes attentes et qu'il ne le sera probablement jamais. Sûrement est-ce pour ces raisons que, lorsque je sens les regards de Hugo Delaroche se poser sur moi avec insistance, ou quand il vient me parler devant la foule en se moquant éperdument des « qu'en-dira-t-on », ou encore quand il me sourit en me donnant l'impression d'être exceptionnelle, j'apprécie toutes ces petites attentions et je me trouve plutôt jolie, presque belle. Je me trouve presque belle parce qu'un homme d'une beauté rare s'intéresse *à moi.* D'ailleurs, je m'aperçois très vite que le jeune homme regarde souvent dans ma direction. Il a dû remarquer mes nombreux regards. Pourtant, c'est impossible, il ne peut pas me voir à cause des spots au-dessus de la scène. Mais je n'en suis pas certaine, pas du tout même, ce qui a le don de me rendre écarlate. Mal à l'aise, le cœur battant la chamade, je baisse alors les yeux sur mes genoux et évite de le regarder une nouvelle fois. Dès lors, je suis incapable de me concentrer, et ce jusqu'à la fin de la réunion.

§§§

Il est plus de treize heures lorsque la première réunion du jour se termine enfin. Les adhérents quittent immédiatement la salle des congrès pour aller déjeuner au bord de la piscine. Je m'installe à une table avec Claire, ainsi qu'avec Sophie Dekinsa et Tom et Marine Brissan. La conversation s'oriente naturellement vers la réunion de ce matin. Je me rends compte très vite que je n'ai absolument rien retenu. Si Lucas m'interroge, je vais vraiment être mal. J'essaie de récupérer des informations mais ça me fatigue, franchement. Je ne suis jamais aussi légère dans mon travail mais, aujourd'hui, je n'ai pas envie de parler travail. D'ailleurs, je reconnais que tout ce qui concerne *Bricodeal's* ne m'intéresse absolument pas depuis notre arrivée dans cette île paradisiaque. C'est affreux. Je me sens complètement déconnectée. Je n'ai pas envie de travailler. Je n'ai pas envie de participer à ces réunions. Je sais pourtant qu'il va falloir que je me reprenne, que je me ressaisisse. Je suis à mon premier congrès, je me dois d'être professionnelle. Je m'efforce alors de discuter avec mes collègues en tâchant de garder le fil de la conversation mais je dois faire un effort surhumain pour me concentrer... car mes pensées partent systématiquement très loin. D'ailleurs, je ne peux m'empêcher de rougir jusqu'aux oreilles lorsque toute l'équipe de direction s'installe à deux tables de la nôtre. Je rencontre aussitôt le regard du directeur France, à qui je pensais secrètement. Nous nous observons durant quelques secondes en semblant oublier ce qui nous entoure... puis je me tourne très vite vers Sophie, quand celle-ci déclare tout bas :

- Qu'est-ce qu'il est beau, ce type !
- Comment trouves-tu l'équipe de direction ? me demande Marine sans pouvoir s'empêcher de taquiner sa collègue.
- Eh bien... je commence en me raclant la gorge, Edmond Patterson m'a semblé plutôt sympa...
- Il l'est ! fait Claire en souriant.
- Je n'ai pas eu l'occasion de discuter avec le directeur financier ni avec les directeurs régionaux mais ils me semblent assez distants. Quant à Xavier Anton, je l'ai trouvé... assez... euh... très hautain ! j'avoue avec un petit rire nerveux.
- Il l'est ! fait encore Claire le plus sérieusement possible.
- François Gersse me parait être quelqu'un de simple, je reprends tout bas. Et... et en ce qui concerne Mon... Monsieur Delaroche, je le trouve... euh... gentil.

*Gentil !* Bon sang, je suis incapable de parler de cet homme sans perdre tous mes moyens. Quelle gourde, je fais !

- François Gersse apprécie énormément Hugo Delaroche. Ils sont même amis, depuis de longues années, m'explique Tom en me regardant droit dans les yeux. D'ailleurs, ils prennent souvent les décisions ensemble.

Quelque chose me gêne soudain.

- N'est-ce pas Xavier Anton son adjoint ? je m'étonne en fronçant les sourcils.
- Xavier Anton n'est qu'un pantin dans le Groupe, intervient Sophie en riant. Il est à ce poste parce qu'il est le frère d'Angèle Gersse mais tout le monde sait qu'il n'a aucun pouvoir. Seuls

Monsieur Gersse et Hugo commandent dans cette boîte. Tâche de ne pas l'oublier, Anna ! me dit-elle plus sérieusement, comme une mise en garde.

- Depuis quand appelles-tu Monsieur Delaroche par son prénom ? relève Claire en se moquant franchement de la jolie brune.

- Si cet homme daignait me regarder, je l'appellerai « Hugo chéri » tous les jours ! réplique-t-elle en éclatant de rire. Malheureusement, il est fidèle à sa femme comme un chien à son maître ! ajoute-t-elle avec une grimace expressive.

Tiens, j'ai déjà entendu cette expression. Alors que toute notre tablée éclate de rire, je ne peux m'empêcher de jeter un regard à la table voisine. Hugo Delaroche discute avec Edmond Patterson. Ils ont l'air de bien s'entendre tous les deux, leur discussion est animée et plutôt joyeuse. Néanmoins, lorsque Hugo Delaroche sent mon regard posé sur lui, comme s'il était doté d'un sixième sens en ce qui me concernait, il me fixe aussitôt et oublie un temps son voisin de table. Je vois alors le jeune Anglais suivre le regard de son collègue et me regarder en fronçant les sourcils, apparemment surpris. Rougissante, je baisse précipitamment les yeux.

§§§

Après le déjeuner, je peux m'évader un moment dans ma chambre. Je me change et enfile un ravissant maillot de bains coloré, sous une petite robe de plage en voile noire. Je me brosse les dents, coiffe mes cheveux en queue de cheval puis décide d'appeler Antoine. Je ne suis pas surprise de tomber sur son répondeur. Je lui dis que tout va bien, l'embrasse puis raccroche très vite. C'est bizarre, je me sens très mal. J'ai l'impression d'être coupable de quelque chose et cette impression m'énerve. Certes, j'ai littéralement craqué pour un autre homme et j'ai, depuis, des pensées complètement inimaginables mais je n'ai rien fait de mal. Pas directement en tout cas. Mais je suis très énervée. La discussion au déjeuner m'a prodigieusement agacée, surtout la dernière réflexion de Sophie. Je sais très bien que Hugo Delaroche est marié, qu'apparemment, c'est un homme fidèle mais il n'empêche, il se passe quelque chose entre nous. Ce type froid et distant avec les adhérents est vraisemblablement déstabilisé par ma présence. Je l'ai vu, je l'ai senti pendant le déjeuner.

Je ne sais que penser de cette étrange « relation » entre nous. Je suis mariée depuis six ans, je n'ai jamais éprouvé le moindre désir pour un autre homme. Je suis heureuse avec Antoine, pas comme je l'espérais mais je ne suis pas malheureuse. Notre jolie maison en bord de mer est vraiment très agréable. J'ai un petit potager. J'avoue que financièrement, comme je l'ai déjà dit, c'est un peu dur, mais on y arrive. Avec ses innombrables voyages en Allemagne, Antoine perçoit un bon salaire. On peut se permettre de partir en vacances. Non, franchement, je suis relativement bien dans mon couple. Alors pourquoi éprouver une telle attirance pour un autre homme que je ne connais pas ? D'accord, Hugo Delaroche est très beau. D'accord, de nombreuses femmes présentes dans cet hôtel ne cessent de le dévorer du regard mais moi, je ne suis plus une adolescente aux hormones en ébullition. Je suis capable de me contrôler et de garder les pieds sur terre. Pourtant, je ne peux m'empêcher de penser aux paroles de Claire. Elle m'a encore conseillé ce midi de prendre du bon temps. *Prendre du bon temps.* J'ai un frisson incontrôlable en me demandant si j'en serais capable. Depuis toujours, ma vision de l'infidélité, et de jouer, en quelque sorte, avec les sentiments des autres, me font horreur. Je sais parfaitement les dégâts que cela peut causer. Et je ne veux pas prendre de risque avec

Antoine. Surtout pas. Bon, je n'ai pas le choix, je dois me résoudre à abandonner ce « rêve » de m'envoyer en l'air avec le directeur France, qui, point important tout de même, n'a fait *que* discuter avec moi, sans jamais avoir le moindre geste déplacé. Il faut *vraiment* que je me calme. Je suis tellement attirée par cet homme que je pars dans des délires de jeune fille. Mon Dieu, si mes sœurs ou mes parents m'entendaient, ils se demanderaient, tout comme Antoine, si tout va bien chez moi !!!

Mal à l'aise par toutes ces pensées, je décide d'aller faire bronzette sur la plage, j'ai besoin de me détendre. Je balance dans mon sac de plage crème solaire, lunettes de soleil et bouteille d'eau. Je prends un bouquin en sachant pertinemment que je serai incapable de le lire tant je suis énervée. « *Mais je vais essayer* », je me dis avec optimisme en ouvrant la porte de ma chambre.

Bon sang !!!

Je me retrouve en présence de mon voisin de chambre... Hugo Delaroche en personne... qui est en train de fermer sa porte. Je rougis violemment en me figeant sur place. Je suis interdite. Je ne m'attendais absolument pas à trouver cet homme dans la chambre voisine de la mienne, mais alors, pas du tout !!!

- Tiens, tiens, tiens ! fait-il aussitôt en me faisant face, son éternel petit sourire au coin des lèvres. Quelle... surprise de nous retrouver voisins de chambre !

Je me sens rougir un peu plus en découvrant le plaisir que lui procure cette promiscuité.

- Bonjour, Monsieur Delaroche, je réponds en prenant un ton très professionnel.

- Bonjour, Madame Beaumont, se moque-t-il gentiment.
- J'ai trouvé la réunion très intéressante, je dis précipitamment, sans réfléchir.

*Mon Dieu, quelle idiote !*

- Vraiment ? relève-t-il sans pouvoir s'empêcher de sourire plus largement, amusé.

Je ne suis pas du tout surprise de le voir amusé. Car cet homme est loin d'être dupe et *sait très bien* dans quel état je me trouve. Il *sait très bien* que la réunion de ce matin est le dernier de mes soucis. Il le sait, je le jurerais.

- Que pensez-vous des décisions prises ? me demande-t-il le plus sérieusement possible en me fixant droit dans les yeux.

*Salaud ! Salaud ! Salaud !*

- Je... euh... je... je commence en frottant nerveusement mes mains l'une contre l'autre, je...

J'ai vraiment l'air d'une débile !

- On s'en fout du boulot ! rit-il en baissant les yeux sur mes pieds nus. Vous allez vous baigner ? ajoute-t-il abruptement en jetant sur ma silhouette un œil pas assez discret à travers ma petite robe légèrement transparente.

Je deviens carrément écarlate, autant à cause de sa désinvolture que par sa façon de me détailler de la tête aux pieds.

- Euh... oui, je vais profiter du soleil, je réussis à lui dire en frissonnant imperceptiblement.

Cet homme est tellement... tellement... excitant.

- Moi, je pars en réunion, me dit-il en grimaçant.

C'est vrai qu'il porte toujours son costume sombre qui lui sied comme un gant. Je le trouve terriblement séduisant. Terriblement séduisant alors que nous continuons de nous dévisager... intensément. Je sens d'ailleurs mon cœur s'emballer dans ma poitrine quand son regard pénétrant semble vouloir connaître mes pensées les plus profondes.

- ... Accepteriez-vous d'aller boire un café en ma compagnie, lorsque ma réunion sera terminée ? ose-t-il me demander après quelques secondes de silence.

Je savais que je plaisais à cet homme. Instinctivement, je l'avais senti. Tous ses regards, comme à cet instant précis, ou sa façon de discuter avec moi, ou encore son comportement soi-disant étrange vis-à-vis des adhérents, n'étaient pas complètement anodins. Je me doutais bien qu'il finirait par m'inviter. Mais je ne peux m'empêcher, malgré tout, de rester surprise par cette invitation. Je n'osais y croire. Nous sommes tellement différents tous les deux, nous n'avons absolument rien en commun. Nous ne sommes pas du tout du même monde. Et surtout, *surtout*, nous sommes mariés. Et il est aussi mon responsable hiérarchique.

Une certaine angoisse m'envahit en réalisant l'ampleur de cette invitation. Est-ce raisonnable d'entamer une quelconque relation avec lui ? Et que souhaite-t-il exactement, boire un simple café ou coucher avec moi ? Certes, j'avais prévu durant ce congrès de prendre du bon temps mais je n'avais à aucun moment envisagé de tromper Antoine, ce n'était absolument pas au programme. C'est vrai que cet homme est exceptionnellement beau mais dois-je pour autant faire n'importe quoi ? « *Non, c'est trop risqué* », je me dis soudain en frissonnant. Je suis au travail, je ne dois pas tout mélanger et encore moins avec un membre de la direction. Peut-être est-ce une habitude chez lui de tromper sa femme ? Claire semble croire que c'est un homme fidèle mais qu'en sait-elle réellement, elle ne le connaît pas personnellement. Moi, je refuse de devenir ainsi. Je ne suis pas ce genre de femme, prête à tromper son mari à la première occasion. Pourtant, j'avoue que je meurs d'envie d'accepter son offre, c'est affreux. Je m'efforce alors de penser très fort à Antoine, en me répétant mentalement : je suis mariée, je suis mariée, je suis mariée.

- Ecoutez, je commence, très mal à l'aise, je... je regrette mais avec mon amie Claire, nous... euh... nous avons rendez-vous...

Hugo Delaroche rougit aussitôt.

- Je vois, dit-il en perdant légèrement son sourire.

Il me fixe durant une seconde sans dire un mot puis finit par hausser les épaules en tâchant de prendre un air dégagé. Mais il est clair que tout amusement a disparu de son visage.

- Tant pis pour moi ! essaie-t-il pourtant de rire en retrouvant un visage impassible. Bien, je... Humm... Je vous souhaite une bonne journée, Anna Beaumont ! ajoute-t-il précipitamment.

Et avant même que je réalise, il tourne les talons et s'éloigne à grandes enjambées, non sans m'avoir adressé un dernier petit signe de tête.

En le regardant disparaître de ma vue, je ne peux m'empêcher de ressentir un grand vide. J'ai aussitôt l'impression d'avoir fait une bêtise. J'essaie néanmoins de me rassurer en me disant que j'ai bien fait. Nous sommes mariés, c'est plus raisonnable.

Cependant, en me dirigeant vers la plage, je commence sérieusement à douter de moi. Qu'est-ce qui m'a pris de refuser son invitation, peut-être désirait-il simplement prendre un café, histoire de discuter un moment ? Cet homme est beau et sympathique, pourquoi avoir décliné son offre et ne pas avoir accepté de passer un bon moment avec lui ? Je dois cesser de me voiler la face, Hugo Delaroche m'attire irrésistiblement. Quand je le vois me regarder comme si j'étais la plus belle femme au monde, ça me prend aux tripes et je n'ai plus qu'une envie : lui sauter dessus et faire l'amour avec lui pendant des heures. C'est plus fort que moi, plus fort que toutes mes bonnes résolutions ou principes, alors pourquoi ai-je refusé ? Je ne comprends pas mon raisonnement. Depuis le début, je me suis comporté comme lui. Je l'ai regardé, observé, dévisagé, peut-être même influencé pour qu'il se lance. Je ne suis pas totalement innocente. Mon Dieu, ce type a dû me prendre pour la reine des allumeuses !!!

En arrivant sur le sable chaud, je me traite de tous les noms, en colère contre moi-même. J'ai fait une bêtise, j'en suis un peu plus certaine à chaque pas que je fais. Un homme exceptionnellement beau s'intéresse à moi, *à moi*, mais je trouve le moyen de refuser. Mais quelle idiote, quelle idiote ! D'accord, il est marié, *je* suis mariée mais cela n'empêche. Je sais que j'ai fait une bêtise, il suffit d'écouter mon cœur pour m'en rendre compte.

Bon sang, oui, j'ai fait une grosse bêtise. Avec cet homme, j'étais prête à tout, *même à tromper mon mari*. Avec cet homme, j'étais prête à regarder Antoine droit dans les yeux et me comporter avec lui comme si de rien n'était. Je devine pourtant les conséquences qu'une liaison aurait engendré dans ma vie personnelle mais avec Hugo Delaroche, plus rien n'aurait eu d'importance. Et je sais que je n'aurais pris aucun risque avec Antoine. *Absolument aucun risque*. Je serais restée une femme souriante et aimante et mon mari n'aurait rien vu. *Rien vu*. Mais je dois me rendre à l'évidence, il est trop tard, j'ai tout gâché. Je ne pense pas que ce genre d'homme demande deux fois à la même fille de passer du temps avec lui, surtout quand celle-ci a refusé une première fois.

Je pense alors à Claire, elle va me tuer quand elle va apprendre ce que j'ai fait.

## Chapitre 3

Après la plage, je suis rentrée directement dans ma chambre, trop trouillarde ou mal à l'aise à l'idée de tomber sur mon voisin de chambre. A dix-neuf heures, je l'ai entendu rentrer. Le souffle court, les mains moites, je me suis laissé glisser sur le lit, les jambes en coton. J'ai eu envie de courir lui dire que je regrettais d'avoir refusé son invitation mais je suis restée là, assise, silencieuse, à ruminer mes regrets.

§§§

En pénétrant dans le restaurant, quelque temps plus tard, je ne peux m'empêcher de jeter un regard inquiet autour de moi. C'est stupide mais je me sens complètement stressée à l'idée de revoir le directeur France. Je l'ai vu tout à l'heure quitter sa chambre à grandes enjambées, le téléphone collé contre l'oreille. Il avait l'air furieux. Je me demande d'ailleurs ce qui a bien pu le mettre dans un état pareil, désormais attentive à ses moindres états d'âme. Mais je n'ai pas le temps de cogiter plus longtemps car Claire me saute dessus en riant, avant de m'entraîner vers une table, au bord de la piscine. Je n'ai pas osé lui dire que Hugo Delaroche m'avait invitée à prendre un café et que j'avais refusé. C'est étrange mais j'ai envie de garder cette histoire pour moi. Ce sentiment étrange que je ressens pour cet homme, je n'ai pas envie de le partager. Claire est mon amie mais je ne souhaite pas en discuter avec elle, c'est trop personnel, trop intime. De toute façon, il n'y a plus rien à dire.

Sophie et un couple de Rouen viennent nous rejoindre à table. Nous discutons gaiement mais tout en dînant de gambas grillées au Rhum avec son riz blanc, je ne peux m'empêcher de jeter des regards discrets autour de moi.

Je ne l'ai pas encore vu et sa présence me manque. Je sais, c'est de la folie mais c'est plus fort que moi. Le restaurant est très grand et les tables sont nombreuses, il n'est pas évident de voir tout le monde. Agacée, je renonce à le chercher des yeux car je sais que je le reverrai demain matin à la réunion, mais intérieurement, je suis très déçue de ne pas l'apercevoir, ne serait-ce qu'une petite seconde.

Après le dîner, nous décidons d'aller prendre un café au bar de l'hôtel. En traversant le hall, j'ai l'agréable surprise de tomber, enfin, sur Hugo Delaroche. Debout près de la réception, il est en pleine communication téléphonique mais je le vois soudain perdre le fil de sa conversation, perturbé par ma brusque apparition. Nous rougissons tous les deux en nous regardant mais très vite, il se détourne, me laissant complètement anéantie. Dès cet instant, je n'ai plus envie d'aller traîner au bar. Je me sens mal. Je sais que j'ai détruit toutes mes chances avec lui, qu'il m'a cataloguée dans le rayon allumeuse. J'ai presque envie de pleurer. Je décide alors de rentrer dans ma chambre, prétextant une migraine subite. Claire insiste pour me raccompagner mais je refuse. J'ai besoin d'être seule.

Dans ma chambre, je prends une longue douche afin de me détendre. Ça me rend folle de me mettre dans un état pareil pour un homme avec qui je n'ai discuté que quelques minutes seulement. Mais Hugo Delaroche n'est pas n'importe quel homme et je m'en rends compte en m'observant dans le miroir. Sans le savoir, il a réussi à me perturber bien plus que je n'oserais l'admettre. Je ne cesse de penser à lui, je ne cesse de revoir son sourire un peu moqueur de cet après-midi, je ne cesse de retrouver son regard si bleu, si pénétrant qu'il me donne l'impression de lire en moi. En quelques heures, il a réussi à me faire oublier Antoine et mon triste quotidien et m'a donné envie de profiter de la vie comme si j'allais mourir demain. Je me maudis de plus en plus d'avoir refusé son invitation. Je n'ai pas aimé sa façon de se détourner, ça m'a blessée et aucun homme n'avait réussi à me blesser depuis de longues années...

§§§

*Mercredi 30 mai*

Je suis en train de prendre une tasse et un sachet de thé au somptueux buffet de l'hôtel quand Hugo Delaroche pénètre à son tour dans le restaurant. Il porte un pantalon de ville noir et une chemise d'un beau bleu ciel, sans cravate. En rougissant bêtement, je l'observe discrètement et le trouve terriblement séduisant, comme toujours. Je le vois s'approcher du buffet pour se servir également un petit-déjeuner, me saluant simplement d'un signe de tête, le visage fermé. Troublée par sa présence, et considérablement refroidie par son indifférence, une première entre nous, je deviens maladroite et me brûle les doigts avec de l'eau bouillante que je m'apprêtais à verser dans ma tasse. Je ne peux m'empêcher de laisser échapper un petit cri de douleur.

- Vous vous êtes brûlée ? s'inquiète aussitôt Hugo Delaroche, en se plantant juste devant moi.
- Ce n'est rien, je...

Je rougis violemment lorsqu'il prend fermement ma main dans la sienne pour détailler mes doigts rougis qui, soit dit en passant, me font horriblement mal.

- Vous devriez aller passer votre main sous l'eau froide, vous vous êtes bien brûlée, me dit-il doucement en me regardant droit dans les yeux. Venez, je vais vous conduire en cuisine.
- Oh, mais je peux aller aux toilettes ! je proteste vivement.

- Les toilettes sont trop loin, réplique-t-il d'un ton ferme. Venez.

Afin de ne pas me faire remarquer bien plus que je ne le suis déjà, je décide de le suivre sans faire d'histoire. J'ai néanmoins les joues brûlantes de honte en entrant dans les cuisines du restaurant, de nombreux adhérents ont suivi la scène et nous ont regardés disparaître sans vraiment comprendre ce qui se passait.

Alors que j'essaie de recouvrer mon calme, Hugo Delaroche attrape une serveuse et lui « ordonne » de mettre ma main sous l'eau froide. La jeune Mauricienne s'exécute immédiatement sans oser broncher, impressionnée par l'autorité de cet homme.

- Pardon de vous ennuyer, je souffle aussitôt à la pauvre serveuse alors que mon « sauveur » attend derrière nous. Je... je suis désolée...

Il se tient debout, les mains dans les poches, le visage impassible, les yeux fixés sur le mur en face de lui. Je ne sais pas si le fait d'être là l'ennuie prodigieusement ou s'il éprouve une quelconque émotion. Je devine avoir devant moi l'homme que les adhérents connaissent depuis toujours : un homme froid et distant. Mal à l'aise, j'essaie aussitôt de me convaincre qu'il ne s'agit que d'une façade. Il était si différent avec moi qu'il ne peut pas être cet étranger hostile. Je refuse de le croire, d'où cet immense regret que je ressens en l'observant discrètement.

- Ce n'est pas grave, me sourit gentiment la serveuse avant d'ajouter : vous avez une vilaine brûlure.
- J'avoue que cela me fait très mal.
- Vous devriez peut-être voir un médecin.
- Ça va aller, je la rassure vivement, déjà paniquée à l'idée de me faire remarquer une nouvelle fois.

La jeune serveuse jette un œil au directeur France avant de reprendre tout bas :

-   Je vais vous faire apporter une crème dans votre chambre, cela vous soulagera.

Elle semble aussi effrayée que moi par l'attitude glaciale du jeune homme.

-   Merci, je dis avec un sourire reconnaissant. Ma chambre est la 622.

Je me demande ce que peut bien penser la jeune Mauricienne de cet homme glacial et du lien qui nous unit mais en attendant, je la remercie mentalement pour sa discrétion. Me redressant, je lui adresse un dernier sourire puis me tourne enfin vers mon responsable hiérarchique. Il n'a pas bougé, les mains toujours enfoncées dans les poches de son pantalon. Je rougis violemment en levant les yeux vers lui.

-   L'eau m'a fait du bien, je... ça va aller.
-   Très bien, fait-il simplement. Allons déjeuner.

Je n'ose protester et me contente de passer devant lui lorsqu'il s'efface pour me laisser sortir des cuisines. Incapable de prononcer un mot, je retourne dans le restaurant, raide comme un piquet. Nous allons immédiatement au buffet et chacun se sert un petit-déjeuner léger, comme deux parfaits étrangers. Nous ne nous adressons plus un seul mot et évitons de nous regarder. Nous sommes cependant observés par de très nombreux adhérents, vraisemblablement curieux de savoir ce qui se passe entre nous deux. Cela finit par me rendre complètement dingue et je ne sais plus du tout comment me comporter. C'est horrible. Heureusement, à cet instant, Edmond Patterson, le jeune Anglais faisant partie de l'équipe de direction, surgit entre nous et attrape son collègue pour une histoire de contrat, sans oublier pour autant de me saluer gentiment. Je profite de cette intervention pour m'échapper et aller retrouver Claire et Sophie installées à une table au bord de la piscine. Je sais que mon comportement n'est pas très correct vis-à-vis de Hugo Delaroche mais devoir prendre, par pure politesse, un petit-déjeuner avec cet homme est au-dessus de mes forces. Je rêverais de déjeuner avec lui mais pas devant quatre cent cinquante personnes qui vous observent comme une extraterrestre. Pour information, le jeune directeur France ne fait aucun geste pour me retenir.

- Qu'est-ce qui s'est passé ? m'interroge aussitôt Claire avec un petit rire amusé.
- Je me suis bêtement brûlée avec mon thé et Monsieur Delaroche a tenu à mettre ma main sous l'eau froide.

Je regarde ma main, ça me fait un mal de chien. Je souffle doucement sur mes doigts rougis afin d'essayer d'atténuer la douleur, en vain.

- Vous étiez mignons, tous les deux, rigole mon amie en se moquant gentiment de moi mais en cherchant surtout à provoquer Sophie. Main dans la main, yeux dans les yeux…
- Il aurait fait ça pour n'importe qui ! s'écrie aussitôt celle-ci en me fixant.
- En es-tu certaine ? demande Claire sans perdre son sourire.
- Evidemment, j'interviens en la foudroyant du regard. Allez, mesdames, j'ajoute en m'efforçant de prendre un ton désinvolte, laissez-moi déjeuner, je meurs de faim !

§§§

Durant toute la réunion, la deuxième et dernière du Congrès, comme la veille, je suis incapable de me concentrer. Alors que François Gersse discute de gestion de stocks et autres sujets que je suis incapable de retenir, je ne cesse de jeter des regards à ma montre. C'est affreux, je trouve le temps extrêmement long et pénible.

Cet après-midi, il est prévu d'aller visiter le Jardin des Pamplemousses et je suis plutôt soulagée à l'idée de quitter l'hôtel, je sais que je ne rencontrerai pas Hugo Delaroche. En l'observant discrètement, je ne peux m'empêcher de penser à ce matin. Malgré ses airs détachés, j'ai bien senti qu'il était extrêmement tendu en ma présence. Le fait d'avoir refusé son invitation l'avait plongé dans un embarras certain et le peu de conversations « amicales » que nous avions eues avaient totalement disparu. Il avait essayé dès lors d'avoir le même comportement qu'avec n'importe quel autre adhérent mais je l'avais senti bien loin d'être aussi indifférent qu'il avait voulu me le montrer. Sa froideur n'était qu'une façade, ce qui me mettait les nerfs à vif. J'avais réussi à déstabiliser le grand directeur France des magasins intégrés mais je ne m'en sentais pas fière pour autant.

Enfin, en attendant la fin de réunion, je trépigne comme une excitée en étant incapable de me concentrer une seule seconde. Claire me jette souvent des regards inquisiteurs, suit de nombreuses fois mon regard en direction du jeune directeur France assis sur la scène en se demandant ce qui peut bien se passer entre nous. Il joue avec son stylo en arborant une expression lointaine, ignorant totalement la foule autour de lui, moi y comprise. J'ai comme l'impression qu'il est également déconnecté du monde réel. Je me sens d'autant plus mal, ayant bêtement le sentiment d'être responsable de ce comportement.

Je m'efforce très vite d'oublier ce sentiment en me traitant d'idiote. Hugo Delaroche doit pouvoir avoir toutes les femmes qu'il désire, il ne doit pas être du genre à se rendre malade pour une nana ayant refusé son invitation, surtout une nana aussi quelconque que moi. Peut-être est-il aussi tendu parce que le remord le ronge de m'avoir invitée ? Peut-être se sent-il coupable envers sa femme ? En fait, il se sent extrêmement mal à l'aise de s'être comporté ainsi devant les adhérents, surtout pour une petite assistante de direction sans aucune classe.

Un sentiment de honte me submerge soudain. Je me rends compte que j'étais si flattée et si orgueilleuse par son réel intérêt envers ma petite personne que j'en ai oublié qu'il était un homme important dans le Groupe. Il a une réputation à tenir, une réputation qu'il est loin de vouloir salir pour une fille comme moi. Il faut impérativement que je remette les pieds sur terre, que je reprenne ma place là où elle se trouve. Hugo Delaroche n'est pas pour moi et ne sera jamais pour moi.

§§§

13 h 30. Enfin, la réunion se termine. Je m'empresse de quitter la salle pour me rendre dans ma chambre avant le déjeuner, mes doigts me font souffrir et j'ai hâte de soulager la douleur. Comme promis, je trouve la crème sur mon lit. J'ai envie d'embrasser la jeune serveuse en étalant la Biafine là où ma peau a une vilaine couleur. C'est vrai que je me suis bien brûlée. Je le constate en me faisant un petit pansement de fortune avec de la gaze et de l'adhésif, joints au tube de crème. Bon, c'est assez discret, mon voisin de chambre ne remarquera rien si je le croise dans la journée. Je me sens soulagée en quittant ma chambre pour aller déjeuner. En arrivant dans le hall du restaurant, j'aperçois aussitôt Hugo Delaroche en grande conversation avec une jolie fille,

que j'ai déjà aperçue dans l'hôtel, sans savoir qui elle est. Elle est assez grande, brune, les yeux noisette. Elle porte toujours des vêtements élégants et semble de bonne famille. Ses manières ne sont pas arrogantes mais j'imagine qu'elle a reçu une bonne éducation. Je ne peux m'empêcher de ressentir une pointe de jalousie en les observant discrètement. Ils plaisantent entre eux et cela me... déplaît. De plus, je réalise à quel point je suis loin de ce monde de paillettes et d'argent. Ma petite robe blanche en lin paraît bien triste comparée à la ravissante robe noire que porte la jeune inconnue. De plus, elle est parée de magnifiques bijoux en or alors que moi, je n'ai qu'une simple montre en or massif et mon alliance.

Ecœurée par ce joli couple, je rentre dans le restaurant retrouver Claire. Hugo Delaroche n'a pas mis longtemps à se trouver une nouvelle conquête. « *Tant mieux pour lui* », je me dis en me pinçant méchamment les lèvres. Non, franchement, je me rends compte que je suis folle de rage en m'asseyant en face de mon amie. Jalouse et folle de rage. Je suis jalouse car ce type était si occupé à faire les yeux doux à cette brune qu'il ne m'a même pas vue passer devant lui. Et je suis folle de rage car Claire s'est trompée sur son compte. C'est un coureur de jupons, un « dragueur » invétéré, il n'y a pas de doute. Je me sens vexée et profondément blessée par cette triste constatation. Pourtant, je me maudis encore une fois d'avoir refusé son invitation. Mais est-ce que cela aurait changé quelque chose ? Il est clair que je n'avais aucune chance devant cette superbe inconnue.

- Ça va, Anna ? m'interroge Claire en me dévisageant attentivement.
- Ça va, je bougonne en grimaçant un sourire.
- Tu sembles énervée.
- Pas du tout !
- Arrête de…

Claire s'interrompt brusquement lorsque Sophie, accompagnée de deux hommes et d'une femme très souriante, nous demande l'autorisation de s'installer à notre table. Nous faisons la connaissance de Marc Ledem et d'un couple de Toulouse, que Sophie connaît bien. Les trois jeunes gens sont charmants et nous passons un agréable moment. Je finis même par me détendre et réussis à bien discuter avec ce Marc Ledem. Celui-ci, âgé d'une trentaine d'années, est plutôt pas mal. Il est grand, blond et a de beaux yeux gris clair, derrière de fines lunettes argentées. Il n'a pas le charisme de Hugo Delaroche mais sa gentillesse et sa bonne humeur lui donnent un certain charme. Très vite, je me rends compte de son intérêt pour Claire et des nombreux regards qu'il lui lance en biais mais mon amie est si occupée à discuter avec le jeune couple qu'elle ignore presque son voisin de table. Cela me fait sourire tout en m'agaçant. Je suis certaine que ces deux-là pourraient s'entendre. Marc semble si calme, si posé, qu'il correspondrait parfaitement à Claire, elle si extravagante et souvent si nerveuse. J'essaie de lui faire signe mais Claire m'ignore… délibérément ?

Le déjeuner terminé, je décide de retourner vite fait dans ma chambre avant la sortie au Jardin des Pamplemousses. Dans le hall, je tombe sur mon responsable et sa femme. Nous discutons un moment de la réunion de ce matin mais lorsque Lucas se rend compte que je suis plutôt distraite, il n'insiste pas et me laisse partir. En m'éloignant, je sens son regard surpris posé sur moi. Cela ne m'étonne pas vraiment. Je suis tellement différente de celle que je suis en temps ordinaire qu'il ne me reconnait pas.

§§§

Je suis en train de finir de me recoiffer quand j'entends claquer la porte de mon voisin de chambre. Sans réfléchir, je me jette précipitamment sur la porte-fenêtre pour le regarder s'éloigner à grandes enjambées. Je ne peux m'empêcher d'éprouver un grand vide en remarquant qu'il s'est changé et qu'il porte un jean et un polo noir. Probablement a-t-il rendez-vous avec la jeune inconnue. Jalouse, vexée, et furieuse contre le monde entier, je quitte ma chambre quelques minutes plus tard, en priant mentalement pour ne plus jamais revoir cet homme.

§§§

Il est à peine seize heures lorsque nous arrivons au Jardin des Pamplemousses et dès les premières secondes, nous sommes éblouis par la beauté des lieux. Le jardin abrite plusieurs centaines d'essences rares, des dizaines de variétés de palmiers et de tortues géantes des Seychelles, en voie de disparition. Accompagnée de Claire, je me balade longuement en admirant les lieux. Je reste abasourdie devant le bassin des nénuphars, ou des arbres aux racines imposantes, des bambous, des palmiers Talipot, des fleurs magnifiques et délicieusement odorantes. Un guide nous fait toucher « l'arbre qui saigne », à la sève rouge sang. Nous prenons des photos, beaucoup de photos. Nous discutons très peu, chacune plongée dans nos pensées les plus secrètes, mais cela ne semble choquer aucune de nous deux. Nous rions cependant à plusieurs reprises en prenant des poses rigolotes devant l'objectif. Je discute ensuite avec mon responsable et sa jeune épouse en suivant les nombreux adhérents. J'aperçois au loin l'équipe de direction, Hugo Delaroche est absent. Essayant de me convaincre que cela n'a plus d'importance, je termine la visite du jardin en tâchant de rester souriante et de bonne humeur mais j'avoue que son absence me rend affreusement mélancolique.

Le retour à l'hôtel se fait dans le calme. Pensive, je regarde le paysage défiler devant mes yeux, sans vraiment le voir. Je n'ai cessé durant cet après-midi de penser à notre beau directeur France et je réalise avec effroi que ce type me hante tellement que j'en oublie Antoine. Mon mari ne me manque absolument pas. C'est d'ailleurs assez déroutant. Etre loin de lui me fait un bien fou. Je me sens légère, je me sens libre. Antoine n'est pourtant pas un homme méchant mais... il est compliqué. Très introverti, très secret, nous discutons rarement, voire jamais, et ce manque de dialogue dans notre couple me pèse prodigieusement. Mais Antoine n'a pas toujours été ainsi. Il a commencé à changer bien après notre mariage. Certes, il n'a jamais été un grand bavard mais il était beaucoup plus ouvert, et plus attentionné. Pour je ne sais quelle raison, il s'est renfermé sur lui et est devenu cet autre homme. Aujourd'hui, Antoine me dit toujours qu'il n'a rien d'important à me dire que je ne sache déjà. D'ailleurs, lors de ses voyages à l'étranger, nous ne nous appelons pratiquement jamais, sauf en cas d'urgence. Il trouve que cela n'est pas « nécessaire ». J'avoue que sa nouvelle façon de m'aimer me blesse chaque jour un peu plus. Mais je l'accepte, sans rien lui dire. Je l'aime. Je ne suis pas folle de lui mais je l'aime. C'est pourquoi je ne pourrai jamais lui faire de mal, je ne pourrai jamais le faire souffrir. Et je ne pourrai jamais lui reprocher d'être devenu cet homme si différent de celui que j'ai connu. C'est impossible. Tout simplement impossible.

§§§

Il fait nuit quand nous arrivons à l'hôtel. Je m'enfuis très vite dans ma chambre afin de me préparer pour le dîner mais, en arrivant devant le bungalow, je suis très gênée de tomber sur mon voisin de chambre, qui s'apprête également à entrer dans la sienne. Je deviens aussitôt écarlate lorsqu'il s'immobilise en m'apercevant à son

tour. Nous nous faisons lentement face, mal à l'aise...
mais je reconnais que j'attendais ce moment depuis la
veille. Mon cœur s'amuse à faire des bonds dans ma
poitrine lorsque je lève la tête pour le dévisager. Nous
nous observons quelques secondes en silence, le
souffle court. Hugo Delaroche semble particulièrement
déstabilisé par notre soudaine rencontre. Je le remarque
en le voyant rougir légèrement. Je me sens d'autant plus
mal.

-   Bonsoir, me dit-il d'une voix un peu altérée.
-   Bonsoir, Monsieur Delaroche.

Je le vois se crisper légèrement en entendant mon ton
bien trop guindé.

-   Alors cette visite, elle vous a plu ? enchaîne-t-il
    cependant.
-   Beaucoup, je m'efforce de répondre le plus
    naturellement possible. Le Jardin des
    Pamplemousses est tout simplement
    merveilleux.

Il jette un rapide regard sur ma main gauche et hausse
un sourcil en remarquant le discret pansement.

-   Comment vont vos doigts, ils vous font souffrir ?
-   Un petit peu, je réussis à répondre avant de
    poursuivre sans vraiment réfléchir :
    heureusement, je ne suis pas gauchère comme
    vous !

Hugo Delaroche me fixe quelques secondes sans réagir
puis soudain, contre toute attente, son visage s'éclaire
d'un léger sourire. Moi, j'ai un peu honte de m'être fait
prendre si facilement. Mon Dieu, ce type va croire qu'il a
été observé dans les moindres détails. Mais ne l'ai-je
pas observé dans les moindres détails ?!!!

- Vous êtes très observatrice, Anna Beaumont !
- Plutôt maladroite, je dirais, j'essaie de rire pour cacher mon embarras.
- Vous allez visiter le marché de Port-Louis demain matin ? enchaîne-t-il en s'efforçant de garder un ton neutre.
- Oui, il paraît qu'il regorge de véritables trésors, je réussis à répondre avant de perdre mon souffle, comme après un marathon.

Nous nous dévisageons sans pouvoir prononcer un autre mot. Je me sens immédiatement très perturbée car Hugo Delaroche semble particulièrement troublé par ma présence alors qu'il s'approche lentement de moi, si près que je sens l'odeur de son after-shave. Je tortille mes doigts en cherchant très vite une quelconque chose à dire mais soudain, je me sens si embarrassée, et si bouleversée par sa proximité, qu'aucune idée ne me vient à l'esprit. J'ai le cerveau complètement embrouillé.

- Je... je...

Mon Dieu, je dois vraiment ressembler à une attardée mentale en bafouillant ainsi mais Hugo Delaroche ne semble pas le remarquer alors qu'il continue de me fixer droit dans les yeux. Il a vraiment une façon toute particulière de me dévisager, ce qui me fait battre le cœur encore plus vite.

- Ecoutez, fait-il soudain en se raclant la gorge, je sais que vous êtes mariée, je le suis également mais je...

Je me sens rougir jusqu'à la racine des cheveux.

- ... Mais je serais vraiment honoré si vous acceptiez de déjeuner avec moi demain. Si vous n'avez rien prévu, bien entendu ?
- Demain ? Je... Nous allons à Port-Louis !

- Je sais, dit-il vivement. Nous pourrions nous donner rendez-vous après la visite du marché ?

*Jamais,* je dis bien *jamais,* un homme ne s'est donné autant de mal pour m'inviter. Hugo Delaroche est prêt à prendre le risque de se ridiculiser une deuxième fois pour être un temps avec moi. J'ai soudain envie de lui sauter dans les bras tant je suis flattée par sa persévérance.

- J'en serais ravie, je dis alors avec un large sourire.
- Oh ! fait-il en sursautant imperceptiblement, apparemment surpris de me voir accepter. Bien, je... Formidable, finit-il par rire doucement, vraisemblablement soulagé. Nous pourrions nous retrouvons à treize heures sur la place principale, si cela vous convient, bien entendu ?
- Parfait, je ris aussi, mal à l'aise, rougissante, heureuse, essayant de ne pas trop sourire.

Nous nous dévisageons encore un instant puis chacun se précipite dans sa chambre, nous effleurant involontairement au passage. Je referme très vite la porte derrière moi, extrêmement troublée par ce futile contact. Les jambes en coton, je m'assois sur le lit en portant les mains à mes joues, elles sont brûlantes.

§§§

Ce soir-là, j'ai beaucoup de mal à me préparer pour le dîner, je ne sais quelle robe choisir. Honnêtement, j'ai envie d'être élégante, j'ai envie d'être belle. Après une longue douche, je coiffe mes cheveux propres et brillants en un souple chignon. Je me maquille minutieusement. Je me parfume puis, hésitante, reste de longues minutes devant mes différentes tenues. J'opte finalement pour une petite robe noire à fines bretelles, qu'une de mes sœurs, Camille, m'avait offerte pour mes vingt-cinq ans. Assez simple, coupée droite dans un tissu fluide et aéré, elle est néanmoins très classe et, un instant plus tard, lorsque je m'observe dans le miroir, chaussée de talons hauts, je me trouve finalement pas trop mal. Je souris bêtement à mon reflet, satisfaite.

Je retrouve Claire quelque temps plus tard. Mon amie porte un ravissant tailleur pantalon noir et je la trouve très élégante. En discutant gaiement, je suis sur un petit nuage, nous quittons l'hôtel pour nous diriger vers les autocars. Ce soir, nous dînons dans différents restaurants. Claire et moi avons choisi de dîner au *Covern Plage*, un restaurant branché dont la cuisine créole est, paraît-il, excellente.

Alors que nous nous installons à une table libre, Marc Ledem et deux couples viennent s'asseoir avec nous. Je vois Claire rougir subitement en rencontrant le regard du jeune homme et me demande un instant si mon amie ne me cacherait pas quelque chose. Je la dévisage plus attentivement mais je la vois qui évite mon regard. Surprise et amusée en même temps, je me promets de l'interroger à la fin du repas.

Celui-ci se passe relativement bien, dans la bonne humeur. Nous dégustons des mets délicieux typiquement mauriciens et terminons par un succulent gâteau à la noix de coco et framboises glacées. Lorsque nous rentrons à l'hôtel, il est plus de minuit mais je n'ai pas envie d'aller me coucher. Je propose à Claire une balade sur la plage afin de discuter mais mon amie se plaint d'une migraine et préfère aller se coucher. Un peu trouillarde, je préfère annuler la balade au clair de lune, même si je reconnais être un peu déçue.

Une fois seule dans le magnifique jardin, je m'empresse de retirer mes chaussures afin de marcher pieds nus dans l'herbe fraîche. En me dirigeant lentement vers ma chambre, je croise quelques couples d'adhérents qui profitent du clair de lune. J'échange des banalités avec eux avant de les laisser, souriante mais seule, horriblement seule. Je pense à Antoine, mais il me paraît si loin que je l'oublie presque aussitôt, sans éprouver le moindre remord. Je marche encore plus lentement, je dirais même que je traîne des pieds. J'hésite à aller sur le sable blanc. J'entends alors des pas derrière moi et avant même de me retourner, je sais déjà que c'est *lui*. Je sens immédiatement mon cœur s'affoler en réalisant que je l'attendais, inconsciemment. Je l'avais aperçu il y a un instant descendre d'un des autocars, j'espérais le revoir. Nous n'étions pas dans le même restaurant ce soir et j'avoue que sa présence m'avait manqué, il m'avait manqué.

- Bonsoir, me dit-il en arrivant à ma hauteur, le visage impassible.
- Bonsoir, je réponds en rougissant, tout en remettant discrètement mes chaussures.

Nous nous faisons face durant quelques secondes, sans prononcer le moindre mot, puis soudain, Hugo Delaroche me demande doucement, un peu hésitant :

- Je sais qu'il est tard mais... accepteriez-vous de faire quelques pas sur la plage, en ma compagnie ?
- Volontiers, j'accepte aussitôt avec un sourire.

Si le jeune homme est surpris, il se garde de me le montrer en m'entraînant aussitôt vers la plage, où je retire mes escarpins pour marcher plus facilement sur le sable encore chaud. Comme je m'y attendais, la plage est déserte. Nous nous retrouvons dans le noir complet, éclairés seulement par les reflets de la lune. Le moment est magique, terriblement romantique. Je ne peux m'empêcher de devenir écarlate et remercie la pénombre de cacher mes joues brûlantes.

- Alors ? commence-t-il en marchant lentement près de moi, s'efforçant de prendre un air dégagé malgré son évidente nervosité. Vous avez passé une bonne soirée ?
- C'était très bon, je fais en essayant de me détendre. Nous étions au *Covern Plage*.
- C'est vrai que la cuisine y est excellente, approuve-t-il en souriant, me révélant sans le vouloir qu'il connaît ce restaurant.
- Où avez-vous dîné ? j'ose lui demander.
- Nous étions descendus au *Subard Club*. J'ai trouvé ce restaurant plutôt bruyant.

Je me demande un instant si le « nous » comporte la jolie brune avec qui je l'ai vu discuter la veille au soir.

- Puis-je être curieux ? m'interroge-t-il abruptement.
- Cela dépend, je fais sincèrement.

Il émet un petit rire gêné mais continue cependant :

- Depuis quand êtes-vous mariée ?
- Six ans.
- Vous avez des enfants ?
- En effet, vous êtes bien curieux ! je ris à mon tour, plus amusée que fâchée par sa curiosité.
- Pardon, s'excuse-t-il vivement. Je…
- Je n'ai pas d'enfant, je l'interromps en riant toujours.

Nous cessons soudain de marcher pour nous faire face. Grâce à la clarté de la lune, nous arrivons à nous voir dans la nuit noire et nous nous dévisageons un instant, sans bouger. Je sens mon cœur s'emballer alors que mon voisin de chambre semble particulièrement… hésitant. Veut-il m'embrasser ? Le souffle court, j'attends qu'il fasse un geste mais il se ressaisit soudain, à ma grande surprise et... déception, je reconnais. Le visage impénétrable, il me demande encore :

- Pourquoi votre mari n'est-il pas ici ?
- Il voyage souvent dans une année, je commence à l'excuser. Il travaille dans une Concession automobile dont le siège se trouve en Allemagne. Il... il n'avait pas très envie de participer à ce congrès, je finis par lui avouer franchement.
- Alors il vous a laissée seule...
- Vous aussi, vous êtes seul ! je proteste sans réfléchir.

Je me sens rougir une nouvelle fois en réalisant ce que je viens de lui dire.

- Comme vous devez le savoir, ma femme ne participe jamais au congrès, me dit-il d'une voix neutre sans paraître offensé par mes paroles.

Alors il invite des femmes pour une balade romantique au clair de lune, s'envoie probablement en l'air avec elles, puis les jette comme des mouchoirs en papier.

- Vous vous demandez pourquoi je vous ai invitée, n'est-ce pas ?
- J'avoue que je me pose quelques questions.

Mon voisin de chambre passe une main un peu tremblante dans ses cheveux en me dévisageant attentivement. Je réalise alors qu'il semble extrêmement tendu, presque mal à l'aise. J'avoue que cet étrange comportement m'interpelle un peu. Pour un coureur de jupons, je le trouve très nerveux.

- Ecoutez, Anna Beaumont, je... Depuis notre rencontre à Paris, je reconnais être un peu perturbé, me dit-il soudain en perdant un peu de son flegme.

- Je ne comprends pas, je fais en fronçant les sourcils.
- Je ne comprends pas moi-même ce qui m'arrive, s'efforce-t-il de rire pour cacher son extrême nervosité.

Je me sens rougir jusqu'à la racine des cheveux.

- Je suis désolée, je dis bêtement.
- Vous savez, je n'ai jamais invité une autre femme que la mienne à déjeuner ou à dîner en huit ans de mariage.
- Ah, oui ! je sursaute imperceptiblement, interloquée.

« *Est-ce vrai ? Est-ce possible ?* », je me demande aussitôt en sentant un long frisson me longer la colonne vertébrale. Je n'ose y croire, cela me paraît si étrange, si irréel... Et pourtant, lorsque je regarde attentivement mon voisin de chambre, je réalise très vite qu'il dit la vérité, je sais qu'il dit la vérité, je le sens. Je ne peux pas l'expliquer, il suffit de l'observer. Hugo Delaroche semble tellement perturbé par son soudain, mais évident intérêt pour une parfaite inconnue, qu'il en devient presque transparent quant à ses émotions. Il a l'air complètement... perdu. J'avoue que son désarroi m'émeut. J'ai aussitôt envie de le prendre dans mes bras. J'ai envie de le rassurer, j'ai envie de lui dire que tout va bien se passer. Qu'il n'a pas lieu de se sentir aussi mal.

- Vous savez, c'est une première pour moi aussi, j'essaie de rire afin de cacher mon embarras.
- Vous n'avez pas pour habitude d'accepter les balades au clair de lune ? plaisante-t-il qu'à moitié, en cachant difficilement un certain soulagement.
- Non, et encore moins avec un parfait inconnu.

- Nous ne sommes pas tout à fait des inconnus, rectifie-t-il doucement.
- Mais je ne sais rien de vous, Monsieur Delaroche !
- Alors demandez-moi tout ce que vous voulez, propose-t-il aussitôt avec un petit rire, redevenant enfin l'homme que j'ai rencontré à Paris, l'homme avec qui j'ai aimé discuter, l'homme avec qui je suis prête à *tout*.
- Tout ? je relève.
- *Tout* ce que vous voulez.

J'avoue que sa proposition est alléchante. J'ai très envie d'en savoir un peu plus sur lui. Je ne suis pas d'une curiosité malsaine mais j'ai vraiment envie de le connaître, plus personnellement. Je finis par sourire, plus détendue par cette offre amusante. OK. Je joue le jeu.

- Très bien, Monsieur Delaroche...
- Hugo ! m'interrompt-il en souriant, plus calme lui aussi.

Je ris doucement alors que nous reprenons notre marche, tranquillement.

- Très bien, Hugo. Où habitez-vous ?
- A Bourges.
- Avez-vous le bac ? je lui demande en plaisantant.

Il éclate de rire.

- Oui, j'ai le bac, répond-il néanmoins.
- Est-ce un choix de votre part de venir seul au congrès ?
- Etes-vous toujours aussi directe ? fait-il, amusé par mon aplomb.
- Répondez, Mon... Hugo.

Je m'amuse comme une folle.

- Ma femme tient une petite agence immobilière, depuis quatre ans maintenant. Elle a beaucoup de mal à lâcher les rênes et... refuse de partir, même pour une semaine.
- Vous avez des enfants ?
- Non.
- Pourquoi ?
- Ouah ! rigole-t-il encore. Vous y allez fort !

Je me contente de hocher la tête en rougissant violemment. En effet, j'y suis peut-être allée un peu fort mais Hugo sourit toujours. Il reprend néanmoins son sérieux pour me répondre :

- Non, je n'ai pas d'enfant et pour être honnête, je n'en ai pas envie pour l'instant, m'avoue-t-il en toute franchise.
- Ah ! je laisse tomber. Je vois.

En fait, je ne vois rien du tout !

- J'aime les enfants ! ajoute-t-il vivement. Je vous assure, je veux des enfants... mais pas pour l'instant.

Bien entendu, je me garde de lui demander pourquoi, mais qu'est-ce que j'aimerais le savoir !

- Depuis quand travaillez-vous pour le Groupe ? je l'interroge pour changer de sujet.
- Neuf ans bientôt. Je suis entré dans le Groupe peu de temps après la fin de mes études. J'ai... grimpé les échelons année après année, ajoute-t-il avec un petit rire, sans pour autant évoquer l'énorme travail qu'il a dû effectuer durant toutes ces années.
- Quel âge avez-vous ?

- Je viens d'avoir trente-quatre ans.
- Vous êtes jeune ! je rigole en me moquant gentiment de lui.
- Que croyiez-vous, que j'approchais de la quarantaine ? sourit-il, amusé.
- C'est à peu près ça ! je ris encore alors qu'il paraît, en toute sincérité, beaucoup plus jeune que son âge.

Durant les minutes suivantes, j'écoute les vagues s'écraser sur la barrière de corail dans un bruit reposant. Un vent faible souffle sur les palmiers penchés sur le sable blanc. J'ai vraiment l'impression d'être au paradis, surtout avec cet homme tout près de moi qui ne cesse de me regarder comme si j'étais la huitième merveille du monde. Difficile de ne pas craquer.

- C'est si calme, je souffle en m'arrêtant de marcher sans vraiment m'en rendre compte.
- Plus de questions ? sourit-il doucement en me faisant face.
- Où allons-nous déjeuner demain ?
- Vous n'avez pas changé d'avis ?
- Je devrais ?

On s'observe, on se dévisage, longuement. Le cœur battant la chamade, je suis consciente qu'un nouvel et étrange courant passe entre nous, palpable, me troublant profondément. Je finis par me tourner vers l'océan. J'ai tant envie de cet homme que je crains un moment qu'il ne le lise sur mon visage. Croisant les bras autour de ma poitrine, je ne peux m'empêcher de frissonner. Tous mes sens sont en éveil.

- Vous avez froid ? s'inquiète-t-il aussitôt.

Avant même que je réponde, il retire sa veste et la pose délicatement sur mes épaules. Ses mains restent sur moi un peu plus longtemps qu'il ne le faudrait. Je ferme les yeux. J'ai l'impression d'être enivrée, autant par l'odeur de sa veste que par sa présence juste derrière moi. Je frissonne encore, mais pas de froid, loin de là.

- Vous avez dû entendre des horreurs sur mon compte, je suppose ? fait-il soudain d'une voix enrouée, toujours derrière mon dos.
- En effet, je lui avoue simplement.
- Et ?

Je jurerais qu'il redoute ma réponse. Je le regarde de nouveau, lentement.

- Je n'aime pas les cancans.
- Je suis pourtant assez distant avec les adhérents, reconnaît-il.
- Tous les membres du Conseil de direction sont assez distants avec les adhérents, je remarque sincèrement. Néanmoins, Xavier Anton m'a semblé particulièrement très con, j'ajoute sans prendre la peine de réfléchir. Je... Oh, mon Dieu ! je m'écrie soudain en portant une main à ma bouche en me rendant compte de ce que je viens de dire. Mon Dieu, je...

Je m'interromps brusquement en rencontrant le regard sidéré de mon voisin de chambre. Oh, là, là ! Qu'est-ce que j'ai dit ?!!! Mon Dieu ! Mon Dieu ! Mon Dieu ! Mais qu'est-ce que j'ai dit ?!!!

- Pardon, je dis vivement. Je suis désolée, je...

Contre toute attente, je vois Hugo Delaroche éclater de rire, un rire franc et sans aucune retenue, en me faisant signe de me taire. Cramoisie, je le regarde en retenant mon souffle, à la fois terrorisée et honteuse par ma terrible gaffe.

- Anna ! s'esclaffe-t-il soudain. Vous êtes la première personne que je rencontre qui ose dire franchement ce qu'elle pense de cet homme. C'est génial, tout simplement génial ! rit-il encore, incapable de se reprendre.

J'essaie de recouvrer mon calme en inspirant à fond. J'ai le cœur qui fait des bonds dans ma poitrine. J'ai les mains moites. Je sens que j'ai des plaques rouges dans le cou, j'ai toujours des plaques rouges qui apparaissent dans le cou quand je me sens vraiment très mal. En plus, il m'a appelée par mon prénom. Mais ce n'est pas le moment de perdre la tête, j'ai fait une énorme boulette.

- Je suis désolée, je répète encore.
- Ne vous en faites pas, me rassure-t-il vivement. Ce n'est pas grave, je vous assure.

Hugo retrouve peu à peu son sérieux en se rendant compte de mon extrême embarras. Il me sourit gentiment pour me rassurer encore mais je n'ai plus qu'une envie, m'enfuir dans ma chambre. Quelle gourde ! J'ai insulté un membre de l'équipe de direction devant le directeur France, je ne pouvais pas faire mieux. Hugo Delaroche reste mon responsable hiérarchique, même si nous avons échangé quelques renseignements personnels et avons une forte envie de coucher ensemble. Je ne le connais pas, je ne sais pas quelle réaction il peut avoir à mon encontre. Et moi, j'ai absolument besoin de ce travail.

- Je... je crois qu'il est préférable de rentrer, il... il est tard et...

Je vois immédiatement mon voisin de chambre se fermer. Mon Dieu, je crois que je suis foutue !

- Ne partez pas maintenant, Anna. Profitons encore de cet endroit magique.
- Je...

Je ne comprends pas. Ce type devrait plutôt regretter de m'avoir invitée sur cette plage. Il devrait même souhaiter me voir disparaître au plus vite. J'avoue que sa réaction me prend de court, je me sens d'ailleurs un peu perdue.

- Je vous vire si vous refusez, ajoute-t-il doucement.

Je le regarde plus attentivement. Il se fout de moi, je réalise en rougissant violemment. Ses yeux pétillent comme des étincelles dans la nuit noire et il se serre les lèvres pour ne pas éclater de rire.

- Anna, fait-il en souriant, je me fous de Xavier Anton. Arrêtez donc de penser que vous êtes grillée auprès de la direction. Bon, je sais désormais ce que vous pensez de l'adjoint du Président...

Je sursaute en ouvrant de grands yeux. Il rit d'un rire franc que je commence à aimer. Bon sang, il s'amuse comme un petit fou !

- ... Mais ce détail ne doit pas gâcher notre belle balade au clair de lune.
- Vous n'allez pas me virer ?
- Seulement si vous pensez la même chose de moi ! réplique-t-il en riant toujours.

Je ne peux m'empêcher de me sentir soulagée et finis même par émettre un petit rire. Je me sens un peu bête, et surtout honteuse avec mes « mauvaises pensées ». Hugo n'est pas ce genre d'homme, je vais vite le comprendre.

- Pardon, je dis en portant une main à ma gorge sèche. Je... je... Vous devez me prendre pour une folle.
- Etonnante, je dirais, rectifie-t-il machinalement.
- Je suis assez gaffeuse.
- J'ai cru le comprendre.
- Vous prenez des risques avec moi.
- J'aime les risques, Anna Beaumont.

Et sur ces derniers mots, sans même me laisser le temps de réagir, il s'approche plus près de moi et pose ses lèvres sur les miennes, me prenant totalement au dépourvu.

- Oh ! je fais bêtement en rougissant encore lorsque nous nous regardons de nouveau. Je... Vous m'avez embrassée !!!
- Pardon, dit-il vivement, je suis désolé...

Mais il reprend mes lèvres, encore, encore, encore... Etourdie, je lâche mes chaussures et m'accroche à ses épaules pour ne pas tomber. Sans vraiment me rendre compte de ce que je fais, je me colle contre lui sans aucune retenue, je passe même mes mains autour de son cou pour l'attirer vers moi. Hugo m'entoure aussitôt de ses bras et prend possession de ma bouche avec sa langue, faisant tomber sa veste de costume à nos pieds. Nous nous embrassons longuement, nous nous serrons l'un contre l'autre plus étroitement. Je sens ses mains glisser le long de mon dos jusqu'au creux de ma taille avant de remonter très lentement le long de mes bras nus. Je caresse ses cheveux, je touche sa peau brûlante, je m'arcboute pour sentir plus intimement son corps contre le mien. J'ai tellement envie de lui, j'ai tellement envie de lui appartenir que j'oublie totalement qui il est, où je suis. J'oublie le travail, j'oublie le congrès, j'oublie Antoine. J'oublie complètement Antoine.

- Allons dans ma chambre, me souffle-t-il soudain en s'écartant légèrement, pour me regarder droit dans les yeux.

Hugo semble hésitant, je remarque très vite, mais je hoche la tête, non sans pouvoir m'empêcher de rougir jusqu'à la racine des cheveux. Nous nous lâchons aussitôt et nous nous dirigeons sans plus attendre vers notre bungalow, sans prononcer un mot, sans oser nous toucher ou même nous effleurer, ne serait-ce que d'un doigt. Le jardin est désert, pas âme qui vive. Nous traversons le parc en nous efforçant de garder un pas relativement lent, permettant à chacun de retrouver ses esprits. Je me demande alors si je ne suis pas en train de faire une grosse erreur. Je regarde discrètement mon voisin de chambre, il a les yeux fixés droit devant lui. Je me rends compte qu'il est extrêmement tendu. Peut-être hésite-t-il lui aussi à franchir le pas ?

- Anna, dit-il lorsque nous arrivons devant sa chambre, si... si vous ne voulez pas continuer, je comprendrais, je...

Ces quelques mots suffisent à me redonner confiance. Non, cette fois-ci, je ne le repousserai pas. Je ne suis pas allée si loin avec lui pour renoncer maintenant. De toute façon, depuis notre rencontre, je mourais d'envie de me retrouver dans cette situation. Je mourais d'envie de me donner toute à lui. Je ne vais pas tout gâcher maintenant, je m'y refuse. Je lève alors les yeux vers lui et lui souris doucement, reconnaissante et très touchée par tant de délicatesse de sa part.

- Venez, je fais simplement en me plantant devant la porte de sa chambre.

Hugo me fixe un instant sans bouger puis se décide enfin à me faire entrer dans la pièce. Il referme lentement derrière lui, avant d'aller poser assez nerveusement sa veste de costume sur un fauteuil, près du bureau ovale. Il pose aussi mes chaussures sur l'épaisse moquette grise, qu'il a gentiment récupérées sur le sable chaud. Assez téméraire à l'extérieur, je perds néanmoins de mon aplomb à l'intérieur de la chambre, surtout lorsqu'Hugo allume une lampe de chevet. Tout intimidée de pénétrer dans son intimité, tout intimidée de me retrouver sous les « projecteurs », je regarde autour de moi en essayant d'afficher un visage serein. Mais je tremble comme une feuille, soudain très mal à l'aise.

- Voulez-vous un café ? me propose-t-il pour détendre l'atmosphère.
- Volontiers, j'accepte aussitôt en évitant de le regarder.

Je l'observe néanmoins, en toute discrétion, remplir la bouilloire d'eau minérale et la mettre à chauffer sur son socle. Sans prononcer un mot, le visage grave, il sort deux tasses, y vide deux sachets de café en poudre, verse l'eau frémissante... et se tourne lentement vers moi.

Nous nous dévisageons longuement, toujours silencieux... Hugo fait enfin un pas vers moi, je sens immédiatement un long frisson me longer la colonne vertébrale. Il fait un deuxième pas, mon malaise s'évapore miraculeusement. Un troisième pas, je n'ai plus de doute... Il reprend possession de ma bouche, en me collant fermement contre lui.

# Chapitre 4

Nous essayons de nous déshabiller très vite mais nos gestes maladroits finissent par nous ralentir. En riant, nous choisissons d'envoyer valser nos vêtements un peu partout dans la pièce. Lorsque nous nous retrouvons entièrement nus, nous ne pouvons nous empêcher de nous regarder attentivement, le souffle légèrement saccadé. Pour ma part, je trouve Hugo... magnifique. Un corps parfait, fort, musclé. Il a de véritables tablettes de chocolat, un torse hâlé et imberbe, un ventre plat. Je frissonne de nouveau, brûlante de désir contenu. Hugo me soulève comme si je pesais une plume et me porte doucement sur le lit, je trouve ce geste extrêmement romantique. Il plonge encore ses yeux dans les miens, en quête d'une quelconque hésitation, mais je l'attire vers moi en soufflant son prénom, refusant de penser aux conséquences de cette nuit. Il reprend aussitôt mes lèvres avant de descendre lentement vers mon cou, puis dans le creux de ma gorge. Ses mains s'aventurent vers mes seins, mon ventre, mes cuisses. Il me caresse longuement avant que ses lèvres ne viennent remplacer ses doigts brûlants, me dévorant littéralement sur son passage. C'est une véritable torture, je m'agrippe à ses épaules, le caresse en retour, reprends ses lèvres. Lorsqu'il s'aventure plus intimement, je me sens suffoquer. J'ai l'impression que chaque partie de mon corps va exploser. Je le supplie soudain de me prendre, je ne peux plus attendre. Alors doucement, il se glisse entre mes jambes et me pénètre en me regardant droit dans les yeux, entremêlant nos doigts comme si notre vie en dépendait. Et c'est étrange, à cet instant précis, alors que nos corps ne font plus qu'un, j'ai l'impression d'être à ma place. Nous faisons l'amour pour la toute première fois mais tout me semble naturel. Tout simplement naturel...

§§§

Lentement, nous reprenons notre souffle en nous dévisageant attentivement. Hugo a un sourire que je ne lui connais pas mais j'aime bien ce nouveau visage, il me semble... apaisé. Je lui souris doucement alors qu'il me caresse la joue. Je le trouve extrêmement doux, je l'ai trouvé extrêmement doux lorsque nous faisions l'amour.

- C'était... magique, murmure-t-il en déposant un tendre baiser sur mon front.
- Merci, je fais en riant, rougissante.

Il sourit doucement en caressant le creux de mon dos de ses mains brûlantes. Je frissonne entre ses bras, tout mon corps réagit au moindre contact de ses doigts sur ma peau. Nous restons un moment sans bouger, puis lentement, il se redresse sur un coude pour mieux me regarder. Je vois dans ses yeux une certaine inquiétude.

- Tu ne regrettes pas ? me demande-t-il tout bas en adoptant naturellement le tutoiement.
- Non. Et toi ?

Il me fixe un instant avant de répondre.

- Anna, je veux vraiment que tu saches que c'est la première fois... Jamais, je n'ai...
- Je sais, je l'interromps en posant un doigt sur ses lèvres.
- C'est *toi*, poursuit-il contre ma bouche, c'est *uniquement toi*...

Je ne peux m'empêcher de rougir jusqu'à la racine des cheveux alors que Hugo me couvre le visage de baisers aussi doux qu'une caresse. Je suis émue, presque bouleversée par ses dernières paroles. Afin de cacher mon trouble, j'enfouis mon visage dans son cou mais Hugo reprend mes lèvres, doucement mais fermement. Nous nous embrassons longuement en nous serrant étroitement, nos deux corps rassasiés pourtant prêts à se donner de nouveau l'un à l'autre. Hugo continue d'être d'une douceur extrême, il repousse machinalement mes cheveux en arrière, me tient entre ses bras comme un véritable trésor. Cette tendresse me fait un drôle d'effet, je n'y suis pas habituée. Antoine me tourne très souvent le dos après chaque rapport sexuel et s'endort aussitôt. J'aime cette douceur chez Hugo et je sais déjà que cette douceur me manquera, terriblement.

§§§

*Jeudi 31 mai*

Je suis la première à me réveiller, il est encore tôt, le jour se lève à peine. Hugo respire doucement, le visage détendu. Je l'observe longuement sans oser faire le moindre geste car je ne veux pas le réveiller, son corps est littéralement enroulé autour du mien. Ça me fait tout drôle cet homme endormi près de moi, cet homme que je ne connaissais pas voilà deux jours. Je ne peux m'empêcher de rougir jusqu'aux oreilles en repensant à notre nuit... mais je ne regrette rien. D'ailleurs, je sais déjà que je ne regretterai jamais cette nuit. *Jamais.* Hugo a été un amant... *attentionné... passionné... torride...* Oh, là, là, oui, *torride !* Et, pour la première fois depuis très longtemps, je me suis sentie belle entre les bras d'un homme. Non, je me suis sentie belle entre *ses bras.* Plus rien n'avait d'importance que cette merveilleuse sensation. Pourtant, je suis consciente que cette histoire sera terminée samedi soir. Elle devra *impérativement* s'arrêter samedi soir. Mais ce n'est pas grave, ce n'est pas dramatique car Hugo, *en une seule nuit*, a réussi à me redonner confiance, cette confiance que j'avais perdue depuis de longues années. Je ne le remercierai jamais assez pour ce cadeau...

-   Tu sembles bien songeuse...

Je deviens écarlate en rencontrant le regard de mon nouvel amant. Je n'avais pas remarqué qu'il s'était réveillé et qu'il m'observait depuis quelques secondes. Je le vois s'étirer avant de venir prendre mes lèvres, amusé par ma gêne apparente.

-   Humm... j'aime bien te voir rougir, rit-il tout bas en me couvrant le visage de petits baisers taquins.
-   Je...
-   Tu as bien dormi ?
-   Oui, je frissonne sans pouvoir m'empêcher de me serrer contre lui.

Hugo se redresse soudain et se penche au-dessus de moi pour me dévisager, il a ce petit sourire que j'aime bien. Son visage est détendu, reposé.

-   Tu es bien ? me demande-t-il doucement.
-   Oui.
-   J'ai dormi comme un bébé, m'avoue-t-il avec un petit rire, presque étonné par cet état de fait.

Je me contente de sourire, amusée par son expression.

-   C'était merveilleux cette nuit, dit-il en repoussant mes cheveux en arrière avec cette douceur que j'aime déjà beaucoup.

Après avoir fait l'amour, tendrement enlacés, nous avons appris à mieux nous connaître. D'une voix basse, Hugo m'a parlé de sa vie à Bourges, de son travail, de ses nombreux déplacements entre les magasins, de ses interminables réunions. J'ai appris qu'il avait deux sœurs aînées, Charlotte et Juliette. J'ai aussi une sœur qui se nomme Charlotte, nous avons été bêtement ravis d'avoir ce détail en commun. Ses sœurs sont mariées. Juliette s'est mariée ici, à l'île Maurice, m'a-t-il rappelé avec un petit sourire, en se souvenant de notre discussion dans l'avion. Elles sont mamans toutes les deux de deux petits garçons de trois et cinq ans. Elles vivent également à Bourges, près de leurs parents. Il m'a parlé d'eux, avec une certaine émotion, m'a précisé qu'ils avaient une santé de fer malgré leur âge. Il m'a révélé également que ses parents avaient une maison de vacances à La Rochelle où ils avaient l'habitude de se réunir en famille, dès qu'ils le pouvaient. Hugo avait un bateau, voyageait beaucoup, faisait du golf, du tennis, de l'équitation... Cette nuit, je me suis rendu compte avec un certain malaise qu'il était bien plus riche que je ne l'avais imaginé et, pour tout avouer, cela m'a gênée.

- Ma vie est beaucoup plus simple, je me suis vivement excusé lorsqu'il m'a interrogée.

Je me suis senti honteuse par ce fossé entre nous. Nous n'avons rien en commun, absolument rien.

- J'aime la simplicité, Anna, m'a-t-il dit en m'embrassant doucement.

Touchée par cette délicate réflexion, je lui ai parlé de ma famille, de mes trois sœurs et de mon frère. Mes trois sœurs sont mariées et ont toutes des enfants. Ma sœur aînée Camille a un fils et une fille, deux grands adolescents de quinze et dix-sept ans. Ma deuxième sœur Charlotte a une petite fille de six ans et ma petite sœur Laure a trois enfants, des jumeaux de cinq ans et une petite fille de deux ans. Hugo s'est amusé comme un petit fou à essayer de tout retenir. Je lui ai révélé très vite que mon frère Julien était décédé dans un accident de voiture, il y a deux ans. Hugo a rapidement compris qu'il m'était encore difficile d'en discuter et m'a vite interrogée sur mes parents. Mes parents ont un certain âge, *mais ont une santé de fer*, ai-je précisé, il a souri, amusé. Ils ne sont néanmoins plus les mêmes depuis le décès de mon frère, mais ont un courage exemplaire. Ma famille vit à Isigny-sur-Mer, petite ville dont Hugo n'a jamais entendu parler, m'a-t-il rappelé en riant encore. Je lui ai avoué que nous étions une famille très soudée, très proches les uns des autres et que nous essayons de nous voir le plus possible dans une année. Je lui ai ensuite parlé de mon travail, de ma collaboration avec Lucas Lebelle, de ma longue amitié avec Claire. Je lui ai parlé de ma nouvelle maison, de mes amis, de ma vie à Saint-Gilles-Croix-de-Vie. Si Hugo a trouvé ma vie bien ordinaire, il n'en a absolument rien montré. Nous avons discuté encore de longues heures, très tard dans la nuit, continuant de nous dévoiler intimement. Nous nous sommes rendu compte que nous avions plein de points communs, contrairement à ce que je pensais. Nous en avons beaucoup ri avant de sombrer dans un sommeil réparateur. Je crois que je me suis endormi avec un petit sourire béat affiché sur le visage.

§§§

En regardant l'heure sur ma montre, j'ai un moment de panique. 07 h 30. Déjà !

- Il faut que je retourne dans ma chambre pour me préparer, je fais en me redressant.

Je me sens rougir en sentant le regard de mon amant glisser sur ma silhouette entièrement nue. Je me cache pudiquement avec la couette pour récupérer mes vêtements.

- Pourquoi te caches-tu ? me demande-t-il aussitôt, apparemment très surpris.

- Je...
- Tu es belle, me dit-il doucement.

Je fronce instinctivement les sourcils.

- Pourquoi es-tu si cruel ? je proteste, mi-amusée, mi-sérieuse.
- Que veux-tu dire ? m'interroge-t-il sans comprendre.

Aïe ! J'hésite à lui répondre. Comment lui expliquer, sans le froisser, que je ne comprends pas son attirance envers moi alors qu'il est d'une exceptionnelle beauté. Je crains de manquer de tact et de lui faire croire qu'il a des goûts tordus. Je me connais, je ne suis pas très douée pour ces choses-là.

- Eh bien... je commence en rougissant subitement sous son regard pénétrant, je... je ne suis pas très grande alors que tu es... immense.
- Tu me donnes envie de te protéger, réplique-t-il vivement en m'obligeant à me rallonger tout près de lui.
- Mes... Mes cheveux sont trop raides, je continue en plongeant mes yeux dans les siens.

Je le trouve tellement beau avec ses cheveux ébouriffés. Il me sourit tendrement.

- Ils sont beaux et sentent délicieusement bon, rit-il en m'attirant contre lui pour humer mon odeur avec un plaisir évident. D'ailleurs, je te préfère les cheveux détachés, précise-t-il en me regardant de nouveau.

Je frissonne en riant.

- Je suis trop grosse !

- Non, tu as de très jolies formes, me répond-il fermement en faisant glisser ses mains le long de mon corps, de façon très prononcée.

Dis donc, il n'est pas facile à convaincre !

- J'ai une grosse poitrine.
- Non, tu as des seins tout simplement magnifiques, me contredit-il encore en y déposant un doux baiser.
- J'ai...
- Stop ! me coupe-t-il brusquement en me faisant rouler sur les draps. Anna, tu es belle. *Je* te trouve belle, ajoute-t-il de sa belle voix grave qui me fait tant d'effet.
- Mais...

Hugo se redresse soudain pour s'asseoir. Me prenant vivement par les épaules, il m'oblige à l'imiter. Nous nous retrouvons face à face en exposant notre nudité. Je tends aussitôt la main vers la couette pour me couvrir de nouveau mais mon bel amant m'en empêche en la repoussant de son pied. Je deviens carrément écarlate.

- Anna, reprend-il en plongeant son regard dans le mien, je ne suis pas un mec tordu comme tu sembles le croire. Tu me plais, je te trouve belle. Je t'ai trouvée belle dès la première seconde où je t'ai vue dans cet aéroport, me dit-il doucement.

Je le fixe un instant sans répondre. C'est fou ce que ses paroles peuvent produire chez moi. J'ai l'impression de vivre un rêve et j'ai peur de me réveiller brutalement. Je m'efforce néanmoins de ne rien laisser paraître, je ne veux pas lui montrer à quel point je peux être lamentable parfois. J'entremêle alors nos doigts, presque machinalement, et ris en me souvenant de notre étrange rencontre.

- Lucas a dû se demander ce qui se passait.
- Non, reprend Hugo en encerclant mon visage de ses grandes mains. Je te parle de notre *première* rencontre, dans le Terminal A. Nous nous sommes croisés...
- Oh ! je rougis subitement en écarquillant les yeux. Tu t'en souviens ?

Là, je suis scotchée !

- Nous nous sommes regardés, Anna, *une toute petite seconde...*
- Oh ! je répète encore, stupéfaite.
- Je t'ai trouvée belle dès la première seconde où je t'ai vue, dit-il en caressant de ses pouces mes joues brûlantes. Je te revois encore, dansant sur un pied, en train de fouiller dans ton sac... Quand nos regards se sont rencontrés, *en une toute petite seconde*, tu as réussi à me troubler bien plus que je n'oserai te l'avouer. Tu n'imagines même pas l'effort que j'ai fait pour ne pas te courir après !
- Oh ! je fais une troisième fois en ouvrant de grands yeux.
- Imagine ce que j'ai pu ressentir en te retrouvant dans le hall d'embarquement, continue-t-il avec un petit rire joyeux. J'ai cru un moment à une hallucination mais tu étais bien là, devant moi, rougissante et terriblement craquante.
- Je n'imaginais pas... je souffle tout bas, écarlate.

C'est horrible, j'ai envie de pleurer. J'enfouis mon visage dans son cou pour cacher mon émotion mais Hugo n'est pas dupe, il me taquine en me traitant de petite folle. Je finis par rire, amusée, émue, attendrie par sa gentillesse et sa délicatesse.

- Anna Beaumont, sourit-il en me forçant à me rallonger une nouvelle fois, tu es belle, sexy, rafraîchissante...
- Hugo... je fais en frissonnant involontairement lorsque ses mains recommencent à glisser, lentement, très lentement, le long de mon corps.
- J'aime t'entendre prononcer mon prénom, chuchote-t-il contre mes lèvres.
- Hugo ! Hugo ! Hugo ! je chantonne en riant.

Je suis conquise.

Nous faisons une nouvelle fois l'amour, lentement cette fois-ci, prenant le temps de nous découvrir plus intimement. Lorsque Hugo me pénètre après d'interminables caresses, nous nous accrochons l'un à l'autre comme deux naufragés. Nos souffles se mélangent, nos regards s'accrochent, nos mains se lient... J'ai encore cette étrange mais si agréable impression d'être à ma place, dans ses bras. J'en reste profondément troublée...

§§§

Dans l'autocar me conduisant au marché de Port-Louis, je ne peux m'empêcher de penser à lui. *Hugo, mon amant.* Je rougis de plaisir en pensant à nous, à notre liaison, à notre merveilleuse histoire. J'avoue que je suis encore sur un petit nuage, cette histoire me paraît tellement irréelle. Moi qui pensais voilà deux jours être un vilain petit canard, je me sens aujourd'hui étrangement bien, sereine, belle. J'ai envie de sourire à la vie, je me sens d'humeur si joyeuse.

En gloussant tout bas, je me souviens que nous avons eu un mal fou à nous quitter ce matin. Hugo était si tendre, si doux, si câlin que ça a été une vraie galère pour sortir de ses bras. Heureusement, nous avons rendez-vous à treize heures. Je crois que cette matinée va être la plus longue de toute ma vie. C'est idiot mais il me manque déjà, beaucoup même. J'ai envie de le revoir, très vite.

Heureusement, à Port-Louis, je retrouve Claire. Je remarque aussitôt ses joues rouges.

- Ça va ? je lui demande en rigolant, amusée par son air gêné.
- J'ai couché avec Marc Ledem, me dit-elle en devenant carrément écarlate.
- Non ?!!! je fais en ouvrant de grands yeux.
- Je ne pensais pas que ce type me plairait, continue-t-elle en riant comme une collégienne, mais nous nous sommes rencontrés à plusieurs occasions et hier soir, je... je...
- Tu n'avais pas la migraine hier soir ? je proteste en rigolant.
- Euh... je... Non, en fait, nous avions rendez-vous.
- Pourquoi tant de cachotteries ? je demande aussitôt.

Claire rougit une nouvelle fois. Elle semble assez nerveuse.

- En fait, je pensais que tu me dissuaderais de fréquenter ce type. C'est un collègue de travail alors...
- Claire ! je râle en la foudroyant gentiment du regard, t'es injuste. Marc est sympa et si tu me l'avais demandé, je te l'aurais dit. Je vous imaginais bien tous les deux, j'ajoute en riant.
- Tu le trouves pas mal ?
- Il est vraiment sympa, je la rassure en souriant. Et en plus, il est bel homme.
- Oh, Anna ! s'écrie-t-elle en m'embrassant sur la joue. Si tu savais comme je me sens mieux.

J'avais peur que tu me fasses la tête, que tu me traites d'idiote. Deux mariages ratés avec deux collègues de travail, pas très fine la nana ! Alors un collègue de travail pour la troisième fois…

- Peut-être la troisième fois sera la bonne, je remarque en riant toujours. Qui sait ? Vous serez peut-être mariés dans moins d'un an et vous serez diablement heureux !

- Ou peut-être serai-je en train de pleurer comme une dinde de m'être fait avoir une nouvelle fois ! rigole-t-elle avec bonne humeur.

En continuant de plaisanter, nous nous dirigeons vers les nombreux adhérents à quelques pas de nous, qui attendent le départ pour la visite du marché.

- Et toi ? me demande-t-elle soudain.

- Quoi, moi ?

- Eh bien… avec Hugo Delaroche ?

Je ne sais pas pourquoi mais à cet instant, je n'ai aucune envie de raconter ce qui s'est passé avec Hugo, même pas à Claire. Cette liaison me paraît tellement irréelle que je ne souhaite pas en discuter. Je veux que cette histoire reste mon jardin secret. Je ne veux pas la salir en me vantant comme une pauvre fille. Car cette histoire est belle. Elle est belle depuis notre tout premier regard, dans cet immense aéroport parisien.

- Hugo Delaroche n'est pas homme à perdre la tête avec une fille comme moi, Claire. Nous sommes voisins de chambres, nous avons discuté à plusieurs reprises, mais ça s'arrête là, je mens outrageusement en rigolant de mon propre aplomb.

- C'est dommage…

- Je m'amuse comme une folle ! j'ajoute en riant gaiement. Je suis dans un endroit paradisiaque, le ciel est bleu, le soleil brille...

*Et un homme merveilleux m'a fait merveilleusement l'amour !!!*

- ... Que demander de plus ?

Claire sourit avant de répondre :

- Du sexe !
- Tu ne penses qu'à ça ! je réplique en lui donnant un coup de coude dans les côtes lorsque j'aperçois Marc Ledem venir dans notre direction.

Celui-ci semble étrangement mal à l'aise en se plantant devant nous. Il me salue néanmoins avec gentillesse, avant de se tourner vers mon amie rougissante. J'avoue que, dans leurs retrouvailles, quelque chose me chiffonne aussitôt mais je me garde de tout commentaire. Après tout, leur relation ne me regarde absolument pas. Mais je suis tout de même surprise de noter une certaine « retenue » entre eux. Moi, si je retrouvais Hugo sans devoir me cacher, je lui sauterais au cou sans la moindre hésitation.

- Bonjour, Claire, dit-il avec un petit sourire énigmatique.

Mon Dieu, comment peuvent-ils être si guindés l'un envers l'autre après avoir passé la nuit ensemble ?!!!

- Bonjour, dit-elle en s'immobilisant, je... Anna, tu ne m'en veux pas si je t'abandonne pour la visite, je... Marc ne connaît pas Port-Louis alors....
- Vas-y ! je fais en rigolant. On se retrouve tout à l'heure.

Je ne peux m'empêcher d'être amusée en les regardant s'éloigner. Claire n'a jamais mis les pieds à l'île Maurice, elle ne connaît pas plus Port-Louis que Marc, ou moi-même. Pourtant, tandis que le jeune couple disparaît lentement de ma vue, sans même faire un geste pour s'effleurer, ne serait-ce que du bout des doigts, j'ai une nouvelle fois cette étrange impression et perds subitement mon envie de rire. Quelque chose cloche. Je ne connais pas Marc Ledem mais je connais mon amie. Même si elle avait l'air souriante et enjouée, même si elle s'est démenée comme une folle pour me faire croire que tout allait bien et qu'elle était très heureuse de sa nuit passée avec cet homme, j'ai senti qu'elle me mentait, ou du moins, qu'elle n'était pas si honnête qu'elle voulait me le faire croire. Et à en juger par ce que j'ai vu, je jurerais que Marc s'en était également rendu compte, d'où sa façon d'être très « distant » avec elle.

Mais une nouvelle fois, je me rassérène, leur relation ne me regarde absolument pas. Je n'ai pas lieu de m'en mêler...

§§§

Le marché de Port-Louis vaut le détour. Exotique, riche en couleurs, riche en odeurs, je me régale en découvrant les étalages de légumes, de fruits, d'épices. J'ai retrouvé Lucas et son épouse, nous nous promenons ensemble dans les boutiques traditionnelles. Je me fais plaisir en m'offrant une grande serviette de bains avec le fameux Dodo, oiseau disparu depuis des siècles et emblème de l'île. Je fais quelques achats pour mes parents et mes sœurs. En choisissant des épices pour Antoine, je ne peux m'empêcher de ressentir un certain malaise mais je m'efforce farouchement de ne pas penser à demain. Les problèmes, si problèmes il y aura, arriveront assez tôt, je refuse de me pourrir la vie maintenant. Je sais que je me voile la face, je sais que le retour à la réalité sera difficile mais je n'ai pas envie de gâcher le temps qu'il me reste dans cet endroit magnifique. Je n'ai pas envie de gâcher ce que je vis avec Hugo.

*Hugo...* Cet homme est d'une gentillesse et d'une simplicité exemplaires. Cette nuit, j'ai découvert un homme plein de délicatesse avec qui j'ai apprécié sincèrement de discuter, avec qui je n'ai pas eu honte de confier mes peurs et mes doutes, avec qui j'ai aimé faire l'amour. Comme je le savais déjà, je ne regrette rien, absolument rien, même avec du recul. Pour la première fois depuis longtemps, je me sens... *heureuse.* Je sais pourtant que je ne suis qu'un « faux pas » pour Hugo et que nous ne partagerons peut-être pas une nouvelle nuit, mais qu'importe, je suis la femme qui a réussi à lui faire tourner la tête, la seule en huit ans de mariage. Ce petit détail suffit à me combler de bonheur, par orgueil, je suppose. Non, pour être honnête, j'espère que nous aurons l'occasion de nous revoir, en tête à tête, dans sa chambre, ou dans la mienne, peu importe. Je n'aimerais pas terminer ce congrès sans passer du temps avec lui et... et faire l'amour avec lui, encore, encore et encore...

Je regarde ma montre. 12 h 20. Nous avons rendez-vous dans un peu plus d'une demi-heure. Je ne sais pas si Hugo sera là, comme convenu. Nous n'en avons pas rediscuté ce matin et je n'ai pas osé lui en parler. Je sais que c'était complètement idiot de ma part mais je ne voulais pas qu'il pense que je le persécute, que je lui cours après comme une folle furieuse. Bon, je verrai bien, je serais certainement déçue s'il ne vient pas mais je préfère me préparer à ce qu'il ne vienne pas.

En retrouvant une partie des adhérents devant les autocars qui doivent nous reconduire à l'hôtel, je me demande un instant ce que je dois faire. Déjà, il va falloir que je trouve une excuse auprès de mon responsable et de sa femme pour les laisser, sans paraître bizarre. Bon, je sais où se trouve la place principale. Comment m'y rendre sans me faire remarquer ? De nombreux adhérents se promènent encore autour du marché de Port-Louis, si Hugo vient, nous risquons d'être vus ensemble. Et si Hugo ne vient pas, il faudra que je me débrouille par mes propres moyens pour rentrer à l'hôtel. Et zut ! J'ai envie d'y croire, tant pis si je me trompe. Je prétexte alors avoir oublié « un dernier truc » pour Antoine et m'enfuis presque en courant vers le cœur de la ville. Lucas me crie que nous allons bientôt partir, je me contente de lui faire un petit signe de la main en souriant.

Comme je m'y attendais, en me dirigeant d'un pas ferme vers la place principale, je rencontre plusieurs personnes du Groupe. Tous me disent de me dépêcher car nous allons partir d'ici quelques minutes mais je me contente de sourire, ignorant certains regards appuyés. Désormais, pour de nombreux adhérents, je suis devenue la petite protégée de notre directeur France. Et ça a l'air de beaucoup les intéresser. « *Mêlez-vous de vos affaires !* », ai-je envie de leur crier, mais je me contente de me faire toute petite, bien trop peureuse pour oser me rebeller.

En arrivant sur la place principale, j'ai un peu chaud. D'une main tremblante, je repousse en arrière quelques mèches folles s'échappant de ma queue de cheval et jette un rapide regard sur ma tenue. Je porte un jean en coton blanc et un débardeur noir. Bon, je ne suis pas très classe mais cette tenue me paraissait judicieuse pour visiter le marché. Pourtant, à cet instant précis, je regrette de ne pas avoir mis une jolie robe.

Je regarde autour de moi. Hugo n'est pas là mais il n'est pas encore 13 h 00, il est tout juste 12 h 40. Essayant de garder mon calme, je sens pourtant l'excitation me gagner, je fais quelques pas en m'efforçant de prendre une attitude décontractée. Mais j'avoue être morte de trouille à l'idée qu'il ne vienne pas. Je vois encore des adhérents se diriger vers les autocars, je me cache derrière des touristes lorsque j'aperçois Sophie Dekinsa passer devant moi, apparemment agacée à l'idée de rater le départ. Je regarde une nouvelle fois ma montre. 12 h 45. « *Faites qu'il vienne, faites qu'il vienne, faites qu'il vienne* », je me dis en croisant les doigts.

- Bonjour, *belle inconnue* ! fait alors une voix grave juste derrière moi.

Je me retourne d'un bond. Il est là, devant moi, en bermuda beige et chemise rose pâle, le col ouvert, les manches retroussées, un petit sourire au coin des lèvres, ce petit sourire que j'aime déjà beaucoup. Je me sens devenir écarlate lorsque nos yeux se rencontrent, soudain tout intimidée de le revoir après notre folle nuit d'amour... mais qu'est-ce que je suis contente de le revoir. Et en plus, il est *aussi* en avance.

- Bonjour, je dis d'une voix un peu guindée.
- Bonjour, Madame Beaumont ! me dit-il aussitôt, très sérieux.

Je ne peux m'empêcher de glousser comme une dinde en remarquant son visage amusé. Ses yeux brillent d'une lueur taquine. Il se moque littéralement de moi, ce filou !

- Monsieur Delaroche, je fais avec une petite courbette.
- Viens, rit-il en m'entraînant sans perdre une seconde vers un parking où sont stationnés de nombreux taxis.

En marchant, je sens sa main chercher la mienne et entremêler ses doigts aux miens. Lorsque je le regarde en rougissant encore, il resserre son étreinte avant de me faire monter, quelques minutes plus tard, à bord d'un taxi. Alors qu'il indique au chauffeur un restaurant au nom bizarre, j'essaie de calmer les battements de mon cœur. Bon sang, je n'imaginais pas que je serais si... heureuse de le revoir. Je ne peux m'empêcher de me demander, durant un instant, comment se passera ma vie après lui ?

- Tu vas bien ? m'interroge-t-il tandis que le taxi s'élance dans la ville.
- Oui, je fais en baissant les yeux sur nos doigts enlacés.

Hugo se penche vers moi et prend mes lèvres dans un baiser très doux.

- J'avais peur que tu ne viennes pas, dit-il contre ma bouche.

Je souris doucement avant d'oser l'embrasser à mon tour. Hugo émet aussitôt un petit rire, amusé et vraisemblablement ravi par ma hardiesse.

- Où allons-nous déjeuner ? je lui demande vivement pour cacher mon trouble.
- Au Stylas Mokas. Tu verras, tu ne seras pas déçue.

Je me contente de sourire. Je crois que le restaurant le plus ignoble serait parfait dès l'instant où je suis avec lui.

- Nous y serons tranquilles, continue Hugo en me dévisageant attentivement.
- Parfait, je dis aussitôt.

En quelques mots, la situation est claire, ni l'un ni l'autre n'a envie que cette liaison se sache. Nous savons tous les deux que cette histoire pourrait provoquer un véritable scandale au sein du Groupe, que nous n'avons pas envie de subir. Hugo pourrait se faire virer et moi aussi, nous ne voulons pas prendre de risque.

Le taxi nous dépose très vite devant un restaurant typiquement créole où le moindre touriste ne daignerait s'arrêter. Je vois Hugo donner une liasse de billet au chauffeur pour garder précieusement mes achats de la matinée afin de ne pas m'encombrer. Je ne peux m'empêcher de rougir, embarrassée, mais mon amant me rassure d'un baiser, m'empêchant de faire la moindre réflexion.

Comme je m'y attendais pour je ne sais quelle raison, je constate que Hugo connaît parfaitement bien les lieux. Le patron, un Mauricien d'au moins deux mètres, l'accueille avec une poignée de main franche, un sourire ravi sur le visage. Nous sommes aussitôt installés sur une terrasse en bois, où palmiers et fleurs tropicales donnent à l'endroit un charme typique des îles.

Une coupe de champagne en face de nous, nous nous dévisageons durant quelques secondes, avant que Hugo ne me souffle doucement :

-   Tu m'as manqué ce matin.

Je rougis.

-   Depuis que tu es partie, je n'ai pas cessé de penser à toi, dit-il encore avec un petit rire presque gêné. La réunion avec François n'en finissait pas, c'était insupportable. Je savais pourtant que cette réunion était importante mais je m'en fichais royalement. Je ne pensais qu'à

notre rendez-vous et je n'avais qu'une seule
envie : te retrouver.
- J'avais peur que tu aies oublié notre rendez-
vous, je lui avoue timidement, touchée par ses
aveux.
- J'avais peur que tu refuses de me revoir, sourit
Hugo en me caressant doucement la joue.

Nous buvons lentement une gorgée de champagne,
sans nous quitter des yeux, tout simplement ravis d'être
de nouveau ensemble, ne serait-ce que pour un court
instant. Après un moment plein de promesses
silencieuses quant à ces retrouvailles, je lui raconte
gaiement ma visite du marché de Port-Louis, avec
maints détails, avec différentes anecdotes. Nous rions
beaucoup, nous plaisantons tout autant. Nous sommes
bien, détendus. Nous sommes comme dans une bulle,
une bulle de pur bonheur. Mais un jeune serveur vient
subitement déposer un panier rempli de petits pains
maison, interrompant notre discussion animée, et brisant
cette fameuse bulle.

- Parle-moi de ton mari, me demande soudain
Hugo tandis qu'il nous sert une deuxième coupe
de champagne.

Je sursaute imperceptiblement, surprise par cette
question incongrue.

- Pourquoi ? je fais aussitôt, sur la défensive.
- Je suis curieux, répond simplement Hugo, le
visage impassible.
- Tu veux savoir s'il mérite d'être trompé ?
- Je te rappelle que j'ai *aussi* trompé ma femme,
Anna.

Je ne peux m'empêcher d'émettre un petit rire nerveux.
J'avoue qu'aborder Antoine avec cet homme, mon
amant, ne m'enchante pas spécialement. Pourquoi

diable veut-il savoir qui est mon mari ? En quoi cela le regarde-t-il ? Je sais, nous avons couché ensemble mais cela l'autorise-t-il pour autant à me poser des questions sur mon couple ? Je me sens agressée et je n'aime pas cette impression, j'ai alors bêtement envie de le provoquer.

- Antoine est un mari charmant, gentil, travailleur, ambitieux, bel homme...
- Arrête, me dit Hugo en posant sa main sur la mienne.
- Que veux-tu savoir ? je lui demande brutalement.
- Je suis marié depuis huit ans, reprend-il sans me lâcher la main. Jusqu'à ce dernier congrès, je pensais être parfaitement heureux. J'ai un bon boulot, je vis dans un appartement plutôt sympa, j'ai des amis, ma famille est en bonne santé, je suis en bonne santé. Ma femme, Marie, a toujours été là pour m'encourager dans ma vie professionnelle, elle est présente à mes côtés, nous nous aimons... mais tu es apparue dans ma vie et...
- Et nous avons couché ensemble, je termine d'une voix un peu ironique.
- Je ne regrette rien, Anna, me dit-il vivement avant d'ajouter d'une voix plus grave : et c'est justement ce sentiment étrange qui me perturbe le plus. Je ne regrette rien, Anna. *Rien.*

En entendant ces paroles, je me radoucis aussitôt. Je me rends compte que Hugo est aussi « perturbé » que moi par notre nuit passée ensemble. Il se sent coupable envers sa femme comme je peux l'être envers Antoine, mais ni lui, ni moi n'éprouvons le moindre regret. C'est vrai que ce sentiment est étrange, pour tous les deux. Je décide alors d'être franche avec lui.

- Mon... mon mari, Antoine, est souvent parti en Allemagne. J'avoue que ses absences me pèsent de plus en plus mais... je n'imaginais pas une seule seconde pouvoir le tromper. Je...
- Tu es heureuse avec lui ?

Je réfléchis deux secondes à ma façon de répondre.

- Je le croyais, je finis par dire, refusant d'entrer dans les « détails ».
- En fait, tu es comme moi, poursuit Hugo en se penchant au-dessus de la table. Tu pensais être heureuse mais nous nous sommes rencontrés et tout notre petit univers s'est cassé la gueule.
- Tu as un certain charme, je le taquine avec un petit rire.
- Prétends-tu que c'est de ma faute ? réplique-t-il en entremêlant nos doigts.
- Tu sais, je rigole un peu nerveusement, je te trouve si... beau que... que j'ai encore du mal à me dire que nous... euh...
- Que nous avons fait l'amour, sourit-il tout bas. Anna, ajoute-t-il plus sérieusement, ton manque de confiance en toi est assez spectaculaire. Tu es belle, intelligente, cultivée, tu n'as rien à envier à qui que ce soit. D'ailleurs, j'avais déjà entendu parler de ta beauté avant même de te rencontrer, m'avoue-t-il avec un petit sourire contrit.
- Ah bon ? je rougis bêtement.
- Lorsque tu as été embauchée, m'explique-t-il sans cesser de jouer avec mes doigts tout en prenant soin de ne pas toucher ma brûlure encore douloureuse, ta beauté et ton étrange regard vert ont fait le tour de *tous les services* du Groupe, y compris le mien. J'étais loin d'imaginer à ce moment-là que tu étais si belle et si... délicieuse...

Je crois que mes joues sont violette tant je suis touchée et émue par toutes ces révélations. Je me rends compte que Antoine à lui seul a totalement réussi à me faire perdre toute confiance en moi et à me donner une fausse image de mon propre corps. J'avoue que cette découverte me rend mal à l'aise.

- Tu es un très bel homme, Hugo, je dis en essayant de sourire mais je sens mon visage tout crispé.

Antoine m'a fait du mal ces dernières années, inconsciemment sûrement, mais son manque de petites attentions et cette distance qu'il entretient involontairement entre nous n'ont cessé de me détruire à petit feu. Aujourd'hui, *à cause de lui,* je me trouve laide, vieille et inintéressante.

- Tu es une très belle femme, Anna, répète Hugo d'une voix plus ferme.
- Mon mari ne me le dit jamais, je lui avoue dans un souffle.
- Ton mari est un idiot.

Je ne réponds pas. Attrapant ma coupe de champagne d'une main un peu tremblante, je lève mon verre pour trinquer avec lui.

- A notre liaison ! je dis vivement en émettant un petit rire nerveux.
- A nous, réplique Hugo.

Nous nous fixons longuement en buvant une gorgée de notre champagne, qui est parfait. Hugo semble alors analyser ce que l'on vient de se dire. Il paraît… surpris.

- Alors pour toi, il ne s'agit que d'une simple liaison ? me demande-t-il après un moment d'hésitation.

- Que veux-tu que ce soit d'autre ? je réplique vivement en entendant une petite alarme résonner dans ma tête. Nous savons tous les deux que nous ne serions jamais tombés dans les bras l'un de l'autre à Paris, ou n'importe où en France. Cette île nous a fait perdre la tête mais tout rentrera dans l'ordre samedi soir.
- Je t'ai remarquée à Paris, remarque-t-il en finissant sa coupe d'un trait.
- Je sais, je reconnais avec un petit sourire. Moi aussi.
- Tu crois que je serais resté indifférent si nous nous étions rencontrés à Saint-Gilles-Croix-de-Vie, ou dans n'importe quel autre magasin du Groupe ?
- Je crois, oui.

Hugo me fixe durant quelques secondes en gardant le silence. Il semble réfléchir.

- Tu te trompes, Anna Beaumont, dit-il enfin, avant d'ajouter le plus sérieusement possible : je n'ai pas fait l'amour avec toi sur un simple coup de tête !

Je m'apprête à répondre mais le patron du restaurant s'approche soudain de nous pour prendre notre commande. Je n'ai même pas ouvert la carte. Hugo me propose aussitôt de commander pour tous les deux, semblant avoir remarqué, bien avant moi, mon malaise. J'accepte avec soulagement. Je me rends compte, effectivement, que je suis trop perturbée pour lire quoi que ce soit. Je n'aime pas notre discussion, je ne me sens vraiment pas à l'aise. Hugo semble penser que notre liaison est plus importante qu'une « simple liaison » mais, pour moi, tout est clair dans ma tête. Samedi soir, tout sera terminé entre nous, point final.

- Donc, reprend Hugo lorsque nous nous retrouvons de nouveau seuls, nous passons quelques jours ensemble et, samedi soir, comme tu l'as clairement précisé, *tout rentrera dans l'ordre* puis chacun retournera chez soi comme si de rien n'était ?
- Tu as tout compris ! je rigole en essayant de paraître détachée.
- Tu seras capable de regarder ton mari droit dans les yeux ?

Je me maudis de rougir encore une fois jusqu'aux oreilles.

- Oui, je fais en avalant une gorgée de mon champagne.

Hugo me lâche soudain la main. Je crains alors de l'avoir choqué. Mais c'est vrai que mon comportement n'est pas très classe. Honteuse, je baisse piteusement les yeux sur mes mains crispées. Je me déteste de me comporter comme une véritable salope mais je n'ai pas le choix, les questions embarrassantes d'Hugo m'affolent littéralement.

- Bien, fait-il après un silence, je crois que tout est parfaitement clair.

Je relève lentement la tête pour le regarder. Je le vois sourire, un sourire un peu crispé mais un sourire quand même. Je le regarde plus attentivement.

- Tu n'as pas l'intention de quitter ton mari…, me dit-il en souriant toujours.

Sa voix est pourtant glaciale.

- … C'est parfait, tout simplement parfait. Je n'ai pas l'intention de quitter ma femme.

- Nous ne sommes pas les premiers à avoir une liaison extraconjugale, j'essaie de plaisanter pour détendre l'atmosphère devenue extrêmement tendue.
- Et ne serons certainement pas les derniers, ironise-t-il en nous resservant une coupe de champagne.

Nous nous observons un moment en silence. Hugo me paraît un peu agressif mais je le vois soudain se radoucir, se rendant compte probablement de l'incongruité de notre discussion. Nous savons tous les deux que notre histoire n'est pas sérieuse. Nous vivons un moment merveilleux mais ce n'est pas sérieux. Il n'y a pas d'avenir possible entre nous.

- Je vais être saoule, je ris, soulagée par son changement d'humeur.
- Je m'occuperai personnellement de toi, me promet-il d'une voix gourmande en retrouvant, enfin, un vrai sourire.

Dès cet instant, Hugo redevient un homme agréable et galant, attentif à mes moindres besoins tandis que nous savourons une délicieuse salade de crevettes au curry, suivie d'un succulent cari de bœuf et ses petits légumes. Nous terminons notre copieux déjeuner par un dessert au chocolat noir et un café bien fort.

- C'était délicieux, je fais lorsque nous quittons le restaurant un instant plus tard. Merci, Hugo.

Hugo a refusé catégoriquement de me voir participer financièrement au déjeuner. Je ne peux m'empêcher de me sentir gênée.

- Tu m'offriras un café à l'hôtel ! me taquine-t-il en riant gentiment.

- Ce n'est pas drôle ! je proteste en rougissant bêtement.
- Anna ! s'écrie-t-il en me plaquant contre lui. Ce n'est qu'un déjeuner !

Et avant même que je réagisse, il me fait taire en pressant ses lèvres contre les miennes. Je me sens aussitôt fondre lorsque sa langue entre en contact avec la mienne tandis que ses mains glissent doucement sur mes bras nus, me faisant frissonner de la tête aux pieds.

- J'avais très envie de t'embrasser, dit-il tout bas en s'écartant légèrement pour me regarder.
- J'avoue que c'est très agréable, je souris en passant mes bras autour de sa taille.

Hugo me couvre le visage de petits baisers légers avant de reprendre mes lèvres. Je m'accroche à lui pour ne pas tomber et me presse un peu plus contre lui pour sentir son corps contre le mien. Mais soudain, nous sursautons violemment quand un chauffeur, nous sommes sur le bord d'un trottoir, nous klaxonne en nous faisant un signe de la main, un sourire hilare sur le visage. Nous nous écartons aussitôt l'un de l'autre en éclatant de rire, mais nous rougissons tous les deux, troublés par notre désir évident.

- Vous pouvez être fière de vous, Anna Beaumont ! plaisante Hugo en me prenant la main. Vous avez réussi à me dévergonder, en pleine rue !
- Je suis désolée, je ris gaiement. Nous rentrons à l'hôtel ? j'ajoute plus timidement quand il m'entraine vers notre taxi, qui nous attend sagement à l'ombre d'un palmier.
- Non, j'aimerais te montrer le parc d'oiseaux de Casela.
- Oh, c'est vrai ?! je m'écrie avec enthousiasme, ravie à l'idée de découvrir ce parc seule avec lui.

- Oui, c'est vrai ! fait-il en riant. Tu ne réussiras pas à te débarrasser de moi aussi facilement ! ajoute-t-il en faisant, volontairement ou involontairement, allusion à notre dernière discussion.

Je ne relève pas. Je n'ai aucune envie de revenir sur ce sujet. Mais de toute façon, Hugo n'a aucune envie, lui non plus, d'aborder une nouvelle fois la durée de notre relation. En le regardant émettre un large sourire, dévoilant des dents parfaites, soit dit en passant, je devine qu'il a accepté, *vraiment*, qu'il était plus raisonnable pour tous les deux que notre liaison se termine définitivement samedi soir. Sa réaction me rassure profondément.

La visite du parc d'oiseaux de Casela était prévue dans les différentes excursions, pendant mon séjour. Je devais d'ailleurs effectuer cette visite demain après-midi avec les adhérents. Je dois avouer que découvrir ce parc avec Hugo me comble de bonheur. Honnêtement, je pensais qu'il serait pressé de rentrer à l'hôtel, pour coucher avec moi, avant une éventuelle réunion avec le Conseil de direction. Je me sens honteuse en réalisant mon erreur. Hugo n'est pas ainsi, il ne considère pas notre histoire comme une simple histoire de fesses, même si tout sera effectivement terminé samedi soir. Il est ravi d'être avec moi, de partager des moments avec moi. Alors qu'il s'est toujours montré très correct avec moi, j'étais assez stupide de croire que notre liaison était uniquement sexuelle. J'étais même convaincue d'être pour lui uniquement une « expérience sexuelle ». Je me rends compte que je me suis trompée en beauté. C'est idiot mais cette découverte me fait bêtement plaisir. Cette découverte me fait tellement plaisir que je ne peux m'empêcher de sourire, de toutes mes dents, en grimpant dans le taxi.

Je suis heureuse, tout simplement heureuse…

## Chapitre 5

Le parc d'oiseaux de Casela est tout simplement magnifique, mais je crois que n'importe quel endroit monstrueux serait magnifique dès l'instant où je suis avec Hugo. Main dans la main, nous nous promenons longuement dans ce jardin extrêmement calme et paisible, où nous découvrons un nombre impressionnant d'oiseaux différents. D'ailleurs, en pénétrant dans ce lieu magique, nous avons lu qu'il y avait plus de cent cinquante espèces différentes réunies dans ce même parc. Hugo s'amuse comme un petit fou à jouer les guides alors qu'il n'y connaît absolument rien en animaux ovipares et me fait rire très, très souvent. Il est plein d'humour, plein d'entrain et j'adore ce côté de sa personnalité, si différente de celle d'Antoine. Je me régale à chaque instant de ses plaisanteries, de ses taquineries, de ses discours remplis d'optimisme... et de ses baisers volés. Nous nous rendons compte très vite que de nombreux touristes nous prennent pour un couple de jeunes mariés. Mais ni l'un ni l'autre ne tient à rétablir la vérité, même lorsque quelques personnes, la plupart du temps des personnes âgées, se permettent de nous féliciter et de nous souhaiter plein de bonheur. Ensemble, nous nous sentons tellement bien que plus rien n'a d'importance, pas même ce « petit détail » concernant notre relation.

En fin d'après-midi, avant de rentrer à l'hôtel, nous faisons une petite pause dans un pub, pour savourer une boisson à base de rhum. Je ressors un peu pompette mais mon chevalier servant s'occupe de moi comme si j'étais un être exceptionnellement précieux. Dans le taxi nous ramenant à l'hôtel, je me blottis tendrement contre lui, en souriant comme une jeune adolescente amoureuse.

- Merci pour cet après-midi, je murmure contre la peau de son cou.
- Dîne avec moi ce soir, dit-il en frottant son visage contre mes cheveux.
- Je ne pense pas que cela soit raisonnable, je réplique en retrouvant instantanément mes esprits.

Je me redresse et le regarde avant de poursuivre doucement :

- Nous devons nous montrer discrets, Hugo. Si tu n'es pas à table ce soir avec François Gersse, ou le Conseil de direction, ton absence va surprendre et...
- Et tu as peur ? me provoque-t-il aussitôt, énigmatique.
- Qui imaginerait que nous sommes ensemble ?!!! je glousse en l'embrassant sur les lèvres.

Hugo resserre son étreinte autour de mes épaules.

- Je devrais te virer pour ton insolence, me menace-t-il en riant.

Nous nous embrassons longuement, faisant monter entre nous un désir palpable. En arrivant à l'hôtel, il fait déjà nuit, je m'empresse de quitter le taxi et pars dans ma chambre sans l'attendre. Je croise quelques adhérents sur mon chemin mais prétextant un appel urgent à donner, je ne traîne pas et cours m'enfermer dans ma chambre. Je me mets à compter bêtement, traversant la pièce de long en large comme un lion en cage. Un, deux, trois, quatre, cinq, six, sept, huit, neuf, dix, onze, douze... On frappe à ma porte et avant même que je réponde, Hugo entre et referme la porte derrière lui d'un seul coup de pied. Je me jette littéralement dans ses bras.

Nous envoyons valser nos vêtements, comme la veille au soir, dans sa chambre, et faisons l'amour à même le sol, sur l'épaisse moquette blanche. Nos corps se connaissent de mieux en mieux et se soudent naturellement l'un à l'autre alors que nos regards s'accrochent, nos doigts s'entremêlent, nos souffles se mélangent et, comme à chaque fois, cette impression d'être à ma place, à ma place dans les bras de cet homme.

§§§

Nous restons longtemps enlacés, silencieux, dans la pénombre de la chambre, seulement éclairés par un réverbère, juste devant la baie vitrée. Nous n'avons même pas pris le temps de tirer les doubles rideaux. Nous n'avons pas envie de nous quitter, pas maintenant. Pourtant, nous savons tous les deux que nous devons nous préparer pour la soirée. Au loin, nous entendons de la musique, le rire de quelques personnes. Nous allons être en retard...

- Hugo ? je souffle contre son torse.
- Humm... fait-il en resserrant son étreinte autour de mon corps nu.

Je ris doucement en remontant mon visage vers son cou, je le sens frissonner sous mes lèvres brûlantes. Je l'embrasse longuement sur la joue, amusée et troublée par sa nonchalance.

- Tu dois partir, je fais en le regardant.
- Je sais, soupire-t-il en repoussant mes cheveux en arrière.

Nous nous dévisageons encore un instant puis Hugo consent à se lever. Je ne peux m'empêcher de rougir en voyant son corps nu se déplier juste devant moi sans la moindre pudeur, mais comme j'aime cette intimité entre nous. Rayonnante, je me mets aussitôt debout et attrape un peignoir sur un fauteuil alors qu'il enfile son boxer et son bermuda. Assise sagement sur le lit, je le regarde finir de s'habiller, sans prononcer un mot. Mon bonheur a brusquement baissé d'un cran.

- Ça va ? me demande-t-il soudain, surpris par mon silence.

Je me sens bêtement blessée. A cet instant précis, alors que nous venons de partager un moment merveilleux, j'ai la désagréable impression d'être une vulgaire prostituée. Je n'aime pas voir Hugo se rhabiller rapidement avant de s'enfuir dans sa chambre.

- Anna, fait-il en venant s'agenouiller devant moi, je veux que tu t'installes dans ma chambre jusqu'à la fin du congrès. Je veux dormir avec toi, prendre ma douche avec toi, … me laver les dents avec toi ! ajoute-t-il avec un petit rire plein d'émotion.

Mon Dieu, j'ai l'impression que cet homme lit en moi comme dans un livre ouvert.

- Tu es fou, je murmure sans pouvoir m'empêcher de rougir, émue de le voir si attentionné avec moi.
- Je ne veux plus voir cet air tristounet sur ton beau visage.
- D'accord, j'accepte en tâchant de ne pas pleurer mais je dois un effort suprême pour ne pas craquer.

Hugo m'embrasse doucement sur le bout du nez avant de se relever d'un bond.

- Tu as quinze minutes ! me dit-il en m'aidant à me mettre debout.

- Alors va-t'en ! je fais en le poussant vers la porte.

Il rit en quittant la chambre et moi, je souris lorsque je l'entends me crier de sa porte qu'il ne me reste plus que douze minutes. Je file immédiatement sous la douche.

§§§

En quittant ma chambre *une bonne* demi-heure plus tard alors que je me suis dépêchée comme une folle, j'ai l'agréable surprise de découvrir Hugo, qui m'attend patiemment sur le perron de notre chalet. Mon corps s'embrase aussitôt de bonheur car j'étais persuadée qu'il était déjà parti retrouver les adhérents.

- Tu n'es pas parti ! je me réjouis en l'admirant dans son costume noir qu'il porte avec une superbe chemise blanche.
- Je t'attendais, dit-il en me détaillant attentivement. Tu as laissé tes cheveux détachés, remarque-t-il en enroulant une mèche brune autour de son doigt.

Je rougis en le voyant touché par cette petite attention.

- Tu es superbe, ajoute-t-il en regardant ma robe d'un gris très clair accentuant ma taille fine, une petite folie de dernière minute.
- Merci, je rougis encore.
- Superbe et terriblement craquante, gémit-il en voulant me prendre dans ses bras mais je l'entraîne vers le restaurant en riant gaiement.

Sur le chemin, même si nous savons que nous sommes très en retard, nous marchons lentement. Nos bras ne cessent de s'effleurer, nos regards ne cessent de se croiser. Nous sommes silencieux mais nous ne sommes pas tristes, loin de là. Je me rends compte alors de notre profonde complicité. En quelques heures, nous sommes devenus si proches l'un de l'autre que nous arrivons désormais à nous comprendre seulement en nous observant, sans prononcer un seul mot. Cette découverte me laisse profondément troublée. Je n'ai jamais connu cette complicité avec Antoine, à aucun moment de notre mariage.

Comme je m'y attendais, à notre arrivée dans le restaurant, nous sommes très vite séparés par de nombreux adhérents, sans même nous laisser le temps de nous dire un dernier mot. Je retrouve immédiatement Claire et Sophie, installées à une table au bord de la piscine et m'efforce de garder le sourire, je me sens bêtement perdue sans Hugo.

- Ça va ? je fais en attrapant une coupe de champagne sur un des plateaux qui passe à ce moment-là juste devant moi, comme une bénédiction.

Je vide mon verre d'un trait sous le regard ahuri de Claire.

- Ouah, j'avais soif ! je ris en rougissant bêtement.

Je ne bois jamais d'alcool. Enfin, je ne bois jamais autant d'alcool aussi rapidement. D'ailleurs, j'ai aussitôt la tête qui me tourne un peu mais, bizarrement, je n'ai aucune envie de m'affoler ou de me justifier auprès de mon amie. Je crois, de toute façon, que je serais incapable d'expliquer ce qui m'arrive. Marc Ledem surgit entre nous à cet instant précis et me permet miraculeusement de me ressaisir alors qu'il s'installe à notre table, près de Claire. Mais c'est mal connaître mon amie, elle se penche vers moi et me demande tout bas :

- Tu es certaine que tout va bien ?
- Oui, pourquoi ? je réplique en prenant un air surpris.

-   Tu étais où cet après-midi ?

Je me sens rougir jusqu'à la racine des cheveux.

-   Maman, je vais bientôt avoir trente ans ! je plaisante en rigolant exagérément pour cacher mon trouble.

Claire pouffe de rire en me pinçant gentiment le bras. Elle me dit aussitôt qu'elle me trouve superbe avec mes cheveux détachés, elle ne m'a pas vue coiffée ainsi depuis de longues années. Marc intervient pour nous relater la visite du marché de Port-Louis. Nous nous mettons à discuter gaiement avec les Brissan qui nous ont rejoints et une Sophie qui fait sa mauvaise tête. Claire me souffle à l'oreille qu'elle fait la tête parce qu'elle m'a vue arriver au restaurant avec Hugo Delaroche, comme certaines personnes de la « haute » direction d'ailleurs. Je me contente de hausser les épaules, indifférente à toutes ses humeurs changeantes. Sophie est une capricieuse, je l'ai toujours connue avec un comportement de petite fille gâtée, ce qui me tape prodigieusement sur les nerfs. Je dois pourtant la supporter quotidiennement car elle travaille comme assistante de direction au *Bricodeal's* de Cholet et étant pratiquement voisines, nous sommes amenées à nous rencontrer souvent. Je n'ai jamais trop compris l'amitié que lui portait Claire. Mais par respect pour mon amie, je ne me suis jamais permis de lui faire la moindre réflexion quant à cette étrange amitié, elles sont vraiment très proches toutes les deux. Je sais que Claire serait blessée si je devais faire un commentaire désobligeant sur Sophie, mais j'avoue que parfois, j'ai beaucoup de mal à garder mon calme devant cette pimbêche qui ne cesse de faire des commentaires sur tout et n'importe quoi, cela m'horripile.

Nous dînons tout de même tranquillement, tout en suivant différents spectacles de danse. Au café, de magnifiques danseuses viennent chercher quelques adhérents dans la salle, pour danser avec elles sur la piste de danse. Je me raidis soudain en apercevant une jolie Mauricienne s'approcher de Hugo, pour l'inviter. Il accepte en riant. Figée sur ma chaise, je les observe se déhancher sur une musique créole, encouragés par l'équipe de direction qui frappe dans ses mains, franchement amusée par l'audace de la danseuse. Je me rends compte avec horreur que je suis morte de jalousie, jalouse de cette femme qui se colle contre lui, qui rit aux éclats en tournoyant entre ses bras. Je suis jalouse à en crever pour un homme marié, avec qui je ne couche que depuis quelques heures seulement et avec qui tout sera terminé dans moins de deux petits jours. C'en est trop. Ecœurée, furieuse, blessée, je ne sais plus vraiment dans quel état je me trouve, je me lève d'un bond et quitte le restaurant, sans me retourner.

En apercevant de nombreux adhérents dans le hall, je m'empresse d'aller m'enfermer dans les toilettes. Je tremble, je pleure. Je me traite d'idiote. Comment puis-je me mettre dans des états aussi lamentables, c'est débile, complètement déplacé. Je n'ai aucun droit sur Hugo, je ne suis pas sa femme, je ne suis que sa maîtresse. Une simple passade. En colère contre ma stupidité, je me retiens de ne pas donner un coup de pied rageur dans la porte. Je m'efforce de recouvrer mon calme et de respirer normalement. « *Je suis ridicule, complètement ridicule* », je me dis en repoussant nerveusement mes cheveux en arrière.

Je reste un moment assise sur la cuvette des toilettes, avant de me décider à retourner à table. Claire a dû se demander ce qui m'arrivait. En observant mon visage pâle dans le miroir, je prétendrai avoir été malade.

Dans le hall, je ressens un moment de panique en y trouvant Hugo, son portable collé à l'oreille. Lorsque je passe devant lui, je comprends qu'il m'attendait en faisant mine de téléphoner.

- Ça va ? me demande-t-il en fronçant les sourcils.
- Je ne me sentais pas très bien, je mens en évitant son regard.

Nous retournons vers le restaurant en affichant un air détaché mais je sens Hugo se raidir derrière moi, apparemment frustré par mon « indifférence ». Il ne peut cependant me retenir car quelques adhérents nous observent avec une certaine curiosité, une curiosité que je trouve, pour ma part, franchement déplaisante.

- Anna ! proteste-t-il tout bas.
- Ça va ! je le rassure d'un ton sans appel. A plus tard.

Sur ces mots brefs, je retourne m'asseoir à ma place, Hugo retourne à la sienne. Je sais que mon comportement est puéril mais j'avais envie de le blesser, comme une idiote. J'ai immédiatement honte lorsque Claire me souffle à l'oreille :

- Hugo Delaroche a repoussé cette fille juste après ton départ, c'est étrange...
- Je ne vois pas de quoi tu parles, je mens en avalant mon café d'un trait.
- Vous allez bien ? me demande Marc avec un gentil sourire.
- Ça va mieux, je souris en rougissant légèrement, il... il fait chaud.
- Tu n'as pourtant pas dansé, toi ! remarque Sophie d'un ton un peu ironique.
- Nous allons immédiatement y remédier ! s'écrie Claire en se levant. Viens, Anna ! m'ordonne-t-elle en me tendant la main.

Je me mets immédiatement debout et la suis en riant sur la piste de danse. Avec Claire, nous adorons danser et c'est vrai que nous en avons eu très peu l'occasion dernièrement. Il y a déjà beaucoup d'adhérents sur la piste. Sans leur prêter attention, nous nous déhanchons comme des folles sur plusieurs morceaux de musique rythmée que nous adorons. Marc vient très vite nous rejoindre, suivi de près par Sophie et les Brissan. J'aperçois entre la foule Hugo assis à sa table. Il m'observe, le visage impassible. J'ignore s'il est furieux ou vexé mais je me sens mal à l'aise sous son regard insistant. Hugo n'est pas un jouet, il n'est pas homme à se laisser ridiculiser par une fille comme moi, je dois faire attention. J'en prends brusquement conscience, avec horreur, surtout lorsque je vois une bande de très jolies adhérentes, dont quelques-unes célibataires, loucher dans sa direction. Franchement, je n'ai pas peur pour mon boulot. Par contre, que mon comportement stupide pousse mon bel amant à me laisser tomber sur-le-champ m'angoisse littéralement. Hugo n'est pas homme à perdre son temps avec une fille aussi émotive que moi, aussi ridicule que moi. « *Pour qui se prend-elle ?* », doit-il certainement se demander à cet instant précis. Je me sens subitement rouge de honte et perds quelque peu l'envie de danser. Ça tombe bien, la musique se calme soudain et une série de slows invite les amoureux à venir danser.

Claire et Marc se prennent aussitôt dans les bras et se mettent à danser en semblant oublier tout ce qui les entoure, Sophie se laisse emporter par un homme d'une petite quarantaine d'années, les Brissan disparaissent je ne sais où. Je me retrouve toute bête au milieu des danseurs. J'essaie immédiatement de me frayer un passage pour retourner à ma place mais je sens une main attraper la mienne. Sans prononcer un mot et sans se préoccuper des regards toujours très curieux de nombreux adhérents, Hugo passe lentement un bras autour de ma taille et me serre fermement contre lui avant de m'entraîner doucement sur la musique. Je remarque immédiatement qu'il ne semble pas fâché, bien au contraire. Un petit sourire amusé flotte sur son visage. Je me sens aussitôt mieux, soulagée. D'ailleurs, j'éprouve un véritable bonheur en sentant son souffle chaud sur ma joue, lorsqu'il se penche vers moi.

- Tu n'es qu'une idiote, Anna Beaumont, me dit-il tout bas.
- Pourquoi ?

Il me serre un peu plus contre lui.

- Je me fous de cette fille, de cette danseuse.
- Tu semblais pourtant lui plaire, je riposte en rougissant bien malgré moi, autant par notre discussion que par les nombreux regards posés sur nous.
- Alors j'avais raison, tu es jalouse ! rit-il en me caressant le creux du dos à travers le tissu fin de ma robe.
- Arrête, Hugo, on va nous voir ! je fais en le repoussant doucement mais fermement.

Hugo me regarde un instant avant de reprendre toujours aussi bas :

- C'est stupide de ma part, mais j'aime te savoir jalouse.

Il me serre de nouveau contre lui, de façon très possessive. Je rends les armes, très vite, trop vite. Je me sens si heureuse entre ses bras, si heureuse…

- Tu es tordu comme type, je finis par rire.
- Marie ne m'a jamais manifesté la moindre jalousie en huit ans de mariage. Toi, tu sors les

griffes dès qu'une pauvre femme s'approche de moi. Je trouve ça plutôt flatteur.

- Ta femme, si je peux me permettre, est stupide, je lui dis tout doucement. Si j'avais un mari comme toi, je ne le lâcherais pas une seule seconde et ferais en sorte qu'il n'aille pas voir ailleurs.
- Si j'avais une femme comme toi, je n'irais pas voir ailleurs, me répond-il lentement tout en me fixant droit dans les yeux, très sérieux.

Je me sens rougir jusqu'aux oreilles.

- Attention, Monsieur Delaroche ! je plaisante vivement pour cacher mon embarras. Je pourrais penser que vous me faites la cour !
- Humm... je vous fais la cour, Madame Beaumont, je vous fais la cour et... j'avoue avoir très envie d'aller dans *notre* chambre.
- *Notre* chambre ? je relève avec un petit rire.
- *Notre* chambre, confirme-t-il en frottant sa joue contre mes cheveux.
- Je te donne quinze minutes, je souris alors, tout excitée à l'idée de me retrouver seule avec lui, une nouvelle fois.
- Dix minutes ! rit Hugo lorsque la musique se termine.

Nous avons dansé plusieurs morceaux sans vraiment nous en rendre compte mais les adhérents autour de nous semblent particulièrement surpris, de même qu'un certain François Gersse, qui nous observe depuis quelques instants. En retournant m'asseoir à ma table, je croise son regard et ne peux m'empêcher de devenir écarlate. Je baisse précipitamment les yeux en comprenant très vite qu'il se pose des questions.

Aïe ! Avec Hugo, je crois que nous venons de faire une bêtise en dansant ensemble, surtout en nous tenant si serrés l'un contre l'autre. Je me promets alors de ne plus me montrer en public avec lui. Les conséquences peuvent s'avérer trop graves pour nous et notre entourage, et je ne suis pas prête à prendre ce risque.

- Tu es sûre qu'il ne se passe rien avec ce type ? me demande Claire lorsque je me rassois près d'elle.

Nous sommes seules à table. Sophie danse toujours avec son cavalier, les Brissan sont rentrés se coucher et Marc discute avec des collègues de travail, à seulement quelques pas de nous.

- Il ne se passe rien avec ce type, je réponds en rougissant.
- Anna ! proteste Claire. Arrête de me mentir !
- Je l'aime bien, c'est tout, je me défends en évitant de la regarder, mal à l'aise.
- Hugo Delaroche est différent des autres années, reprend Claire après un court silence. Il est plus sympa, moins distant. Je l'ai vu plaisanter à plusieurs reprises avec les adhérents, chose qu'il ne faisait jamais.
- Ce n'est pas un monstre, Claire ! je rigole en ressentant une pointe d'agacement.
- Je sais, mais il est différent, insiste-t-elle doucement.

Nous cessons immédiatement de discuter lorsque Sophie revient à table, en riant.

- Ouf ! fait-elle en avalant un grand verre d'eau. Je n'en peux plus !
- C'est qui ce gars ? lui demande Claire en désignant le type à la quarantaine.

- Thomas Martin, il travaille au Groupe depuis quelques mois, il est au service Pub.
- Vous sortez ensemble ?
- Non, fait Sophie en émettant un léger rire ironique. Je vise plus haut, ajoute-t-elle avec un petit air hautain.

*Ouah, cette fille est d'une suffisance !*

- Bien, je fais brusquement en me levant d'un bond, je vous laisse, les filles, je vais me coucher !

J'ai beaucoup de mal à cacher mon agacement, remarque Claire en pouffant de rire. Je l'embrasse sur les deux joues, salue Sophie d'un signe de la main puis les quitte sans plus attendre.

Dans le hall, j'ai la désagréable surprise de découvrir Hugo en compagnie de la jolie brune, celle à la robe noire, aperçue à sa table il y a quelques minutes, je percute soudain. Debout près de la porte du restaurant, ils discutent gaiement tous les deux et cela me rend folle de jalousie. Aussitôt furieuse contre mon stupide comportement, j'hésite un moment à continuer d'avancer. Je n'ai aucune envie de les voir mais je suis obligée de passer devant eux pour rentrer dans ma chambre. Je sens mon cœur faire un bond dans ma poitrine quand j'entends Hugo éclater de rire, apparemment très décontracté. Je commence alors à faire demi-tour mais il m'aperçoit à ce moment précis. Je me sens rougir en rencontrant son regard franchement moqueur.

- Madame Beaumont, fait-il aussitôt en faisant un pas vers moi, venez, je vais vous présenter.

Je deviens carrément écarlate quand Hugo pose sa main dans le creux de mon dos afin de m'obliger à avancer vers la jeune inconnue. Celle-ci fronce légèrement les sourcils en nous dévisageant tous les deux, apparemment surprise.

- Voici Emmy Patterson, me présente Hugo en me regardant fixement, … la femme d'Edmond Patterson, ajoute-t-il avec, dans la voix, une petite pointe d'amusement.

Il est clair que ma stupide jalousie ne lui a pas échappé. Et, une nouvelle fois, il en semble tout simplement ravi !

- Ah ! Oh, euh… Enchantée, je dis en me sentant soudain très bête, soulagée, contente, trop contente peut-être.
- Emmy, je te présente *Anna*, Anna Beaumont, continue-t-il avec une certaine émotion dans la voix, émotion qui n'échappe pas à la jolie Anglaise et qui me fait passer par toutes les couleurs, perdant d'un coup ma bonne humeur.
- Bonsoir, Madame Beaumont, me salue-t-elle avec un fort accent anglais, je… vous…
- Nous sommes voisins de chambre, explique Hugo d'un ton calme et posé, comme si ce simple détail expliquait tout.
- Ah ! laisse-t-elle tomber en rougissant légèrement.

Je devine aisément le malaise de la jeune Anglaise. Je sais que Hugo est ami avec Edmond Patterson, depuis de longues années. J'imagine qu'il l'est aussi avec sa femme. Celle-ci doit connaître Marie, peut-être même sont-elles toutes les deux copines. Emmy Patterson doit certainement se demander qui je suis censée être pour que Hugo prenne la peine de me présenter. Elle doit certainement se demander ce qu'il lui arrive, lui d'ordinaire si distant et si froid avec les adhérents.

Mon Dieu, dans quelle galère je me retrouve ???

- Je vous laisse, je fais alors avec un petit rire nerveux, je… Bonne soirée !

Et sans attendre leur réponse, je m'enfuis dans ma chambre sans oser me retourner.

§§§

Je suis en train de finir de me démaquiller quand j'entends frapper à ma porte. Sans attendre ma réponse, Hugo pénètre dans ma chambre et referme tout doucement derrière lui. En quelques enjambées, il se présente devant moi, son éternel petit sourire au coin des lèvres.

- Salut, dit-il en venant m'embrasser dans le cou.
- Pourquoi m'as-tu présenté Emmy Patterson ? je lui demande aussitôt en me dégageant de ses bras.

Surpris par mon ton accusateur, Hugo rougit légèrement.

- Emmy est comme ma petite sœur. Je sais, c'est idiot mais j'avais envie qu'elle fasse ta connaissance.
- Pourquoi ? je fais encore sans comprendre.
- Anna ! proteste-t-il en me prenant fermement contre lui. J'en avais envie, c'est tout…
- Mais tes amis ne sont pas stupides ! je proteste vivement. Ils vont se poser des questions. *François Gersse se pose des questions !*
- Je sais, il m'a parlé de toi.
- Oh, non ! je rougis violemment.
- Tu ne risques rien pour ton boulot, dit-il vivement.

Je le fusille soudain du regard avant de quitter la salle de bains. Je suis folle de rage. Je m'en rends compte en enfilant maladroitement un peignoir.

- Excuse-moi, fait Hugo en me suivant de près, je dis n'importe quoi.
- Je ne couche pas avec toi pour grimper des échelons, Hugo Delaroche !
- Je sais, souffle-t-il en me prenant les mains pour m'attirer doucement contre lui.

Je me laisse faire car je n'ai pas envie de me disputer avec lui, je trouve ça déplacé, mais je sais, au fond de moi, que Hugo a eu tort de se montrer si léger quant à notre relation.

- Je ne veux plus me montrer avec toi devant les adhérents.
- Très bien, dit-il en posant ses mains sur mes hanches.
- Je ne veux plus que les adhérents nous regardent comme si nous avions quelque chose à cacher…
- Ce qui est peut-être le cas !!! plaisante-t-il dans le but de me calmer.

Mais cela ne fait que m'angoisser davantage. Comment peut-il plaisanter sur ce qui pourrait se passer au sein du Groupe ? Si notre liaison se savait, nous pourrions être tous les deux renvoyés. Et Antoine apprendrait forcément la vérité.

- Je suis sérieuse, Hugo ! je le rappelle à l'ordre.
- Oui, je l'ai bien compris.
- Tu dois faire en sorte que personne ne se pose de questions.
- Je l'ai compris aussi.
- Tu dois éviter de me parler devant François Gersse…
- Anna, tu t'inquiètes pour rien ! proteste-t-il en semblant soudain très agacé.
- Je suis mariée, Hugo !

- Je sais, s'énerve-t-il alors en me lâchant brusquement. Tu es mariée, je suis marié, nous sommes amants mais samedi soir, tout sera terminé. Pas de quoi en faire toute une histoire !!!
- Exactement !

Nous nous toisons un instant en retenant notre souffle, les poings serrés. Hugo a les traits tirés, je trouve soudain en m'asseyant au bord du lit. Je n'aime pas son expression, je n'aime pas son regard. Il me semble tellement fatigué tout à coup que je crains de le voir me quitter sans un autre mot. Je finis par lui tendre les mains, essayant de recouvrer mon calme et mon sourire.

- J'ai tendance à trop m'inquiéter, Hugo. Je suis désolée.
- Oui, tu t'inquiètes pour rien, dit-il sans faire le moindre geste.
- Tu es fâché ? je murmure doucement.
- Oui.

Je sens une boule se forger au creux de ma gorge.

- Hugo, je…
- Allons nous coucher, m'interrompt-il en me prenant enfin les mains, ce qui a le don de me soulager. Demain, nous nous levons tôt.
- Tu as une réunion ?
- Non.
- Ah ! je laisse tomber en me mettant debout. Je...

Hugo me fait taire en glissant ses mains sous mon peignoir. Il me colle contre lui et m'embrasse longuement avant de murmurer contre mon oreille :

- Allons nous coucher, Anna, d'accord ?

Je me contente de hocher la tête avant d'éteindre la lampe de chevet pour le suivre dans sa suite. Pour je ne sais quelle raison, nous trouvons sa chambre plus agréable pour savourer nos folles nuits d'amour et discuter pendant des heures. D'ailleurs, lorsque nous nous retrouvons dans l'intimité de sa chambre, Hugo a retrouvé sa bonne humeur et semble avoir oublié notre petite « dispute ». Alors que je me glisse entièrement nue entre les draps frais, il se déshabille très vite tout en plaisantant gaiement. Il m'a avoué, aujourd'hui, que je le rendais toujours de bonne humeur et qu'il adorait plaisanter avec moi. Il adorait aussi me taquiner, beaucoup même. Ces quelques mots m'ont fait énormément plaisir. Antoine et moi ne plaisantons jamais ensemble et ne rions pratiquement jamais. Je ne me rappelle même pas la dernière fois où nous avons ri, tous les deux. A croire que notre mariage n'est devenu que tristesse et monotonie.

Après un petit passage dans la salle de bains, Hugo vient me rejoindre avec un sourire amusé. Il rit en s'allongeant sur moi, tout en prenant soin de ne pas m'écraser.

- Anna, je t'ai dit : demain, *nous* nous levons tôt.
- Ah ! je fais en me sentant bête tout à coup.

Hugo m'embrasse tendrement sur les lèvres tout en repoussant mes cheveux en arrière, geste qu'il semble particulièrement apprécier.

- Je t'ai réservé une petite surprise, souffle-t-il en me couvrant le visage de petits baisers extrêmement doux.
- Où allons-nous ? je l'interroge aussitôt.
- C'est une surprise !

Je me sens fondre alors que ses mains commencent à glisser lentement sur mon corps. Sentir sa peau nue contre la mienne me remplit immédiatement d'une certaine exaltation, j'ai aussitôt envie de lui appartenir.

- Anna... souffle soudain Hugo en me regardant intensément, tu me rends complètement dingue...
- Fais-moi l'amour, je lui réponds tout bas en me serrant plus étroitement contre lui, frissonnante de désir.

Nous faisons l'amour comme nous aimons le faire, en prenant le temps de nous découvrir toujours plus intimement, ce qui a le don de nous faire connaître des sommets insoupçonnés. Lorsque nos corps se soudent dans un même souffle, je réalise soudain, avec une certaine euphorie, et une véritable angoisse, que cet homme a pris une place importante dans ma vie. Je sais désormais que je ne parviendrai jamais à l'oublier, que je ne parviendrai jamais à oublier ce séjour idyllique dans cet endroit paradisiaque...

... Je crois que je suis tombée éperdument et totalement amoureuse de lui...

# Chapitre 6

*Vendredi 1<sup>er</sup> juin*

- Debout, mon ange ! j'entends dans mon sommeil alors que l'on me secoue tout doucement.

Sentant une bonne odeur de café, j'ouvre lentement les yeux... et ne suis pas vraiment surprise de rencontrer deux yeux bleus, où brille une petite étincelle d'amusement. Hugo, le visage reposé, souriant, de bonne humeur, apparemment... *heureux,* me regarde avec cette expression de bien-être que je lui connais si bien. Expression que je ne cesserai de revoir, lorsque nous serons... séparés.

Il fait déjà jour dans la chambre. Je me redresse d'un bond et découvre immédiatement un plateau rempli de viennoiseries, pain frais, beurre, confiture, yaourts, jus de fruits pressés, et une magnifique rose d'un rouge sang, que Hugo a commandé tout spécialement pour moi. Rougissante de plaisir devant cette délicate attention, je le regarde poser le plateau sur les draps froissés, un petit sourire au coin des lèvres. Il porte un bermuda gris souris et un polo noir. Ses cheveux sont encore mouillés de la douche. Il est terriblement séduisant, terriblement attirant, terriblement troublant.

- Oh ! je fais avec un petit rire contrit. Je ne t'ai pas entendu te lever !
- Je n'ai pas voulu te réveiller, dit-il en me posant un tendre baiser sur les lèvres, amusé et attendri par les rougeurs apparues subitement sur mes joues.
- Comment as-tu fait ? je lui demande en désignant le plateau.

Les petits-déjeuners ne sont servis que dans le restaurant de l'hôtel. Je suis d'autant plus touchée par ce geste de sa part.

- J'ai fait du charme à la serveuse ! rit-il en repoussant mes cheveux en arrière.
- Humm... ou tu lui as fait peur, je remarque en le dévisageant attentivement, amusée au souvenir de notre passage dans les cuisines de l'hôtel.

Depuis deux jours, Hugo prend le soin de me faire de discrets pansements sur mes doigts brûlés. Honnêtement, cela va beaucoup mieux mais depuis que je lui ai dit, en riant, que c'était sa faute, il prend à cœur de me soigner. Je trouve ses petites attentions craquantes.

Je prends la rose entre les mains et la porte à mon visage pour humer son parfum. Antoine ne m'offre jamais de fleurs, je me sens tout émue...

- Merci, je souffle en l'embrassant.
- Je t'en prie...

Nous n'avons jamais pris notre petit-déjeuner ensemble. C'est idiot mais c'est un vrai bonheur de déjeuner tranquillement avec lui, en discutant gaiement, en nous taquinant gaiement, comme si nous étions un couple des plus ordinaires. Je me rappelle qu'au début de notre mariage, Antoine et moi prenions quelquefois notre petit-déjeuner au lit mais je ne me souviens pas avoir été si heureuse durant ces moments-là. C'est horrible, Hugo, sans même s'en rendre compte, m'a fait prendre conscience à quel point je n'étais pas heureuse avec Antoine. Je savais que je n'étais pas profondément amoureuse de lui mais j'étais loin d'imaginer que j'en étais si malheureuse. Chaque instant passé avec Hugo, chaque petit geste, chaque petit mot de sa part ne font que m'éclairer sur ce que je ne connaîtrai jamais avec

Antoine. Et c'est douloureux, très douloureux. Mais je refuse d'y penser. De toute façon, cela ne changera rien quant à ma décision. Samedi soir, tout sera terminé. Que je le veuille ou pas.

M'efforçant de revenir à l'instant présent et de profiter, à cent pour cent, de cet instant magique, j'attaque un petit pain au chocolat avec bon appétit. J'imagine avoir un visage un peu chiffonné ce matin mais Hugo semble me trouver si belle que je n'ose faire la moindre réflexion quant à mon physique.

- Où allons-nous ? je lui demande encore pour la énième fois.
- Surprise ! rit Hugo en me donnant un morceau de son croissant.
- A Port-Louis visiter un musée ? A Grand-Baie ? je propose en riant.
- Je ne dirai rien.
- Hugo… je minaude en me serrant contre lui.
- Ça ne marchera pas, dit-il en éclatant de rire. Je ne dirai rien.

Vaincue, je finis de déjeuner en souriant. Je me sens tellement bien. Tellement joyeuse. Malheureusement, alors que je frotte amoureusement mon visage contre l'épaule de mon amant, je ne peux m'empêcher, une nouvelle fois, de songer à mon retour en France. Cela me procure aussitôt une sensation de vertige, gâchant légèrement ma bonne humeur. Cette simple idée me fait mal, là, au creux de la poitrine. Et quand je regarde Hugo qui me raconte une anecdote en riant gaiement, je regrette sincèrement de ne pas l'avoir connu avant mon mariage. Je suis certaine que nous aurions pu vivre ensemble une belle histoire d'amour. Je suis pourtant consciente que Hugo n'est pas amoureux, que tout est bien clair dans sa tête, mais peut-être tout aurait été différent si nous avions été célibataires, ou divorcés, comme bon nombre de couples aujourd'hui.

Me secouant intérieurement car je me fais du mal avec tous ces rêves qui ne seront jamais que des rêves, je saute du lit et attrape mon peignoir pour aller me préparer dans ma chambre. Nous n'avons pas pris le temps, hier soir, de déménager mes affaires. Hugo vient aussitôt me prendre dans ses bras et me dit contre les lèvres, d'une voix un peu altérée :

-   Comment imaginer te laisser partir...

Je comprends immédiatement qu'il pense à demain, à croire qu'il a lu dans mes pensées les plus secrètes. Je me sens aussitôt rougir jusqu'à la racine des cheveux en rencontrant son regard. Même si Hugo n'a cessé de plaisanter durant ces dernières minutes, il est clair qu'il s'est rendu compte de mon changement d'humeur et qu'il a parfaitement compris ce à quoi je songeais. En soutenant son regard, je réalise qu'il redoute tout autant que moi notre prochaine séparation. D'ailleurs, il paraît si perturbé par cette finalité que je devine presque aussitôt ce qu'il s'apprête à me demander. Mais pour moi, tout est parfaitement clair dans ma tête et ce, depuis le début. Notre liaison n'aura pas de suite. Je suis tombée amoureuse de cet homme, je redoute de le quitter mais je ne continuerai pas notre liaison en France. Il en est hors de question. En continuant de nous voir, si notre liaison reste aussi belle qu'elle l'est actuellement, tout deviendra très compliqué. Moi, je ne pourrai plus me séparer de lui alors que je peux encore le faire aujourd'hui, je le sais. Hugo finira, lui, par me demander de quitter Antoine, ce qui sera tout à fait légitime. Et là, ça sera le drame pour tous les deux car je ne pourrai jamais quitter Antoine. Il y a quinze ans, j'ai fait l'erreur de quitter un petit ami introverti comme Antoine et je l'ai payé très cher, vraiment très cher. Je ne ferai jamais la même erreur une deuxième fois, je me le suis formellement interdit. Voilà des années que je me le suis formellement interdit car jamais je n'ai réussi à oublier ce qui s'était passé. *Jamais.* Je m'efforce alors de me montrer détachée, presque indifférente. J'en suis malade de me comporter ainsi mais notre liaison n'aura pas de suite en France. Nous ne pourrons pas nous retrouver dans un hôtel quelconque sur le bord d'une route alors qu'Antoine sera à la maison à m'attendre. Je n'oserai jamais prendre autant de risques. Je ne *pourrai* jamais prendre autant de risques.

- Hugo, je fais doucement, essayons de profiter de cette journée sans penser à demain, je…
- Tu as raison, me coupe-t-il vivement, considérablement refroidi par mon détachement. Je ne suis qu'un pauvre con. J'ai cru un instant que notre histoire était particulière.

Dieu qu'il est cruel !

- Je vais me préparer, je dis en ignorant délibérément ses derniers mots, je…

Je m'enfuis dans ma chambre, trop troublée pour continuer.

*Une histoire particulière.* Bien sûr que notre histoire est particulière. En quelques jours seulement, il a appris à me connaître comme jamais Antoine ne me connaîtra, il est devenu mon amant, mon ami, mon confident. Je suis tombée amoureuse de lui, je l'aime comme jamais je n'ai aimé en trente ans de vie. Demain, j'ai peur de me retrouver sans lui. J'ai peur de perdre mes repères, ma confiance. J'ai peur de retrouver Antoine… « *Bien sûr que notre histoire est particulière* ! », ai-je envie de lui crier, mais à quoi bon, je ne le reverrai probablement jamais.

Je m'efforcerai, *par tous les moyens*, de ne jamais le revoir.

§§§

Lorsque je le retrouve quelque temps plus tard dans le taxi qui nous attend devant l'hôtel, je stresse comme une malade d'aborder une nouvelle fois notre prochaine séparation. Je n'ai aucune envie d'expliquer mes raisons. Non, je n'ai pas le courage d'expliquer mes raisons. Mais Hugo a retrouvé son sourire et sa bonne humeur et évite, volontairement ou involontairement, je ne sais pas, notre dernière discussion. Je me détends instantanément.

Nous partons immédiatement en nous tenant la main, excités comme de vrais gamins. Je l'interroge encore sur notre destination mais il se contente de rire, amusé par ma curiosité. Nous prenons la direction de Port-Louis, longeant d'immenses champs de canne à sucre, mais alors que je commence à penser que nous allons visiter le musée sur la fabrication du Dodo, nous bifurquons dans une autre direction. Je regarde Hugo en quête d'une explication mais comme je m'y attendais, il reste sourd à mes supplications. Je commence à me poser de sérieuses questions quand je me rends compte que nous suivons le chemin pour nous rendre à l'aéroport. Je regarde une nouvelle fois Hugo, sans comprendre.

- Plus que quelques minutes, me dit-il en me pressant la main.

Le taxi nous conduit soudain vers un héliport privé où sont stationnés de nombreux hélicoptères étincelants. En nous garant sur un parking réservé aux visiteurs, je vois et j'entends immédiatement que l'un d'eux est en marche et qu'il nous est réservé. Deux hommes en uniforme nous attendent sur le côté de l'appareil, casque sur les oreilles. Je me sens aussitôt devenir rouge écarlate.

- Mais… je fais en écarquillant les yeux, interdite.

Hugo éclate de rire devant mon expression ahurie.

- Viens ! fait-il en m'entraînant vers les deux hommes.

Ceux-ci nous accueillent avec un large sourire et malgré le vent et le vacarme que provoque l'appareil, nous serrent la main en nous souhaitant la bienvenue. J'entends des « *Madame Delaroche* » sortir de leur bouche mais je ne réagis pas, je suis trop abasourdie pour rectifier la situation. Sans un mot, je monte dans l'hélicoptère et m'installe sur un fauteuil en cuir noir, j'attache ma ceinture, mets mon casque… Je m'exécute machinalement sans vraiment réaliser ce que je fais. Heureusement d'ailleurs car je ne suis jamais montée dans ce genre d'engin et je suis terrorisée. Excitée mais terrorisée. Hugo s'installe rapidement à mes côtés et me prend aussitôt la main, pour me rassurer. Il sait très bien que je suis morte de trouille.

- Détends-toi, Anna, tout va bien se passer, me dit-il doucement par le biais de son casque.

Je me contente de lui sourire et m'accroche à sa main pour me consacrer au décollage, qui a lieu quelques minutes plus tard. Au début, c'est étrange, j'ai l'impression de faire du sur-place mais cette impression ne dure pas quand soudain, nous survolons les champs de canne à sucre d'un vert époustouflant. Ma peur me quitte presque immédiatement lorsque je découvre la beauté du paysage. J'en ai le souffle coupé quand nous volons au-dessus du lagon. Osant me pencher vers l'une des fenêtres panoramiques, j'aperçois des bateaux de pêcheurs aux couleurs magnifiques, le sable blanc où semblent dormir d'immenses palmiers. J'ai le sentiment de rêver, je ne cesse d'écarquiller les yeux devant tant de beauté. Je suis incapable de prononcer le moindre mot mais je réussis à presser la main de Hugo pour le remercier. Je sais déjà que ce moment restera gravé à jamais dans ma mémoire.

Nous nous posons quelque temps plus tard sur une petite île mauricienne, où vivent une cinquantaine de personnes, dans des cabanes plus ou moins confortables, m'explique Hugo en m'entraînant vers un vieux 4 X 4 tout cabossé garé à l'ombre d'un palmier. Je me sens rougir jusqu'à la racine des cheveux lorsque nous y retrouvons un couple d'un certain âge, Marie-Anne et Joseph Dubontie. A leur façon d'accueillir Hugo avec des cris de joie et de longues embrassades, je comprends qu'ils se connaissent depuis longtemps. Je remarque une certaine surprise de leur part lorsque Hugo me présente comme Anna, simplement Anna, mais avec tant… d'émotion dans la voix que le vieux couple échange un rapide regard assez significatif. Ils ont cependant la correction de se ressaisir très vite et, à ma grande surprise, me posent chacun deux bises sonores sur chaque joue.

C'est étrange, Hugo prend naturellement place derrière le volant du 4 X 4 alors que Joseph s'installe côté passager. Avec Marie-Anne, nous sommes déjà installées à l'arrière, Hugo nous a galamment fait monter et s'est permis de me voler un petit baiser, me faisant rougir une nouvelle fois devant le regard pénétrant de la vieille femme.

Nous nous dirigeons aussitôt sur une route complètement défoncée qui nous conduit deux, trois kilomètres plus loin à une cabane des plus confortables, ce qui, j'avoue, me surprend considérablement. Surtout lorsque je découvre le coin cuisine, avec eau chaude, s'il vous plaît, ou le petit salon où trônent deux confortables fauteuils en tissu rouge, face à un écran plat presque aussi grand que la pièce. Une table entourée de tabourets est posée sur un épais tapis persan. La chambre et la douche sont fermées par un rideau opaque. Les toilettes avec système d'évacuation sont au fond d'un petit jardin, à l'abri des regards. La cabane est posée pratiquement sur une plage de sable blanc, ouverte sur le lagon, la vue y est tout simplement exceptionnelle.

Tout en bavardant gaiement, Marie-Anne nous sert à tous un cocktail délicieux à base de rhum. Ouah, c'est super fort et il est à peine dix heures du matin ! Je le savoure néanmoins en écoutant Hugo donner les dernières nouvelles sur sa vie, son travail, sa santé, sa famille. Il ne parle pas de sa femme, à aucun moment. Mais ses amis ne lui posent aucune question la concernant, comme si cela ne les intéressait pas.

Je deviens vite très rouge quand Hugo continue sur sa lancée et leur explique notre rencontre, me présentant comme une « précieuse amie ». Le vieux couple l'écoute avec intérêt mais ne pose, une nouvelle fois, aucune question. Je ne sais que penser de cette étrange situation, mais grâce à la gentillesse des deux Mauriciens, je finis par me détendre. Nous bavardons, dès lors, un très long moment. Je leur explique d'où je viens et ce que je fais dans la vie. Je ris beaucoup, je m'amuse comme une folle, Hugo ne cesse de me taquiner, je crois que je suis un peu pompette. Je me sens bien. Je voudrais que ce moment ne s'arrête jamais. Je comprends que Hugo est très attaché à ce vieux couple et réciproquement. Je comprends également que ma présence près de ces gens n'est pas sans importance, *pour lui*. Je rougis encore.

Avant le déjeuner, Hugo me propose d'aller nous baigner, dans le lagon. J'accepte immédiatement, ravie d'aller nager dans ce petit paradis. Joseph et Marie-Anne ne nous accompagnent pas, prétextant le déjeuner à finir de préparer mais je reste convaincue qu'ils veulent nous laisser seuls, ayant compris, dès la première seconde, que nous étions amants.

Sur le sable chaud, nous nous déshabillons lentement en nous observant attentivement, ne gardant que nos maillots de bains. Sans dire un mot, Hugo m'entraîne dans l'eau délicieusement bonne, où nous nageons un instant, mais très vite, il vient se poster devant moi et tout en restant dans l'eau jusqu'à la taille, me soulève dans ses bras pour me coller contre lui, comme si rester près de moi sans pouvoir me toucher lui était impossible. Sans vraiment m'en rendre compte, je passe mes jambes autour de sa taille pour me serrer plus étroitement contre lui. Nous nous dévisageons encore un long moment, toujours en silence, avant que Hugo ne repousse, derrière mon oreille, une mèche de mes cheveux mouillés. Il est si près de mon visage que je sens son souffle chaud sur ma joue.

- Tu es si belle, me dit-il tout bas.

Je frissonne alors que sa main glisse lentement sur ma gorge avant de descendre jusqu'au creux de mes seins. Nous ne cessons de nous fixer, le souffle court. Une soudaine envie de faire l'amour nous prend aux tripes mais aucun de nous ne bouge. Nous restons ainsi encore un long moment avant que Hugo ne se décide à se pencher vers moi pour m'embrasser. Ses lèvres ont le goût du sel. Je ferme les yeux en m'agrippant à ses épaules, je le laisse prendre possession de ma bouche en me serrant plus intimement contre lui, je lui caresse doucement la nuque, j'aime toucher ses cheveux. Ses mains glissent le long de mon dos, enveloppent mes fesses, je sens son sexe dur contre mon ventre, j'ai envie de lui appartenir, là, tout de suite...

Nous sursautons violemment quand Marie-Anne nous appelle pour le déjeuner, de sa voix presque chantante. Rougissant tous les deux comme deux gamins pris en faute, nous nous écartons immédiatement l'un de l'autre. Nous nageons un petit moment pour calmer le feu qui nous consume mais c'est peine perdue, quand nous sortons de l'eau, je suis toute rouge et Hugo a du mal à cacher son érection. Nous gloussons en nous séchant rapidement, nous finissons par éclater de rire en enfilant maladroitement nos vêtements, nous taquinant tous les deux de notre pouvoir de séduction. Nous retournons vers la cabane en nous tenant par la main, bêtement heureux de notre précieuse complicité.

J'avoue que je suis affamée. J'ai l'agréable surprise de découvrir un véritable festin qui nous attend sur une petite terrasse en bois collée à la cabane. Ayant retrouvé mes esprits, je propose mon aide mais Hugo m'oblige à m'asseoir. Joseph dépose devant nous un plateau de fruits de mer géant, je crois ne m'être jamais autant régalée en dévorant des gambas, homards, langoustines, huîtres et autres crustacés plus délicieux les uns que les autres. Lorsque nous terminons notre déjeuner avec un gâteau à la noix de coco, je ris en affirmant que mon ventre va éclater. Nous savourons ensuite un délicieux café, assis à même le sol, les pieds dans le sable chaud.

Après le déjeuner, Hugo se retire un petit moment avec Joseph dans son petit jardin, où poussent quelques légumes. Ils veulent discuter « entre hommes ». Moi, je reste avec Marie-Anne et nous entamons rapidement une conversation typiquement féminine. Je lui propose de faire la vaisselle. Elle semble abasourdie et s'empresse de refuser. Amusée, j'insiste cependant et nous finissons par nettoyer la précieuse vaisselle en discutant comme de vieilles amies. La vieille femme m'éclaire alors sur le lien qui les unit, elle et son mari, à Hugo Delaroche.

Il y a six ans, commence-t-elle avec une note d'émotion dans la voix, elle a été engagée comme serveuse au mariage de l'une des sœurs de Hugo, Juliette. Je me souviens que Hugo m'a parlé de ce mariage mais sans entrer dans les détails, nous étions bien trop impatients de nous découvrir tous les deux pour nous arrêter sur la vie de nos sœurs, du moins, lors de notre première nuit. Le mariage a eu lieu dans une villa réservée uniquement pour les grandes occasions (mariage, baptême, anniversaire...), m'explique Marie-Anne avec maintes anecdotes. Cette villa splendide se trouve au sud de l'île Maurice. J'imagine le mariage, somptueux, grandiose, le mariage que toute petite fille aimerait vivre. Marie-Anne était en train de servir les nombreux invités autour d'une immense piscine quand l'un des invités, apparemment ivre, a fait tomber un jeune enfant qui jouait au bord du bassin, sans même s'en rendre compte. Sans réfléchir, la vieille femme a immédiatement envoyé valser plateaux et coupes de champagne pour sauter dans l'eau et sauver le gamin qui se serait probablement noyé, du moins en était-elle persuadée à ce moment-là car la musique battait son plein et personne ne faisait attention à ce qui se passait dans le bassin. Il y a eu alors un moment de panique, continue de me raconter Marie-Anne avec une grimace explicite, et sans vraiment savoir ce qu'ils faisaient, plusieurs invités ont sauté à leur tour dans la piscine pour arracher l'enfant choqué de ses bras. Pour rien au monde, elle ne l'aurait lâché, précise-t-elle avec une certaine fierté dans le regard. Jamais elle n'aurait laissé un petit homme de trois ans se noyer ! Tandis qu'une foule énervée se dépêchait d'entourer l'enfant de soins dont il n'avait pas besoin, personne ne s'est préoccupée d'elle, elle ne savait pas nager. Incapable d'attraper le bord de la piscine, elle a commencé à paniquer, à faire des gestes de la main, à appeler. La musique continuait de hurler dans les haut-parleurs, c'était l'agitation autour d'un petit garçon en larmes et d'une maman devenue hystérique. Certaines personnes couraient dans tous les sens. Gênée par ses vêtements et ses chaussures, elle s'épuisait dans l'eau et peinait de plus en plus à rester à la surface. Elle se serait noyée si, tout à coup, un beau jeune homme apparu de nulle part ne s'était jeté à l'eau, sans la moindre hésitation, pour venir la sauver. Hugo était arrivé comme un fou et l'avait sortie de la piscine en un éclair. Il était dans une rage folle et avait incendié, sans mâcher ses mots, toutes les personnes présentes autour de la piscine. Aucun des invités n'avait osé broncher, honteux de leur propre comportement, de leur propre négligence. C'est Marie-Anne elle-même, pourtant très choquée, qui avait réussi à le calmer en lui certifiant que tout était fini et qu'elle allait bien. Dès lors, ils étaient devenus amis, de très proches amis. Depuis ce jour, termine-t-elle avec toujours cette note d'émotion dans la voix, elle le considère comme le fils qu'elle n'a jamais pu avoir et savoure toutes ses visites avec bonheur. Ils se rencontrent dès que l'occasion se présente et Hugo leur rend visite à chaque passage sur l'île Maurice. Il aime venir y passer une semaine lorsqu'il est en vacances, me révèle encore la vieille femme. Je n'ose demander, alors que j'en meurs d'envie, s'il y vient accompagné de sa femme. Je trouve que ma question serait déplacée. Mais de toute façon, je jurerais qu'il y vient toujours seul.

Hugo les invite également dans sa maison de vacances à la Rochelle, m'avoue aussi Marie-Anne, et leur offre, à chaque fois, leurs billets d'avion, me précise-t-elle tout bas en tâchant de retenir ses larmes. Elle connaît bien ses sœurs, ses beaux-frères, ses neveux et nièces. Elle connaît aussi ses parents, elle est très proche de sa maman, de qui Hugo a hérité ses beaux yeux clairs. *Une femme adorable*, me souffle-t-elle en attrapant un mouchoir en tissu dans la manche de sa robe d'un rose très pâle. Elle est si attachée à cette famille, et réciproquement, aime lui répéter Hugo, qu'elle la considère désormais comme la sienne.

Quand Marie-Anne termine enfin son récit, j'ai stupidement envie de pleurer, moi aussi. Bon sang, quelle histoire ! Emue, je m'empresse aussitôt de ranger la vaisselle sur l'étagère que m'indique la vieille femme. Il faut absolument que je me reprenne avant le retour de Hugo. Malheureusement, celui-ci choisit ce moment pour réapparaître, suivi de près par Joseph. Je me sens un peu bête alors qu'une larme coule lentement sur ma joue.

- Tu n'as pas pu t'empêcher de raconter cette vieille histoire ! remarque Hugo en éclatant de rire, en venant me serrer doucement contre lui.
- Je... Je suis désolée, je bafouille, gênée.
- Cette petite a besoin d'un remontant ! s'exclame Joseph en faisant un clin d'œil au jeune homme. Punch pour tout le monde !

C'est vrai que le punch me fait un bien fou, je retrouve immédiatement mes esprits et plaisante de nouveau avec le vieux couple. Hugo est extrêmement attentionné avec moi et s'occupe de mon bien-être à chaque seconde qui passe. Alors que je ne peux m'empêcher de lui caresser le bras, dans un geste très intime, comme si ce geste était pour moi tout à fait naturel, je me demande ce que doivent penser Joseph et Marie-Anne de notre relation. Ils connaissent Hugo, ils savent qu'il est marié, ils doivent probablement connaître sa femme, même s'ils n'en parlent absolument pas. Quelle étrange situation. Ils ont dû remarquer mon alliance, doivent se demander ce que je fabrique avec leur ami, leur « fils de cœur », comme dit Marie-Anne, mais le vieux couple ne me porte aucun jugement, aucune réserve. Ils m'ont adoptée, je le sens à leur façon de me traiter. D'ailleurs, quand je les vois se soucier de mon bien-être : est-ce que je n'ai pas trop chaud ? Est-ce que j'ai soif ? Est-ce que je désire manger quelque chose ?, ne cessent-ils de me demander avec bienveillance, je regrette déjà de ne jamais les revoir. Je suis certaine que nous serions devenus amis, sans aucune prétention de ma part. Et j'aime leur façon de traiter Hugo, j'aime leur façon de le taquiner, de le chouchouter, comme s'il était vraiment leur propre fils. Il est clair qu'un lien profond les unit tous les trois. D'ailleurs, ai-je appris durant cette journée, Hugo a fait en sorte qu'ils vivent sur cette île dans des conditions plus qu'agréables. Il a tenu à aménager cette cabane afin de leur offrir un confort des plus luxueux. Si le vieux couple bénéficie aujourd'hui de nombreux avantages, dont l'eau chaude, c'est uniquement grâce à lui. Oui, Marie-Anne et Joseph sont vraiment des personnes attachantes et je regrette vraiment de ne jamais les revoir. Encore un moment difficile à oublier, je pense avec une petite pointe au creux de l'estomac. Je n'ose imaginer mon retour à la maison, la chute va être terrible, terrible.

§§§

L'heure du retour arrive très vite, trop vite. Nous devons impérativement rentrer à l'hôtel pour le repas de ce soir. Hugo y est évidemment attendu par tout le Conseil de direction. De plus, avons-nous remarqué depuis que notre relation a débuté, les adhérents surveillent scrupuleusement ses moindres faits et gestes. Depuis deux jours, il semblerait que la vie privée du directeur France soit devenue plus importante que son propre poste. Il ne fait pas les excursions prévues au programme, il ne va pas se baigner à la piscine ou à la plage, il ne passe pas du temps avec François Gersse, comme il avait l'habitude de le faire. Dans la journée, il semble avoir totalement disparu de la surface de la terre et réapparaît miraculeusement le soir, au dîner. Ses absences font jaser. Et bien entendu, mon absence, également remarquée, fait jaser. Pourtant, nous essayons toujours d'être très discrets, de ne pas être vus ensemble à l'hôtel ou de ne pas quitter l'hôtel par l'entrée principale. Mais nous savons tous les deux que nos absences répétées et notre étrange « collaboration » font jaser. D'ailleurs, Hugo ne cesse de me répéter qu'il aimerait pouvoir leur dire de se mêler de leurs affaires. Mais moi, hantée par mes vieux démons, je lui réponds toujours qu'il ne doit absolument pas entrer dans « leur jeu », même si je sais pertinemment qu'il ne s'abaisserait jamais à ça. Je n'ose imaginer si notre liaison devait se confirmer et arriver aux oreilles d'Antoine. Cela pourrait être le drame. Je préfère éviter tout danger. Enfin, triste de quitter ces gens adorables, je ne peux m'empêcher de les embrasser chaleureusement, en les remerciant très sincèrement de leur accueil.

- J'espère vous revoir très vite, Anna, me dit Marie-Anne en me serrant tendrement dans ses bras. Je n'ai jamais vu Hugo aussi serein, je vous remercie, ajoute-t-elle tout bas contre mon oreille, avec un certain trémolo dans la voix.

Je rougis violemment. Interdite, je reste quelques secondes sans réagir avant de grimper très vite dans l'hélicoptère. Je vois Hugo embrasser ses amis, encore et encore. Je l'entends leur promettre de revenir très bientôt. Il semble sincèrement ému quand il monte à son tour dans l'appareil. Nous leur adressons un dernier signe de la main, au même moment. Nous décollons immédiatement.

§§§

Dans le taxi nous ramenant à l'hôtel, je ne cesse de remercier Hugo pour cette magnifique journée. Je babille en cachant difficilement mon excitation. Je lui relate même chaque moment passé avec un bel enthousiasme, à croire qu'il n'était pas là ! Mais j'ai tant apprécié cette journée, tant apprécié de rencontrer Joseph et Marie-Anne que je n'arrive plus à retenir ma joie. Ils se sont montrés si gentils avec moi, si accueillants. Hugo, qui m'écoute attentivement tout en jouant avec mes doigts, se contente de sourire. Je crois qu'il n'aime pas les éloges. Non, je suis certaine qu'il déteste les éloges.

Au bout d'un certain temps, je réussis par réfréner mes émotions et change de sujet. J'ose lui demander ce qui me chiffonne depuis notre départ de l'île. J'ose aborder sa femme, alors qu'il s'est toujours gardé d'en discuter avec moi. Moi, il m'est arrivé d'aborder plusieurs fois Antoine, regrettant même mes maladresses lorsque cela était involontaire de ma part. Hugo n'a jamais prononcé, devant moi, un mot sur sa femme. En fait, depuis notre déjeuner à Port-Louis où nous avions abordé très brièvement nos vies communes, où nous avions parlé de nos époux respectifs, il n'a jamais refait le moindre commentaire sur sa femme. Je me doute pourtant qu'il doit penser à elle et qu'il doit lui téléphoner, peut-être même chaque jour. Mais là aussi, il se montre toujours très discret, très secret. Pourtant, ce soir, j'ai envie d'en savoir un peu plus sur son mariage. Je veux comprendre certaines choses, ce qui me paraît parfaitement légitime après la journée que nous venons de passer.

- Joseph et Marie-Anne ne connaissent pas ta femme ?
- Non.

Je fronce les sourcils, surprise.

- Mais… mais… ils savent que tu es marié ?
- Oui, ils le savent, mais ils n'ont jamais rencontré Marie, me répond-il lentement.

- Pourquoi ? j'insiste.

Hugo ne répond pas immédiatement. Il semble réfléchir un instant avant de me fixer longuement, de cette façon si particulière. Il a l'air troublé soudain.

- Je n'ai jamais eu l'envie de leur présenter ma femme, m'avoue-t-il enfin.
- Pourquoi ? j'insiste encore.
- Je ne sais pas, c'est comme ça...
- Mais elle, elle les connaît ?
- Bien sûr. Elle connait parfaitement leur existence mais ne les a jamais rencontrés.
- Mais pourquoi ?
- Elle estime que j'en fais trop pour eux.

Mon Dieu, cette femme me paraît être une sacrée pimbêche.

- Comme tu l'as certainement compris, reprend Hugo après un nouveau silence, Marie-Anne et Joseph sont très importants pour moi. Après ce qui s'est passé au mariage de ma sœur, j'ai souhaité revoir Marie-Anne, plusieurs fois. Je ne sais pas pourquoi mais j'avais apprécié ce petit bout de femme qui avait su garder son sang-froid alors qu'elle avait failli se noyer. Au fil du temps, nous avons appris à nous connaître, elle m'a présenté son mari, nous sommes devenus très proches.
- C'est vrai qu'ils t'aiment beaucoup, je me permets d'intervenir.
- Je les aime comme mes propres parents, sourit Hugo. Et ils ont le don de me faire garder les pieds sur terre, de ne pas prendre la grosse tête. Gagner très bien sa vie, vivre aisément, tout ça, pour eux, ce n'est pas important. D'ailleurs, si tu savais le temps qu'il m'a fallu pour qu'ils

acceptent la moindre aide afin d'améliorer leur quotidien, ça a été un vrai parcours du combattant. Ce sont des gens tellement fiers...

- C'est vraiment précieux tout ce que tu as fait pour eux...
- Marie ne comprend pas ce lien entre nous, m'explique-t-il encore en ignorant volontairement mes derniers mots.

Hugo Delaroche n'aime vraiment pas les éloges.

- ... Mes parents les ont définitivement adoptés, mes sœurs également, mais avec elle, c'est toujours très compliqué. Lorsqu'ils viennent en France, elle trouve toujours une bonne excuse pour ne pas être avec nous. Elle est très forte pour ça ! ajoute-t-il avec un petit ricanement amer.
- Elle n'était pas présente au mariage de ta sœur ? je m'étonne.
- Non. Elle n'aime pas l'avion.

Après un bref silence, Hugo me dit avec un petit rire :

- Je soupçonne Juliette de s'être mariée sur l'île pour empêcher Marie de venir. Elles ne sont pas très copines, toutes les deux.
- Je vois, je fais simplement, abasourdie par toutes ces révélations.

Nous nous fixons un moment.

- Qu'ont-ils... qu'ont-ils pensé de ma venue ? je demande soudain.

Hugo hésite une seconde avant de me répondre. Je devine que sa réponse ne va pas me plaire.

- Joseph m'a demandé franchement qui tu étais pour moi, me révèle-t-il en émettant un petit rire nerveux. Je lui ai dit que tu étais la femme de ma vie !

Je sursaute imperceptiblement.

- Ce n'est pas très gentil de ta part de t'être moqué de lui !
- Que voulais-tu que je lui dise ? se défend-il aussitôt. Que nous étions amants mais que samedi soir, tout serait terminé entre nous ?!!!

Je ne peux m'empêcher de tiquer sous son ton légèrement accusateur.

- Tu aurais dû lui dire que nous étions collègues de travail...
- Et c'est moi qui me moque de lui ! ironise Hugo.

Je rougis violemment. Autant par notre discussion que par son changement d'attitude. Il est clair qu'il n'apprécie pas mes reproches. Et qu'il n'apprécie pas, en prime, la finalité de notre histoire. Mais je ne peux pas le laisser se moquer de ses amis. Que cela lui plaise ou non, je ne peux pas.

- Tu aurais dû lui dire que nous étions collègues de travail et...
- Joseph a deviné que nous étions amants dès l'instant où tu as posé le pied sur l'île ! me coupe-t-il d'un ton brusque avec un petit sourire plein d'ironie.
- Pourquoi donc ? Est-ce une habitude chez toi d'y emmener tes maîtresses ? je lui demande sans prendre la peine de réfléchir.

Hugo perd immédiatement son sourire narquois pour me répondre d'une voix glaciale :

- Je ferai en sorte de ne pas avoir entendu cette dernière réflexion !
- Pardon, je fais aussitôt en réalisant mon manque de tact.

Je l'ai blessé, je le vois sur son visage crispé. Nous cessons dès lors de discuter et lorsque notre taxi s'arrête devant l'hôtel, je me sens très mal. Hugo a un visage fermé, impénétrable. J'ai très envie de pleurer. Je me maudis d'avoir été si désagréable, si méchante, si bornée. Oui, il a raison, entièrement raison. Il n'avait pas lieu de préciser les détails de notre relation, qui ne regardent que nous. Et moi, je n'avais pas lieu de me montrer si pointilleuse alors que nous avons passé une journée magnifique et mémorable. Joseph et Marie-Anne nous ont vus nous embrasser, ou avoir des gestes très tendres l'un envers l'autre. Ils nous ont vus nous taquiner comme des amoureux, des amoureux très complices. Ils ont senti ce lien tout particulier qui règne entre nous. Nous nous sommes comportés comme un couple tout au long de la journée. Et non comme des collègues de travail !!!

Franchement, de nous deux, qui se moque de qui ?!!!

Je me sens encore plus mal. Je rêve aussitôt de disparaître dans un trou de souris, me sentant vraiment pitoyable. De plus, je me rends compte que le chauffeur n'a pas raté une miette de notre conversation. Je rougis une nouvelle fois quand il nous souhaite « bonne chance ». Hugo règle la course sans faire le moindre commentaire. Cependant, son visage glacial suffit au bonhomme pour perdre son sourire mielleux. Il s'enfuit sans attendre son reste.

Quelques minutes plus tard, quand je pénètre dans le hall de l'hôtel, seule, je me maudis en me traitant de tous les noms.

# Chapitre 7

Ce soir, c'est le dîner de clôture. Déjà !

Comme exigé dans le programme, chaque adhérent doit se présenter à ce dîner en tenue blanche. Paisiblement, dans la chambre de Hugo, nous nous préparons pour la soirée. Hugo a retrouvé sa bonne humeur quand je lui ai demandé plusieurs fois de me pardonner. Me serrant farouchement contre lui, il m'a néanmoins traité de « méchante femme », ce qui était parfaitement légitime, avant de m'avouer qu'il refusait de gâcher notre dernière soirée en revenant sur ce qui s'était passé dans le taxi. Ensuite, il a tenu à déménager toutes mes affaires dans sa chambre, toutes sans exception alors qu'il ne nous reste plus qu'une seule nuit à partager. En riant comme de vrais gamins, nous avons fait quelques allers-retours entre les deux pièces, en essayant de nous montrer le plus discrets possible, et avons littéralement vidé ma chambre. Depuis, je ne peux m'empêcher de pouffer en imaginant Claire me rendre visite, elle serait assurément surprise de voir ma chambre si bien rangée où plus rien ne traîne, ce qui n'est absolument pas dans mes habitudes.

Nous prenons notre douche ensemble, Hugo s'amuse à me laver, je ris sous ses caresses *légèrement* osées. Comme il le souhaitait, nous nous lavons les dents ensemble, en nous taquinant toujours comme des gosses. Alors que je me maquille minutieusement, il se rase tranquillement, sans cesser un seul instant de discuter gaiement. Nous nous habillons ensemble, il m'aide à fermer ma robe blanche en coton de soie, toute fluide et vaporeuse, que j'ai payée une fortune. Je l'aide à boutonner sa chemise blanche, qu'il porte avec un costume noir. Je lui fais son nœud de cravate, il coiffe mes cheveux propres et brillants et les laisse retomber sur mes épaules nues joliment hâlées. Lorsque nous sommes enfin prêts, Hugo me détaille attentivement en fronçant les sourcils.

- Quoi ? je fais en riant.
- Il manque quelque chose, dit-il en cachant un objet derrière son dos.

Je rougis subitement lorsqu'il me tend un petit paquet cadeau à l'effigie d'une des plus belles bijouteries de l'hôtel. Tous les bijoux que j'ai pu admirés dans sa vitrine n'étaient *absolument pas* dans mon budget. D'ailleurs, il y avait même un agent de la sécurité à l'entrée de cette bijouterie, c'est pour dire ! A ce souvenir, j'avale difficilement ma salive.

- Avec un peu d'avance, joyeux anniversaire ! me souffle-t-il en m'embrassant doucement.

Je le regarde en écarquillant les yeux. Il s'en est souvenu ! Nous n'en avons discuté qu'une seule fois mais il s'en est souvenu. Touchée par cette délicate attention, je prends le paquet d'une main hésitante.

- Hugo, je… je…
- Ouvre ! dit-il avec un petit rire.

Je m'assois maladroitement sur le bord du lit avant de déchirer lentement le papier, avec des doigts tremblants. Retenant mon souffle, je découvre un ravissant coffret rouge *Cartier*. Mon Dieu, un coffret *Cartier* !!! Je l'observe un instant sans savoir si je dois l'ouvrir.

- Ouvre ! me presse-t-il doucement.

Je soulève le couvercle en retenant mon souffle.

- Oh, Hugo ! je fais en rougissant.

Sur un écrin de velours se trouve un magnifique collier en or rose où brille de mille feux un des célèbres anneaux « Trois Ors ». L'anneau est mystérieusement imbriqué, en or rose, or jaune et or blanc. L'anneau est pavé de diamants, de *véritables diamants*... Je crois n'avoir jamais vu de bijou si fin, si somptueux... qui doit valoir une fortune.

- Ça te plaît ? me demande-t-il avec une petite note d'inquiétude dans la voix.

Mon Dieu, comment pourrai-je ne pas trouver ce bijou hors de prix tout simplement sublime ? C'est impossible. Pourtant, pour Hugo, le prix de ce bijou n'est pas important. Ce qu'il veut en m'offrant ce collier, c'est me faire plaisir. C'est important pour lui, voire primordial. Le reste n'a pas d'importance.

- C'est... c'est beau...
- Presque autant que toi, me taquine-t-il en m'embrassant le bout du nez.
- Tu es fou... je souffle en cachant difficilement mon émotion.

Hugo me prend l'écrin des mains et y détache le collier pour me le mettre autour du cou. Je soulève mes cheveux et frissonne imperceptiblement lorsqu'il effleure ma peau de ses doigts frais. Il me pousse ensuite devant le miroir de la chambre où je m'observe en retenant mon souffle, admirant le délicat bijou sur ma peau bronzée. Les diamants brillent étrangement dans le creux de ma gorge, c'est magnifique, tout simplement magnifique. Je me demande alors si je peux accepter un tel présent mais Hugo, qui lit dans mes pensées comme dans un livre ouvert, m'entoure vivement de ses bras et me rassure tout bas contre mes cheveux. Nous nous observons longuement dans le miroir. Qu'est-ce que je l'aime, je réalise subitement en me serrant contre lui, extrêmement émue par cette évidence.

- Tu es superbe, me dit-il sincèrement. Te rends-tu compte à quel point tu es belle ? ajoute-t-il en voulant absolument me convaincre de cette réalité.
- Merci, je réponds simplement en me tournant vers lui.

« *Merci de m'avoir ouvert les yeux, merci pour ta gentillesse, merci pour ta délicatesse, merci pour tes multiples attentions, merci de t'aimer* », ai-je envie de lui crier en cachant mon visage dans son cou, les larmes aux yeux. Hugo semble particulièrement troublé en ressentant mon émotion. Il passe immédiatement ses bras autour de moi et me serre tendrement contre lui. Nous restons un long moment ainsi, immobiles, silencieux, sachant déjà tous les deux que notre séparation sera extrêmement difficile.

§§§

Nous avions décidé de ne plus nous montrer en public, nous arrivons ensemble au dîner de gala. La soirée a lieu sur une immense terrasse, posée directement sur la plage, éclairée uniquement par des lampes torches. Les tables aux nappes blanches sont éclairées, elles, par de nombreuses bougies. Une musique douce résonne dans la nuit noire, à la fraîcheur agréable. Comme convenu, tous les adhérents sont en blanc.

- C'est somptueux, je souffle à Hugo qui se tient debout près de moi, n'ayant aucune envie de me quitter.

*Nous* n'avons aucune envie de nous quitter.

- Le paradis, me rappelle-t-il avec un petit rire.

Il attrape deux coupes de champagne et m'en tend une en murmurant tout bas :

- A nous, mon ange.
- A nous, je souris en trinquant mon verre contre le sien, me sentant à chaque fois très émue quand il me surnomme ainsi.

Nous buvons une gorgée en nous fixant intensément, évitant volontairement de nous préoccuper des nombreux regards posés sur nous. Je me ressaisis néanmoins quand Claire s'approche timidement de nous, avec un Marc Ledem toujours aussi discret.

- Bonsoir, fait-elle en rougissant, mal à l'aise de nous interrompre.
- Bonsoir, Claire, fait aussitôt Hugo en lui serrant la main.

Je souris en voyant mon amie devenir écarlate, surprise et confuse par cet accueil si chaleureux du directeur France, une première ! L'homme froid et distant qu'il était n'existe plus. Hugo et Marc se saluent ensuite puis Hugo attrape deux autres coupes de champagne qu'il leur offre avec un sourire. Claire me dévisage attentivement en cachant difficilement son ahurissement.

- Ça va ? je lui demande en tâchant de prendre un air détaché.

Mais je suis extrêmement fière du changement d'attitude de Hugo, fière comme une maman devant son gosse qui a gagné son premier match de foot. Même si je n'ai pas voulu l'admettre, hier soir, Claire avait raison. Hugo a changé. Et je sais sans prétention qu'il a changé grâce à moi car nous avons longuement discuté de cette distance qu'il entretenait avec les adhérents. Il m'a avoué qu'il s'était toujours comporté ainsi, sans réellement savoir pourquoi. Il m'a raconté, qu'en arrivant dans le Groupe, il avait fait comme les « autres », sans se poser de questions, sans vraiment se rendre compte de sa bêtise. Il m'a remerciée de lui avoir ouvert les yeux. Et m'a promis qu'il allait changer, car ce comportement lui paraissait désormais totalement déplacé. Sa remise en question m'a énormément touchée, surtout lorsque je l'ai vu, durant ces derniers jours, discuter et plaisanter avec *tous* les adhérents, qui en sont restés très surpris mais vraisemblablement enchantés.

- C'est magnifique, me souffle Claire en découvrant le somptueux collier autour de mon cou, qui brille de mille feux au moindre mouvement de ma part.
- Je sais, j'ai fait des folies, je mens honteusement en portant une main à ma gorge, me maudissant de rougir sous son regard pénétrant.

Claire ne relève pas mais je sais qu'elle est loin d'être dupe. Elle observe Hugo qui discute gaiement avec Marc, m'observe ensuite avec suspicion. Je tâche de rester souriante mais lorsque mon responsable s'approche à son tour, j'avoue perdre un peu de mon sang-froid.

- Bonsoir, Anna, me salue-t-il en me fixant droit dans les yeux.
- Bonsoir, Lucas, je fais en rougissant subitement.

Hugo intervient vivement et serre la main de Lucas en souriant. Il est très à l'aise, je trouve en l'observant à la dérobée, mais Hugo n'est pas homme à être facilement déstabilisé. J'admire son calme olympien.

Malgré de nombreux regards inquisiteurs quant à la présence du directeur France, tout près de moi, nous réussissons à discuter gaiement en sirotant tranquillement notre champagne. Comme je m'y attendais, Sophie ne tarde pas à nous rejoindre, très belle dans une jupe noire et chemisier blanc. Je ne peux m'empêcher d'être agacée quand je la vois toute guillerette devant Hugo lorsque celui-ci la salue, me jetant au passage un regard méprisant. Mon Dieu, cette fille ne recule devant rien !

- Elle vise très haut, me souffle Claire d'une voix ironique.

Je me contente de hausser les épaules et me tourne vers Lucas et sa femme, Céline, qui nous a rejoints. Nous restons ainsi jusqu'au dîner, formant un petit groupe autour d'un directeur France souriant et décontracté. Il nous sert à tous une deuxième coupe de champagne, me fixe de façon très personnelle lorsqu'il me tend ma coupe. Je le regarde sans prononcer un mot, stupidement fière d'être sa maîtresse. D'ailleurs, j'ai entendu dire par les Brissan, qui semblent convaincus qu'une relation intime entre Hugo Delaroche et moi est tout à fait inimaginable, que tous les adhérents présents autour de nous s'interrogeaient sur notre relation. Nous sommes souvent ensemble, nous discutons beaucoup, nous rions, nous plaisantons comme si nous étions seuls au monde mais nous n'avons jamais un geste déplacé l'un envers l'autre. Tous savent que nous sommes mariés chacun de notre côté. Nous sommes, sans le savoir, dans toutes les discussions et les commentaires vont bon train sur une « éventuelle liaison ». Je me doute que notre étrange relation fait jaser mais je crois que je serais littéralement paniquée si j'apprenais que nous sommes *la principale discussion* des adhérents. Hugo, quant à lui, semble s'en moquer royalement.

§§§

A la fin de l'excellent dîner servi par des serveurs en costume traditionnel, François Gersse vient sur scène et fait un discours de clôture. Tout d'abord, il remercie tous les adhérents pour leur participation à ce congrès avant de remercier plus particulièrement certaines personnes, dont Lucas pour son excellent démarrage à Saint-Gilles-Croix-de-Vie. Il nous annonce ensuite que le Groupe est en bonne voie pour racheter une chaîne de magasins de bricolage et salue Hugo Delaroche pour son excellent travail, en le félicitant chaleureusement. Alors que nous applaudissons, j'observe mon amant assis à quelques mètres de moi. Il se contente d'émettre un petit sourire. Il me regarde soudain, comme s'il avait besoin de s'assurer que je suis là, tout près de lui. Nous sommes à plusieurs tables l'un de l'autre mais nous nous fixons un long moment, éternellement complices. Dieu qu'il est beau ce soir, je trouve en frissonnant imperceptiblement. Son visage est impassible mais je le sens extrêmement... *bien*. Je continue d'applaudir, tout le monde applaudit. Je n'entends plus rien cependant. Je ne vois plus rien autour de moi, seulement cet homme au regard clair, cet homme avec qui j'ai partagé tant de moments magiques, tant d'inoubliables moments magiques.

La musique retentit soudain. Je sursaute violemment en revenant sur terre, Hugo se détourne aussitôt. Je rougis en croisant le regard de Lucas, assis en face de moi. Il semble perturbé, voire contrarié. Je devine aisément pourquoi, il nous a vus nous dévisager, Hugo et moi. J'imagine, en le voyant se pincer les lèvres, qu'il a de sérieux doutes quant à notre relation. Je détourne les yeux. J'estime immédiatement que cela ne le regarde pas et égoïstement, j'ai envie de profiter de ces dernières heures, de *nos* dernières heures. Je n'écouterai pas ma conscience jusqu'à mon retour en France, peut-être regretterai-je ma légèreté mais je m'en fiche, je veux encore profiter de ce bonheur et personne ne me fera changer d'avis, pas même mon responsable.

Sur ces dernières résolutions, je vais danser avec Claire et Marc. Les jeunes gens ne se cachent pas vraiment, je le constate en les observant se toucher à plusieurs reprises. Comme j'aimerais pouvoir m'afficher avec Hugo et montrer à la terre entière à quel point je suis amoureuse de lui. Mais je sais que c'est impossible et cette réalité me fait mal, là, au milieu de la poitrine.

Nous dansons longtemps sur différentes musiques créoles, je ris beaucoup avec Claire, nous avons bu un peu trop de champagne. François Gersse et sa femme viennent soudain danser près de nous, je croise aussitôt le regard de notre Président. Je souris en tâchant de prendre un air détaché mais je le sens perplexe et cela me rend nerveuse. Je cherche Hugo du regard, il est assis à sa table et discute avec Edmond et sa ravissante femme Emmy, tout en regardant distraitement les danseurs. Son visage est fermé, je trouve en l'observant. Je me demande immédiatement ce qui le chagrine et éprouve un certain malaise en rencontrant le regard d'Emmy Patterson. Je devine qu'ils parlent de moi. Je me détourne, extrêmement embarrassée.

Une série de slows arrivent. A ma grande surprise, je suis immédiatement invitée par un homme de Toulouse, Guillaume Trékis, j'ai déjà eu l'occasion de discuter avec lui lors du congrès. Plutôt bel homme, il doit avoir une trentaine d'années et est marié à une femme enceinte de huit mois, m'a-t-il appris voilà quelques jours. Nous dansons trois danses en discutant gaiement, sans aucune arrière-pensée, il est très sympathique et très amoureux de sa femme. Lorsqu'il me raccompagne à ma table, je rougis subitement. Ouah, le regard glacial de mon bel amant, il est littéralement dévoré par la jalousie ! Je le vois se lever d'un bond et s'approcher de moi à grandes enjambées. Sans me demander mon avis, il me prend la main et m'entraîne sur la piste de danse, sous les regards envieux de certains adhérents.

Je sens les battements de mon cœur s'affoler lorsqu'il passe son bras autour de ma taille et me serre contre lui, d'une façon très possessive, avant de prendre ma main droite et de la plaquer contre son cœur. Silencieux, nous nous observons quelque temps puis Hugo resserre son étreinte, je sens aussitôt son souffle chaud dans mon cou. Nous dansons lentement au rythme de la musique, oubliant immédiatement toutes les personnes qui nous entourent : les adhérents qui n'ont pas fini de jaser à notre sujet. François Gersse qui déambule tranquillement avec sa femme mais qui ne cesse de nous jeter des regards appuyés. Lucas qui semble figé sur place en nous observant. De nombreuses femmes célibataires, ou même mariées, qui me fusillent du regard, apparemment jalouses de me voir aussi souvent « sollicitée » par le directeur France... Plus rien ne compte que nos corps qui se collent, nos peaux qui se touchent, nos doigts qui s'entremêlent...

Nous ne prononçons pas un mot.

Lorsque la musique cesse, nous nous dévisageons quelques secondes encore puis lentement, Hugo s'écarte de moi et me laisse retourner à ma table. Je me cogne alors au coin d'une table et rougis violemment en revenant sur terre. Mon Dieu, tous ces regards posés sur moi ! J'ai soudain envie de disparaître dans un trou de souris, honteuse. Je n'ai dansé qu'une seule danse avec le directeur France mais sa façon de me tenir était assez éloquente. Je sais que nous n'avons pas été raisonnables, je sais que nous nous sommes comportés d'une manière puérile. Lucas est contrarié. François Gersse discute avec Hugo, je devine qu'ils parlent de moi. Je préfère me concentrer sur la piste et ignorer tous ces regards interrogateurs. Ce soir, je n'ai aucune envie de me justifier.

§§§

Il est plus de deux heures du matin quand je quitte la fête avec Claire et Marc. Nous commençons à nous diriger vers nos chambres respectives quand Hugo, qui discutait avec Edmond, vient soudain nous rejoindre et me propose de me raccompagner, sans s'occuper du regard ahuri de Marc. Je précise précipitamment à celui-ci que nous sommes voisins de chambre mais je crois que c'est peine perdue. Bien entendu, il ne se permet aucun commentaire devant le directeur France mais je l'imagine aisément se douter de notre relation. « *Un de plus* ! », je me dis en acceptant néanmoins l'offre de mon amant.

- Allons marcher sur la plage, fait Hugo lorsque nous nous retrouvons enfin tous les deux.

Il me prend par la main et m'entraîne immédiatement vers un endroit désert. Sur la plage, il s'assoit sur le sable et m'installe sur ses genoux avant de me couvrir le visage d'une multitude de petits baisers délicieusement bons.

- Quelle horrible soirée, dit-il soudain contre mes lèvres.

Sous ses airs détachés, je le sens extrêmement tendu.

- Que se passe-t-il, Hugo ? je demande aussitôt, inquiète.
- J'ai eu l'impression d'être un gosse, grince-t-il entre ses dents. Edmond m'a pris la tête en ce qui te concerne puis François est venu me demander ce qui se passait entre nous.
- Mon Dieu ! je déglutis difficilement.
- J'ai eu envie de les envoyer se faire foutre, fait Hugo en collant sa tête contre ma poitrine, comme un petit garçon soulagé de retrouver les bras protecteurs de sa maman.
- Qu'as-tu dit ?
- La vérité.
- C'est-à-dire ? je sursaute légèrement.

- Edmond est mon ami depuis de longues années, Anna, je lui fais confiance. Il sait que nous sommes amants. Je n'ai pas pu lui mentir, quand il me l'a demandé.

Je rougis violemment.

- Il m'a conseillé de faire attention, de penser à toi et à ton boulot. Il était très inquiet pour toi.

Hugo passe une main nerveuse dans ses cheveux avant de resserrer son étreinte autour de moi. Je le sens fortement perturbé par cette soirée.

- François m'a parlé de ma femme, de mon statut dans le Groupe...

Je sens une sourde angoisse m'envahir tout entière.

- Anna, rien ne me fera regretter ce que nous vivons tous les deux, sur cette île, me dit-il en me regardant droit dans les yeux. *Rien ni personne*, ajoute-il lentement.
- Et si cette histoire arrivait aux oreilles de ta femme ? je m'inquiète vivement.
- Ma femme n'en saura rien.
- Tu pourrais perdre ton boulot.
- Je sais.

Je m'agite soudain entre ses bras.

- Mon Dieu, Hugo, je ne me le pardonnerais pas si tu devais perdre ton poste, je...
- Nous n'en sommes pas là, rigole-t-il en repoussant mes cheveux en arrière comme il aime si souvent le faire. François m'a conseillé de ne pas faire n'importe quoi avec toi mais c'est avant tout un ami. Il ne se permettra pas d'intervenir, ni dans ma vie privée ni dans ma vie

professionnelle... dès l'instant où je fais correctement mon boulot... ajoute-t-il d'un ton assez ironique. Il ne faudrait pas que tu portes plainte pour harcèlement sexuel ! dit-il encore en me chatouillant sous les bras.

Je n'arrive pas à me joindre à son rire, me sentant très angoissée par cette situation.

- Cette histoire restera entre nous, me rassure Hugo d'une voix très douce. Ne t'inquiète pas, mon ange, ni Edmond ni François ne viendront t'importuner, ils savent très bien qu'ils auront immédiatement affaire à moi. Et tu sais, je peux être très con parfois.
- Tu feras quoi, tu leur casseras la figure ? je bougonne en retrouvant difficilement ma sérénité.
- Anna ! proteste-t-il en prenant mes lèvres. Oublions cette fichue soirée...
- Hugo, je...
- Je n'ai pas aimé te voir danser avec ce type, me coupe-t-il en m'embrassant d'une façon très possessive.

Je finis par me détendre en me laissant aller dans ses bras. C'est notre dernière nuit, je n'ai pas envie de la gâcher, à aucun moment. Je passe alors mes bras autour de sa taille et me serre plus étroitement contre lui, reprenant ses lèvres dans un baiser passionné...

Nous restons encore un moment sur la plage, enlacés, discutant à voix basse de choses et d'autres. Nous sommes bien, détendus, ... heureux. Nous admirons le ciel étoilé, nous partageons nos rêves, nos espoirs... avant de rentrer dans *notre* chambre, en riant comme des gamins tant nous sommes pressés de nous retrouver dans *notre* lit. Nous y faisons longuement l'amour.

Tard dans la nuit, nous prenons un bain ensemble, tout en buvant la moitié d'une *bonne* bouteille de champagne que Hugo a commandée en début de soirée. Nous avons bu, un soir, le champagne trouvé dans l'un de nos bars mais Hugo n'a cessé de le critiquer. Grand amateur de vins, j'ai cru qu'il n'allait jamais s'en remettre.

On ne se lasse pas de discuter, nous avons toujours quelque chose à nous raconter, à nous apprendre l'un sur l'autre. En trois jours à peine, nous avons appris à nous connaître comme si nous étions ensemble depuis de longues années. Je réussis même à lui avouer toutes mes pensées stupides quant à notre rencontre. Je lui parle de sa beauté exceptionnelle, de mon physique que je croyais vraiment quelconque, de son milieu aisé, de sa richesse culturelle, de mes fins de mois souvent difficiles, de mon manque évident de culture générale. Il se fâche en essayant de me démontrer que toutes ces idées sont fausses, que je me sous-estime d'une façon stupide et injustifiée. C'est idiot mais sa colère me fait un bien fou. Ensuite, pour la première fois, je lui parle de mon frère, de son accident de voiture, de ce fameux coup de fil, un dimanche matin, nous annonçant la terrible nouvelle, les jours, les mois puis les années difficiles après ce drame et le chagrin éprouvé. Je me rends compte au bout d'un moment que je pleure, je n'ai jamais réussi à pleurer devant Antoine en abordant mon frère. Hugo me console comme jamais personne n'a su le faire et je parviens, enfin, à accepter plus facilement ce deuil.

Nous avons encore fait l'amour. Je n'ai jamais fait autant l'amour en si peu de jours. Je le lui dis en riant, tout en le dévorant de tendres baisers. Lui non plus, m'avoue-t-il le plus sérieusement possible, tout en me fixant de son regard si clair, de cette façon si particulière. Nous en sommes profondément émus car nous savons tous les deux que notre histoire a pris une ampleur qui nous dépasse totalement. Plus tard, bien plus tard, toujours étroitement enlacés, nous finissons par nous endormir en refusant de penser à demain.

§§§

*Samedi 2 juin*

Comme la veille, c'est une bonne odeur de café qui me réveille. Je me redresse aussitôt en riant, repoussant en arrière mes cheveux emmêlés. Cette fois-ci, Hugo revient se glisser sous les draps et me serre doucement contre lui pour m'embrasser, sa barbe me pique un peu les joues. J'aime le voir si détendu, si... naturel.

- Tu ne cesses de me gâter, je gémis contre sa bouche.
- J'aime te gâter, Anna Beaumont, répond-il en caressant le creux de ma gorge.

Je le repousse en riant, j'ai faim. Hugo prend le plateau aussi garni que la veille et le pose sur nos genoux. Une rose rouge y est délicatement posé, je découvre avec émotion. Je l'embrasse longuement pour le remercier de toutes ses adorables attentions. Il se contente de rire, amusé par mes joues rouges. Nous dévorons immédiatement notre petit-déjeuner, affamés après notre folle nuit d'amour.

- Je connais une plage non loin d'ici où nous serons tranquilles, fait Hugo en terminant son café. Que dirais-tu d'y passer la journée, d'y déjeuner, puis de rentrer tranquillement dans l'après-midi ? Nous serons à l'hôtel bien avant le transfert à l'aéroport.

Je me fige en entendant ces paroles. *L'aéroport !* Quelle horreur, nous sommes samedi. Nous reprenons l'avion, ce soir. Notre vol est prévu pour vingt et une heures, nous rentrons, ce soir. Tout sera terminé, ce soir. Ce soir, ce soir, ce soir, ce soir... Ce mot résonne dans ma tête comme un lcitmotiv, me broyant littéralement le crâne. Je serre les lèvres pour ne pas pleurer, je ne veux pas pleurer devant lui, je n'ai pas le droit de pleurer devant lui...

- Anna, me fait Hugo d'une voix très douce, je...

Une larme finit par couler sur ma joue. Je baisse piteusement le visage mais Hugo me relève vivement la tête. Avec une extrême douceur, il m'essuie la joue de ses longs doigts fins.

- Anna, souffle-t-il en me dévisageant attentivement, n'aie pas honte de pleurer devant moi, surtout pas. C'est difficile pour moi aussi, bien plus que tu ne peux l'imaginer.
- Je suis désolée, je bafouille en frottant mon visage contre son épaule.
- Nous vivons une histoire merveilleuse...
- Oui, je reconnais en laissant les larmes couler sur mes joues.
- Je sais que tu veux y mettre un terme en arrivant en France, enchaîne-t-il lentement en déposant le plateau sur le sol pour mieux me prendre dans ses bras. Anna, je... j'ai réfléchi et... Oui, je crois que tu as raison...
- Oh, Hugo ! je gémis tout bas.
- Oui, tu as probablement raison, concède-t-il avec une certaine émotion dans la voix. Nous revoir serait... *compliqué.* Pour toi, pour moi... et pour... *nos vies...* dit-il en évitant volontairement de prononcer le nom de sa femme ou celui d'Antoine. Mais, par pitié, Anna, ne me demande

pas de disparaître totalement de ta vie. Je ne le pourrai pas. Tu m'as tellement apporté en si peu de temps.
- Toi aussi, je lui avoue entre mes larmes.

Hugo se redresse soudain et attrape son portefeuille posé sur le bureau pour me donner l'une de ses cartes de visite, il y a ajouté à la main un numéro de téléphone.

- Voici mon numéro de portable personnel. Tu peux m'appeler quand tu veux, *à n'importe quelle heure de la journée*, précise-t-il en me mettant fermement la carte entre les mains.
- Hugo, je…
- Accepte, Anna, s'il te plaît, me supplie-t-il d'une voix un peu enrouée. Je ne chercherai pas à te revoir mais accepte de m'appeler, de temps en temps. Accepte de m'appeler si tu as besoin de quoi que ce soit, ou si tu veux simplement discuter, entendre ma voix, te dire que tu es belle… S'il te plaît, Anna.
- D'accord, je fais en pressant machinalement la carte contre ma bouche, bouleversée par son évidente émotion.
- Tu vas me manquer, m'avoue-t-il en me dévisageant attentivement, semblant graver chaque trait de mon visage dans sa mémoire. Tu vas tellement me manquer…

Toujours en larmes, je me jette de nouveau contre lui et l'embrasse fébrilement dans le cou. Je sais désormais que je ne me relèverai jamais de cette liaison, que j'en resterai profondément marquée, probablement jusqu'à la fin de ma vie. Je ne pourrai pas quitter Antoine mais je ne pourrai pas oublier Hugo, jamais. Je devrai vivre désormais avec cet homme dans ma tête, dans mon cœur. Je devrai apprendre à vivre sans lui, définitivement. *« En serai-je capable ? »*, je me demande en fixant Hugo. Je sais que cela sera difficile, très difficile, trop difficile peut-être, mais j'apprendrai, je n'ai pas le choix. Mardi soir, je retrouverai Antoine comme si rien ne s'était passé lors de ce congrès, nous ferons probablement l'amour et je continuerai de me montrer aimante et souriante, je sais le faire, je l'ai toujours fait. Je garderai cette liaison pour moi, je la garderai au fond de moi comme un véritable trésor, je la garderai pour continuer d'avancer... Je n'appellerai pas Hugo, je le sais déjà, car entretenir toute relation avec lui rendra ma vie compliquée et difficile. Cela me fera du mal, cela risquera de me détruire une nouvelle fois et je ne le veux pas. Je veux préserver Antoine, mes parents, mes sœurs... Il y a quinze ans, cela a été difficile pour eux, je ne veux pas leur faire subir une deuxième fois une situation aussi douloureuse. Je le refuse. Et Hugo m'oubliera. Ce soir, il va retrouver sa femme et dans quelque temps, il finira par m'oublier, j'en suis certaine. Il ne m'aime pas, il m'aime bien mais ne m'aime pas, je le sais. Je devine que notre séparation lui sera douloureuse mais cela ne durera pas, j'en suis également certaine. De toute façon, je m'arrangerai pour lui rendre la tâche plus facile. J'éviterai de le rencontrer au bureau, de l'avoir au téléphone. Je ne me présenterai pas aux réunions du Groupe, si cela s'avérait nécessaire. Je ne participerai plus aux prochains congrès. *Je disparaîtrai totalement de sa vie.*

- Tâchons de profiter de cette dernière journée, me dit doucement Hugo, en couvrant mon visage d'une multitude de baisers.

Je hoche vivement la tête. Il a raison, nous devons en profiter pleinement. Nous en profitons immédiatement en faisant l'amour, étrangement silencieux, entremêlant nos doigts, mélangeant nos souffles saccadés, soudant nos deux corps après d'interminables caresses. Plus tard, nous prenons notre douche ensemble, nous nous habillons ensemble, nous faisons nos bagages ensemble. Je plie délicatement ses chemises et ses différents costumes, il me taquine en rangeant mes nombreuses tenues, dont quelques-unes que je n'ai jamais mises durant la semaine. Nous quittons notre chambre dans la matinée et, au risque d'être vus par de nombreux adhérents, nous nous rendons tranquillement, à pied, main dans la main, sur cette plage, *où nous serons tranquilles*. Effectivement, la plage n'est pas fréquentée par les touristes. Hugo, qui connaît énormément de monde sur l'île, je m'en suis rendu compte cette semaine, va saluer le propriétaire du bar installé sur le sable blanc puis revient un instant plus tard avec un plateau, où sont posés deux cocktails de fruits, c'est délicieux et rafraîchissant. Nous nous baignons longuement, en nous amusant à nous mesurer sur différentes nages. Hugo gagne à chaque fois haut-la-main avant de m'avouer qu'il était champion de natation, dans sa région, et ce durant plusieurs années. Nous déjeunons ensuite de sandwichs à même le sable, buvons un café dans le bar, revenons sur le sable pour faire une petite sieste dans les bras l'un de l'autre, après nous être barbouillés de crème solaire. Nous sommes physiquement épuisés car, depuis notre rencontre, nous avons très peu dormi, seulement quelques heures. Pourtant, nous ne faisons que somnoler, refusant volontairement de tomber dans un profond sommeil. Nous rentrons à l'hôtel vers dix-sept heures, pour nous préparer. Avant de nous doucher, nous faisons une nouvelle fois l'amour, une dernière fois, *notre dernière fois*... Nous mettons un temps fou à nous séparer...

A dix-neuf heures trente, nous quittons définitivement notre chambre, sans prononcer un mot.

§§§

Dans le hall de l'hôtel, je retrouve Claire et Sophie en grande discussion. Je suis étonnée de les voir s'interrompre brusquement à mon arrivée mais je ne suis pas d'humeur à m'arrêter sur ce détail désagréable, de la part de mon amie. Je ne cesse de serrer les lèvres pour ne pas pleurer, j'ai une boule au fond de la gorge, c'est affreux.

Je rencontre Edmond Patterson et sa ravissante épouse. Je suis assez surprise de les voir me saluer chaleureusement. Je m'en sens bêtement émue et les quitte précipitamment pour me rendre à la réception afin de régler mes extras de la semaine. Une charmante hôtesse m'apprend que tout est déjà réglé. Surprise, je m'apprête à protester mais Hugo, qui se trouve à deux pas de moi, me fait signe de me taire. Je rougis subitement.

- Nous avons bu dans ta chambre du champagne de *très mauvaise qualité*, je n'avais pas envie de te voir régler quoi que ce soit, ma galanterie en aurait pris un sacré coup, m'explique-t-il tout bas avec un petit rire amusé.
- Merci, je fais simplement.

Une foule d'adhérents nous entoure, je n'ai pas envie de polémiquer.

- Anna, ajoute-t-il vivement en sortant une enveloppe de la poche de sa veste bleu marine qu'il porte avec un jean et une chemise blanche, prends cette enveloppe mais ouvre-la seulement dans l'autocar, tu veux bien ?

Sans rien dire, je prends l'enveloppe et la fourre dans mon sac à main. Je me demande aussitôt ce que cela peut bien être et suis impatiente, dès lors, d'aller m'asseoir dans le car. Claire et Marc nous rejoignent à ce moment et saluent aimablement Hugo, qui n'est pas pressé de me quitter alors que de nombreux adhérents nous observent, comme d'habitude.

- Hugo, je lui dis tout bas, va rejoindre ton équipe.
- On se retrouve à l'aéroport, fait-il tout bas avant de s'éloigner en cachant difficilement sa frustration de devoir me laisser.

Avant de quitter définitivement la réception en compagnie de mon amie, j'admire une dernière fois les lieux. J'aperçois la mer derrière les palmiers et un sentiment de nostalgie m'envahit soudain. Je sais que cet hôtel restera gravé à jamais dans ma mémoire, trop d'événements magiques s'y sont déroulés. Je croise le regard de Hugo qui se tient près de François Gersse. Nous nous observons quelques secondes, comme si nous étions seuls au monde. Il finit par me sourire doucement, devinant aisément mes pensées. Je regarde encore une fois autour de moi puis me détourne enfin pour aller m'asseoir dans l'un des autocars. Lucas et sa femme viennent s'installer sur les deux fauteuils en face de moi. Nous discutons un moment de banalités mais je sens Lucas assez distant. C'est vrai que je n'ai pas eu l'occasion de bavarder avec lui, ces derniers jours, et je suis persuadée qu'il continue de se poser des questions quant à ma relation avec Hugo, ce qui me rend très mal à l'aise. Je regarde alors les va-et-vient entre les véhicules stationnés, les adhérents qui s'installent les uns après les autres dans leurs fauteuils. J'aperçois Hugo et le Conseil de direction en pleine discussion devant l'hôtel. Certains membres semblent plaisanter car je les vois rire entre eux alors que François Gersse discute seul avec mon bel amant. Celui-ci passe une main dans ses cheveux, je me demande ce qui le rend nerveux. Il lève soudain les yeux et me regarde à travers la vitre. J'ai brusquement envie d'aller me réfugier dans ses bras, je me cramponne à mon siège quand le car commence à rouler, nous allons partir. Au risque d'être vue par le Président, je lui fais un petit signe de la main. Il me sourit, petit sourire un peu crispé, je trouve en collant mon front contre la vitre. Nous nous fixons encore, encore, encore, immobiles, le souffle court. Lentement, le car s'éloigne. Nous nous regardons jusqu'à ce que je disparaisse du *Sugar Beach Resort Hotel*, petit palace de 5 étoiles où je suis tombée éperdument et totalement amoureuse…

§§§

Alors que notre autocar roule vers l'aéroport, je discute un certain temps avec mon voisin, un homme d'une soixantaine d'années, qui est propriétaire d'un magasin dans la région lyonnaise. Mais rapidement, je me tourne vers la fenêtre, cessant toute discussion. Et pour être honnête, j'ai hâte d'ouvrir cette fameuse enveloppe blanche, cela fait plus d'une demi-heure que je me retiens. Je suis un peu fébrile lorsque je la prends dans mon sac. Je jette un œil rapide à mon voisin, il s'est endormi. Tant mieux, je me sens plus tranquille pour l'ouvrir, j'ai néanmoins les doigts qui tremblent un peu.

Je fronce les sourcils en réalisant très vite qu'il s'agit d'un billet d'avion. Qu'est-ce que cela veut dire ? Je trouve alors un petit mot de Hugo, je reconnais sa belle écriture penchée.

*« Anna, petit ange apparu brutalement dans ma vie,*
*Accepte de passer quelques heures de plus, seule avec moi,*
*Tu verras, nous serons bien,*
*Je t'embrasse très tendrement,*
*Hugo. »*

Je me penche un peu plus sur le billet d'avion. Le billet est à mon nom, enregistré sur le même vol, à vingt et une heures. Je ne comprends pas… Oh ! Je me sens rougir subitement. Hugo nous a pris un billet en classe

- 181 -

affaires. Bon sang, je vais prendre l'avion en classe affaires ! *En classe affaires !* Je sens mon cœur s'emballer, nous allons passer douze heures dans un avion, sans adhérents autour de nous, sans aucun membre de la direction. Nous serons seuls, entièrement seuls !

Mon Dieu, Hugo a dû payer très cher ces billets. Je me sens émue, cet homme a fait des folies cette semaine. J'imagine qu'il a dépensé beaucoup d'argent, rien que pour moi. Notre sortie en hélicoptère a dû lui coûter une véritable fortune, ainsi que le restaurant à Port-Louis, ou l'excellent champagne que nous avons bu dans sa chambre, ou encore les cocktails sur la plage, les roses rouges, que j'ai précieusement rangées dans ma valise sous son regard amusé, et surtout, le splendide bijou *Cartier* qu'il m'a offert pour mes trente ans. Je n'ose imaginer le prix exorbitant de ce collier luxueux. Hugo a de l'argent, *beaucoup d'argent*. Je m'en suis rendu compte durant ces quelques jours. J'avoue que son argent m'a mis mal à l'aise mais Hugo m'a toujours affirmé que cela n'avait pas d'importance et qu'il aimait tout particulièrement me gâter, *moi*.

Il est fou, je souris rêveusement en serrant le billet contre ma poitrine. Je suis folle de joie à l'idée de le retrouver, pour de nombreuses heures. Je ferme les yeux en serrant le délicat bijou dans le creux de ma main, *mon porte-bonheur.*

A l'aéroport, je retrouve tous les adhérents devant les guichets pour enregistrer les bagages. Accompagnée de Claire et de Marc, je me mets dans la file d'attente en surveillant l'arrivée de Hugo. Dois-je me mettre dans la même file ? Je suppose que oui, si nous voulons être discrets, mais j'avoue être un peu inquiète. Comment vais-je faire pour embarquer en classe affaires, sans être vue par les adhérents ? Ça me paraît un peu compliqué. Bon, je vais attendre d'être dans le hall d'embarquement et attraper Hugo pour lui demander tout ce qui me chagrine. J'imagine qu'il va encore se moquer de moi mais j'aime sa façon un peu taquine de me mettre en boîte lorsque je suis stressée par telle ou telle chose. Il réussit toujours à me détendre et finit par me faire rire de mes stupides angoisses. Je l'aperçois soudain arriver derrière la file d'attente, je le vois aussitôt me chercher du regard. Lorsque nos yeux se rencontrent, je rougis bêtement mais lui fais un discret petit signe de tête, pour le remercier de ce dernier cadeau. Un sourire amusé apparaît sur son visage.

Lorsque mon tour vient d'enregistrer mes deux valises, je rougis violemment lorsque l'hôtesse m'informe gentiment qu'il y avait un guichet réservé aux classes affaires, afin de nous éviter d'attendre. Je la remercie vivement en espérant que personne ne l'ait entendu et m'éloigne rapidement vers le hall d'embarquement. J'effectue toutes les formalités avant d'aller m'asseoir dans le hall B2, réservé aux longues distances.

§§§

Cela fait plus d'une heure que j'attends dans le hall des départs quand Hugo s'approche enfin de moi. Sans se préoccuper des adhérents autour de nous, il se laisse glisser sur le siège près de moi et me sourit.

- Tu es fou, je lui dis aussitôt d'une voix basse. Ces places ont dû te coûter une fortune !
- Ne t'inquiète pas pour mon argent, rit-il doucement en plongeant son regard dans le mien.
- Tu es fou, je répète en riant.

En retrouvant son sérieux, Hugo m'explique la façon de procéder pour embarquer en classe affaires, sans être vus par les adhérents. Je ne peux m'empêcher de rire, amusée. J'ai l'impression d'être une espionne en mission. Il me rappelle gentiment à l'ordre, nous ne devons pas nous faire remarquer. Bien entendu, il a raison. Je me concentre plus sérieusement, c'est lui qui finit par rire devant mon air attentif. Nous discutons encore un moment mais très vite, des adhérents s'approchent de nous, pour nous écouter, j'en suis certaine. Nous discutons alors boulot mais sommes prodigieusement agacés par cette interruption. Je finis par me lever et m'empresse d'aller faire quelques boutiques. Hugo retourne discuter avec les membres du Conseil, dont Xavier Anton avec qui il veut régler un certain point. Il me taquine souvent à propos de cet homme. Je crois qu'il n'oubliera jamais cette fameuse gaffe, sur la plage, il en rit encore.

Je rencontre Claire et Marc. Je sais que mon amie est triste de rentrer en France, elle aussi a vécu une semaine de rêve. Pourtant, je n'arrive pas à savoir si elle est vraiment amoureuse, alors que Marc semble tenir beaucoup à elle. En les observant, je ne peux m'empêcher de les trouver mignons tous les deux. Ils ont de la chance, rien ne les empêche de s'aimer librement. Je ne m'attarde pas auprès d'eux, même si mon amie insiste, j'imagine aisément leur désir de rester seuls. Avec Claire, nous aurons l'occasion de nous retrouver à la maison, ou chez elle. Nous avons d'ailleurs plein de choses à nous raconter. Je sais déjà que je ne lui confierai pas ma liaison avec Hugo mais je serai heureuse de parler de lui. Claire sera probablement la seule personne avec qui je pourrai discuter de cet homme.

Je me promène lentement entre les boutiques, seule, plongée dans mes pensées. Je croise de nombreux adhérents, toujours aussi curieux de connaître ma véritable relation avec Hugo. Je leur souris aimablement mais évite de discuter avec eux, je n'en ai pas envie et leurs questions pertinentes risqueraient de me faire pleurer. Cependant, lorsque je rencontre François Gersse et son épouse, je me sens obligée de m'arrêter pour les saluer. De toute façon, le Président ne me donne pas le choix et se poste fermement devant moi. Je rougis violemment en croisant son regard inquisiteur, je le sens perplexe.

- Bonsoir, Madame Beaumont, me dit-il d'un ton grave.
- Bonsoir, Monsieur Gersse, je réponds d'une petite voix. Madame Gersse, j'ajoute en serrant la main de son épouse.
- Alors, Anna, me fait le vieil homme en me dévisageant attentivement, comment s'est passé votre premier congrès ?

Je me sens devenir écarlate.

- Très bien, Monsieur.
- C'est vrai que le *Sugar Beach* était tout simplement magnifique, intervient Angèle Gersse avec un gentil sourire. Difficile de se montrer difficile ! plaisante-t-elle gaiement.
- Exactement, je souris en frottant nerveusement mes mains l'une contre l'autre, mal à l'aise.
- Nous n'avons pas eu l'occasion de discuter, poursuit encore mon Président. Avez-vous des enfants ? me demande-t-il abruptement, le plus sérieusement possible.
- Chéri ! s'écrie sa femme en écarquillant les yeux. Je ne pense pas que cela te regarde.
- Je n'ai pas d'enfants, Monsieur Gersse, je réponds néanmoins en soutenant son regard.
- Lui non plus, me dit-il tout bas, énigmatique.
- Je sais, je fais simplement, le dos bien droit.

Durant quelques secondes, nous nous fixons sans un mot, sachant tous les deux de qui nous parlons. A ma grande surprise, François Gersse baisse les yeux en premier. Je me demande alors si je n'ai pas fait une bêtise de me montrer si... arrogante mais il retrouve soudain son sourire et me demande de l'excuser pour son indiscrétion. Je me contente de secouer la tête, vidée par ce dialogue court mais éprouvant.

§§§

Notre vol est enfin annoncé. Je sens immédiatement l'excitation me gagner, je vais enfin retrouver Hugo. Nous ne sommes jamais restés très loin l'un de l'autre mais nous avons évité volontairement de discuter. Enfin, *j'ai* évité volontairement de discuter avec lui. Complètement stressée à l'idée de tomber de nouveau sur notre Président, j'ai fait en sorte de ne jamais me retrouver seule avec lui, ce qui ne lui a pas échappé, ai-je remarqué en rencontrant régulièrement son regard où brillait une petite étincelle de rage contenue. Mais je n'avais aucune envie que François Gersse nous voie ensemble.

Comme Hugo me l'a conseillé, je laisse les passagers avancer devant moi afin de me retrouver parmi les derniers à embarquer. Nous ne sommes plus que quelques personnes à entrer dans le tunnel. Tous les membres du congrès, tous sans exception, sont déjà à bord lorsqu'il vient me rejoindre. Je pousse immédiatement un soupir de soulagement. Bêtement, je commençais à avoir la trouille à l'idée de me diriger toute seule vers l'avion.

- Ça va ? me demande-t-il en remarquant mon visage légèrement crispé.
- Je croyais que tu m'avais abandonnée !
- Trouillarde ! rit-il doucement en glissant sa main dans la mienne.

Une jolie hôtesse nous accueille avec un grand sourire, surtout à l'attention de Hugo, je remarque avec une pointe de jalousie. En nous souhaitant la bienvenue à bord, elle nous conduit immédiatement en classe affaires avant de nous souhaiter un bon vol. Je regarde autour de moi avec curiosité. L'ambiance est feutrée, quelques lampes seulement éclairent la cabine entièrement fermée des autres passagers. Les sièges ne sont pas complets. Seuls quatre jeunes hommes et un couple d'une quarantaine d'années sont présents, qui nous saluent brièvement lorsque nous arrivons. Tant mieux, nous n'avons aucune envie de discuter avec des inconnus. Hugo me débarrasse de ma veste et de mon sac, range nos affaires dans le casier réservé à cet effet puis nous nous installons enfin dans de grands fauteuils extrêmement confortables.

Assis, nous nous dévisageons longuement. Je ris doucement. Je suis heureuse, tellement heureuse d'être ici, seule avec lui. Je lui prends aussitôt la main, nous entremêlons naturellement nos doigts. Hugo se penche vers moi et prend mes lèvres.

- Tu es fou, je souffle contre sa bouche.
- Humm… souffle-t-il sans cesser de m'embrasser.
- Mais… ? je proteste en m'écartant légèrement. Tu n'as pas peur que l'équipe de Direction remarque ton absence ?
- Nous ne choisissons pas nos places dans l'avion, me dit-il en caressant tendrement mes cheveux. Je peux très bien être assis loin d'eux…
- Mais François Gersse ne va pas te chercher ?
- Non.
- Tu es sûr ?
- Certain.
- Je…

- Anna ! s'indigne-t-il gentiment. Arrête de t'inquiéter, tout va bien.

Je jette un regard autour de nous. Je me rends compte encore de la chance qui m'est offerte d'être seule avec lui, j'en rougis d'embarras.

- Être ici a dû te coûter une fortune, je répète en grimaçant.
- Ne t'inquiète pas pour ça, me rassure une nouvelle fois Hugo en passant un bras autour de ma taille.
- Il n'y a pas beaucoup de monde, je remarque encore.
- Je n'ai pas versé de pot de vin à la Compagnie ! rit-il tout bas en humant l'odeur de ma peau, comme s'il en avait besoin. Nous avons de la chance, c'est tout.
- Nous ne pouvons pas faire l'amour ? je murmure alors, taquine.
- Ah, non, désolé, répond-il en reprenant mes lèvres. Désolé…
- Pas assez riche ! je ris encore.
- Ingrate ! sourit-il en me mordillant la lèvre inférieure.

Nous nous embrassons longuement avant d'attacher nos ceintures. Hugo me prend la main et la serre dans la sienne lorsque l'avion prend enfin son envol mais, avec lui, je n'ai pas peur. Quand l'appareil atteint son altitude de croisière, une charmante hôtesse surgit devant nous pour nous proposer du champagne. Hugo accepte aussitôt.

- Je vais être saoule, je remarque en détachant ma ceinture pour me tourner vers lui.
- Humm… saoule et toute à moi, dit-il en me reprenant contre lui.

Nous savourons, dès lors, ce long voyage, *hors du commun*, je dirais. Dans une ambiance douce et feutrée, nous restons étroitement enlacés, emmitouflés sous une couverture douce et chaude. Nous ne cessons de bavarder tout en buvant *un peu* de champagne. Nous ne dormons pas, nous voulons profiter de ces dernières heures à 100 %. Nous regardons un film en anglais, que Hugo me traduit patiemment. Nous rions, nous nous embrassons, nous discutons encore, nous rions encore, nous nous embrassons encore...

Les heures continuent de s'écouler, les unes après les autres, nous rapprochant de plus en plus du territoire français. Nous regardons le jour se lever au-dessus des nuages, je commence à sentir une boule au fond de ma gorge. Hugo resserre ses bras autour de ma taille, je le sens plus tendu. Malgré tout, nous nous efforçons de rester souriants. Nous ne voulons pas gâcher nos tous, tous derniers moments...

§§§

J'ai envie de pleurer lorsque l'appareil touche enfin le sol français, je ne prononce pas un mot alors que l'avion se dirige lentement vers l'aérogare. Je me contente de fixer mon amant, il est un peu pâle, je trouve en caressant sa joue. Je m'efforce de sourire. Je ne veux pas lui montrer à quel point je souffre de notre séparation imminente. A quoi cela servirait-il ? J'ai fait le choix de mettre un terme à notre liaison, en arrivant à Paris. Je dois dès lors me comporter comme une femme sûre de cette décision. Je n'ai pas le droit de laisser apparaître la moindre hésitation, je n'ai pas le droit d'être malheureuse, je n'ai pas le droit de jouer avec lui. Dans quelques instants, tout sera fini, notre belle histoire sera terminée. Je dois me faire à cette idée. Nous allons reprendre notre vie d'avant, comme si de rien n'était.

Quand l'avion s'immobilise enfin, je me jette néanmoins dans ses bras. J'ai besoin de sentir une dernière fois ses bras autour de moi, son souffle chaud dans mon cou, ses lèvres sur les miennes. Nous restons un long moment enlacés, silencieux, avant de nous écarter lentement l'un de l'autre. Nous ramassons nos affaires dans un silence de mort.

- Anna, fait doucement Hugo, je…
- Chut ! je l'interromps en posant un doigt sur sa bouche. Ça va aller, je lui affirme en lui adressant un sourire rassurant.

Nous quittons l'appareil quelques minutes plus tard sans prononcer un mot. Hugo affiche un visage impassible, je serre les poings à me broyer les phalanges. Nous sommes pratiquement les derniers passagers à pénétrer dans le tunnel, je retiens mon souffle en me dirigeant lentement vers la douane. Nous nous dévisageons alors, nous nous dévisageons comme nous l'avions fait un lundi matin, aux environs de huit heures, dans ce même aéroport parisien. Nous nous jetons brusquement dans les bras l'un de l'autre, au risque d'être vus par des adhérents. C'est trop dur, je ne sais pas si je vais y arriver. Je me serre étroitement contre lui. Hugo me couvre de baisers, sa respiration est saccadée, ses mains glissent sous ma veste et me caressent un peu brutalement. Je m'en fiche, j'ai besoin de le sentir contre moi. Des voyageurs nous regardent soudain, curieux et un peu surpris par notre manque de retenue, nous finissons par rire nerveusement en nous écartant enfin. J'ai les joues en feu, Hugo est un peu rouge. Il m'embrasse une dernière fois sur le front puis me lâche doucement. Voilà, c'est fini, c'est définitivement fini.

Bien malgré nous, nous nous retrouvons rapidement dans le hall des arrivées. Côte à côte, nous nous dirigeons lentement, très lentement vers le tapis roulant pour récupérer nos bagages mais nous sommes très vite, trop vite séparés par une foule d'adhérents, pressés de saluer Hugo avant de partir. Sans prononcer un mot, je m'écarte immédiatement de lui et me mets dans un coin pour attendre mes valises, que je ne tarde pas à récupérer.

Je vais ensuite saluer Tom et Marine Brissan, retrouve Claire qui a une tête affreuse. Il est clair qu'elle a du mal à retenir ses larmes à l'idée de quitter Marc, celui-ci se tient près d'elle sans prononcer un mot. Sophie me salue assez froidement, je décide de l'ignorer. Je reste convaincue qu'elle sait, pour Hugo et moi, mais j'avoue m'en moquer royalement. Je discute un certain temps avec Lucas et sa femme puis décide de partir. A quoi bon rester plus longtemps. Hugo est occupé à saluer les adhérents, il se doit de faire son boulot. Je sais que nous n'aurons plus l'occasion de nous retrouver seuls. Je préfère partir maintenant, j'ai peur d'éclater en sanglots à chaque seconde qui passe.

Je me dirige vers la sortie, une boule au creux de l'estomac. Avant de sortir, je me retourne une dernière fois, pour le voir. J'ai besoin de le voir une dernière fois. Je rencontre immédiatement son regard, il se tient au milieu de la foule, raide, le visage pâle. Nous nous dévisageons longuement, retenant notre souffle, nous rappelant ces six derniers jours, ces six jours gravés à jamais dans notre mémoire...

.... Puis lentement, je me détourne...

C'est vraiment fini.

## Chapitre 8

La nuit commence à tomber quand je me gare dans l'allée de la maison. La route a été difficile. J'ai eu de nombreux coups de fatigue et j'ai dû m'arrêter plusieurs fois pour dormir, je n'ai pourtant jamais réussi à fermer les yeux, ne serait-ce qu'une minute. J'ai l'impression d'avoir un trou béant dans la poitrine. Je savais que cette rupture allait être difficile mais j'avais sous-estimé mes sentiments. Une atroce douleur m'a transpercée comme un poignard en quittant l'aérogare, à en suffoquer presque. Agrippée à mon volant, je suis restée une éternité sur le parking, à pleurer toutes les larmes de mon corps, réalisant vraiment que tout était fini, *définitivement fini.*

Comme je m'y attendais, la maison est horriblement froide et silencieuse. Antoine a laissé trois messages sur le répondeur, je les écoute à peine. Envoyant valser mes valises dans un coin de l'entrée, je monte dans ma chambre, me déshabille rapidement, enfile un pyjama chaud car je suis glacée puis me glisse sous les draps sans perdre une seconde. Roulée en boule, les doigts accrochés à mon précieux anneau, je finis par sombrer dans un sommeil agité, après avoir sangloté durant des heures...

§§§

Le lundi et le mardi, toute la journée, je vis au bureau un vrai calvaire. Lucas est détestable. Je me sens extrêmement tendue, nerveuse. Je suis maladroite, je sursaute dès que le téléphone sonne, c'est horrible. Je sais que je suis affreuse, mes collègues ont eu la « délicatesse » de me le dire lorsqu'elles ont découvert mon visage pâle aux yeux gonflés par les larmes. Quand elles m'offrent un ravissant cadre pour mon anniversaire, j'éclate en sanglots. J'ai trente ans aujourd'hui, je ne cesse de penser à Hugo, j'ai mal, j'ai horriblement mal dans la poitrine. Antoine rentre ce soir, j'ai peur de le retrouver, je suis terrifiée. Il a organisé une petite fête à la maison, Claire sera là, ainsi que ma belle-mère et quelques amis proches. Je n'ai aucune envie de faire la fête. J'ai essayé d'annuler cette soirée en prétextant la fatigue due au décalage horaire mais Antoine n'a rien voulu savoir, j'ai dû finir par céder.

Avant de partir ce soir-là, Lucas m'appelle dans son bureau, je sais déjà ce qu'il me veut. Je me crispe instantanément en m'asseyant en face de lui.

- Anna, me dit-il doucement, je sais que cela ne me regarde pas, mais je... Que s'est-il passé avec Hugo Delaroche ?

Je deviens écarlate.

- Pourquoi cette question ? je réplique en essayant de prendre un air étonné.
- Il m'a semblé sentir une certaine... tension entre vous, remarque-t-il en me fixant, interrogateur.

Lucas n'a pas senti de tension entre nous, mais plutôt du désir, une complicité évidente, un lien très particulier.... Bien entendu, il se garde de me le préciser, trop embarrassé pour me l'avouer.

- Je... je ne le connais pas, je mens en rigolant. Comment voulez-vous qu'il y ait des tensions entre nous ?!!!
- Vous étiez souvent ensemble, objecte Lucas, pourtant sans aucune méchanceté.

Je m'agite sur mon siège, mal à l'aise.

- Nous étions voisins de chambre, nous... nous avons discuté à plusieurs reprises, rien de plus.
- Etrange, fait encore mon responsable, j'étais persuadé qu'il se passait quelque chose entre vous.
- Vous avez trop d'imagination, je ris en me levant d'un bond, terriblement gênée par cette discussion d'ordre privé.
- Excuse-moi de t'avoir importunée alors, fait Lucas en m'accompagnant à la porte.
- Pas de mal, je souris faiblement.

En rentrant à la maison, je suis vidée, mentalement et physiquement. Je me jette sous la douche pour essayer de me détendre avant la soirée. Antoine ne va pas tarder et je ne veux pas qu'il me voie dans cet état. Il n'est pas stupide, il risquerait de se demander ce qui m'arrive. J'essaie de me maquiller minutieusement afin de cacher mes yeux cernés. Le résultat n'est pas trop mal. J'enfile ensuite une jupe noire et un ravissant chemisier gris clair, mes diamants brillent de mille feux dans le creux de ma gorge. Je reste de longues minutes à l'observer dans le miroir, incapable de bouger.

- Bonjour, Nana, fait soudain Antoine dans l'embrasure de la porte.

Je sursaute violemment, je ne l'ai pas entendu arriver. Détestant ce surnom, que je trouve désormais complètement débile, je me tourne aussitôt vers lui et sens mon cœur faire un bond dans ma poitrine en rencontrant son regard gris. Un regard extrêmement froid, je trouve bizarrement en le dévisageant quelques secondes. Je suis incapable de faire le moindre geste pour l'accueillir.

- Bonsoir, Antoine, je finis par dire, d'une voix à peine audible.

- Ouah ! rit Antoine en venant me prendre dans ses bras. Super l'île Maurice ! s'écrie-t-il en se moquant de mon visage bien trop crispé.
- Je suis un peu crevée, je m'empresse de déclarer, rougissante.
- T'as une sale tête !

Je frémis intérieurement. Je déteste quand il me parle ainsi, Hugo ne l'aurait jamais fait.

- Et tu es vieille, ajoute-t-il d'un air narquois. Trente ans, hein ?
- Tu en as trente et un, je réplique froidement.
- C'est quoi, ce collier ? me demande-t-il abruptement, désignant le délicat bijou accroché à mon cou.

Je me sens devenir écarlate.

- Oh, euh… je… une broutille, je mens en cachant immédiatement l'anneau entre mes doigts, de peur qu'il me le retire.
- C'est fou comme on arrive à faire de beaux bijoux avec du toc, ricane-t-il, se moquant légèrement de mon attitude.
- N'est-ce pas ? je rigole en m'efforçant de paraître décontractée.
- Allez, viens, enchaîne-t-il en me prenant la main. Dépêchons-nous, tes invités vont bientôt arriver.

J'avoue que je suis assez surprise en pénétrant dans la salle à manger. Alors que je prenais ma douche, Antoine avait dressé une jolie table et préparé, enfin commandé, une de mes cuisines préférées, la cuisine chinoise. Je me tourne vivement vers lui pour le remercier.

- Joyeux anniversaire, Nana, dit-il en me tendant un petit paquet cadeau.

- Merci, je souffle en baissant précipitamment les yeux.

Mon Dieu, j'ai l'impression que mon cœur va m'être arraché.

Avec des doigts tremblants, j'arrache le papier cadeau et souris en découvrant une bouteille de parfum, *Trésor de Lancôme*. J'adore ce parfum. Je remercie Antoine d'un baiser sur la joue et m'empresse de me parfumer avant l'arrivée de nos invités.

Claire est la première à se présenter à la maison, Antoine éclate de rire en découvrant sa tête déconfite.

- Bon sang, les filles ! s'exclame-t-il en nous regardant toutes les deux. Vous avez fait quoi à l'île Maurice ?
- Le retour à la réalité est très difficile, gémit mon amie en acceptant la coupe de champagne que lui tend Antoine. Je ne sais pas si Anna te l'a dit mais nous étions au paradis là-bas ! ajoute-t-elle en émettant un petit rire.
- Anna ne m'a rien raconté, remarque mon mari en venant m'embrasser dans le cou. Elle est froide comme un glaçon et ne dit pas un mot.
- Antoine ! je proteste en le fusillant du regard.

Il éclate de rire lorsque je le repousse en prenant un air agacé. Mon Dieu, s'il savait que je ne supporte pas de sentir ses mains sur ma peau ! Ses baisers m'horripilent, ça me dégoûte presque. J'avale ma coupe de champagne presque d'une traite.

Nos autres invités ne tardent pas à arriver. Dès nos retrouvailles, ma belle-mère me fait tout un discours ennuyeux sur ma mauvaise mine, malgré mon très joli bronzage, m'agaçant prodigieusement. Mes amis, Hélène et Thomas, qui sont parents d'un petit Tom de quatre ans et Marion et Guillaume, mes voisins qui habitent juste en face de chez nous, s'émerveillent devant la « copie » de mon somptueux anneau serti de diamants. J'ouvre mes cadeaux en sirotant du champagne, je me sens un peu plus détendue, probablement grâce à l'alcool. Je réussis à plaisanter, à rire. Claire m'offre un ravissant cardigan en coton blanc, Hélène et Thomas un livre de cuisine, Marion et Guillaume un superbe paillasson en fer forgé. Ma belle-mère se contente de m'offrir un foulard bariolé, cela fait six ans qu'elle m'offre des foulards bariolés alors que je déteste ça.

Nous dînons en discutant gaiement, je réussis à raconter quelques anecdotes de mon voyage, ou certaines excursions, j'en ai raté pas mal dont la balade en quad. Claire vient à mon secours pour relater « nos » péripéties, mais je sais déjà que je lui devrai quelques explications.

Le téléphone sonne souvent. Mes parents me font presque pleurer en regrettant de ne pas être là, près de moi, surtout pour mes trente ans. Antoine n'a pas pensé à inviter ma famille !!! Je discute un long moment avec mes sœurs, mes neveux, nièces, beaux-frères. Les avoir au téléphone me fait un bien fou et me remonte un peu le moral.

Finalement, je passe une bonne soirée. Antoine est ivre mais cela me laisse indifférente. Je crois même que j'en suis soulagée car, cette nuit, je sais qu'il me laissera tranquille.

Je vais faire du café, Claire me suit immédiatement dans la cuisine.

- Ça va, Anna ? me demande-t-elle tout bas.

Je la fixe un instant avant de répondre, sincèrement :

- J'avoue que c'est bien plus difficile que je ne le pensais...
- Que veux-tu dire ?

Je n'ai pas le temps de répondre car le téléphone se met à sonner. Je suis surprise en allant décrocher dans le hall, il est presque minuit.

- Anna Beaumont, je fais d'une voix légèrement inquiète.
- *C'est moi.*

Je me fige instantanément en reconnaissant la voix au bout du fil.

- Hugo... je souffle en m'accrochant à l'appareil.

Je me tourne vers le mur en respirant difficilement, j'ai le cœur qui fait des bonds dans ma poitrine, j'ai les jambes qui tremblent. Mon Dieu, je suis si heureuse de l'entendre, si heureuse.

- *Ne raccroche pas, me dit-il précipitamment.*
- Je ne raccroche pas...

Je l'entends sourire à l'autre bout de la ligne.

- *Je voulais te souhaiter un joyeux anniversaire, fait-il d'une voix un peu altérée.*
- Comment as-tu eu mon numéro ?
- *Je suis ton responsable hiérarchique, me rappelle-t-il avec un petit rire.*

Antoine arrive soudain dans le hall. Je sursaute violemment en l'entendant me demander d'un ton un peu agacé :

- C'est qui, Nana ?
- Char... Charlotte, je bredouille en évitant de le regarder.

Je sais que Hugo a entendu ce surnom débile. Je ne peux m'empêcher de rougir violemment.

- Elle... elle a oublié de me dire quelque chose... je fais à Antoine en m'efforçant de lui sourire.
- Dis-lui de rappeler demain et viens servir le café, m'ordonne-t-il avant de retourner retrouver nos invités, tout content de lui et de son humour cinglant.
- Il... il faut que je te laisse, je dis à Hugo en sentant une larme couler sur ma joue, je...
- *Tu me manques, souffle-t-il.*

Je broie littéralement le téléphone entre mes doigts crispés.

- Je... je t'embrasse, très... fort...

Je raccroche immédiatement.

§§§

Il me faut plusieurs jours pour retrouver mon sang-froid après cet appel. Entendre sa voix si troublée, si confuse m'a tellement fait de mal. Hugo avait l'air si... malheureux. Et je n'imaginais pas qu'il appellerait, je n'osais espérer qu'il appellerait. J'ai pleuré plus de vingt minutes dans la salle de bain, le visage enfoui dans une serviette. Mes invités n'ont fait aucun commentaire en découvrant mon visage défait, j'ai prétendu souffrir d'une intoxication alimentaire. Seule Claire a cherché à savoir ce qui n'allait pas chez moi, je n'ai pas été capable de prononcer un mot...

§§§

Un matin, cela fait presque deux mois que je suis rentrée de l'île Maurice, je trouve sur mon bureau le dvd du dernier congrès *Bricodeal's*. Ne sachant quelle attitude adopter, je prends le boîtier dans la main et le regarde longuement, sans réagir. Je n'ai plus jamais eu de ses nouvelles, Hugo n'a jamais rappelé, je ne l'ai jamais rappelé. Nous sommes en août et voilà, il est sorti de ma vie, je suis sortie de sa vie, définitivement. Je ne cesse pourtant de penser à lui, *je ne pense qu'à lui*, ça me rend malade.

- Tu peux l'emporter chez toi pour le regarder tranquillement, fait soudain Lucas dans l'embrasure de la porte. Je l'ai déjà vu.
- Ah ! je rougis subitement. Mer... merci.

Je mets aussitôt le dvd dans mon sac avant de m'asseoir devant mon ordinateur, m'efforçant de paraître désinvolte. Mon chef m'observe un moment puis retourne dans son bureau, sans commentaire, mais je suis sûre qu'il voulait me dire un mot concernant le congrès, me mettant les nerfs à vif. Je sais très bien qu'il se doute de ma liaison avec Hugo. Je n'arrive pas, cependant, à savoir ce qu'il en pense, il n'est ni fâché, ni satisfait. J'avoue que son comportement me perturbe. Mais préférant ne pas m'aventurer vers des pensées trop douloureuses, je me mets aussitôt au boulot en tâchant de rester concentrée.

Ma journée terminée, je me dépêche de rentrer chez moi, m'enferme à double tour avant de me jeter sur le lecteur dvd tout en regardant ma montre. Antoine ne rentrera pas avant vingt heures, j'ai du temps devant moi pour regarder le film. Je me débarrasse fébrilement de ma veste et de mes chaussures, je m'assois sur le tapis du salon avant de mettre l'appareil en marche. Je tremble.

Mon cœur fait un bond quand l'hôtel de mes rêves apparaît à l'écran. Je revois l'immense hall où nous nous sommes rencontrés de nombreuses fois, les jardins fleuris où nous avons marché en nous effleurant le bras, la plage où nous nous sommes embrassés la toute première fois, la mer turquoise et sa barrière de corail où nous avons joué comme des gosses, les différentes soirées organisées où nous avons dansé, ma main contre son cœur. Les chambres où nous avons fait l'amour si souvent... Indirectement, toute notre merveilleuse semaine y est relatée. Je vois les nombreux adhérents danser, manger, nager. Je me reconnais dans un restaurant, je ris en découvrant Claire en bikini au bord de la piscine. Je regarde attentivement les voyageurs lors de la soirée de gala... Je me fige instantanément lorsque Hugo apparaît brutalement devant moi. Assis sur scène, il s'exprime sur les différentes ouvertures de magasin. Il sourit, il est beau, tellement beau. Sa présentation avait eu lieu lors de notre toute première réunion et durant tout son discours, m'avait-il avoué lorsque nous étions devenus amants, il n'avait cessé de me fixer. Je l'écoute en retenant mon souffle, détaillant chaque trait de son visage. Le passage est court, quelques minutes seulement. Je fais aussitôt marche arrière et l'écoute encore, encore, encore...

Je finis par faire « pause », sur son visage. Je le dévisage longuement, en silence. Haletante, je m'approche soudain de l'écran plat et lève lentement la main sur ses joues, son nez, sa bouche, sa fossette, son sourire... Je reconnais son odeur. Je sens son souffle chaud sur mon visage. Ses mains encerclent ma taille pour me serrer contre lui... Je ferme les yeux et me penche pour l'embrasser...

Je reviens rapidement sur terre en me cognant contre l'écran, me sentant soudain totalement idiote. Je coupe immédiatement le lecteur, retire le dvd et le range dans mon sac avant de courir sous la douche. J'ai toujours l'impression d'avoir ce trou béant dans la poitrine, ça fait horriblement mal...

§§§

Mi-août, je décide de partir quelques jours chez mes parents. Antoine viendra me rejoindre pour le week-end, *s'il le désire*. C'est un peu tendu entre nous et, malheureusement, je sais que j'en suis responsable. Depuis juin, nous nous disputons assez souvent, nous faisons peu l'amour, je n'y arrive pas. La première fois, après mon retour de l'île Maurice, ça a été horrible. J'ai fermé les yeux tout le temps que cela a duré, les ongles enfoncés dans le matelas. Lorsqu'Antoine s'est retourné pour dormir, j'ai couru dans la salle de bains et pleuré toutes les larmes de mon corps, le visage enfoui dans une serviette. Je me dégoûte, ça me donne envie de vomir. J'ai la sensation de tromper Hugo. Je fais l'amour avec mon mari mais j'ai la sensation de le tromper. J'ai envie que cette situation cesse. Je ne veux plus avoir mal en pensant à lui, je ne veux plus penser que ma vie est nulle et sans aucun attrait. Hugo a retrouvé sa femme et a repris sa vie d'avant. Il faut que je l'oublie, il faut que j'arrête de penser à nous, il n'y a plus de nous, tout est fini, définitivement fini.

Retrouver mes parents et mes sœurs me fait un bien fou. Je constate que tous mes neveux et nièces ont grandi, ils me racontent tous leurs petites histoires. En les écoutant, je me retiens souvent de ne pas rire. Comme je m'y attendais, mes parents me trouvent mauvaise mine. J'ai droit à un sermon pour mieux me nourrir, travailler moins, me coucher plus tôt. Ma sœur aînée, Camille, est plus curieuse. A un moment au dîner, elle m'attrape dans la cuisine et me demande si tout va bien avec Antoine. J'essaie de la rassurer, en riant, mais j'ai plutôt envie de pleurer, comme une idiote. Comment lui avouer que je souffre le martyre pour un homme marié avec qui j'ai couché seulement trois petits jours ?!!! Elle ne comprendrait probablement pas.

Durant cette semaine à Isigny-sur-Mer, *petite ville dont il n'avait jamais entendu parler,* je passe beaucoup de temps avec mes parents. Avec maman, nous allons nettoyer la tombe de mon frère et y mettre des fleurs, beaucoup de fleurs malgré la chaleur étouffante. Je rends visite à quelques amies d'enfance, elles sont toutes mariées et mamans de plusieurs bambins. Je vais dîner pratiquement chaque soir chez une de mes sœurs. Nous passons généralement une bonne soirée, je rentre souvent un peu pompette. Avec Charlotte, nous allons au marché, avec Laure, nous faisons les quelques boutiques du bourg même si nous n'avons pas un rond pour nous offrir une simple broutille. Avec Camille, nous passons des heures à discuter sur la plage, elle s'inquiète vraiment pour moi.

Finalement, Antoine vient nous rejoindre pour le week-end. Il m'annonce en me prenant dans ses bras qu'il a pris quelques jours de vacances. Je ne sais dire si je suis contente ou angoissée à l'idée de me retrouver seule avec lui des jours entiers. Je m'efforce de me montrer souriante et aimante.

Nous passons encore deux jours chez mes parents puis Antoine propose d'aller passer quelques jours en Bretagne. J'accepte immédiatement, heureuse de découvrir enfin cette région, un rêve depuis de longues années. Nous y passons une semaine entière à faire de grandes balades à vélos sous un magnifique soleil. Je découvre les villes de Saint-Malo, Dinard, Dinan, Rennes, Vannes, la Baule... Les villes sont plus belles les unes que les autres. Nous dégustons de délicieuses galettes au blé noir, dévorons des crêpes au chocolat noir avec des poires, un vrai délice. Nous allons nous baigner chaque après-midi, mais je trouve l'eau horriblement froide.

A ma grande surprise, Antoine décide d'aller passer notre dernier week-end de vacances à la Rochelle, à trois cents kilomètres d'où nous sommes. Je me fige instantanément en entendant le nom de cette ville.

- Pourquoi veux-tu aller là-bas ? je m'affole en fronçant les sourcils.

Mon Dieu, et si je tombe nez-à-nez avec mon ancien amant ?! Je sais que Hugo a une maison dans cette ville, je sais qu'il aime y aller. N'est-ce pas imprudent d'y séjourner, surtout en plein mois d'août ? Je sais que la ville est grande mais je crois que je serais morte de honte jusqu'à la fin de ma vie si nous devions réellement nous rencontrer.

- J'ai réservé une chambre dans un hôtel en plein cœur de la ville, me dit alors Antoine. Nous n'avons pas le choix, nous devons y aller !

Nous y allons, nous passons même deux jours complets dans cette ville magnifique. Nous faisons de longues balades sur les remparts. J'essaie de me détendre afin de profiter pleinement de ces journées mais je suis constamment sur les nerfs. J'ai tellement peur de le voir, ou même simplement de l'apercevoir. Quand Antoine me propose d'aller dîner *Chez André,* un restaurant réputé pour ses fruits de mer, j'ai un moment de panique. Hugo aime ce restaurant, je le sais, il m'en a parlé. Je réussis malgré tout à savourer un superbe plateau de fruits de mer mais le soir, je n'en peux plus. Dans la salle de bains de l'hôtel, je pleure toutes les larmes de mon corps. Cette journée a été éprouvante, elle m'a rappelée trop de souvenirs. Trop de souvenirs devenus douloureux.

Le lendemain, en fin d'après-midi, nous reprenons la route pour rentrer en Vendée. Alors qu'Antoine conduit en écoutant un cd de Johnny Hallyday, que je déteste, je ferme les yeux et pense à Hugo. Revoir tous nos meilleurs moments me fait mal mais je n'arrive pas à l'oublier. Les jours, les semaines, les mois passent, mais je n'arrive pas à l'oublier…

§§§

Avec Claire, nous essayons de nous voir souvent les mois suivants, surtout le week-end. Elle ne va pas très bien, sa relation avec Marc n'a pas marché. Je suis surprise de cette rupture mais mon amie refuse de m'en expliquer les raisons, je sais seulement qu'ils se sont séparés d'un commun accord. Un vendredi soir, nous allons manger toutes les deux dans un restaurant mexicain, où nous sommes très surprises de rencontrer Sophie, en réunion à Angers avec quelques collègues. Bien entendu, nous dînons ensemble mais cette fille me tape considérablement sur les nerfs. En rentrant cette nuit-là, dans son petit appartement très tendance, je finis par le dire à Claire. Mais mon amie se contente de rigoler, ne prenant ni la défense de Sophie ni la mienne.

§§§

Les jours passent les uns après les autres dans une routine affolante. J'ai mal, j'ai toujours mal au plus profond de mon corps, mais jamais mon comportement ne me trahit, j'en suis certaine. Comme je me l'étais promis, je reste une épouse modèle et aimante, je fais en sorte d'être agréable avec mon mari. Certes, Antoine est souvent absent, la plupart du temps retenu en Allemagne, ce qui m'arrange bien pour être honnête, mais je sais qu'il va bien, qu'il n'est pas inquiet quant à notre couple. Je m'efforce de faire l'amour avec lui *régulièrement* alors que je me sens… dégoûtée dès qu'il pose les mains sur moi. J'essaie cependant d'être toujours enjouée devant lui. Nous recevons souvent nos amis à dîner. Par conséquent, les fins de mois, en ce moment, sont horribles. Le banquier a appelé ce midi à la maison, pour nous alerter sur notre découvert. L'après-midi de ce même jour, j'ai demandé à Lucas une avance sur salaire. Si j'avais pu me mettre dans un trou de souris en le voyant demander l'autorisation au service compta du Groupe, je l'aurais fait. Peut-être cette avance d'argent remontera-t-elle aux oreilles du directeur France ? Je préfère ne pas y penser en déposant le lendemain matin la somme demandée à la banque.

Claire, toujours Claire, est la seule à se rendre compte de mon changement. C'est vrai que j'ai perdu du poids. Mes joues sont creuses et mon teint est livide, j'ai de vilains cernes sous les yeux. Je suis fatiguée, je dors très mal depuis des mois. Nous sommes en novembre, je crois que je vais aller voir mon médecin afin de prendre des somnifères durant quelques jours, j'ai besoin de récupérer.

- Tu devrais aller chez le coiffeur, me dit-elle un jour alors que nous nous promenons dans le bourg de Saint-Gilles-Croix-de-Vie où il fait un froid de canard. Tu as l'air d'avoir plus de quarante ans, coiffée comme ça !

*Ça,* c'est mon éternel chignon souple sous la nuque. Dès l'instant où je suis rentrée de l'île Maurice, j'ai repris mon ancienne coiffure, refusant d'agacer Antoine avec mes cheveux libres.

- Je t'aimais bien les cheveux détachés, fait encore Claire en me fixant.
- C'était différent, je murmure en rougissant légèrement.
- *Il* te préférait ainsi, n'est-ce pas ? me demande-t-elle soudain.

Je deviens cette fois-ci carrément écarlate.

- Que veux-tu dire ? je l'interroge en feignant de ne pas comprendre.
- Sais-tu que Xavier Anton a été viré ? me répond-elle brusquement en me faisant asseoir sur un banc lorsque nous arrivons près du port de plaisance.

Je sursaute en ouvrant de grands yeux, abasourdie. Mon Dieu, Xavier Anton, *le* Xavier Anton, celui que j'ai traité de con devant Hugo ?!!! Ce n'est pas possible !

- Non, je dis honnêtement, le cœur battant la chamade, je l'ignorais.

C'est curieux, je ne suis pas au courant, je n'ai reçu aucun renseignement quant à cette nouvelle, mais peut-être cela est-il encore confidentiel ? Claire est souvent au courant du dernier scoop, bien avant les autres membres du Groupe.

- Je l'ai su par mon chef, m'explique-t-elle en resserrant son écharpe autour de son cou. Il avait rendez-vous au siège la semaine dernière, ... avec Lucas Lebelle, ajoute-t-elle lentement.

Je sursaute imperceptiblement. J'ignorais que Lucas s'était rendu à Toulouse. Je ne comprends pas. C'est vrai qu'il était absent deux jours la semaine dernière mais il m'avait dit qu'il partait dans sa famille. Qu'est-ce que cela veut dire ? Et pourquoi n'a-t-il pas parlé de ce licenciement ? J'avoue que toutes ces cachotteries ne me plaisent absolument pas. Je suis son assistante de direction, je devrais être au courant.

- Je ne comprends pas, je fais comme pour moi-même. Lucas a dû oublier de m'en parler...

- Ou peut-être a-t-il fait le choix de ne pas t'en parler afin de simplifier les choses ? objecte Claire en me regardant attentivement.
- Pourquoi ça ?
- François Gersse a proposé à Hugo Delaroche de devenir le n° 2 du Groupe... Ça a fait un bordel monstre car il a refusé son offre.

Je passe une main tremblante sur mon visage.

- Pour... Pourquoi ?
- Je ne sais pas... Mais mon chef m'a avoué qu'il y avait des tensions entre les deux hommes depuis... euh... le dernier congrès.
- Ah oui ! je laisse tomber en devenant pâle comme un linge.

Claire prend soudain mes mains dans les siennes et me les presse gentiment.

- Je ne m'en suis pas rendu compte immédiatement, reprend mon amie après un silence. Mon histoire avec Marc m'avait... perturbée...

Je l'écoute sans broncher, incapable de faire le moindre geste.

- ... J'ai tout compris le jour de ton anniversaire. *Il a appelé ce soir-là, n'est-ce pas ?*

Je hoche doucement la tête, incapable de nier. Une larme roule sur ma joue, sans que je puisse la retenir. Mon Dieu, je me sens si lamentable après tous ces mois !

- Je t'ai vue changer en quelques semaines, me souffle encore Claire. C'est pour cette raison que je suis constamment sur ton dos ! essaie-t-elle de plaisanter.

- Je croyais que tu étais malheureuse à cause de Marc ! je m'écrie en ouvrant de grands yeux.
- Je n'étais pas amoureuse, rigole-t-elle. J'étais inquiète pour toi. *Je suis* inquiète pour toi.
- Je vais bien, je dis aussitôt.
- Tu mens ! réplique-t-elle vivement. Ce type a réussi à te foutre en l'air.
- Claire ! je proteste aussi vite. Hugo n'y est pour rien. J'ai été trop bête de tomber amoureuse de lui, c'est tout.
- Il le sait ?
- Tu rigoles ! je m'étouffe subitement. Tout était clair entre nous : pas de sentiment, pas d'engagement.
- Bon sang, Anna, qu'est-ce qui t'a pris de coucher avec cet homme ?!!! m'interroge-t-elle en riant gentiment. Tu devais bien te douter que cette histoire serait compliquée.
- Je n'y ai pas réfléchi, j'avoue avec un petit sourire, amusée malgré tout par l'expression rêveuse de mon amie.
- Ces diamants autour de ton cou, ce sont des vrais, n'est-ce pas ?
- Oui, je fais en les touchant machinalement, *mon porte-bonheur...*
- Question idiote : c'est lui qui te les a offerts, n'est-ce pas ?

Je me contente de hocher la tête, trop émue au souvenir de cette journée.

- Ouah, Anna, tu es une sacrée veinarde ! s'écrie Claire en éclatant de rire. Sophie se ferait péter le ventre si elle le savait !
- A quoi bon ? je murmure tout bas. Tout est fini entre nous depuis bien longtemps maintenant...

Nous nous remettons en marche car nous avons froid à rester assises sur ce banc glacé. Je porte une jupe, des collants épais et des bottes. J'ai un pull bien chaud sous mon manteau de laine mais je suis glacée. Claire, quant à elle, porte une épaisse doudoune bleu marine et ses cheveux sont cachés sous un bonnet de laine. Mais l'automne est particulièrement froid cette année et depuis plusieurs semaines, nous avons un vent glacial qui nous frappe de plein fouet pratiquement chaque jour.

- Tu n'as plus de nouvelles ?

C'est étrange, discuter de Hugo me fait du bien mais je me sens extrêmement nerveuse, je tremble de tous mes membres comme si j'étais fiévreuse. Cela me fait mal, là, au creux de la poitrine.

- Non.
- Tu l'as appelé ? insiste doucement Claire en passant son bras sous le mien pour nous réchauffer toutes les deux.
- Non.
- Pourquoi ?
- Nous sommes mariés.

Claire émet un petit rire en resserrant son étreinte autour de mon bras.

- Vous pourriez vous revoir, dit-elle d'une voix rêveuse. Vous pourriez divorcer, vous marier tous les deux, faire des gosses, être vachement heureux...

Je me sens devenir pâle comme un linge. Comme j'aimerais que tout soit aussi simple dans la vie, mais Claire n'a pas vécu un drame pendant son adolescence, un drame traumatisant et destructeur. Et fait important, voire primordial, Hugo ne m'aime pas, chaque jour passé me le rappelle cruellement... mais cela ne changerait rien de toute façon. Tout est définitivement fini entre nous. Notre belle et merveilleuse histoire s'est définitivement terminée le samedi deux juin au soir. Un choix de ma part.

*Un choix de ma part.* Quel cruel et horrible choix... que je ne remettrai pourtant jamais en question...

Je n'étais qu'une adolescente, encore insouciante et naïve, amoureuse du premier garçon qui passait. Je n'étais pas très jolie, plutôt effacée même mais je plaisais à certains garçons de mon lycée, j'avais même un certain pouvoir sur eux, dont l'un avec qui j'aimais bien discuter, Arnaud Martin. Nous étions amis, nous avions fini par sortir ensemble. Il était mignon, plutôt sympa, mais honnêtement, je n'étais pas follement amoureuse, j'avais dix-sept ans. Nous avions pourtant couché ensemble, la première fois pour tous les deux, cela avait été nul et douloureux, un vrai désastre.

Pourtant, notre petit flirt avait duré plus d'une année. Je pensais que les mois passés ensemble m'aideraient à tomber vraiment amoureuse de lui car je l'aimais bien. Je croyais même que je finirais un jour par me marier avec lui, il était si gentil, si tendre avec moi. Mais j'aimais Arnaud comme un ami, seulement comme un ami. J'avais fini par renoncer à notre histoire, je n'étais pas heureuse avec lui et d'autres garçons me plaisaient au lycée. Je n'étais pas une jeune fille abjecte, je n'étais pas du genre à avoir plusieurs petits amis en même temps, je l'avais alors quitté, un matin, sans aucune hésitation. Notre rupture avait été simple et rapide, comme les gamins de notre âge, rien d'exceptionnel. Cependant, tout s'était compliqué par la suite et nous étions devenus bêtement les pires ennemis. Je me rappelle que c'était particulièrement éprouvant et douloureux. Arnaud ne cessait de me harceler, de m'insulter au téléphone lorsque je refusais ses rendez-vous. Il me suivait dans la rue, surveillait mes faits et gestes, il me faisait... peur mais je n'osais l'avouer à quiconque, je ne voulais pas faire d'histoire. J'essayais de me convaincre qu'il n'y avait rien de grave, que mes parents penseraient probablement qu'il n'y avait rien de grave. Mais je n'étais pas bien, je dormais mal, je n'arrivais plus à me concentrer en cours et je commençais à avoir de mauvaises notes, ce qui me rendait folle.

Plusieurs mois après notre rupture, Arnaud m'avait finalement appelée, un midi, pour faire la paix, m'avait-il dit en riant, trouvant nos petites querelles débiles et déplacées. Il s'était longuement excusé de son étrange comportement et m'avait demandé de venir chez lui, pour me prouver sa bonne foi. Au souvenir de notre amitié, j'avais accepté immédiatement d'aller le voir, j'étais heureuse de retrouver mon ami, peut-être même mon meilleur ami. Il faisait nuit chez lui quand j'étais arrivée, tous les volets étaient fermés et la maison était vide et silencieuse. J'avais d'abord cru à une blague, il aimait faire ce genre de blague un peu tordue. La porte d'entrée était néanmoins ouverte, j'étais entrée et l'avais appelé, plusieurs fois. Après avoir hésité un moment, j'avais grimpé les escaliers, je ne cessais de l'appeler, j'avais un peu la trouille... Il était là, dans sa chambre, près de la fenêtre, le fusil de chasse de son père sur les genoux... Il baignait dans son sang, une balle en pleine tête...

Il avait laissé une lettre, demandant pardon à ses parents, à sa sœur. Il avait écrit qu'il m'aimait, qu'il ne supportait plus de vivre sans moi, qu'il préférait aller dans un autre monde, où il espérait ne plus souffrir...

Après ce drame, un pédopsychiatre m'avait affirmé qu'il me faudrait du temps pour oublier son visage défiguré par son arme à feu. Je n'ai jamais réussi à effacer ces images de ma tête. Je fais, encore aujourd'hui, très souvent des cauchemars. J'ai peur de me retrouver dans le noir, je ne peux toujours pas dormir sans une veilleuse, ce qui rend dingue Antoine, ce qui a ému Hugo.

Toujours après ce drame, je ne voulais plus aller au lycée, mes amis m'avaient littéralement laissée tomber. Les parents d'Arnaud me haïssaient, leur fille m'avait violemment insultée lorsque j'étais apparue aux obsèques d'Arnaud… Maman et Papa m'avaient alors envoyée en internat, à Paris, et j'y avais rencontré Claire.

Les années ont passé, j'ai appris à vivre avec ce drame, du moins j'ai essayé. J'ai fait la connaissance d'Antoine, je me suis mariée. Je me suis promis dès lors de ne plus jamais faire souffrir un homme amoureux, je me suis promis de ne plus jamais quitter un homme amoureux…

- Je ne divorcerai pas, je dis en revenant brutalement à la réalité. *Jamais.*

Claire me fixe sans comprendre, elle m'a vue partir très loin dans mes pensées. Mon visage est livide, je tremble comme une feuille, j'ai horriblement froid. Elle n'a jamais su ce que j'avais vécu, jamais je n'ai réussi à lui en parler. Un sentiment de culpabilité et de honte m'a toujours empêchée de me confier, même à ma meilleure amie. Comment pourrais-je lui avouer qu'un jeune homme de dix-neuf ans s'est tué d'un coup de fusil, *à cause de moi ?* J'ai toujours préféré garder cette histoire pour moi et en subir les conséquences. Un jour, une personne mal intentionnée m'a certifié que *tout* se payait dans la vie. Aujourd'hui, je sais qu'elle disait vrai. Je suis condamnée à vivre avec un homme que je n'aime pas comme je le devrais et oublier définitivement l'amour de ma vie.

§§§

Je me doutais bien que Claire ne me lâcherait pas facilement. Encore sous le choc de ma liaison avec Hugo Delaroche, elle ne cesse de me poser des questions quant à notre histoire pourtant terminée. Je finis par m'énerver un peu, ses questions me font mal et je n'ai plus envie d'en discuter. C'est fini, terminé, révolu.

- Ecoute, Claire, je fais soudain en me levant d'un bond...

Nous sommes assises toutes les deux dans mon salon, buvant un thé brûlant pour nous réchauffer après notre longue balade dans le bourg. Antoine est en Allemagne pour une semaine, nous pouvons discuter librement.

- ... Cela fait plusieurs années que tu vas aux congrès, n'est-ce pas ?
- En effet, acquiesce-t-elle sans comprendre.
- Tu as déjà vu la femme de Hugo, n'est-ce pas ?
- En effet.
- Comment est-elle ? je lui demande brutalement.

Claire rougit légèrement, soudain mal à l'aise.

- Eh bien... commence-t-elle doucement, elle... elle est grande, plutôt mince...
- Blonde, brune ?
- Blonde. Elle... elle est jolie, je crois.
- Tu crois ?
- Qu'est-ce que tu veux savoir ? s'énerve-t-elle en me dévisageant attentivement.
- Apparemment, Marie Delaroche est une belle femme, grande, très classe. Crois-tu que Hugo sacrifierait tout pour une fille comme moi ? Réponds-moi, Claire, crois-tu qu'il quitterait sa femme pour moi ?
- Tu es très belle, objecte-t-elle vivement.

- Crois-tu qu'il quitterait sa femme seulement pour mon physique ? je réplique aussi vite.
- Il t'a offert un collier hors de prix ! proteste-t-elle encore.
- Ce n'était qu'une histoire de cul ! je m'écrie soudain en me laissant tomber sur le fauteuil.

Et oui, voilà où j'en suis !!! Me convaincre que toute cette histoire n'était, finalement, qu'une histoire de cul ne peut que m'aider à l'oublier. Du moins, je l'espère.

- Nous avons vécu trois jours merveilleux mais ce n'était qu'une histoire de cul, je répète en essayant encore et encore de m'en convaincre.
  … Ce collier n'a aucune signification, j'ajoute sans aucune méchanceté envers Hugo. Il dépensait son argent parce qu'il avait de l'argent. Point barre.
- Que vas-tu faire alors ? me demande mon amie en réalisant à quel point je souffre de cette rupture. Tu risques de le revoir à n'importe quel moment, nous travaillons ensemble. Qu'est-ce que tu vas faire ?

Comme une idiote, j'éclate en sanglots.

- Rien, je réponds entre mes larmes, je ne ferai rien.

## Chapitre 9

J'avoue que le lundi matin, j'ai très envie d'aborder la situation de Xavier Anton. Je n'arrive pas à comprendre le comportement de Lucas. J'ai besoin de connaître les raisons de toutes ses cachotteries, sinon, je crois que je vais devenir folle. Malheureusement, alors que mon responsable s'active autour de moi, je suis incapable de prononcer le moindre mot. En fait, je suis incapable de discuter de Hugo. Car en abordant ce sujet, je sais que je risquerai de parler de mon ancien amant et cette seule idée m'angoisse littéralement. Je préfère garder mes frustrations et continuer comme si de rien n'était.

Cependant, en décembre, à quelques jours de Noël, « j'apprends » enfin le licenciement de Xavier Anton. Lucas débarque un matin dans mon bureau et me tend un document du Groupe. Je découvre alors le nom de son remplaçant : *Hugo Delaroche.*

Je me fige instantanément en découvrant ce nom. Je ne comprends pas. Claire m'avait annoncé qu'il avait refusé le poste, provoquant même un scandale. J'avoue que j'ai beaucoup de mal à garder mon sang-froid en lisant de nombreuses fois ce nom étalé sur toute la ligne. Je me maudis de sentir mes joues devenir écarlates, j'ai des plaques rouges qui apparaissent subitement dans mon cou, c'est affreux... et Lucas qui me dévisage attentivement, je crains un moment de ne pas rester assez professionnelle et de lâcher mes émotions sans aucune retenue.

Afin de cacher la panique qui m'envahit, je me concentre sur le document. Je ne peux m'empêcher de lire plusieurs fois ce nom en lettres capitales : *Hugo Delaroche.*

- J'ignorais le départ de Monsieur Anton, je réussis enfin à dire après un moment interminable, essayant de rester détachée.

J'ai le cœur qui bat la chamade.

- Xavier Anton a été viré, fait Lucas en s'asseyant en face de moi, il y a plusieurs semaines.
- Ah bon ! je laisse tomber en m'efforçant de paraître surprise.

Mon Dieu, je suis la reine des menteuses !

- Anton était un bon à rien, poursuit mon responsable avec un petit rire sadique. François Gersse l'a apparemment licencié sur les conseils de sa femme.

Ah oui, c'est vrai, Xavier Anton est le frère d'Angèle Gersse. J'imagine que prendre la décision de virer son propre frère n'a pas dû être facile pour cette femme mais j'imagine aussi qu'il a dû se passer un événement assez grave pour en arriver là. Bien entendu, je me doute qu'au sein de chaque *Bricodeal's,* aucun adhérent n'apprendra ce qui s'est réellement passé.

- Hugo Delaroche a été cité très vite pour le remplacer et élu à l'unanimité par tous les membres du Conseil de direction, m'explique alors Lucas.
- C'est une belle promotion pour lui, je dis en gardant les yeux résolument baissés.
- Mais figure-toi qu'il a refusé le poste en novembre, remarque-t-il d'une voix beaucoup plus basse. J'avoue que je suis assez surpris par ce revirement.

Je préfère ne pas relever.

- Enfin, c'est une bonne nouvelle ! s'exclame-t-il en se levant d'un bond. Hugo Delaroche fera un excellent directeur général.
- Sûr... sûrement, je bredouille tout bas.
- Sais-tu que son refus a provoqué un scandale dans le Groupe ? fait encore Lucas, en me fixant plus attentivement.
- Oh, je... euh... je bafouille lamentablement.
- François Gersse n'a pas du tout apprécié de voir son poulain refuser de devenir le numéro 2 du Groupe, poursuit-il en se rasseyant lentement. Apparemment, les deux hommes étaient en... froid depuis le congrès... Je me demande bien ce qui s'est passé lors de ce fameux congrès pour inciter Monsieur Delaroche à réagir ainsi, ajoute-t-il d'une voix plus rauque.

Mon Dieu, c'est une vraie torture !

- Peut-être... Peut-être Monsieur Delaroche ne se sentait-il pas capable de tenir ce poste, je remarque tout bas, très, très mal à l'aise.
- ... Ou peut-être voulait-il provoquer François Gersse si celui-ci lui a reproché certains de ses actes, réplique mon chef d'un ton tout aussi bas que le mien.
- Peut-être, je réponds presque dans un dernier souffle.

J'essaie de respirer normalement mais je suis à deux doigts de l'apoplexie tant je suis stressée par cette discussion. Je ne souhaite qu'une seule chose : que Lucas retourne dans son bureau... et vite.

- Bien, dit-il en se levant. Je te laisse faire le nécessaire afin d'annoncer à toute l'équipe ce changement de poste, je suis en réunion pour le reste de la journée.

Sur ces bonnes paroles, Lucas quitte enfin mon bureau, me laissant toute retournée par cette discussion. Il me faut d'ailleurs un long moment pour réussir à me bouger.

Comme je m'y attendais, Claire me téléphone ce soir-là, pour en discuter. Comme moi, elle est surprise mais trouve ce changement formidable pour le Groupe. Je l'écoute s'esclaffer sans faire de commentaire. Que pourrais-je dire ? Bien entendu, je suis contente pour Hugo, mais j'estime ne rien avoir à dire sur sa promotion. Je suis une assistante de direction comme n'importe quelle autre assistante de direction dans le Groupe. J'apprends la nouvelle, ne me permets aucune remarque et fais mon boulot, point final. Le sujet est clos.

§§§

A Noël, nous partons chez mes parents à Isigny-sur-Mer. Une nouvelle fois, avec ma famille, je me ressource égoïstement, ce qui me fait un bien fou. Mes parents s'inquiètent de ma mauvaise mine. Je leur dis que je suis seulement fatiguée mais leur gentillesse finit par me faire pleurer en cachette dans la salle de bains. Mes sœurs essaient de savoir ce qui me rend si malheureuse. Elles ne sont pas stupides, elles ont compris que quelque chose n'allait pas chez moi depuis plusieurs mois. Elles m'interrogent longuement sur Antoine et ses nombreuses absences en Allemagne. « *Ne peut-il pas changer de poste et arrêter tous ces déplacements ?* », me demandent-elles alors que nous nous baladons, toutes les quatre, sur la plage, dans le froid sec de ce mois de décembre. « *Je refuse de rentrer dans une longue discussion inutile* », je leur avoue franchement. Nous en avons déjà discuté avec Antoine, à plusieurs reprises, il ne veut rien entendre. Nous rentrons chez nos parents en le traitant de « con », ça nous fait rire à en pleurer.

Le soir du réveillon, nous allons tous à la messe de minuit, avant de déguster un excellent repas préparé par maman, elle a mis les petits plats dans les grands. Je mange malheureusement très peu, bois un peu plus que de raison mais Antoine ne semble pas s'en apercevoir, trop occupé à embêter mes neveux et nièces. Par contre, je surprends de nombreux regards entendus entre mes sœurs. Je préfère les ignorer, je n'ai pas envie de me justifier comme une gamine.

Le lendemain matin, nous ouvrons nos cadeaux sous le sapin. Antoine m'offre une ravissante robe noire, ce qui, je l'avoue, me surprend considérablement. Mes sœurs se font une joie de m'offrir un week-end en thalasso, pour me requinquer, me disent-elles en m'embrassant chaleureusement. Comme une idiote, je verse quelques larmes, touchée par leur délicate attention. Je les remercie sincèrement en les embrassant toutes les trois, elles râlent en pleurant bêtement. Maman et Papa nous ont choisi, à Antoine et à moi, une superbe lampe pour mettre dans notre salon. Nous en sommes ravis car nous en voulions une depuis des mois mais nous n'avions pas encore trouvé la perle rare. Celle de mes parents est magnifique. Moi, de mon côté, j'offre à Maman une ravissante paire de gants en cuir chocolat, le dernier album de *Brad Paisley* à Charlotte, elle adore ce chanteur américain de musique pop-rock. J'offre également un portefeuille en cuir noir à Papa, un chemisier à Camille, un splendide tableau que j'ai trouvé au magasin à Laure et enfin, à Antoine, une ravissante montre *Festina*, qui lui plaît beaucoup. Je me suis ruiné mais lorsque je les vois ouvrir leurs cadeaux, je ris de bonheur. Je n'ai pas oublié les enfants, chacun a un jouet à la mode, ils poussent des petits cris émerveillés, j'adore !

Je passe la journée à discuter avec ma famille, à jouer et à rire avec mes neveux et nièces, à manger, remanger et encore remanger. Nous buvons du champagne à la fin du repas, je suis un peu pompette mais je ris, un peu bêtement parfois mais je ris, ça me fait du bien. Cette nuit-là, je fais l'amour avec Antoine, je ferme les yeux et me laisse aller dans *ses* bras... *dans les bras de Hugo*... Il me manque tellement.

§§§

Nous rentrons à Saint-Gilles-Croix-de-Vie le lendemain, dans l'après-midi. Antoine doit se rendre en Allemagne mais sera de retour pour le réveillon du nouvel an. Après son départ, le matin suivant, je décide d'appeler Claire. Je suis en vacances pour quelques jours et j'aimerais aller la voir. Je suis très surprise d'entendre Sophie me répondre au téléphone.

- Salut, Anna, me dit-elle en riant.
- Salut, je fais en fronçant les sourcils. Euh... Claire est là ?
- Je te la passe.

Alors que j'entends Sophie appeler mon amie, j'essaie de garder mon calme. Qu'est-ce que fait Claire avec cette nana, je ne comprends pas. Cette fille n'est pas intéressante. Elle est prétentieuse et arrogante, absolument rien à voir avec la gentillesse et la bonté de mon amie. Non, là, franchement, j'avoue que j'ai un peu de mal.

- Salut, Anna, fait enfin Claire d'une voix un peu gênée. Tu vas bien ?
- Ça va, je réponds en tâchant de rester aimable. Qu'est-ce qu'elle fait là ? j'ajoute néanmoins.

Claire se racle la gorge, je la sens extrêmement embarrassée.

- Sophie vient de se faire plaquer par son mec, elle n'allait pas très bien alors je lui ai proposé de passer Noël avec moi.

Je me radoucis. J'ignorais néanmoins qu'elle avait un petit ami.

- C'est sympa de ta part, je dis simplement.
- Tu as passé un bon Noël ? me demande-t-elle précipitamment.
- Très bien.
- On se voit au réveillon, comme convenu ?
- Bien sûr, je fais vivement, n'osant lui avouer que j'avais envie de lui rendre visite.
- Tu es sûre que ça va ? m'interroge-t-elle doucement.
- Ça va, je ris pour ne pas l'inquiéter... Je vais aller chez le coiffeur, j'ajoute soudain en m'observant dans le miroir, juste en face de moi. Je pense qu'une bonne coupe de cheveux me fera du bien.
- Bonne idée, approuve Claire, sincèrement ravie par cette nouvelle. Fais-toi une petite coupe courte, je suis certaine que tu seras très chic coiffée ainsi.
- C'est une bonne idée.

Nous discutons encore un moment puis je finis par raccrocher. J'avoue que je suis sceptique quant à la présence de Sophie chez mon amie mais je me garde de le faire remarquer. Après tout, cela ne me regarde absolument pas.

Le lendemain matin, comme convenu, je vais chez le coiffeur et me fais faire un carré court. Lorsque je vois mes longues mèches brunes tomber de ma tête sur le carrelage blanc, je serre un peu les dents, complètement angoissée par ce choix soudain. Mais, lorsque je m'observe longuement dans le miroir en rentrant à la maison, je suis plutôt satisfaite. Je ne me reconnais pas mais j'aime bien, j'aime beaucoup même. J'ai hâte de voir la réaction d'Antoine.

Ce soir-là, je suis sous la douche quand j'entends le téléphone sonner. Attrapant précipitamment une serviette, je cours dans ma chambre décrocher mais arrive trop tard, mon correspondant a déjà raccroché. Frustrée, je retourne dans la salle de bain en râlant. Ça doit être probablement Antoine. Démêlant mes cheveux courts, ça me fait encore tout drôle lorsque je m'observe dans le miroir. Cette nouvelle coupe me change totalement.

Antoine rentre le lendemain soir à la maison, crevé et énervé, je trouve aussitôt. Alors qu'il va se servir un verre de whisky, je m'enferme dans la salle de bains pour me préparer. Ce soir, c'est le réveillon du Nouvel An, je n'ai aucune envie de me disputer avec lui alors qu'il n'a même pas remarqué ma nouvelle coiffure. Je me sens blessée par son manque d'attention et son indifférence, et c'est de pire en pire. Je préfère taire néanmoins mes pensées désobligeantes, sans toutefois m'empêcher de le maudire. Si je n'étais pas si peureuse, je le quitterais sur le champ. Oui, si je n'étais pas si peureuse... Bon sang, je n'en peux plus de son comportement parfois odieux !

Avec Claire et nos amis présents le jour de mon anniversaire, nous avons réservé dans un restaurant assez chic. Un caprice de ma part, pour être honnête. Je sais pourtant que le mois de janvier va être difficile, très difficile même mais je voulais m'amuser ce soir dans un endroit sympa. Je voulais, pour une fois, oublier mon milieu social. Ce restaurant organise une soirée dansante, ce qui nous coûte plus de cent euros par personne. Une folie, a râlé Antoine. Il a cependant accepté, suivi de près par tous nos amis.

Claire arrive vers vingt heures, radieuse, je remarque aussitôt. Elle ne me laisse cependant lui poser aucune question, trop occupée à s'extasier sur ma nouvelle coiffure. Je finis par rire, ravie de sa réaction mais c'est mal me connaître. Je réussis à lui faire promettre de tout me raconter lorsque nous nous retrouverons seules. Mes amis me complimentent également quant à ma nouvelle coupe de cheveux. Antoine finit par m'avouer qu'il me trouve jolie, ça me fait bêtement plaisir.

Nous buvons une coupe de champagne avant d'aller au restaurant. Au moment de fermer la porte à clé, nous sommes déjà très en retard, le téléphone sonne. J'hésite à aller décrocher quand je vois Antoine, assis derrière le volant de sa voiture, me faire signe de me dépêcher. Je décide de laisser sonner et referme fermement la porte derrière moi. Ça doit être maman, je la rappellerai demain.

§§§

Avec Claire, en arrivant dans le restaurant, nous gloussons comme des idiotes en nous rendant compte de notre jeunesse par rapport aux autres convives, la moyenne d'âge de la soirée est d'environ soixante ans. Notre table est heureusement bien placée, pas trop loin de la piste de danse, ce qui nous permettra d'aller facilement danser durant toute la soirée.

Nous buvons une nouvelle coupe de champagne en apéritif. J'avoue avoir la tête qui tourne un peu et ris bêtement avec mon amie, assise à ma droite. Antoine est à ma gauche mais je le trouve très distant. Probablement a-t-il passé un mauvais séjour en Allemagne, comme à chaque fois qu'il s'y rend. Depuis quelque temps, j'ai remarqué qu'il était toujours de mauvaise humeur lorsqu'il rentrait à la maison. Il faisait la tête pendant quelques jours puis, comme par miracle, la situation s'arrangeait. A chaque fois, je laisse passer ces deux ou trois jours, sans faire le moindre commentaire, mais ces humeurs changeantes me tapent sérieusement sur les nerfs.

Nous commençons le dîner par un excellent foie gras maison, un régal. Je n'en mange que rarement mais j'adore ça. Je pense à Hugo et me demande si, lui aussi, savoure un excellent foie gras dans un restaurant chic. Je ne peux m'empêcher d'éprouver un sentiment de jalousie en l'imaginant avec sa femme, vêtue d'une superbe robe noire et parée de bijoux plus somptueux les uns des autres. Je me secoue pour m'enlever cette image de la tête et regarde la jolie robe qu'Antoine m'a offerte à Noël. Toute droite, elle a un ravissant décolleté arrondi, laissant mes épaules et mes bras nus. Je la porte avec des bottes à talons hauts. Je me trouvais belle, tout à l'heure, devant le miroir, avec mon carré court et mon précieux anneau dans le creux de ma gorge. Depuis juin, je ne l'ai jamais retiré, ou seulement pour me doucher, mais je le garde pour dormir. Antoine ne comprend pas mon attachement pour ce bijou et se moque régulièrement de ce pendentif en « toc ».

-   Ça va ? me demande Claire.

Je me contente de hocher la tête.

-   T'es superbe ce soir, me dit-elle sincèrement.
-   Toi aussi, je souris en détaillant son tailleur pantalon d'un gris clair qu'elle porte avec un très joli top noir.

Claire est très séduisante avec ses boucles blondes et ses yeux bleus. Elle est assez grande, mince, musclée. « Un beau brin de fille », comme dit mon père.

- Alors ? je reprends tout bas. Tu sembles plutôt heureuse. Tu as rencontré quelqu'un ?
- Si on peut dire, me répond-elle en rougissant légèrement.

Je fronce les sourcils sans comprendre.

- Comment ça, « *si on peut dire* » ?
- C'est un peu compliqué...
- Il est marié ? je demande aussitôt, légèrement inquiète.

Claire éclate de rire avant de répondre :

- Non, je ne sors pas avec quelqu'un de marié mais c'est un peu compliqué, je...

Je la vois encore rougir, mal à l'aise. Apparemment, sa nouvelle conquête semble un peu particulière.

- Tu ne veux pas en parler ? je lui demande alors, loin d'en être offensée.
- C'est un peu compliqué, répète-t-elle en s'agitant nerveusement.
- Nous en discuterons un autre jour, je la rassure aussitôt.
- Tu n'es pas fâchée ? grimace-t-elle, reconnaissante.
- Non, je ne suis pas fâchée, je lui souris doucement. Je ne t'ai rien dit pour... Hugo, j'ajoute tout bas.

Un serveur vient nous interrompre pour nous servir un plat de poisson, du turbot avec de succulents petits légumes, un vrai délice.

Comme Claire, je ne souhaite pas discuter de cette ancienne relation. De toute façon, ce n'est ni l'endroit ni le moment. Antoine, après deux verres de vin, commence à se dégeler et s'occupe un peu plus de moi. Il me fait même un gentil compliment sur ma tenue. Je m'efforce dès lors d'être aimante avec lui, comme une parfaite épouse.

La soirée se passe dans une bonne ambiance. Nous dégustons de l'agneau, jouons les gourmands devant un impressionnant plateau de fromages avant de savourer un excellent dessert à l'orange. Rassasiés, nous allons ensuite danser sur de la musique des années 80. Avec Claire, nous adorons.

Soudain, le DJ annonce le compte à rebours : cinq, quatre, trois, deux, un... ça y est, une nouvelle année commence. Antoine me serre dans ses bras et me souhaite en souriant une joyeuse année, j'ai stupidement envie de pleurer. Claire rit gaiement en m'embrassant, une larme coule sur mes joues. Mes amis m'achèvent en me souhaitant un bébé pour la nouvelle année, je cours dans les toilettes éclater en sanglots. Je pense à Hugo, j'ai envie de le voir, j'ai envie de me blottir dans ses bras... J'ai ce trou béant dans la poitrine, il me manque horriblement, ça fait si mal, si mal...

Je retourne danser jusqu'à plus d'heure, je bois du champagne à en vomir, je rentre à la maison complètement lessivée. Antoine me demande plusieurs fois si je vais bien, je me contente de hocher la tête car je suis incapable de prononcer le moindre mot. Je vais me coucher sans plus attendre, je m'endors aussitôt, mon éternel anneau dans le creux de ma main. Bonne année à tous !!!

§§§

Le six janvier, Antoine s'envole en Allemagne pour dix jours, dix jours pour moi toute seule. J'en profite, après mes journées au bureau, pour faire le grand ménage dans la maison, nettoyer les vitres dans toutes les pièces et repasser pendant des heures. Je finis même par m'activer dans le jardin alors qu'il fait très froid. Le soir, assise en boule devant ma baie vitrée, je regarde tomber quelques flocons de neige, ce qui est très rare en Vendée. Je suis vidée, physiquement et moralement. Les voisins ont dû se demander ce qui m'arrivait de « jardiner » en plein hiver !

Je suis plongée dans mes pensées, une tasse de thé dans les mains, quand le téléphone sonne soudain. Je ne décroche pas et laisse le répondeur se déclencher. Je n'ai pas envie de discuter avec qui que ce soit, je dirai à qui que ce soit que j'étais absente. Malheureusement, j'ignore qui appelle. La personne raccroche avant même de laisser un message.

Plus tard, je prends un bain afin de me réchauffer puis me glisse sous les draps, enveloppée dans un épais peignoir. Je regarde un instant la télévision mais finis par somnoler, trop fatiguée. Le téléphone me fait brusquement sursauter. Avant de décrocher, je regarde l'heure, il est presque 23 h 30. Antoine a dû se souvenir qu'il avait une femme, voilà huit jours qu'il est parti, voilà huit jours qu'il n'a pas donné signe de vie !

- Oui ? je fais d'une voix un peu endormie.

Il y a un silence à l'autre bout du fil.

- Oui ? je répète un peu plus fort.
- *Bonsoir, Anna, me salue une voix étrangement familière, … c'est moi, Hugo.*

Je me fige instantanément en reconnaissant *sa* voix. *Hugo…*

- Bon… Bonsoir, je bafouille, trop abasourdie pour réagir.

Il y a encore un silence au bout du fil avant qu'il ne reprenne, un peu hésitant.

- *Anna, je... Tu es seule ?*
- Je suis seule, je réponds comme un automate.

Je ne sens plus mon cœur qui fait des bonds dans ma poitrine, je ne sens plus mes jambes qui tremblent sous les draps. J'ai l'impression d'avoir perdu tout contact avec la réalité. Je n'entends plus que cette voix, cette voix qui m'a tant manqué. Cette voix qui semble tout aussi... troublée que je puisse l'être. Je retiens mon souffle.

- *Anna, je n'y arrive pas, me dit alors Hugo d'une voix sourde. J'ai essayé, j'ai vraiment essayé de t'oublier mais je n'y arrive pas... Je veux te voir, ajoute-t-il précipitamment. J'ai besoin de te voir...*

Mes doigts s'accrochent au téléphone comme si je craignais de le voir disparaître. Je crains un moment d'être en plein rêve... mais Hugo est là, à l'autre bout du fil. Je sens les larmes couler sur mon visage.

- *Je serai à Paris pendant quelques jours, poursuit mon amant d'une voix altérée. Anna, ... viens. Viens me rejoindre, ... s'il te plaît.*
- Quand ? je souffle tout bas.
- *Demain, j'y serai demain. Viens, je t'en prie. Tu as un train à neuf heures seize, je me suis renseigné.*
- Mais mon boulot... je proteste faiblement.
- *Ne t'inquiète pas, nous trouverons une solution.*
- Hugo, je ne sais pas, je...
- *Anna, s'il te plaît !*

Je ferme les yeux quelques secondes afin de réfléchir. Antoine rentre la semaine prochaine. Au bureau, c'est plutôt calme. Lucas ne m'en voudra pas si je m'absente quelques jours. Ou je trouverai bien une excuse justifiant mon absence. Et... j'ai envie de revoir Hugo. J'en ai tellement envie que je serais prête à sauter dans le premier train qui passe, tant pis si je mens à Antoine et à mon responsable.

- D'accord, je fais tout bas. Je prendrai le train de neuf heures seize.

Je l'entends pousser un petit soupir, comme s'il avait retenu son souffle. Je le devine soulagé.

- *Je t'attendrai à la gare, je serai là.*
- Très bien, je...
- *J'ai hâte d'être à demain, murmure-t-il d'une voix empreinte de douceur.*

Mon cœur fait une galipette dans ma poitrine.

- A... à demain, Hugo, je réponds simplement avant de raccrocher, trop émue pour pouvoir ajouter le moindre mot.

Je reste un long moment immobile, le souffle court. Durant les minutes suivantes, je suis même incapable de réagir. Mais lentement, très lentement, ce qui vient de se passer commence à germer dans ma tête : *je vais le revoir !* Je vais revoir Hugo après sept mois d'absence... Je ferme soudain les yeux en sentant les battements de mon cœur s'affoler une nouvelle fois... Il ne m'a pas oubliée... Comment m'a-t-il dit déjà ? *« J'ai essayé de t'oublier mais je n'y arrive pas »*... Comme c'était doux à entendre sa façon d'insister pour me voir...

Je ne sais pas encore si j'ai fait le bon choix en acceptant cette rencontre mais j'avoue me sentir brusquement dopée par cette conversation téléphonique. Je n'imaginais plus qu'il appellerait, je pensais qu'il m'avait rayée de sa vie, définitivement. Je pensais même qu'il regrettait notre liaison. J'avais été stupidement stupide de penser toutes ces horreurs. Je finis par sourire, un grand sourire, un grand sourire radieux. Je me sens soudain si heureuse, si heureuse...

Je me lève d'un bond et cours pour aller prendre ma valise où j'entasse un jean, une jupe, une robe, un pantalon noir, des pulls, un ravissant chemisier blanc, mes sous-vêtements dernier cri... Je prépare ma trousse de toilettes, maquillage, sèche-cheveux, pilule contraceptive. Nous n'avons jamais utilisé de préservatif, malgré les risques que nous encourions. Je sais, ce n'était pas sérieux mais ni lui, ni moi n'avions prévu de coucher ensemble, nous n'étions pas « équipés ». Je cours ensuite préparer mes affaires, pour demain matin : jean, col roulé noir sous une petite veste noire très sympa et bottes cavalières, noires également. Bon, ce n'est pas super classe mais il fait si froid en ce moment que je n'ai pas envie d'attraper un rhume et gâcher nos quelques jours. *Quelques jours ?* Qu'est-ce qu'il entend par quelques jours ? Deux jours, trois jours, une semaine ? J'étais si abasourdie de l'entendre au téléphone que je n'ai posé aucune question. Nous sommes dimanche. Que fait-il à Paris ? Est-il en réunion ? Est-il en vacances ?

La tête pleine de questions, je retourne me coucher et éteins la lumière mais, comme je m'y attendais, je ne trouve pas le sommeil, trop énervée pour dormir. Que vais-je bien pouvoir dire à Lucas pour justifier mon absence ? J'essaie de réfléchir à plusieurs solutions mais j'ai le cerveau en ébullition. Et Antoine, comment lui expliquer mon départ précipité pour Paris ? ... Demain matin, je vais l'appeler et lui dire que Claire n'est pas bien et qu'elle a besoin de moi, je sais qu'elle me couvrira.

Je reviens très vite à Lucas. Bon sang, que vais-je bien pouvoir lui dire ?

Je finis néanmoins par m'endormir, mon délicat anneau dans le creux de ma main, un sourire sur les lèvres...

§§§

Il fait encore nuit quand je me lève le lendemain matin, le cœur battant la chamade. Je déjeune très vite puis cours sous la douche avant de m'habiller chaudement. Je me maquille minutieusement, coiffe mes cheveux propres au sèche-cheveux, mon carré est parfait. Je me parfume ensuite derrière les oreilles avant d'enfiler mon manteau et d'aller mettre ma voiture à chauffer. J'ouvre de grands yeux en découvrant au moins quatre centimètres de neige. J'ai soudain un nœud à l'estomac en regardant autour de moi. Et s'il n'y avait pas de train ?!

§§§

J'ai une heure et demie devant moi avant de me rendre à la gare. Je prends mon courage à deux mains et appelle Lucas. J'ai les mains qui tremblent.

- Lucas, bonjour, c'est Anna, je fais lorsqu'il décroche à la première sonnerie.
- *Oh, Anna ! s'écrie-t-il en cachant difficilement son embarras. Je suis désolé, j'avais zappé cette formation...*
- Formation... je répète comme une idiote, sans comprendre.
- *J'ai reçu un fax ce matin me confirmant ta présence à Paris, m'explique-t-il précipitamment. Anna, je suis navré. Je t'ai laissée prendre tout en charge pour te rendre à cette formation. Mais ne t'inquiète pas, tes frais te seront remboursés dès ton retour.*

Même si je ne saisis pas tout à fait la situation, je comprends très vite que je suis censée être en stage à Paris et apparemment depuis la veille au soir. J'imagine aussitôt qui a envoyé ce fameux fax et ne peux m'empêcher de sourire... Il avait dit qu'il trouverait une solution, il en a trouvé une, un peu tordue certes, mais cela semble avoir fonctionné. Je regrette néanmoins de voir Lucas aussi mal à l'aise devant des frais non effectués. Il connaît mes fréquents problèmes financiers, il doit s'en vouloir énormément. Je n'ose cependant faire de commentaire et raccroche très vite après lui avoir proposé de m'appeler sur mon portable, en cas de besoin.

A neuf heures seize minutes, je prends mon train, ma petite valise à roulettes entre les jambes. Comme je m'y attendais, je suis obligée de m'installer sur un strapontin, près des toilettes, car il y a un monde fou dans les nombreux wagons du TGV, il ne reste plus aucun fauteuil confortable. Et comme je n'ai pas réservé, je dois bien me satisfaire de cette place. Mais je m'en fiche, il y a un train, c'est le principal.

Alors que nous roulons depuis plus d'une heure, nous avons cependant un premier message, qui me glace les vertèbres.

*« En raison des conditions climatiques, le train aura du retard... ».*

Et blablabla, et blablabla... C'est pas vrai ! Je jette un regard par la fenêtre du TGV. C'est vrai que plus nous approchons de Paris, plus la neige est épaisse. Le paysage est magnifique mais je ne suis pas d'humeur à admirer les arbres blancs, les maisons blanches, les champs recouverts de blanc... Je ne veux pas arriver en retard, je ne veux pas *le* rater. J'ai soudain un moment de panique. Et si Hugo partait de la gare Montparnasse, fatigué de m'attendre pendant des heures ? Je ne suis pas très riche en ce moment, je n'ai pas les moyens d'avancer l'argent pour coucher à l'hôtel. Et si la neige continuait de tomber pendant des jours entiers ?

J'essaie de respirer calmement. Il faut que j'arrête de délirer sinon je vais me mettre à pleurer et mon maquillage va couler, mon nez va devenir tout rouge... Je serai affreuse pour le revoir. En plus, j'ai changé en sept mois, je dois l'admettre. Peut-être ne lui plairai-je plus ? J'ai perdu du poids, pas loin de quatre kilos. J'ai les yeux cernés, je le sais, Antoine ne cesse de me le reprocher. Toutes mes belles couleurs ont disparu aussi et j'ai coupé mes cheveux, j'espère qu'il aimera ma nouvelle coupe. Mon Dieu, et s'il n'aimait rien de mon nouveau physique, un peu maladif, je trouve depuis quelque temps. Et si, comme je le pensais à l'île Maurice, nous revoir à Paris était une mauvaise idée. Nous avons vécu une merveilleuse histoire sous les tropiques, qu'en sera-t-il dans une ville sans soleil, sans ciel bleu, sans lagon ? Et si Hugo se rendait compte de son erreur, que fera-t-il ? Je sais qu'il ne voudra pas me blesser mais acceptera-t-il pour autant de rester plusieurs jours en ma compagnie ?

C'est horrible, je me pose tant de questions que j'en ai presque la nausée. Je prends alors un bouquin dans mon sac et m'efforce de lire pour éviter de penser mais j'abandonne très vite, je suis incapable de me concentrer. Et ce train qui avance au ralenti...

A treize heures, je devrais être arrivée depuis une heure, nous avons un deuxième message. Je sens la panique m'envahir tout entière en regardant les voyageurs s'agiter autour de moi.

*« Mesdames et Messieurs, nous vous informons qu'un retard supplémentaire... ».*

Je me bouche stupidement les oreilles pour ne pas entendre la suite, le train vient de s'arrêter en pleine campagne. Et merde, et merde, et merde, je me répète tout bas, furieuse contre la SNCF, furieuse contre ce maudit mauvais temps. J'aime la neige, j'adore la neige mais à Noël, derrière les vitres de ma maison lorsque je savoure un chocolat chaud, ou sur les pistes de ski, mais pas maintenant, pas aujourd'hui. Je n'ai même pas le portable de Hugo pour le prévenir. Sa carte est précieusement rangée dans une boîte, avec ma magnifique boîte à bijou Cartier, mes deux roses rouges séchées, planquée sous une tonne de vêtements, dans mon armoire personnelle.

Cela fait deux heures, *DEUX HEURES,* que nous sommes coincés en pleine « cambrousse », sans boire ni manger. Je ne sens plus mes muscles tant je suis crispée par l'énervement. Je ne cesse de me lever, de me rasseoir, je suis folle de rage. Je sais qu'il faut être fou pour prendre le train par un temps pareil mais bon sang, ils ne vont pas nous laisser là pendant des heures, c'est inhumain !!!

Mon voisin, un jeune homme de dix-huit ans environ, me propose gentiment une part de gâteau. *Fait par sa maman,* me dit-il avec un petit rire. J'accepte pour ne pas le vexer et en plus, je commence à avoir faim, le bar du train a été dévalisé par les voyageurs affamés. Mon petit-déjeuner est très loin et pour être honnête, j'ai avalé vite fait une tartine de pain et un café, rien de très consistant. Je le remercie chaleureusement, en plus, le moelleux au chocolat est tout simplement excellent. Nous discutons alors de notre situation, du temps, de la SNCF, de Paris. Le garçon est sympa, bien élevé et me permet de faire passer le temps plus vite.

A seize heures trente minutes, oh miracle, le train redémarre. Excités, heureux, soulagés, nous applaudissons en riant gaiement. Bon, il ne s'élance pas à toute vitesse comme il devrait mais il avance, avance, avance... Je sens aussitôt l'agitation me gagner, je croise stupidement les doigts pour qu'il ne s'arrête plus jusqu'à Paris. J'ai pourtant peur tout à coup, j'ai peur comme une idiote. Dans moins de quarante-cinq minutes, nous arriverons en gare. Je me demande alors s'il sera là, j'espère sincèrement qu'il sera là. Le « Hugo » que j'ai connu à l'île Maurice sera là à m'attendre, le « Hugo » ne donnant pas signe de vie pendant sept mois, je ne sais pas... Non, je suis injuste, je me réprimande aussitôt. Je ne peux pas lui reprocher de ne pas m'avoir appelée, je suis la première à avoir refusé de le revoir en France. Et il a été très occupé ces derniers mois, il est directeur général aujourd'hui. Je rougis subitement. J'ai couché avec le directeur France des magasins intégrés, probablement vais-je faire l'amour avec le n° 2 du Groupe *Bricodeal's* ? Je me sens soudain tout intimidée à cette seule idée... Mais cela ne doit rien changer, je me dis vivement. Hugo est et sera toujours Hugo Delaroche, l'homme que j'aime, tout simplement...

A dix-sept heures et douze minutes, nous entrons enfin en gare de Montparnasse. Je me lève aussitôt mais me rassois très vite car j'ai les jambes complètement engourdies, je grimace d'ailleurs en m'étirant discrètement. Inspirant profondément, je mets mon manteau en laine noire, le boutonne jusqu'en haut. J'enfile mes gants en cuir, attrape ma valise et mon sac, inspire encore une fois...

A dix-sept heures et dix-huit minutes, je quitte ce maudit train... Plus jamais je ne prendrai un train sous la neige. Plus jamais !

# Chapitre 10

Je sais qu'il est là, je l'ai déjà aperçu parmi la foule. Son imposante carrure dépasse facilement les nombreux voyageurs. Je m'approche lentement de lui, il ne m'a pas encore vue. Je le vois regarder avec attention la file des voyageurs, le visage impassible. Il est encore plus beau que dans mes rêves les plus fous. Il porte un jean et une chemise bleu ciel, sous un blouson en cuir marron, qu'il porte ouvert malgré le froid. Ses cheveux sont plus longs mais bien coiffés. Il a maigri mais il a gardé cette beauté exceptionnelle. D'ailleurs, de nombreuses femmes le regardent avec insistance en passant devant lui, comme si elles se retrouvaient brutalement happées par son charisme incroyable. Il les ignore totalement.

Je ne peux m'empêcher de rougir jusqu'aux oreilles lorsque nos regards se rencontrent enfin. Hugo paraît immédiatement soulagé mais ne fait aucun geste envers moi, comme figé sur place. Je continue d'avancer, de plus en plus lentement, sans le quitter des yeux, le souffle court. Je sens son regard me dévisager intensément, j'ai l'impression qu'il grave dans sa mémoire chaque trait de mon visage. Quand je ne me retrouve plus qu'à un pas de lui, je m'arrête, les jambes flageolantes. Nous nous fixons un moment, sans pouvoir bouger. Je le vois avaler difficilement sa salive. Je rougis encore, ne sachant quelle attitude adopter. J'avoue me sentir complètement perdue.

- Anna... souffle-t-il soudain en faisant le dernier pas qui nous sépare.

Ses doigts frais viennent encercler mon visage et tout en répétant mon prénom d'une voix sourde, Hugo presse ses lèvres contre les miennes. Il tremble.

Emettant un petit gémissement de bonheur, je lâche ma valise et mon sac et me serre immédiatement contre lui, perdant instantanément toute timidité. Nous nous embrassons longuement, comme si nous allions mourir d'une minute à l'autre. Ses mains glissent très vite de mon visage et viennent me plaquer contre lui, me serrant à m'étouffer. Je finis par encercler sa taille sous sa veste tandis qu'il enfouit son visage dans mon cou en humant mon odeur, comme s'il en avait besoin. Nous restons ainsi un certain temps, étroitement enlacés, incapables de faire le moindre geste alors que de nombreux voyageurs passent à côté de nous dans un boucan d'enfer. Je le sens profondément touché par nos retrouvailles. *Je* suis profondément touchée par nos retrouvailles.

- J'ai cru ne jamais te revoir, fait-il d'une voix enrouée, en me regardant de nouveau.
- Je... je suis là, je réussis à rire doucement.
- Tu es là, sourit-il en me dévisageant attentivement, de cette façon si particulière. Plus belle que jamais...
- Tu aimes ma coiffure ? je m'inquiète bêtement.

Hugo me fixe encore un moment avant de répondre :

- Cette coupe te va à merveille mais tu as maigri, je trouve.
- Et je ne suis plus bronzée...
- Mais tu restes magnifique, me coupe-t-il en riant, resserrant son étreinte autour de moi.

Mon cœur s'amuse à faire des bonds dans ma poitrine, je crains un moment de manquer d'air.

- Allons-nous-en ! enchaîne-t-il en prenant ma valise, me lâchant vraisemblablement à regret. Tu dois être affamée après ce long voyage.

- J'avoue que j'ai un peu faim, j'admets en prenant mon sac à main, tremblante de la tête aux pieds.

Hugo me prend fermement la main et m'entraîne aussitôt vers la sortie de la gare. Je vois encore de nombreuses femmes, certaines très belles, jeter des regards envieux sur Hugo. Je me redresse vivement, fière de marcher à ses côtés. Je n'ai plus cette stupide inquiétude quant à mon physique, et encore moins depuis nos retrouvailles. Je me sens de nouveau bien, sereine. Je me sens tout simplement heureuse. Je suis une femme amoureuse…

Nous nous dirigeons rapidement vers un parking payant où Hugo se dépêche d'aller régler son ticket de stationnement. Je rougis en découvrant involontairement la somme à payer. M'attendre pendant des heures à l'intérieur de la gare lui a coûté une véritable fortune mais, comme je m'y attendais, Hugo ne fait aucun commentaire et semble même s'en moquer royalement.

Quelques minutes plus tard, il me fait monter dans un magnifique 4 X 4 Range Rover noir aux confortables fauteuils en cuir blanc cassé. Il range ma valise dans le coffre puis vient s'asseoir rapidement derrière le volant afin de chauffer l'habitacle. Paris est sous la neige, au moins six bons centimètres. Il fait froid, mais le soleil a brillé toute la journée dans un ciel sans nuages, m'apprend-il en souriant. Malgré la tombée de la nuit, le temps est encore agréable.

- Que dirais-tu d'aller prendre un délicieux goûter ? me demande-t-il doucement en posant sa main sur les miennes.
- Parfait, je réponds simplement en m'enfonçant dans le fauteuil, ravie de sentir la chaleur se répandre peu à peu sur mes jambes glacées.

Alors que Hugo se glisse dans les rues de la capitale, je l'observe en souriant. Je ne peux m'empêcher de le regarder, comme attirée par un aimant. Je redécouvre son visage magnifique, sa petite fossette que j'aime tant, ses yeux bleus étrangement clairs où brille une petite lueur, ses cheveux bruns qui bouclent légèrement, ses épaules larges, ses mains longues et fines posées, et sur le volant et sur mon genou gauche. Il ne cesse de me jeter des regards appuyés, amusé par ma timidité et mes joues rouges.

- Je te trouve bien sage, dit-il en riant doucement.

J'écoute son rire avec un vrai délice, il m'a tant manqué ces sept derniers mois.

- Je... Ce n'est pas facile, je lui avoue sincèrement.
- Je sais, approuve-t-il en me pressant le genou.
- Sept mois ont passé, Hugo...
- Sept horribles mois, fait-il en grimaçant, regardant droit devant lui.

Je me raidis légèrement en me rendant compte de son désarroi.

- Tu m'as tellement manqué, dit-il en me fixant lorsque nous nous arrêtons à un feu. Je n'ai pas cessé une seule seconde de penser à toi, en me demandant chaque jour si, toi aussi, tu pensais à moi. Tu n'imagines même pas à quel point j'ai pu insulter ton pauvre mari, me révèle-t-il avec un petit rire gêné.

Je deviens écarlate.

- J'étais jaloux en t'imaginant dans ses bras, je crois, essaie-t-il de plaisanter.

Néanmoins, je vois bien qu'il est loin de paraître si indifférent qu'il veut bien me le montrer. Je me sens aussitôt confuse. J'aime profondément cet homme. Un lien étrange mais bien ancré nous a toujours liés l'un à l'autre. A l'île Maurice, en quelques jours seulement, j'ai appris à le connaître comme si nous nous connaissions depuis de longues années, mais jamais, je dis bien jamais, je n'avais imaginé qu'il pouvait partager mes sentiments. Je savais qu'il m'appréciait, qu'il aimait ma fraîcheur, mon « naturel » comme il disait, mais jamais je n'avais imaginé qu'il pouvait ressentir autre chose. Là, quelques minutes seulement après nos retrouvailles, je me pose de vraies questions, doutant sérieusement de ses airs faussement détachés. Je me sens immédiatement flattée, stupidement flattée, heureuse, égoïstement heureuse et mal à l'aise, terriblement mal à l'aise. Car, depuis longtemps, je sais que je ne pourrai jamais vivre librement une histoire d'amour avec lui, je n'en ai absolument pas le droit. Je détourne rapidement les yeux vers la vitre, ne sachant quelle attitude adopter. Je ne vois pas Hugo se crisper instantanément.

- Je me dois de te féliciter, je lui dis soudain après un silence trop long.
- Humm... fait-il seulement.
- Directeur général, bravo ! je ris doucement pour détendre l'atmosphère.

Hugo me jette un regard amusé avant de répondre, choisissant lui aussi d'éviter les sujets trop... sensibles.

- Tu n'étais pas trop triste de voir Xavier Anton nous quitter ? me taquine-t-il gentiment.
- Beaucoup ! je ris gaiement.

Nous nous observons quelques secondes, nous rappelant tous les deux cette fameuse balade au clair de lune sur la plage de l'île Maurice, où nous sommes tombés très vite dans les bras l'un de l'autre...

- Sérieusement, ça n'a pas été facile, reprend Hugo de sa belle voix grave. Comme tu le sais, Xavier est le frère d'Angèle Gersse. François a longtemps hésité avant de le licencier mais il l'a fait, sur les conseils de sa femme. Xavier a immédiatement attaqué le Groupe pour licenciement abusif mais son dossier ne tient pas la route et il le sait très bien. Comme tu dois t'en douter, il est fâché depuis avec sa sœur et lui mène la vie dure... En gros, un vrai bordel !

- Je l'ignorais.

- Tu te rappelles que le Groupe devait racheter une chaîne de magasins de bricolage...

- François Gersse l'avait annoncé au congrès, n'est-ce pas ?

- Exactement. Le contrat devait être signé quelques jours après notre retour en France mais Xavier a voulu, encore une fois, jouer les malins pour une histoire d'argent et les magasins ont été rachetés par la concurrence. Pour François, ça a été l'erreur de trop et Xavier a été viré une semaine après.

- Et tu as été élu... je remarque doucement.

Je suis curieuse, je veux savoir pourquoi il a refusé ce poste une première fois.

Hugo s'arrête soudain dans une petite rue. J'ignore où nous sommes mais j'aperçois au loin la Tour Eiffel, tout éclairée et majestueuse dans la tombée de la nuit. Regardant tout autour de moi, je découvre l'un des quartiers chics de Paris. Je crois que nous sommes dans le 7$^{ème}$ arrondissement.

Hugo conduit très bien, tout en douceur, je constate en le voyant faire un créneau pour se garer. Une fois stationné le long d'un trottoir, il se tourne vers moi et prend mes mains dans les siennes. Comme autrefois, nos doigts s'entremêlent naturellement. Je remarque immédiatement qu'il ne porte plus d'alliance mais, me sentant rougir jusqu'aux oreilles, je ne fais cependant aucun commentaire.

- Anna, je… je n'allais pas très bien, m'avoue-t-il en me regardant droit dans les yeux. Je ne savais plus où j'en étais, autant dans ma vie professionnelle que dans ma vie privée…
- Je suis désolée, je laisse bêtement tomber, rougissante une nouvelle fois.

« *Pourquoi ne porte-t-il plus d'alliance ?* », je me demande encore.

- Anna, je… Ecoute, fait-il abruptement en se penchant vers moi pour m'embrasser, allons prendre ce goûter. Tu dois être affamée et les femmes affamées me font horriblement peur !

Sur ces bonnes paroles, il sort de son véhicule et vient m'ouvrir galamment la portière. Je découvre alors un charmant salon de thé, où nous entrons sans perdre un instant. Une ravissante jeune femme nous accueille chaleureusement avant de nous débarrasser de nos manteaux. Elle nous fait ensuite monter à l'étage, où nous nous installons à une table près de la fenêtre donnant sur la rue animée. Le salon est rempli apparemment de clients habitués ou de touristes anglais tant l'endroit est sympathique et typiquement « british ». Je ne peux m'empêcher de rire, amusée par ce détail.

- Comment connais-tu cet endroit, Hugo Delaroche ?!!!

- Ma sœur me l'a recommandé, sourit-il en se penchant au-dessus de la table.

Je sursaute imperceptiblement.

- Ta sœur ! je répète bêtement.

Hugo prend mes mains froides dans les siennes et souffle dessus comme pour les réchauffer, je frissonne en le laissant faire. Toutes ces petites attentions m'ont tant manqué durant ces derniers mois que je savoure cette tendresse sans broncher, conquise.

- Ma sœur Charlotte savait que je partais sur Paris. Elle m'a recommandé ce salon de thé, au cas où je prendrais un peu de bon temps, m'explique-t-il doucement. En ce moment, elle s'inquiète beaucoup pour moi et me recommande de lever le pied.
- Tu dois être très pris avec ton nouveau poste.
- J'avoue que mes journées sont bien remplies, dit-il avec modestie.
- Tu es en déplacement ? j'ose lui demander.

Hugo ne répond pas immédiatement car une serveuse vient prendre notre commande, mais ni lui, ni moi n'avons jeté le moindre regard sur la carte où sont inscrits une multitude de thés et gâteaux semblant très appétissants. Après avoir hésité un moment, nous choisissons un thé aux framboises et une part de gâteau au chocolat noir. Puis, lorsque nous nous retrouvons de nouveau seuls, nous reprenons aussitôt notre discussion, sans oublier d'entremêler nos doigts au-dessus de la table.

- Je suis en vacances, Anna Beaumont !
- En vacances ?!!! je répète, surprise.

« *Pourquoi diable n'est-il pas avec sa femme en train de se faire bronzer quelque part au soleil ?* », je me demande aussitôt, mais je me rappelle soudain que son épouse n'aime pas l'avion. Je trouve néanmoins cette situation étrange. Je regarde alors son annulaire gauche, interrogative.

- Je suis séparé de ma femme, m'avoue Hugo, le visage grave.

Je sursaute une nouvelle fois, stupéfaite par cette nouvelle.

- Oh, Hugo, non... je souffle en resserrant mes doigts autour des siens. Je suis désolée.

Je le suis sincèrement car je ne peux m'empêcher de me sentir responsable de cette situation et je n'aime pas cette impression. Je me sens soudain très mal à l'aise.

- Nous nous sommes séparés en août, m'explique-t-il tout en me fixant.
- Si vite...
- Je ne pensais pas que tu prendrais autant de place dans ma vie, essaie-t-il de rire en portant mes doigts à sa bouche pour les embrasser. Le retour à la réalité a été bien plus compliqué que je ne l'avais imaginé.
- Hugo, je...
- Et toi, Anna ? me demande-t-il abruptement. As-tu réussi à continuer ta vie comme si rien ne s'était passé entre nous ?

Je me sens rougir une énième fois, mais ne me fâche pas pour autant par cette question brutale. Hugo n'est pas arrogant ou en colère, juste dépassé par les événements. Je le devine extrêmement perturbé par cette situation. Huit ans de mariage, ça ne s'efface pas en quelques mois seulement.

- C'est compliqué, je lui avoue doucement. Je...
  Nous... Il m'a fallu un peu de temps pour...
  t'oublier...

Je ris en repoussant nerveusement une mèche de cheveux derrière mon oreille.

- ... En fait, je n'ai pas réussi à t'oublier...

Hugo émet un petit sourire, il semble rassuré.

- J'ai voulu t'appeler de nombreuses fois, me
  révèle-t-il encore avec un petit rire nerveux. J'ai
  même failli débarquer à Saint-Gilles pour te
  rencontrer mais j'étais mort de trouille à l'idée
  que tu refuses de me revoir...

La serveuse s'approche de nous à ce moment précis, nous interrompant brusquement. Nous nous lâchons immédiatement la main et alors qu'elle nous sert notre thé et notre part de gâteau dans de ravissantes assiettes en porcelaine, nous essayons de recouvrer nos esprits, troublés par nos différents aveux. Je décide aussitôt de me montrer plus légère, refusant de me diriger vers une discussion délicate quant à notre situation. Une petite alarme a retenti dans ma tête, je préfère l'écouter et me montrer sage. J'ai Hugo Delaroche en face de moi, pas un pantin avec qui je peux jouer. Je dois me montrer prudente. Sage et prudente.

- Ce gâteau me paraît bien appétissant, je souris
  en l'attaquant aussitôt. J'ai tellement faim !

Hugo se contente de sourire en m'observant goûter, avec gourmandise, mon moelleux au chocolat. Il est tout simplement délicieux et le thé est typiquement... anglais, un vrai régal. Je suis si affamée que je finis même par terminer son gâteau, qu'il a à peine touché. Il rit devant mon appétit d'ogre.

- J'aime les femmes qui ne font pas de chichi pour manger, dit-il en essuyant, avec son index, une miette au coin de ma bouche.

Je ne peux m'empêcher de trouver ce geste terriblement sensuel.

- C'était délicieux, je souris en terminant mon thé, sentant mon cœur s'emballer comme un fou dans ma poitrine.
- Tu veux un autre thé, une autre part de gâteau ? me demande-t-il vivement.
- Non, merci. Je suis rassasiée ! je remarque en riant.
- Tu es vraiment adorable avec cette coupe de cheveux, réplique-t-il en reprenant ma main pour jouer avec mes doigts. Très belle, très classe, ajoute-t-il sincèrement.
- Tu es toujours aussi beau, je réponds aussitôt, touchée par ses nombreux compliments.
- Humm… bougonne-t-il.

J'éclate de rire, amusée.

- Je constate que tu aimes toujours autant les compliments, Hugo Delaroche !
- Et toi, tu es toujours aussi insolente, Anna Beaumont, murmure-t-il en se penchant au-dessus de la table pour prendre mes lèvres.
- Pardon, Monsieur le directeur général…

Je me rapproche plus près de lui et nous échangeons une multitude de petits baisers extrêmement doux, nous faisant frissonner tous les deux.

- Je ne me rappelais pas à quel point tu embrassais bien, je le taquine contre sa bouche.
- Humm... Je n'avais pas oublié, moi, à quel point j'aimais t'embrasser, sourit-il en s'écartant doucement de mon visage pour mieux m'observer.

Il repousse mes cheveux en arrière dans un geste très tendre. Je n'ai pas oublié qu'il aimait faire ce geste, lorsque nous étions à l'île Maurice. Ça me fait bizarre de revivre ces moments inoubliables, ces moments que j'aimais tant. J'ai presque envie de pleurer, comme une idiote.

Nous nous dévisageons un moment en silence puis Hugo demande l'addition. Nous avons envie de nous retrouver intimement, nous avons envie de faire l'amour, il faudrait être aveugle pour ne pas le voir. Nous quittons quelques secondes plus tard le salon de thé en nous serrant étroitement l'un contre l'autre. Dans son 4 X 4, au bord d'un trottoir où passent de nombreux piétons, nous nous embrassons passionnément. Mes bras s'enroulent autour de son cou pour l'attirer vers moi, Hugo glisse ses mains sous mon pull, caresse ma peau dans le creux de mon dos, son souffle chaud sur mon visage. Je ferme les yeux, savourant cet instant comme si j'avais peur de me réveiller brutalement d'un merveilleux rêve. Je gémis de plaisir entre ses bras mais il s'écarte brusquement de moi, les joues un peu rouges. Il rit en voyant ma tête déconfite.

- J'avais oublié, par contre, à quel point tu es dévergondée ! plaisante-t-il en me recoiffant doucement.
- Et moi, j'avais oublié à quel point tu es cruel ! je lui reproche en faisant la moue.

Hugo rit gaiement en mettant le contact. Quelques minutes plus tard, tout en conduisant raisonnablement entre les voitures, il m'informe qu'il nous a réservé une très jolie chambre dans un très bel hôtel, qui se trouve sur les Champs-Elysées. Ne sachant quelle attitude adopter devant cette annonce, une chambre dans cet hôtel doit coûter une fortune, je me contente de hocher la tête.

Hugo, qui semble avoir mal interprété mon silence, s'excuse vivement de n'avoir réservé qu'une seule chambre. Surprise, je le rassure en lui pressant la main mais j'avoue me sentir assez perturbée par sa réaction. Je le regarde plus attentivement. Je constate immédiatement un véritable manque de confiance en lui, qui me laisse bouche bée. Je refuse pourtant de m'arrêter sur ce point, bien trop effrayant pour moi. Lâchement, je préfère penser à l'hôtel. J'imaginais qu'il prendrait *une* chambre dans un hôtel beaucoup, beaucoup plus abordable. Mais, « *suis-je bête !* », je me dis très vite en lui jetant un regard en coin. Hugo a beaucoup d'argent. Il n'est pas homme à descendre dans un hôtel premier prix. Il était évident qu'il m'emmènerait dans l'un des hôtels les plus luxueux de Paris.

- Tu es fou ! je ne peux m'empêcher de lui dire.
- Humm… fait seulement Hugo, mais je le sens rassuré, immanquablement.
- Lucas ne voudra jamais me rembourser de tels frais ! je plaisante alors.
- J'espère que ta formation se passe bien ! sourit Hugo en glissant sa main entre mes cuisses.
- Attention, Monsieur le directeur général ! Je pourrai vous attaquer pour harcèlement sexuel !
- Humm…
- Tu sais, je reprends plus sérieusement après un court silence, je crois que Lucas s'est douté de quelque chose, en ce qui nous concerne.

- Nous n'avons pas été très discrets, remarque-t-il, sans aucun regret, amusé même.
- Il me l'a demandé, franchement.
- Et qu'as-tu répondu ?
- Je... J'ai menti, bien entendu.

Hugo tâche de sourire mais je vois sa main se crisper légèrement sur le volant. Je me sens rougir jusqu'aux oreilles, mal à l'aise.

- François m'a demandé si je divorçais à cause de toi...
- Je croyais que tu étais simplement séparé ! je m'écrie aussitôt, affolée par cette nouvelle.
- J'ai demandé le divorce, Anna, m'avoue-t-il d'une voix blanche.
- Oh, Hugo ! je fais en portant les deux mains à ma bouche. Mon Dieu, Hugo !
- Ça va, rit-il devant mon air catastrophé. Je ne suis pas le premier homme à divorcer.
- Non, mais je me sens responsable de cette situation, je réponds brutalement.
- Tu l'es, fait-il le plus sérieusement possible, et François l'a très bien compris.

Je déglutis péniblement.

- Tu dois me détester, je gémis tout bas. Détruire huit ans de mariage, ce... c'est grave.
- Je ne te déteste pas, Anna, me rassure-t-il vivement en m'obligeant à le regarder.

Nous sommes arrêtés dans un bouchon interminable, probablement dû à la neige. Les Parisiens ne savent pas conduire alors avec six bons centimètres de neige, c'est la fin du monde pour eux !

- Anna, crois-moi, je ne te déteste pas, loin de là, me fait encore Hugo en caressant ma joue dans un geste lent, presque au ralenti.
- Mais ton mariage…
- Je sais désormais que mon mariage ne fonctionnait pas, *depuis plusieurs années*, me dit-il sincèrement. Tu m'as aidé à en prendre conscience.
- Je suis désolée.
- Je vais bien, rit-il en repoussant une mèche de mes cheveux derrière l'oreille.
- Mais… tes parents, tes sœurs, ça n'a pas dû être facile pour eux de te savoir…
- Malheureux ? m'interrompt-il en riant toujours. Ils te détestent, c'est tout ! ajoute-t-il en plaisantant.

Je ne réponds pas. Hugo a beau plaisanter ou rire légèrement, je le connais, je sais qu'il ne s'agit que d'une façade. Il est loin d'éprouver ce détachement qu'il veut bien me montrer et cela me fait mal. Je découvre avec horreur qu'il vit une période très difficile mais qu'il ne me l'avouera certainement jamais, parce que je lui ai toujours caché mes sentiments les plus profonds. Je me sens horriblement coupable. Jamais je n'aurais imaginé que notre liaison ferait autant de dégâts sur nos vies personnelles.

- Anna, je vais bien, me rassure encore Hugo en me pressant doucement les doigts. Tu es là, ajoute-t-il en me regardant tendrement, je ne peux qu'aller bien…
- Alors profitons de ces quelques jours ! je m'écrie en tâchant de retrouver mon entrain malgré la situation. Je veux que ces quelques jours soient mémorables ! je ris en me penchant pour l'embrasser sur la joue.

Hugo semble vouloir ajouter quelque chose mais je le vois se retenir au tout dernier moment. Il se contente de me fixer, le visage impassible. Lorsque je me penche encore vers lui, pour lui caresser la nuque, il finit miraculeusement par sourire. Je me sens immédiatement soulagée. J'ai cru un moment qu'il allait me demander de m'engager, l'angoisse ! Je regarde vivement à travers la vitre pour cacher mon trouble. Je ne vois pas Hugo perdre son sourire en se concentrant sur la route, plongé dans ses pensées.

Mon Dieu, si je savais ce qu'il pense, à cet instant précis, jamais je n'aurais accepté de le revoir. Il en est parfaitement conscient...

§§§

Quand nous arrivons à l'hôtel, il fait nuit depuis longtemps et la neige s'est remise à tomber. Alors qu'un voiturier s'empresse de nous ouvrir la portière, je regarde autour de moi avec un sourire béat. Si nous avons du soleil et de la neige toute la semaine, je suis certaine que cela sera magique, et cette seule idée me rend complètement euphorique.

Comme je m'en doutais, l'hôtel est magnifique, mélange de glamour et d'élégance avant-gardiste. C'est le luxe dans toute sa splendeur. D'ailleurs, alors que Hugo récupère les clés de notre chambre, j'ai un peu honte avec mon jean et mon manteau au tissu un peu usé.

- Je fais un peu tache dans cet hôtel, je remarque tout bas lorsque nous pénétrons dans l'ascenseur, étroitement serrés l'un contre l'autre.
- Ne dis pas de sottises, me gronde-t-il en me faisant taire d'un baiser.

Notre chambre, ça fait un peu bizarre de dire *notre chambre*, est immense. Il y a un petit salon privé, avec canapé et télévision câble-satellite. Il y a également un bureau spacieux et un lit immense avec une couette moelleuse et accueillante. Les murs sont recouverts d'un papier peint dans des tons assez doux. La salle de bain est surdimensionnée avec sa douche américaine et sa baignoire en céramique. Je me sens tout intimidée par tout ce luxe.

- Viens, fait Hugo en m'attirant au milieu de la chambre.

Je prends la main qu'il me tend et m'approche de lui, rougissante. Il s'assoit au bout du lit.

- Anna, détends-toi, me recommande-t-il gentiment.

Je le regarde droit dans les yeux, le souffle court alors qu'il retire doucement mon manteau avant de le poser sur une chaise. Il enlève à son tour son blouson en cuir puis revient s'asseoir devant moi. Lentement, il passe ses bras autour de ma taille et m'attire contre lui pour poser son visage contre mon ventre. Je tremble comme une feuille.

- Tu m'as tellement manqué... souffle-t-il, apparemment très ému.

Nous restons un moment ainsi puis Hugo se lève enfin et vient prendre mes lèvres dans un long baiser extrêmement doux. Je passe mes bras autour de son cou et me serre contre lui, déjà toute frissonnante de désir. En me regardant de nouveau, il soulève mon pull et me le retire sans prononcer un mot, le visage grave. Lorsque je me retrouve en soutien-gorge, des plus chics, soit dit en passant, il fixe un temps mes diamants dans le creux de ma gorge avant de venir les toucher du bout des doigts. Il semble extrêmement troublé.

- Tu portes encore ce collier, remarque-t-il tout bas.
- Je n'ai jamais réussi à l'enlever, je lui avoue dans un souffle.

Il me dévisage encore un moment puis, toujours aussi lentement, il se penche vers moi et vient déposer ses lèvres dans le creux de ma gorge. Tout en sentant mon cœur s'emballer, je m'attaque aux boutons de sa chemise et la fais glisser sur ses larges épaules que je caresse de mes doigts brûlants. Nous nous observons longuement, chacun semblant retrouver ses repères alors que nos mains descendent vers la fermeture de nos jeans. Nous perdons toute timidité en nous déshabillant très vite avant de nous allonger sur les draps frais où nous réapprenons à nous découvrir. Hugo prend le temps de caresser chaque partie de mon anatomie, d'abord avec ses mains puis avec sa bouche, me faisant connaître une nouvelle fois des sommets insoupçonnés. Je retrouve ce corps magnifique et le fais fondre sous mes doigts et mes lèvres gourmandes. Lorsqu'il me pénètre enfin, je lui souris. Je retrouve naturellement cette sensation si agréable. Cette sensation d'être à ma place, à ma place dans les bras de cet homme...

§§§

Nous restons longtemps enlacés, silencieux. Sept mois. Comment ai-je pu vivre sept mois sans lui ? Cet homme est l'amour de ma vie, je le sais désormais. Sans lui, je ne suis rien. Je n'arrive pas à comprendre, aujourd'hui, pourquoi j'ai refusé de le revoir après l'île Maurice. Cela m'aurait épargné tous ces mois difficiles, toutes ces souffrances. Cela existe des amants éternels. Pourquoi ne serions-nous pas des amants jusqu'à la fin de notre vie, nous aimant passionnément tout en restant mariés ? Je pense aussitôt à son divorce. Pourquoi diable a-t-il fallu qu'il le demande ? Pourquoi diable a-t-il fallu qu'il quitte sa femme ? Pourquoi n'a-t-il pas fait comme moi : jouer la comédie ? J'avoue que cette situation m'angoisse totalement. J'ai peur qu'il me demande de m'engager et j'ai peur de tout gâcher en refusant. Je l'aime mais je refuse de sacrifier mon mariage, c'est au-dessus de mes forces. Peut-être devrais-je lui expliquer les raisons de mes terribles angoisses, mais accepterait-il pour autant de me laisser partir ? De plus, je n'imagine pas une seule seconde lui parler d'Arnaud, à aucun moment. Comment pourrais-je lui avouer cette affreuse responsabilité ?!

Je me secoue intérieurement. Hugo a demandé le divorce mais ne m'a pas avoué pour autant ses sentiments. Se retrouver seul ne veut pas dire forcément qu'il désire m'épouser. Je suis sa maîtresse et peut-être cela lui convient-il de me garder *seulement* comme telle. C'est idiot mais cette pensée me rassure immédiatement même si, là, quelque part au fond de moi, savoir qu'il me considérera peut-être toujours ainsi restera un sentiment douloureux. « *Mais Anna Beaumont*, je me dis en cachant mon visage dans son cou, *tu ne peux pas avoir le beurre et l'argent du beurre, c'est impossible* ! ».

- Ça va ? me demande-t-il tout bas. Tu sembles bien songeuse.
- Je suis bien, je chuchote contre son oreille.

Il rit doucement.

- A quoi penses-tu ? insiste-t-il néanmoins en me regardant, repoussant mes cheveux en arrière.
- A nous, je lui avoue.
- Et... ?

Je m'agite légèrement entre ses bras, réfléchissant bien à ce que je vais lui dire.

-   J'ai de la chance de t'avoir rencontré, je crois.
-   Tu crois ? rigole-t-il en me faisant rouler sur son torse.
-   Hugo, je poursuis plus sérieusement en caressant ses cheveux ébouriffés, je...

Qu'est-ce qu'il est beau avec ses cheveux en bataille, son visage souriant et détendu, sa fossette sous le menton et ses yeux bleus qui me regardent comme si j'étais la huitième merveille du monde. Comment ne pas craquer ?!!!

-   ... Je...

« *Je t'aime* », ai-je envie de lui avouer, mais je me contente de l'embrasser, fermant les yeux pour cacher mon émotion. Hugo prend mon visage entre ses mains et me couvre de mille petits baisers aussi doux qu'une caresse avant de me faire rouler une nouvelle fois sur les draps. Penché au-dessus de moi, il me dévisage un instant puis m'embrasse de nouveau, le visage empreint de gravité. Nous mourons d'envie de refaire l'amour mais, en riant, nous décidons de prendre un bain, ensemble, comme nous aimions le faire à l'île Maurice.

Quelque temps plus tard, assis derrière moi dans l'immense baignoire, Hugo me lave tranquillement les cheveux, j'en avais envie. Nous discutons longuement à voix basse, nous racontant nos sept derniers mois séparés l'un de l'autre.

-   Ces mois ont été difficiles, dit-il en rinçant soigneusement mes cheveux. Je te l'ai déjà dit, je n'imaginais pas que tu prendrais autant de place dans ma vie...
-   Nous étions censés vivre une simple liaison, je rigole amèrement.
-   Humm... une simple liaison, répète-t-il avec un petit rire ironique. Quelle vilaine blague !

- Je ne pensais pas que tu demanderais le divorce, je remarque doucement.

Hugo passe ses bras autour de moi et blottit sa tête dans le creux de mon épaule avant de répondre. Sa voix est un peu altérée, jc trouve en frissonnant imperceptiblement.

- Anna, pas une seule fois tu t'es demandé ce que nous vivions tous les deux ? J'ai été marié pendant huit ans à une femme charmante mais jamais je n'ai partagé avec elle ce que nous avons partagé à l'île Maurice.
- C'est vrai que notre... histoire est assez... magique, je reconnais tout bas.
- Après le congrès, j'ai immédiatement décidé de me séparer de Marie, continue-t-il en embrassant délicatement la peau de mon cou. ... J'avoue que ça a été très difficile pour elle...
- A-t-elle su pour nous ?
- Oui, je lui ai dit la vérité.

Je frissonne en l'imaginant accuser le coup. Huit ans de mariage, bon sang, ce n'est pas rien. Je me sens mal en devinant ce que cette femme a pu ressentir.

- Je ne pouvais plus faire semblant, poursuit Hugo après un bref silence. J'ai d'abord voulu me séparer d'elle, juste me séparer d'elle... mais lorsque je lui ai parlé de toi, j'ai su que je voulais divorcer. Marie l'a parfaitement compris, dès la première seconde où elle a appris ton existence entre nous. Elle a aussitôt pris ses affaires et elle est partie. Elle n'a pas cherché à... sauver notre mariage.
- Tu le regrettes ? j'ose lui demander tout bas.

Hugo me fait tourner vers lui et plongeant ses yeux dans les miens, me répond lentement :

- Non, Anna, à aucun moment.

Il pousse un long soupir.

- … Et lorsque je te vois, là, dans mes bras, entièrement nue, je ne peux pas regretter ma décision.

Je n'en ai pas envie mais je pense que le moment est venu d'éclaircir notre situation. Je sais pourtant que je risque de tout gâcher mais je sens Hugo à deux doigts de m'avouer des sentiments que je ne veux pas entendre, que je refuse d'entendre. Je me dois d'être franche avec lui, je ne peux pas me permettre de le laisser croire à un avenir possible entre nous. Et Hugo Delaroche n'est pas Arnaud, ni Antoine, j'en suis convaincue depuis notre toute première rencontre. C'est un homme fort et bien équilibré, il ne mettra jamais fin à ses jours pour une fille comme moi, ou qui que ce soit d'autre. Il me détestera et refusera de me revoir, ce qui sera parfaitement légitime, mais il ne se mettra jamais une balle en pleine tête. Je sais que je peux lui parler, me montrer brutale et cruelle, s'il le faut. Ou lui mentir sur ce que je ressens depuis le début de notre histoire, si besoin. Pour le préserver, je sais que je serai prête à tout, à tous les sacrifices possibles. Et jamais je ne pourrai me jouer de ses sentiments, jamais je n'accepterai de le faire souffrir inutilement. Je ne le pourrai pas. Je préférerai mourir…

- Hugo, je fais en avalant péniblement ma salive, je… je…

Mon Dieu, je n'imaginais pas que cela serait si difficile d'être un monstre.

- Hugo, je…
- Et si nous allions dîner ? me coupe-t-il en se levant d'un bond avant de m'aider à me mettre

debout. Anna, ajoute-t-il en m'enroulant dans une épaisse serviette en éponge, je devine déjà ce que tu t'apprêtes à me dire... mais je n'ai pas envie de gâcher notre première soirée...

Je déglutis difficilement.

- Hugo, je...
- Chut ! fait-il en posant un doigt sur mes lèvres.

Je finis par hocher la tête, même si je trouve cette situation malsaine pour tous les deux. Mais j'accepte de reporter notre discussion quant à notre liaison. De toute façon, nous devrons en discuter, nous ne pourrons pas continuer cette relation sans savoir réellement ce que nous voulons, ou ce que nous attendons l'un de l'autre. Mais, pour moi, tout est toujours parfaitement clair dans ma tête. Je ne sais pas si, désormais, je réussirai à vivre sans le revoir, mais je dois me préparer à le perdre définitivement. Je sais que Hugo n'acceptera pas d'entretenir éternellement une « simple liaison », je viens de le comprendre. Aujourd'hui, il est bientôt divorcé, libre de rencontrer une autre femme qui saura le rendre heureux. Si je ne décide pas de m'engager, je suis certaine de le perdre. Mais n'étais-je pas déjà prête à vivre sans lui après l'île Maurice ? N'étais-je pas déjà prête à l'oublier ? Tout est une question de quelques jours maintenant, alors « *profite*, je me dis en l'embrassant fougueusement sur la bouche, *profite de cette dernière chance, Anna Beaumont. Tu n'en auras pas une deuxième !* ».

# Chapitre 11

Comme je le désirais, nous passons ces quelques jours de façon... mémorable. Hugo me fait découvrir la capitale comme jamais je ne l'avais vue et en plus, sous la neige, c'est tout simplement magnifique. Comme un couple des plus ordinaires, nous visitons le jardin des Tuileries, découvrons ensemble le musée du Louvre, la rue Saint-Honoré, la place Vendôme. Nous passons des heures à longer les Champs-Elysées, où j'admire les boutiques *Christian Dior, Chanel, Louis Vuitton, Gucci* et autres marques de haute couture. Hugo essaie de m'offrir un cadeau coûteux mais je refuse catégoriquement. Il finit par céder, non sans ronchonner. Plus tard, il tient encore à m'offrir une petite robe noire, sobre mais extrêmement élégante, c'est moi qui finis par céder malgré le prix exorbitant. Il cache difficilement sa joie, j'éclate de rire en le foudroyant du regard, il est aux anges ! Nous allons aussi à Montmartre, grimpons dans la Tour Eiffel après deux heures d'attente dans un froid glacial. Nous allons assister à une messe au Sacré-Cœur mais quittons les lieux avant la fin de l'office, trop pressés de nous embrasser. Nous allons déjeuner et dîner dans les plus beaux restaurants de Paris. Un soir, vêtue de ma très jolie robe noire, je mange du caviar pour la première fois de ma vie, je déteste. Hugo éclate de rire devant mon air dégoûté avant de m'avouer qu'il déteste aussi. Hilare, je le menace de me venger en rentrant à l'hôtel. Nous faisons l'amour chaque jour qui passe, toujours assoiffés l'un de l'autre. Nos corps se sont naturellement retrouvés et nous nous sommes rendu compte que nous nous connaissions parfaitement bien, bien plus que nous l'imaginions. Notre complicité est intacte, nous nous comprenons toujours autant, sans même prononcer un mot.

Nous n'avons pas encore abordé notre situation, trop absorbés à savourer ces moments magiques, mais nous savons tous les deux que notre semaine ensemble se termine, nous sommes vendredi. Antoine m'a appelée hier soir sur mon portable, je sortais de la douche, Hugo était en train de s'habiller, nous venions de faire l'amour. En décrochant, je suis devenue écarlate, Hugo s'est crispé instantanément en comprenant immédiatement de qui il s'agissait, à l'autre bout du fil. Je suis restée dans la salle de bains, extrêmement tendue pour échanger des banalités avec Antoine. Celui-ci s'est montré très bref, plutôt froid même, mais je n'ai pas relevé, je n'en avais aucune envie. Nous nous sommes quittés en nous promettant de nous retrouver samedi soir. J'ai prétexté vouloir profiter de Paris pour rester une journée de plus avec Hugo sans éveiller de soupçons. Finalement, j'ai dit à Antoine que je partais une semaine en formation, ne voulant pas mêler Claire à une situation déjà compliquée. Comme je m'y attendais, mon mari n'a fait aucun commentaire, indifférent de passer un samedi seul à la maison. Lorsque je suis revenue dans la chambre, Hugo m'a prise dans ses bras et m'a embrassée de façon assez possessive. Je l'ai laissé faire sans dire un mot, en serrant les poings pour ne pas pleurer.

Il est plus d'une heure du matin quand nous rentrons à l'hôtel. Nous avons dîné dans une charmante petite brasserie, en plein cœur de Paris. Me débarrassant de mes bottes, je m'empresse de me déshabiller et d'enfiler un peignoir afin de me réchauffer, l'air était glacial en sortant du restaurant. Hugo m'observe en silence, amusé de m'entendre râler à cause de ce temps si différent de celui de la Vendée. Il retire ses chaussures et ses chaussettes, déboutonne sa chemise... puis vient subitement s'asseoir dans un fauteuil. Il m'attire fermement sur ses genoux, je ris en me serrant amoureusement contre lui.

- Tu sais que notre semaine est finie, commence-t-il contre mes cheveux, m'encerclant de ses bras.
- Humm... je bougonne contre sa gorge.
- Tu rentres aujourd'hui, continue-t-il dans un souffle.

Je me serre un peu plus étroitement contre lui.

- Anna, fait-il d'une voix rauque, accepterais-tu que je te ramène à Saint-Gilles-Croix-de-Vie, au lieu de prendre le train ?
- Oh ! je fais en relevant vivement la tête pour le regarder. Tu... c'est vrai ?

Hugo émet un petit rire devant ma mine réjouie.

- Oui, c'est vrai, dit-il en me caressant doucement la joue.

Je réfléchis soudain à ce retour avec lui et ne peux m'empêcher de rougir, devinant les difficultés que cela pourrait engendrer. Je perds finalement mon bel enthousiasme.

- Cela te fait faire un sacré détour, je remarque tout bas.

Hugo vit toujours à Bourges, dans un nouvel appartement en plein cœur de la ville. Son ancien appartement est encore en vente, m'a-t-il appris alors que nous discutions de sa nouvelle vie, de son nouveau poste. Je me suis rendu compte qu'il avait une vie de folie. Il passait pratiquement tout son temps sur les routes, entre Bourges et Toulouse, là où se trouve le siège de *Bricodeal's.* Il refuse pourtant de quitter sa ville natale. Un choix de sa part, m'a-t-il précisé en m'expliquant qu'il ne souhaitait pas s'éloigner de ses parents. Depuis notre rencontre, m'a-t-il aussi appris, il a vendu son bateau et n'est pas retourné une seule fois à

La Rochelle. J'ai compris qu'il avait décidé de changer de vie, qu'il avait *besoin* de changer de vie. Ça m'a fait mal pour lui tous ces changements.

- Je ne suis pas pressé et je pourrai dormir à l'hôtel, s'il le faut, fait-il en me fixant, le visage grave.
- Hugo, je ne sais pas…

Hugo ne pourra pas venir à la maison, Antoine sera présent et personnellement, je ne suis pas certaine de vouloir lui montrer mon chez moi. Je serais trop gênée de lui montrer ma petite maison, même si, pour moi, elle est source de fierté. « *Mais Hugo me déposera à la gare* », je me dis soudain avec un certain soulagement. Ma voiture y est garée depuis une semaine et je dois bien la récupérer. De plus, reprendre le train sous la neige ne m'enchante pas plus que ça, autant profiter de son confortable 4 X 4 parfaitement adapté à ce temps.

- Très bien, je finis par accepter, non sans ressentir une certaine angoisse.

Hugo me repousse soudain de ses bras et m'oblige à m'asseoir en face de lui, au bord du lit. Je sens que l'instant tant redouté est arrivé, nous allons aborder notre « liaison ». Je ne sais plus vraiment s'il s'agit d'une liaison mais je sais que je ne peux plus reculer. Mon bel amant veut des réponses, ce qui me paraît parfaitement légitime. Nous avons passé une semaine magique, inoubliable. Comment mettre un terme à un tel bonheur, c'est cruel. Nous en sommes parfaitement conscients, Hugo en est parfaitement conscient.

- Anna, reprend-il après un silence, je… je ne sais que penser. Par moment, j'avoue que je suis un peu perdu…
- Que veux-tu dire ? je l'interromps brutalement, mal à l'aise.

Il me fixe un moment avant de répondre, le visage un peu crispé. Il est nerveux, je le vois dans sa façon de passer sa main dans les cheveux. Je me retiens de ne pas le prendre dans mes bras.

- Ecoute, Anna, dit-il en prenant mes mains dans les siennes, nous sommes tous les deux des adultes. Je crois que nous devons prendre une décision.
- Quelle décision ? je répète tout bas.
- Je ne suis pas stupide, poursuit Hugo sans aucune méchanceté dans la voix. J'ai très bien compris que tu ne désirais pas quitter ton mari...
- Ah ! je laisse tomber, surprise.
- ... Mais j'ai besoin de savoir, continue-t-il doucement. Nous avons passé une semaine de rêve et... et... Anna, je sais bien que tu ne voulais pas me revoir après l'île Maurice, ajoute-t-il en me pressant les mains, mais aujourd'hui, nous nous sommes retrouvés et... J'ai besoin de savoir ce que tu veux, pour nous, pour moi, pour mon équilibre, lâche-t-il enfin en essayant de contrôler ses émotions.

Je le regarde un moment sans réagir, comme figée sur place. Mon Dieu, je n'avais pas imaginé une seule seconde qu'il me demanderait ce que je voulais, pour nous deux. Je pensais qu'il m'obligerait à choisir entre Antoine ou lui, point barre. Je n'avais vraiment pas envisagé qu'il puisse y avoir une autre alternative mais... Que veut-il, lui ? J'ignore totalement ce qu'il désire. Avant de lui répondre, je veux savoir ce qu'il en est pour lui, exactement. Souhaite-t-il que nous restions de simples amants, ou veut-il plus ?

- Toi, tu veux quoi ? je lui demande soudain.
- Toi, me répond-il simplement.

Je me sens rougir.

- Je ne divorcerai pas, je lui confirme assez maladroitement.
- Je sais, dit-il en pâlissant légèrement, mais je ne veux pas te perdre.

J'avale difficilement ma salive, tendue à l'extrême. Mon Dieu, la situation est encore plus compliquée que je ne l'avais imaginé. Pourquoi diable notre liaison n'est-elle pas restée une simple histoire de fesses, pourquoi diable a-t-il fallu que nous tombions amoureux ? Je sais que Hugo partage mes sentiments, il faudrait être aveugle pour ne pas s'en rendre compte. Il ne m'a pas avoué ce qu'il ressentait mais ai-je besoin de l'entendre pour le comprendre ? Et de toute façon, à quoi bon me dire qu'il m'aime, je ne quitterai pas Antoine pour autant. Hugo en est conscient, et depuis le début de notre liaison. D'ailleurs, n'est-ce pas ce qu'il vient de me dire ? Néanmoins, je ne peux pas continuer de lui faire croire que je changerai peut-être d'avis, que notre amour vaincra mes peurs les plus profondes et que je finirai par divorcer. Non, cette situation ne peut pas continuer ainsi, ce n'est pas sain, ni pour lui, ni pour moi. C'est pourquoi il est temps d'éclaircir notre relation. Nous nous aimons profondément mais je reste convaincue qu'il est plus sage de tout arrêter, de ne plus nous revoir, *plus jamais*. Pourtant, je veux qu'il sache qu'il compte pour moi, beaucoup. Je veux qu'il garde notre liaison comme un bon moment et qu'il me pardonne de ne pas pouvoir l'aimer comme il le souhaiterait. J'essaie alors d'afficher un visage serein pour lui parler... mais comme j'aimerais me jeter dans ses bras et lui crier mon amour...

- Hugo, je fais après un silence, nous avons vécu un moment merveilleux tous les deux. Nous vivons un moment merveilleux tous les deux... je rectifie vivement en réussissant à lui sourire.

- Mais ? fait Hugo en affichant un visage impassible.
- … Mais je pense que nous devons en rester là.
- Anna ! commence-t-il à protester en perdant ses jolies couleurs.
- Laisse-moi parler, je le coupe doucement mais fermement. … Nous… je t'ai rencontré à l'île Maurice, je poursuis en le regardant droit dans les yeux, et ce fut la plus belle rencontre de ma vie, la plus belle chose qui me soit arrivée, je lui avoue sincèrement. Mais ce n'est pas la vraie vie, Hugo, j'ajoute vivement avant qu'il ne reprenne la parole. Nous vivons un rêve, un merveilleux rêve mais un rêve. Tu m'offres des cadeaux hors de prix, tu m'emmènes dans des endroits inoubliables, tu me fais vivre des moments inoubliables mais nous n'avons jamais vécu ensemble, nous n'avons jamais partagé de moments difficiles…

Comme j'aimerais vivre avec lui et lui faire *un bébé*. Comme j'aimerais partager encore et encore des moments merveilleux et lui montrer, chaque jour, à quel point je l'aime… Comme j'aimerais…

- … Nous nous voyons seulement dans des endroits de rêve, je reprends en m'efforçant de sourire, nous faisons l'amour plusieurs fois par jour, mais ce n'est pas la vraie vie, Hugo, je répète avec un petit rire léger.

Je lui caresse lentement la joue avant de continuer :

- Ça ne peut pas marcher entre nous...
- Anna ! proteste-t-il encore, plus froid cette fois-ci.
- Tu ne seras jamais heureux avec moi, Hugo, j'invente très vite en le voyant réagir ainsi.

Je dois inventer quelque chose afin qu'il accepte notre rupture. Non, je dois le convaincre qu'il se trompe sur nous. Pour alléger sa peine, je dois réussir à le faire douter quant à notre bonheur. Je n'ai pas d'autre choix.

- Au début, je poursuis en essayant de garder un ton neutre, tu auras l'impression d'être bien avec moi mais les mois passeront et tu te rendras compte que tu as fait une grossière erreur.
- Comment peux-tu en être sûre ?
- Je le sais, Hugo, je le sens, je lui mens honteusement. Et je ne supporterai pas de te rendre malheureux. Mais je ne veux pas détruire ce que nous avons vécu à l'île Maurice, ou cette semaine à Paris. Je veux garder ces beaux moments, là...

Je pose sa main sur mon cœur.

- ... Je veux les garder là, précieux, indestructibles. Je veux que tu t'en souviennes toute ta vie comme d'un moment magique, presque irréel. Que tu souries, lorsque tu seras un vieillard, en te souvenant de nous.
- Tu me demandes beaucoup ! s'écrie Hugo en se levant d'un bond, livide.
- Hugo ! je proteste en m'efforçant de garder le sourire. Tu es jeune, tu es très bel homme, je sais que tu rencontreras très vite une femme qui te rendra vraiment heureux...
- T'es sérieuse, là ? me demande-t-il en fronçant les sourcils.

Je me lève à mon tour et viens me planter devant lui, les bras resserrant fébrilement les pans de mon peignoir. Je suis glacée autant de l'intérieur que de l'extérieur, mais je suis prête à tout pour mettre un terme à notre liaison. Egoïstement, je pense à moi. Si j'acceptais de le revoir, moi, je ne pourrai pas supporter de le voir changer, de devenir de plus en plus distant, d'espacer nos rencontres, ou pire, de le voir tomber amoureux d'une autre femme. En restant mariée avec Antoine, cela finira forcément par se produire. Cette semaine, j'ai compris que Hugo tenait à moi mais il m'oubliera vite, j'en suis convaincue. Passé sa déception, il se rendra compte que j'avais raison. Mais je ne veux pas tout gâcher entre nous. Non, surtout pas. *Surtout pas.*

- Hugo, je ne veux pas que nous nous séparions fâchés...
- Mais tu ne veux plus me revoir, c'est ça ?

Dieu qu'il est froid tout d'un coup. Je ne peux m'empêcher de frissonner d'effroi. Je ne sais plus ce que je dois faire, ce que je dois dire. Je me sens complètement perdue. Je sais seulement que je ne veux pas perdre Hugo dans ces conditions. C'est au-dessus de mes forces. C'est trop douloureux, trop cruel.

- Hugo ! je proteste doucement.
- Réponds, Anna ! m'ordonne-t-il sans faire un geste pour me prendre dans ses bras.

Je me sens pâlir. Non, notre histoire ne peut pas se terminer ainsi, c'est impossible. Je ne veux pas qu'il me déteste, je ne le supporterais pas. Je l'aime, bon sang, je ne veux pas qu'il me déteste...

- Hugo ! je proteste encore sans pouvoir retenir mes larmes.

Hugo me fixe un moment sans bouger puis soudain, il m'attire contre lui et me serre à m'étouffer. Eclatant en sanglots, je me blottis contre lui, soulagée, heureuse, triste, complètement déstabilisée.

- Si tu es si sûre de ce que tu avances, pourquoi pleures-tu ? me demande-t-il en séchant mes larmes de ses lèvres brûlantes.
- Hugo... je ne réussis qu'à murmurer.

Hugo retire lentement mon peignoir et m'allonge sur le lit, sans un mot. Il se déshabille ensuite très rapidement puis vient me rejoindre. S'allongeant au-dessus de moi, il me dévisage longuement avant de me déclarer d'un ton doucereux :

- Tu te trompes, Anna...

Il attrape mes mains au-dessus de ma tête et entremêle nos doigts dans un geste possessif, sans lâcher mon regard.

- ... Ce que nous vivons n'est pas un rêve et je vais te le prouver, même si cela me prendra des mois...

Et sur ces paroles prononcées d'un ton sans appel, il prend mes lèvres et me donne un baiser... plein de promesses. Je succombe sans la moindre hésitation, préférant ignorer sa mise en garde.

Nous faisons longuement l'amour, oubliant volontairement notre dernière discussion et, comme de nombreuses fois, Hugo me fait connaître un moment inoubliable, me laissant profondément marquée par son empreinte. Pourtant, plus tard, juste avant de m'endormir entre ses bras, je reste convaincue d'avoir pris la bonne décision. Même si Hugo m'a fait comprendre qu'il m'attendrait, il se trompe. *Il n'y aura jamais d'avenir possible entre nous deux.*

§§§

Je ris sous la couette en sentant une bonne odeur de café envahir la chambre tout entière. Je me doutais bien qu'il le ferait. D'ailleurs, je pensais qu'il demanderait nos petits-déjeuners au lit dès le début de la semaine… mais c'est vrai que nous nous sommes toujours levés aux aurores. Nous voulions tellement profiter de nos journées que nous avons préféré les prendre dans le restaurant de l'hôtel, servis très tôt.

En me redressant d'un bond, je ne peux m'empêcher de rougir de plaisir en découvrant le plateau chargé de victuailles avec, au milieu, une magnifique rose rouge.

- Tu es fou, je souris en l'embrassant tendrement sur les lèvres.
- Bonjour, mon ange, dit-il tout bas contre ma bouche.

Hugo se colle étroitement contre moi et pose délicatement le plateau sur nos genoux.

- Tu sais, je fais en prenant la rose entre mes doigts pour humer son parfum, j'ai gardé précieusement celles de l'île Maurice. Elles ont séché mais ont gardé leur beauté, c'est étrange.
- Pourquoi les as-tu gardées ? me demande-t-il doucement en me beurrant du pain frais.
- Je ne sais pas, je n'ai pas réussi à les jeter…
- Et ce collier, tu le retires parfois ?
- Non, je fais en portant machinalement la main à ma gorge pour toucher le délicat bijou. C'est mon *porte-bonheur*.

Je n'ose lui raconter Antoine et mes amis s'extasier devant ce bijou « en toc », comme ils le croient. Je trouve ce détail si minable que je préfère le garder pour moi.

- Humm... sourit-il en se tournant vers moi pour me regarder droit dans les yeux. En fait, tous les jours, tu penses à moi ? ajoute-t-il avec un petit rire triomphant.
- Tu es trop prétentieux ! je réplique en lui donnant un coup de coude dans les côtes, amusée et soulagée par la tournure de notre relation.

Hugo est parfaitement détendu ce matin, exactement comme chaque matin depuis nos retrouvailles. Il sourit, rit gaiement, me taquine, ne cesse de plaisanter. Je me demande un moment s'il a compris que notre histoire s'arrêtait aujourd'hui mais je me rappelle cette nuit. Je l'ai vu s'agiter, trop tendu pour dormir, il a à peine fermé l'œil. « *Probablement a-t-il réfléchi et reconnu que j'avais raison* », je me dis en acceptant la tartine de pain. Je suis heureuse, bêtement heureuse. Imaginer notre séparation dans de bonnes conditions me remplit de joie, je suis tellement soulagée. Je décide alors de faire comme lui, profiter de cette journée comme si elle allait recommencer demain et après-demain. Ne pas se prendre la tête, refuser de penser à ma vie sans lui, vivre ce moment comme... *dans un rêve...*

Mais ce n'est pas un rêve. Je suis parfaitement éveillée, Hugo est près de moi, me couvrant de nombreuses petites attentions, me regardant comme si j'étais un véritable trésor. Je sens son corps nu contre le mien, j'entends son rire résonner dans toute la pièce, je savoure ses lèvres chaudes sur les miennes...

- J'ai réfléchi, me dit-il soudain en repoussant le plateau vide, avant de se tourner vers moi.
- Ah ! je laisse tomber en craignant le « pire ».

Hugo repousse doucement mes cheveux en arrière avant de poursuivre, d'une voix un peu altérée, je remarque immédiatement.

- Anna, tu te trompes, nous ne vivons pas un rêve...
- Hugo, je...
- Anna, depuis notre rencontre, m'interrompt-il brusquement, tout est clair pour moi.
- Que veux-tu dire ? je demande en essayant de rester sereine.
- En te rencontrant, j'ai compris que je me trompais avec Marie, que je me suis toujours trompé avec elle... Quand je suis rentré du congrès, je savais déjà que j'allais la quitter, que tout était fini entre nous. Je n'ai même pas pu la prendre dans mes bras...

Je m'agite nerveusement, mal à l'aise.

- ... Anna, poursuit-il en prenant mes mains, je sais que tu as peur, que tu es terrifiée même à l'idée de quitter ton mari mais... mais aujourd'hui, de nombreuses personnes divorcent, refont leur vie et sont parfaitement heureuses...

Je me sens devenir livide.

- Laisse-moi de rendre heureuse, continue Hugo d'une voix rauque, laisse-moi te prouver que notre histoire n'est pas un rêve...

Je ne réponds pas, je ne peux pas. Je vois Hugo se crisper devant mon air affolé mais il reprend cependant, ses mains broyant involontairement les miennes :

- Anna, si tu veux du temps, je t'en laisserai mais je veux concrétiser notre relation. Je veux vivre avec toi. Pas seulement dans des hôtels de luxe mais toute ma vie. Je sais que ça marchera, ajoute-t-il vivement avec un petit rire nerveux. Cette fois-ci, je sais que je ne me trompe pas !

Je le fixe sans réagir.

-   … Nous vivrons où tu voudras, dit-il encore dans un souffle. Je suis prêt à quitter Bourges si tu le désires. Nous trouverons une belle maison, avec un grand jardin, un potager… Tu verras, Anna, s'écrie-t-il en voulant absolument me convaincre de ce bonheur, nous serons heureux !

Mon Dieu, mon Dieu, mon Dieu ! Que dois-je faire ? Je me sens littéralement submergée par un sentiment de peur. J'ai peur car je sais que je suis coincée. A entretenir une liaison avec Hugo, j'ai joué avec le feu et je me suis brûlée. Je ne peux pas quitter Antoine. Il est introverti comme l'était Arnaud. Il communique très peu et il est fragile, comme l'était également Arnaud. Je ne peux pas divorcer, cela le tuerait et jamais je ne pourrais vivre heureuse avec sa mort sur la conscience. Non, je ne peux pas divorcer. Je dois continuer de protéger Antoine, de le rendre heureux… Je dois sacrifier mon amour pour Hugo, sacrifier *notre* amour… Quelle horreur, je vais rendre malheureux l'homme que j'aime. Je ne le voulais pas, oh non, je ne le voulais pas mais je n'ai pas le choix. Il ne me donne plus le choix. J'ai soudain envie de crier, j'ai envie de hurler mon chagrin, d'évacuer la douleur qui me broie le cœur mais cela ne ferait qu'empirer les choses, rendant la situation encore plus difficile qu'elle ne l'est déjà. Je me sens minable quand je m'écarte soudain de lui et tire la couette sur moi, comme pour me protéger. Je sais que je vais lui faire du mal, je me déteste pour ça.

-   Hugo, je…
-   Je n'aime pas ton expression, me coupe-t-il doucement, enfilant machinalement un caleçon.

C'est horrible, il essaie encore de sourire.

-   Hugo, je… je ne peux pas… je réussis à dire.

- Quoi ? fait-il en voulant prendre mes mains.

Je me recule un peu plus de lui, agrippée à la couette. Il laisse retomber les mains sur ses genoux, non sans froncer les sourcils.

- Qu'est-ce que tu ne peux pas ? me redemande-t-il lentement.
- Je... ça, Hugo : vi... vivre... ensemble...

Cette fois-ci, Hugo perd totalement son sourire. Son visage devient impassible.

- Pourquoi ?
- Je... je crois que tu te trompes.
- Que veux-tu dire ?

Je m'agite nerveusement sous la couette. Il s'écarte soudain de moi, comme s'il s'était brûlé. Ça me glace littéralement.

- Tu... tu te trompes sur... nous, je dis cependant d'une voix blanche.

Là, Hugo se lève d'un bond et enfile un tee-shirt qui traînait sur une chaise, il est livide.

- Si je me trompe sur nous, pourquoi as-tu accepté de me revoir après tous ces mois ? me demande-t-il en me regardant droit dans les yeux.

Je sursaute en rougissant violemment.

- Je... Pourquoi ?
- Réponds-moi, Anna, m'enjoigne-t-il doucement mais fermement.

Je repousse mes cheveux en arrière d'une main tremblante. Je devine à cet instant précis qu'il espère m'entendre lui avouer mes sentiments, mais je ne peux pas. Une nouvelle fois, je dois lui retirer tout espoir.

- Je... je te l'ai dit, Hugo, je n'ai pas réussi à t'oublier...

Je n'y arrive pas, je ne peux pas être brutale, c'est trop dur. Il revient alors vers moi et m'oblige à me rallonger une seconde fois. Il se penche au-dessus de moi avec une extrême douceur, sans lâcher mon regard.

- Pourquoi as-tu accepté de me revoir, Anna ? Pourquoi es-tu là, dans ce lit, entièrement nue ? ... Dis-moi pourquoi ?

J'essaie de sourire mais mon visage reste figé. Je tente encore de prendre un air détaché mais je n'y arrive pas. Je sais pourtant que je dois me montrer froide, voire indifférente si je veux rompre définitivement cette relation. Je ne peux vraiment pas lui avouer mes sentiments, c'est impossible. Si Hugo apprend que je l'aime, je suis perdue, il ne me laissera jamais partir. En même temps, je ne peux pas me montrer brutale, c'est au-dessus de mes forces.

- Eh bien... je commence en m'agitant nerveusement, tu es bel homme...
- Et ?
- Tu es charmant, attentionné...
- Et ?
- Tu sais me faire plaisir, tu...
- Arrête ça ! me coupe-t-il brutalement en perdant patience.
- Que veux-tu que je te dise ? je m'écrie en faisant semblant de ne pas comprendre.

Hugo se remet debout et va se planter devant la fenêtre. Sentant mon cœur battre la chamade, je le regarde passer sa main dans les cheveux sans pouvoir bouger ou faire le moindre geste. Je tremble de tous mes membres, j'ai froid. Hugo reste un long moment immobile, les épaules raides, le cou droit. Il semble plongé dans ses pensées, mais je le vois se fermer, peu à peu, et devenir distant, s'éloigner de moi comme si j'étais devenue un monstre. Je me crispe involontairement en m'asseyant de nouveau pour enfiler mon peignoir.

- Dis-moi, Anna, reprend-il enfin en me faisant lentement face, qu'est-ce qui t'a attirée chez moi ? ... Mon statut dans le Groupe, ou mon... fric ?

Il est glacial.

- Hugo ! je proteste vivement, d'abord surprise puis très vite blessée par ses paroles.

Comment peut-il dire des horreurs pareilles ?

- Ça te plait de coucher avec un membre de la direction ? insiste-t-il néanmoins, cruel.
- Arrête, Hugo ! je fais en me bouchant les oreilles, ne voulant plus rien entendre.
- C'est vrai que c'est plutôt glorifiant pour toi auprès de tes collègues...
- Tais-toi ! je hurle presque.

Hugo se laisse brusquement tomber sur une chaise en passant une main sur son visage. *« Bon sang, mais qu'est-ce que je suis en train de faire ?!!! »*, semble-t-il se demander en me dévisageant, mais c'est trop tard. Une larme coule sur mon visage devenu livide, je ne peux pas la retenir. Je suis glacée, j'ai horriblement mal à l'intérieur de mon corps. Comment a-t-il pu prononcer des horreurs pareilles ? Comment a-t-il pu penser une seule seconde des horreurs pareilles ? Je ne comprends pas. D'ailleurs, je refuse de comprendre.

- Pardon, dit-il vivement. Pardon, Anna... Je ne sais plus ce que je dis...

Je ne réponds pas. J'essuie nerveusement mes larmes. Je me maudis de pleurer devant lui mais il m'a fait tellement mal.

- Anna ! s'écrie-t-il encore en venant me prendre dans ses bras. Pardon, pardon, pardon...

Je me laisse bercer sans faire le moindre geste, je ne sais plus vraiment comment réagir. Il m'a prise pour une moins que rien, une profiteuse, une garce. Je me sens salie, rabaissée, insultée. Je ne suis par ce genre de fille. Peut-être au début étais-je flattée que le directeur France s'intéresse à moi, mais cela n'a pas duré. Très vite, je suis tombée amoureuse de l'Homme et non de son titre ou de son argent. Je me fous de son titre ou de son argent. Bon sang, comment a-t-il pu ?!!! Il m'a fait mal, bien plus qu'il ne peut l'imaginer.

J'ai soudain envie de quitter cette chambre, très vite, et de rentrer chez moi retrouver ma petite vie tranquille. J'avais raison, Hugo et moi ne vivons pas de la même façon, nous sommes différents, nous sommes *trop* différents. Notre liaison était une erreur, une terrible erreur. Comment ai-je pu croire qu'il se passait quelque chose entre nous ? A peine Hugo se sent-il repoussé qu'il me traite de femme frivole prête à tout pour profiter de quelques avantages. J'ai envie de hurler, de le gifler. Et dire qu'à un moment, j'ai cru qu'il m'aimait, quelle idiote je fais. Je me suis bien trompé, et depuis le début. Au moins, tout est clair maintenant, j'éprouverai moins de remords en le quittant. Mon Dieu, dire que j'ai cru tout son blabla sur son divorce ou sur ses derniers mois difficiles. Je me suis même senti coupable de le faire souffrir... Quelle bonne blague ! Pour son divorce, Hugo avait raison, je l'ai aidé à se rendre compte qu'il n'était plus heureux avec sa femme mais je ne suis en rien responsable de ce désastre. Finalement, je lui ai rendu service. Non, franchement, comment ai-je pu être aussi sotte, aussi prétentieuse, pour croire qu'il partageait mes sentiments ? J'ai envie de rire, de pleurer, je ne sais plus vraiment, mais une chose est sûre, j'ai envie de quitter cet homme, immédiatement.

- Bon sang, Anna ! s'écrie-t-il encore. Dis quelque chose...

Il me force à le regarder.

- Anna, gémit-il en découvrant mon expression. Je suis désolé. Je ne le pensais pas, je te jure que je ne pensais pas ces conneries...

« *Mais tu les as dites !* », ai-je envie de lui crier au visage.

- Ce n'est rien, je mens en essayant de sourire, en vain.
- Non, ce n'est pas rien ! proteste-t-il, soudain affolé par mon regard éteint.

Que puis-je répondre ? Je crois que tout a été dit en quelques mots. Je ne vivais qu'un rêve, un merveilleux rêve mais un rêve. Le retour à la réalité est néanmoins bien plus brutal que je ne l'imaginais.

- Hugo, tout va bien, je rigole nerveusement en caressant sa joue. Je... je vais prendre ma douche, j'ajoute rapidement avant de m'enfuir dans la salle de bains.

Pour la toute première fois de la semaine, je referme la porte derrière moi. Hugo ne fait aucun geste pour me retenir.

§§§

Nous roulons sur l'autoroute depuis presque deux heures, nous avons mis un temps fou pour sortir de Paris, quand Hugo décide de s'arrêter sur une aire de repos. Depuis notre départ de l'hôtel, nous avons très peu parlé, échangeant seulement des banalités sur la météo. La pluie a remplacé la neige, il fait un temps de merde, triste et minable comme mon état général. Je le regarde se garer sans prononcer un mot, glacée.

- Tu ne dis pas un mot, dit-il en se tournant aussitôt vers moi, sans couper le contact.

Il est livide et ses yeux sont tristes. Pour la première fois depuis notre rencontre, il semble avoir perdu toute confiance en lui. Je le sens extrêmement déstabilisé, presque paumé. Je ne sais comment interpréter ce nouvel Hugo, j'avoue avoir les idées embrouillées. Je préfère détourner le regard.

- Je dois être un peu fatiguée, je réussis à dire, les yeux résolument tournés vers l'extérieur.
- Anna, proteste-t-il doucement en me prenant les mains, je regrette…
- Tout va bien, je l'interromps, pressée de rentrer chez moi.
- Anna, je regrette, répète-t-il plus fort.
- Ça va ! je fais un peu brutalement en osant le regarder.

On s'observe quelques secondes, lui le visage décomposé, moi prête à éclater en sanglots. Lentement, je retire mes mains des siennes et croise mes bras contre ma poitrine, l'invitant à ne plus me toucher.

- Je sais bien que tu n'es pas ce genre de femme, me dit-il alors d'une voix éteinte. Je le sais, Anna.
- ….
- Anna, non, s'il te plaît, ne fais pas ça !
- ….

- Anna, ne crois pas ces conneries, ce ne sont que des conneries. *Des conneries !*

Je me tourne résolument vers la vitre, froide, distante, blessée. Je ne dis plus un mot, j'en suis incapable. Hugo essaie encore un moment de me convaincre, mais c'est peine perdue, il s'en rend compte très vite. D'abord sur le qui-vive, il finit par reprendre le volant et quitte l'aire de repos, sans ajouter un mot. Tout est terminé entre nous, définitivement terminé. Lui et moi l'avons parfaitement compris.

§§§

Il fait nuit quand nous arrivons à Saint-Gilles-Croix-de-Vie. J'indique d'une voix blanche la direction jusqu'à la gare, déserte à cette heure-ci. Hugo finit par se garer, près de ma voiture. Un silence de plomb règne entre nous.

Nous ne nous sommes pas parlé depuis des heures, moi faisant semblant de dormir, lui plongé dans ses pensées. Lorsqu'il coupe le contact, contre toute attente, aucun de nous ne fait le moindre geste pour descendre du véhicule. Enfoncée dans mon fauteuil, je regarde droit devant moi, le cœur battant la chamade. Je l'entends pousser un long soupir.

- Anna, dit-il en se tournant vers moi, regarde-moi.

J'hésite un moment avant de lui faire face. J'aperçois immédiatement ses traits tirés, sous les lumières de la ville. Comme une idiote, j'ai aussitôt envie de le prendre dans mes bras. Malgré le mal qu'il m'a fait, je suis toujours follement amoureuse de lui. Je sais qu'il restera l'amour de ma vie, je sais que je ne réussirai jamais à l'oublier. Je l'aime tellement.

- Anna, comment te dire que je regrette ?

- Ne regrette rien, Hugo, je fais d'une voix étrangement calme. Tout a été dit, c'est... parfait.

Je cherche la poignée de la porte.

- Anna, ne gâche pas tout ! s'écrie-t-il vivement en me retenant par le bras.

Je me raidis légèrement.

- C'est toi qui as tout gâché, Hugo, je réplique froidement.
- Je ne pensais pas ces horreurs, répète-t-il encore en prenant mes mains dans les siennes avant de me forcer à lui faire face une nouvelle fois.

Hugo se rapproche légèrement de moi. Je suis incapable de bouger, comme à chaque fois qu'il me touche. Je me maudis d'être si faible face à lui.

- J'avais peur, dit-il soudain en me fixant droit dans les yeux. J'avais peur de te perdre. Non, je savais que j'allais te perdre alors j'ai eu envie de te faire du mal, comme le pauvre con que je suis.
- Pourquoi ? je fais sans comprendre.
- Je t'aime, Anna, m'avoue-t-il simplement.

Je sursaute imperceptiblement, sentant mes joues devenir écarlates.

- Il y a sept mois, en te regardant quitter l'aéroport, j'ai compris que je t'aimais, poursuit-il d'une voix éteinte. J'étais tombé amoureux de toi mais il a fallu que je te regarde partir pour m'en rendre compte. J'ai tenté de me persuader qu'il ne s'agissait que d'une simple aventure, d'une rencontre sans importance, et que je finirais probablement par t'oublier. J'ai essayé de vivre sans toi, de faire comme si tu n'existais pas, comme si tu n'avais jamais fait partie de ma vie, mais je n'ai jamais réussi à t'oublier, m'avoue-t-il sincèrement en me pressant les mains. Depuis notre retour de l'île Maurice, je ne peux pas passer une seule journée sans me demander ce que tu fais, si tu vas bien, si tu penses à moi... Si, toi aussi, tu m'aimes. Tu es *constamment* dans ma tête ! gémit-il en cachant difficilement ses émotions.

- Oh, Hugo... je souffle tout bas, émue malgré moi par tous ses aveux.

- J'ai voulu tout plaquer, dit-il encore en émettant un petit rire nerveux. J'ai voulu quitter mon boulot. Je pensais que tout serait plus simple pour nous deux si je quittais le Groupe car je savais que je risquais de te revoir à n'importe quel moment. J'ai refusé l'offre de François, ça a fait un bordel monstre au Groupe, mais je voulais t'oublier, *te sortir de ma tête*... Anna, enchaîne-t-il plus lentement en essayant de contrôler sa voix, depuis le début de notre relation, je *savais* que tu refuserais de divorcer. Depuis le début de notre relation, je *savais* que notre histoire serait... compliquée...

Je manque d'air tant je retiens mon souffle.

- ... Mais je t'aime, Anna. Je t'aime comme un dingue, je t'aime à en avoir mal, murmure-t-il en portant mes mains à ses lèvres. Te perdre aujourd'hui m'est devenu intolérable. Je suis terrorisé à l'idée de ne plus te revoir. Je ne sais pas si je réussirai à vivre sans toi. Je n'ai pas *envie* de vivre sans toi...

- Ne dis pas ça, Hugo...

- Je ne pensais pas ces horreurs. Je t'assure que j'ai honte d'avoir prononcé ces mots, continue-t-il en m'attirant doucement contre lui.
- Tu m'as fait du mal, je lui dis en me laissant aller contre son torse.
- Je sais, souffle-t-il en m'entourant de ses bras.

Je passe mes bras autour de sa taille, j'ai envie de le sentir contre moi, une dernière fois. Je ferme les yeux en humant son odeur, je sens son souffle chaud dans mon cou. Je sais que mon comportement n'est pas honnête mais le tenir une dernière fois contre moi m'est devenu vital. J'ai besoin de profiter encore quelques minutes de cet amour partagé. De toute façon, je sais que je n'ai plus rien à perdre. Je sais que je ne risque plus de le perdre. Je l'ai déjà perdu...

- Anna, laisse-moi te revoir, reprend Hugo après un silence où il me tient étroitement serrée contre lui. Je ne te demanderai rien, *rien*, aucun engagement de ta part... Je n'aborderai plus notre... notre relation... Je t'en fais la promesse.
- Hugo, je proteste doucement en relevant la tête pour le regarder, je... je ne pense pas que cela soit une bonne idée.
- Anna, je t'en prie... réfléchis. Pense à ce que nous avons vécu...

Mon Dieu, jamais je n'aurais imaginé que le grand Hugo Delaroche me supplierait un jour pour me revoir, même dans mes rêves les plus fous. De plus, même si je le sentais au plus profond de mon être, je n'imaginais pas non plus qu'il tomberait amoureux de moi. Il était plus facile pour moi de penser qu'un homme tel que lui ne pouvait pas m'aimer. La réalité est tout autre mais j'avoue avoir du mal à réaliser ce que je viens d'entendre. Je ne sais plus où j'en suis. Tout est embrouillé dans ma tête. Tant de choses se sont passées aujourd'hui que je ne sais plus que penser.

J'ai pourtant envie de le revoir, surtout après m'avoir déclaré son amour avec tant de fougue. Je sais pourtant que cela ne serait pas une bonne idée. Rien n'a changé entre nous. Je ne quitterai pas Antoine et refuserai tout engagement avec Hugo. Dans ces conditions, acceptera-t-il *indéfiniment* de m'attendre ? J'ai compris qu'il était disposé à sacrifier énormément de choses, pour nous deux, mais acceptera-t-il pour autant de m'attendre durant des mois et des mois ? Acceptera-t-il de passer de merveilleux moments comme cette semaine, *seulement de temps en temps et en cachette* ? Moi, je ne pourrai pas supporter cette relation, trop compliquée et douloureuse à mon goût. Je sens alors un sentiment cruel me pousser vers lui, je me serre plus fort contre lui. J'ai peur soudain de le voir partir. En même temps, j'ai envie de tout arrêter. Mais j'ai vraiment peur de ne plus le revoir, c'est affreux. C'est même intolérable. Je ne sais plus ce que je dois faire.

- Anna, fait Hugo en me couvrant le visage de petits baisers, laisse-nous une chance... Notre histoire n'est pas un rêve... Je t'aime, ce n'est pas un rêve...
- Je ne sais pas, je murmure en passant mes bras autour de son cou, j'ai... j'ai besoin de temps...
- Je t'ai attendu toute ma vie, souffle-t-il contre mon visage. Je peux encore t'attendre... je réussirai à t'attendre...
- Tu es fou, je gémis en triturant ses lèvres, incapable de lui résister.

Hugo prend ma bouche et m'embrasse longuement en me serrant étroitement contre lui. Je réponds à son baiser avec toute l'ardeur dont je suis capable. Ses mains glissent sous mon pull, touchent ma peau avec une douceur extrême. Si nous n'étions pas dans cette voiture en plein milieu d'un parking, nous ferions l'amour mais, lentement, nous nous écartons l'un de l'autre, le souffle court, les joues en feu… Nous émettons un petit rire, complices, éternellement complices.

- Je… je dois y aller, je dis en caressant ses cheveux.
- Je sais.

Je ne fais aucun geste pour partir alors que Hugo m'embrasse encore sur les lèvres.

- Hugo, je… je dois y aller…
- Je t'aime, me dit-il en plongeant son regard dans le mien. S'il te plaît, Anna, ne l'oublie pas.

Je lui souris, lui caresse une dernière fois la joue puis m'écarte enfin et quitte son véhicule. Sans lui laisser le temps de réagir, je récupère ma valise et mon sac avant de m'enfuir dans ma voiture. Alors que je démarre, il me fixe sans bouger, comme figé sur place, mais lorsque je lui fais un petit signe de la main, il réussit à me sourire. Son visage reflète néanmoins une grande incertitude…

## Chapitre 12

Cela fait plus d'un mois que je suis rentrée de Paris quand je reçois la demande d'inscription pour le prochain congrès, en République Dominicaine. Assise derrière mon bureau, je regarde longuement le programme, en retenant mon souffle. En tournant les pages, je tremble comme une feuille, complètement perturbée par cette brochure. Je pense immédiatement à Hugo. Cela fait un mois qu'il ne cesse de me téléphoner. Il me téléphone pratiquement tous les jours, d'abord à mon bureau puis sur mon portable, dont il a eu le numéro par je ne sais quel miracle. Il m'appelle également à la maison, chaque soir, alors qu'il risque de tomber sur Antoine, mais cela ne semble pas l'arrêter, bien au contraire. Ces appels sont à chaque fois une vraie torture car cela fait un mois que je refuse de lui parler, que je refuse même de l'écouter. Cela fait un mois que j'ai décidé de sortir de sa vie, définitivement. Au bureau, je ne prends pas ses appels en prétextant être occupée. La standardiste semble surprise et outrée par mon comportement mais ne fait aucun commentaire. A la maison, dès que je reconnais sa voix, je lui raccroche au nez, sans le moindre ménagement. Lorsqu'il essaie de me joindre sur mon portable, je laisse, à chaque fois, se déclencher la messagerie. Désormais, je connais par cœur le numéro de son portable, de son bureau, ou même de chez lui. J'efface tous ses messages sans même les écouter.

Depuis, je suis tellement à vif que j'ai constamment envie de pleurer. Je meurs d'envie de le revoir, je meurs d'envie de me blottir dans ses bras. Il me manque atrocement. Je dois cependant mettre un terme à cette histoire, j'en suis convaincue aujourd'hui. Je ne dois plus le revoir, pour moi, pour me préserver. J'essaie de me convaincre que le temps guérira mes peines, que je finirai par l'oublier… mais c'est affreusement dur. Cet homme est et restera l'amour de ma vie et savoir qu'il partage mes sentiments rend la situation d'autant plus difficile.

J'ai longuement réfléchi à ce qui s'est passé à Paris, j'ai pris du recul. Aujourd'hui, je sais qu'il ne pensait pas un traître mot de ce qu'il m'a dit. En se rendant compte de mon « indifférence » face à ses sentiments, il s'est défendu comme il a pu devant cet amour « à sens unique ». Il a sacrifié son mariage, a failli sacrifier son boulot et a préféré perdre toute dignité pour m'avouer ce qu'il éprouvait… et tout ça pour… *rien*. Je n'ai pas fait le quart de ce qu'il a fait pour moi, je n'ai même pas été capable de lui avouer à quel point je l'aimais. Non, j'ai préféré être lâche comme je ne l'ai jamais été. Oh, mais j'ai fait des sacrifices, moi aussi : j'ai choisi de le perdre et de mettre une croix définitive sur cet amour si exceptionnel. Cette situation m'est intolérable, d'autant plus que Hugo a raison, nous serions certainement heureux tous les deux, probablement jusqu'à la fin de notre vie. Nous sommes faits l'un pour l'autre, j'en suis convaincue aujourd'hui. Je suis sa moitié, comme aime le penser Claire. J'ai pourtant décidé de le sacrifier pour protéger Antoine, qui ne se rend même pas compte de tous ces sacrifices. Quelle ironie !

Hugo souffrira, j'en suis consciente, « *mais il s'en remettra* », je ne cesse de me répéter. Imaginer qu'un autre homme puisse souffrir une nouvelle fois par ma faute me rend dingue. Je ne cesse de revoir Arnaud baignant dans son sang. J'imagine des trucs débiles concernant Hugo et Antoine. Je les vois s'entretuer avant de s'acharner sur moi. Ce n'est pas possible, je suis un monstre. Je fais encore du mal autour de moi et ça me donne envie de hurler. Mais Hugo est solide, je me rassure constamment. Il ne fera pas de bêtise.

Je n'ai jamais remis la robe qu'il m'a offerte, je l'ai rangée précieusement avec les roses. Quand Antoine est absent, je la sors de sa boîte et la tiens contre moi, pendant un long moment, me rappelant chaque détail de notre semaine à Paris. J'y éprouve un certain réconfort, même si, au fond de moi, je sens que ça fait mal. Je n'arrive pas à comprendre comment j'ai pu être aussi aveugle, comment j'ai pu me convaincre qu'il ne m'aimait pas. Tous ses faits et gestes ne faisaient que me prouver le contraire mais moi, pauvre fille, je n'ai rien vu, rien senti, persuadée de ne pas être assez bien pour lui. Mais notre histoire à l'île Maurice ne pouvait pas être si belle sans un amour partagé. Nous ne pouvions pas être si heureux sans nous aimer. Notre rencontre ne fut pas un simple coup de foudre. Nous ne sommes pas tombés dans les bras l'un de l'autre juste pour une histoire de sexe. Il y a eu quelque chose entre nous, quelque chose qui nous a saisis alors que nous n'étions encore que deux étrangers. Je crois même que ce quelque chose a eu lieu à l'aéroport, la toute première fois où nous nous sommes vus. En apprenant à nous connaître, en tissant presque instinctivement ce lien si particulier qui nous a rendus si proches, comme si nous étions des âmes sœurs, ce quelque chose est devenu un véritable amour. Un amour profond, entier, sincère. Nos retrouvailles à Paris n'ont fait que renforcer ce véritable amour.

Mais tout est fini. Il le faut. Je n'en veux plus à Hugo de m'avoir déclaré toutes ces horreurs, je crois même ne lui en avoir jamais voulu. J'étais en colère, blessée dans mon orgueil. Je n'étais pas vraiment consciente de ce que je faisais. En rentrant chez moi, je me suis senti d'autant plus malheureuse en réalisant à quel point mon comportement avait été monstrueux. Mais ce qui s'est passé à Paris me permet de rompre définitivement avec lui. Je sais, c'est lamentable de ma part mais je connais Hugo. Il finira par se convaincre qu'il a tout gâché et cessera de m'appeler. Avec un peu de chance, il finira par m'oublier, gardant cette histoire dans un coin de sa mémoire, une histoire au goût amer...

En détaillant le magnifique hôtel sur la brochure, je manque d'éclater en sanglots, réalisant à quel point ma vie est minable, à quel point *je* suis minable. Pourquoi a-t-il fallu que je vive un drame à dix-sept ans ? Pourquoi n'ai-je pas le droit d'être heureuse avec l'homme que j'aime ? Pourquoi le destin s'acharne-t-il ainsi sur moi ? ... Et pourquoi me suis-je marié avec Antoine, le double d'Arnaud Martin ???

Depuis mon retour de l'île Maurice, Antoine est devenu de plus en plus secret, de plus en plus introverti. Certes, il n'a jamais été un homme extraverti mais il ne s'est jamais montré aussi fermé et aussi distant avec moi. Je sais que j'ai changé depuis ce congrès, que je ne suis plus la même mais j'ai toujours essayé de le préserver, de lui montrer que j'étais là, *pour lui et rien que pour lui*. Je me suis toujours comporté comme une bonne épouse. Je me suis toujours comporté comme une femme amoureuse de son mari. Il n'a pas le droit de s'enfoncer dans une sorte de bulle. Il doit me dire ce qui ne va pas. Il doit même me dire, dans les pires des cas, qu'il s'est rendu compte que je lui jouais à fond la comédie. Mais bon sang, je ne veux pas de ce silence, je ne veux pas cette distance entre nous. Non, surtout pas. De plus en plus souvent, j'ai l'impression de me retrouver face à Arnaud, qui disait que tout allait bien, qu'il n'y avait pas lieu de s'inquiéter, et qui, un matin, se mettait une balle en pleine tête. Je me sens terrorisée. Je suis terrorisée à l'idée d'un nouveau drame. En plus, Antoine part constamment en Allemagne, à croire que sa vie est désormais là-bas. Il est clair qu'il n'a plus envie d'être avec moi, qu'il n'a plus envie de vivre avec moi, ou pire, qu'il ne me supporte plus. Depuis, chaque soir, je redoute de rentrer dans notre maison vide, je n'y tolère plus le silence. Elle est sans vie, ce qui m'angoisse toujours. Je me sens impuissante. Je sais qu'Antoine a besoin de moi mais je ne sais pas quoi faire. Il ne me laisse pas l'approcher, il ne me laisse pas le protéger. Mais ce n'est qu'une façade, je le sais bien. Etant fragile et vulnérable, il a besoin de sentir que je l'aime. J'ai donc essayé de lui dire que je voulais que ses absences s'arrêtent afin de retrouver un semblant de couple, je le veux vraiment car c'est la seule façon de le protéger, mais, à ma grande surprise, il m'a littéralement envoyée me faire voir, me reprochant de faire tout le temps la tête. J'ai aussitôt fait des efforts pour me montrer plus souriante et avenante, cela n'a rien changé. Depuis quelques semaines, j'avoue me sentir perdue. Je ne le comprends pas. Je ne le comprends plus.

Quand le téléphone sonne soudain, je reviens brutalement à la réalité. Un peu hagarde, je décroche péniblement. C'est Claire.

- *Comment tu vas, ma petite mère ? me demande-t-elle aussitôt.*

Je lui ai raconté mon séjour à Paris, pas pour me vanter mais lorsque nous nous sommes vues le week-end suivant, j'ai éclaté en sanglots lorsqu'elle m'a demandé comment j'allais. Elle a su immédiatement que je l'avais revu.

- J'ai reçu la demande d'inscription pour le congrès, je lui réponds en serrant les poings pour ne pas pleurer.
- *Nous aussi, fait Claire avant d'ajouter vivement : que vas-tu faire ?*
- Je ne vais pas y aller, je dis sans aucune hésitation.
- *Lucas va se demander pourquoi.*

- Je trouverai une solution.

Il y a un silence au bout du fil puis Claire reprend doucement :

- *De nombreux adhérents viennent d'apprendre le divorce de Hugo, ça fait du bruit dans les magasins.*
- Pourquoi ça ? je demande aussitôt, livide.
- *Certaines personnes se rappellent le... dernier congrès. Ton nom a été cité, à plusieurs reprises.*
- Oh non ! je m'écrie, horrifiée.
- *Mais t'inquiète, me rassure vivement mon amie, les cancans sont fréquents dans le Groupe, ça ne durera pas.*
- Mon Dieu, si ça devait arriver aux oreilles d'Antoine, je ne sais...
- *Zen, Anna ! rigole-t-elle. Antoine n'en saura rien, tu peux me faire confiance.*

Et Claire a raison. Très vite, on oublie Anna Beaumont. Je reste même convaincue que de nombreux adhérents oublient complètement si je suis blonde ou brune, grande ou petite. La femme qui a osé détourner le directeur général du droit chemin sort totalement de la tête des adhérents.

Hugo tente encore de me joindre durant tout le mois de mars. Il m'appelle souvent à la maison, quand je suis toujours seule, à croire qu'il a un sixième sens l'informant de ce détail. Mais ça ne change rien, je refuse toujours de lui parler. Lorsque j'entends sa voix à l'autre bout du fil, je continue de lui raccrocher brutalement au nez, sans lui laisser le temps de s'exprimer. C'est vraiment minable et pas très classe de réagir ainsi mais je veux qu'il cesse de m'appeler. Quelques semaines plus tard, je change d'opérateur pour le téléphone de la maison et pour mon portable, prétextant auprès d'Antoine des forfaits hors de prix. Les appels de Hugo cessent immédiatement. Il ne me téléphone plus non plus au bureau. Je souffre le martyre de son silence.

Lucas a validé la réservation du congrès, sans moi. Il n'a fait aucun commentaire lorsque je lui ai annoncé que je ne désirais pas y participer, il m'a même semblé soulagé. Depuis, nous n'en avons jamais reparlé.

Le cinq mai, je demande ma journée et décide de rester seule à la maison, Antoine est en Allemagne pour une semaine. Toute la journée, je traîne entre les murs, en pyjama, les cheveux en bataille, le teint livide. Un vrai zombie. J'écoute l'album « Come away with me » de Norah Jones. Je pleure comme une fontaine, assise devant la baie vitrée. Hugo et moi adorions écouter cet album, à Paris, lorsque nous étions dans son somptueux 4 X 4.

Dans la soirée, je décroche le téléphone, remet le CD pour la énième fois puis débouche une bouteille de champagne de premier prix, une horreur, dirait Hugo. Sans vraiment me rendre compte de ce que je fais, je remplis deux coupes, une pour moi, une pour... lui... et trinque à son anniversaire. Aujourd'hui, il a trente-cinq ans. Je vide littéralement la bouteille et finis par m'écrouler sur le canapé, complètement ivre...

Je me relève le lendemain matin avec une gueule de bois carabinée. Mes collègues se moquent gentiment de ma tête : les yeux gonflés et cernés, le teint verdâtre, un mal de crâne à me frapper contre les murs, top classe ! Je ne fais aucun commentaire mais me sens vraiment minable.

§§§

Le cinq juin, jour de mon anniversaire, Lucas, accompagné de son épouse, s'envole pour la République Dominicaine. Je me retiens péniblement de pleurer en imaginant Hugo à l'aéroport de Paris. Sera-t-il déçu de ne pas me voir ? Ou peut-être se sentira-t-il soulagé finalement, ayant réalisé depuis longtemps quel genre de fille j'étais : minable, menteuse et d'une lâcheté épouvantable. J'imagine qu'il doit me détester aujourd'hui. Ou du moins, j'essaie de m'en convaincre. Au fond de moi, je sais qu'il n'en est rien. Ses sentiments n'ont pas changé à mon égard et il en souffre. Il ne comprend pas mon comportement, il ne comprend pas ma cruauté envers lui et il en souffre. Cette impression me fait horriblement mal. Je me déteste de lui faire autant de mal. Il ne mérite pas de souffrir par ma faute. *Je ne mérite pas son amour*. « *Tu dois m'oublier, Hugo* », je ne cesse de me répéter mentalement afin de soulager ce sentiment de honte qui m'envahit chaque jour. « *Il faut que tu m'oublies, que tu me détestes et que tu souhaites ne jamais me revoir. Oublie-moi, Hugo. Par pitié, oublie-moi !* ».

Claire, réalisant à quel point je souffre de cette situation, m'a promis un compte rendu détaillé de la semaine. J'ai hâte de savoir comment il va. Sa souffrance n'est qu'une impression. Ce n'est forcément qu'une impression. Mais j'ai peur pour lui. Je le sens, toujours. Mais mon amie réussira à me rassurer, je me répète en m'efforçant d'être optimiste. Elle saura me rapporter de bonnes nouvelles.

Le vol de Lucas *et de Hugo* est prévu à treize heures trente minutes. Toute la matinée, je compte les heures en imaginant ce qu'*il* fait, avec qui *il* discute, le visage impassible qu'*il* affiche en attendant dans le hall des départs. J'essaie de me concentrer sur mon travail mais en suis incapable, le regard constamment fixé sur ma montre. Mes collègues me conseillent à un moment d'aller faire un tour dans le magasin, se rendant compte de mon étrange comportement. Elles se moquent gentiment de moi en m'affirmant être pressée de faire la fête, ce soir, pour fêter mes trente et un ans. Elles font allusion à ma gueule de bois d'il y a un mois. Je ris mais dès que je me retrouve seule dans les toilettes, je fonds en larmes. Assise sur la cuvette des toilettes, je mets un temps fou à me reprendre, me maudissant de réagir de la sorte. C'est un choix de ma part, uniquement un choix de ma part. Je dois en subir les conséquences et me montrer forte, pour Antoine, pour mes parents, pour mes sœurs. Il faut que j'oublie cet homme et continue de vivre comme s'il n'avait jamais existé sinon je ne tiendrai pas. Je sais que je finirai par y laisser ma santé et je refuse de faire souffrir une nouvelle fois les membres de ma famille. Je me force alors à me relever, à me refaire une petite beauté et à quitter les toilettes, affichant un sourire presque naturel. Avant de retourner dans mon bureau, je prends un café au distributeur. J'ai besoin de force pour affronter cette journée, qui, j'en suis convaincue, va être longue et pénible pour mes pauvres nerfs.

- Ah, Anna ! fait ma collègue Adèle lorsque je réapparais à la porte de mon bureau. Tu arrives deux minutes trop tard, Monsieur Delaroche vient d'appeler…

Devenant pâle comme un linge, je laisse tomber mon café brûlant à mes pieds, tachant mon beau pantalon blanc et mes ravissantes chaussures.

- Mon Dieu, ça va ? se précipite Adèle en attrapant des mouchoirs en papier pour nettoyer les dégâts. Ça va, tu ne t'es pas brûlée ?

Je ne réponds pas car j'éclate en sanglots. Cette scène me rappelle l'île Maurice : sa façon de s'occuper de moi, de souffler sur mes brûlures, de sentir ses mains fraîches sur mes doigts, lorsqu'il faisait mes pansements…

- Je… je suis désolée, je bredouille entre mes larmes, je… ça va, je n'ai rien, je…
- T'es sûre de ne pas être enceinte ? rigole Adèle en me regardant attentivement. Tu n'as pas bonne mine, tu es fatiguée, tu es assez émotive…

Je sursaute, horrifiée à cette seule idée, ce qui a le don de stopper net mes sanglots.

- Je suis juste fatiguée, je fais vivement en jetant dans la poubelle gobelet et mouchoirs imprégnés de café. Ça va passer…

Ma collègue sourit avant de reprendre doucement, taquine :

- J'espère que ce n'est pas Monsieur Delaroche qui te rend si nerveuse…
- Pourquoi ça ? je la coupe un peu brutalement.

Adèle rougit subitement, soudain mal à l'aise.

- Oh… Euh… je… je plaisantais, dit-elle rapidement.

Elle se racle la gorge.

- Monsieur Delaroche a téléphoné, reprend-elle en regardant nerveusement ses notes. Il voulait te parler personnellement mais je lui ai dit que tu étais absente pour le moment.

Je me laisse glisser sur mon siège, les jambes flageolantes.

- A-t-il laissé un message ? je réussis à demander en affichant un sourire.

Adèle fait un effort surhumain pour se montrer professionnelle mais je la sens très perturbée par ma réaction. Je fais celle qui ne remarque rien tandis qu'elle me répond :

- Je lui ai proposé de te rappeler dans quelques minutes, mais il n'allait pas tarder à prendre l'avion, m'a-t-il dit. Il m'a demandé de te faire part de son appel, c'est tout.
- Très bien. Merci, Adèle, je fais en prenant une grande inspiration pour ne pas pleurer une nouvelle fois.

Lorsque je me retrouve seule, je reste longtemps sans pouvoir faire le moindre geste, figée sur mon siège. « *Pourquoi a-t-il appelé ?* », je ne cesse de me demander. Pourquoi a-t-il fallu qu'il tourne le couteau dans la plaie, n'est-ce pas déjà assez pénible comme situation ? C'est mon anniversaire aujourd'hui, je sais qu'il s'en souvient. Probablement a-t-il voulu me le souhaiter, mais pourquoi ? Il devrait me détester aujourd'hui, il devrait m'oublier. Pourquoi s'acharne-t-il à me rappeler à son bon souvenir ? Ne sait-il donc pas à quel point c'est difficile, à quel point je me sens minable, à quel point je l'aime, à quel point je veux me retrouver dans ses bras ? Son absence est trop douloureuse, entendre son nom est trop douloureux... Je ne veux plus jamais prononcer son nom, son prénom, plus jamais...

§§§

Durant cette semaine, je réfléchis longuement à ma vie. Cela fait maintenant plus d'un an que je l'ai rencontré, il faut que je cesse de m'accrocher à *lui*, à ce rêve impossible. A Paris, nous avons vécu un moment inoubliable mais stop, il faut mettre un terme à cette histoire, ça devient dangereux et malsain. Je ne suis plus la même, je ne ris plus comme je le faisais par le passé, je ne sors plus. Je ne veux même plus aller voir mes sœurs, effrayée à l'idée qu'elles découvrent mon chagrin. Je ne peux plus continuer ainsi, je ne peux plus faire semblant que tout va bien. J'ai perdu énormément de poids, les formes qu'*il* aimait tant ont disparu. Aujourd'hui, je suis maigre comme je rêvais de l'être mais je n'aime plus mon corps. Mes cheveux ont besoin d'être coupés, mon teint est pâle et fade, mes yeux verts ont perdu tout éclat. Avant, je me trouvais moche, un an plus tard, je me trouve affreuse. Ça suffit, il faut que je me ressaisisse.

*Il* est séparé aujourd'hui, bientôt divorcé. J'espère qu'il va rencontrer une ravissante femme et refaire sa vie. Je lui souhaite de tout cœur d'être heureux, il le mérite. Pourtant, je ne peux m'empêcher de frémir en l'imaginant dans les bras d'une autre, là-bas, en République Dominicaine, dans ce somptueux hôtel. A-t-il succombé aux charmes d'une jolie célibataire ? Sophie Dekinsa se portera bien volontaire, j'en suis persuadée. Réussira-t-elle à le conquérir ? Je ne sais pas, je ne sais plus, je ne veux pas y penser.

Toutes ces pensées me font un mal épouvantable, je n'en peux plus. Je me demande alors, pour la première fois, si je ne dois pas quitter Antoine, mais Arnaud baignant dans son sang me rappelle très vite à l'ordre. Laisser tomber mon travail me semble plus raisonnable. Je pense aussitôt à Claire. J'ai envie de la voir pour lui en parler, je pense qu'elle me conseillera. Elle rentre dans deux jours, je peux attendre…

§§§

Lorsque mon chef revient le lundi matin, il a un visage bronzé et reposé. Il me convoque immédiatement dans son bureau et m'informe des différentes nouvelles au sein du Groupe, précisant qu'une des « grosses » nouvelles annoncées lors de ce congrès concernait le changement de statut de Monsieur Delaroche. Je l'écoute sans faire de commentaire avant de retourner dans mon bureau, vidée.

Le samedi suivant, Claire vient à la maison. Toute bronzée et épanouie, elle me raconte son voyage avec maints détails alors qu'Antoine passe la tondeuse dans le jardin. Je ne peux m'empêcher de lui poser un tas de questions, sur la République Dominicaine, sur l'hôtel, sur les adhérents, sur les nouveaux arrivants, sur... *lui.*

- Co... comment va-t-il ? je demande nerveusement.
- Ça va, fait Claire en me pressant la main, mais il n'est resté que deux jours...
- Ah bon ! je laisse tomber, surprise.
- Cela a surpris tout le monde, continue-t-elle, sauf... moi.

Je ne réponds pas, comme figée.

- Il est venu me voir, reprend-elle après un silence, il voulait savoir comment tu allais...

Je porte une main tremblante à ma gorge, touche mon anneau dans un geste devenu automatique afin d'y trouver un certain réconfort. J'avale difficilement ma salive.

- Anna, me permets-tu d'être franche avec toi ? m'interroge abruptement Claire en me regardant droit dans les yeux.
- Je t'écoute, je fais tous bas, sachant déjà ce qu'elle s'apprête à me révéler.

Claire s'éclaircit la gorge.

- Honnêtement, commence-t-elle en s'agitant nerveusement, je n'avais pas compris l'ampleur de votre histoire. Je n'avais pas réalisé qu'elle était devenue si... importante, pour tous les deux...

Elle avale difficilement sa salive.

- ... Hugo ne va pas bien et m'a paru complètement paumé, ajoute-t-elle précipitamment. Il s'en veut, m'a-t-il avoué. Je suppose qu'il parlait de ce qui s'est passé entre vous à Paris. Mais bon sang, Anna, ce type est dingue de toi ! Je l'ai compris en le voyant ravaler sa fierté pour venir me parler de toi.
- Je...
- Il t'aime comme un fou, Anna, et je sais que tu ne vas pas bien, me coupe-t-elle en s'efforçant de contrôler ses émotions. Quitte Antoine et va le retrouver, ajoute-t-elle encore mais d'une voix beaucoup plus joyeuse cette fois-ci. Va le retrouver et sois heureuse, bon sang !
- Je ne peux pas, je gémis en sentant une larme couler sur ma joue.
- Ne fais pas cette erreur, insiste mon amie en perdant instantanément sa joie soudaine. Hugo a besoin de toi.
- Je ne peux pas, je répète plus fort.
- Mais pourquoi ?

Il est évident que Claire ne me comprend pas, mais comment lui expliquer la situation sans aborder Arnaud. Je ne peux pas, je n'en ai pas le courage.

- Anna, reprend encore Claire, ne passe pas à côté d'un tel amour, tu n'en connaîtras pas d'autre dans ta vie et... et Hugo ne t'attendra pas éternellement, ajoute-t-elle sans aucune méchanceté dans la voix mais uniquement pour me booster.

- Je lui souhaite de rencontrer quelqu'un, je réplique vivement. Il mérite d'être heureux...
- Tu ne penses pas ce que tu dis, me reproche-t-elle.
- Cette histoire est terminée, Claire, je fais d'une voix ferme. Rien ni personne n'y changera quoi que ce soit, c'est la vie...
- Tu sais, son divorce a fait du bruit dans le groupe, reprend mon amie après un nouveau silence. C'est un homme libre maintenant. De nouvelles adhérentes se sont ruées sur lui comme des mouches...

Je regarde Claire sans réagir, je sais qu'elle cherche à me provoquer. Quand elle a de la suite dans les idées, elle est prête à tout, même à provoquer ma jalousie. J'essaie d'afficher un visage serein pour lui répondre, je ne dois surtout pas craquer, surtout pas.

- Ecoute, Claire, j'ai passé un bon moment avec lui mais c'est fini, définitivement fini. J'aime Antoine, Antoine a besoin de moi, je ne veux pas détruire mon mariage. *Il* croit qu'il m'aime mais *il* m'oubliera, j'en suis convaincue alors tout va bien. Je t'assure que tout va bien.
- En es-tu certaine ?
- Certaine, je fais en me levant d'un bond, clôturant la discussion. Bien, allons préparer le dîner, j'ajoute rapidement en arborant un large sourire. Et pendant ce temps, tu vas me raconter *ton séjour.*

C'est la dernière fois où, toutes les deux, nous abordons Hugo Delaroche.

§§§

En juillet, je pars avec Antoine en Bretagne, comme l'année précédente. Ce séjour de deux semaines nous fait du bien. Nous avons décidé de faire un effort pour mieux communiquer. *Je* fais des efforts pour me montrer plus proche et aimante. Pour la première fois depuis un an, je réussis à faire l'amour avec lui, sans éclater en sanglots lorsque je me retrouve seule dans la salle de bains. Je ne peux cependant m'empêcher de penser à *lui* pendant l'acte sexuel. C'est plus fort que moi. *Il* est toujours là, entre nous, plus fort que jamais. Ça me rend pitoyable. Je me sens pitoyable.

En août, je manque mourir d'ennui au bureau tant les locaux sont déserts. Heureusement, presque chaque jour, de nombreux vendeurs prennent le temps de venir discuter avec moi. Je les gâte de gâteaux maison et autres friandises, ça les fait rire et agace prodigieusement Antoine. Il se garde néanmoins de faire le moindre commentaire en me voyant m'affairer devant les fourneaux, chaque soir jusqu'à plus d'heure.

En septembre, Antoine recommence ses éternels déplacements en Allemagne : sans commentaire !!!

Par contre, un matin, lorsque j'apprends qu'une réunion est organisée, ici même, à Saint-Gilles-Croix-de-Vie, avec *tous* les membres du Conseil de direction du Groupe, je crains de ne pas pouvoir retenir mes émotions. François Gersse souhaite revoir le magasin et faire le point avec Lucas, ce qui est tout à fait habituel après une ouverture. Quand mon chef m'annonce cette réunion, j'avoue avoir un mal fou à cacher mes angoisses à la simple idée de le revoir. *Il* sera là, bien entendu.

Durant toute la semaine, où nous préparons cette journée importante pour l'ensemble du personnel, je cogite comme une folle afin de savoir ce que je dois faire. Je suis complètement paniquée par cette imminente rencontre. Je n'imagine pas le revoir, ne serait-ce qu'une seule seconde. Finalement, le jour J, je continue de me montrer d'une lâcheté épouvantable et téléphone à Lucas, dès sept heures du matin, pour lui annoncer que je serai absente. Je prétexte une fièvre soudaine. Bien entendu, mon responsable n'en croit pas un mot mais accepte, non sans me reprocher de le mettre dans l'embarras.

Le lendemain matin, j'apprends par mes collègues qu'*il* n'était pas là. *Il* n'est pas venu. Il me faut des jours et des jours pour me remettre de cette nouvelle...

§§§

En octobre, la routine reprend. Les journées sont affreusement longues et démoralisantes.

En novembre, le froid arrive. Papa attrape une vilaine grippe, il nous fait peur à tous.

En décembre, je pars passer les fêtes chez mes parents, seule avec ma belle-mère. Antoine doit effectuer un voyage « express » en Allemagne, pour un contrat important, m'a-t-il annoncé deux jours avant notre départ pour Isigny. Je le laisse partir, sans vraiment savoir si je suis heureuse ou soulagée de fêter Noël sans lui. Par contre, mes parents sont choqués de son absence et le crient très fort. Je me contente de hausser les épaules, fatiguée et lasse de tous ses déplacements à l'étranger.

Papa va mieux mais il est encore faible. Nous passons beaucoup de temps à discuter tranquillement, assis dans un fauteuil, sirotant un café bien chaud. Ma sœur Laure est la première à me faire une remarque quant à mon état général. Elle essaie de me titiller afin de savoir ce qui ne va pas chez moi mais je reste muette comme une tombe, elle finit par renoncer.

Je profite d'être en Normandie pour effectuer mon fameux week-end en thalasso. A dix jours près, le cadeau de Noël de mes sœurs, d'il y a un an, était perdu. Je savoure ces deux jours avec un réel plaisir mais ne parviens pas à me détendre complètement. Lorsqu'une des masseuses se permet de me faire une remarque quant à mes muscles extrêmement tendus, je suis incapable de me retenir et l'envoie balader. J'ai honte le soir en réalisant mon comportement car ce n'est vraiment pas moi.

Le soir de Noël, je me dispute pour la première fois avec ma belle-mère, pour une histoire débile de fourchette à la française et non à l'anglaise. Mes parents sont choqués de mon comportement, ma belle-mère outrée et blessée. Quand mes sœurs me reprochent d'avoir été injuste avec elle, je me contente de hausser les épaules, indifférente.

Le premier janvier, elles me prennent entre quatre yeux pour m'obliger à leur avouer ce qui me perturbe à ce point, mais je fais la sourde oreille. Je leur demande de me laisser tranquille, *une bonne fois pour toutes,* avec leurs questions vraiment « chiantes ». Elles n'insistent plus mais je sais que je les ai blessées. Je me contente pourtant de hausser les épaules, indifférente... L'année commence vraiment très bien !!!

La dernière semaine de janvier, je pars à Paris effectuer un stage sur le nouveau logiciel de facturation, *un vrai stage cette fois-ci.* Je ne peux m'empêcher d'aller me promener, un soir, sur les Champs-Elysées. Je pleure devant l'hôtel où nous étions descendus, me souvenant avec une atroce souffrance de mon dernier séjour dans la capitale. Cela fait un an que je n'ai plus de nouvelles de *lui,* un an qu'*il* est totalement sorti de ma vie. Je rentre en Vendée encore plus malheureuse.

§§§

En février, Antoine me fait la surprise de m'emmener une semaine au ski, dans les alpes. Je me requinque sur les pistes, où je me laisse glisser chaque après-midi sous un beau soleil d'hiver. C'est la première fois que je skie mais je ne me débrouille pas trop mal. Antoine, par contre, se prend souvent des chutes, ce qui a le don de le faire rire. De *nous* faire rire. *Ensemble*. C'est tout bête mais rire ensemble me fait presque pleurer. Pour la première fois depuis longtemps, nous partageons un moment de complicité, un moment que tout couple marié devrait partager quotidiennement.

Cette semaine me fait un bien fou, je reprends de jolies couleurs. Je reprends un peu de vie.

- Tu es très jolie, Nana, me dit Antoine alors que nous savourons, un soir, une fondue savoyarde dans un restaurant très, très sympa.

Je me sens rougir sous ce compliment inattendu et tellement rare venant de sa part. Surprise, je le regarde en fronçant les sourcils.

- Tu vas bien ? je fais en riant.
- Je te trouve meilleure mine, me dit-il franchement. Depuis quelques mois, je te trouvais… affreuse !
- Merci, je grimace.

J'avoue que ces quelques mots me vont droit au cœur. J'étais persuadée d'être invisible à ses yeux, je pensais même ne plus l'intéresser, ne plus l'attirer. Ces idées noires me rendaient malade car Antoine est mon mari et j'ai fait le choix de rester avec lui. Je ne veux pas tout gâcher entre nous.

- Qu'est-ce qui ne va pas ? ose-t-il enfin me demander.

Je me sens légèrement tressaillir mais j'essaie de répondre avec le sourire :

- Il... il y a eu beaucoup de changements au bureau, j'invente très vite, non sans pouvoir m'empêcher de penser à *lui*. Je... Ces derniers mois n'ont pas été faciles et... et...
- Et tu n'es pas heureuse avec moi, me coupe-t-il brutalement.

Ce n'est pas une question mais une affirmation, ça me fait peur.

- Bien sûr que si ! je mens outrageusement. Mais tu sais, je me pose un tas de questions, je m'angoisse pour pas grand-chose...
- Tu mens mal, m'interrompt-il encore avec un étrange regard. Je sais bien que tu n'es pas heureuse avec moi, Anna.
- Oh, Antoine ! je m'exclame en cachant difficilement mon chagrin, incapable de lui cacher plus longtemps mon désespoir. Je suis désolée, je suis vraiment désolée...
- Je ne t'en veux pas, me rassure-t-il vivement. Je ne suis pas toujours facile, je suis souvent absent. Je te demande beaucoup.

Je me sens affreusement mal en entendant ses paroles. Depuis plus d'un an, je suis absente dans mon couple, feignant une joie de vivre complètement bidon et c'est Antoine qui se fait des reproches. J'ai honte soudain, honte de mon égoïsme et de mon comportement.

- Je suis désolée, je répète sincèrement. Je...
- Nous traversons une mauvaise période, me coupe-t-il avec un petit rire nerveux. Quel couple ne traverse pas de crise aujourd'hui ?
- Antoine, je...

- Je sais que tu souffres par ma faute, continue-t-il en se penchant au-dessus de la table. Je ne suis ni aveugle, ni sourd, Anna. Je sais que tu pleures souvent…
- Oh, Antoine ! je gémis en me sentant très mal.
- Qu'est-ce qui a changé entre nous ? me demande-t-il d'une voix inquiète. Qu'est-ce qui t'a fait autant changer avec moi ?

Je ne réponds pas. De toute façon, je suis incapable de répondre quoi que ce soit. Antoine me paraît si démuni tout à coup que je n'ose plus prononcer un seul mensonge. Bien entendu, je ne peux pas lui avouer l'avoir trompé, être tombée follement amoureuse d'un autre homme et regretter notre mariage, mais je ne peux plus lui faire croire que tout va bien. Il n'est pas stupide, n'est pas insensible comme je le pensais depuis un certain temps. Il a bien senti que quelque chose n'allait pas chez nous, et plus particulièrement chez moi. Je dois arrêter de lui mentir, de lui jouer la comédie du bonheur car il est loin d'en être dupe.

- C'est… compliqué, je commence en serrant nerveusement mes mains l'une contre l'autre. Tu n'es jamais là et… et…
- Je fais ce que je peux ! essaie-t-il de se défendre.
- Je sais mais… c'est… c'est assez pénible d'être toujours toute seule…

Seule à pleurer un amour perdu. Seule à ressasser une histoire perdue. Seule à souffrir, profondément, indéfiniment.

- Tu m'en veux ? souffle Antoine en semblant remarquer, pour la première fois, dans quel état je me trouve : malheureuse et désespérée de ce qu'est devenue ma vie, en partie à cause de lui.

- Non ! je m'écrie pourtant en me sentant coupable quand j'observe son teint pâle malgré ses jolies couleurs. Mais je...

Antoine me prend soudain par les mains et m'attire plus près de lui pour poursuivre, en m'obligeant à le regarder droit dans les yeux :

- Anna, je sais que mes absences te pèsent. Je sais que tu n'aimes pas rester seule à la maison mais, crois-moi, ce n'est pas facile pour moi non plus...
- Pourquoi ne cherches-tu pas un autre travail ? je rétorque aussitôt. Pourquoi ne demandes-tu pas de changer de poste ?
- Il n'en est pas question ! répond-il brutalement, avant de se reprendre très vite lorsqu'il me voit pâlir légèrement, surprise par sa réaction excessive. Nous ne vivons pas sur l'or, m'explique-t-il vivement en s'efforçant de se radoucir. Mes déplacements à l'étranger ne sont pas dérisoires à la fin du mois et tu sais autant que moi que nous avons besoin de cet argent, pour la maison, pour...
- Nous avons fait construire une maison pour y vivre ensemble, je le coupe en trouvant ses arguments un peu trop faciles. Vivre seule ne fait pas partie de mes projets !
- Je sais, Nana. Je le sais bien, dit-il d'un ton beaucoup plus doux en resserrant son étreinte autour de mes mains. D'ailleurs, je te promets d'essayer d'être plus présent à la maison...
- Tu dis toujours ça...
- Non, cette fois-ci, je te le promets. ... J'ai besoin de toi, ajoute-t-il d'une voix plus grave. Je sais que je ne suis pas facile à vivre mais j'ai besoin de toi !
- Antoine, je...

- Promets-moi de ne pas me quitter, m'enjoigne-t-il soudain en me fixant droit dans les yeux. Promets-moi, Anna, d'être toujours là, à mes côtés.

Je sens mon sang ne faire qu'un tour en entendant ces mots. Je pense immédiatement à Arnaud. J'ai d'ailleurs un moment de panique en observant les traits crispés d'Antoine. Je jurerais qu'il a peur, qu'il est effrayé à l'idée même de me voir le quitter. J'ai l'impression de revoir le visage d'Arnaud peu de temps avant sa mort, lorsqu'il me suivait dans la rue. Je sens un froid glacial m'envahir tout entière. J'avais raison. J'avais raison depuis le début. Antoine a besoin de moi. Antoine ne peut pas vivre sans moi. Je dois le protéger, je dois lui montrer que je suis là, pour lui, rien que pour lui.

Je lui serre alors la main de toutes mes forces avant de la porter à ma bouche et de l'embrasser longuement. Non, je ne partirai pas. Je ne partirai jamais, ai-je envie de lui hurler. Pourtant, mon corps tout entier tremble de désespoir quand je reprends la parole. J'ai l'impression de me noyer, lentement, lentement...

- Quelle idée de penser ces horreurs ! je réussis à sourire par je ne sais quel miracle. Je n'ai aucunement l'intention de partir !

« Pardon, Hugo », je ne peux m'empêcher de penser. « Pardon de te faire ça ! ».

- Promets-moi de ne jamais me quitter, me répète Antoine en me forçant à rapprocher mon visage du sien. Promets-le-moi, Anna.
- Je te le promets, je souffle en sentant comme un poignard transpercer, très profondément, chaque partie de mon anatomie. Je te le promets, Antoine.

Je lui promets également de faire des efforts pour être plus proche de lui, plus aimante. Je lui promets de me montrer attentionnée et patiente. En fait, je lui promets tout et n'importe quoi, emportée par une peur incontrôlable. Je revois Arnaud baignant dans son sang. Je revois les gendarmes recouvrir d'un drap blanc son corps inanimé. Je revois le regard de sa famille posé sur moi, un regard froid, haineux, destructeur...

- Je t'aime, me dit Antoine en embrassant mes doigts. Je ne te le dis pas souvent mais je t'aime, Anna.
- Moi aussi, je souffle en fermant les yeux, moi aussi...

Mon cœur s'émiette en mille morceaux. Mon corps se disloque dans tous les sens... mais je tiens bon. Pour Antoine, je tiens bon. Je n'ai pas le droit à l'erreur. Je sais que je n'ai pas le droit à l'erreur.

Antoine me répète encore qu'il ne partira plus en Allemagne, *tant qu'il le pourra*. Qu'il a bien compris ce que je ressentais. Qu'il ne veut plus continuer de vivre ainsi, avec une femme triste et souvent en larmes. Il m'embrasse encore les mains, me répète encore qu'il m'aime... et puis soudain, il retrouve le sourire. Son visage se détend presque instantanément, comme si cette discussion n'avait jamais eu lieu. En quelques secondes seulement, il redevient l'homme qu'il est devenu, un homme secret et distant. Il redevient cet étranger avec qui j'ai choisi de finir ma vie. Il redevient ce mari froid et impersonnel, qui me condamne à sacrifier ma vie, uniquement pour le sauver d'une mort certaine.

Quand il reprend ses couverts afin de terminer son plat, quand il se retranche dans un silence dépourvu d'émotion, mon cœur manque de s'arrêter. D'ailleurs, j'en ai le souffle coupé tant je suis scotchée par ce comportement des plus étranges. Comment peut-il changer aussi vite d'attitude ?!!! Comment peut-il se montrer aussi froid, alors qu'il y a quelques minutes seulement, il était en proie à une panique certaine à l'idée de me voir le quitter ?!!! J'avoue que son comportement me glace les vertèbres. Je n'ai plus envie d'être là, à jouer les épouses modèles. Je n'ai plus envie de sourire quand la serveuse nous demande si tout se passe bien. J'ai envie de fuir, de disparaître... Mais comme d'habitude, je ne dis rien et ne montre rien. Je joue à fond la comédie du bonheur.

Ce soir-là, je fais même l'amour avec ce mari devenu si étrange. Je refuse de penser à *lui*. Je ne peux plus penser à *lui*, je n'en ai plus le droit. Antoine a besoin de moi, il m'aime. Certes, il m'aime à sa façon mais il m'aime. Je dois alors *l*'oublier. Je dois accepter de *l*'oublier. Même si ma vie ne sera plus jamais la même...

# Chapitre 13

En mars, la routine continue. Enfin, elle continue... Pas tout à fait, je dirais.

Antoine ne retourne pas en Allemagne, pas une seule fois, comme il me l'avait promis. Je dois dire que l'avoir à la maison chaque soir me remplit d'un certain réconfort. Quand la nuit tombe, je ne rumine plus mes regrets, ce qui avait toujours le don de me faire souffrir au plus profond de mon être. J'arrive à garder une certaine sérénité, même si je sens que la moindre contrariété peut dégénérer. J'ai souvent envie de pleurer, comme ça, à n'importe quel moment de la journée. J'essaie alors de me consacrer à mon travail ou, quand je suis à la maison, à diverses tâches qui me permettent de tenir sans craquer.

Antoine essaie, lui, de se montrer plus attentionné. Quand il rentre de la concession, il tient à préparer le dîner avec moi. Il met aussi la table et remplit le lave-vaisselle, ce qu'il ne faisait jamais avant notre séjour à la montagne. Il se montre toujours de bonne humeur et s'efforce de me faire rire. J'ai l'impression parfois d'avoir un nouveau mari. Il ne peut s'empêcher cependant de passer du temps sur Internet, surtout le soir, quand je suis couchée. A croire qu'être près de moi toute une soirée lui est insupportable. Je lui ai demandé un jour ce qu'il fabriquait pour y passer autant de temps, il m'a répondu, en riant, qu'il « s'amusait » avec ses collègues bloqués en Allemagne. Assez surprise par cette étrange réponse, je n'ai rien dit. Mais j'avoue que depuis, je ressens toujours un certain malaise quand il tarde à venir se coucher. Du coup, je fais semblant de dormir.

Enfin, nous avons tout de même tenu nos promesses et avons fait chacun un effort pour mieux communiquer.

Malheureusement, cela reste compliqué. Dans la journée, nos discussions sont toujours très limitées. A table, nous n'échangeons que des banalités puis chacun retourne à ses occupations. Dans le salon, la télévision meuble souvent le silence qui s'installe entre nous, comme une barrière infranchissable. Il est clair qu'il nous faudra un certain temps pour retrouver une vie de couple dite « normale ».

§§§

A la mi-mars, je décide d'inviter papa et maman à venir passer quelques jours à la maison. Quand j'en parle à Antoine, je suis contente de voir que cette idée lui fait plaisir. Il se fait une joie de les recevoir, me dit-il en souriant, me donnant même des idées pour les quelques repas à programmer. Malheureusement, une chose qu'il oublie de me préciser, c'est qu'il ne sera pas là durant ces quelques jours. Pour la première fois depuis plus d'un mois, il doit impérativement se rendre en Allemagne car ses collègues ont besoin de lui. Il doit quitter la maison quand mes parents arriveront. Contrariée, je ne peux m'empêcher de me disputer avec lui, pour une broutille, tandis que je le regarde boucler sa valise. Apparemment agacé par mon humeur, Antoine ne peut s'empêcher de me faire remarquer que je suis une « éternelle insatisfaite ». Contrariée et maintenant blessée, nous nous quittons fâchés, ce qui n'était pas arrivé depuis longtemps.

Mais je passe de très belles journées avec mes parents. Ayant pris quelques jours de repos, je peux me consacrer entièrement à eux. Nous allons faire de grandes balades à pied sur l'une des plus belles plages de Saint-Gilles-Croix-de-Vie. Nous allons passer une journée à La Roche-sur-Yon, où nous faisons quelques folies, maman et moi. Nous allons manger dans un restaurant de fruits de mer aux Sables-d'Olonne, où nous nous régalons avec des moules marinières. Et pour terminer ce séjour en Vendée, nous allons passer deux jours à Noirmoutier, en passant par le passage du Gois. Cette route, « sous la mer », longue d'un peu plus de quatre kilomètres, relie, à marée basse, le continent à l'île de Noirmoutier. Quand la marée monte et que l'océan recouvre peu à peu cette route, j'avoue que le spectacle vaut le détour. C'est assez amusant et effrayant à la fois de constater comme les conducteurs peuvent être parfois téméraires, ou peut-être inconscients ?!

Ces quelques jours sont un véritable cadeau pour ma santé morale. D'ailleurs, je me sens beaucoup mieux quand je reprends mon travail, le lundi suivant. J'ai pris de belles couleurs et je me suis bien reposée. Malheureusement, dès le premier jour, je dirais même, dès la première heure, je perds très vite mon bel entrain. A croire que je n'ai plus le droit, aujourd'hui, de me sentir relativement bien.

Je suis en train de régler des factures de différents fournisseurs quand la ligne personnelle de Lucas se met à sonner. Lucas étant absent pour la matinée, je vais immédiatement décrocher son téléphone, comme cela a toujours été convenu entre nous.

- *Bricodeal's,* Anna Beaumont, bonjour, je fais automatiquement.
- *Ah ! Oh ! … Euh… Bonjour, Madame Beaumont, fait une voix de femme à l'autre bout du fil, apparemment très « perturbée » de tomber sur moi. Je… Excusez-moi, ajoute-t-elle précipitamment, je pensais avoir composé le numéro de téléphone de Monsieur Lebelle…*
- Monsieur Lebelle est absent, je réponds aussitôt, assez surprise de la réaction de cette inconnue. Mais je suis son assistante, je précise très vite

avant de demander, en essayant d'adopter un ton très professionnel : je peux peut-être vous aider, Madame… ?

J'entends un bruit étrange à l'autre bout du fil, comme un bruit de chaise que l'on recule d'un bond. Je suis certaine aussi d'entendre des pas, qui se rapprochent rapidement du combiné. Je fronce les sourcils, certaine d'être écoutée par une tierce personne.

- *Je sais qui vous êtes, remarque étrangement l'inconnue, laissant s'installer entre nous un bref silence plein de sous-entendus. … Je suis Armelle Sanders, l'assistante de… de Monsieur Delaroche, me révèle-t-elle alors d'une voix beaucoup plus embarrassée.*

Je me fige littéralement en entendant ce nom sorti de nulle part. Aussitôt, mon cœur se met à battre plus fort, si fort que je crains que cette Armelle Sanders l'entende. Mes tempes se mettent à bourdonner, de façon continue, de façon douloureuse. Je me sens devenir livide.

- Que… que puis-je pour… vous ? je parviens à souffler par je ne sais quel miracle.

Armelle Sanders se racle la gorge avant de poursuivre. Il est clair qu'elle semble aussi déstabilisée que je puisse l'être. Je retiens mon souffle, surtout quand j'entends des murmures de voix juste derrière elle.

- *… Monsieur Delaroche souhaiterait recevoir le dernier compte rendu de la commission Aversim, lâche-t-elle d'un coup, comme si l'on venait de lui souffler ce qu'elle devait dire. Je crois que cette commission a eu lieu chez vous, il y a deux semaines…*

- En effet, je fais en essayant de respirer normalement.
- *Pouvez-vous nous l'envoyer par courrier recommandé ? me demande-t-elle en s'efforçant de retrouver son sang-froid.*

Moi, je me rends compte que tous mes membres tremblent nerveusement.

- Euh... oui, je réponds en ressentant comme des coups de couteau me lacérer le dos. Je... je peux vous l'envoyer dès aujourd'hui, je réussis à ajouter d'une toute petite voix.
- *Je vous remercie, dit-elle aussitôt. Ah, excusez-moi ! ajoute-t-elle précipitamment. Je vous demande deux petites secondes...*

Tandis que cette Armelle Sanders discute probablement avec la personne près d'elle, je m'efforce encore et encore de recouvrer mes esprits. Mais c'est peine perdue, je n'y arrive pas. Accrochée au téléphone comme si ma vie en dépendait, j'attends patiemment que cette femme reprenne la communication. Elle est l'assistante de Hugo, elle travaille avec lui, elle le voit tous les jours. C'est idiot mais savoir que cette femme le côtoie personnellement me donne envie de pleurer. Pas à cause d'une jalousie morbide, loin de là, mais à cause d'une profonde émotion. J'ai aussitôt envie de savoir comment il se porte. J'ai besoin de savoir comment il se porte. J'ai toujours cette désagréable impression qu'il ne va pas bien et j'ai besoin d'être rassurée.

Je décide d'y aller au culot et de demander à cette Armelle Sanders de ses nouvelles. Après tout, elle sait qui je suis, m'a-t-elle révélé. Peut-être ne sera-t-elle pas surprise de m'entendre lui poser la question ? « *Mais que sait-elle exactement ? »*, je me demande soudain. Est-elle au courant de notre liaison, ou me connaît-elle uniquement suite aux cancans ayant circulé dans le

Groupe ? Je me sens rougir. Il est clair qu'elle est au courant de quelque chose. Sinon, jamais elle n'aurait réagi ainsi en tombant sur moi au téléphone. Jamais elle n'aurait perdu son sang-froid comme elle l'a fait. Car, moi aussi, je sais qui elle est. Cette femme d'une petite cinquantaine d'années travaille dans le Groupe depuis plus de vingt ans. Je crois d'ailleurs qu'elle était l'assistante d'un des directeurs régionaux de la région Centre. Mais voilà quelques mois, elle a été promue au poste d'assistante de direction du directeur général, un sacré challenge, avons-nous appris. Mais cette femme a toujours été reconnue pour son expérience et sa discrétion exemplaire. Voilà pourquoi je n'arrive pas à croire qu'elle ne sait rien. Si elle n'avait pas été personnellement informée de ma relation avec son patron, elle serait assurément restée maîtresse de ses émotions.

Alors que j'attends toujours à l'autre bout du fil, j'essaie pourtant de trouver une raison pour l'interroger sans paraître bizarre ou déplacée. Mais je suis si tendue par cet appel que j'ai le cerveau complètement embrouillé. Les battements de mon cœur me font mal tant ils sont forts et rapprochés. Je tremble toujours aussi nerveusement. Je me sens glacée. Je crois que je suis terrorisée à l'idée de poser des questions sur *lui*.

- *Madame Beaumont ? fait soudain Armelle Sanders.*

Je sursaute violemment en revenant sur terre. Je note aussitôt une légère différence dans la voix de la femme. Elle n'est pas devenue désagréable, loin de là, mais je la sens différente. Troublée, je dirais.

- Oui ? je dis dans un souffle.
- *Monsieur Delaroche demande si vous pouvez lui envoyer immédiatement par mail, l'exemplaire 23... 28... 34 et 42 ?*

Je ne réponds pas tout de suite car, à l'autre bout du fil, derrière la voix de l'assistante de direction, ce murmure de voix que j'entendais depuis le début de notre communication s'est brusquement éclairci et j'entends désormais la voix de Hugo. Je suis certaine que c'est lui. De toute façon, je le reconnaîtrais n'importe où. Je crains de manquer d'air. J'ai immédiatement envie de lui parler, je rêve de lui parler. Mais alors que je m'efforce de calmer les battements de mon cœur avant d'oser demander à cette Armelle Sanders qu'elle me le passe, je l'entends qui presse celle-ci de me dire ce qu'il veut exactement. Je me sens chanceler. Je manque d'ailleurs de faire tomber le téléphone. Il est là, tout près, si près, et pourtant, il me parle par l'intermédiaire d'une autre femme. Il n'a aucune envie de discuter avec moi, il n'a aucune envie de m'entendre.

Sans que je puisse la retenir, une larme coule sur ma joue. Ma gorge se noue à me faire mal. J'ai l'impression que mon cœur m'est arraché. J'ai envie de hurler. J'ai envie de crier à la terre entière ce que je ressens. J'ai envie de lui parler, de lui demander pardon. J'ai envie de lui dire que je l'aime. Toujours. Mais les mots restent coincés au fond de ma gorge. Je suis incapable de prononcer la moindre syllabe.

- *Madame Beaumont ? s'inquiète soudain Armelle Sanders. Vous êtes toujours là ?*

Je sursaute une nouvelle fois. J'entends Hugo s'impatienter à l'autre bout du fil, toujours derrière la voix de son assistante. Il est clair qu'il est agacé par la longueur de cette communication. Il est clair que je l'agace, *moi !* Je peine à garder une certaine contenance quand je réponds enfin, d'une voix brisée :

- Je vous envoie immédiatement les exemplaires demandés.

- *Je vous remercie, fait la femme d'une voix plus douce. … Je… Bonne journée, Madame Beaumont, ajoute-t-elle très vite avant de raccrocher, non sans me laisser le temps d'entendre Hugo lui demander ce que je lui ai répondu.*

Je mets un temps fou à reposer le téléphone sur son socle. Je mets un temps fou à me remettre de cette communication. D'ailleurs, le soir même, je remercie Antoine d'être en Allemagne. Assise à même le sol, sur le sombre parquet de notre chambre à coucher, je pleure durant des heures en tenant contre moi ma jolie robe noire et l'une des roses rouges qu'*il* m'avait offertes. Tout est fini. Tout est définitivement fini. *Il* me déteste. Plus d'un an après notre merveilleuse semaine à Paris, *il* me déteste. Dieu que ça fait mal !

§§§

Fin mars, je reçois la demande d'inscription pour le prochain congrès, en Suède. Cette fois-ci, sous l'insistance de Claire, j'accepte d'y participer. Enfin, j'accepte d'y participer car, voilà quelques jours, Lucas m'a appris, alors que nous discutions de ce fameux voyage, qu'*il* avait décidé de ne plus participer au congrès. *Il* a annoncé, lors de la dernière réunion au Groupe, à Toulouse, qu'*il* refusait désormais de « *perdre son temps à l'étranger* » alors qu'*il* avait des tas de dossiers urgents à traiter. Bien entendu, je n'ai fait aucun commentaire mais encore une fois, cette information le concernant m'a fait beaucoup de mal.

Je sais pourtant qu'*il* a changé de poste, je sais qu'*il* a d'autres responsabilités mais bon sang, ça fait mal d'entendre tous ces changements intervenus dans sa vie. J'imagine qu'*il* doit bosser comme un fou, à en oublier sa santé. Je sens, je ne sais toujours pas comment mais je le sens, qu'*il* ne se consacre désormais qu'à sa vie professionnelle, et uniquement à sa vie professionnelle, pour oublier le « reste ». Il est clair que notre belle histoire fait dorénavant partie du passé, de *son* passé.

§§§

Malgré ce trou béant au milieu de la poitrine, malgré cette douleur qui ne me quitte pas un seul instant, je m'efforce d'aller mieux. Antoine fait des efforts, *je* fais des efforts. Nous réussissons à vivre assez sereinement. Je parviens à me détendre lorsqu'il est près de moi. Je me montre plus gaie, plus... accessible.

Et, ô miracle, après quelques semaines, je me sens mieux. J'ai retrouvé un semblant d'équilibre. Antoine est plus souvent à la maison. Je reprends un peu de poids. Je ne pleure plus chaque soir. Nous nous comportons « presque » comme un couple heureux.

J'évite de penser à *lui,* tout simplement.

§§§

Mi-avril, je prends trois jours et décide d'aller voir Claire. Nous ne nous sommes pas vues depuis deux mois et elle me manque. Antoine, qui doit se rendre en Allemagne pour deux jours, il n'a pas pu y échapper, s'est-il excusé avec un petit rire nerveux, me souhaite un bon séjour. Il me conseille également de profiter d'être débarrassée de lui pour prendre du bon temps. Sans lui faire le moindre reproche, alors que ses blagues peuvent être parfois très douloureuses, sans qu'il puisse s'en douter, bien entendu, je le quitte après nous être longuement embrassés. Malgré mes idées noires, je me sens d'humeur joyeuse en prenant la route.

Il fait presque nuit lorsque j'arrive à Angers. J'espère que Claire n'est pas partie dîner au restaurant avec des amis car je ne l'ai pas prévenue de ma visite. Depuis de longues années, nous aimons nous faire des surprises de la sorte, ça nous amuse toujours. Je suis rassurée en me garant devant son appartement, il y a de la lumière. Je descends vite de ma voiture, tout excitée de la surprendre. Je ris bêtement en sonnant.

- C'est moi ! je crie dans l'interphone lorsqu'elle décroche.
- Anna ? je l'entends demander, surprise et... terriblement mal à l'aise.

Tout excitée que je suis, je ne me rends pas compte de son malaise en pénétrant dans l'ascenseur et ris gaiement en débouchant sur son palier... mais je me fige brusquement en la découvrant devant sa porte, rouge de honte.

Je n'ai jamais vu Claire ainsi, aussi embarrassée, le regard fuyant, tremblante de la tête aux pieds. Surprise, je ne comprends pas immédiatement son comportement... avant de froncer les sourcils en la détaillant plus attentivement. Pour je ne sais quelle raison, je me sens soudain paniquée. Elle ne me fait pas entrer chez elle !, je constate aussitôt.

Elle porte un simple peignoir, je la devine nue en dessous. Je réalise alors que je tombe très mal. Elle est avec un homme et était probablement en train de faire l'amour avec lui. Je me sens rougir jusqu'aux oreilles.

- Oh ! je fais en me sentant soudain très bête, je...
- Anna ! m'interrompt-elle brutalement en me prenant les mains. Je suis désolée, je suis vraiment désolée. Je... je voulais te le dire, ajoute-t-elle précipitamment, cela fait des mois que je voulais te le dire, mais... mais...

Je sens une sourde angoisse m'envahir tout entière. J'ai comme un mauvais pressentiment. Je ne sais pas pourquoi mais j'ai comme un mauvais pressentiment.

Qu'est-ce qui se passe ? Qui est l'homme chez Claire ? Pourquoi est-elle si gênée, de quoi a-t-elle peur ?

Je pense immédiatement à *lui*, je ne peux m'empêcher de penser à *lui*. Alors qu'au plus profond de mon être, je sais que cela ne peut pas être possible, je l'imagine déjà de l'autre côté de la porte. Je me sens devenir livide. Je veux en être certaine.

- Qui est-ce ? je fais d'une voix étrangement calme.
- Ce n'est pas ce que tu crois ! s'écrie Claire en passant par toutes les couleurs.
- Qui est-ce ? je répète.

Je veux pénétrer dans l'appartement mais Claire m'en empêche en me barrant le chemin. Je la regarde sans comprendre. Je ne peux pas y croire. Mon amie, ma seule et véritable amie... Je sens un poignard me transpercer tout le corps, je manque de suffoquer. Je me retiens contre le mur pour ne pas tomber. Et si je me trompais ?!!!

- Ce n'est pas ce que tu crois... gémit Claire en voulant reprendre mes mains.

Je la repousse brutalement.

- Dis-moi qui est-ce ? je crie, sentant les larmes couler sur mes joues.
- Anna, attends, ce n'est pas ce que tu crois ! répète encore Claire en jetant des regards affolés derrière elle. Mais je ne savais pas comment te le dire, j'avais peur de te le dire...
- Qui est-ce ?

- C'est moi ! intervient une voix derrière la porte de l'appartement, nous faisant sursauter toutes les deux.

Je fronce aussitôt les sourcils, ce n'est pas la voix d'un homme derrière la porte. C'est... c'est Sophie, Sophie Dekinsa. J'ouvre de grands yeux en la voyant se présenter devant moi, toute timide, les joues rouges, ... nue sous un peignoir de bains. Toute ma colère s'évanouit d'un coup. Je regarde Claire sans réussir à comprendre ce qui se passe, j'ai le cerveau complètement embrouillé. Je m'appuie de nouveau contre le mur, les jambes soudain très lourdes.

- Anna, fait doucement mon amie, je... je...
- Nous pourrions peut-être entrer, intervient encore Sophie en évitant de me regarder.

Sans un mot, je pénètre, enfin, dans l'appartement de Claire et regarde autour de moi en serrant mon sac à main contre ma poitrine. Je vois deux verres de vin sur la table basse, un restant de cuisine chinoise, des vêtements de... femmes éparpillés un peu partout sur le sol. Lentement, mon cerveau se remet à fonctionner, je commence à comprendre. Je regarde Claire et Sophie sans pouvoir prononcer un mot, trop... choquée peut-être pour pouvoir réagir.

« Comment a-t-elle pu ? », je me demande en frémissant imperceptiblement. Comment, en quatorze ans d'amitié, sans secret, sans dispute, sans faille, a-t-elle pu me cacher un élément aussi important de sa vie ?!!! Comment Claire, mon amie, ma précieuse amie, presque ma petite sœur, a-t-elle pu me cacher qu'elle était homosexuelle ?!!!

Je me sens immédiatement trahie, trompée, insultée même par son manque de confiance évident. Je pense à tous ses mariages ratés, à toutes ses conquêtes masculines, probablement pour me berner. Je pense à Sophie et à ses soi-disant attirances envers l'homme que j'aime... Pourquoi Claire avait-elle si peur de m'avouer sa « liaison » avec cette fille ?!!! Je n'ai rien contre les homosexuels, je n'ai jamais eu de paroles homophobes, jamais. Je suis **assez** ouverte d'esprit. Non, je ne comprends pas. Même en essayant de me concentrer, je n'y arrive pas. Je ne comprends vraiment pas.

Nous restons un long moment sans bouger, sans prononcer un mot. Claire semble figée sur place, Sophie me jette des regards inquiets en se triturant les ongles. Je me laisse soudain glisser dans un fauteuil, mais me relève brusquement en trouvant un collant. Claire semble alors sortir de sa torpeur et s'approche vivement de moi. Elle est pâle comme un linge.

- Anna, commence-t-elle en retenant ses larmes, je suis désolée. Je ne voulais pas que tu l'apprennes ainsi...
- Pourquoi ne m'as-tu rien dit ? je lui demande d'une toute petite voix.

Je me retiens de ne pas pleurer, surtout devant Sophie. Je n'aime pas cette fille, je n'aime pas sa façon d'être arrogante. Pourtant, ce soir, elle est loin d'être aussi fière, aussi hautaine qu'elle l'était auparavant, se sentant probablement très gênée d'être surprise dans une tenue aussi légère, *avec ma meilleure amie, une femme*. Je ne peux m'empêcher de rougir en les imaginant toutes les deux s'envoyer en l'air. Claire, qui semble deviner mes pensées, reprend vivement :

- Je... ce n'est pas facile, tu sais. Je ne cherche pas à m'excuser mais ce n'est pas facile d'avouer...
- On se connait depuis l'âge de dix-sept ans, je la coupe brutalement. Comment as-tu pu me

cacher... cette partie de ta vie ?!!! Je... je pensais que nous étions amies...

- Anna, ne m'en veux pas ! s'écrie-t-elle en remarquant ma soudaine froideur. Je... j'avais peur de te décevoir.
- Ah oui ? je ne peux m'empêcher de la railler, sarcastique.
- Excuse-moi ! s'exclame-t-elle encore en devenant cramoisie. Je ne voulais pas de décevoir...
- C'est trop tard ! je la coupe aussitôt en la regardant droit dans les yeux. Tu m'as déçu, Claire ! Pas parce que tu es homosexuelle, mais parce que tu ne m'as rien dit.
- J'ai essayé, Anna mais je...
- Mais quoi ? je l'interromps encore. Tu as préféré te moquer de moi en t'affichant avec des hommes...
- Ce n'est pas vrai ! proteste-t-elle vivement. Mais parfois, tu es si... vieille France que je n'ai pas pu te l'avouer.

J'ai l'impression de recevoir une gifle en entendant ses paroles. Je me sens pâlir.

- Que veux-tu dire ? je l'interroge en la fusillant du regard.

Claire jette un regard à Sophie, qui nous laisse aussitôt. Elle va s'enfermer dans la chambre, sans prononcer un mot. Je me retiens de ne pas quitter l'appartement sur-le-champ. Je me sens si mal que j'ai envie de me réfugier chez moi, dans les bras d'Antoine. J'ai l'impression d'avoir une nouvelle personne en face de moi, une Claire que je ne connais pas, et cette impression désagréable me fait peur. J'essaie cependant de garder mon calme en l'écoutant m'expliquer ses arguments.

- Tu as des principes, reprend-elle doucement. Et... et parfois, tu es tellement fermée sur certaines choses que je... je...
- Quelles choses ?
- Ta vie avec Antoine ! s'exclame-t-elle en soutenant mon regard. Tu n'es pas heureuse avec lui mais tu refuses de divorcer. Je ne te comprends pas, ajoute-t-elle d'un ton de reproche.
- Cela n'a rien à voir ! je fais aussitôt, sur la défensive.
- Tu ne divorces pas parce que ce n'est pas bien au regard des autres, me reproche-t-elle d'une voix blanche. Tu veux absolument montrer que tu es une femme parfaite, une *épouse parfaite,* mais ce n'est pas la vérité, Anna. Le regard des autres a bien plus d'importance pour toi que ton propre bonheur. Tu as sacrifié un homme qui t'aimait profondément pour préserver *ton* image. Tu crois vraiment que tu es prête à accepter les homosexuels, à m'accepter en tant qu'homosexuelle ?
- Tu es mon amie, je lui reproche à mon tour. Tu devrais me faire confiance.

Claire se laisse brusquement tomber dans un fauteuil, elle semble vidée tout à coup. Je la regarde en retenant mon souffle. Nous ne nous sommes jamais parlé ainsi, nous ne nous sommes même jamais disputées. J'en suis malade. Ça me rend malade de voir notre amitié se fissurer à cause d'un manque de confiance évident.

- Je ne veux pas détruire notre amitié, dit-elle tout bas en semblant lire dans mes pensées. *Surtout pas*, Anna ! Mais je craignais seulement que tu ne comprennes pas...
- Depuis quand le sais-tu ? je lui demande maladroitement.

Elle rougit subitement.

- Je… je crois que je l'ai toujours su, m'avoue-t-elle en repoussant nerveusement ses cheveux en arrière.
- Et Sophie ? je fais soudain. Vous sortez ensemble depuis longtemps ?
- Un… un an.

Je sursaute en ouvrant de grands yeux.

- Un an ! je répète comme un automate. Mon Dieu, tu me prends pour une conne depuis un an !!!
- Anna ! proteste vivement Claire en essayant de ne pas pleurer. Tu te trompes, je…
- Ton histoire avec Marc Ledem, c'était juste pour me berner ! je lui reproche en sentant les larmes couler sur mes joues. Et Sophie, elle a dû bien rire en me faisant croire qu'*il* lui plaisait…
- Anna, non ! s'écrie Claire en se mettant à pleurer elle aussi. Nous n'avons jamais voulu te faire du mal, je te le jure.
- Vous êtes pourtant très fortes, je remarque en me dirigeant déjà vers la porte d'entrée.

Claire semble soudain paniquée en me voyant ouvrir la porte. Elle essaie de me retenir mais je me sens si mal par tout ce que je viens d'entendre qu'il me tarde de quitter cet appartement. Je me sens totalement dépassée par la situation. Je ne sais plus comment réagir. Je n'arrive plus à garder mon sang-froid. Il faut que je parte, point final.

- Anna, ne pars pas ! s'affole Claire. Tu te trompes, je t'assure que tu te trompes ! Reste, nous allons en discuter calmement.
- Nous n'avons plus rien à nous dire, je fais d'une voix glaciale, incapable de me contrôler plus

longtemps tant je me sens trahie. Je ne veux plus entendre tes mensonges et tes reproches !

Et sur ces derniers mots, je quitte l'appartement en claquant violemment la porte derrière moi. Je m'enfuis dans ma voiture sans me retourner alors que Claire hurle mon prénom dans la cage d'escalier. Je quitte Angers comme une folle.

§§§

Il me faut des jours entiers pour digérer cette nouvelle, pour réussir à comprendre ce que Claire m'a caché durant de longues années. Je lui en veux d'avoir cru que je n'avais pas l'esprit assez ouvert pour l'accepter telle qu'elle était, je lui en veux de ne pas m'avoir fait suffisamment confiance pour tout m'avouer.

Depuis deux semaines, elle ne cesse de me téléphoner mais je ne réponds pas, je suis assez forte pour ça. Elle me laisse des messages pour me demander pardon mais je ne réussis pas à la rappeler. Sophie m'a également téléphoné pour essayer de m'expliquer leur attitude, je lui ai recommandé d'aller se faire voir. J'ai besoin d'un peu de temps, j'ai besoin de prendre du recul. Claire m'a reproché d'être vieille France, d'avoir des principes à la « c... » et ses reproches m'ont fait du mal.

Bien entendu, elle se trompe concernant mon refus de divorcer. Je me moque royalement des regards des autres, je ne reste pas avec Antoine pour cette raison. Mais, même si Claire ignore une partie de mon passé, je me suis rendu compte qu'elle ne me connaissait pas, et que je ne la connaissais pas. Découvrir ce fossé entre nous m'est devenu immédiatement insupportable, surtout après toutes ces années d'amitié.

Antoine est resté bouche bée en apprenant la nouvelle. Il a d'abord éclaté de rire avant de se reprendre très vite en découvrant à quel point j'étais blessée. Mais c'était trop tard. Il m'avait blessée, lui aussi. Il a alors essayé, *en deux mots,* de me rassurer. Il m'a répété plusieurs fois que tout allait s'arranger entre Claire et moi car nous ne pouvions pas rester fâchées très longtemps. Je ne me suis pas sentie mieux pour autant. Antoine m'a parlé comme s'il s'adressait à une inconnue.

Je n'ai pu m'empêcher de penser à *lui.* Je suis certaine qu'*il* aurait trouvé les mots pour me retirer ce trou béant dans la poitrine, cette impression d'abandon qui me tient depuis des semaines. *Il* me manque, j'ai envie de le voir. Je rêve de me blottir dans ses bras comme une petite fille et pleurer toutes les larmes de mon corps. Ne pas pouvoir exaucer ce désir me plonge dans une profonde mélancolie. J'ai l'impression d'être de nouveau complètement dépassée par cette douleur qui s'insinue en moi, ravageant le peu de force qui me restait pour continuer à vivre sans *lui.*

En quelques jours seulement, je redeviens l'ombre de moi-même. Je me déteste de souffrir de la sorte, je me déteste de faire souffrir Antoine, mais je n'arrive pas à me reprendre, c'est au-dessus de mes forces. Très vite, Antoine se rend compte de mon changement d'humeur, de mon manque d'appétit, de mes nuits agitées, de mon refus de faire l'amour. Il me conseille d'appeler Claire, persuadé que je suis ainsi *uniquement* à cause d'elle, mais je n'en ai pas envie. En le regardant perdre patience pour de petits détails sans importance, je finis par comprendre qu'il refuse de passer plus de temps à côté d'une femme froide et dépressive. D'ailleurs, très vite, il reprend ses nombreux déplacements en Allemagne, ne rentrant à la maison que très rarement.

§§§

Le cinq mai, je prends une nouvelle fois ma journée et erre comme un zombie dans Saint-Gilles-Croix-de-Vie pendant des heures, il pleut des trombes d'eau. Aujourd'hui, *il* a trente-six ans. Cette fois-ci, je ne me prends pas une cuite mais le réveil est tout aussi difficile, j'ai de la fièvre et un mal de gorge épouvantable. Mon médecin veut me prescrire un arrêt maladie mais je refuse. Il semble très inquiet en me laissant partir.

Fin mai, je m'efforce de sortir de ma torpeur pour préparer mon futur voyage, prévu dans quelques jours seulement. Je dois faire quelques achats et aller impérativement chez le coiffeur. Je m'offre une ravissante robe grise, un maillot de bains, un jean, un short, quelques tee-shirts assez sympas et de jolies tongs. Antoine m'a conseillé de me faire plaisir. Je finis par craquer devant un ensemble en coton blanc, petite veste et jupe courte, très classe. L'ensemble sera parfait pour la soirée de gala.

Mon coiffeur me fait un carré très court, au niveau des oreilles, j'aime beaucoup. Etrangement, cette sortie dans les boutiques et ce nouveau look me font un bien fou. Je me laisse alors tenter par un soin du visage et une épilation des jambes, des aisselles et du maillot. Le soir à la maison, je discute gaiement avec Antoine, ce qui n'était pas arrivé depuis un long moment. Ravi de mon changement d'humeur, il rit en me promettant, désormais, de m'envoyer faire les boutiques à chaque coup de blues !

- Tu auras carte blanche dans chaque boutique ! précise-t-il en riant toujours.

- Attention, il risque d'y avoir de belles boutiques à Stockholm ! je réplique en me joignant à son rire.

- Alors essaie de penser à moi ! me recommande-t-il aussitôt avec, dans la voix, une petite note de reproche. A l'île Maurice, tu ne m'as pas beaucoup gâté !!!

Je ne peux m'empêcher de tressaillir en entendant ces mots. Heureusement, je suis en train d'éplucher des courgettes au-dessus du plan de travail et tourne le dos à Antoine. Il ne peut remarquer mon visage devenu blanc comme un linge.

- Et toi ? je fais en essayant d'émettre un petit rire. Tu me gâtes, quand tu rentres d'Allemagne ?
- Touché ! fait Antoine en riant toujours. Mais essaie de penser à moi, insiste-t-il en semblant retrouver son sérieux. Essaie de penser à moi quand tu t'apprêteras à dépenser de l'argent pour t'offrir un autre collier de ce genre !!! dit-il d'un ton beaucoup plus ironique en faisant allusion à *mon porte-bonheur*, que je porte toujours précieusement dans le creux de ma gorge.
- J'y penserai ! je souffle en sentant mon cœur faire un bond dans ma poitrine.

Soudain, Antoine s'approche de moi et vient me prendre par les épaules pour m'obliger à le regarder. J'ai quelques secondes seulement pour me ressaisir. Quelques secondes seulement pour recouvrer mon sang-froid et afficher un visage souriant lorsqu'il me tourne vers lui. J'y parviens ! Par je ne sais quelle force intérieure, je réussis à lui présenter un visage souriant et assez serein. Mais Antoine, lui, a un visage grave. Il est clair qu'il semble très inquiet par mon prochain départ.

- Anna, commence-t-il en me regardant droit dans les yeux, promets-moi aussi de revenir en forme. Promets-moi de revenir en forme après ce voyage …

- Je te le promets, je fais aussitôt, sans prendre la peine de réfléchir.
- Ça a été difficile après l'île Maurice, continue-t-il en essayant de mesurer ses mots.
- Je sais, je reconnais en refusant catégoriquement de penser à *lui*.

Mais *il* est là, entre nous, toujours plus fort, toujours plus solide. J'ai beau vouloir me convaincre qu'*il* est totalement sorti de ma vie, *il* est toujours là. Toujours.

- Je ne supporterai pas une nouvelle... crise, m'avoue Antoine en semblant tout à coup très fatigué à cette seule idée. S'il te plaît, Anna, reviens-moi en pleine forme, comme tu l'es depuis quelque temps.
- Je te le promets, je répète en m'efforçant de penser qu'*il* ne sera pas à ce congrès.

*Il* ne sera pas du voyage, *il* ne sera pas là, à me montrer à quel point *il* me déteste désormais. *Il* ne sera pas là, à torturer mon âme, mon cœur, ma vie... *Il* ne sera pas là, à détruire ma vie, ou à me faire du mal, *par ma faute, uniquement par ma faute...*

- Oui, je te le promets, je certifie à Antoine en le serrant dans mes bras. Tout se passera bien, j'ajoute comme pour moi-même. Je sais déjà que tout se passera bien...
- Je t'aime, fait Antoine en m'embrassant sur la joue. S'il te plaît, Anna, ne l'oublie pas...

Je me contente de hocher la tête, incapable de répondre en entendant ces mots. Ces mots qui me rappellent cruellement *ses* derniers mots, sur le parking de la gare, juste avant de nous quitter. Ma gorge se noue aussitôt. Je crains de me mettre à pleurer. Mais je réussis à garder un visage impassible. Je hurle de l'intérieur mais je réussis à garder un visage totalement neutre...

J'ai Antoine en face de moi. Un être fragile et influençable, qui pourrait commettre la moindre bêtise s'il m'arrivait d'accomplir un nouveau faux pas. Cette fois-ci, je n'ai pas le droit à l'erreur. Je dois absolument rentrer de ce congrès, en pleine forme. Je dois rentrer de ce congrès en remerciant le ciel d'avoir un mari aimant qui m'attend sagement à la maison.

Sans le vouloir, Antoine vient cruellement de me le rappeler.

§§§

Durant les trois derniers jours avant mon départ pour la Suède, j'essaie de rester souriante et aimante. Antoine accepte de ne pas se rendre en Allemagne. Je fais des efforts considérables pour lui rendre la vie belle et agréable.

Nous vivons ces derniers instants comme un couple toujours des plus heureux...

## Chapitre 14

*Mardi 4 juin*

Lorsque j'arrive à l'aéroport de Bordeaux, je suis relativement détendue. Je sais qu'*il* ne sera pas là, Lucas s'est cru obligé de me le rappeler hier matin, d'un air faussement détaché. Je n'ai fait aucun commentaire, incapable de pouvoir discuter de *lui* ou de prononcer *son nom*. Mon chef n'a, heureusement, pas insisté mais j'ai senti que son regard appuyé en disait long.

Claire, quant à elle, m'a téléphoné hier soir, j'ai enfin accepté de l'écouter. Nous avons convenu de nous retrouver dans le hall des départs, *pour nous expliquer*. En raccrochant, je me suis rendu compte que je pleurais, probablement soulagée de savoir qu'elle sera là. J'ai pris du recul depuis quelques semaines et je sais désormais qu'elle avait raison. Je ne suis pas ouverte comme fille, ou du moins, je ne l'étais pas avant de coucher avec un homme marié, chose que je n'aurais jamais imaginée voilà deux ans. Je n'ai rien contre les homosexuels mais je suis certaine, aujourd'hui, que je n'aurais probablement pas compris Claire à ce moment-là. Peut-être même aurais-je refusé de la revoir. Mais j'ai changé en deux ans, j'ai *énormément* changé. *Il* m'a changé. *Il* m'a appris à accepter les différences de chacun, et plus particulièrement de ceux qui m'entouraient.

Claire m'attend devant la porte des départs, petite boule de nerfs en me voyant approcher avec mes deux valises. Elle me regarde en se dandinant, le visage un peu crispé. Je craque littéralement devant son air coupable. *Je* me sens immédiatement coupable. Nous tombons dans les bras l'une de l'autre, en larmes.

- Pardon, me dit-elle en me serrant dans ses bras. Pardon, Anna. Pardon, pardon, pardon.
- C'est moi qui dois m'excuser, je ris entre mes larmes. J'étais si... vieille France que je refusais de voir la vérité en face...
- Désolée de t'avoir dit ces horreurs, m'interrompt-elle vivement.
- ... Tu avais raison, je lui avoue en la regardant droit dans les yeux. Tu avais raison depuis le début. Tu sais, j'ajoute en lui souriant gentiment, je crois que je le savais. Je crois que je l'ai toujours su mais mon esprit trop étroit refusait de l'admettre.

Claire se met à pleurer de plus belle.

- Oh, Anna, comme je regrette que tu l'aies appris ainsi ! gémit-elle sincèrement.
- Je ne t'en veux pas, je la rassure vivement. Aujourd'hui, je comprends mieux tes réserves. Je sais que je n'étais pas facile...
- J'aurais dû me rendre compte que tu avais changé, remarque-t-elle en essuyant ses larmes d'un revers de la main. Tu es mon amie, j'aurais dû voir que tu étais différente.
- Et moi, j'aurais dû voir que tu étais amoureuse de Sophie. Nous avons été idiotes toutes les deux.

Nous rions comme deux gamines en nous embrassant de nouveau, heureuses de nous retrouver, heureuses de constater notre amitié intacte. Antoine avait raison. Même si je ne voulais pas l'admettre, il avait raison. Claire et moi sommes comme deux sœurs, nous ne pouvons pas rester éternellement fâchées, c'est impossible, tout simplement impossible. Et nous avons vraiment été idiotes toutes les deux. Aucune de nous n'a vu, ou n'a voulu voir ce qui se passait réellement entre nous. Claire n'a pas vu que j'avais changé. Moi, je n'ai pas vu à quel point elle était malheureuse en s'affichant avec ces hommes qu'elle n'aimait pas.

Alors que nous nous dirigeons vers le comptoir *Evasion*, l'agence attitrée des voyages *Bricodeal's,* nous continuons de nous expliquer, de nous demander pardon, et de rire, comme avant. Claire tient à m'expliquer les raisons de ses deux mariages, de ses différentes conquêtes, de son histoire avec Marc Ledem. Ses parents, eux, n'acceptent pas sa « différence », même après tant d'années. Elle a essayé de changer, me dit-elle en pleurant, elle a essayé de refouler très longtemps ce qu'elle appelait un « vice ». Mais elle a rencontré Sophie et, malgré les préjugés de ses parents, elle a décidé de vivre sa vie et d'accepter sa différence. J'ose alors lui demander où est Sophie, celle-ci apparaît comme par miracle, mal à l'aise. Pour la première fois depuis notre rencontre, je fais l'effort de lui faire la bise. Claire me remercie sincèrement, tout émue. Elle me précise ensuite qu'elles ont fait le choix de garder leur histoire secrète, ne se sentant pas tout à fait prêtes à l'annoncer au boulot. Je ne me permets aucun commentaire mais je trouve idiot, finalement, de se cacher.

Nos papiers en poche, nous allons enregistrer nos bagages, restant toutes les trois à discuter gaiement. J'ai la surprise de découvrir une Sophie beaucoup plus sympa, apparemment ravie de discuter avec moi. Elle n'est plus cette fille capricieuse et arrogante que je connaissais depuis toujours. Elle semble vouloir effacer définitivement ce faux côté de sa personnalité. J'avoue que ce changement me laisse sans voix.

Dans le hall des départs, je retrouve mon responsable et son épouse… et tous les regards des adhérents, apparemment surpris de me voir réapparaître parmi eux.

Je pensais qu'ils m'avaient totalement oubliée mais je me rends compte très vite de mon erreur. Dès mon arrivée, mes moindres faits et gestes sont observés minutieusement, comme si j'étais une femme « particulière ». Tous ces regards me mettent immédiatement les nerfs à vif.

Lucas semble particulièrement tendu lorsqu'il me salue. Je devine pourtant qu'il est inutile de lui demander quoi que ce soit. Le connaissant, je sais qu'il refusera catégoriquement de m'avouer ce qui le tracasse. Mais je sais aussi que cela *me* concerne, je l'ai deviné dès l'instant où j'ai croisé son regard. Et c'est étrange, en m'éloignant pour aller retrouver Claire, j'ai comme un mauvais pressentiment. Je n'aime pas du tout cette impression.

Je pense alors à Antoine, je revois notre dernière discussion. Son désarroi m'a fait peur. Son inquiétude quant à ce nouveau congrès m'a fait peur. Depuis, je sais que je dois absolument positiver sur tout ce qui m'entoure. Je ne dois absolument pas me rendre malade si Lucas est étrange avec moi. Je ne dois pas paniquer si tous les adhérents me fixent bizarrement. Je ne dois pas me prendre la tête, tout simplement. Je suis une assistante de direction qui part en voyage, comme n'importe quel autre salarié de *Bricodeal's.* Oui, c'est ça, je ne dois absolument pas me prendre la tête…

Mais tout ira bien, je me rassure vivement. Car je sais qu'*il* ne sera pas là. Déjà, je réussis à me sentir relativement sereine, malgré tous ces regards posés sur moi. J'ai décidé de profiter de ce congrès pour me reposer et m'occuper de moi. J'ai prévu d'essayer un massage aux pierres chaudes, ce dont je rêve depuis de longues années. Antoine m'a recommandé de me faire plaisir, que je méritais de me faire plaisir. Financièrement, ça va mieux. Après mon séjour à Paris, avec *lui*, j'ai eu la surprise d'avoir une importante augmentation de salaire. Probablement se sentait-*il* coupable de m'avoir fait faire des dépenses onéreuses pour me rendre dans la capitale. Dépenses bidon que j'ai refusé de me faire rembourser, prétextant avoir perdu les justificatifs. Lucas, quant à lui, a appliqué mon augmentation sans faire de commentaire. Pourtant, je reste persuadée qu'il a parfaitement compris de qui venait l'ordre.

Lorsque je me retrouve de nouveau seule avec Claire, nous reprenons notre discussion animée. Nous essayons encore de nous rassurer quant à notre profonde amitié. Nous nous sommes tellement manqué ces dernières semaines que nous finissons par pleurer, envahies par une forte émotion. Elle ose alors me dire qu'elle me trouve mauvaise mine et qu'elle me trouve également amaigrie. Comme nous avions l'habitude de le faire, je lui raconte ma dernière discussion avec Antoine. Claire se permet de me rappeler qu'Antoine est un homme fort, qu'il ne faut pas s'inquiéter pour lui. Bien entendu, je me garde de lui affirmer qu'elle se trompe, mais je suis heureuse de retrouver mon amie avec ses conseils tordus. Nous continuons d'ailleurs de discuter de ce qui s'est passé entre nous et une nouvelle fois, nous en pleurons encore, vraiment soulagées de nous être retrouvées après ce « coup dur ». Sophie se permet de se joindre à nous et essaie gentiment de nous faire rire, pour détendre l'atmosphère. J'apprécie bêtement la nouvelle facette de cette fille.

§§§

Dans l'avion, je me retrouve près d'un couple de Bordeaux. Nous discutons quelque temps dans la bonne humeur mais lorsqu'ils apprennent mon nom, ils se ferment presque aussitôt et deviennent aussi froids que des icebergs. Assez abasourdie par leur étrange comportement, je fais semblant de dormir jusqu'à la fin du voyage qui, heureusement, ne dure que quatre petites heures à peine, avec une escale à Munich. J'avoue d'ailleurs avoir un peu la trouille en quittant cette ville, un violent orage éclate au-dessus de l'aéroport. Lucas, qui ne se trouve pas très loin de mon siège, me rassure gentiment en me certifiant que *tout* ira bien. Je reconnais apprécier énormément ce geste de sa part, surtout après tous ces mois assez tendus entre nous.

§§§

En arrivant à Stockholm, en tout début de soirée, je retrouve les adhérents avec qui une certaine affinité s'était installée entre nous, et ce depuis notre voyage à l'île Maurice. Marine et Tom Brissan m'accueillent chaleureusement, en m'embrassant sur chaque joue. Marc vient tout particulièrement me saluer, apparemment ravi de me revoir. Tous les deux, nous discutons un instant de façon très amicale. D'ailleurs, il m'avoue regretter son histoire avec Claire. Je me sens très mal, surtout quand il m'explique qu'il la trouvait parfois étrange, ou très distante avec lui. J'essaie de le réconforter, comme je peux, mais je ne suis pas très à l'aise, surtout quand Claire s'approche de nous et vient le saluer, assez décontractée, je trouve bizarrement. Déroutée, je les laisse tous les deux, préférant ne pas entrer dans leurs histoires. Je salue ensuite de nombreux couples, avec qui il m'était arrivé de déjeuner ou de dîner à l'île Maurice. J'en découvre de nouveaux, qui me saluent aimablement. A un moment, Sophie se permet de venir me rejoindre. Tandis que Claire discute avec de nombreux adhérents, nous conversons toutes les deux comme de vieilles amies. Elle est devenue avec moi vraiment différente. Je la trouve beaucoup plus simple, beaucoup plus sympathique. Alors que nous partageons un moment assez amusant en nous moquant gentiment d'une des manies de Claire, Sophie tient soudain à s'excuser quant à son comportement, vis-à-vis de *lui*. Je me contente de hausser les épaules sans faire de commentaire. La jeune femme a l'intelligence de ne pas insister.

François Gersse et le Conseil de direction ne sont pas là, je remarque très vite, mais j'apprends tout aussi vite qu'ils nous attendent à l'hôtel. Cette information fait le tour des adhérents.

Depuis mon départ de Bordeaux, j'ai déjà entendu *son nom*, souvent même. De nombreux adhérents à la curiosité malsaine l'ont prononcé volontairement devant moi, en évoquant *son divorce* et *son nouveau poste*. J'ai fait en sorte, à chaque fois, d'ignorer leurs commentaires mais j'avoue qu'entendre ce nom après tous ces mois m'est particulièrement difficile. J'essaie néanmoins de rester calme et souriante. J'ai promis à Antoine de revenir à la maison en pleine forme, je reviendrai à la maison en pleine forme.

Comme à chaque congrès, des autocars nous attendent à la sortie de l'aéroport. Nous nous y installons très vite avant de partir pour le *Sheraton Stockholm Hotel*, en plein cœur de la ville. Le trajet dure environ une heure. Je découvre un paysage sublime avec des noms compliqués à prononcer que je suis incapable de répéter. Avec mon voisin, un adhérent d'une petite quarantaine d'années, divorcé, demeurant à Limoges, nous rions beaucoup en essayant de tout retenir. En arrivant devant l'hôtel, nous nous promettons de dîner ensemble afin de faire plus ample connaissance mais, cela est bien clair dans ma tête, en tout bien tout honneur !!!

§§§

Je n'arrive décidément pas à m'habituer au luxe car j'ai encore le souffle coupé en découvrant les lieux.

Immense, spacieux, lumineux, le *Sheraton Stockholm Hotel* comporte une vingtaine d'étages conduisant aux chambres, tous donnant sur un imposant ascenseur en verre, en plein cœur du Palace. Tout en arrondi, on y trouve la réception en marbre, trois différents restaurants illuminés de mille feux, des boutiques chics, des centres de soins, des salles de sports... et une salle immense, décorée dans les tons beige et rouge, où nous attend un cocktail de bienvenue. Tout un côté de la salle est vitré et donne sur un parc splendide éclairé dans les tons bleus. Je reste impressionnée devant les lustres accrochés au plafond, ils n'ont rien à envier à ceux du Château de Versailles ! Des tables aux nappes rouges sont installées dans toute la pièce, juste en face d'un énorme buffet aux mets appétissants, qui nous seront servis dans quelques instants.

Alors que nous faisons la queue pour pénétrer dans cette immense salle de réception, je commence à ressentir une certaine angoisse. Depuis quelque temps, en fait depuis notre arrivée à l'aéroport, j'ai entendu certaines rumeurs qui commencent sérieusement à me faire peur. Je ne comprends pas comment cela puisse être possible, si cela s'avère vrai. Ça doit forcément être une blague, j'espère de tout cœur qu'il s'agit d'une blague. Je recherche Claire du regard. Je l'aperçois dans la file d'attente, devant moi, avec Sophie. Elle semble chercher quelqu'un, elle aussi. En rencontrant son regard, je comprends immédiatement qu'il s'agit de moi. Je la vois dire deux mots à Sophie avant de venir rapidement à ma rencontre. Elle m'attrape vivement par le bras et m'entraîne derrière les adhérents en s'efforçant de se montrer la plus discrète possible. Mais c'est peine perdue, les adhérents nous observent avec curiosité, à l'affût de mes moindres réactions. Je me rends compte avec horreur que toute la semaine promet d'être éprouvante.

- J'ai entendu dire qu'*il* était là, je commence la première, comme essoufflée après un marathon.
- Moi aussi, m'avoue-t-elle en me pressant le bras.

Nous nous regardons quelques secondes sans réagir, mais très vite, je remarque son malaise. Elle semble très, très embarrassée.

- Est-ce qu'*il* est là ? je panique alors sans plus pouvoir me contrôler.

Claire passe par toutes les couleurs avant de me répondre :

- Oui.

Je deviens livide.

- Mon Dieu ! je gémis tout bas.

Je ne serais jamais venue, je n'aurais jamais participé à ce maudit congrès si j'avais su qu'*il* serait là. Je ne comprends pas. Lucas m'a certifié qu'*il* ne participait plus à ces semaines à l'étranger, il me l'a encore rappelé hier soir. Bon sang, j'ai l'impression d'être en plein cauchemar. Comment vais-je pouvoir me présenter devant lui après ce qui s'est passé à Paris ? Comment vais-je oser le regarder dans les yeux après ma terrible lâcheté, ou même après cette étrange communication téléphonique avec son assistante, alors qu'il était là, à me mépriser ? Et surtout, surtout, comment vais-je me comporter avec lui après ma discussion avec Antoine ? Je ne sais plus quoi faire, j'ai envie de me cacher dans un trou de souris, de m'enfuir. J'ai peur, je suis terrorisée à l'idée même de le revoir.

- Depuis quand sais-tu qu'*il* est là ? je demande à Claire d'une voix rauque.

C'est idiot mais j'ai besoin de savoir si elle m'a caché sa présence, tout comme Lucas. J'ai besoin de savoir si je peux toujours lui faire confiance, même si je sens, au fond de moi, qu'elle serait incapable de me faire ce coup-là.

- A l'instant. Je viens de le voir, dit-elle en rougissant.

Je sursaute violemment.

- Où ? je souffle.
- Je l'ai vu entrer dans la salle, il y a quelques minutes, m'explique-t-elle doucement.

Je regarde autour de moi en me demandant un instant ce que je dois faire. Claire resserre son étreinte autour de mon bras et me force à la regarder, droit dans les yeux.

- Anna, ça va aller, me rassure-t-elle d'un ton ferme. Tu te calmes et tout va bien se passer.

J'ai chaud, j'ai froid, j'ai les mains moites, je me sens mal mais je m'oblige à écouter mon amie. De toute façon, je suis coincée là, à Stockholm, je ne peux plus reculer. Je dois affronter cet homme, je dois affronter tout le Conseil de direction, je dois affronter tous les regards curieux des adhérents. Je n'ai plus le choix. Je suis terrifiée mais je n'ai plus le choix.

- D'accord, je fais après un long silence. Je... ça va aller.
- Je suis près de toi, ajoute mon amie pour me rassurer encore. Tout va bien se passer.
- D'accord, je répète comme un automate.

Je recoiffe mes cheveux courts avec mes mains. Je jette un œil à ma tenue : jean blanc, petit top noir et veste cintrée, noire également. D'accord, je n'ai pas de tache, je ne suis pas froissée, tout va bien de ce côté-là. Je tente alors de respirer normalement. Claire me sourit gentiment, me répétant encore une fois que tout va bien se passer. Bon, je suis prête. J'inspire une dernière fois puis me remets, enfin, dans la file d'attente.

§§§

Je suis la première à l'apercevoir. En pénétrant dans cette immense salle de réception, où bon nombre d'adhérents sont déjà en train de siroter une coupe de champagne, je l'ai cherché immédiatement du regard et je n'ai pas tardé à le trouver.

Je me fige littéralement, le souffle court.

*Hugo* se tient debout entre François Gersse et Edmond Patterson, au fond de la salle, près du buffet. Le dos droit, les épaules larges, il domine d'une bonne tête tous les membres du Conseil de direction. Je ne peux m'empêcher de l'observer, tremblante de la tête aux pieds. Dieu qu'il est beau dans son costume noir et sa chemise d'un blanc immaculé. Ses cheveux sont plus courts, son visage plus maigre mais je reconnais chaque trait : sa bouche, son nez, sa fossette, ses yeux... ses yeux bleus... Ils sont cernés. Il a l'air fatigué, épuisé même, mais il a toujours cette beauté exceptionnelle, ce charisme si particulier. Je suis néanmoins perturbée par sa raideur. Il a toujours ce visage impassible mais je le sens redevenu froid, distant, comme par le passé. Il n'a plus rien à voir avec l'homme accueillant et chaleureux avec qui j'ai passé une semaine de rêve, à Paris. Je ne peux m'empêcher de me sentir responsable de ce changement d'attitude et cette impression me fait froid dans le dos. Il doit me détester aujourd'hui, il doit détester tout ce que je représente et doit redouter de me revoir. Je manque d'ailleurs de défaillir. Je ne voulais pas que cela arrive. Je pensais qu'il comprendrait avec du recul, qu'il réussirait à garder notre histoire comme une belle histoire, mais je ne voulais pas qu'il finisse par me détester, surtout pas.

Je suis alors incapable de faire un autre pas. Claire essaie de me raisonner lorsque de nombreux adhérents commencent à s'interroger, assez surpris de me voir figée de la sorte, mais je ne peux plus faire un geste. Je le regarde encore, encore, encore... Il est si beau. J'ai envie de lui sauter dans les bras, de me serrer contre lui, de sentir son souffle chaud sur mon visage. Après un an d'absence, je me rends compte que mes sentiments n'ont pas changé. Je l'aime. J'ai envie de lui crier mon amour, de lui dire que tout va aller mieux maintenant, que je suis là, qu'il n'a plus de raison d'être triste... Ça me fait atrocement mal à l'intérieur de la poitrine... Je le regarde encore, encore, encore...

Je le vois soudain tourner la tête vers moi, en sentant mon regard posé sur lui... Il se fige instantanément en me reconnaissant... Je sens mon cœur s'affoler lorsque nous nous dévisageons, longuement, comme nous savions si bien le faire. Hugo semble aussitôt oublier les membres de l'équipe de direction autour de lui. Moi, j'oublie les adhérents autour de moi, j'oublie Claire qui me presse d'avancer... Plus rien ne compte que nos yeux accrochés l'un à l'autre... *Nous* nous regardons encore, encore, encore...

Je finis par avancer, lentement, dans sa direction. Je le vois faire un pas vers moi... mais il s'arrête soudain et me regarde approcher, sans lâcher mon regard. Ce petit détail suffit à me sortir de ma torpeur. Je me ressaisis brutalement et... rougis violemment en me rendant compte de mon étrange comportement devant tous ces maudits adhérents et devant les membres du Conseil de direction. Je deviens carrément écarlate lorsque je me retrouve devant eux, bien plus vite que je ne l'aurais voulu.

- Bonsoir, je fais d'une toute petite voix.

François Gersse se penche aussitôt vers moi pour me serrer la main. Il m'observe curieusement avant de déclarer tout bas :

- Anna Beaumont, quelle agréable surprise de vous revoir parmi nous !

Je ne peux m'empêcher de tressaillir sous le ton assez ironique du vieil homme.

- Bonsoir, Monsieur Gersse, je dis d'un ton guindé.
- Avez-vous fait bon voyage ? me demande-t-il en jetant un bref regard sur ma gauche.
- Très bon, Monsieur.
- Bonsoir, Anna, intervient très vite Edmond Patterson en m'adressant un large sourire. Vous allez bien ?
- Très bien, merci, je réponds en lui serrant la main.

Nous échangeons quelques banalités sur le voyage. Je suis très mal à l'aise mais je m'efforce de sourire et de répondre d'un ton léger. Le Président et sa femme m'observent attentivement, j'essaie de garder mon sang-froid. Hugo ne rate pas une miette de notre discussion mais ne fait aucun geste pour me saluer. Alors lentement, très lentement, je me tourne vers lui et fais un pas pour me rapprocher de sa haute stature. A cet instant précis, tous les adhérents observent la scène, tous sans exception, l'horreur ! Je frissonne imperceptiblement en levant les yeux vers lui. Il ne sourit pas.

- Bon... bonsoir, Monsieur Delaroche, je fais comme la reine des imbéciles.

Je le vois tressaillir.

- Bonsoir, *Anna*, me répond-il tout bas de sa belle voix grave, appuyant volontairement sur mon prénom.

Sa voix grave... Ses intonations... Son regard bleu qui me transperce... Sa façon de prononcer mon prénom... Sa façon toute particulière de me regarder... Je sens mon cœur faire un bond dans ma poitrine. J'ai les nerfs à vif.

On se dévisage encore un moment. J'ai envie de lui parler, de lui dire que je suis heureuse de le revoir. Oh oui, je suis heureuse de le revoir, tellement heureuse, tellement, tellement heureuse que je n'ose imaginer les conséquences de ces retrouvailles. Je sais déjà que je ne rentrerai pas à la maison en pleine forme. Cela fait plus d'un an que nous ne nous sommes pas vus, je commençais presque à aller mieux. Le revoir me replonge immédiatement dans un profond désarroi, surtout devant sa fausse... indifférence. J'essaie de lui dire quelque chose mais aucun son ne sort de ma bouche. De plus, je viens de réaliser que tout le Conseil de direction nous observait aussi, à l'affût de nos moindres faits et gestes. Je fais alors un petit signe de tête minable à l'intention de Hugo et m'éloigne rapidement, rouge de honte et d'une lâcheté épouvantable. Il ne fait aucun geste pour me retenir, comme pétrifié sur place. Je sens pourtant son regard me suivre jusqu'à ce que je disparaisse de sa vue. Tous les adhérents, quant à eux, se jettent un regard apparemment très surpris.

Deux minutes plus tard, je retrouve Claire qui vient, elle aussi, de saluer toute l'équipe de direction. Elle me dévisage un instant avant de me demander tout bas :

- Ça va ?
- Très bien, je mens honteusement.
- Vous... Il semblait tendu, me dit-elle doucement.
- Oui.

Je passe une main nerveuse sur mon visage, tendue à l'extrême moi aussi.

- Je... ça va aller, je tente de sourire en regardant un serveur qui passe près de nous avec du champagne.

J'attrape deux coupes et en tend une à Claire. Je bois une grande gorgée de champagne en jetant des regards autour de moi... et manque de m'étrangler en croisant le regard de mon ancien amant. Nous ne pouvons nous empêcher de nous dévisager durant quelques secondes. Ce lien entre nous est toujours présent, toujours solidement ancré, nous attirant irrésistiblement l'un vers l'autre comme deux aimants indissociables. Mais Hugo ne sourit pas, je remarque encore. Il est froid. Je le sens glacial. Je finis par baisser piteusement les yeux, très mal à l'aise.

Pendant le cocktail de bienvenue, je rencontre son regard de nombreuses fois, me mettant à chaque fois les nerfs à vif. J'ai l'impression qu'il surveille mes moindres faits et gestes. Je devine qu'il désire me parler, qu'il n'attend que ça, mais de nombreux adhérents ne cessent de le solliciter, avec qui il fait l'effort de discuter « aimablement ». Pourtant, je sens qu'il bout de l'intérieur. Il est impatient. Probablement veut-il des explications concernant ma lâcheté. J'ai plusieurs fois envie d'aller le voir, je meurs d'envie d'aller le voir quand il se retrouve seul, si cela s'avère possible, mais ma fameuse lâcheté me retient… ainsi que tous ces adhérents curieux et… deux ravissantes jeunes femmes qui essaient d'attirer, depuis un certain temps, son attention.

- Il est libre maintenant, grimace Claire. Depuis son divorce, elles grouillent autour de lui comme des guêpes autour d'un pot de miel !
- Qui sont ces filles ? je demande en ressentant une pointe de jalousie lorsque l'une des deux, une jolie blonde perchée sur de hauts talons, réussit à lui souffler quelques mots à l'oreille.
- Des nouvelles adhérentes, elles sont arrivées l'année dernière.

Je finis mon verre d'une traite, frissonnante de dégoût en voyant le jeune couple éclater de rire. J'ai aussitôt la désagréable impression que Hugo cherche à me provoquer. Il devrait être heureux, il a parfaitement réussi à me rendre folle de jalousie.

Sophie ose s'approcher de nous à ce moment précis. J'en profite pour m'éclipser et aller retrouver Lucas, j'ai quelques questions à lui poser. Je sais que ce n'est pas politiquement correct de ma part mais j'ai besoin de savoir pourquoi il m'a menti, ou omis de me dire que Hugo Delaroche participait à ce congrès. Ça me fait tout drôle de prononcer ce nom après tant de mois, j'en ai la chair de poule en me dirigeant vers la sortie de la salle.

Je rencontre Edmond Patterson et sa jolie épouse, que je m'empresse de saluer. Le jeune Anglais me barre gentiment le passage en s'exclamant avec son accent délicieux :

- Anna, me dit-il en essayant de rire, savez-vous qu'il m'a fallu un certain temps pour vous reconnaître ?
- Pourquoi ? je fais sans comprendre.

Edmond se racle la gorge avant de poursuivre :

- Eh bien... si je peux me permettre, vous avez changé.
- Je suis pourtant la même, je rougis bêtement.
- Etes-vous souffrante ? s'inquiète-t-il sincèrement.
- Non, je vais bien, je réussis à sourire, touchée par sa gentillesse.

Mais c'est vrai que j'ai changé en deux ans. J'ai perdu du poids, j'ai vieilli, j'ai coupé très court mes cheveux et je souffre le martyre de ne pas pouvoir aimer l'homme de ma vie. Oui, j'ai énormément changé en deux ans !!!

- Et vous, vous allez bien ? je leur demande à tous les deux, tâchant de sourire gaiement.
- Nous, ça va, fait gentiment Emmy en jetant un regard derrière moi.

J'imagine aisément qui elle regarde, je sens son regard posé sur moi.

- Je vous souhaite une bonne soirée, je dis en leur adressant un dernier sourire.

Et avant même qu'ils n'abordent un sujet délicat avec moi, il est clair qu'ils en meurent d'envie, même si je sais qu'ils ne me poseront aucune question indiscrète, je m'enfuis presque en courant.

Bien entendu, Lucas a disparu, probablement est-il parti dîner avec sa femme. Je retourne donc vers Claire et Sophie. Celles-ci m'accueillent gentiment et me proposent d'aller dîner ensemble. J'accepte aussitôt, redoutant de me retrouver seule. Je croise alors le regard de Hugo, pour la énième fois de la soirée, je crois. Il se tient près de l'entrée de la salle et discute au téléphone, tout en me fixant. Il est enfin seul. Je décide immédiatement d'aller le voir. Nous ne pouvons pas continuer de nous éviter éternellement, c'est débile. Sans plus hésiter, je prends congé auprès des filles et commence à me diriger vers lui, lentement, le cœur battant la chamade. Je le vois raccrocher précipitamment son téléphone, en me dévisageant attentivement, attendant que je m'approche de lui. J'ai l'impression de le voir sourire, ce petit sourire que j'aimais tant, que j'aime tant. Il semble... soulagé. Je continue d'avancer... mais soudain, j'ai comme l'impression d'entendre un vieux disque se rayer lorsqu'une ravissante blonde, perchée sur de hauts talons, vient brutalement s'interposer entre nous, sans même me voir. Je me fige instantanément. Je vois l'inconnue se mettre sur la pointe des pieds et murmurer quelque chose à l'oreille de Hugo, de façon très... *personnelle*... Sans attendre mon reste, je tourne les talons et retourne vers Claire. Je ne vois pas Hugo se fermer aussi sec. Je ne vois pas non plus de nombreux adhérents échanger un regard entendu, apparemment très amusés par la situation.

Pour moi, tout est clair, Hugo est avec cette fille.

Quelle idiote je fais d'avoir cru, durant un moment, qu'il pouvait, peut-être, avoir encore des sentiments à mon égard et qu'il désirait plus que tout me revoir, moi, Anna Beaumont. Cela fait plus d'un an que nous ne nous sommes pas revus, son divorce a dû être prononcé depuis. Comme dit Claire, c'est un homme libre aujourd'hui, probablement a-t-il refait sa vie. Cette blonde semble parfaitement à l'aise avec lui, s'attache à lui comme si elle avait des droits sur lui. Oui, je suis sûre qu'ils sont ensemble. Peut-être même sont-ils ensemble depuis un certain temps. Je finis tellement par me convaincre de cette réalité que je ressens une affreuse douleur au milieu de la poitrine. Je me rends compte que mes impressions n'étaient que désillusions et fantasmes. « *Mais n'est-ce pas ce que je lui souhaitais de mieux ? »,* je me demande soudain. N'est-ce pas ce que je voulais : qu'il refasse sa vie et rencontre une femme qui sache le rendre heureux ? J'essaie aussitôt de me convaincre que je suis contente pour lui, qu'il mérite d'être aimé. Mais c'est idiot, stupidement idiot, ça me fait atrocement mal en les imaginant tous les deux, nus, dans une des chambres de cet hôtel. J'ai envie de pleurer tant la douleur devient insupportable. Je me maudis de réagir ainsi.

§§§

Après le dîner de bienvenue, tous les adhérents, et moi-même, quittons rapidement la salle afin d'aller récupérer nos clés de chambre. Moi, je suis épuisée par cette première soirée éprouvante. Je n'ai qu'une envie, me réfugier sous la couette et dormir... pour tout oublier.

Je suis au douzième étage, chambre 828. Je quitte rapidement mes collègues et me dirige vers l'ascenseur. Il y a foule devant l'appareil tout en verre. Je me mets aussitôt dans la file d'attente et attends patiemment mon tour, les yeux résolument baissés. Je ne supporte plus les regards de tous ces adhérents. J'ai envie de leur hurler d'aller se faire voir et de se mêler de leurs affaires.

Déjà tendue à l'extrême, je ne peux m'empêcher de me raidir en apercevant une partie du Conseil de direction, qui s'approche également de l'ascenseur. Hugo en fait partie, toujours accompagné de sa blonde pulpeuse. Sans réfléchir, je me fais toute petite derrière les quelques personnes qui se trouvent devant moi mais mon ancien amant, qui semble avoir un sixième sens, me remarque immédiatement. Je me sens devenir écarlate en croisant son regard où brille une étincelle de colère. Il semble furieux, ou prodigieusement agacé. Il est clair qu'il s'est rendu compte que je l'évitais. Je me sens si pitoyable que je baisse la tête et regarde le bout de mes chaussures, alors qu'un bon nombre d'adhérents s'empressent de surveiller nos moindres faits et gestes avec une curiosité des plus malsaines.

Concentrée sur l'ascenseur, qui s'ouvre et qui se ferme sur un bon nombre de voyageurs, je me retiens de ne pas m'enfuir. Hugo est à deux pas de moi, je l'entends rire avec la jeune inconnue. Je m'efforce de ne pas les écouter mais sa voix grave et chaude me transperce comme un poignard à chaque mot qu'il prononce. Ils n'échangent que des banalités mais je vois la jolie blonde particulièrement arrogante parce qu'elle dialogue seule avec le directeur général, devant les adhérents, qui ne ratent pas une miette de notre « trio ».

« *Quelle pimbêche !* », je ne peux m'empêcher de penser en la détaillant discrètement. Elle est grande, assez jeune, pas plus de vingt-cinq ans. Son visage ovale a de beaux traits délicats, un nez retroussé, des pommettes hautes, une bouche bien dessinée. Ses yeux noisette sont en amande, recouverts de longs cils noirs. Elle est jolie, vraiment très jolie. Elle porte une ravissante petite robe courte, toute droite, noire, certainement d'un bon couturier. Il est clair qu'elle a les moyens, elle, de se parer de beaux bijoux et autres fanfreluches. Je reconnais qu'ils forment un joli couple, mais les voir tous les deux rire comme s'ils étaient seuls au monde me fait atrocement mal. Sans même connaître cette fille, je la hais. Je me détourne d'eux, terriblement jalouse, et écœurée.

Lorsque je peux enfin pénétrer dans l'ascenseur, je me réfugie au fond de la cabine, surtout quand Hugo et la blonde profitent du même voyage, à croire que cela les amuse de s'acharner sur moi. L'ascenseur s'arrête à chaque étage. Très vite, je commence à sentir la panique m'envahir lorsque celui-ci se vide de plus en plus. La jeune inconnue est toujours là, babillant sans cesse, *avec l'homme que j'aime*. Je serre les poings. Mon Dieu, si cela continue, je vais me retrouver seule avec eux ! Hugo m'ignore superbement.

*Sixième étage* : ils ne bougent pas, il reste sept personnes.

*Huitième étage* : ils ne bougent toujours pas, il reste cinq personnes.

*Neuvième étage* : la blonde adresse un sourire éloquent à Hugo et lui promet de le retrouver demain matin à la première heure. Il se contente de sourire. Je me fais encore plus petite. Je percute immédiatement qu'ils ne sont pas dans la même chambre mais peut-être souhaitent-ils être discrets, comme nous l'avions été. Hugo continue de m'ignorer.

*Dixième étage* : il ne reste plus qu'un adhérent, Hugo et moi-même. L'adhérent discute avec notre responsable hiérarchique du temps annoncé pour la semaine, douceur et soleil. Je me concentre sur la vue imprenable de l'hôtel en me maudissant d'avoir pris cet ascenseur. Hugo me regarde enfin, le visage impassible.

*Douzième étage* : Nous quittons la cabine en silence. Je m'empresse de me diriger vers ma chambre mais, lorsque je vois l'adhérent partir sur la gauche, seul, je m'immobilise instantanément. Je me retrouve alors, pour la première fois depuis notre « rupture », entièrement seule avec Hugo. Lentement, je lui fais face et dans ce long couloir désert à l'épaisse moquette grise, je lève les yeux vers lui et le dévisage en retenant mon souffle.

Je frissonne imperceptiblement, il avale difficilement sa salive.

Tandis que nous nous regardons droit dans les yeux, je suis incapable de rester plus longtemps indifférente. Je me retrouve seule avec lui et en quelques secondes seulement, toutes mes bonnes résolutions s'envolent en fumée. J'oublie Antoine, Lucas, le congrès... Plus rien ne compte que mon amour pour cet homme... Je m'efforce aussitôt de penser à cette blonde, je m'efforce de reprendre mes esprits et de fuir... mais je suis incapable de bouger, incapable de prononcer le moindre son... Je regarde Hugo en ne souhaitant qu'une seule chose, me blottir dans ses bras...

- Tous ces mois... souffle-t-il soudain en cachant difficilement son émotion.

Je vois apparaître le vrai Hugo, celui avec qui j'ai passé une semaine de rêve à Paris, celui qui m'a tant manqué pendant plus d'un an, celui qui n'a pas eu honte de dévoiler ses sentiments... Et surtout, *surtout*, je vois apparaître celui qui souffre par ma faute et qui est complètement démuni face à mon horrible comportement...

J'inspire difficilement... J'ai l'impression d'être un monstre sans cœur.

- Comment... comment... ? je bredouille misérablement.
- Pourquoi ? me demande-t-il d'une voix à peine audible. Pourquoi, Anna ?

Nous sommes si proches l'un de l'autre que je sens son souffle sur ma joue. Je regarde ses yeux cernés, son visage pâle. Je le trouve vieilli, fatigué, las. Son état me fait mal. Je me sens terriblement coupable. Je me mets à pleurer sans même m'en rendre compte.

- Hugo, je...
- Pourquoi ? répète-t-il en caressant ma joue où coule une larme. Pourquoi refuses-tu de me

revoir ? Pourquoi es-tu si dure avec moi, avec *toi* ?

- Je... C'est trop difficile, je souffle.

C'est trop difficile de le voir souffrir de la sorte. Je n'imaginais pas qu'il souffrirait ainsi par ma faute. Même si je savais qu'il n'était pas bien depuis notre séparation, je n'imaginais pas lui faire autant de mal. Je n'avais pas réalisé l'ampleur de ses sentiments, ou tout simplement, je ne voulais pas voir l'ampleur de ses sentiments. Je crains de suffoquer en découvrant mon égoïsme. Je suis horrible. Je ne mérite pas son amour, je ne mérite pas qu'il devienne si... faible à cause de moi. Car Hugo a changé. L'homme fort et fier qu'il était est devenu un homme vulnérable et fragile... et uniquement par ma faute.

- Tu me manques, souffle encore Hugo. Si tu savais comme tu me manques...
- Je suis un monstre... je murmure entre mes larmes.
- Viens dans ma chambre, enchaîne-t-il en me prenant les mains. Je ne te toucherai pas, précise-t-il vivement en me voyant tressaillir, mais nous devons discuter, Anna. Nous devons impérativement discuter...
- Hugo, je ne pense pas...

Non, je ne peux pas aller dans sa chambre. Je ne peux pas me retrouver seule avec lui. Si j'accepte de le suivre, je sais que je ne pourrai plus partir, je ne pourrai plus jamais le quitter. Mais je dois penser à Antoine. Que je le veuille ou pas, je dois penser à Antoine.

- Je ne peux pas, je proteste en dégageant doucement mes mains des siennes. Je ne peux pas, Hugo...

Hugo semble accuser le coup.

- Je t'aime, Anna, insiste-t-il pourtant. Laisse-moi te prouver à quel point je t'aime...

« *Je sais*, ai-je envie de lui crier, *je viens de le comprendre. Après un an d'absence, je viens de comprendre à quel point tes sentiments sont profonds et à quel point je te fais du mal* ».

- Oh, Hugo ! je gémis en pressant mes doigts contre sa bouche. Tais-toi, je t'en prie, tais-toi !

Son désarroi me fait mal, sa fragilité me fait mal, son amour me fait mal.

- Mais pourquoi ? proteste-t-il en paraissant dépassé par la situation.
- Hugo, je t'en prie !
- Pourquoi ? répète-t-il en reprenant fermement mes mains dans les siennes pour les presser farouchement. Anna, Pourquoi ?

Je ne peux pas lui répondre car l'ascenseur s'ouvre soudain et lâche sur le palier quelques adhérents. Nous nous écartons immédiatement l'un de l'autre, comme si nous nous étions brûlés. Je me détourne sans perdre une seconde et cours me réfugier dans ma chambre. Hugo va dans la sienne, la 826.

Avant de nous quitter, j'ai le temps de voir son visage ravagé par la douleur et le... doute. J'éclate en sanglots en refermant la porte derrière moi.

Le congrès commence très fort, mon cœur est de nouveau en miettes...

## Chapitre 15

*Mercredi 5 juin*

Le lendemain matin, lorsque le réveil sonne à sept heures, je me demande si ce n'est pas une mauvaise blague. Je n'ai pas réussi à fermer l'œil de la nuit, je me suis endormie il y a à peine deux heures, l'horreur pour se lever. En grimaçant, je parviens tout de même à quitter mon lit douillet et me jette sous la douche pour retrouver un semblant d'énergie. Aujourd'hui, c'est mon anniversaire, j'ai trente-deux ans.

Je mets une petite robe d'un vert presque aussi clair que celui de mes yeux, toute simple mais très classe, qui me sied comme un gant, me dit toujours Antoine, puis je me maquille minutieusement. J'essaie de cacher mon teint pâle et mes vilains cernes. Je coiffe mes cheveux propres, mon carré est parfait. Je me parfume derrière les oreilles puis enfile mes chaussures à talons hauts d'au moins huit centimètres. Une fois prête, je m'observe un moment dans le miroir, très nerveuse. Je prie silencieusement pour que la journée se passe bien. J'inspire longuement. J'essaie de calmer les battements de mon cœur. Je regarde l'heure sur ma montre, il est bientôt huit heures. J'inspire une deuxième fois. Je quitte enfin ma chambre. Je dois retrouver Claire et Sophie pour le petit-déjeuner.

En arrivant près de l'ascenseur, je rougis violemment en retrouvant Hugo et quelques adhérents qui attendent devant la cabine de verre. Je remarque aussitôt ses traits tirés. Je devine aisément qu'il a passé une très mauvaise nuit, lui aussi. Je me sens d'autant plus mal, ayant la désagréable impression d'être une véritable garce.

- Bonjour, je fais d'une toute petite voix.
- Bonjour, répondent en chœur les adhérents.

Hugo se contente de me dévisager, le visage aussi froid qu'une statue. Afin de soulager sa peine, j'essaie de lui sourire mais mon visage reste figé. Nous restons tendus à l'extrême en attendant la cabine de verre, évitant de nous regarder. Les adhérents gardent les yeux résolument baissés, se rendant compte, probablement, du malaise entre nous.

Lorsque nous nous retrouvons dans l'ascenseur bondé, Hugo se met néanmoins près de moi, *tout près de moi*. Je sens son after-shave, nos bras se touchent. Je ne bouge pas d'un pouce, profondément troublée par ce léger contact entre nous. Je le vois avaler difficilement sa salive.

- Joyeux anniversaire, me souffle-t-il enfin, si bas que je l'entends à peine.

Je sursaute imperceptiblement en levant les yeux vers lui.

- Merci, je murmure, émue jusqu'aux larmes qu'il me le souhaite, malgré tout.

Nous nous dévisageons un instant, je réussis enfin à lui sourire. Hugo se permet d'effleurer ma main de la sienne, comme incapable de rester près de moi sans pouvoir me toucher... mais nous avons toujours été incapables, tous les deux, de rester l'un près de l'autre sans pouvoir nous toucher.

Les portes de l'ascenseur s'ouvrent brutalement au rez-de-chaussée, nous faisant sursauter tous les deux. Nous nous regardons une seconde encore avant de nous avancer dans la foule, chacun retenant son souffle. Nous savons tous les deux que nous ne pouvons pas nous comporter comme deux étrangers. Nous ne pouvons pas nous ignorer comme deux étrangers, c'est impossible...

- Anna, fait doucement Hugo en m'entraînant rapidement à l'écart de la foule, nous devons vraiment discuter.

De nombreux adhérents nous observent avec curiosité. Je décide de les ignorer, comme le fait apparemment Hugo.

- Je sais, je reconnais enfin.

Hugo sourit légèrement, comme soulagé. Il aperçoit alors mon précieux anneau autour de mon cou et semble en être tout troublé. Je n'ai jamais réussi à le retirer. Je n'y arrive pas, c'est au-dessus de mes forces.

- Tu l'as toujours, souffle-t-il en se retenant de ne pas toucher le creux de ma gorge.

Je me sens bêtement rougir.

- C'est *mon porte-bonheur*, je lui rappelle tout bas.

Il émet un petit rire, amusé par mon expression rêveuse.

- Ça me touche que tu portes encore ce bijou, m'avoue-t-il doucement.
- Je n'arrive pas à le retirer, je fais avec un petit rire.
- Anna, je... Il faut vraiment que nous discutions, répète-t-il avec une pointe d'inquiétude dans la voix. Après la réunion, je...
- Ah, vous êtes là ! intervient brusquement une voix de femme juste derrière nous, nous faisant sursauter tous les deux.

- Bon sang ! crache aussitôt Hugo, tout bas mais assez fort pour que je puisse l'entendre.

Je vois son visage se rembrunir alors que je me fige involontairement en voyant la jolie blonde de la veille l'accaparer comme si je n'étais pas là, très imbue de sa personne. Hugo tente de me retenir mais écœurée par l'arrogance de cette fille, je tourne les talons et m'éloigne très rapidement. Je suis livide de jalousie.

§§§

Après un petit-déjeuner avalé très rapidement, je quitte le restaurant pour me rendre dans la salle de réunion. Sur le chemin, je rencontre Edmond Patterson. Je devine immédiatement qu'il souhaite me parler personnellement. Nous nous mettons un peu à l'écart.

- Je suis désolé de vous importuner, me dit-il vivement.
- Je vous écoute, Monsieur Patterson, je réponds aussitôt.
- Edmond, corrige-t-il avec un petit rire gêné.
- Je vous écoute, Edmond, je répète en tâchant de me détendre.

Le jeune Anglais jette un rapide regard autour de nous avant de revenir vers moi. Il semble légèrement plus tendu.

- Vous savez que Hugo a divorcé… commence-t-il tout bas.
- Tout le monde le sait, je fais en rougissant.
- Effectivement, tout le monde le sait, concède-t-il en se raclant la gorge, mais vous seule savez pourquoi.

Je rougis un peu plus.

- Ecoutez, reprend Edmond en avalant sa salive, je ne vais pas tourner autour du pot avec vous. Hugo ne va pas bien. Il n'est pas concentré dans son boulot et François Gersse commence à perdre patience. Il lui met une pression de folie.
- Ah bon ! je laisse tomber, surprise par cette nouvelle.
- Anna, j'ai peur qu'il fasse une bêtise, poursuit-il précipitamment.
- Que voulez-vous dire ? je demande en perdant mes couleurs.
- J'ai peur qu'il finisse par tout laisser tomber...

Machinalement, je porte une main tremblante à ma gorge.

- Hugo a bossé comme un fou pour en arriver là, continue encore le jeune Anglais, il mérite vraiment d'avoir ce poste. Il ne peut pas tout foutre en l'air pour... pour...
- Pour moi, j'achève doucement.

Edmond Patterson rougit légèrement.

- Il vous aime, Anna, nous l'avons *tous* compris, mais votre histoire ne doit pas interférer dans son travail.
- Que voulez-vous que je fasse ? je fais en levant les mains, impuissante.
- Essayez de le raisonner, nous savons qu'il vous écoutera.

Je manque de suffoquer en entendant sa requête. Mon Dieu, comment pourrais-je le raisonner ?!!! Nous ne sommes plus ensemble, je ne l'avais pas revu depuis un an, je ne sais même pas s'il a une nouvelle femme dans sa vie. Comment pourrais-je le raisonner ? Je ne suis pas sa femme, je ne suis même plus sa maîtresse, je suis odieuse avec lui, je le fais souffrir. De quel droit je me permettrais de lui faire la morale ? C'est impossible, inconcevable.

- Vous... vous faites erreur, je dis en passant par toutes les couleurs. Nous ne sommes plus ensemble depuis longtemps. Je... je ne peux rien faire, je ne peux pas intervenir dans sa vie.

Le jeune Anglais me presse gentiment le bras.

- Vous vous trompez, Anna, vous êtes *la seule* à pouvoir intervenir dans sa vie.

Je me dégage doucement de son étreinte.

- Je regrette, Monsieur Patterson, je ne peux rien faire pour vous aider.

Edmond me dévisage encore un moment avant de finir par me sourire. Je vois pourtant à quel point il semble déçu par mon refus. Avant de me laisser, il se permet d'ajouter d'une voix légèrement enrouée :

- Anna, je vous assure que vous vous trompez. Vous avez bien plus d'influence sur lui que vous ne pouvez l'imaginer.

§§§

Lors de la toute première réunion, j'essaie de me concentrer et d'écouter le discours de bienvenue de François Gersse, mais j'avoue que cela s'avère très difficile. Lucas est assis près de moi, son épouse est restée au lit, m'a-t-il dit avec un petit rire. Claire est à ma droite, avec son chef.

Je ne cesse de me poser des questions quant à ma dernière discussion avec Edmond Patterson. Ses révélations m'ont affolée. J'avais remarqué que Hugo n'allait pas bien mais je n'avais pas imaginé une seule seconde que son travail s'en ressentait. Je me rends compte avec horreur que, depuis notre rencontre, je me suis toujours comportée avec un égoïsme alarmant. Dans cette histoire, je n'ai pensé qu'à moi, qu'à ma petite vie tranquille et sans histoire. J'ai rencontré un homme marié avec qui je n'ai eu aucun scrupule à m'envoyer en l'air mais je ne me suis jamais préoccupée des conséquences. J'ai détruit son mariage, sans même m'en inquiéter. J'ai rendu cet homme fragile, amoureux d'une femme insensible et sans cœur. Je ne lui ai laissé aucune chance entre nous et, pour bien enfoncer le clou, je l'ai traité comme un moins que rien. Je le traite comme un moins que rien. J'ai honte, j'ai tellement honte de moi que cela me donne envie de vomir.

J'observe Hugo assis sur la scène. Il semble à des milliers de kilomètres de là, je constate aussitôt. Je n'aime pas le voir ainsi. Je pense aux paroles d'Edmond : « *Il n'est pas concentré dans son boulot et François Gersse commence à perdre patience, il lui met une pression de folie* ». Je réalise soudain la portée de ses paroles. Hugo est prêt à tout foutre en l'air à cause de moi. Il est prêt à sacrifier sa carrière parce que j'ai réussi à le déstabiliser complètement. Il ne sait plus où il en est. Il n'a plus de repères. J'ai détruit ses repères. J'ai détruit son envie d'avancer. J'ai détruit ses espoirs. Ce n'est pas possible, il ne doit pas sacrifier son boulot. Je sais, moi aussi, qu'il a bossé dur pour en être là aujourd'hui. Il ne peut pas tout arrêter, pas dans ces conditions. C'est à moi de partir, de quitter le Groupe. C'est à moi de démissionner, à moi seule. Je jette un regard à Lucas, il me sourit gentiment. Mon Dieu, je dois tout arrêter avant qu'il ne soit trop tard. Hugo a assez souffert, je dois cesser ce jeu. Je dois cesser de jouer avec ses sentiments. C'est dangereux, je suis bien placée pour le savoir.

Ma décision est prise. En rentrant en France, je donnerai ma démission, je dirai la vérité à Lucas et quitterai le Groupe, pour *lui,* pour le préserver. Je me rends compte que j'aurais dû le faire depuis longtemps. Je n'aurais jamais dû le revoir à Paris, je n'ai fait qu'aggraver les choses. Si tout s'était terminé voilà deux ans maintenant, juste après l'île Maurice, peut-être aurait-il réussi à m'oublier et refait sa vie. Mon égoïsme m'a aveuglée, je n'ai réussi qu'à faire du mal, à Hugo et à Antoine. Aujourd'hui, ça suffit.

§§§

L'après-midi est consacré à une visite dans Stockholm. Sitôt après le déjeuner, on nous dépose en autocar dans le quartier Östermalm, où nous nous promenons le long de grands boulevards, à la parisienne. Nous y découvrons de nombreux magasins luxueux, des galeries d'art et de beaux restaurants. Nous errons ensuite dans les jardins de Gârdet et de Djurgärden. Il fait très beau, très doux, la balade est particulièrement agréable après cette première matinée éprouvante. J'apprécie de marcher au grand air.

Je n'ai pas revu Hugo depuis ce matin, nous n'avons pas eu l'occasion de nous retrouver seuls. Il n'est pas venu déjeuner, comme une bonne partie de l'équipe de direction. J'imagine qu'il est bloqué en réunion. Ça me rend folle car je veux lui parler, nous *devons* parler, impérativement. Edmond a raison. Je peux le raisonner, je sais que je peux le raisonner. Je vais le faire, du moins essayer, mais je dois faire quelque chose avant qu'il ne soit trop tard.

En fin d'après-midi, lorsque je reviens dans ma chambre, épuisée physiquement et nerveusement, je trouve un petit paquet cadeau, au milieu de mon lit. En prenant le paquet, je devine immédiatement l'expéditeur et ne peux m'empêcher de retenir mon souffle, émue jusqu'aux larmes. D'une main fébrile, je retire le papier délicat à l'effigie d'une grande bijouterie de Paris. Je découvre une petite carte écrite à la main, d'une écriture fine et régulière. Je sens mon cœur bondir dans ma poitrine en lisant les quelques mots.

« *Joyeux anniversaire, mon ange… si tu me permets de t'appeler encore ainsi.*
*Je t'aime, je n'y peux rien.*
*Hugo.*
*PS : Ce présent ne t'engage à rien. J'en avais envie, c'est tout.* »

J'ouvre le coffret rouge que je reconnais, un coffret *Cartier* une nouvelle fois, et y découvre un magnifique bracelet en or jaune serti de diamants. J'écarquille les yeux en admirant le bijou, probablement d'une valeur inestimable, que je trouve tout simplement somptueux. Je retiens mon souffle en touchant du bout des doigts les délicats diamants. Je ne peux m'empêcher de le mettre autour de mon poignet. La taille est parfaite mais je m'en doutais déjà. Je reste un long moment sans bouger, les yeux fixés sur mon bras puis lentement, je retire le bracelet et le remets dans sa boîte. Je ne peux pas l'accepter, cela serait déplacé de ma part. Je me lève d'un bond et sans prendre le temps de réfléchir, je quitte ma chambre et vais frapper à la porte d'à côté. J'ai percuté cette nuit que Hugo était mon voisin de chambre, une fois encore. Ce matin, je n'ai pas osé lui demander s'il s'agissait d'un pur hasard, ou s'il l'avait demandé, mais, en attendant, cette promiscuité m'arrange beaucoup car nous allons pouvoir discuter.

Je frappe une première fois, personne ne répond. Je frappe une deuxième fois, personne. Je jurerais pourtant entendre du bruit, probablement la télévision. Je frappe une troisième fois mais plus fort cette fois-ci.

- J'arrive ! crie soudain une voix agacée.

Je recule d'un pas en rougissant violemment quand la porte s'ouvre à la volée. Hugo apparaît devant moi en pestant, dégoulinant d'eau, une serviette enroulée maladroitement autour de la taille. Il écarquille les yeux en me découvrant.

- Anna, fait-il en se radoucissant immédiatement, c'est toi !
- Oh, euh... je... euh... je bafouille lamentablement sans pouvoir m'empêcher de regarder ses larges épaules et son torse imberbe que je connais si bien.
- Tu m'as déjà vu nu ! se moque-t-il gentiment en remarquant mon embarras.

Il perd néanmoins son sourire en découvrant le paquet que je tiens dans les mains.

- Il ne te plaît pas ? me demande-t-il doucement.
- Si, je fais vivement en m'agitant sur le palier, de plus en plus mal à l'aise, mais je... il...

Mon Dieu, le voir à moitié nu me met dans tous mes états !

- Je ne peux pas... accepter... ce bracelet, je réussis néanmoins à dire, baissant piteusement les yeux.
- Pourquoi ?
- Ce bracelet est magnifique mais je... mais probablement hors de prix.
- Anna ! proteste-t-il.
- Je ne peux pas l'accepter, je fais en lui tendant le paquet.
- Tu ne veux pas entrer ? J'ai un peu froid, là !
- Non ! je m'écrie, affolée à l'idée de me retrouver seule avec lui dans la même chambre alors que

j'avais prévu, il y a quelques minutes, d'y entrer pour discuter.

Hugo se rembrunit instantanément.

- Je ne vais pas te violer ! me reproche t il d'une voix glaciale.

J'inspire longuement.

- Ecoute, je reprends en tâchant de contrôler mes tremblements, je ne peux pas accepter ce cadeau alors je te le rends et... et...
- Et terminé, c'est ça ? me coupe-t-il brutalement.

Je recule d'un pas comme s'il m'avait giflée. *Non*, ai-je envie de lui crier mais contre toute attente, je ne réponds pas, je refuse de répondre. Il a raison. Il me provoque mais je sais qu'il a raison. Tout est terminé entre nous, tout doit se terminer entre nous... Nos baisers brûlants, nos folles nuits d'amour, notre merveilleuse et tendre complicité, notre amour, notre amour réciproque... Tout est fini, fini, fini... fini depuis le commencement...

§§§

Le dîner est prévu à vingt heures. Après être restée des heures dans ma chambre, sans bouger, je prends une longue douche avant de m'habiller d'une jupe noire et d'un petit top noir, tenue sombre comme mon état général. Je me maquille légèrement. A quoi bon essayer de cacher mon visage défait, je suis affreuse, je resterai affreuse. Je ne cesse de repenser à ce qui s'est passé en fin d'après-midi, j'en tremble encore. Avant de nous séparer, Hugo m'a arraché le coffret des mains et m'a claqué violemment la porte au nez. Je crois que je n'oublierai jamais son visage à ce moment-là : un mélange de rage contenue, de frustration et de douleur. Sa douleur m'a fait mal, beaucoup. Depuis, je me retiens de ne pas courir dans sa chambre afin de le prendre dans mes bras, pour le consoler...

C'est Antoine qui m'empêche de faire une bêtise. Il me téléphone pour me souhaiter un joyeux anniversaire. Entendre sa voix me rassure étrangement. Nous réussissons même à discuter un certain temps. Je lui assure que tout va bien. Nous nous séparons en nous embrassant tendrement.

Mes sœurs, mes parents et quelques amis m'envoient des SMS pour fêter mes trente-deux ans. Je pleure comme une fontaine en lisant les différents messages, il me faut d'ailleurs un moment pour me ressaisir. Je suis tellement à cran que j'ai constamment envie de pleurer.

A dix-neuf heures cinquante minutes, je quitte ma chambre et me dirige vers l'ascenseur en retenant mon souffle. Je suis morte de trouille de tomber sur Hugo mais il n'est pas là, à mon grand soulagement. Je retrouve Claire dans le hall, elle fronce les sourcils en découvrant mon visage.

- Ça ne va pas ? me demande-t-elle aussitôt.
- Ça va aller, je réponds en m'efforçant de sourire.

Sophie et les Brissan viennent nous rejoindre à cet instant précis. Nous allons nous installer dans l'un des restaurants de l'hôtel, l'un des plus somptueux aux lustres en cristal. La décoration est très scandinave, très aérée, dans les tons rouges. Je suis impressionnée par le nombre de verres sur les tables.

Le dîner se passe relativement bien. Nous dégustons du poisson, des crustacés, des toasts de Skagen (aux crevettes de la mer du Nord), servis par de grands Suédois, blonds pour la plupart. Le champagne coule à flots. Très vite, je me sens ivre mais cela m'importe peu. J'ai envie d'oublier la douleur dans ma poitrine. Il faut pourtant que je me ressaisisse. Je suis à un congrès professionnel, je ne dois pas perdre les pédales, au risque de me faire un peu plus remarquer par les adhérents. Il faut que je me reprenne, par respect pour Lucas, et surtout pour Hugo.

Soudain, je le vois dans le restaurant, assis non loin de moi finalement. Il dîne avec deux couples d'adhérents, dont Edmond Patterson et sa femme… et la fameuse blonde. Celle-ci se tient à sa droite et n'a d'yeux que pour lui mais Hugo me regarde soudain, avec insistance. Son visage n'exprime aucune émotion mais il me regarde fixement, comme s'il ne pouvait plus se détourner de moi. La belle inconnue suit son regard et paraît très contrariée en me découvrant. Je devine aussitôt que de nombreux adhérents se sont empressés de lui relater notre « étrange et mystérieuse relation » entretenue par le passé. J'ai envie de rire, nerveusement. Elle semble agacée en remarquant le trouble de son voisin de table et essaie de le ramener à elle en s'efforçant de rire. Je préfère baisser la tête, trop meurtrie par ce couple parfaitement bien assorti.

Une fois le dessert avalé, nous quittons le restaurant et allons tous au bar prendre un café. Je remarque immédiatement Hugo parmi la foule, il discute seul avec la blonde et m'ignore délibérément.

- Qui est-ce ? je ne peux m'empêcher de demander à Claire.
- Alice Morino, c'est la nouvelle responsable pub du Groupe.

Claire me sourit gentiment avant de poursuivre, sans aucune méchanceté :

- Elle est célibataire, jeune et rêve probablement d'un bon parti. Elle est constamment sur son dos !

- Je leur souhaite d'être heureux, je fais en me détournant, le cœur en miettes.
- Cette fille n'a aucune chance avec lui, ajoute mon amie en me pressant le bras.
- Il peut faire ce qu'il veut avec elle, cela ne me regarde plus, je rétorque avant de changer de sujet, effrayée à l'idée de craquer devant tout le monde.

Je ne reste pas longtemps au bar, je suis fatiguée, écœurée, blessée. Très vite, je décide d'aller me coucher. Je me rends compte que Hugo n'est plus là, probablement s'est-il réfugié dans sa chambre... avec la blonde pour une partie de jambes en l'air. Je ne peux m'empêcher de tressaillir en les imaginant tous les deux, entièrement nus, dans la chambre voisine de la mienne. J'ai envie de hurler en me dirigeant vers l'ascenseur.

Dans le hall de l'hôtel, j'ai l'agréable surprise de découvrir Alice Morino, seule. Elle discute avec quelques adhérents, apparemment déçue de se retrouver là, sans Hugo. Lorsque je passe devant elle, elle s'interrompt et me regarde fixement, toujours avec cet air très arrogant. Je soutiens son regard sans sourciller. Je suis cruellement contente.

§§§

*Jeudi 6 juin*

Le lendemain matin, je m'efforce de me rendre à la réunion, en souriant. Lucas hausse les sourcils en me retrouvant mais ne fait aucun commentaire, il paraît cependant sceptique. Nous avons eu très peu l'occasion de discuter depuis notre arrivée en Suède mais je crois que nous n'avons plus rien à nous dire. Lucas sait depuis longtemps ce qui se passe entre Hugo et moi, enfin, ce qui se passait entre Hugo et moi. Je l'ai vu aussi bavarder avec François Gersse. J'ai deviné qu'ils parlaient de moi car, lorsque j'ai retrouvé Lucas un instant plus tard, il m'a longuement observée en silence avec une expression bizarre sur le visage. J'ai cru mourir de honte mais, depuis, il est étrangement sympathique avec moi, presque protecteur. J'avoue que je ne sais plus que penser. Les adhérents, quant à eux, semblent s'être rendu compte que le directeur général avait une nouvelle conquête, ils ne sont plus constamment sur mon dos. Honnêtement, je ne sais pas si cela me réjouit vraiment.

Sophie et moi essayons de nous connaître plus personnellement. Pour Claire, nous faisons chacune des efforts afin de mieux communiquer, ce qui, finalement, se révèle assez facile. Sophie n'est pas du tout celle que je croyais. Elle est drôle, gentille, et simple. Aujourd'hui, je comprends pourquoi Claire et elle sont ensemble. Elles ont chacune leur caractère bien trempé mais sont étrangement semblables. Claire ne cesse de me remercier de la tournure des choses, de notre relation qui change peu à peu. Elle est heureuse de me voir accepter Sophie comme une nouvelle amie, et réciproquement.

Toutes les trois, nous nous installons au troisième rang. Le Conseil de direction est déjà présent mais, immédiatement, je remarque l'absence de Hugo. J'ai un moment de panique en jetant des regards autour de moi. Claire me fait signe de me calmer.

Hugo arrive avec une bonne demi-heure de retard, la réunion a déjà commencé quand il vient s'asseoir à sa place d'un pas pressé. Il s'excuse brièvement auprès des adhérents avant de se plonger dans ses dossiers, sans autre commentaire. Il est livide, je m'aperçois en frissonnant, et a une expression glaciale sur le visage. Je me sens très, très mal. J'ai encore cette terrible impression d'être responsable de son état général.

François Gersse, quant à lui, semble vraisemblablement furieux.

§§§

L'après-midi, toujours sans l'équipe de direction, nous partons pour une croisière d'une heure dans l'archipel de Stockholm jusqu'à la forteresse de Vaxholm. Nous visitons un musée, sans grand intérêt pour ma part, avant de nous promener le long des murs colossaux de la forteresse et de visiter les cellules souterraines, la forteresse ayant servi de prison.

En fin d'après-midi, un autocar nous dépose au musée de Skansen, qui a la particularité de se trouver en plein air. Dans une sorte de petite ville imbriquée dans une autre ville, nous voyageons dans le passé en visitant des maisons d'âges et de régions différents de la Suède. Nous nous promenons ensuite dans un parc tout simplement majestueux.

A vingt heures, nous dînons dans le restaurant Solliden, très beau restaurant décoré de façon classique mais avec une vue imprenable sur Djurgäden. Je dîne avec quelques adhérents que je ne connais pas bien et qui semblent ignorer quel genre de femme je suis censée être dans le Groupe. Je passe relativement une bonne soirée. Je n'ai pas revu Hugo depuis ce matin, sa belle blonde non plus. Je préfère ne pas y penser.

Le retour à l'hôtel se fait dans le calme. Assise dans l'autocar près d'un homme d'une soixantaine d'années, je me consacre au paysage défilant devant mes yeux, mon voisin somnole durant tout le trajet.

Quand je pénètre dans le hall de l'hôtel quelque temps plus tard, j'aperçois Hugo. Il se tient près de la réception et discute avec François Gersse. Je frissonne en remarquant ses traits tirés, son expression tellement...

triste. Le Président, lui, semble très contrarié. Lorsque je passe devant eux, je rougis violemment en croisant son regard. Je le vois vouloir s'approcher de moi mais Hugo le retient par le bras, le visage tendu à l'extrême. Je m'enfuis dans l'ascenseur comme une voleuse.

§§§

*Vendredi 7 juin*

Aujourd'hui est une journée libre. Après le petit-déjeuner, je cours au centre de soins me faire masser pendant plus d'une heure avec des pierres chaudes, un vrai bonheur. Je réussis pour la première fois depuis longtemps à me détendre complètement, je m'endors presque lorsque la jolie esthéticienne me masse le dos.

Quand, un instant plus tard, je quitte l'institut, je suis très zen, *vraiment très zen*. J'ai l'impression d'être complètement droguée, j'ai une affreuse envie de dormir. Afin de retrouver un semblant d'énergie et profiter encore de cette journée tranquille, je décide d'aller immédiatement à la piscine de l'hôtel, assez calme à cette heure-ci. Je me rends compte être effectivement *très zen* car je réussis à rester très calme quand j'aperçois Hugo faire des longueurs dans le couloir de nage, ce qui est assez exceptionnel depuis nos retrouvailles, dans cette ville. Evitant de regarder ses larges épaules légèrement dorées par le soleil, probablement de peur de ne pas contrôler mes hormones, j'installe mes affaires sur une chaise longue avant de descendre dans le bassin. L'eau est un peu froide, je trouve en frissonnant légèrement. Je remarque Alice Morino, tranquillement appuyée contre le bord de la piscine, discutant avec Nadia Nourris, une nouvelle assistante de direction dans le sud de la France, m'a appris Claire. Tout en bavardant avec sa collègue, je vois cette Alice Morino jeter des regards possessifs sur le directeur général, ce qui réussit à me hérisser le poil.

Elle ne semble absolument pas contente de me voir débarquer dans la piscine. Là, je ressens vite une certaine satisfaction.

- Allez, un peu de courage ! me fait soudain une voix grave alors que j'hésite encore à plonger dans l'eau.

Hugo ne se tient plus qu'à quelques pas de moi, le corps à moitié immergé. Je sens mon cœur faire un bond dans la poitrine en réalisant à quel point il semble hésitant, sur ses gardes.

- Elle est froide, je bougonne en rencontrant son regard.

Nous nous dévisageons quelques secondes sans prononcer un mot mais, en quelques secondes seulement, tout masque tombe entre nous. Je sais qu'à cet instant précis, je suis relativement détendue mais je dois me rendre à l'évidence, je ne peux plus me comporter comme si cet homme n'était pas important à mes yeux. Il y a cette attirance, ce lien entre nous, ce lien qui nous lie depuis notre toute première rencontre… et il y a cet amour, cet amour partagé. Certes, Hugo ne le sait pas mais cet amour est là, dans mon cœur, profondément ancré. Je ne peux pas ignorer cette vérité, c'est impossible. J'ai beau vouloir renoncer à lui, j'ai beau vouloir arrêter toute relation intime avec lui, mon corps et mon esprit le cherchent inlassablement. Et cette nuit, j'ai longuement réfléchi. Je ne peux pas continuer de l'éviter sans éclaircir notre situation. Il souffre par ma faute et il n'est pas bien dans son travail. Je dois cesser de jouer au chat et à la souris avec lui. Nous devons discuter, impérativement. Je ne peux pas faire comme s'il n'existait pas, ce n'est pas correct, et c'est trop cruel.

Hugo, qui se rend compte de mon changement d'humeur, perd instantanément cette froideur qui le caractérisait depuis nos retrouvailles. Il semble soulagé. Moi, je ne peux m'empêcher de sentir un long frisson me longer la colonne vertébrale tant je suis heureuse de le retrouver enfin. Etre dans le même hôtel, déjeuner et dîner dans le même restaurant, dormir l'un à côté de l'autre et nous ignorer comme si nous étions de parfaits inconnus, ce n'est pas *nous*. Non, c'est au-dessus de mes forces. Je ne peux plus continuer ainsi, je n'y arrive plus.

- Viens, dit-il doucement en me tendant la main, un petit sourire apparaissant sur son visage.

Je n'hésite pas une seconde. Je prends cette main tendue alors que de nombreux adhérents nous observent, qu'Alice Morino nous observe. Mais je m'en moque, ce n'est plus important pour moi. A cet instant précis, Hugo est tout ce qui compte à mes yeux.

Nous nous mettons aussitôt à nager, côte à côte, lentement, savourant l'eau tiède sur nos deux corps allégés. D'abord hésitants, nous restons un moment sans prononcer un mot, évitant d'être trop près l'un de l'autre, chacun faisant un effort pour ne pas se toucher... mais nos corps finissent par s'effleurer, presque naturellement. Nos bras, nos jambes se frôlent, se caressent... Nos regards ne cessent de se chercher, nous sommes dans notre monde, retrouvant notre tendre complicité, oubliant tout ce qui nous entoure.

- Tu as grillé toutes tes chances avec elle, je ne peux m'empêcher de remarquer lorsque je vois Alice Morino quitter le bassin, apparemment déroutée.
- Tu sais très bien que cette fille ne m'intéresse pas, réplique Hugo en s'asseyant près de moi, dans le jacuzzi.

Nous sommes seuls dans le jacuzzi, aucun adhérent n'ose venir nous déranger. Mais cela nous convient parfaitement car nous avons envie de rester tranquilles. Hugo ferme un instant les yeux, il semble plus détendu.

- Elle semblait te plaire pourtant, je dis encore, incapable de voiler ma terrible jalousie.

Hugo émet un petit rire en me regardant.

- Tout est fini entre nous, c'est ça ?

Je l'arrose avec mes mains.

- C'est ça, je réponds en rougissant.
- Tu refuses d'aller prendre un café alors ? me demande-t-il aussitôt.
- Non, je ne refuse pas, je réplique du tac au tac, soulagée de rester avec lui encore un moment.

Nous quittons immédiatement le bassin, enfilons rapidement nos vêtements, short et tee-shirt pour Hugo, peignoir à l'effigie de l'hôtel pour moi, puis quittons la piscine pour aller nous asseoir sur une terrasse au soleil. Il fait un temps splendide.

- On va nous voir, je remarque tout bas.
- Je m'en fous, me dit-il franchement en faisant signe à un serveur.

Je ne relève pas. Moi aussi je m'en fiche. Antoine se désintéresse complètement de mon travail, il ne risque pas d'écouter les cancans de *Bricodeal's*. De toute façon, si cela devait lui arriver jusqu'aux oreilles, je trouverais quelque chose pour démentir ces rumeurs, je suis assez forte pour le mensonge. Hugo, quant à lui, est divorcé aujourd'hui, il est libre de « fréquenter » qui il veut, ou de prendre un café sur une terrasse ensoleillée avec n'importe quelle employée du Groupe, moi y comprise. En plus, François Gersse ne le virera pas. S'il avait voulu le faire, il l'aurait fait depuis longtemps.

Finalement, lorsque le serveur se présente devant nous, nous commandons deux cocktails aux fruits exotiques. Il fait chaud, nous avons envie de nous rafraîchir.

- J'aime ta nouvelle coupe de cheveux, fait soudain Hugo en me dévisageant intensément.
- Merci.
- Tu as mauvaise mine, ajoute-t-il abruptement.
- Merci, je grimace avec un petit rire.
- Non, ne ris pas, Anna. Je m'inquiète pour toi, insiste-t-il en toute franchise.
- Je vais bien pourtant, je mens outrageusement.
- Pourquoi as-tu refusé mon cadeau ? m'interroge-t-il encore.

Je rougis légèrement.

- Tu as eu trente-six ans et je ne t'ai rien offert, j'objecte sans réfléchir.

Soudain, Hugo sourit en s'enfonçant dans son fauteuil, apparemment touché. L'expression de son visage me fait battre le cœur plus vite.

- Tu t'en es souvenue, remarque-t-il enfin.
- Bien sûr, j'avoue en soutenant son regard, et je ne t'ai rien offert.
- Il n'est pas trop tard pour me faire un cadeau, dit-il avec un petit rire.
- Que veux-tu dire ? je fais en me raidissant imperceptiblement, soudain sur mes gardes.
- Passe la journée avec moi.

Je rougis une nouvelle fois en me demandant si cela est raisonnable. Soit, nous devons discuter mais est-ce sérieux de nous retrouver seuls, toute une journée ?

« *Non, ce n'est pas sérieux !* », me répond aussitôt une petite voix. Pas du tout même. Je sais très bien que je serais incapable de lui résister car *je ne peux pas* lui résister. A la piscine, je ne rêvais que d'une chose, qu'il me prenne dans ses bras, comme autrefois. Etre une journée entière avec lui sans pouvoir le toucher est inimaginable, voire insupportable. Mais nous devons discuter. C'est important. Dois-je pourtant faire n'importe quoi ? Ai-je le droit de me comporter avec lui comme si nous étions encore amants ? Cette idée me fait peur, ce n'est pas honnête, ce n'est pas correct. Devinant mes pensées, Hugo se redresse sur sa chaise et se penche vers moi pour me souffler tout bas :

- Accepte, Anna. Je ne te demanderai rien, je te le promets.
- Je ne sais pas, je murmure en baissant les yeux sur mes mains crispées.
- Passons la journée ensemble, comme de bons vieux amis, dit-il encore en cherchant à me convaincre.
- Nous ne serons jamais de bons vieux amis ! je rétorque avec un petit rire, amusée malgré moi par cette idée saugrenue.

Nous nous dévisageons encore une fois comme nous en avons l'habitude. Immédiatement, je sens fondre toutes mes bonnes résolutions, comme à chaque fois. Je sais que je suis en train de faire une bêtise mais je ne peux pas refuser, j'en suis incapable, surtout lorsqu'il me regarde comme si j'étais la plus belle femme au monde. Je finis par céder, très vite.

- D'accord, j'accepte simplement.

Je ris de nouveau quand je vois son visage s'éclairer d'un large sourire, apparemment soulagé.

- Entendre ton rire m'a manqué, me dit-il doucement.
- Ne me drague pas ! je le menace en éclatant de rire.
- Nous avons dépassé le stade de la drague depuis bien longtemps, Anna Beaumont ! rit-il à son tour, amusé par la tournure de notre discussion.

Après avoir dégusté notre cocktail, nous nous mettons aussitôt en route pour aller nous balader. Nous retournons d'abord dans notre chambre pour nous changer. De nombreux adhérents se retournent sur notre passage, je ne peux m'empêcher de rougir en les imaginant s'égayer sur notre étrange relation. Hugo y reste totalement indifférent.

§§§

Dans ma salle de bains, je me douche très rapidement. Je me maquille et me coiffe aussi vite avant d'enfiler un jean et un ravissant chemisier blanc, à manches courtes et boutonné dans le dos. J'enfile de jolies petites ballerines bleues, attrape mon sac à main, où je jette lunettes de soleil et petit gilet en coton bleu, et quitte enfin ma chambre en cachant difficilement mon excitation.

Hugo m'attend devant l'ascenseur, tranquillement appuyé contre le balcon ouvert sur l'hôtel. Il porte un jean et un polo bleu marine. Ses cheveux sont encore mouillés de la douche. Il sent bon. Il est terriblement séduisant. *Je* le trouve terriblement séduisant.

Je rougis légèrement en me souvenant soudain de nos retrouvailles, devant notre chalet à l'île Maurice, lorsque nous étions devenus amants. J'ai l'impression de remonter le temps. Hugo devine aisément mes pensées, je le vois dans ses yeux bleus.

- Où allons-nous ? je fais précipitamment pour cacher mon trouble.
- Je pensais aller visiter la vieille ville, sourit-il en appelant l'ascenseur. Nous pouvons aller à pied vers Gamla Stan, ce n'est pas très loin... Ce programme vous convient-il, Anna Beaumont ? ajoute-t-il avec un petit rire tout simplement délicieux.
- C'est parfait, Hugo Delaroche, j'approuve en pénétrant dans la cabine de verre.
- Merci, me dit-il alors en me dévisageant attentivement.
- J'espère que tu es aussi bon guide ici que tu l'étais à Paris ! je ris pour cacher mon embarras.
- Humm... je vais essayer, me promet-il doucement.

Sous le regard curieux mais pas vraiment surpris de nombreux adhérents, nous quittons le *Sheraton Stockholm Hotel,* en souriant gaiement. Il est clair que nous voulons, tous les deux, oublier notre histoire compliquée, du moins un certain temps. Nous voulons profiter de cette belle journée ensoleillée. Nous voulons retrouver notre ancienne complicité... comme de bons vieux amis...

## Chapitre 16

Malgré l'endroit où nous sommes, malgré notre situation déjà si compliquée, et malgré mes bonnes résolutions, c'est moi qui craque la première. Je sais que je joue avec le feu, je sais que je ne suis pas honnête avec Hugo mais c'est plus fort que moi, je ne peux pas être avec lui sans lui appartenir. *Je ne peux pas.*

Cela fait presque deux heures que nous déambulons dans la vieille ville en discutant gaiement. Nos bras ne cessent de s'effleurer, nos regards ne cessent de s'accrocher. Nous sommes relativement détendus, nous sommes souriants, mais cette nouvelle relation entre nous n'est pas vivable, du moins pas pour moi. Après tout ce que nous avons partagé, après tout ce que nous avons vécu ensemble, être avec lui sans pouvoir le toucher me paraît... *anormal*. Nous ne sommes pas de bons vieux amis, nous ne serons jamais de bons vieux amis. J'ai envie de le sentir, j'ai *besoin* de sentir sa peau sous mes doigts. Il est comme une drogue, une drogue dont je suis incapable de me désintoxiquer. Hugo ne fait aucun geste envers moi et je sais qu'il n'en fera pas, il me l'a promis. « *Mais je me moque de tes promesses !* », ai-je envie de lui crier. « *Je veux que tu me prennes dans tes bras, je veux que tu me serres contre toi, je veux tes lèvres sur les miennes, maintenant* ».

Je n'hésite pas longtemps. Alors que nous arrivons dans un parc très fleuri où de nombreux touristes, ou Suédois que l'on reconnaît à leur couleur de cheveux si particulière, s'y promènent tranquillement, je glisse ma main dans la sienne, doucement, sans prononcer un mot. Je rougis de plaisir lorsque Hugo resserre immédiatement ses doigts autour des miens, en me regardant droit dans les yeux. Je sais que je fais une énorme bêtise mais je me sens instantanément mieux. Le reste n'a plus d'importance.

Dès lors, nous ne cessons de nous toucher, d'abord timidement puis avec une certaine fougue. On se prend dans les bras, on se frotte, on se serre. On a besoin de se sentir. Hugo me caresse les bras, les cheveux, le visage. Son souffle contre ma joue est un peu saccadé. Je le sens frissonner, ses mains ne cessent de trembler. Nous savons tous les deux que nous serons incapables de nous arrêter là.

Un instant plus tard, nous nous laissons tomber un peu brutalement sur un banc et nos lèvres finissent par se retrouver. Hugo prend mon visage entre ses mains, m'observe un moment avec cette façon si particulière puis prend ma bouche avec avidité. Je me serre étroitement contre lui en passant mes bras autour de sa taille. Je le caresse un peu maladroitement mais je suis si excitée que je n'arrive plus à me contrôler. Nous nous embrassons longuement, oubliant la foule autour de nous, oubliant les quelques adhérents que nous avons croisés lors de notre balade et qui n'ont pas fini de relater ce baiser passionné à qui voudra l'entendre. Nous oublions tout car nous avons plus d'un an à rattraper…

- J'en rêvais depuis des mois, murmure soudain Hugo d'une voix sourde. Si tu savais comme j'attendais ce moment…
- Embrasse-moi, embrasse-moi, je souffle contre son visage.
- Tu m'as tellement manqué, ajoute-t-il encore en me regardant dans les yeux.
- Chut ! je l'interromps en reprenant ses lèvres.
- Tu ne changes pas ! finit-il par rire en m'embrassant dans le cou, me faisant frissonner

de la tête aux pieds. Tu es toujours aussi dévergondée !

- Et toi, tu parles trop ! je grogne en plaquant une nouvelle fois ma bouche contre la sienne.

Nous nous embrassons encore et encore, en proie à une folle envie de faire l'amour. Je finis par avoir les joues brûlantes, Hugo est un peu rouge. Essayant de nous ressaisir, nous nous écartons enfin en émettant un petit rire, complices, éternellement complices. Pourtant, je devine m'être mise dans une situation des plus compliquées. Je m'efforce aussitôt de ne pas y penser. Pas maintenant. Surtout pas maintenant.

§§§

Au déjeuner, nous choisissons d'aller au *Pontus by the Sea*, un charmant restaurant clair, moderne et sympathique. Nous sommes très, très détendus. Nous plaisantons, nous rions, nous ne cessons de nous taquiner. Nous sommes dans notre monde, une nouvelle fois. Nous dévorons un excellent plateau de fruits de mer, nous rappelant de très agréables souvenirs. Nous discutons de l'île Maurice, de Paris, de Stockholm. Nous ne cessons de nous embrasser, avec toujours ce besoin presque vital de nous toucher. Nous partageons *un vrai* moment de bonheur. Pourtant, au dessert, je décide d'aborder un sujet qui me trotte dans la tête depuis deux jours. J'ai besoin de savoir si Lucas m'a menti, c'est important pour moi.

- Lucas m'a dit que tu ne participais plus au congrès, je dis doucement tandis que nous savourons un gâteau au chocolat noir.

Hugo me fixe un instant avant de répondre.

- J'imagine que tu t'es inscrite à ce congrès uniquement pour cette raison, remarque-t-il d'une voix triste.

Je rougis légèrement.

- Oui, en effet.

Hugo prend soudain mes mains dans les siennes et tout en jouant avec mes doigts, continue lentement :

- Je ne devais pas participer à ce congrès, c'est exact, mais... lorsque nous avons reçu les inscriptions des adhérents, François Gersse m'a informé que tu y serais. Je... j'ai décidé de venir pour te rencontrer.

Cette fois-ci, je deviens carrément écarlate en imaginant le Président de *Bricodeal's* se mêler de notre relation. Je ne peux m'empêcher de frémir en trouvant cette situation particulièrement étrange, et déplaisante. Je sens une sourde colère m'envahir tout entière.

- François n'a fait que citer ton nom, se défend maladroitement Hugo.
- Pourquoi n'as-tu pas informé les adhérents de ta venue ? je l'interroge brutalement.
- Je sais, ce n'était pas correct de ma part de garder ma présence secrète mais j'avais peur que tu ne viennes plus en l'apprenant, m'avoue-t-il franchement en essayant de me calmer.
- Tu avais raison, je ne serais pas venue, je reconnais alors.
- J'ai demandé à mon assistante d'appeler l'hôtel afin d'être installé près de ta chambre, me révèle-t-il encore en rougissant légèrement.
- Armelle Sanders ? je relève aussitôt en perdant toute colère devant son visage empourpré, me

rappelant cette fameuse communication téléphonique.

- En effet, approuve Hugo en se souvenant, lui aussi, de cette discussion.
- Est-elle au courant de... de... ? j'essaie de lui demander.
- Armelle sait beaucoup de choses, répond-il en émettant un petit rire gêné. Elle a d'ailleurs été très... embarrassée de tomber sur toi, ce fameux jour...
- Ce jour où tu as refusé de me parler ? je ne peux m'empêcher de l'interroger.
- Ce jour où je t'ai entendu garder ton calme et te comporter comme si de rien n'était, me contredit-il en me dévoilant sans le vouloir la douleur qu'il a ressentie en entendant ma voix si froide et si impersonnelle, à l'autre bout du fil.
- J'ai cru que je t'avais agacé, je lui avoue franchement.
- J'ai cru que tu me détestais, se défend-il en essayant de rire pour détendre l'atmosphère devenue trop lourde. Je n'ai pas osé prendre ce fichu téléphone. J'ai préféré me comporter comme un véritable abruti...
- Il m'a fallu du temps pour m'en remettre, je lui avoue encore.
- Moi aussi, me révèle-t-il dans un souffle.

Nous nous observons un moment en silence. Nous découvrons que nous avons ressenti exactement la même chose. Après cette communication téléphonique, nous nous sommes retrouvés exactement dans le même état d'esprit : malheureux. Tout simplement malheureux.

- Ce n'était pas un hasard ? je reprends soudain en essayant de retrouver le sourire. Etre une nouvelle fois voisine de ta chambre n'était pas un hasard ?!!!

- Non, ce n'était pas un hasard, dit-il en rougissant une nouvelle fois. Je pensais que cela serait plus simple pour tous les deux de discuter de... euh... notre situation. Je n'avais pas d'arrière-pensée.

Hugo est très nerveux, je le remarque en le dévisageant une nouvelle fois. Je ne peux m'empêcher de me sentir mal à l'aise en réalisant à quel point il semble perdu quant à *« notre situation »*. Il a peur. Je le vois sur son visage. Je décide de changer de sujet afin de détendre l'atmosphère. Je n'ai pas envie de me fâcher. Je suis bien, je n'ai pas envie de tout gâcher entre nous.

- Comment vont Joseph et Marie-Anne ? je lui demande précipitamment.
- Ils sont venus l'été dernier à la Rochelle, fait Hugo en avalant une gorgée de son café.
- Ils ont dû avoir peur en voyant ta tête, je remarque doucement.

Hugo resserre ses doigts autour des miens, gentiment menaçant.

- Dois-je en déduire que j'ai mauvaise mine ?
- Oui, tu es affreux, je le taquine en riant.

Je regrette immédiatement mes paroles en le voyant reprendre son sérieux.

- Tu sais, Anna, cette dernière année a été... difficile, m'avoue-t-il après un silence.
- Je suis désolée, je dis sincèrement.
- ... Je ne me pardonne pas ce qui s'est passé à Paris, poursuit-il en portant mes doigts à ses lèvres. Je m'en veux tellement.
- Je ne t'en veux pas, Hugo.
- Mais tu m'as jeté de ta vie, remarque-t-il sans aucune méchanceté dans la voix.

Il semble si démuni tout à coup qu'il me donne envie de le rassurer.

- C'est compliqué, Hugo, je fais tout bas. Mon... mon mariage est compliqué, j'ajoute doucement.
- Alors tu préfères tout arrêter entre nous ? me demande-t-il franchement.

Je le regarde un moment avant de répondre, prenant soin de ne pas le froisser.

- C'est compliqué, je répète dans un souffle. Je... Mon mari a besoin de moi...
- Moi aussi, j'ai besoin de toi.
- Ce n'est pas la même chose.
- Comment peux-tu dire ça ?!!!

Je baisse les yeux sur nos doigts entremêlés en inspirant longuement. Je sens notre discussion prendre une direction que je ne souhaite pas, pas maintenant du moins. J'essaie aussitôt de sourire afin de détendre l'atmosphère mais Hugo semble sur le point de se fermer. Son visage devient plus froid, plus distant. Mais je sais qu'il ne s'agit que d'une façade, d'une carapace. Il a tellement peur de se prendre des coups qu'il préfère se cacher derrière un mur de pierres, où ne perce plus aucune émotion.

- Hugo, je fais doucement, ne nous fâchons pas, je t'en prie. Profitons de cette belle journée, j'ajoute en serrant ses mains dans les miennes. S'il te plaît, profitons de cette belle journée...

Je ne veux pas gâcher cette journée, probablement la seule avant notre retour en France. Egoïstement, je veux en profiter à 100 %. Je veux profiter de ce bonheur éphémère, une dernière fois.

- Tu refuses de répondre à mes questions ? rétorque-t-il vivement.
- Nous en discuterons ce soir, je lui promets alors. Je répondrai à toutes tes questions ce soir.
- C'est un peu se jouer la comédie ! proteste-t-il en voulant retirer ses mains des miennes.
- Non, Hugo, je réponds en le retenant fermement. Je veux juste profiter de cette belle journée, *ensemble*.

Nous nous fixons un moment sans prononcer un mot. Je sens mon cœur s'accélérer. Hugo hésite encore. Mon Dieu, il hésite encore ! J'ai peur de le voir refuser. Légèrement paniquée, je resserre une nouvelle fois mes doigts autour des siens, sans lâcher son regard. Je n'imagine pas le voir partir alors que je rêve de me retrouver dans ses bras. J'ai besoin de lui. Même si cela ne durera pas, j'ai besoin de lui.

- Tu accepteras de discuter de notre... relation ce soir ? me demande-t-il enfin après un silence très tendu, trop tendu.
- Je te le promets.
- Tu répondras à toutes mes questions ?
- Je te le promets.

Soudain, à mon grand soulagement, Hugo finit par sourire, en semblant retrouver sa bonne humeur. Il est clair qu'il n'a pas, lui non plus, envie de gâcher nos « retrouvailles ». Je me sens pourtant très mal, surtout quand il ajoute, d'un ton doucereux, avec un petit rire qui ressemble à une mise en garde :

- Je ne te lâcherai pas ce soir. Tu peux me faire confiance !
- Je te fais confiance, je m'efforce de rire.

Mais j'ai plutôt envie de pleurer, à vrai dire. Je fais un effort surhumain pour ne pas le montrer.

§§§

Vers dix-neuf heures trente, nous rentrons tranquillement à l'hôtel, les bras chargés de paquets. J'ai fait quelques achats pour mes parents et mes sœurs. Je n'ai rien pris pour Antoine, qui me le reprochera certainement, mais lui acheter un présent devant mon amant me paraissait cruel. Hugo a voulu m'offrir une petite veste en cuir que j'aimais bien, j'ai refusé catégoriquement. Moi, je lui ai offert une ravissante cravate dans les tons bleus, assortie à ses yeux clairs. Je n'ai pu m'empêcher de devenir écarlate quand je l'ai vu très touché par ce geste.

Devant l'ascenseur, il y a foule. Je rougis violemment en sentant les regards de *tous* les adhérents se poser sur nous avec curiosité mais je parviens à garder mon calme, je crois que je commence à y être habituée. Cependant, je me sens très mal en rencontrant François Gersse et son épouse. C'est la toute première fois que je me retrouve en face d'eux, en compagnie de Hugo. Le président me fixe aussitôt avec insistance, une étrange expression sur le visage.

- Vous allez bien, Madame Beaumont ? me demande-t-il lentement.
- Très bien, je fais d'un ton guindé.
- Vous avez passé une bonne journée ? insiste-t-il doucement.
- Oui, merci, je rougis encore.
- Votre situation s'améliore, si je comprends bien…
- Ça va, François, intervient Hugo d'une voix froide. Laisse-la tranquille.

Cette fois-ci, je deviens carrément écarlate, autant par les questions de François Gersse que par le comportement de Hugo. Embarrassée comme je ne l'ai
- 389 -

jamais été, je fusille celui-ci du regard avant de me tourner vers la cabine de verre, m'excusant brièvement auprès du Président. « *Je vais le tuer* », je me dis en pénétrant dans l'ascenseur. Hugo se contente de hausser les épaules, mi-amusé, mi-furieux contre sa propre attitude.

Quand nous nous retrouvons seuls devant la porte de ma chambre, je lui fais vivement face avant de lui demander d'un ton de reproche :

- Ça va, tu t'amuses bien, Hugo Delaroche ?
- Il m'a gonflé, dit-il simplement.
- François Gersse est mon président, je lui rappelle froidement.
- Et moi, je suis ton directeur général ! réplique-t-il en riant.

Je vais pour répondre mais sa réflexion me prend de court, je ne peux m'empêcher de rire.

- Tu es incorrigible, je lui reproche en lui donnant un petit coup sur le torse.
- J'ai envie de toi, me dit-il abruptement en prenant mes lèvres.

Nous nous embrassons fougueusement, lâchant tous nos paquets à nos pieds. Un instant plus tard, nous gloussons comme des gosses quand nous entendons l'ascenseur s'arrêter à notre étage. Nous ramassons rapidement nos sacs avant d'entrer dans ma chambre, sans la moindre hésitation.

Cela fait des heures que nous désirons faire l'amour, cela fait des heures que nos corps se cherchent, inlassablement. Nous rions encore en nous débarrassant rapidement de nos vêtements. Hugo m'aide à retirer mon jean, je l'aide à enlever son polo. Nos doigts tremblent fébrilement lorsque nous finissons de nous déshabiller, retrouvant soudain notre sérieux. Hugo me porte dans ses bras et m'allonge délicatement sur le lit. Il me dévisage un long moment en silence avant de se pencher vers moi et de reprendre mes lèvres...

Nous faisons lentement l'amour, comme nous aimions le faire par le passé. Nos mains se lient, nos peaux se collent, nos caresses se mélangent, nos corps se soudent... Nous nous aimons... le plus naturellement possible...

§§§

Lorsque nous reprenons notre souffle, quelque temps plus tard, nous nous regardons longuement en souriant. *Je* le regarde longuement en souriant. Pour la première fois depuis longtemps, je me sens bien, je me sens en sécurité. Je sais pourtant que ce moment ne durera pas. Me sentir à ma place dans les bras de cet homme ne durera pas... Mais, à cet instant précis, je me sens tellement heureuse que plus rien n'a d'importante. D'ailleurs, je me blottis amoureusement contre lui en lui soufflant à l'oreille, taquine :

- J'avais oublié à quel point tu fais merveilleusement bien l'amour.

Hugo resserre son bras autour de ma taille.

- Moi, je n'avais pas oublié à quel point j'aime *te* faire l'amour, réplique-t-il tout bas.

Nous restons étroitement enlacés jusqu'à l'heure du dîner, sans prononcer un mot, chacun savourant ce moment empli de tendresse. Les yeux fermés, le visage détendu, Hugo repousse machinalement mes cheveux en arrière. Moi, un petit sourire de béatitude sur les lèvres, je fais des petits dessins imaginaires sur son torse. Nous rêvons tous les deux que cet instant ne s'arrête jamais…

- Il va falloir se préparer pour le dîner, je dis pourtant en m'étirant langoureusement contre lui.
- Je sais, grogne-t-il en descendant ses mains dans le creux de mes reins, lentement, très lentement.
- Je recommencerais bien, pourtant… je souffle en l'embrassant dans le cou.

Mon Dieu, dès l'instant où il pose ses mains sur moi, j'ai très envie de lui appartenir !

- Je pourrais te prendre au mot ! rit-il en me faisant rouler sur le dos avant de reprendre mes lèvres.
- Mais il y a ce dîner… je fais contre sa bouche, toujours taquine.
- Humm… ce dîner… répète-t-il en descendant vers ma gorge, mes seins, mon ventre.

Je m'accroche à lui tandis qu'il me caresse longuement, d'abord avec ses mains puis avec sa bouche. Je prends ensuite les commandes et joue avec lui jusqu'à le rendre fou. Un instant plus tard, quand il me pénètre une nouvelle fois, je meurs d'envie de lui crier mon amour. D'ailleurs, je serre les lèvres jusqu'au sang. J'ai très envie de pleurer.

Afin de cacher la douleur que je ressens soudain, une douleur à en suffoquer presque, j'enfouis mon visage dans le creux de son cou et le serre très fort contre moi. Je sais déjà que notre séparation sera terrible car, alors qu'il me fait l'amour comme un dieu, je viens de décider ce que j'allais faire…

§§§

- Ça va ? s'inquiète Hugo lorsque nous retombons chacun de notre côté, enfin rassasiés.
- Oui, je mens en l'embrassant sur la joue.
- Tu ne sais pas mentir, rétorque-t-il aussitôt en se redressant sur un coude pour mieux me regarder.
- Il faut *vraiment* se préparer ! j'essaie de rire en voulant le repousser.

Mais Hugo me retient en me bloquant doucement contre lui. Je comprends aussitôt qu'il a ressenti exactement ce que j'ai ressenti tandis que nous faisions l'amour. J'ai d'ailleurs toujours cette étrange sensation : parfois, nos esprits sont si étroitement liés qu'ils ne font plus qu'un. Nous ressentons exactement les mêmes émotions, les mêmes impressions. Et là, sans nous parler, nous avons senti que quelque chose allait se passer entre nous, quelque chose d'important, ou de grave. Moi, malheureusement, je sais déjà ce qu'il en est. Hugo, lui, semble encore totalement dépassé par mon étrange attitude.

- Qu'est-ce qui ne va pas, mon ange ? insiste-t-il en me fixant droit dans les yeux.
- Nous allons être en retard ! je me défile en me redressant déjà pour aller prendre ma douche.
- Anna, s'il te plaît ! proteste-t-il en arborant une expression plus grave.
- Tu dois partir, je lui réponds en revenant vers lui pour l'embrasser sur la joue, incapable de lui rester indifférente quand il prend cet air-là.

Hugo semble si démuni qu'il m'est impossible de le laisser ainsi, du moins, pour ce soir. Je me rallonge aussitôt sur lui, essayant de me montrer souriante et taquine alors que je pleure à l'intérieur de mon corps.

- Vous devez partir, Monsieur Delaroche, je fais en embrassant son front, ses joues, son nez puis sa bouche. Je vous rappelle que vous êtes directeur général, vous avez un devoir à accomplir !
- Qu'ils aillent tous se faire foutre ! rétorque-t-il en me faisant rouler sur le lit, essayant de retrouver sa bonne humeur et son entrain habituel. J'ai une femme sublime entièrement nue entre les bras, ajoute-t-il en riant. Qu'est-ce qu'un pauvre adhérent peut-il avoir de plus à m'offrir ?!!!

Je ne réponds pas mais le serre une nouvelle fois dans mes bras, comme si j'avais peur que l'on me l'arrache brutalement. Hugo gémit en m'embrassant dans le creux de la gorge, là où brillent mes diamants. Il a de nouveau un visage grave.

- Je t'aime, souffle-t-il en reprenant mes lèvres.
- Je sais, je murmure tout bas.

J'ai immédiatement envie de lui répondre qu'il en est de même pour moi mais je sais déjà que c'est impossible, la situation risquerait d'être beaucoup trop compliquée, *après*. Hugo me regarde, avec insistance. Je sens qu'il veut me demander quelque chose mais qu'il n'ose pas. Mon Dieu, il n'ose pas ! Ça me fait mal cette retenue entre nous, il n'y en a jamais eu jusqu'à aujourd'hui. Je devine pourtant qu'il veut m'entendre lui avouer mes sentiments, qu'il a besoin d'être rassuré en lui disant que je l'aime. Mais je ne peux pas, pas après avoir décidé de le quitter irrévocablement ce soir. Je vois alors dans ses yeux une telle souffrance que je manque de céder à mes pulsions, mais je ne dis rien. J'ai envie de mourir lorsque je ris, en le repoussant de mes bras.

- Dehors, Monsieur le directeur général ! je fais en me levant, cette fois-ci, de façon ferme et définitive.

Hugo se lève lentement, le visage un peu fermé mais je fais en sorte de l'ignorer. Je l'aide à ramasser ses affaires tout en le taquinant. Je le vois faire un effort sur lui pour sourire. Je le regarde se rhabiller en riant bêtement.

- On se retrouve dans une heure, me dit-il avant de quitter ma chambre.
- D'accord, je fais en l'embrassant une dernière fois.
- Ce n'était pas une question, rétorque-t-il avant de sortir.

§§§

On se retrouve exactement une heure plus tard, devant l'ascenseur. Hugo est souriant, il me paraît même assez confiant. Refusant d'écouter la petite alarme qui résonne dans ma tête, je le regarde attentivement de la tête aux pieds. Je le trouve très beau dans son costume gris souris et sa chemise bleu ciel. Il porte ma cravate, qui est vraiment très jolie. En plongeant mon regard dans le sien, j'ai l'impression de retrouver le ciel bleu de Vendée. Conquise, je souris en passant mon index sur sa fossette. Nous sommes seuls.

- Tu es vraiment très beau, je lui dis tout bas.
- Et toi, tu es sublime, réplique-t-il en caressant du bout des doigts mon épaule nue. Et très grande ! ajoute-t-il avec un petit rire.
- On ne se moque pas ! je proteste en lui donnant un coup de coude dans les côtes, amusée.
- Je n'oserai jamais ! me taquine-t-il encore.

Je porte une jolie robe noire en coton de soie, au profond décolleté et aux petites bretelles croisées dans le dos. J'ai mis de fines sandales à talons *très* hauts et me suis maquillée minutieusement. Je me sens belle.

Nous dînons dans l'un des restaurants de l'hôtel, le Swiden Garden où une soirée dansante est organisée. Lorsque nous arrivons dans la première salle du restaurant où a lieu l'apéritif, il y a déjà foule. Notre arrivée ensemble ne passe pas inaperçue mais, une nouvelle fois, cela me laisse indifférente. Désormais, seul Hugo est important à mes yeux. Et ma décision de quitter le Groupe est prise, je ne changerai pas d'avis. Je ne reverrai jamais tous ces gens alors tant pis pour ma réputation, ou même pour les cancans. D'ailleurs, je réussis à sourire en voyant mon bel amant s'empresser de m'offrir une coupe de champagne, m'observer comme si nous étions seuls au monde et poser régulièrement sa main dans le creux de mes reins, sans se préoccuper des nombreux regards posés sur nous. Je retrouve Claire et Sophie. Hugo les salue chaleureusement avant de leur offrir du champagne. Cette scène me rappelle étrangement l'île Maurice. Je ne peux m'empêcher de frémir en voyant Hugo sourire et discuter gaiement avec de nombreux adhérents, comme si tout allait bien, comme si nous étions un couple ordinaire. « *La chute va être terrible* », je me dis en avalant mon champagne d'une traite, sans vraiment m'en rendre compte.

- Ça va ? me demande Claire.
- Très bien, je mens honteusement.
- Alors pourquoi es-tu si tendue ? insiste-t-elle en fronçant les sourcils.
- Demain, tout sera fini, je lui réponds tout bas.
- Que veux-tu dire ? fait-elle sans comprendre.

J'attrape une nouvelle coupe de champagne, en bois encore une grande gorgée avant de répondre :

- « *L'affaire Hugo Delaroche* ». Demain, tout sera fini.

- Anna ! proteste-t-elle en perdant ses jolies couleurs.

Je détourne le regard devant son air affolé.

- Anna, essaie-t-elle de me raisonner, regarde-le, bon sang ! Ce type est dingue de toi.
- C'est justement pour cette raison que je dois tout arrêter, je réplique dans un souffle.
- Que veux-tu dire ? panique-t-elle littéralement.

Je ne réponds pas. Comment pourrai-je lui dire ce que je m'apprête à faire, c'est impossible.

- Je ne te comprends pas, me dit-elle en secouant la tête. Tu...

Claire s'interrompt brusquement lorsque Hugo revient vers nous.

- Ça va ? me demande-t-il doucement.
- Très bien, je mens encore.

Je m'efforce de lui sourire mais je le vois perdre un peu de sa bonne humeur en remarquant mon visage pâle, mes mains tremblantes, mes lèvres serrées pour ne pas pleurer.

- Anna, que se passe-t-il ? s'inquiète-t-il aussitôt.
- Tout va bien, je fais vivement en buvant une nouvelle gorgée de champagne.
- Attention, me dit-il d'une voix un peu tendue, tu vas finir par être saoule.
- Je crois qu'elle l'est déjà, remarque Claire d'un ton sec.

Je la fusille du regard. Hugo cherche aussitôt à savoir ce qui se passe entre nous mais lorsqu'il se rend compte que je ne dirai rien, il finit par abandonner, sans pour autant essayer de comprendre le regard insistant de Claire. Interrogateur, il la fixe un moment mais celle-ci garde résolument le silence et finit même par baisser les yeux. Il renonce alors à nous interroger toutes les deux mais je me rends compte de sa frustration. Il a parfaitement saisi que nous parlions de lui.

§§§

Lorsque le dîner est enfin annoncé, Hugo, qui discutait depuis un moment avec François Gersse, revient vers moi et pose fermement sa main dans le creux de mon dos afin de m'entraîner vers une table.

- Allons dîner, fait-il simplement.
- Je ne dîne pas avec toi ! je proteste vivement.
- Trop tard, mon ange ! rit-il en me dévisageant attentivement. J'ai déjà prévenu François Gersse que je ne dînerai pas à sa table. Nous avons décidé de nous mélanger aux adhérents, ce que nous aurions dû faire depuis longtemps.

En effet, je vois l'équipe de direction se disperser un peu partout dans la salle.

- Et comme par hasard, tu as choisi ma compagnie ? je ne peux m'empêcher de rire, heureuse malgré moi de passer *toute* la soirée avec lui.

Nous nous installons à une table assez près de la scène où un orchestre joue des refrains connus dans le monde entier. Trois jeunes couples viennent rapidement nous rejoindre, heureux de discuter avec Hugo et enchantés de faire ma connaissance. D'abord un peu timide, notre discussion devient très vite joyeuse et animée. Hugo joue les hôtes avec un réel plaisir. D'ailleurs, je ris souvent en l'observant mener la discussion, toujours avec entrain et optimisme. Il me fait littéralement la cour durant tout le repas et se permet même de me tenir le genou sous la table. Je trouve ce geste follement excitant devant tous ces gens. Ces gens qui, apparemment, me considèrent comme la nouvelle femme du directeur général et me traitent, en conséquence, avec beaucoup de respect. Il est clair que leur comportement est très flatteur mais cette situation reste néanmoins malsaine. Je refuse pourtant d'y penser, pas maintenant, pas encore…

Après le café, nous allons tous ensemble danser sur la piste. Alors que je bouge avec Hugo sur une musique rythmée, je croise, à un moment, le regard de nombreuses femmes envieuses dont celui d'Alice Morino. Cette pimbêche me fusille aussitôt du regard sans perdre son air arrogant. Amusée et stupidement jalouse face à cette fille, je ne peux m'empêcher de faire un geste totalement inutile : je prends la main de Hugo dans un geste purement possessif. La jolie blonde se détourne vivement, vraisemblablement écœurée par notre « couple ». Hugo, lui, resserre immédiatement ses doigts autour des miens en riant doucement, amusé *et ravi* par ma stupide jalousie. Je perds néanmoins de mon aplomb en rencontrant le regard de François Gersse, assis à quelques pas de nous. Je lâche aussitôt la main de mon amant mais il me serre soudain contre lui, de façon très intime, pour m'entraîner dans un slow. Je passe par toutes les couleurs.

- Je crois que ma réputation est fichue, je fais en levant les yeux vers lui.
- Epouse-moi et tout rentrera dans l'ordre, réplique-t-il en resserrant son bras autour de ma taille.
- Très drôle ! je rigole en rougissant.
- Je suis sérieux, dit-il en me fixant.

Devant son visage grave, trop grave, je lève ma main devant ses yeux et lui montre mon alliance. Je me rends compte être d'une cruauté ignoble mais je n'ai pas le choix. Je n'ai *plus* le choix, pas après mes dernières intentions.

- Je suis déjà mariée, Hugo Delaroche !
- Tu es un monstre, souffle-t-il contre mes cheveux.

Je ne réponds pas. Que pourrais-je répondre ? Il a raison. Je suis un monstre. Un monstre sans cœur.

Nous dansons lentement sur plusieurs morceaux, sans pouvoir prononcer un autre mot. A cet instant, je sens Hugo extrêmement fragile mais je refuse de le voir, je fais en sorte de ne pas le voir. De toute façon, je ne changerai pas d'avis. Je ne le reverrai plus après ce congrès. Hugo est devenu un homme fragile et vulnérable mais il ne sera jamais comme Arnaud. Je le sais. J'en suis même convaincue, et ce depuis toujours. Certes, il a changé depuis Paris mais il ne deviendra jamais un être fragile au point de se mettre une balle en pleine tête. Antoine est différent, totalement différent. Lui ne montrera pas ses sentiments mais, si je devais le quitter ou lui faire du mal comme je le fais à Hugo, les conséquences seraient désastreuses. J'en suis parfaitement consciente. Il est plus « facile » de se comporter d'une façon épouvantable avec Hugo et de lui cacher à quel point sa souffrance me rend malade. Je peux me montrer cruelle avec lui, *car il n'est pas en danger*. Il ne fera pas de bêtise. Jamais. Je peux me montrer d'une légèreté effrayante avec lui. Je peux même me montrer monstrueuse, comme il sait si bien le dire.

Il n'est pas en danger.

§§§

Vers une heure du matin, Hugo me souffle à l'oreille qu'il veut rentrer se coucher. Nous ne tardons pas à quitter notre table, ensemble, mais Hugo est malencontreusement retenu par quelques adhérents, avec qui il discute un certain temps. Lorsqu'il vient me rejoindre dans le hall de l'hôtel, je suis en train de discuter de la soirée avec Lucas et sa femme, Céline. Très à l'aise, donnant même l'impression d'être dans ses droits, Hugo salue mon responsable, échange quelques banalités avec Céline puis m'enlève, *en me prenant fermement par la taille*, sans prendre la peine de justifier cet « enlèvement » auprès de Lucas. Avant de m'éloigner, je crois mourir de honte en rencontrant le regard de celui-ci. Même s'il connaît ma relation avec Hugo, même s'il devine aisément que nous couchons ensemble, il reste mon responsable, un responsable qui connaît très bien mon mari, Antoine !!!

Hugo et moi allons dans ma chambre, sans prononcer un mot. Dès que la porte se referme sur nous, Hugo me soulève dans ses bras et prend mes lèvres de façon possessive. Je ne peux m'empêcher de gémir en l'entourant de mes bras, frissonnante.

- Tu me rends dingue ! me reproche-t-il soudain en me repoussant.
- Hugo ! je proteste en fronçant les sourcils.

Hugo se débarrasse de sa veste, enlève sa cravate et déboutonne le haut de sa chemise avant de me reprendre brutalement contre lui. Il tremble un peu lorsqu'il me couvre le visage de baisers, un peu brusques, je trouve aussitôt.

- Hugo ! je proteste encore.
- Je ne veux plus me cacher, Anna, souffle-t-il en me serrant contre lui.

- On ne s'est pas beaucoup caché aujourd'hui… je ne peux m'empêcher de remarquer avec un petit rire nerveux.

Mon rire s'étrangle dans ma gorge en rencontrant son regard noir. Il semble furieux contre moi, contre lui, contre le monde entier. Il a l'air complètement perdu.

- Tu sais très bien ce que je veux dire, me coupe-t-il brutalement.
- Je suis mariée, Hu…

Il me fait taire en reprenant mes lèvres. Il me fait mal mais je ne peux m'empêcher de m'accrocher à lui, mon corps tremblant de la tête aux pieds. Il retire ma robe d'un geste vif, me débarrasse aussi vite de mes sous-vêtements, se déshabille rapidement avant de me jeter sur le lit où il me fait l'amour. D'abord un peu rudes, ses caresses ne tardent pas à s'alléger avant de finir par n'être que douceur et volupté. Je m'abandonne littéralement entre ses bras.

§§§

- Je t'ai fait mal, me dit-il un instant plus tard en passant un doigt sur ma lèvre.

Je lui souris doucement.

- Je n'ai rien, je le rassure en pressant sa main contre ma bouche.
- Je suis désolé, souffle-t-il contre mon visage.
- Arrête ! je proteste en émettant un petit rire. Je n'ai rien !

Et c'est vrai que je n'ai rien. Rien physiquement, en tout cas.

- Tu sembles si fragile, continue-t-il en se redressant sur un coude pour mieux me regarder.
- Je ne suis pas fragile, je lui certifie doucement.

Hugo repousse mes cheveux en arrière et m'embrasse tendrement sur le front.

- Tu as changé pourtant, insiste-t-il en caressant mon visage du bout des doigts.

Je ne réponds pas. Je sens Hugo se diriger vers une discussion que je ne souhaite pas aborder, pas encore. Je ne suis pas prête. Je ne suis pas encore prête. Je tâche de sourire en secouant la tête.

- Tu as changé, Anna, répète-t-il fermement. ... Tu es devenue... tellement secrète, continue-t-il en me fixant droit dans les yeux. Avant, je savais toujours ce que tu ressentais, j'arrivais toujours à deviner tes moindres émotions, me rappelle-t-il doucement en cachant difficilement sa frustration de ne plus pouvoir le faire. ... Et ton regard... ce regard si particulier, il est tout le temps triste désormais, même quand tu me regardes, ajoute-t-il avec une note de souffrance dans la voix. ... Je connais ton corps aussi, tu as perdu beaucoup de poids... Tu sembles si vulnérable...
- Mais je ne le suis pas, je réplique en sentant une boule se former au creux de mon estomac.
- Es-tu heureuse avec lui ? m'interroge-t-il brusquement.

Je me sens devenir livide sous la brutalité de la question. J'en reste bouche bée.

- Réponds, Anna, m'enjoigne-t-il plus sèchement. Es-tu heureuse avec lui ?
- Hugo, je...

- Réponds-moi !
- A quoi ça sert de... ?
- Tu dois vraiment l'aimer pour refuser de divorcer, me coupe-t-il sans lâcher mon regard. ... Tu l'aimes, n'est-ce pas ? ajoute-t-il avec, dans la voix, une pointe d'amertume et de souffrance.

Je refuse de répondre à cette question, je ne peux pas répondre à cette question. Me dégageant de ses bras, je me détourne fermement et m'écarte le plus loin possible de lui en m'enroulant dans les draps. Pourquoi diable veut-il savoir si j'aime Antoine ou pas, cela n'a aucune importance. Demain, nous serons définitivement séparés. A quoi bon aborder ce sujet sensible, ça ne rime à rien.

Hugo m'observe un moment sans bouger, comme figé sur place, puis soudain, il attrape mon bras et me fait doucement glisser vers lui, le visage radouci.

- Viens, fait-il en m'attirant vers lui.
- Je...
- Viens, répète-t-il en m'encerclant de ses bras. Cela fait plus d'un an que je rêve de t'avoir dans mes bras, je ne vais pas tout gâcher...

Je me blottis aussitôt contre lui, mal à l'aise mais terriblement soulagée de sentir une nouvelle fois ses mains sur mon corps. Car je ne suis pas prête. Non, je ne suis pas encore prête !

- Je ne supporte pas de te savoir malheureuse, dit-il en m'embrassant délicatement les lèvres.
- Mais je ne le suis pas, je mens honteusement.

Hugo tique un peu.

- Mais tu as changé, Anna... insiste-t-il encore, têtu.

- Oui, j'ai changé, je reconnais enfin avant d'ajouter, en le regardant de nouveau : mais toi aussi, Hugo Delaroche, tu as changé !
- Je sais, sourit-il en me serrant un peu plus contre lui.
- Tu es directeur général maintenant ! je le taquine afin de détendre l'atmosphère.
- Je suis divorcé aussi, fait-il tout bas.
- Je suis désolée, je dis vivement. Tu as sacrifié ton mariage pour… moi mais je ne te donne rien en retour.
- Je n'ai pas sacrifié mon mariage, me corrige-t-il en jouant avec mes lèvres.
- Mais aujourd'hui, tu es seul par ma faute…
- Je ne suis pas seul, rétorque-t-il. Tu es là.
- Hugo, tu ne peux pas… je commence à protester.
- Chut ! me coupe-t-il en me faisant taire d'un baiser.

Je ferme les yeux en répondant à son étreinte, incapable de lui résister. Nous avons très envie de faire l'amour mais, sans cesser de nous regarder, nos mains liées comme si nous craignions d'être brutalement séparés, nous finissons par discuter pendant des heures, à voix basse. C'est un moment magique, romantique, plein d'émotion. Nous savons tous les deux que notre vie, ensemble, serait belle tant nous sommes faits l'un pour l'autre. Oui, nous sommes faits l'un pour l'autre, toujours comme deux âmes sœurs, toujours comme deux êtres étroitement unis par un lien secret. « Mais mon Dieu, je prie soudain en le regardant avec tout mon amour, faites que cela ne dure pas, faites que cela ne dure pas, pour lui ! ».

Plus tard, bien plus tard, juste avant de nous endormir, quand Hugo me murmure des mots extrêmement doux, le visage grave, je fais un effort surhumain pour ne pas lui avouer mes sentiments. Je m'endors en pleurant silencieusement.

# Chapitre 17

*Samedi 8 juin*

Il ne fait pas encore jour lorsque je me réveille en sursaut, le visage en sueur. Paniquée, je regarde autour de moi sans comprendre où je suis. Je ne reconnais pas cette chambre où, à la lumière d'une faible veilleuse, je vois les murs blancs danser étrangement devant moi. Le visage en sang d'Arnaud flotte dans les airs. Je me crispe un peu plus, apeurée.

- Anna, Anna, chut, chut, c'est fini ! me rassure Hugo en allumant très vite une lampe de chevet pour me montrer qu'il est là.
- Le sang... je souffle tout bas.
- Anna, chut, c'est fini ! s'écrie-t-il encore en me forçant à le regarder. C'est fini !

Je le regarde un moment sans réagir avant de réaliser que j'étais dans un mauvais rêve, un affreux cauchemar. Je ne peux m'empêcher de rougir en me rendant compte de mon état. Je crois que je pleure.

- Je suis là, mon ange, dit-il en repoussant mes cheveux en arrière.
- Je... j'ai fait un cauchemar, je crois... je bredouille en me blottissant contre lui, encore tout effrayée par ce mauvais rêve.

Je n'avais pas revu le visage d'Arnaud depuis de longues années, pas de façon aussi nette en tout cas. Cela me perturbe à un point que je me sens vraiment très mal. Heureusement, Hugo me serre tendrement contre lui en me soufflant des mots réconfortants, qui finissent par me calmer. Je me sens un peu bête.

- Pardon, je fais tout bas en me serrant plus étroitement contre lui, je t'ai réveillé.
- Je ne dormais pas, me répond-il doucement.

Je me redresse soudain pour boire de l'eau à même la bouteille et essuyer mes larmes d'un revers de la main. Je regarde l'heure, il est tout juste cinq heures du matin. Je retrouve mes esprits d'un seul coup.

- Pourquoi ? je demande alors.
- Pourquoi quoi ? sourit-il en me reprenant contre lui.
- Pourquoi tu ne dormais pas ?
- Je pensais à nous, m'avoue-t-il sincèrement.
- Oh ! je laisse tomber en sentant mon cœur faire un bond, présageant déjà *le* mauvais moment.

Hugo se redresse soudain dans le lit et me demande gentiment de l'imiter. Je m'exécute aussitôt, le cœur battant la chamade. Je n'ai plus aucune envie de dormir.

- Tu sais que je t'aime, Anna... commence-t-il en prenant mes mains dans les siennes.

Je me contente de hocher la tête, craignant de me mettre à pleurer.

- ... Anna, je sais que tu redoutes de discuter de notre relation, de... de nous, continue-t-il en me regardant droit dans les yeux, le visage soudain plus grave. Mais je veux t'épouser, je veux me marier avec toi.

Je sursaute violemment en écarquillant les yeux.

- Anna, même si tu ne me l'as jamais avoué, je sais que tu m'aimes, dit-il précipitamment en remarquant mon expression affolée. Je sais aussi qu'à Paris, je t'ai promis de ne rien te demander, aucun engagement de ta part mais... mais nous nous sommes retrouvés dans cette ville et... et tu dois l'admettre, rien n'a changé entre nous. ... Anna, ajoute-t-il en s'efforçant de parler calmement, tu ne peux pas m'obliger à renoncer à toi, *je refuse* de renoncer à toi. ... Je ne peux plus tenir mes engagements, me lâche-t-il enfin d'un ton clair et net. ... Anna, je t'aime, je t'aime tellement, enchaîne-t-il très vite. Tu ne peux pas imaginer à quel point je suis dingue de toi et je veux me marier avec toi, je veux te faire un bébé. Pour la première fois de ma vie, je veux un enfant... avec toi, *uniquement avec toi...*

- Mais je suis déjà mariée, je dis bêtement, trop abasourdie pour réagir.

- Je sais que tu n'es pas heureuse avec ton mari, fait Hugo en jouant avec mes doigts, très nerveusement, je remarque néanmoins. Pour je ne sais quelle raison, tu refuses d'en discuter, mais je sais que tu n'es pas heureuse avec lui. ... Anna, ajoute-t-il plus lentement, je t'en prie, divorce. Accepte de divorcer, n'aie pas peur, je...

- Non ! je proteste presque dans un cri en me dégageant brusquement de son étreinte, retrouvant enfin mes esprits.

Hugo se fige littéralement.

- Non, je répète en me levant d'un bond.

J'enfile maladroitement un peignoir et me réfugie dans un coin de la chambre, près de la fenêtre aux lourds rideaux beiges. Hugo semble recevoir un coup sur la tête.

- Non, Hugo, non, tu ne peux pas me demander ça ! j'ajoute en resserrant les pans de mon peignoir.

- Anna ! proteste-t-il sans paraître comprendre l'expression qui apparaît lentement sur mon visage. Je pensais que...
- Tu pensais mal ! je le coupe brutalement.

Hugo semble manquer d'air en me dévisageant. Ne sachant sur quel pied danser, je le vois se lever et enfiler maladroitement son boxer, son pantalon et sa chemise qu'il ne prend pas la peine de boutonner. Il est pâle. Au ton de ma voix, il semble s'être rendu compte que, cette fois-ci, notre discussion était... *grave*.

- Je ne suis pas sûr de bien comprendre, me dit-il d'une voix étrangement calme.

Je me réfugie un peu plus dans le coin de la pièce en tremblant comme une feuille. Je sais que je n'ai plus le choix, le moment tant redouté est malheureusement arrivé. Mon plan ignoble est entré en action. Je dois le quitter, définitivement. Je dois le rayer de ma vie, définitivement.

- Tu te trompes sur nous, Hugo... je fais alors en portant les mains à ma gorge, extrêmement tendue.
- Je sais ! m'interrompt-il vivement en paraissant soulagé. Tu crois que tu n'es pas une femme pour moi, tu crois que nous vivons un rêve mais c'est toi, Anna, qui te trompes, ajoute-t-il en revenant vers moi. Je suis paumé sans toi, je t'aime, je veux...
- Tais-toi ! je hurle en mettant mes mains sur les oreilles.
- Anna ! s'écrie-t-il en se figeant de nouveau.

Je le vois devenir blanc comme un linge en réalisant subitement que quelque chose ne va pas. J'ai aussitôt envie de courir dans ses bras pour lui demander pardon mais je me tourne vers la fenêtre, le dos droit, froide, distante.

- Tu te trompes sur mon compte, Hugo, je fais d'une voix glaciale. Je ne suis pas *du tout* celle que tu crois.
- Qu'est-ce que tu veux dire ?
- Qu'est-ce que je veux dire ? je répète avec un léger ricanement. Bon sang, Hugo, es-tu aveugle ?!!! Tu... tu n'es rien pour moi. Juste... juste... une liaison parmi tant d'autres ! j'ajoute en le regardant de nouveau droit dans les yeux.
- Tu mens ! souffle-t-il aussitôt en tressaillant de la tête aux pieds.

Hugo semble penser un moment qu'il ne s'agit que d'un mauvais rêve, ou d'une très mauvaise blague. Moi, Anna, *sa* Anna, *son petit ange*, la femme qu'il aime éperdument depuis deux ans, ne peut pas lui débiter des horreurs pareilles aussi brutalement. C'est impossible, notre histoire est trop belle, trop particulière. Je ne peux pas tout gâcher de la sorte. Je ne peux pas tout détruire entre nous avec si peu de respect.

Lorsque je reprends la parole de cette voix si froide, je crains un moment de le voir tomber.

- Je pensais que nous étions tous les deux d'accord : pas d'engagement, pas de sentiment... mais tu as tout gâché... *tout gâché* ! je crie presque. Je refuse de continuer cette mascarade, ça ne m'amuse plus...

Je m'efforce de ne pas trembler, de ne pas frémir. Les bras croisés sur la poitrine, je me pince les lèvres jusqu'au sang pour ne pas pleurer. Je dois tenir, tenir, tenir... Je me détourne vivement pour fuir son regard. Hugo semble tétanisé.

- Je ne t'aime pas, Hugo, je fais encore en fermant les yeux pour ne pas pleurer.

Je l'entends respirer difficilement.

- Dis-le-moi en me regardant, murmure-t-il derrière moi, la voix cassée.

Je ne peux m'empêcher de tressaillir mais je lui fais face. Je n'ai pas le choix.

- Dis-le-moi, fait-il tout bas. Dis-moi que toute notre histoire n'est qu'un sale mensonge.

Mon Dieu, cette souffrance dans son regard, je manque de défaillir.

- Je ne t'aime pas, Hugo Delaroche, je réussis néanmoins à articuler. Mais qu'est-ce que tu crois ? j'ajoute en rigolant méchamment. Tu penses vraiment qu'il y a de l'amour entre nous ? C'est une blague, franchement ?!!!

J'éclate de rire avant de poursuivre d'une voix qui me semble totalement inconnue :

- Je suis désolée, Hugo, mais tu n'es qu'une histoire de cul pour moi. Tu ne seras jamais *qu'une histoire de cul* !

Hugo recule d'un bond comme si je l'avais giflé. Tous ses doutes s'envolent instantanément en fumée. Ce n'est pas une blague, semble-t-il réaliser avec horreur, ce n'est pas une mauvaise blague. Je ne suis pas en train de m'amuser avec lui d'une façon odieuse et cruelle, je suis parfaitement sérieuse. Il comprend soudain que pour ma part, rien n'a jamais existé entre nous. Il s'est fourvoyé, s'est totalement trompé sur nous, sur moi. Je ne suis qu'une manipulatrice, une femme sans aucune morale, une garce, une véritable garce.

- Pourquoi ? me demande-t-il dans un souffle. Pourquoi toute cette mascarade, pourquoi tout ce cinéma ? Tu m'as eu dans ton lit à l'île Maurice, tu en as bien profité, me rappelle-t-il méchamment. Pourquoi as-tu continué ton petit jeu à Paris, pourquoi m'as-tu fait ton numéro de pauvre femme blessée lorsque je t'ai « insultée » ? Finalement, je disais la vérité, pas vrai ? Et si c'était pour me jeter avec si peu de respect, pourquoi as-tu couché avec moi dans cette satanée ville ? Pourquoi t'es-tu donné autant de mal à me faire croire que tu voulais autre chose avec moi ? Pourquoi, Anna, dis-moi pourquoi ? termine-t-il presque dans un cri, le visage ravagé par la douleur.

- C'était un jeu, Hugo, *uniquement un jeu*, je ricane en prenant un air épouvantable, mêlant indifférence et moquerie. Même si tu refuses de le reconnaître, tu es très bel homme, je suis plutôt quelconque comme fille. Tu as du fric, ce qui effectivement amène quelques avantages, comme tu me l'as galamment rappelé. Tu es cultivé, je n'ai rien de tout ça. Réussir à t'avoir dans mon lit était... Comment m'as-tu dit à Paris ?... *Glorifiant.* Franchement, je me suis bien amusée. Tu es si naïf, *mon pauvre Hugo*, mais toute cette histoire n'est qu'un rêve, un triste et mauvais rêve !!!

Hugo s'appuie contre le mur pour ne pas tomber. Le visage complètement défiguré par la douleur, il me dévisage longuement en silence, en proie à différentes émotions. Il semble ne pas y croire, hésiter, chercher à comprendre ce qui se passe réellement dans cette chambre d'hôtel... mais lorsqu'il me voit soutenir son regard, sans sourciller, tout son corps se raidit d'horreur. Je crains bêtement qu'il me frappe, je me recule involontairement. C'est la goutte d'eau qui fait déborder le vase.

- Tu n'es qu'une belle salope ! me crache-t-il au visage.

Je garde le silence. Vite, il faut qu'il parte. Je sens mes forces me quitter peu à peu, je sens que je vais m'écrouler d'une minute à l'autre... Je sens que je suis perdue à jamais.

L'homme que j'aime éperdument me regarde encore un instant comme s'il avait devant lui un monstre abject. Je me raidis encore plus. Vite, vite, il faut qu'il parte !!!

Hugo se détourne enfin. Il attrape rapidement le reste de ses affaires et quitte la chambre en claquant violemment la porte. Son visage est ravagé par le dégoût.

En me laissant tomber sur le sol, je sais déjà que je n'oublierai jamais ce visage...

§§§

Après son départ, je reste assise sur la moquette sans pouvoir bouger, hagarde. Je ne pleure pas, j'ai si mal que je ne peux verser une seule larme pour me soulager. J'ai froid, je me sens glacée. Lorsque les premières lueurs de l'aube apparaissent derrière les rideaux, je me lève péniblement et me réfugie sous la couette. Dans les draps froissés, je recherche son odeur et y enfouis mon visage en fermant les yeux. Je reste ainsi pendant des heures, repliée sur moi-même...

§§§

Lorsque je me rends compte qu'il est bientôt midi, je réussis à lâcher les draps froissés et me décide à prendre une douche. J'ai un sursaut en découvrant mon visage dans le miroir. Livide, les traits tirés, les yeux cernés, j'ai pris dix ans. Refusant de m'attarder sur mon physique, je retire mon peignoir et me jette sous la douche, où je laisse l'eau brûlante couler sur mon corps endolori. J'ai mal. J'ai tellement mal.

Je m'habille d'un pantalon blanc et d'un tee-shirt noir à manches courtes. Je me maquille minutieusement pour essayer de cacher ce visage que je hais désormais. Je me coiffe rapidement et me parfume généreusement, comme pour retirer l'odeur du mal sur mon corps tout entier.

Lorsque je suis enfin prête, je m'apprête à quitter ma chambre mais je reviens brusquement sur mes pas. Avec des doigts tremblants, je retire la fine chaîne en or autour de mon cou, admire un instant le délicat anneau serti de diamants dans le creux de ma main puis, sans plus hésiter, met le bijou dans une enveloppe après l'avoir enroulé dans un mouchoir et referme précieusement l'enveloppe. J'y inscrits *Hugo Delaroche* et observe quelques secondes ce nom qui finit par danser devant mes yeux. Inspirant longuement, je quitte la pièce au plus vite.

Je dépose l'enveloppe à la réception, puis me dirige vers le restaurant en jetant tout autour de moi des regards inquiets, mais le hall est pratiquement désert. La plupart des adhérents sont partis à la dernière excursion de la semaine, le Musée Wasa. J'ai peur malgré tout de le croiser mais *il* n'est pas là. Lorsque j'arrive devant l'entrée du restaurant, je suis incapable d'y pénétrer. Tétanisée, je reste là quelques secondes, sans pouvoir faire un pas de plus. Je me ressaisis brutalement lorsque je rencontre le regard curieux d'un jeune serveur suédois. Tournant brusquement les talons, je m'enfuis à l'extérieur de l'hôtel. Je décide de retourner à pied vers Gamla Stan. J'erre tout l'après-midi dans les rues piétonnes, comme un véritable zombie.

Il est presque vingt heures lorsque je reviens à l'hôtel. Ce soir a lieu le dîner de gala. Je reprends une douche pour essayer de détendre tous mes muscles endoloris et enfile mon ravissant ensemble blanc acheté en mai. Je me remaquille légèrement puis mets mes escarpins noirs à talons fins. Alors que je m'apprête à quitter ma chambre, mon portable sonne. C'est Antoine.

- Bonjour, Nana, dit-il dès que je décroche.
- Bonjour, Antoine. Tu vas bien ? je réponds en m'efforçant d'être joviale.
- Ça va, mon cœur.

Il y a un silence gêné au bout du fil.

- Nana, reprend-il doucement, je suis désolé mais je ne serai pas là quand tu rentreras...
- Quoi ?! je m'écrie aussitôt en semblant recevoir un coup sur la tête.
- Je dois me rendre en Allemagne, s'excuse-t-il vivement. Je rentrerai jeudi.
- Un séjour de plus, je remarque amèrement.
- Je n'ai pas trop le choix...
- Eh bien, vas-y ! je le coupe en cachant difficilement mon agacement
- Anna ! proteste-t-il. Je fais de mon mieux.
- ...
- Nana ?

J'inspire longuement en fermant les yeux. Je suis injuste, je le sais, mais je voulais qu'il soit là, je voulais que mon mari m'attende à la maison et me prenne dans ses bras pour me consoler, pour m'aider à oublier ce trou béant dans la poitrine. Je voulais qu'il me prouve que j'avais fait le bon choix.

- Excuse-moi, je reprends plus doucement. Ces... ces congrès ne me réussissent pas, je crois... Ne t'en fais pas, j'ajoute d'un ton doucereux, je t'attendrai sagement à la maison.

Antoine émet un petit rire ironique, je n'aime pas ce rire.

- Je ne m'en fais pas, Nana. Je sais bien que tu es sage !

Je crains de manquer d'air.

- Je t'embrasse, mon chou. A jeudi.
- A jeudi, Antoine.

Mais il a déjà raccroché.

§§§

En arrivant quelques instants plus tard dans le hall bondé de l'hôtel, immédiatement, je devine qu'il s'est passé un événement important.

Le bruit. Il n'y a pas de bruit.

Je regarde autour de moi en fronçant les sourcils, sentant mon cœur faire un bond dans ma poitrine. Je remarque aussitôt les visages fermés des adhérents. Ils semblent tous figés sur place et murmurent entre eux. Et surtout, *surtout*, tous les regards convergent vers moi et me dévisagent comme si j'étais devenue un véritable monstre. Je me sens devenir livide.

Heureusement, Claire surgit rapidement devant moi mais elle me semble perturbée, elle aussi. Elle d'ordinaire si souriante a un visage franchement défait.

- Qu'est-ce qui se passe ? je demande dans un souffle.

- Es-tu au courant pour Hugo ? réplique-t-elle en m'entraînant un peu à l'écart de la foule.
- Quoi ? je fais en sentant tout mon corps se raidir.
- Il est parti.

Je sursaute violemment en écarquillant les yeux.

- Parti où ? je réussis à prononcer.
- Il est rentré en France cet après-midi.
- Oh ! je laisse bêtement tomber.

Je fronce les sourcils, je ne comprends pas. J'imagine aisément les raisons de son départ précipité, probablement en aurais-je fait autant, mais pourquoi ce silence, pourquoi ces chuchotements, pourquoi tous ces regards meurtriers ? Hugo n'est pas le premier homme à quitter le congrès avant la fin du séjour. D'ailleurs, n'est-ce pas ce qu'il a fait en République Dominicaine ? Ce n'est pas exceptionnel, il n'y a rien d'exceptionnel, je me répète en présageant un mauvais pressentiment.

- Il a démissionné, me révèle Claire.
- Oh non ! je fais en chancelant légèrement.

Je me recule d'un pas et m'appuie maladroitement contre le mur juste derrière moi. Je tremble tellement que je crains de m'effondrer sur le sol marbré.

- Je suis désolée, Anna, dit mon amie en posant une main sur mon bras, je… je…

Je regarde Claire sans la voir. Le visage décomposé, je porte une main tremblante à ma bouche pour ne pas crier. Tout est de ma faute, tout est arrivé par *ma* faute. Abasourdie, je reste un long moment sans pouvoir réagir. Je suis incapable de prononcer un mot, je suis incapable de faire le moindre geste. Je fais pourtant un effort surhumain afin de sortir de ma torpeur quand

Edmond Patterson s'approche de moi d'un pas rapide. Il est pâle.

- Anna, fait-il doucement en se postant juste devant moi, vous… vous allez bien ?
- Tout est de ma faute, je lui avoue aussitôt. Je… Hugo… Nous… Nous nous sommes disputés et… et…

Claire écarquille les yeux sans comprendre. Edmond se racle la gorge, soudain mal à l'aise.

- Anna, reprend-il lentement, je…
- Dites-moi ! je l'enjoins vivement.
- Si… Si je peux vous donner un conseil, évitez François Gersse ce soir. Il est dans une rage folle.

Je deviens un peu plus pâle que je ne le suis déjà.

- Hugo lui a fait promettre de ne pas vous chercher d'ennuis mais…

Je sursaute imperceptiblement en entendant ces mots. *Il a cherché à me protéger malgré le mal que je lui ai fait.* Je manque d'éclater en sanglots tant cette nouvelle me fait souffrir.

- Anna, reprend Edmond, essayez de vous détendre, de ne pas faire de bêtises. François va se calmer, il faut juste lui laisser un peu de temps…
- Je vais m'occuper d'elle, intervient doucement Claire.

Edmond discute un instant avec elle mais je suis incapable de me concentrer sur ce qu'ils se disent. Le jeune Anglais me sourit gentiment en me pressant le bras puis retourne retrouver son épouse. Je suis anéantie.

- Anna, reprend Claire, viens, allons aux toilettes. Tu as besoin de te rafraîchir.
- Je…

Je me contente de hocher la tête et la suis sans protester. Lorsque nous nous retrouvons toutes les deux dans les toilettes désertes, je lui raconte immédiatement ce qui s'est passé entre Hugo et moi, de façon un peu hystérique certes, mais je suis tellement agitée par les derniers événements que je n'arrive plus à me comporter normalement. Claire m'écoute sans m'interrompre, devenant un peu plus pâle à chaque seconde qui passe. Lorsque je finis par me taire en m'écroulant sur une chaise, elle me regarde un instant sans prononcer un mot. Elle semble horrifiée.

- Mais Anna, fait-elle enfin, pourquoi lui as-tu dit toutes ces horreurs ?!!!
- J'avais peur, je dis simplement. J'avais peur qu'il refuse de me quitter.
- Mais pourquoi diable voulais-tu qu'il te quitte ? insiste-t-elle sans comprendre. Tu l'aimes, non ?
- Bien sûr que je l'aime mais je ne peux pas vivre avec lui.
- Pourquoi ?
- Antoine est fragile, je souffle en serrant nerveusement mes mains l'une contre l'autre, il a besoin de moi…

Claire secoue la tête. Elle semble soudain furieuse.

- Anna, proteste-t-elle vivement, tu te trompes sur toute la ligne. Antoine n'est pas fragile, c'est juste un homme égoïste qui ne pense qu'à son petit confort personnel…

- Claire ! je fais en sursautant, surprise par tant de méchanceté envers Antoine.

Je savais que Claire n'aimait pas spécialement Antoine mais j'étais loin d'imaginer qu'elle le détestait. Et là, il est clair qu'elle le déteste, ni plus ni moins. Je suis pourtant incapable de lui demander pourquoi, trop perturbée pour réagir.

- Je ne te comprends pas, poursuit-elle en faisant apparemment un effort pour garder son calme. Tu as eu une chance extraordinaire de rencontrer un homme extraordinaire mais tu as tout gâché pour un mari que tu n'as jamais aimé...
- C'est plus compliqué que ça, j'essaie de me défendre.
- Qu'est-ce qui est compliqué, Anna ?
- ...

Devant mon silence, mon amie me dévisage en fronçant les sourcils. Elle semble profondément déçue de mon comportement.

- Tu as pensé à Hugo ? me demande-t-elle brutalement.

Je me redresse soudain de ma chaise, furieuse. Pour qui me prend-elle ? Si je lui ai crié toutes ces horreurs, c'était uniquement pour le protéger et le préserver. Je ne voulais pas qu'il s'attache à un amour impossible. Il est jeune, il est beau, il est plein de qualités... et *il est fort*. Il ne deviendra jamais comme Arnaud. Il peut refaire sa vie et être heureux, *vraiment* heureux. En le poussant à me haïr, je lui ai ouvert la voie pour rencontrer une autre femme. Je ne voulais plus qu'il perde son temps avec moi.

- Je n'ai pensé qu'à son bien, je dis d'une voix ferme.
- En lui criant des horreurs ?

Je tique en rougissant.

- Je voulais qu'il comprenne qu'il se trompait avec moi, je souffle tout bas.
- Mais pourquoi tant de méchanceté ? s'écrie Claire. Tu l'as traité comme de la merde alors qu'il t'aimait comme jamais, je te dis bien *jamais*, Antoine ne sera capable de le faire !!!

Je me laisse tomber de nouveau sur la chaise, les jambes coupées. Je regarde mon amie sans pouvoir répondre, réalisant peu à peu l'horreur de mes propos. Claire a raison, pourquoi avoir été si odieuse, si cruelle, si monstrueuse, je ne comprends pas. Hugo n'est pas idiot, il a sa fierté. Si je lui avais simplement dit que je refusais de divorcer pour telle ou telle raison, il l'aurait accepté. Je n'avais pas besoin de me montrer si violente. Je frémis soudain en me rappelant toutes ces horreurs jetées à son visage, sur son argent, sur notre relation. Je me suis comporté d'une façon ignoble. Je savais que je lui avais fait du mal mais je n'avais pas réalisé à quel point je l'avais détruit. Je l'ai insulté, critiqué. Je lui ai menti, je me suis moqué de lui, sans aucune hésitation, sans aucune retenue, mais sans vraiment me rendre compte des conséquences. Hugo a démissionné par ma faute et probablement lui ai-je fait un mal incommensurable, un mal qui le poursuivra de longues années.

Je manque de suffoquer en réalisant les conséquences de ce que j'ai fait. Je porte une main à ma gorge pour toucher mon porte-bonheur, il n'y est plus. Me levant d'un bond, je cours vomir dans les toilettes. Je suis un monstre, *une belle salope*, une véritable et belle salope. Claire fait l'effort de me soutenir mais je la sens profondément choquée par mon comportement. C'en est trop, j'éclate en sanglots sans plus pouvoir m'arrêter...

§§§

Le dîner de gala est un vrai calvaire pour chaque adhérent. La démission du directeur général est sur toutes les lèvres et l'ambiance est tendue à l'extrême. J'entends des versions rocambolesques sur son départ. Je manque d'éclater de rire assez nerveusement, à plusieurs reprises.

François Gersse, pâle et apparemment dépassé par les événements, essaie dès le début de la soirée de rassurer les adhérents sans pour autant entrer dans les détails. Il nous informe seulement que Monsieur Delaroche a fait le choix de quitter le Groupe pour raisons personnelles.

On me regarde aussitôt, on épie mes moindres faits et gestes, on surveille mes moindres états d'âme, on attend la moindre défaillance de ma part... mais je reste droite sur ma chaise, les yeux résolument baissés. Je réalise que je ne ressens rien, aucune émotion, aucune douleur. Mon cœur m'a été arraché. Je suis morte, je suis morte de l'intérieur...

§§§

Cette nuit-là, je m'endors immédiatement, épuisée physiquement et nerveusement, mais mon sommeil est très vite agité et, vers deux heures du matin, je me réveille en sursaut, trempée de sueur. Je viens de faire un horrible cauchemar.

*« Il fait froid, sombre. Je rentre de mon travail, je suis fatiguée, je suis vieille. Je monte dans ma chambre sans allumer la lumière, elle est éclairée par la clarté de la lune. J'ouvre doucement la porte... et je le trouve.*

*Antoine se balance au bout d'une corde, au milieu de la pièce. Je crie, je cours le prendre dans mes bras, je me mets à hurler lorsqu'il s'écroule à mes pieds, mort. Je me rends compte alors de ma méprise. Ce n'est pas Antoine mais… Hugo, le visage défiguré par le dégoût. »*

Après ce cauchemar, je n'arrive pas à me rendormir. Je mets la télévision pour avoir une présence, j'ai stupidement peur toute seule dans cette chambre. Je me prépare un thé pour me réchauffer, je suis glacée. Je finis par faire mes bagages, je me mets à pleurer en lisant la petite carte de Hugo. « *Je t'aime, je n'y peux rien* ». Je me laisse glisser sur le sol, la carte entre les doigts. Je m'en veux tellement de lui avoir fait du mal. Je me déteste, je me dégoûte. Je ne me comprends pas. Claire a raison, je n'avais pas besoin d'utiliser toute cette violence gratuite pour le quitter. Il suffisait de lui dire que je ne pouvais pas divorcer, que j'avais peur pour Antoine, il aurait compris, j'en suis certaine. Probablement aurait-il proposé de m'attendre, de me donner du temps mais il aurait accepté cette situation. Il n'aurait jamais accepté de me brusquer, ou de me mettre le couteau sous la gorge. Il était amoureux de moi, il aurait tout fait pour me préserver. Il aurait refusé de me faire souffrir en m'obligeant à choisir entre Antoine et lui. Et, avec le temps, il se serait lassé et aurait fini par se tourner vers d'autres femmes. Il aurait refait sa vie, il serait tombé amoureux… avant de m'oublier…

Mes valises bouclées, je me remets sous les draps et reste en boule jusqu'au petit matin, incapable de dormir, incapable de réfléchir correctement à ce que je vais faire en arrivant en France. Je finis par m'endormir une heure avant le réveil, le visage baigné de larmes.

§§§

*Dimanche 9 juin*

Le retour en France est prévu à quatre heures de l'après-midi. Je décide de rester dans ma chambre sans aller déjeuner car revoir tous les visages accusateurs des adhérents m'est devenu franchement impossible. Lorsque Claire débarque dans ma chambre sans prévenir, je suis un véritable lion en cage. Elle m'entraîne immédiatement à la piscine, pratiquement déserte à cette heure-ci, où je me défoule pendant plus d'une heure. En nous rhabillant dans les vestiaires, nous sommes seules, nous commençons à discuter, plus calmement. Claire s'excuse d'avoir été si dure avec moi, je fonds en larmes. Nous évitons dès lors d'aborder Hugo Delaroche.

§§§

Après m'être douché et changé avant le départ pour l'aéroport, je ferme mes valises et quitte définitivement ma chambre. J'évite de jeter un regard sur le lit, là où nous nous sommes aimés avant qu'il ne finisse par me haïr. « *Tu n'es qu'une belle salope !* ». Ces mots ne cessent de résonner dans ma tête, me plongeant dans un profond désespoir. Mon Dieu, je ne sais pas si je parviendrai à surmonter cette épreuve tant je souffre, là, dans mon cœur. Je referme la porte d'un coup sec, cherchant à me déconnecter du monde réel. En passant devant la chambre de Hugo, je ne peux m'empêcher de frémir. J'ai envie de l'appeler, d'entendre sa voix. Je sens qu'il ne va pas bien. Je sens qu'il a mal. Je ne sais pas s'il est arrivé à bon port, je suis inquiète. Je m'éloigne en serrant les lèvres pour ne pas pleurer.

A la réception, je règle mes extras et passe par toutes les couleurs lorsqu'une charmante hôtesse me remet une enveloppe, que je reconnais immédiatement. Je ne comprends pas tout ce qu'elle me dit en souriant mais j'entends le nom de Hugo Delaroche. Je la remercie vivement avant de m'enfuir dans un coin, loin de la foule. Je suis pâle comme un linge.

Comme je m'y attendais, je retrouve le délicat anneau, *mon porte-bonheur*, accompagné d'une carte griffonnée d'une main pressée. Je ne peux m'empêcher de tressaillir en lisant les quelques mots.

*« Les femmes de ton genre aiment ce qui brille, garde-le ! »*

Il n'a pas signé la carte. Je relis plusieurs fois cette phrase horrible. Je me sens chanceler et m'appuie contre un mur pour ne pas tomber. C'est affreux, j'ai tout détruit. J'ai sali notre belle histoire, j'ai réduit en miettes notre amour, j'ai fait en sorte qu'il me déteste... Je devrais être heureuse, mon plan a parfaitement réussi mais me retrouver devant le fait accompli me dégoûte littéralement. *Je* me dégoûte littéralement.

A l'aéroport, je me sens pâlir en rencontrant le regard glacial de Lucas lorsque je m'approche de lui. Honnêtement, je l'ai évité toute la soirée mais je sais désormais que je ne peux plus reculer. Je dois l'affronter.

- Je pense que nous devons discuter, Anna, me dit-il en m'entraînant à l'écart.
- Lucas, je... je ne... je commence, mal à l'aise.
- François Gersse est venu me voir hier soir, continue-t-il d'une voix froide. Je ne pense pas avoir besoin de te dire dans quelle humeur il se trouvait.
- Je suis désolée, je bredouille.
- Il est convaincu que Monsieur Delaroche a démissionné par ta faute !!!

Je frémis mais ne dis rien. Lucas découvre alors ma responsabilité dans cette affaire, il semble anéanti.

- Alors François avait raison, souffle-t-il comme pour lui-même.
- Je suis désolée, je répète bêtement.
- « *Tu as de la chance* », a précisé François Gersse, reprend Lucas en faisant apparemment un effort pour se contrôler. Il a promis à Monsieur Delaroche de ne pas te virer mais sache, Anna, qu'il voulait que tu quittes le Groupe, *immédiatement*, ajoute-t-il avec une certaine nervosité.

Je pâlis un peu plus.

- Bon sang, Anna, à quoi pensais-tu ? s'écrie-t-il en perdant toute retenue. Te rends-tu compte dans quelle situation tu t'es mise ? Le président de l'entreprise, *où tu travailles,* ne veut plus entendre parler de toi !
- Oh, Lucas, je suis désolée de vous avoir mêlé à tout ça ! je fais en serrant mes mains l'une contre l'autre, honteuse, embarrassée et terriblement malheureuse par toute cette histoire.

Lucas se radoucit soudain en observant plus attentivement mon visage trop pâle, trop crispé, trop ravagé par la honte et la culpabilité.

- Je pense que quelques jours de vacances te seront nécessaires, me dit-il alors. Lundi, ne viens pas travailler et pars dans ta famille. Je suis certain que cela te fera du bien et te permettra de prendre du recul.
- Lucas, je...

Je dois lui annoncer ma démission, je dois lui avouer que je ne viendrai plus au bureau mais Lucas ne m'en laisse pas le temps. Il reprend vivement, d'une voix plus douce cette fois-ci :

- J'ai besoin de réfléchir, moi aussi. Prends ces quelques jours et nous ferons le point à ton retour. C'est un... ordre, ajoute-t-il en m'adressant un vrai sourire.

Je ne peux que hocher la tête. De toute façon, je suis incapable de retourner au bureau pour le moment. J'ai besoin de réfléchir quant à mon avenir, d'en discuter avec Antoine. Je n'imagine pas une seule seconde reprendre mon poste en faisant comme si rien ne s'était passé mais je n'imagine pas quitter le Groupe comme une voleuse, par respect pour Lucas, qui, désormais, *sait tout* de ma liaison avec Hugo Delaroche. D'ailleurs, il en semble particulièrement affecté.

Après cette discussion, je retrouve Claire et Sophie, qui paraissent affolées en découvrant ma tête. Je ne peux m'empêcher de trembler de tous mes membres, j'ai froid et je sens arriver un horrible mal de tête. Je ne souhaite plus que trois choses : prendre l'avion le plus rapidement possible et fuir tous ces regards accusateurs, rentrer chez moi et oublier toute cette affreuse histoire, et stopper net ce sentiment de culpabilité qui, je le sais déjà, va me détruire à petit feu…

Nous décollons de Stockholm à seize heures précises et atterrissons à vingt et une heures précises. Je récupère très vite mes bagages, salue quelques collègues comme les Brissan puis me dépêche de reprendre ma voiture pour rentrer en Vendée. Concentrée sur la route, j'évite de penser aux dernières heures de ce congrès, cet horrible et dernier congrès. J'arrive chez moi cinq heures plus tard, complètement crevée.

La maison, comme très souvent, est plongée dans le noir total. J'allume quelques lampes, ramasse le courrier avant de m'enfermer à double tour. Je trouve le mot d'Antoine, posé sur la table de la cuisine.

*« Désolé de n'être jamais là à tes retours de voyage.*
*J'espère que Stockholm t'a plu, ainsi que les beaux*
*Suédois.*
*A jeudi.*
*Bises.*
*Antoine »*

« *Bises* ». Quelle étrange marque de tendresse. Je chiffonne rageusement le bout de papier. Antoine n'est vraiment pas... *lui*...

Je me douche rapidement avant d'enfiler une chemise de nuit et un peignoir et, sans même dîner, je n'ai pratiquement rien avalé depuis son départ de la chambre, je me glisse sous les draps pour dormir. Je mets néanmoins des heures pour trouver le sommeil... avant de refaire cet horrible cauchemar.

Le lendemain matin, Antoine m'appelle pour savoir si je suis bien rentrée. Je l'informe de ma décision d'aller passer quelques jours chez mes parents. Il ne fait aucun commentaire, apparemment indifférent de connaître les raisons de ce séjour imprévu. Nous nous quittons très brièvement.

Je prépare rapidement quelques vêtements dans une valise que je viens de vider. Je prends une douche, enfile un jean et un tee-shirt, téléphone à mes parents pour les prévenir de mon arrivée, arrose les plantes puis quitte la maison en ressentant un étrange sentiment de soulagement... J'en suis particulièrement troublée.

§§§

J'arrive chez mes parents en tout début de soirée. A peine ai-je garé ma voiture devant la maison qu'ils viennent m'accueillir en poussant des cris de joie, me donnant bêtement envie de pleurer. Ils ouvrent de grands yeux horrifiés en découvrant mon état déplorable. Passant aussitôt un bras protecteur autour de mes épaules, maman me fait entrer rapidement dans le salon en jetant un regard inquiet à papa. Avant qu'ils ne me posent des questions, je sens qu'ils en meurent d'envie, je les rassure vivement en leur certifiant que je suis *seulement* fatiguée, et par mon voyage, et par la route que je viens d'effectuer. Ils acceptent mes explications mais je sais déjà que j'aurai droit demain à un questionnaire minutieux.

Nous dînons d'une tarte au saumon maison et d'une salade verte, je mets un temps fou à finir mon assiette car j'ai un nœud à l'estomac. Nous allons ensuite prendre le café sur la terrasse. Il fait particulièrement doux ce soir. Papa m'aide à m'installer dans un fauteuil en osier.

- Papa ! je proteste en riant. Je ne suis pas malade !
- Non, mais tu n'as pas bonne mine, ma fille ! réplique-t-il du tac au tac.

Afin d'éviter d'expliquer les raisons de mon état, je leur pose vivement les éternelles questions : quoi de neuf dans leur petit village de trois mille habitants ? Comment va la boulangère, Madame Bercanot ? Leurs nouveaux voisins sont-ils sympathiques ? Ont-ils des nouvelles de leurs amis descendus dans le sud ? Nous discutons de sujets légers et je finis par me détendre. Retrouver mes parents me fait un bien fou et c'est avec un petit sourire que je monte me coucher. Malheureusement, je ne réussis pas à trouver le sommeil et lorsque je m'endors, sur le matin, je fais cet horrible cauchemar.

§§§

A huit heures du matin, alors que mes parents dorment encore, j'enfile un short et un débardeur et pars courir sur la plage pendant deux heures. Lorsque je reviens à la maison, j'ai l'agréable surprise de retrouver mes sœurs Camille, Charlotte et Laure. Nous nous sautons dans les bras comme si nous ne nous étions pas revues depuis des années. Une partie de mes neveux sont à l'école. Mes sœurs adorent ma nouvelle coupe de cheveux, je suis pourtant en sueur. Je me moque gentiment de la tenue « dernier cri » de Camille, Laure m'avoue me trouver affreuse tandis que Charlotte me pose une tonne de questions sur mon dernier congrès. Restant évasive, je réponds à quelques questions. Nous rions, nous crions de joie, nous hurlons après les petits qui commencent déjà à faire des bêtises. Nous nous embrassons, nous nous faisons quelques confidences, nous nous racontons les derniers potins de la ville. Je retrouve quelque temps la vie et savoure ces moments sans en perdre une miette.

D'un commun accord, mes sœurs ne me posent aucune question quant à la raison de ma visite, si soudaine, il est vrai. Je tiens cependant à leur expliquer que je rencontre certaines difficultés au sein de mon travail et que quelques jours de vacances s'imposaient. Je les rassure vivement que tout va s'arranger. Bien entendu, elles ne se doutent pas de mes pieux mensonges mais je vois apparaître sur leur visage une certaine inquiétude.

Finalement, avec l'accord de Lucas, et parce qu'Antoine est en Allemagne durant tout ce temps, je passe deux semaines complètes entre mes parents et mes sœurs. Je m'occupe énormément de mes neveux, je les emmène à l'école, je leur fais faire leurs devoirs alors qu'il reste très peu de jours avant les grandes vacances d'été. Je joue avec eux, je vais au cinéma avec eux, je déjeune avec eux au restaurant Mac Donald's. Je passe des heures à faire des dessins, de la peinture, je leur raconte de longues histoires…

- Tu devrais en faire un, me dit un jour mon beau-frère Thomas alors que je donne à manger au petit Marius.
- Pas envie, je réponds en m'efforçant de rire, un bout de carotte dans la bouche.
- Hé, tu approches de la quarantaine, ma vieille ! s'écrie-t-il en riant.
- J'ai à peine trente-deux ans ! je proteste vivement.
- Ça doit commencer à titiller Antoine, non ?!!! insiste-t-il en éclatant de rire.

Je ne prends pas la peine de répondre quand Laure vient nous rejoindre dans la cuisine. Elle gronde immédiatement son mari de m'ennuyer avec ses questions avant de faire un câlin à son fils. Je ne peux m'empêcher de me sentir soulagée de stopper net cette pénible discussion.

§§§

Le dimanche suivant, je reprends la route pour la Vendée, ressourcée pour affronter l'avenir. Dans la soirée, je retrouve Antoine. Alors que je m'apprête, au prix d'un effort surhumain, à l'embrasser sur la bouche, il me dépose un bref bisou sur la joue, comme s'il embrassait une vague connaissance. Refroidie, je ne dis rien, mais je ne peux m'empêcher de le maudire jusqu'au plus profond de mon être. Nous échangeons quelques banalités en dînant, j'essaie de sourire mais j'avoue que cela s'avère être du sport. Je m'enfuis très vite dans ma chambre pour défaire mes bagages.

Alors qu'Antoine travaille sur son ordinateur, je fouille dans mon armoire personnelle et attrape ma précieuse *boîte à trésors,* où sont rangés mes vrais « *trésors* ». Depuis l'île Maurice, je cache cette boîte derrière une tonne et une tonne de vêtements, de peur que quiconque la découvre, ma belle-mère aime bien farfouiller un peu partout dans la maison. Me laissant glisser sur le sol, j'ouvre délicatement le couvercle et prends du bout des doigts la carte de visite de Hugo. Son numéro de portable personnel danse devant mes yeux. Je me retiens de ne pas l'appeler, je meurs d'envie de l'appeler. J'ai besoin de savoir comment il va, j'ai besoin d'entendre sa voix. Je sens qu'il ne va pas bien du tout, je suis inquiète, je me sens coupable, affreusement coupable... Je serre les lèvres pour ne pas pleurer. Je sais que je ne peux pas lui téléphoner, je sens qu'il me hait... ça me fait atrocement mal dans la poitrine...

Je prends ses autres cartes. « *Je t'aime, je n'y peux rien...* ». Je ferme les yeux. Je revois son visage lorsque nous avons fait l'amour pour la première fois, à Stockholm. Je l'entends me murmurer ses sentiments. Il me manque affreusement. Sans lui, je ne suis plus rien. Sans son amour, je n'ai plus envie de vivre.

Je frémis en lisant sa dernière carte. « *Les femmes de ton genre aiment ce qui brille...* ». Je n'arrive plus à respirer, j'ai l'impression d'avoir un poignard planté dans la poitrine. En quelques mots, tout est dit. En quelques mots, notre histoire, notre merveilleuse histoire est réduite en bouillie... et *uniquement par ma faute.*

Je remets les cartes dans la boîte. Je devrais les jeter mais je m'y refuse. J'ignore pourquoi mais je m'y refuse. Je caresse délicatement les roses rouges, la robe de soirée. J'inspire longuement avant de ranger, avec les autres objets, mon délicat anneau serti de diamants, *mon porte-bonheur.* Je le regarde une dernière fois briller de mille feux avant de refermer le couvercle. J'ai de nouveau cette impression d'être morte, morte à l'intérieur de mon corps...

§§§

En fin de soirée, je descends à la cuisine me préparer une infusion, je n'arrive pas à trouver le sommeil. Antoine travaille toujours sur son ordinateur. Discrètement, je l'observe à travers la porte vitrée. Je le trouve fatigué. Il a les traits tirés et ses yeux bleus sont cernés. Je le vois plus négligé aussi. Ses cheveux blonds sont trop longs et il a pris un peu de poids... Je frissonne en me rendant compte qu'il ne va pas bien, lui non plus. Il semble... malheureux. Je suis cependant incapable de m'approcher de lui et de discuter sérieusement avec lui de notre mariage. Sans l'informer de ma présence, je l'observe encore un moment... avant de me détourner et de retourner dans ma chambre. Antoine ne viendra se coucher que très tard dans la nuit.

# Chapitre 18

Le lendemain matin, je suis morte de trouille de retourner au bureau mais j'y retourne, ma lettre de démission en poche. Je n'ai pas changé d'avis, je n'en ai pas encore parlé à Antoine mais je n'ai pas changé d'avis. Je veux quitter le Groupe.

Hier après-midi, alors que nous étions installés au salon à siroter un café, j'ai tenté d'en discuter avec lui mais, plongé dans un match de foot à la télé, il a évité toute discussion avec moi. Honnêtement, je ne sais pas s'il l'a fait volontairement ou involontairement mais cette cassure dans notre couple m'a fait du mal. Certes, il s'est passé ce qui s'est passé mais Antoine est vraiment devenu un autre homme, depuis longtemps maintenant. Nous n'avons plus de vie de couple, plus de relation de couple. Nous sommes devenus deux étrangers vivant sous le même toit. Mais tant pis, ma décision est prise, je démissionne. Je sais qu'Antoine va s'interroger et me mitrailler de questions en l'apprenant mais je ne changerai pas d'avis. Je trouverai bien une explication, je trouverai une solution, je lui mentirai, comme je le fais, désormais, tout le temps. Mais je ne peux plus travailler dans ce Groupe, trop d'événements douloureux s'y sont déroulés. En y restant, je sais déjà que cela ravivera éternellement mon chagrin et cet affreux sentiment de culpabilité envers Hugo. Financièrement, je sais aussi que la situation sera très difficile mais je retrouverai du travail, j'en suis certaine. La Vendée n'est pas spécialement touchée par le chômage, de nombreuses entreprises implantées dans la région recherchent régulièrement du personnel. J'ai aussi une bonne expérience professionnelle et je n'ai pas peur du changement. Je suis ouverte à toute proposition.

Enfin, en attendant, c'est avec un mal de ventre atroce que je me présente devant Lucas. Il m'attend en jouant nerveusement avec un crayon. Il est pâle, je trouve en m'asseyant en face de lui. Sans pouvoir prononcer un mot, je pose sur son bureau ma lettre de démission. Il ne fait aucun geste pour la prendre.

- Je... je veux démissionner, je fais en m'agitant sur mon siège.
- En es-tu certaine ? me demande-t-il doucement.
- Oui.

Lucas se lève soudain de son fauteuil et nous sert à tous les deux un café. Je le remercie d'un simple signe de tête. Je sens que cet entretien va s'avérer difficile.

- Anna, dit-il en revenant s'asseoir en face de moi, je suis désolé mais je refuse ta démission.
- Com... Comment ?
- Je refuse ta démission, répète-t-il en me fixant.

Je le regarde en écarquillant les yeux, je ne comprends pas. Pourquoi diable refuse-t-il mon choix ? Ne sait-il donc pas que la situation est déjà suffisamment compliquée pour moi ?

- J'ai besoin de toi ici, reprend-il après un silence. Je suis très content de ton travail, je refuse d'employer une autre assistante de direction.
- Lucas, je proteste en tâchant de garder mon calme, vous ne pouvez pas m'obliger à rester, c'est impossible.
- Anna, je sais que financièrement, tu ne peux pas te retrouver au chômage...
- Ne vous inquiétez pas pour moi, je l'interromps brutalement.

Lucas passe une main nerveuse sur son visage. Il semble soudain si fatigué par cette situation que je ne peux m'empêcher de me sentir coupable. Tout est ma faute, uniquement ma faute. Je me sens mal, affreusement mal.

- Lucas, c'est au-dessus de mes forces, je lui avoue alors. Je ne peux plus travailler ici. Je vous ai mis dans une situation plus qu'embarrassante et...
- François Gersse m'a *ordonné* de refuser ta démission ! me coupe-t-il d'un ton brusque.

Je sursaute violemment, abasourdie par cette nouvelle.

- Monsieur Gersse m'a appelé, m'explique-t-il plus doucement. Il se doutait bien que tu allais démissionner, il m'a demandé de te garder... Il le lui a promis.
- Oh ! je laisse tomber en devenant livide.
- Nous ne parlerons jamais plus de ce qui s'est passé, me promet alors Lucas. Tu ne seras pas obligée de participer au congrès, tu ne seras pas obligée d'aller en réunion au Groupe. Nous trouverons une solution pour nous accommoder, Anna.
- Il vous a promis une augmentation, si j'accepte ?!!! je ricane en me demandant un instant si je ne suis pas en plein cauchemar.

Lucas rougit légèrement.

- Ah, je vois, je fais en me sentant soudain très bête.

Ainsi François Gersse a promis une augmentation à mon responsable pour m'obliger à rester dans le Groupe. Mon Dieu, je nage en plein délire ! Jamais je n'aurais imaginé que notre président s'impliquerait à ce point dans cette affaire. J'ai du mal à comprendre pourquoi, je trouve ça un peu tordu. Je me rends compte

qu'*il* a encore de l'influence, même après son départ.
J'avoue que ce détail me laisse sans voix.

- Anna, reprends ton travail ici, fait Lucas en
  venant près de moi, et si, dans trois mois, tu
  trouves que la situation est trop compliquée pour
  toi, j'accepterai ta démission.
- Trois mois ? je répète tout bas.

Trois mois, qu'est-ce que c'est que trois mois ? Je n'ai
pas envie de rester, mais si j'ai la certitude de ne
rencontrer aucun membre du Groupe, si Lucas accepte
de ne plus aborder le dernier congrès comme il me l'a
promis, je ne vois aucune raison de refuser. Je ne
resterai pas après ces trois mois, je le sais déjà, mais
ces trois mois me permettront de discuter avec Antoine
et de chercher du travail ailleurs. Ce n'est pas honnête
envers Lucas mais accepter une augmentation pour me
forcer à rester n'est pas très honnête de sa part.

- J'accepte, je déclare en me dirigeant vers la
  porte, mais sachez, Lucas, que je n'apprécie pas
  du tout ces méthodes.
- Ces « *méthodes* », comme tu dis, n'ont rien à
  voir avec le fait que je souhaite que tu restes au
  sein de mon équipe, se défend-il vivement en
  tiquant un peu.
- Si vous le dites…
- J'apprécie beaucoup notre collaboration, insiste-
  t-il avec sincérité. Jamais je ne t'aurais laissée
  partir sans essayer de te retenir. Je tiens à ce
  que tu le saches.

Je ne peux m'empêcher de rougir légèrement.

- Très bien, je fais simplement.
- Je suis sincère, Anna.
- Très bien, je répète dans un souffle.

Et avant même que Lucas ne poursuive, je quitte son bureau sans plus attendre, sans boire mon café.

§§§

Claire et Sophie viennent me rendre visite début juillet. Antoine, qui ne les avait pas revues depuis la découverte de leur homosexualité, ne cesse de leur faire des blagues vraiment tordues. Le « con dans toute sa splendeur », je lui reproche le soir même. Pour la première fois depuis notre mariage, nous nous disputons violemment. Antoine finit même par quitter la maison en claquant violemment la porte. Il ne rentrera que tard dans la nuit et ne m'adressera pas un mot durant les trois prochains jours.

Quand il s'absente en Allemagne les deux semaines suivantes, je me demande si nous allons prendre quelques vacances. A la maison, nous ne nous parlons pratiquement plus, nous n'avons plus aucun geste tendre l'un envers l'autre. Il se couche chaque soir après moi et se lève chaque matin avant moi. Bien entendu, je ne lui fais aucun reproche car je suis responsable de cette situation, je suis entièrement responsable de cette distance entre nous. Mais cette distance me rend malade. Je sais que nous n'avons pas fait l'amour depuis mon retour de Stockholm, je sais que je ne suis pas prête à me laisser aller dans ses bras, mais cette indifférence entre nous est devenue intolérable. Je sais pourtant que je ne supporterai pas ses mains sur mon corps. Faire l'amour avec lui me paraît tout simplement impensable. Non, je ne pourrai pas. Je ne suis pas certaine que je réussirai à contrôler mes émotions, à lui cacher vraiment ce que je ressens : un dégoût profond. Antoine n'est pourtant pas désagréable avec moi. Il me sourit à chaque fois que nous nous regardons, il me parle gentiment, s'inquiète toujours de mes journées au bureau... J'avoue que je suis un peu perdue par cet étrange comportement de sa part.

§§§

Début août, nous partons finalement une semaine chez mes parents. Papa et maman sont ravis de nous accueillir mais se rendent compte, très vite, du malaise qui règne entre nous. Antoine passe ses journées à la pêche, me laissant seule et totalement désappointée. Je réussis néanmoins à passer une bonne semaine.

De retour en Vendée, Antoine s'envole de nouveau en Allemagne. J'en profite pour rendre visite à Claire et Sophie, à Angers. Sophie a emménagé chez mon amie. Radieuses, elles m'accueillent avec un plaisir si évident que je ne peux m'empêcher de les taquiner. Je crois que, désormais, nous formons le trio le plus solide qui puisse exister.

Un soir, cela fait deux jours que je suis arrivée chez les filles, alors que nous dînons dans un restaurant branché, Claire me dit soudain d'une voix basse :

- J'ai eu des nouvelles de Hugo.

Je sursaute violemment en entendant ce prénom. Je deviens pâle comme un linge.

- Il serait apparemment...
- Claire ! proteste Sophie. Je ne pense pas...
- Non, laisse, je fais vivement.

Malgré le mal que je ressens en entendant son nom, malgré le vide que j'éprouve soudain, j'ai envie de savoir ce qu'il devient, ce qu'il fait et, *surtout*, j'ai envie de savoir comment il va. J'ai toujours cette désagréable sensation qu'il ne va pas bien, j'ai besoin de savoir.

- Il serait apparemment sur un projet de magasin, reprend Claire.
- Quel magasin ? demande Sophie, curieuse.
- Un magasin de bricolage, *son* propre magasin de bricolage.
- C'est-à-dire ? l'interroge encore Sophie.

Claire ne peut s'empêcher de rire devant son évidente curiosité.

- Nouvelle enseigne, nouveau concept, dix mille mètres carré, je crois... Un beau bébé !
- Où ? je demande dans un souffle.
- A Bourges.
- Il devient donc un concurrent direct ! remarque Sophie en ouvrant de grands yeux.
- Pas vraiment, fait Claire en fronçant les sourcils. Apparemment, il s'agirait d'un nouveau concept *Bricodeal's,* qui serait à l'étude depuis plusieurs mois déjà.
- Et tu es au courant de ça ! s'écrie encore Sophie, médusée par cette nouvelle.
- Si j'ai bien compris, François Gersse semble dans le coup, ajoute Claire d'un air de conspiratrice.

Toutes les trois, nous nous regardons alors, chacune plongée dans nos pensées les plus secrètes, puis soudain, Sophie pose la question que je n'ose émettre. Je retiens mon souffle en attendant la réponse.

- Comment va-t-il ?

Claire me fixe quelques secondes encore.

- Apparemment, pas très bien ... dit-elle d'une voix un peu hésitante. J'ai rencontré Edmond Patterson, il y a quelques jours. Il était inquiet pour lui. *Vraiment* inquiet.

Je déglutis difficilement en entendant ces paroles mais ne fais aucun commentaire. Je garde les yeux baissés sur mon assiette en priant silencieusement de changer de sujet, mais Claire me presse soudain la main en continuant encore :

- Anna, tu... tu devrais peut-être l'appeler...

Je sursaute une nouvelle fois en la regardant comme si elle était devenue folle.

- Pardon ? je fais en devenant un peu plus pâle que je ne le suis déjà.
- Tu devrais l'appeler, répète-t-elle d'une voix plus ferme. Vous devriez vous expliquer, vous...
- Je ne pense pas que cela soit une bonne idée, je la coupe brutalement.
- Anna ! proteste-t-elle vivement. Hugo ne va *vraiment* pas bien !
- Claire ! j'objecte en la fusillant du regard. Cela ne me concerne pas.
- Tu t'en moques ? s'emporte-t-elle en paraissant horrifiée devant ma réaction, soudain très en colère contre moi. Tu t'en moques qu'il soit malheureux ???

Ses paroles sont comme un poignard planté dans le cœur mais je m'efforce de garder un visage neutre. Je ne veux surtout pas lui montrer à quel point cela me fait mal de savoir qu'*il* souffre tout autant que moi. Je n'ai pas le choix, je dois continuer de mentir sur mes sentiments.

- Claire, je continue maladroitement, je ne pense pas que cela te regarde.

Claire tique immédiatement.

- Et moi, je pense que tu fais une grave erreur ! réplique-t-elle d'un ton glacial.
- Et moi, je vous propose d'en discuter à un autre moment, intervient Sophie en levant son verre.

Claire et moi, nous nous fixons encore un moment, elle, blessée par mon indélicatesse, moi, furieuse par la tournure de notre discussion... mais je n'ai pas envie de me fâcher. Je lui souris très vite en m'excusant. Perdant presque instantanément toute rage contre moi, elle me presse d'y réfléchir, j'accepte afin de ne plus aborder ce sujet.

Ce soir-là, je ne réussis pas à trouver le sommeil. Allongée sur mon lit, je reste des heures à observer le plafond et m'accorde, pour la première fois depuis de longues semaines, l'autorisation de penser à lui.

Savoir qu'il travaille sur un nouveau concept de magasin de bricolage, son propre magasin, me soulage considérablement. C'est une bonne nouvelle, surtout si François Gersse est avec lui. Apparemment, les deux hommes ont fait la paix et ont réussi à trouver un terrain d'entente. Savoir, par contre, qu'il ne va *vraiment pas bien* m'angoisse profondément. Je préfère zapper ce passage et mon cerveau se déconnecte presque instinctivement, me faisant oublier chaque partie de mon corps meurtrie irrévocablement et indéfiniment. Je ne pleure pas, ne verse pas une larme. Mes yeux sont affreusement secs depuis mon retour de Stockholm. Je redeviens la femme insensible et intouchable que je suis devenue. Je redeviens un... monstre.

§§§

Après le 15 août, j'invite à la maison ma sœur ainée Camille, son mari Alexandre et leurs deux adolescents à venir passer quelques jours avec Antoine et moi. Celui-ci fait l'effort de se montrer souriant et chaleureux. Leur séjour se passe relativement bien. Camille me titille à de nombreuses reprises pour savoir comment je vais réellement. J'ai mauvaise mine, discute très peu, souris seulement quand on m'observe, ne ris que très rarement, me reproche-t-elle en m'obligeant à la regarder. J'élude ses questions en abordant vivement les problèmes de l'adolescence. Son fils Vincent, qui a quinze ans, et sa fille Lisa, qui en a dix-sept, mènent la vie dure à leurs parents, comme à un bon nombre de parents d'ados, il me semble. Camille m'avoue traverser une période assez pénible et *qu'elle en a ras le bol !* Je ne peux m'empêcher de sourire, de rire même lorsqu'elle me raconte les conflits quotidiens avec ses propres enfants. J'éprouve un certain réconfort en riant de bon cœur avec elle.

§§§

Après trois semaines de vacances, je reprends la direction du bureau et retrouve tous mes collègues de travail. Ils sont surpris de ma mauvaise mine mais je reconnais qu'ils ont raison, je suis affreuse. Je ne dors pas ou très peu, je fais toujours cet horrible cauchemar. J'appréhende depuis de me coucher le soir, de peur de retrouver ce visage défiguré par le dégoût. Lorsqu'Antoine est absent, je reste souvent devant la télévision jusqu'au petit matin. Je me demande un jour si je ne dois pas aller consulter un médecin, je n'en peux plus. Mes forces physiques et mentales s'amenuisent, je fais des erreurs dans mon travail, oublie des éléments importants. Lucas ne me fait aucune réflexion mais je le sens de plus en plus tendu. Je me donne encore une semaine avant de réagir.

§§§

Début septembre, Claire et Sophie décident de se... marier. Afin de mettre au grand jour leur homosexualité, ce qui ne va pas manquer de faire jaser dans le Groupe, elles organisent une réception dans une grande salle, à Angers, et invitent leur famille, leurs amis, et de nombreux collègues de travail. Claire se croit obligée de me certifier qu'*il* ne sera pas présent car elle ne s'est pas permis de l'inviter. Je ne fais aucun commentaire. De plus, je suis ravie de participer à cette union, accompagnée d'Antoine. Je suis certaine que ce mariage nous permettra de nous retrouver, du moins, je l'espère. La réception est prévue le 16 octobre prochain, et je serai le témoin de Claire !!!

Pour cette occasion, je décide d'aller à Nantes m'acheter une jolie robe. Antoine m'accompagne pour s'offrir également un nouveau costume. Nous réussissons à passer une agréable journée. Nous discutons un peu plus que d'habitude et parvenons même à rire ensemble, ce qui n'était pas arrivé depuis des mois. Je trouve une superbe robe d'un gris très clair, au décolleté vertigineux. La robe, dans un tissu léger et vaporeux, a de fines bretelles et une taille assez ajustée avant de s'évaser jusqu'aux genoux. Je suis heureuse de constater que j'ai repris du poids car, à ma grande surprise, je suis obligée de prendre une taille au-dessus de ce que je pensais. Lorsque je m'observe quelques instants plus tard dans le miroir de la boutique, je vois avec un certain plaisir que ma poitrine est plus généreuse et plus ferme. Je souris. Mon corps a changé et repris quelques rondeurs, ce dont je rêvais depuis des mois. Mais c'est vrai que je mange mieux, depuis quelque temps déjà. Désormais, quand je rentre du bureau, j'ai toujours faim et me dépêche de me préparer à dîner. En me détaillant plus attentivement, je suis vraiment ravie de découvrir ma nouvelle silhouette. Antoine me trouve très belle, me dit-il en riant. Afin de compléter ma tenue, il m'offre de ravissantes chaussures fines à talons hauts et un manteau dans les tons gris souris. Antoine choisit un costume dans les gris clair également et une magnifique chemise blanche. Je lui trouve une cravate assortie. Lorsqu'il essaie à son tour sa nouvelle tenue, je ne peux m'empêcher d'être troublée en le détaillant. Durant quelques secondes, quelques toutes petites secondes, je crois voir un autre homme...

Contents de nos achats, nous rentrons à la maison de bonne humeur. Cependant, le soir venu, quand Antoine veut m'embrasser, je me recule si vite qu'il en reste interdit. Il m'observe un moment sans réagir puis quitte la maison en claquant violemment la porte d'entrée. Il ne revient que le lendemain soir, m'ignore toute la soirée, dort sur le canapé avant de s'envoler pour l'Allemagne. Il y reste deux semaines, sans m'appeler une seule fois. Comme d'habitude, je ne fais aucun commentaire, mais je trouve ma vie de plus en plus minable.

§§§

Quand Antoine rentre à la maison le 15 octobre au soir, les valises sont déjà bouclées et je l'attends patiemment. Après m'avoir saluée très, très brièvement, il se dépêche de prendre une douche avant de se changer. Nous prenons la route immédiatement pour Angers.

Le mariage a lieu demain mais Claire a tenu à ce que nous arrivions la veille, pour les aider, elle et Sophie, à finir les derniers préparatifs. Je n'ai pas trop compris ce qu'elle voulait que l'on fasse mais j'ai accepté avec plaisir. Antoine a bien voulu me suivre sans trop râler.

Nous faisons le trajet en silence, deux étrangers assis côte à côte. Je reconnais qu'après Stockholm, plus rien ne s'est passé comme je le souhaitais. Notre mariage est devenu un vrai désastre. Nous ne parlons plus, nous ne nous touchons plus, nous ne dormons même plus ensemble. Antoine s'est de nouveau renfermé sur lui, comme après l'île Maurice, et se montre particulièrement distant lorsqu'il est à la maison, ce qui devient de plus en plus rare, soit dit en passant. J'ai l'impression qu'il redoute d'être avec moi, ou qu'il ne veut plus être avec moi. Cette impression me fait souffrir, je ne voulais pas que notre mariage devienne ainsi. En plus, il est clair qu'Antoine souffre de cette situation mais je ne sais plus comment réaglr. Je n'arrive pas à en discuter avec lui. Je n'ai toujours pas abordé ma démission, pourtant l'échéance des trois mois arrive à son terme. Je me demande comment tout cela va se terminer. Nous allons droit vers un désastre, je le sens.

Nous arrivons à Angers assez tard dans la soirée. Claire et Sophie nous accueillent avec un large sourire et nous font entrer rapidement dans leur appartement. Cette fois-ci, Antoine se montre sympa avec elles. Pas de blagues foireuses, pas de réflexions déplacées. Tout se passe bien. Je me rends compte très vite que les filles ont prévu une très grande réception. Je ne peux m'empêcher de sourire en découvrant le nombre d'invités, plus d'une centaine de personnes. J'aurais dû y penser, Claire ne fait jamais les choses à moitié et je crois qu'elle n'a plus de limite pour montrer son bonheur. De plus, ses parents seront présents, chose qu'elle n'aurait jamais imaginé voilà encore quelques semaines. Elle était si heureuse de me l'annoncer au téléphone, il y a tout juste trois jours, qu'elle m'a laissée sans voix, envahie par une forte émotion.

Après un succulent et copieux dîner, Sophie est une excellente cuisinière et adore préparer de bons petits plats en sauce, Claire m'entraîne dans la chambre d'amis pour déposer mes affaires. Lorsque je retire ma veste en jean, elle paraît, durant un court instant, assez surprise. Elle finit par s'écrier, apparemment ravie :

- Dis donc, ma petite mère, tu as repris du poids, c'est génial !
- Je mange bien, je réplique avec un petit rire.

- Dommage que tu n'aies pas meilleure mine ! remarque-t-elle doucement en me dévisageant attentivement.
- Ça va, je la rassure vivement en détournant le regard.

Claire n'insiste pas et m'entraîne de nouveau au salon. Antoine et Sophie discutent gaiement du mariage. Sophie semble particulièrement nerveuse.

- Nous avons reçu des tas de fleurs, remarque-t-elle en nous montrant les fleurs réunies dans la salle à manger.

J'ouvre de grands yeux en découvrant la salle à manger envahie par de nombreux bouquets, compositions et autres cadeaux pour les futures pacsées.

- On se croirait chez le fleuriste ! je rigole en humant de ravissantes roses blanches.
- Nous avons reçu cette composition de Hugo, me révèle tout bas Claire en désignant les roses que je tiens justement entre les mains. C'est vraiment adorable de sa part…

Je ne réponds pas. Silencieuse, j'observe longuement les fleurs en pensant brutalement à un petit-déjeuner, une rose rouge, des draps froissés… Je deviens livide sans vraiment m'en rendre compte.

- Oh, Anna ! murmure précipitamment Claire en me pressant le bras. Je… je ne voulais pas…

Je sursaute violemment. Je m'efforce de me ressaisir et reprends un visage souriant pour regarder mes amies. Claire a soudain l'impression que je remets un masque. Antoine fronce les sourcils en me dévisageant.

- Alors, je fais en riant comme si de rien n'était, prête pour le grand jour ?
- Je suis tout excitée ! reconnaît Claire en éclatant de rire.

§§§

Quand Claire et Sophie sortent de la Mairie, mitraillées par les appareils photos numériques des nombreux invités, je ressens une vive émotion en les regardant s'embrasser amoureusement, toutes les deux vêtues d'une jolie tenue blanche, un bouquet de roses rouges et blanches entre les mains. Préférant ignorer toutes les personnes qui m'entourent, je ne suis pas certaine de bien contrôler mes émotions, je reste derrière la foule. Mais Claire, avec un petit rire plein de joie, m'attire fermement près d'elle et me fait signe de sourire aux photographes. *« Je suis son témoin, tout de même ! »*, me rappelle-t-elle en m'embrassant affectueusement sur la joue. Antoine se tient près de moi. Il est silencieux mais souriant.

Après de nombreuses photos-souvenirs prises dans un ravissant jardin public, nous sommes conduits dans une salle décorée dans les tons rouge et blanc, où du champagne coule à flots, accompagné d'une multitude de toasts salés et sucrés.

En sirotant ma coupe de champagne, je retrouve de nombreux collègues « sympas » dont Edmond Patterson, son épouse est absente. Assez mal à l'aise, je lui présente Antoine. Celui-ci se montre courtois mais sans plus. A un moment, lorsque nous nous retrouvons seuls, le jeune Anglais me demande immédiatement comment je vais, apparemment surpris par mes traits tirés. Je ne peux m'empêcher de sourire, touchée par sa gentillesse.

- Je vais bien, je mens honteusement.

- Vous semblez fatiguée.
- Ça va, je dis encore avec un geste vague de la main.

Il me fixe un instant avant de poursuivre doucement :

- Savez-vous que Hugo ouvre son propre magasin dans quelques mois ?
- Ah oui ? je fais simplement.

Edmond hésite un moment à poursuivre tant mon visage reste de marbre. Je me demande d'ailleurs d'où me vient cette force intérieure alors que je rêve de lui poser une tonne de questions sur l'homme que je ne cesserai jamais d'aimer.

- Depuis un certain temps, François Gersse travaillait sur un nouveau concept de magasin, continue Edmond en s'agitant un peu nerveusement, très mal à l'aise. Après... après le congrès, il a proposé à Hugo d'être le pilote de ce nouveau concept. Il... il a accepté sans la moindre hésitation.

Je ne réponds pas.

- Il... il va bien, ajoute-t-il plus bas.

Je sursaute imperceptiblement. Edmond ment, je le devine immédiatement à son visage crispé. Je ne fais cependant aucun commentaire, incapable de prononcer un mot. Antoine choisit ce moment pour s'approcher de nous. Il hausse un sourcil en découvrant mon extrême pâleur.

- Tu vas bien, Nana ? s'inquiète-t-il aussitôt.
- J'ai... j'ai un peu chaud, je bredouille en portant une main tremblante à mon visage.

C'est vrai que j'ai chaud, des gouttes de sueur perlent à mon front. Antoine m'entraîne immédiatement vers une chaise et me fait asseoir avant de me servir un grand verre d'eau. Le jeune Anglais nous suit en cachant difficilement son inquiétude, se sentant responsable de ce léger malaise. J'essaie de respirer normalement et reprends peu à peu quelques couleurs.

- Je me sens mieux, je dis à Edmond afin de le rassurer.
- Vous êtes très pâle, remarque-t-il doucement.
- Anna est toujours pâle ! intervient brutalement Antoine en cachant difficilement son agacement, envers moi et uniquement envers moi.

A cet instant précis, j'ai l'impression qu'il me déteste. Son regard est haineux alors qu'il me fixe droit dans les yeux.

- Antoine ! je proteste en le fusillant du regard, furieuse et complètement désemparée.
- Quoi ? rétorque-t-il du tac au tac, ouvertement provoquant. Quoi, Anna ???
- Antoine ! je proteste encore, sentant mes joues devenir rouge écarlate.

Nous nous toisons un moment dans un silence glacial puis Antoine finit par hausser les épaules avant de s'éloigner pour aller se servir à boire. Je me demande aussitôt s'il n'est pas déjà saoul... et manque de mourir de honte en imaginant Edmond raconter ce détail à son fidèle ami.

§§§

La réception touche à sa fin quand certains invités commencent à quitter les lieux. Je salue gentiment Edmond Patterson avant son départ puis retrouve Claire. Celle-ci me demande immédiatement :

-   Antoine m'a dit que tu avais eu un léger malaise, c'est vrai ?
-   Mais non, je mens en riant, que vas-tu imaginer ?

Claire semble sceptique mais Sophie nous rejoint à cet instant précis et l'embrasse tendrement sur la joue. Je m'empresse de les complimenter sur la réception. Elles rougissent toutes les deux.

-   Claire y a mis les bouchées doubles, rit Sophie. Après tout, c'est censé être son *dernier* mariage !

Claire éclate de rire. Moi, je me contente de sourire, amusée néanmoins par cette dernière réflexion. Je suis certaine que leur union durera de très, très nombreuses années, je ne suis pas inquiète pour elles. Elles semblent tellement heureuses ensemble. Leur bonheur fait du bien à voir. Il me fait du bien.

Le dîner, qui a lieu en plus petit comité, est délicieux et extrêmement fin. Je me régale de poisson et de petits légumes. Ensuite, la musique entraîne les invités sur la piste de danse, jusqu'aux premières lueurs de l'aube. Les parents des mariées s'amusent beaucoup ensemble, cela fait plaisir à voir. Le champagne coule à flots, Antoine est ivre et ne tient plus debout. Avant qu'il ne fasse n'importe quoi, il a déjà cassé deux verres, je décide de le ramener chez Claire et Sophie pour aller le coucher, comme un gosse. Il essaie de m'embrasser en m'attirant sur le lit mais je le repousse violemment, écœurée par son comportement et son haleine imbibée d'alcool. Pour la première fois depuis notre mariage, il m'insulte, me traitant de « sale conne frigide ». Je retourne à la réception sans lui répondre. Je passe la soirée seule, je suis malheureuse mais je souris, je danse, je ris... Je n'en peux plus...

§§§

Lorsque je me réveille le lendemain matin, j'ai une horrible envie de vomir. Sans réveiller Antoine, je me glisse dans la salle de bains et frémis en découvrant mon visage livide. Je me passe rapidement de l'eau glacée sur les joues avant de m'asseoir sur la cuvette des toilettes, en sueur. Mon malaise ne dure pas longtemps et lorsque je suis de nouveau sur pieds, je m'observe de nouveau dans le miroir, plongée dans mes pensées, plongée dans mes calculs...

Je me rassois soudain sur la cuvette en sentant mes jambes devenir du coton.

Mon Dieu, comment ai-je pu être si aveugle ?!!! Mes règles... l'absence de mes règles... je ne les ai pas eues depuis... euh... depuis plus de trois mois ! Ma fringale, mes kilos repris, ma poitrine tendue et quelquefois douloureuse, mes envies de dormir dans la journée...

Mon Dieu ! Mon Dieu ! Mon Dieu ! Je suis enceinte... *enceinte*...

Je repense à cette nuit, à notre retour de la soirée, à sa façon de m'embrasser, de me repousser, de me faire l'amour, de notre empressement... Ma pilule, j'ai oublié de prendre ma pilule, une seule fois.

Mon Dieu, j'ai oublié de prendre ma pilule contraceptive *une seule fois* !!!

Je porte brusquement les mains à ma bouche, tétanisée. Je suis enceinte, un être vivant grandit à l'intérieur de mon corps... un enfant, *son enfant*, l'enfant de Hugo, l'enfant qu'il désirait tant...

§§§

Le lundi soir, je quitte un peu plus tôt le bureau et traverse toute la ville pour aller m'acheter des tests de grossesse dans une pharmacie, où les salariés ne me connaissent pas. Je sais, c'est idiot mais je n'imagine pas la tête d'Antoine si une des filles de notre pharmacie habituelle le félicitait pour sa nouvelle paternité.

Je rentre ensuite chez moi comme si de rien n'était, prépare le dîner, mange avec Antoine en discutant du mariage. Nous ne faisons aucun commentaire sur son comportement, évitant tous les deux les sujets sensibles. Je vais me coucher de bonne heure, Antoine s'endort dans le canapé... Je dors très peu mais, pour la première fois depuis de longs mois, je ne fais pas cet horrible cauchemar. Le lendemain matin, Antoine part très tôt à la Concession, avant que je me lève, mais je ne dors pas. A peine a-t-il franchi la porte d'entrée que je cours m'enfermer dans les toilettes.

Les deux tests sont positifs.

Je téléphone à mon médecin traitant le jour même. Je demande encore à Lucas de finir plus tôt et m'empresse de me rendre à mon rendez-vous, le cœur battant la chamade.

Mon médecin traitant calcule ma grossesse, quatre mois et deux semaines, déjà !!!

Il me prescrit aussitôt un bilan sanguin et une échographie à faire très rapidement. Lorsque je m'apprête à quitter son cabinet, il me recommande gentiment de me reposer et de prendre du poids. Il estime que je suis trop maigre. Il me pose ensuite la question tant attendue : suis-je heureuse ?

Je ne réponds pas immédiatement, j'écoute d'abord mon cœur battre la chamade. Je souris doucement.

-   Oui. Oui, je suis heureuse...

Je fais mon bilan sanguin le lendemain matin avant d'aller au bureau. Les résultats me parviennent par fax, en fin de journée. Tous mes examens sont normaux. Quand je lis le mot « positif » écrit noir sur blanc, je ne peux m'empêcher de frissonner de la tête aux pieds. Je porte *son enfant*.

Sur un petit nuage, je retourne chez mon médecin faire ma déclaration de grossesse et prends rendez-vous pour ma première échographie, la semaine suivante. Je suis terriblement impatiente de découvrir mon bébé, impatiente d'entendre battre son cœur.

Antoine est en Allemagne quand je rentre à la maison avec la photo de mon bébé. J'ai entendu son cœur. Des petits battements forts et rapprochés. Allongée sur mon lit, je reste des heures à observer cette forme minuscule. *Une main ? ... Un pied ? ...* Je touche mon ventre, le caresse lentement...

Je réalise alors ce que tous ces examens signifient vraiment. Jusqu'à ce jour, je refusais d'y croire mais entrevoir ce futur petit pied me fait soudain comprendre que je vais être maman, pour la première fois... Je porte l'enfant de Hugo, *son enfant*... J'ai perdu définitivement l'homme de ma vie mais je porte *son* enfant, il grandit en moi, chaque jour qui passe.

Je ferme les yeux, les rouvre, je souris... Je ne suis pas morte. Mon corps a repris le dessus, a décidé de vivre... Je souris encore...

Je vais être maman... *maman* !

§§§

Après l'euphorie des premiers moments avec mon bébé, je redescends très vite sur terre. Je perds aussitôt mon sourire. Antoine.

Je me demande ce que je vais faire. Je n'ai jamais refait l'amour avec lui depuis mon retour de Suède. Comment vais-je pouvoir lui cacher cette grossesse ?!!! En l'apprenant, Antoine comprendra immédiatement que cet enfant n'est pas de lui... et ça le tuera. Je sais pourtant que je n'avorterai pas, je le refuse catégoriquement. Je protégerai mon bébé, je suis prête à tout pour protéger ce petit être. Mais Antoine, est-ce que je suis prête pour autant à le sacrifier ? Est-ce que je suis prête à prendre ce risque ? Je frissonne. Il est encore tôt pour prendre une décision. J'ai du temps devant moi, encore quelques semaines avant que ma grossesse ne soit découverte. J'ai du temps, j'ai du temps pour réfléchir...

Par contre, je décide de ne pas démissionner, pas pour l'instant. Je suis assez angoissée pour Antoine, je ne veux pas en rajouter. Le stress n'est pas bon pour mon bébé et je n'ai pas le cœur à aller chercher du travail ailleurs. Lucas n'aborde à aucun moment ces trois mois passés, probablement très inquiet de me voir partir. Il est adorable avec moi, attentionné. J'ai l'impression parfois qu'il se comporte comme un grand frère. Je reste convaincue qu'il se doute de quelque chose me concernant, je le sens extrêmement protecteur. Nous avons dépassé les limites entre employeur et salariée mais ni l'un ni l'autre ne semble s'en plaindre. Lucas a tenu ses promesses, ne m'a plus jamais parlé du congrès, ne m'a jamais forcé à participer aux réunions du Groupe. Les visites mensuelles du magasin avec certains membres de la direction se font toujours sans moi. Nous avons retrouvé notre complicité d'antan, nous discutons beaucoup, de sujets divers. Sa gentillesse m'est précieuse, je ne cesse de le lui répéter. Lucas se contente de sourire mais je sais qu'il apprécie cette relation entre nous, surtout après tout ce que nous avons traversé.

§§§

En novembre, je suis enceinte de cinq mois, je pars quelques jours chez ma sœur Laure, Antoine est toujours en Allemagne. Notre mariage n'a plus du tout aucun sens, nous vivons sous le même toit mais nous avons chacun notre vie. Pourtant, nous sommes toujours incapables d'en discuter. Depuis le mariage de Claire et Sophie, Antoine n'a plus cherché à me toucher. Nous ne nous embrassons plus, nous ne nous regardons plus, nous ne nous parlons plus. C'est vraiment devenu n'importe quoi. Malheureusement, je suis incapable de réagir, incapable de percer l'abcès. Je sais que je joue avec le feu mais je suis incapable de forcer Antoine à me parler, à me dire ce qu'il a sur le cœur. Je me sens complètement dépassée par la situation.

Pourtant, pendant mon séjour chez Laure, où mes parents me rendent régulièrement visite, ainsi que mes deux autres sœurs, j'avoue que, égoïstement, je suis sur un petit nuage. Je souris de plus en plus à la vie, je retrouve de belles couleurs, je reprends du poids... A l'unanimité, toute ma famille me trouve meilleure mine. J'ai de la chance, ma grossesse ne se voit pas encore. Je suis néanmoins consciente qu'il va falloir que je leur révèle la vérité. Bientôt, je n'aurai plus le choix. Je sais que je leur ferai du mal d'avoir attendu si longtemps mais c'est encore trop tôt pour moi, ou peut-être suis-je tout simplement lâche... ?

Non, je ne peux pas encore aborder ce bébé avec eux, je ne peux pas encore leur parler de *lui*... Je ne peux pas encore leur révéler ma liaison avec un autre homme. Je n'imagine pas une seule seconde leur faire croire que ce bébé est d'Antoine. Je ne peux pas, j'aurais l'impression de *lui* mentir une nouvelle fois, de *lui* faire du mal une nouvelle fois. Aujourd'hui, je prends le temps de vivre avec *mon* secret et, pour la première fois depuis très longtemps, je ne suis plus malheureuse. Je ne suis pas heureuse mais je ne suis plus malheureuse, sans *lui*...

## Chapitre 19

Début décembre, je suis enceinte de six mois. Je suis vraiment obligée de m'acheter des vêtements de grossesse car je ne rentre plus ni dans mes pantalons, ni dans mes jupes. Je m'offre trois chemisiers, un pantalon en toile, un jean, deux jupes, des sous-vêtements adaptés et un ravissant manteau en laine. Je sais que ces différentes tenues cacheront mes jolies rondeurs encore un certain temps. D'ailleurs, je remercie les nombreuses absences d'Antoine, même si j'en souffre à chaque fois. Il ne semble pas avoir remarqué mes nombreux changements, pour dire s'il me regarde !!!

Moi, par contre, j'ai remarqué qu'il était, désormais, plus souvent en Allemagne qu'à la maison. Et quand il est à la maison, il ne décroche pas à un mot. C'est affreux ce manque de communication entre nous. Pourtant, je suis toujours incapable de lui parler et de lui avouer la vérité. Cette distance entre nous m'empêche de me lancer et je finis toujours par renoncer à aborder notre avenir. Mais ce qui m'arrête surtout, c'est que, depuis que j'ai découvert ma grossesse, je ne cesse de penser à *lui*, mon cerveau accepte de penser à *lui*. Je me demande ce qu'*il* fait à ce moment-là, où *il* se trouve à ce moment-ci. Je réussis à penser à *lui* sans ressentir un grand vide. J'imagine *notre* bébé… un garçon avec sa jolie fossette… une fille avec ses beaux yeux bleus… Je ne sais pas encore si je veux connaître le sexe de notre enfant mais qu'importe, notre bébé sera beau, j'en suis convaincue. Je commence à le sentir bouger, de plus en plus souvent et de plus en plus fort… Je ne peux m'empêcher de sourire, retenant mon souffle, attentive au moindre mouvement de sa part. Quand je le sens bouger, plus rien n'a d'importance que ce petit être qui grandit en moi… J'oublie totalement dans quelle galère je me trouve…

§§§

Un matin, alors que je suis en train d'ouvrir le courrier, Lucas vient soudain dans mon bureau et m'observe un instant avant de me dire gentiment :

- Je te trouve radieuse, Anna.
- Je suis enceinte, je me contente de lui répondre, un petit sourire sur le visage.

Lucas écarquille les yeux, stupéfait par cette nouvelle. Il referme aussitôt la porte de mon bureau avant de reprendre avec un large sourire :

- Anna, c'est merveilleux ! C'est une superbe nouvelle. Félicitations !
- Merci, je rougis aussitôt, amusée par sa réaction excessive.
- La naissance est prévue quand ? me demande-t-il doucement.

Je rougis un peu plus.

- Euh… en mars.
- Mars ? répète-t-il en haussant un sourcil. Mais… Oh ! ajoute-t-il en sursautant imperceptiblement. Tu es enceinte depuis… euh… six mois.
- Oui, j'avoue en devenant carrément écarlate.

Lucas me dévisage plus attentivement, une expression étrange sur le visage. Contre toute attente, il se laisse glisser sur le fauteuil en face de moi et me fixe encore un moment, apparemment troublé par cette nouvelle. Je baisse la tête, soudain très mal à l'aise. Je sais déjà qu'il a deviné qui était le véritable père de mon enfant.

- Qu'en... qu'en pense Antoine ? se permet-il de me demander après un silence.
- Euh... il ne sait rien, je dis franchement.
- Quoi ? sursaute-t-il.
- Je... Ecoutez, Lucas, je me défends vivement, ce n'est pas facile et... et j'ai besoin... j'ai peur de... Antoine ne doit rien savoir, j'ajoute précipitamment. Je vais le lui dire mais je... je...
- Et *lui* ? me coupe-t-il brutalement.

Une nouvelle fois, je baisse la tête sur mes mains crispées posées sur le bureau. Je me demande comment je peux en discuter avec Lucas sans en avoir parlé à Antoine, c'est complètement aberrant. Et surtout, surtout, comment j'en suis arrivée à aborder ce côté si intime de ma vie avec lui, mon responsable. Mais Lucas a été mêlé sans le vouloir à cette histoire, je ne peux pas faire comme si rien ne s'était passé. Je décide alors d'être honnête avec lui. Après tout, je lui dois bien ça.

- *Il* ne doit rien savoir, je dis en relevant la tête. Promettez-moi, Lucas, de garder cette grossesse pour vous... de ne rien lui dire...
- *Il* est en droit de connaître la vérité, proteste-t-il vivement. C'est *son* enfant !

Je me raidis imperceptiblement.

- Vous vous trompez, Lucas. *Il* n'a aucun droit sur ce bébé et de toute façon, je ne pense pas que cela puisse l'intéresser aujourd'hui. *Il*... *il* m'a rayé définitivement de sa vie... et rayé *tout* ce qui lui rappelle mon existence. Je vous demande de respecter ce choix, *son* choix.

Mon Dieu, je n'imagine pas une seule seconde qu'*il* apprenne cette grossesse. Je sais qu'*il* prendrait immédiatement ses responsabilités mais je suis certaine qu'*il* serait plein de haine contenue, pensant qu'*il* a *vraiment* affaire à une femme sans aucune morale. Une femme capable de lui faire un enfant « dans le dos ». Une femme capable de tout afin de percevoir une quelconque pension alimentaire. Je préférerais disparaître que de voir ça.

- Je reste convaincu que tu te trompes, Anna, insiste Lucas en se radoucissant. Il s'est passé du temps, depuis juin. J'ai eu souvent l'occasion de lui parler au téléphone, *il* n'est pas en colère.
- *Il* me déteste, je laisse tomber, troublée malgré moi par les derniers mots de mon chef.
- Non, *il* ne te déteste pas.
- *Il* vous l'a dit ? je rétorque vivement. *Il* vous a demandé de mes nouvelles ?

Je me rends compte soudain que je tremble de tous mes membres, profondément perturbée par cette discussion. Je manque de suffoquer quand je vois Lucas rougir.

- Non, m'avoue-t-il sincèrement.

Je baisse les yeux, bêtement blessée par cet aveu. Je le savais pourtant.

- Anna, reprend Lucas en se levant de son fauteuil, rassure-toi, je ne lui dirai rien et, après tout, cela ne me regarde pas, mais je pense que tu fais une erreur. Tu devrais lui avouer la vérité.

Je ne réponds pas, reprenant machinalement mon travail.

- Nous devrons discuter de ton congé maternité, ajoute-t-il alors en reprenant son rôle de directeur. Je dois prévoir de te remplacer…
- Très bien, je fais tout bas.

Lucas m'observe encore un moment avant de retourner dans son bureau en haussant les épaules. Lorsque je me retrouve seule, je serre très fort les lèvres pour ne pas hurler.

En rentrant ce soir-là, je suis terriblement angoissée en pensant à l'avenir. Je ne peux m'empêcher de frémir en songeant à Antoine, à mes parents, à mes sœurs, à mes amis... Je vais les décevoir, je vais les faire souffrir. Antoine ne dira probablement rien, ne montrera aucun signe de colère ou de souffrance mais je sais déjà qu'il sera profondément malheureux par cette nouvelle... Et mes parents ? J'imagine la déception que je vais leur infliger, moi, Anna Beaumont, jeune femme sans histoire, qui n'a jamais montré, depuis ses dix-sept ans, le moindre signe de faiblesse, la moindre erreur, la moindre rébellion. Je porte l'enfant d'un autre, j'ai trompé mon mari... Ils vont transformer notre merveilleuse histoire en une vulgaire histoire de fesses, ils vont me prendre pour une femme volage, une traînée, une salope...

Je ne réussis pas à dormir cette nuit-là. Antoine est absent, la maison est affreusement silencieuse et... triste. Elle me donne toujours l'impression d'être inhabitée, sans vie. J'ai soudain envie de pleurer. J'ai une boule au fond de la gorge. Pourtant, je ne réussis pas à verser une seule larme pour me soulager. Je suis terrorisée.

§§§

Ce qui est bien, quand vos collègues ou vos amis vous ont toujours connue avec de jolies rondeurs, c'est qu'ils ne s'étonnent pas de vous voir reprendre ces très jolies rondeurs en quelques mois seulement. J'avais perdu tant de poids avant ma grossesse que je peux encore cacher mon ventre, qui s'arrondit de jour en jour. J'adore ce ventre rond. D'ailleurs, je passe de longs moments devant le miroir de la salle de bains, à observer minutieusement mon corps qui change.

Mon bébé… ma fille… J'ai passé ma deuxième échographie et mon gynécologue m'a annoncé que j'attendais une petite fille. Une petite fille… *sa petite fille*… Je souris en regardant les derniers clichés de mon échographie. Ce bébé me calme, m'apaise lorsque je suis angoissée. Je sais que, grâce à lui, je supporte *tout*, je l'aime déjà si fort...

§§§

Nous sommes à une semaine de Noël quand je décide de tout avouer à Antoine. Je sais, je ne choisis par forcément le bon moment mais je n'en peux plus moralement et, pour être honnête, je ne peux plus me cacher derrière de larges vêtements, ça devient ridicule et compliqué.

Toute la journée, je me prépare psychologiquement afin que tout se passe le mieux possible, le soir même. Je me sens complètement angoissée mais je n'ai pas le choix, je n'ai *plus* le choix. Je fais quelques courses après mon travail puis me dépêche de rentrer à la maison, il fait un froid de canard. Je suis surprise de constater qu'Antoine est déjà rentré. Je sens immédiatement la peur me tenailler. Cette fois-ci, je sais que je ne peux plus reculer.

Antoine est au salon lorsque je pénètre dans la maison silencieuse, il sirote un whisky. Je hausse un sourcil, il ne boit jamais d'alcool dans la semaine. Préférant me taire, je défais mon manteau et mon écharpe, range les provisions dans la cuisine, me lave les mains puis, inspirant profondément, vais enfin le rejoindre. Je me sens relativement calme.

- Il y a longtemps que tu es rentré ? je lui demande en m'approchant de lui, sans pour autant l'embrasser.
- Je suis à la maison depuis ce midi, répond-il en évitant mon regard.
- Ah bon ! je laisse tomber, surprise.

Une nouvelle fois, je hausse les sourcils en remarquant son extrême pâleur, son évidente nervosité. Je devine aussitôt qu'il va m'annoncer quelque chose de terrible. Je pense immédiatement à ma famille.

- Assieds-toi ! m'ordonne-t-il brusquement en me désignant le fauteuil. Je veux te parler.

Je sursaute imperceptiblement à son ton froid mais m'exécute sans broncher. Je le sens si tendu à cet instant précis que je n'ose protester ou prononcer le moindre mot. Ma famille s'éloigne de mon esprit. S'il était arrivé un malheur, il me l'aurait déjà dit.

Antoine pose son verre sur la table, lentement, puis me regarde un long moment en silence avant de venir se planter devant moi. Il reste debout, raide comme un piquet.

Je m'agite sur mon fauteuil, soudain nerveuse. Je ne peux m'empêcher de me sentir terriblement angoissée. J'ai un mauvais pressentiment.

- Je pars, fait Antoine en me regardant droit dans les yeux, le visage fermé.
- Où ? je réplique sans comprendre.
- Je pars, Anna... Je te quitte, je veux divorcer.

Je ne peux m'empêcher de tressaillir. Ecarquillant les yeux, je le regarde sans comprendre.

- Qu... quoi ? je fais dans un souffle.

- Je veux divorcer, répète lentement Antoine.

*Divorcer ?!!!*

Non, c'est impossible, j'ai dû mal comprendre... Antoine ne peut pas me quitter. Il a besoin de moi, il est fragile, il ne peut pas vivre sans moi... Je sursaute une nouvelle fois, je me sens devenir livide. J'ai soudain l'impression que le monde s'écroule à mes pieds. Même assise, je chancèle. Je ferme les yeux, les rouvre, le regarde en ouvrant la bouche, la referme. Non, ce n'est pas possible, *ce n'est pas possible*. J'ai *tout* sacrifié pour lui. J'ai renoncé à *lui* pour le préserver. Ce n'est pas possible, je suis en plein cauchemar !!!

Antoine se laisse tomber sur le canapé en face de moi et reprend calmement :

- C'est fini entre nous, Anna... et tu le sais très bien.

« *Non, je ne le sais pas !!!* », j'ai envie de hurler. Certes, notre mariage n'avait plus de sens mais j'y croyais. Je ne pouvais pas imaginer avoir fait tant de sacrifices pour rien. J'étais persuadée, jusqu'à aujourd'hui, que nous allions finir par retrouver un semblant de couple. Oui, j'y croyais, j'y croyais vraiment.

- J'ai rencontré une femme, m'avoue-t-il alors. Je vis avec elle... en Allemagne, depuis quatre ans. Je veux l'épouser.

Je sursaute violemment pour la troisième fois, hébétée.

- Elle est enceinte, me révèle-t-il encore. Elle est enceinte et je veux l'épouser.

Je ne dis rien, incapable de prononcer un mot. « *Je suis en plein cauchemar* », je ne cesse de me répéter. Antoine ne peut pas me faire ça. Il n'a pas le droit de me faire ça. Je l'ai toujours protégé, je l'ai toujours fait passer avant *lui.*

- Tu as compris ce que je viens de te dire ? s'énerve-t-il soudain devant mon mutisme.

Je sursaute encore en entendant ce ton glacial. Complètement paniquée en découvrant l'étranger en face de moi, un homme froid et sans aucune pitié, je porte une main tremblante à ma bouche, me lève d'un bond et cours dans les toilettes pour vomir.

- Anna ! s'écrie Antoine derrière moi, plus agacé qu'inquiet.

Lorsque je réussis quelque temps plus tard à me relever de la cuvette des toilettes, j'ai envie de rire, nerveusement certes, mais j'ai envie de rire. Quelle bonne blague, quelle bonne *mais* très mauvaise blague !!!

J'ai connu le bonheur pendant douze jours, douze malheureux petits jours. J'ai touché le fond pendant de longs mois, de longs et interminables mois. Je me suis montrée monstrueuse avec l'homme que je ne cesserai jamais d'aimer… Et pourquoi ? Pour un mari qui ne m'aime plus depuis des années, qui me trompe depuis des années et qui va avoir un enfant…

Je m'appuie contre le mur pour ne pas tomber. C'en est trop, mon corps dit stop. J'en ai assez de souffrir, assez de perdre ceux que j'aime… Mon frère, Arnaud, Hugo… et maintenant Antoine. Je n'étais pas amoureuse de lui mais je l'aimais, je tenais à lui. Il était mon mari.

Je pense alors à mon bébé, à ma petite fille. Je pose une main sur mon ventre, le caresse doucement. Le bébé me donne des coups de pied, je finis par sourire.

Non, je n'ai pas tout perdu. J'ai mon bébé, *le sien*. J'ai dans mon ventre une petite fille que j'aime aujourd'hui plus que tout au monde, je dois penser à elle. Je dois aller de l'avant, ne pas me laisser glisser dans un gouffre destructeur. Elle a besoin de moi... Je dois avancer, je dois continuer à vivre... pour elle, uniquement pour elle...

§§§

Il m'est cependant impossible d'avaler la pilule. Je ne peux pas accepter les révélations d'Antoine, je ne peux pas accepter sa double vie. J'ai envie de hurler, de tout casser. Malheureusement, aucun reproche ne réussit à franchir mes lèvres. Je reste prostrée dans un coin de la maison, à l'opposé d'Antoine, qui n'ose plus reprendre notre discussion là où nous l'avons laissée.

Après quelques jours de déni total, une sourde colère finit par m'envahir tout entière. J'en veux à Antoine d'avoir attendu si longtemps pour m'avouer sa double vie. Quatre ans... quatre ans qu'il me trompe avec une autre femme. Quatre ans qu'il rentre d'Allemagne comme si de rien n'était, quatre ans qu'il me fait l'amour pour ne pas éveiller mes soupçons. Aujourd'hui, je comprends pourquoi il ne faisait plus aucun geste tendre envers moi, pourquoi il ne cherchait plus à sauver notre mariage, il avait cette femme dans sa vie, cette femme qu'il veut épouser, cette femme à qui il a fait un enfant... Et moi, Anna Beaumont, « pauvre » femme idiote, je me sentais si pitoyable, si coupable depuis ma liaison... Comment ai-je pu être si aveugle ? Comment ai-je pu croire qu'Antoine était si faible au point de mettre fin à ses jours, si je le quittais ?

Je réalise alors, dans toute son horreur, ce qu'a provoqué le suicide d'Arnaud. Je suis restée tellement traumatisée par ce drame que j'ai fermé les yeux sur la comédie de notre mariage. J'ai refusé catégoriquement de quitter Antoine et de demander le divorce alors que je ne l'aimais plus depuis des années. J'ai préféré sacrifié mon propre bonheur, préférant écouter ces vieux démons qui me hantaient toujours. Depuis des années maintenant, je vivais avec cette peur au ventre, cette peur de vivre un nouveau suicide et d'en être responsable. Après la mort d'Arnaud, je n'ai jamais réussi à vaincre cette culpabilité destructive. J'ai même grandi avec. Pourtant, j'ai suivi une thérapie après son suicide, une longue et pénible thérapie mais elle n'a servi à rien, absolument à rien. Car je me suis trompé concernant Antoine. Oh, oui, je me suis trompé en beauté !!! Antoine n'est pas Arnaud. Antoine n'a jamais été Arnaud. Antoine est un homme égoïste et cruel, qui vit une double vie depuis quatre ans et qui me ment honteusement depuis quatre ans...

§§§

Incapable de rester plus longtemps auprès de lui, dans cette maison devenue pour moi une véritable prison, je décide de partir passer Noël chez mes parents. Antoine et moi devions passer les fêtes chez des amis en Bretagne, je lui laisse le soin de leur expliquer la situation.

J'avoue la vérité à Lucas, dans les moindres détails. Il me laisse partir en Normandie sans aucune hésitation, me conseillant même de prendre une bonne semaine de repos. Ce n'est plus mon responsable, c'est un véritable ami.

§§§

Quand j'arrive chez mes parents, il commence à faire nuit. Je les ai prévenus que j'arriverai seule, sans entrer dans les détails. Bien entendu, ils ont accepté de me recevoir sans poser de question mais je les ai sentis très inquiets quant à cette soudaine visite.

Je n'ai jamais conduit aussi longtemps depuis le début de ma grossesse, je suis épuisée quand je m'écroule dans un fauteuil. Je suis pâle, j'ai les yeux cernés. Maman me prépare immédiatement un thé, elle semble vraiment très inquiète. Papa a un visage grave.

Lorsque nous nous retrouvons tous les trois les uns en face des autres, je leur dis simplement :

- Je suis enceinte.
- C'est vrai ? !!! s'émerveillent-ils déjà en ouvrant de grands yeux.

Je retire mon manteau, que j'avais gardé en prétextant avoir froid et leur montre fièrement mon ventre arrondi. Je souris doucement.

- Je suis enceinte de six mois...
- Six mois ! répète papa en fronçant les sourcils.

Je prends vivement leurs mains avant de continuer lentement :

- Je n'ai pas choisi de vous cacher cette grossesse pour vous blesser, je tiens à vous le dire mais... mais Antoine n'est pas le père de cet enfant, j'ajoute précipitamment.
- Comment ?!!! sursaute maman en portant une main à sa bouche, vraisemblablement choquée.

Je décide de leur avouer la vérité. J'ai envie de leur avouer la vérité. Inspirant profondément, je commence par leur raconter mon histoire avec Hugo, simplement Hugo. Je refuse de leur révéler son véritable nom car maman serait tout à fait capable de l'appeler, lorsque j'aurai terminé mon récit.

Prononcer son prénom après tous ces mois me fait horriblement mal mais je continue. Je leur raconte en détail notre rencontre dans cet aéroport parisien, où j'ai littéralement craqué devant son exceptionnelle beauté. Je leur raconte nos merveilleux jours à l'île Maurice, où je suis très vite tombée amoureuse de sa gentillesse, de sa simplicité, de sa générosité... Je leur raconte ce fameux soir, lorsqu'il m'a offert ce précieux anneau serti de diamants. Je leur raconte ma descente en enfer, après notre séparation. Je leur raconte nos retrouvailles à Paris, où j'ai appris son divorce, avant qu'il ne m'avoue ses sentiments. Je leur raconte notre semaine passée à nous aimer, follement. Je leur raconte mes sentiments cachés, mon refus de le revoir, les mois difficiles. Je leur raconte nos retrouvailles à Stockholm, sa demande en mariage, son désir de me faire un enfant... et cette nuit, cette horrible nuit où j'ai détruit sa vie, parce que j'avais peur, peur pour Antoine. Je leur raconte son départ précipité, sa démission, la fureur de François Gersse, le trou dans ma poitrine... avant ce bébé, cette petite fille, *sa petite fille*...

Je leur raconte ma dernière discussion avec Antoine. Mes parents deviennent livides en apprenant sa double vie, depuis quatre ans. Maman chancèle légèrement en découvrant ce bébé, ce bébé qu'il va avoir avec cette Allemande. Papa cache difficilement son dégoût lorsque je leur annonce sa demande de divorce...

Je finis mes aveux en leur racontant cette peur du suicide, cette profonde terreur qui me rongeait depuis de longues années, cette profonde terreur qui m'a empêchée de vivre ce bonheur et qui m'a enlevé l'homme que je ne cesserai jamais d'aimer...

Lorsque je me tais, je suis à bout de souffle, comme si j'avais couru un marathon. Je suis vidée, moralement et physiquement. Mes parents semblent tétanisés. Durant un long moment, ils sont incapables de prononcer le moindre mot, incapables de faire le moindre geste. Je crains un moment de les voir s'effondrer. Je leur presse les mains, soudain affolée, mais maman réagit brusquement en éclatant en sanglots. Elle se lève d'un bond et vient me prendre dans ses bras. Elle me serre un peu maladroitement mais je la sens si émue que je n'ose la repousser.

- Pardon, mon bébé, me dit-elle en pleurant. Pardon, pardon, pardon.
- Maman ! je proteste doucement.

Papa se lève à son tour et vient nous entourer de ses bras.

- Maman a raison, intervient-il en caressant mes cheveux. Nous sommes désolés, Anna. Nous n'avions pas réalisé l'ampleur des dégâts après le suicide d'Arnaud.
- Ce n'est pas votre faute ! je m'écrie vivement.
- Nous aurions dû nous rendre compte que tu n'allais pas bien, renchérit maman en se mouchant.
- Ce n'est pas de votre faute ! je répète plus fort.

Je les serre très fort dans mes bras. Je ne veux pas qu'ils se sentent coupables, ils ne sont pas coupables de ma lâcheté. Je les aime, je refuse de les culpabiliser, je refuse de les faire souffrir. Je leur parle alors de mon bébé, de ma petite fille. Papa verse une larme en posant sa main sur mon ventre, maman rit en sentant le bébé s'agiter. Je leur demande de penser uniquement à cet enfant et d'oublier le reste. Papa s'insurge contre Antoine mais je le fais taire en posant une main sur sa bouche. Je ne veux plus en parler, du moins pour ce soir. Ils acceptent assez facilement, même si je les sens très curieux quant au père de mon enfant.

Nous dînons très vite, ce soir-là. Nous sommes émotionnellement fatigués. Lorsque je me glisse sous les draps frais quelques heures plus tard, je suis à bout. Je m'endors immédiatement.

§§§

Comme je m'y attendais, le lendemain matin, mes sœurs débarquent chez mes parents dans des cris de joie, de révolte et de stupeur. Toutes les trois regardent et touchent mon ventre pour être certaines de ne pas rêver. Je finis par rire, un rire franc qui me fait un bien fou. Elles insultent ensuite Antoine, de tous les noms tordus qui puissent exister. Même si je l'ai *aussi* trompé, même si je porte *aussi* l'enfant d'un autre, je ne peux m'empêcher de rire, soulagée de ne pas être jugée, critiquée, insultée. Non, je suis soutenue. Totalement soutenue par ma famille.

Cependant, lorsque mes sœurs cherchent à savoir qui est *Hugo*, je me ferme instantanément. Elles retrouvent, dès lors, leur sérieux en se jetant des regards entendus, mais je refuse catégoriquement d'en discuter. Raconter toute mon histoire à papa et maman m'a profondément perturbée. J'ai très mal dormi cette nuit et pour la première fois depuis de longues semaines, j'ai refait cet horrible cauchemar. Ça m'a fait peur. Je ne veux pas retomber dans ce trou noir. J'ai mon bébé maintenant, je dois penser à lui…

Je pensais que je pouvais parler de *lui*, librement, je me suis trompée. *Il* reste encore un sujet sensible, douloureux. Cette nuit, je me suis rendu compte que je me voilais la face depuis le mois de juin. En vérité, je souffrais le martyre. J'ai toujours l'impression d'avoir ce trou béant dans la poitrine… Je crois que, jusqu'à la fin de mes jours, je souffrirai en pensant à *lui*, en pensant au mal que je lui ai fait. Je ne sais pas si je m'en remettrai un jour. Je ne pense pas que je m'en remettrai un jour, même avec sa petite fille.

Mes sœurs ont l'intelligence de ne pas insister, mais je les sens inquiètes à mon sujet. Alors, je fais ce que je fais depuis de longs mois, je souris, je ris, je joue la comédie...

§§§

Nous fêtons Noël et la nouvelle année dans une ambiance chaleureuse. Maman et papa sont « trop » protecteurs avec moi mais je ne leur en veux pas. Que pourrais-je leur dire ? Malgré mes objections, je sais maintenant qu'ils se sentiront toujours responsables du désastre de ma vie. Ils s'en veulent de ne pas m'avoir aidée comme il aurait fallu le faire, après la mort d'Arnaud. Ils s'en veulent de n'avoir rien vu.

En ce qui *le* concerne, Maman tient à me rassurer. Elle m'affirme, avec sincérité, qu'elle et papa ne m'en veulent pas. J'ai trompé Antoine. Je l'ai trompé tout autant que lui, je porte l'enfant d'un autre, mais ils ne m'en veulent pas. Parce qu'ils ont compris qu'*il* était important dans ma vie. *Il* n'était pas une « erreur », ou un « accident de passage ». *Il* était *un homme bien,* qui avait su m'aimer comme jamais Antoine ne l'avait fait. Un homme dont j'étais tombée éperdument amoureuse et avec qui j'aurais certainement fini ma vie si Antoine ne m'avait pas menti durant toutes ces années. Un homme que j'avais pourtant sacrifié pour protéger un mari qui, finalement, n'en valait pas la peine.

Trois jours plus tard, comme je le craignais, Maman me fait tout un discours sur les erreurs commises, et le pardon. *Le pardon.* Non, *il* ne pourra jamais me pardonner. Je suis allée trop loin avec lui. Je lui ai fait trop de mal. Je l'ai détruit sans même lui laisser une petite chance de se défendre. Il n'y aura pas de pardon entre nous, il n'y aura jamais de pardon entre nous, c'est impossible. Bien entendu, Maman essaie de me convaincre de *l*'appeler, d'appeler le père de mon enfant, mais, quand elle voit mon air horrifié, elle n'insiste pas et n'ose plus, dès lors, aborder le sujet.

Lorsque je rentre en Vendée, je suis épuisée.

§§§

Antoine quitte définitivement la maison trois semaines plus tard, emportant avec lui ses effets personnels, quelques meubles, quelques bibelots et autre objets favoris. Nous avons réussi à discuter calmement de notre situation et avons décidé de vendre la maison. De toute façon, je suis incapable d'y rester, autant financièrement que sentimentalement. Cette maison ne représente plus rien pour moi, je ne veux plus y vivre. Je recherche très vite un petit appartement à louer, avec deux chambres, qui reste dans mes moyens. Claire et Sophie, qui ont appris ma grossesse à mon retour de Normandie, m'aident à trouver mon futur nid douillet.

Il a fallu un certain temps à Claire pour digérer la nouvelle. Elle ne m'en a pas voulu d'avoir gardé le secret si longtemps mais cette grossesse l'a profondément perturbée. Depuis, elle est en colère contre Antoine. Elle lui en veut à mort, comme elle dit. Je savais qu'elle ne l'aimait pas beaucoup, je découvre une tigresse prête à le ratatiner. Avec Sophie, nous réussissons presque à en rire.

§§§

En février, je suis enceinte de huit mois. Je finis de préparer la chambre de ma petite fille, dans les tons rose et gris. J'ai acheté un joli lit à barreaux, un bel ensemble de draps adaptés, une poussette toute moderne et de la layette toute colorée... Je suis émue de ranger dans la commode en bois clair les petits vêtements lavés et repassés, ou de remplir le tiroir de toutes petites couches. Claire et Sophie me félicitent de mon travail, j'avoue que je suis assez fière de moi en admirant la pièce. Tout semble si tranquille, si calme dans cette chambre que j'en ressens un intense bien-être.

§§§

Un matin, au bureau, je ne peux m'empêcher de frémir en ouvrant le courrier. Il y a une invitation de *Hugo Delaroche,* pour Lucas, *uniquement pour Lucas.* Ça y est, *il* ouvre son propre magasin, *un beau magasin,* je constate en détaillant la brochure.

En découvrant le nouveau logo, *Bricodeal's Plus,* je me sens bêtement angoissée. J'ai le cœur qui bat à cent à l'heure, les mains moites. Sans pouvoir réagir, je regarde cette invitation en retenant mon souffle. Je suis heureuse pour lui, sincèrement heureuse, mais ça me fait atrocement souffrir... J'essaie de me dire qu'*il* va bien. Certes, *il* doit être débordé de travail mais *il* va bien. Je crains pourtant de me sentir mal en repliant l'invitation, prévue dans quinze jours.

Le soir de l'inauguration, j'erre dans les rues de Saint-Gilles-Croix-de-Vie, seule dans le froid glacial et l'indifférence totale... Je rentre chez moi complètement déprimée.

§§§

Le dimanche suivant, Claire et Sophie viennent me rendre visite. Elles me trouvent mauvaise mine, me disent-elles d'emblée. Je leur avoue me sentir extrêmement fatiguée, mais quelle femme n'est pas fatiguée à huit mois de grossesse ?!!!

J'ai passé ma dernière échographie. Mon bébé va bien. Ma petite fille grandit et grossit normalement. Elle bouge beaucoup moins mais tout va bien, m'a rassurée mon gynécologue. Il m'a cependant conseillé de me reposer et de manger un peu plus. Je n'ai pris que cinq kilos, il estime que ce n'est pas assez. Moi, je trouve que j'ai un ventre énorme. Je suis en congé depuis jeudi, je vais pouvoir suivre le conseil de mon médecin. Il était temps que j'arrête de travailler car je n'en pouvais plus. Lucas a eu du mal à cacher son émotion en me voyant partir, je l'ai rassuré en lui promettant de revenir très vite. Il s'est contenté de sourire, confiant.

Claire et Sophie m'aident à préparer le thé que nous allons prendre au salon, un tout petit salon mais assez accueillant et chaleureux. Quelques économies m'ont permis de décorer mon nouvel appartement avec goût et raffinement. J'avoue que je m'y sens bien, bien mieux que dans cette maison vide et froide.

- J'espère qu'il va te verser une pension alimentaire, ce salaud ! fait Claire en me voyant grimacer.

J'ai très mal au dos depuis quelques jours, j'ai l'impression d'être toute courbaturée.

- Antoine n'est pas le père, je lui rappelle doucement.
- Peut-être, dit-elle en croquant dans un biscuit, mais c'est de sa faute si tu en es là.

Je ne peux m'empêcher de rire devant son air de petite fille furieuse.

- Je suis adulte, je travaille. Je suis parfaitement capable d'élever seule cet enfant, je remarque en buvant une gorgée de mon thé.

Mais je suis folle de rage contre Antoine. Je lui en veux terriblement. Je lui en veux tellement que parfois, j'ai envie de tout casser autour de moi, pour me soulager.

Je lui en veux à un point que je me retiens de ne pas appeler cette femme, cette Allemande, pour la traiter de tous les noms. J'ai envie de la faire souffrir, j'ai envie de faire souffrir Antoine comme il a su le faire avec moi. J'ai envie de me venger parce qu'il a détruit une partie de ma vie. Par sa faute, j'ai renoncé à un homme merveilleux. Par sa faute, j'attends un bébé toute seule. Je vais mettre au monde un bébé toute seule !

- Tu n'as pas l'intention de le lui dire alors ? me demande doucement Sophie.
- Non, *il* n'en saura jamais rien.

Ma situation ne change pas en ce qui *le* concerne. Je n'imagine pas, une seule seconde, débarquer chez lui et lui dire, comme si de rien n'était, comme si cette horrible nuit n'avait jamais eu lieu entre nous : « *Eh oh, je suis libre maintenant. Je peux te reprendre dans ma vie ! »*. Plutôt mourir que de me comporter ainsi avec lui.

- Anna ! proteste Claire. Tu fais une erreur !

Non, je ne fais pas d'erreur. *Il* n'est pas un jouet. *Il* n'est pas un jouet que je peux manier au gré de mes humeurs. Il est hors de question que je réapparaisse dans sa vie, surtout après tout ce je lui ai déjà fait.

- Non, je ne fais pas d'erreur, je confirme d'un ton clair et net. Et je vous demande de respecter mon choix, j'ajoute en les regardant toutes les deux droit dans les yeux.
- Anna ! proteste encore Claire.
- Je vais bien, je les rassure plus doucement. J'avoue que le départ d'Antoine m'est particulièrement difficile, mais je vais bien. Tout se passera bien maintenant, j'en suis persuadée.

Mes amies préfèrent ne pas répondre. Je sais qu'elles ne sont pas entièrement d'accord avec moi mais elles ne me forceront pas la main. Elles ne se permettront pas d'intervenir dans cette histoire, dans mon histoire. Elles n'appelleront jamais le véritable père de mon enfant, elles ne lui révèleront jamais ma grossesse. *Il* ne l'apprendra jamais. De toute façon, ma grossesse n'a pas franchi les murs du *Bricodeal's* de Saint-Gilles-Croix-de-Vie. Personne du Groupe ne semble au courant, je le sais par Lucas. Je ne suis pas la première adhérente à être enceinte, il n'y a rien d'exceptionnel à ça et les nombreuses naissances passent souvent inaperçues au sein des différents magasins. En ce qui concerne mes collègues de bureau, je suis enceinte d'Antoine, mon mari. Il n'y a pas lieu d'en faire toute une histoire, elles ne vont pas aller colporter cette nouvelle sur tous les toits de la ville. Je sais également, non, j'en reste même convaincue, que cette grossesse ne risquera pas de *lui* arriver aux oreilles, surtout qu'*il* ne travaille plus pour *Bricodeal's* et n'a pratiquement plus de contact avec les membres de la direction, je le sais aussi par Lucas.

Enfin... plus de contact... du moins jusqu'à l'inauguration de son propre magasin ...

Avec les filles, nous discutons de banalités, de vêtements, de boulot, de leur prochain voyage en Chine, leur voyage de noces. C'est moi finalement qui ose aborder l'inauguration de vendredi soir. Je leur pose quelques questions, nerveuse, mais terriblement curieuse.

- Comment est le magasin ?
- Très grand, très beau, très commerçant, répond Sophie en souriant. Un beau bébé comme dit Claire !
- Qui... qui y avez-vous rencontré ?

Claire semble réfléchir quelques secondes.

- Eh bien… tout le Conseil de direction de *Bricodeal's* était là. François Gersse semblait assez… content, je dirais. Edmond Patterson et son épouse m'ont demandé de tes nouvelles, ajoute-t-elle en semblant très embarrassée de discuter, avec moi, de tous ces gens. Je n'ai rien dit concernant ta grossesse, bien entendu… me rassure-t-elle inutilement. Ils… ils te saluent.

- J'ai rencontré Marine et Tom Brissan, dit Sophie en souriant. Ils te saluent également.

- Personne ne semble au courant pour ta grossesse, renchérit encore Claire. En tout cas, *il* n'était pas au courant…

Je ne réponds pas. J'ai pourtant envie de savoir comment *il* va. J'ai toujours ce besoin de savoir comment *il* se porte… mais je suis incapable de poser la moindre question le concernant. Je serre les dents, tendue à l'extrême en écoutant mes amies me citer la liste des invités. Pourquoi diable ne me parlent-elles pas de *lui* ? Pourquoi diable évitent-elles de citer *son nom* ? C'est intolérable. Je voudrais tellement savoir dans quel état *il* se trouve, après tous ces mois. Je voudrais tellement savoir s'il a réussi, après tout le mal que je lui ai fait à Stockholm, à retrouver une vie normale, à retrouver une vie sereine. Et s'il parvient, malgré tout, à être heureux.

- Les deux pétasses, Alice Morino et Nadia Nouris, étaient là aussi, ajoute encore Claire sans se rendre compte de mon extrême nervosité. D'ailleurs, Nadia semblait très intéressée par Marc, et vice-versa. Je suis certaine que ces deux-là nous cachent quelque chose…

- Ah oui ! je laisse simplement tomber, me moquant royalement de cette histoire.

- Enfin, c'est un beau magasin, fait-elle encore en se raclant nerveusement la gorge. J'imagine qu'*il* a bossé comme un fou pour obtenir ce résultat.

Je ne réponds toujours pas. J'attends alors qu'elle me dise enfin comment *il* se porte mais Claire semble si mal tout à coup que je comprends immédiatement que je n'apprendrai rien de plus. Prenant aussitôt un air dégagé, je change de sujet mais j'avoue qu'il me faut un certain temps pour recouvrer mon calme.

Cette nuit-là, je fais cet horrible cauchemar. Je me réveille en hurlant, en sueur. La discussion avec les filles m'a perturbée, parler de *lui* sans vraiment parler de *lui* m'a perturbée. Je l'imagine changé, amer, cynique. Je l'imagine bosser à en crever et redouter toute personne ayant affaire à moi. Je l'imagine me haïr un peu plus chaque jour et avoir un mal fou à contrôler cette haine grandissante...

Je l'imagine regretter notre rencontre.

Je devine aisément le malaise de mes amies, ou même de Lucas, en ressentant toute cette colère, cette rage, cette haine envers moi... Je dois être, aujourd'hui, la femme qu'*il* déteste le plus au monde. Difficile pour mon entourage de supporter cette réalité.

Je ne réussis à me rendormir qu'au petit matin, complètement démunie.

§§§

Le lundi suivant, je suis assez agitée durant une bonne partie de la journée. Je n'arrive pas à tenir en place, j'ai affreusement mal au dos. Quand maman m'appelle en début de soirée, je lui avoue être un peu inquiète. J'ai mal au ventre depuis un certain temps sans pour autant ressentir des contractions. J'ai peur d'avoir attrapé un vilain microbe.

En essayant de garder son calme, maman me conseille de me rendre immédiatement à la maternité. Au début, je ne peux m'empêcher de rire en lui reprochant d'exagérer la situation mais, lorsque j'entends sa voix tendue à l'autre bout du fil, je lui promets d'aller voir mon gynécologue dès le lendemain matin.

Dans la nuit pourtant, je suis réveillée par d'atroces douleurs dans le bas du ventre. Je suis trempée de sueur, je suis brûlante de fièvre. J'ai un moment de panique. Je suis incapable de me lever et de conduire jusqu'à l'hôpital. Je devine pourtant qu'il faut que je m'y rende très vite. Mon bébé ne va pas bien, je le sens. J'ai soudain très peur en attrapant le téléphone. Il est trois heures du matin mais je n'hésite pas une seule seconde à appeler Lucas. Il répond à la troisième sonnerie, d'une voix endormie. Lorsqu'il me reconnaît au bout du fil, il retrouve instantanément ses esprits. Il arrive à l'appartement à peine quinze minutes plus tard, les cheveux en bataille.

En attendant qu'il arrive, je réussis à enfiler un jean et un pull chaud. Je manque d'avaler ma brosse à dents en me brossant les dents tant la douleur est devenue forte dans le bas du ventre. Je m'accroche au lavabo pour ne pas tomber. J'ai peur. J'ai très peur. Et je me sens seule, désespérément seule. Alors que la douleur me prend aux tripes, je maudis Antoine dans un hurlement de rage. Je le hais, je le hais !

Je suis relativement prête quand je fais entrer Lucas dans mon appartement. Il semble affolé en découvrant mon visage livide. Il m'entraîne immédiatement dans sa voiture chauffée et me conduit sans perdre une seconde à la maternité, à plus de quarante kilomètres de là. Je me force durant tout le trajet de ne pas crier tant la douleur devient intolérable. Mon bébé va arriver, avec quelques semaines d'avance, je dois me montrer forte et courageuse. Je dois me montrer forte et courageuse pour l'accueillir. Je ne cesse de me répéter ces mots en m'accrochant à l'accoudoir de mon fauteuil, le visage tout crispé.

A l'hôpital, je suis aussitôt prise en charge par deux charmantes sages-femmes, qui me sourient gentiment avant de m'emporter rapidement dans une salle de travail, abandonnant Lucas devant les portes de la maternité. J'ai tout juste le temps de le remercier, d'une voix assez étrange, je trouve en fronçant les sourcils. Lucas semble figé sur place, livide.

Un médecin de garde s'occupe immédiatement de moi avec bienfaisance. Mais soudain, alors que l'on retire mes vêtements afin de me mettre une blouse, que l'on me recouvre la tête d'une charlotte, que l'on m'allonge sur un lit recouvert d'un champ, j'avoue être dans un état second. Je crois que je suis à presque 40° de fièvre, mais je ne dois plus avoir tous mes esprits !!!

La douleur dans le ventre disparaît peu à peu. Je me rends compte que je suis sous perfusion. Probablement me donnent-ils des tranquillisants pour me calmer, tout nombreux qu'ils sont autour de moi. On m'appelle, plusieurs fois. On me touche le visage, on prend ma main. J'entends une voix lointaine, puis une autre, et encore une autre. Je vois des ombres s'agiter autour de moi. J'ai envie de parler mais je n'y arrive pas, j'ai envie de bouger mais je suis incapable de faire le moindre geste. Je suis si fatiguée, si fatiguée…

J'ai envie de dormir. Je suis bien là, je n'ai plus mal…

On m'appelle encore. J'ouvre les yeux mais c'est étrange, je ne vois pas d'où vient cette voix. Je ne vois plus rien… Je ne panique pas cependant, je me sens toujours aussi bien. J'ai l'impression de flotter dans les airs. Je n'ai plus mal alors je me laisse aller, lentement. Je suis certaine que tout va bien se passer, je peux dormir maintenant... Ma petite fille est entre de bonnes mains, je peux dormir...

Je sombre, peu à peu. Je sombre dans un profond sommeil, sans rêve...

## Chapitre 20

Il fait jour lorsque j'ouvre les yeux. Sans trop savoir où je me trouve, je regarde autour de moi en fronçant les sourcils, surprise d'être allongée dans un lit inconnu. Je suis dans une chambre aux murs blancs, une chambre froide et insipide, une chambre d'hôpital, je réalise au bout d'un moment en me raidissant légèrement. Je veux alors m'asseoir mais je me rends compte que j'ai des perfusions dans chaque bras et de l'oxygène dans le nez. Un écran surveille régulièrement ma tension. Je me sens devenir livide.

- Anna ? fait la voix de maman.

Je tourne lentement la tête et vois maman et Laure assises près de mon lit. Elles sont pâles.

- Maman ? je souffle sans comprendre.

J'essaie de me concentrer mais je suis si droguée par les médicaments que j'ai un mal fou à rassembler des idées claires. Pourtant, je pense brusquement à mon bébé, à ma petite fille. Je tâte les draps à la recherche de mon ventre mais il est... vide...

- Mon bébé ? je demande aussitôt, soudain très agitée.

Maman vient prendre mes mains et, avec un sourire rassurant, me dit très vite :

- Anna, tu as eu une césarienne et ta petite fille a été transférée en néonatologie à...

Abasourdie par cette nouvelle, je sursaute si violemment que maman s'interrompt brusquement, effrayée par ma réaction.

- Tu avais de la fièvre en arrivant à l'hôpital, tu en as toujours, m'explique-t-elle en jouant nerveusement avec mes doigts. Tu as perdu connaissance et les médecins ont dû intervenir très vite.

Même si je reprends lentement mes esprits, je suis capable de comprendre ce que Maman est en train de m'expliquer. C'est affreux, je ne me souviens de rien, c'est le vide total. Je me rappelle Lucas me regardant disparaître puis plus rien. Je suis incapable de me souvenir de mon accouchement, incapable de me souvenir si j'ai entendu ma fille pleurer, incapable de me souvenir ce qui s'est réellement passé. J'ai l'impression d'avoir perdu une étape importante de ma vie, j'ai l'impression que l'on m'a arraché une étape importante de ma vie. Je veux alors me redresser mais je suis incapable de bouger car je ne sens pas mes jambes. Furieuse, je me sens devenir pâle comme un linge... Une seule question me hante désormais. Je veux savoir comment elle va, je veux savoir comment va ma fille.

- Mon... mon bébé ? je demande dans un souffle.
- Ta petite Rose est entre de bonnes mains, intervient Laure en m'aidant à me redresser un peu.
- Rose ? je répète, surprise de l'entendre prononcer le prénom choisi pour ma petite fille.

*Rose.* Je ne me rappelle pas avoir dit à qui que ce soit que je voulais que ma fille porte le prénom de sa grand-mère, de sa *grand-mère paternelle*. Ce choix était mon secret, mon précieux secret.

- Tu l'as dit à la sage-femme en arrivant à la maternité, sourit Laure. Tu le lui as dit au moins une dizaine de fois !

- Ah bon ! je laisse tomber, de plus en plus abasourdie.

Je ne m'en souviens pas. C'est horrible. Mais cela n'a plus d'importance, je veux la voir. Je veux voir mon bébé, maintenant. J'ai besoin de savoir comment elle va. Laure m'a dit qu'elle était entre de bonnes mains, ce n'est pas vraiment une réponse. Je veux la voir, j'ai besoin d'être rassurée. Je regarde plus attentivement autour de moi et lorsque je remarque un fauteuil roulant près de la porte, je fais signe à Laure de l'approcher.

- Aide-moi ! je lui dis d'un ton sans appel en essayant de m'asseoir. Je veux aller la voir.

Laure et maman se regardent une seconde avant de me forcer à me rallonger. Je crains de me mettre à crier tant je me sens empotée lorsque je veux les repousser, furieuse.

- Je veux la voir ! je répète froidement.
- Ta petite fille a été transférée à Nantes, me dit subitement maman d'une voix très douce. Elle a été transférée chez les grands prématurés.

Je cesse immédiatement de m'agiter et regarde maman comme si elle était devenue folle.

- Quoi ? je fais en touchant machinalement mon ventre.
- Rose est à Nantes, répète lentement Laure. La maternité d'ici ne prend en charge que les enfants nés après trente-sept semaines de grossesse et... et...

Laure s'interrompt brusquement en rougissant violemment. Evitant mon regard, elle se dirige soudain vers la porte en prononçant d'une voix basse :

-   J'appelle le pédiatre, il va t'expliquer la situation.

Je me laisse retomber sur les oreillers sans pouvoir prononcer un mot, sentant toutes mes forces me quitter. « *Qu'est-ce que j'ai fait ?* », je me demande aussitôt en tournant la tête vers la fenêtre. Pourquoi n'ai-je pas accouché normalement comme des milliers de femmes, pourquoi n'ai-je pas le droit de serrer mon bébé dans mes bras comme des milliers de femmes ? On m'a arraché ma petite fille, on me l'a volée, sans que je puisse réagir et maintenant, je dois me résigner à attendre avant de la rencontrer. C'est intolérable, ça me donne envie de hurler.

-   Madame Beaumont, fait quelques minutes plus tard une voix chantante, je suis le docteur Manson. C'est moi qui me suis occupé de votre petite fille jusqu'à son transfert sur Nantes.

Je le regarde sans pouvoir émettre un sourire. Il est petit, un peu rondouillard mais son visage est sympathique et avenant. S'approchant rapidement de moi après avoir gentiment demandé à Laure et maman de nous laisser seuls, il s'assoit sur le bord de mon lit.

-   Ecoutez, commence-t-il en me regardant droit dans les yeux, Rose est née à trente-six semaines et trois jours de grossesse... ce qui est plutôt bon signe, ajoute-t-il avant d'enchaîner plus lentement : votre petite fille pèse un peu moins d'un kilo cent cinquante grammes, elle est *très* petite... Lorsque vous êtes arrivée dans notre service, nous avons dû pratiquer une césarienne en catastrophe car vous aviez perdu connaissance à cause d'une forte fièvre et votre bébé était en souffrance fœtale... Nous avons découvert que votre petite fille souffrait d'une malformation cardiaque... Elle ne respirait plus à la naissance... Nous avons dû la réanimer... Je ne vous cacherai pas la vérité, Madame Beaumont, son pronostic vital est engagé.

Je crois recevoir une balle en plein cœur en entendant ces paroles. Incapable de réagir, je regarde le médecin sans prononcer un mot. J'avale difficilement ma salive. Ce n'est pas possible, je dois être en plein cauchemar. Mon bébé ne peut pas aller mal, il me donnait encore des coups de pied la veille au soir.

*Une malformation* ? Qu'est-ce que cela veut dire ? J'ai passé ma dernière échographie, il y a à peine deux semaines, mon gynécologue m'a certifié qu'elle allait bien. Le docteur Manson doit se tromper, mon bébé ne peut pas être malade. Pourtant, le médecin m'explique en détail la malformation dont elle est atteinte, les conséquences de cette malformation et les risques encourus en attendant une éventuelle opération, dans un mois, *si tout se passe bien*. Cette malformation est assez rare et difficilement détectable à l'échographie, mais opérable, ce qui est une bonne nouvelle. Les fœtus grandissent dans la plupart des cas assez normalement mais sont souvent de petite taille ou… malheureusement, décèdent avant la naissance. Rose ne respirait pas en arrivant au monde mais son cœur avait cessé de battre lors de la césarienne, césarienne pratiquée en urgence à cause d'une mauvaise grippe. Mauvaise grippe qui, finalement, avait sauvé ma petite fille, m'informe encore le médecin. L'équipe médicale a réussi à la réanimer en la sortant très vite de mon utérus. Une heure plus tard, elle partait en réanimation à Nantes, par hélicoptère.

- Comme je vous l'ai dit, Rose est née à trente-six semaines et trois jours de grossesse. Elle a de la force, elle va se battre, termine le docteur Manson en m'adressant un sourire franc et sincère.

- Quand... quand pourrai-je la voir ? je réussis à demander.
- Je m'occupe de votre transfert, me dit-il en me pressant la main.

Il m'adresse un dernier sourire avant de quitter ma chambre, me laissant complètement anéantie. Heureusement, maman et Laure reviennent aussitôt dans la pièce et essaient de me réconforter comme elles le peuvent.

Je pense alors à *lui*, je voudrais tellement qu'*il* soit là, près de moi. Son absence m'est intolérable, j'ai envie de pleurer tant je souffre. Notre petite fille ne va pas bien. S'il devait arriver un malheur, je n'y arriverais pas sans *lui*. Rose est le seul être qui me raccroche à *lui*, j'ai besoin d'elle... « *Mais elle va se battre* », je me dis immédiatement. Elle est forte, comme son papa. Non, je n'ai pas peur, je sais qu'elle va nous surprendre.

§§§

Je suis transférée à Nantes le lendemain matin. Je vis un vrai calvaire dans l'ambulance tant je suis secouée mais je tiens le coup, pour Rose. Je serre les dents et m'accroche aux barreaux du brancard pour tenter de souffrir le moins possible. Le gynécologue qui m'a accouchée n'était pas d'accord pour me laisser partir car je suis encore fiévreuse à cause de cette mauvaise grippe, m'a-t-il dit en essayant de me raisonner, mais je n'ai rien voulu entendre. Après avoir discuté un moment avec le pédiatre, il a accepté de me transférer au service grossesse à risque à Nantes, près de mon bébé. Je ne pourrai pas le toucher mais je pourrai le voir, vêtue d'une blouse, d'un bonnet, de gants et d'un masque. Je m'en fiche, je veux le rencontrer, le reste n'a pas d'importance.

Maman et Laure me rejoignent dans le hall du service avant de me suivre dans une chambre individuelle où je suis aussitôt installée. La chambre est lumineuse et assez accueillante avec ses rideaux roses et son papier peint ivoire. Après avoir déposé mes affaires, une infirmière m'aide à m'asseoir dans un fauteuil roulant tout en discutant gentiment avec moi. Elle attache ma perfusion sur le fauteuil avant de me redonner une dose de morphine pour calmer la douleur. J'avoue l'écouter d'une oreille distraite tant je suis impatiente d'aller découvrir ma fille.

Je suis terrorisée quand nous arrivons au service néonatologie. Je tremble comme une feuille lorsqu'une jeune infirmière m'aide à nouveau à enfiler une blouse, un bonnet, des gants, des chaussons et un masque. Laure est avec moi. Elle enfile une blouse et un masque sans prononcer un mot, tendue à l'extrême. Maman est restée à la cafétéria, elle est épuisée. Nous lui avons recommandé d'aller prendre un thé et de souffler un peu.

C'est Laure qui pousse mon fauteuil jusqu'à la couveuse où nous conduit la jeune infirmière. Elle me fait un bref bilan en marchant près de moi, d'une voix douce et réconfortante. Je l'écoute en retenant mon souffle.

- Rose a passé la nuit, c'est une bonne nouvelle. Nous l'avons pas mal ennuyée hier, nous l'avons laissée tranquille ce matin.

Je ne réponds pas. Mon regard vient de se poser sur mon bébé, petit ange accroché à la vie. Je me sens immédiatement affolée en découvrant tous les fils autour d'elle, les nombreux capteurs sur son tout petit torse, son visage caché derrière un affreux appareil l'aidant à respirer, ses petits poings serrés. La couche semble immense sur ce petit corps recroquevillé. Tout est petit, petit, petit... mais elle est belle, je trouve aussitôt. Elle a des cheveux noirs, beaucoup de cheveux noirs, *ses* cheveux noirs. Je me penche un peu plus au-dessus de la couveuse. Son front est haut, ses joues sont rondes… et elle vit, je vois ses petits pieds s'agiter. Je me sens affreusement responsable de son état mais je suis heureuse de la rencontrer enfin. J'ai envie de la toucher, je serre les poings afin de me retenir. Laure me presse les épaules. J'ai envie de pleurer, je n'y arrive pas, ça me fait mal.

§§§

Les trois prochains jours se passent relativement bien. Ma petite Rose continue de s'accrocher. Je vais mieux aussi. Je n'ai plus de fièvre, je n'ai plus de perfusion et surtout, je peux marcher. La césarienne reste encore douloureuse mais, maintenant, je peux me déplacer librement. Je peux aller voir ma petite fille à chaque instant de la journée. Je dois néanmoins quitter l'hôpital dans quelques jours, ce qui compliquera les choses. Je refuse d'y penser pour le moment. Je trouverai bien une solution pour rester avec ma fille, tout le temps qu'il faudra, jusqu'à ce qu'elle rentre à la maison.

Lucas et sa femme me rendent visite avec un énorme bouquet de fleurs. Avec une certaine émotion dans la voix, je remercie Lucas de m'avoir conduite à l'hôpital. Sans lui, ma fille serait morte. Sa femme, Céline, se permet de m'embrasser chaleureusement sur les joues, des larmes au coin des yeux. Je devine déjà que ma relation professionnelle avec Lucas sera dorénavant compliquée. Je pense que nous sommes devenus trop proches pour continuer de travailler ensemble de façon sereine. Nous évitons cependant d'aborder le sujet, ce n'est ni le moment, ni l'endroit pour en discuter.

Claire et Sophie débarquent très vite dans ma chambre avec des bonbons au chocolat et un énorme nounours rose. Je ris en les voyant maladroites avec cette peluche encombrante, nous ne savons pas où la poser tant la pièce est petite.

- Nous avons vu ton petit ange, fait Claire en s'asseyant sur le bord de mon lit, la bouche pleine de bonbons.

Quand Claire et Sophie m'ont appelée afin de m'avertir de leur visite, je leur ai proposé de passer au service néonatologie et de demander à voir ma petite Rose. Une auxiliaire puéricultrice leur a présenté le bébé derrière une vitre, dans son incubateur. Ce n'est pas très humain mais mes amies ont pu découvrir ma fille.

- Elle est petite, je m'excuse presque.
- Petite mais belle comme un cœur, me rassure vivement Sophie.
- Forte aussi, renchérit Claire en me pressant le bras. Ta petite Rose est forte et magnifique.

Durant un instant, nous nous observons en silence, *il* nous vient aussitôt à l'esprit mais aucune de nous n'ose prononcer son nom… Je rêve pourtant de leur parler de *lui*. J'ai besoin de leur parler de *lui*. Sa petite fille est née. Une petite fille que nous avons conçue alors que nous étions heureux. Certes, nous étions heureux de façon éphémère mais nous étions heureux. Si Antoine ne m'avait pas trompée durant ces quatre dernières années, *il* serait là, près de moi. *Il* serait là à chaque seconde qui passe, à me réconforter, à me rassurer, à me protéger contre ce mal invisible qui me ronge de l'intérieur. *Il* me tiendrait la main et me donnerait la force de traverser cette épreuve. Et surtout, *il* serait là pour son bébé, son précieux bébé. Ce bébé qu'*il* voulait tant, ce bébé qu'*il* aurait tant aimé.

En remarquant mon visage soudain tout décomposé, Sophie propose précipitamment d'aller faire un petit tour dans le parc de l'hôpital, il fait un temps magnifique. La balade est une bonne idée. Prendre un bon bol d'air frais me fait un bien fou, je me sens mieux. Je me sens plus sereine pour affronter les prochains jours.

Papa arrive peu de temps après pour seconder maman. Elle fait l'aller-retour tous les jours entre Nantes et Saint-Gilles-Croix-de-Vie et elle est épuisée. Je leur ai dit, avec tact, que leur présence n'était pas indispensable mais ils n'ont rien voulu entendre. Je n'ai pas insisté. Et pour tout avouer, je suis heureuse de les avoir près de moi, ils me motivent pour ne pas craquer. Laure est rentrée en Normandie, son travail l'empêchait de rester plus longtemps à Nantes. Elle a voulu téléphoner à son patron pour prendre quelques jours de plus mais j'ai refusé catégoriquement qu'elle reste près de moi. Je ne veux pas qu'elle ait des soucis dans son boulot. Charlotte et Camille m'ont promis de venir à la fin de la semaine.

§§§

Le cinquième jour, Rose s'accroche toujours à la vie. Le médecin responsable de ma petite fille m'autorise, pour la première fois, à la toucher, sans gants, à travers la couveuse. Elle est un peu agitée aujourd'hui, elle ne cesse de pousser de légers gémissements dans son affreux appareil, que je déteste chaque jour un peu plus.

Retenant mon souffle, je prends délicatement sa petite main dans la mienne, elle s'accroche immédiatement à mon doigt. Je lui caresse doucement les cheveux, ils sont doux. Ses pieds s'agitent en sentant ma main sur son ventre. Sa peau est chaude, je trouve en la massant doucement. Comme par miracle, elle se calme très vite, comme apaisée. Le Docteur Broster me souffle à l'oreille qu'elle sent ma présence. Je ne peux m'empêcher de sourire en sentant mon cœur faire un bond dans ma poitrine. Je reste des heures ainsi, accrochée à elle par ce léger contact. Et *il* est avec nous. Je pense si fort à lui qu'*il* est avec nous.

Lorsque je me couche, ce soir-là, dans mon lit d'hôpital, je suis physiquement épuisée mais je suis plus sereine. Ma petite fille a senti ma présence, elle sait désormais qu'elle n'est plus seule, elle sait que je l'aime, elle va devenir plus forte...

§§§

Le septième jour, nous sommes le vingt-six février. Lorsque j'arrive au service de néonatologie, comme tous les matins de bonne heure, une infirmière me demande gentiment de patienter dans le sas. Les médecins sont réunis autour d'un bébé et désirent être tranquilles. L'attente est infernale. Deux autres mamans arrivent bientôt dans le sas, cela fait plus d'une demi-heure que je suis là. Nous rongeons notre frein, sans prononcer un mot. Nous ignorons toutes les trois ce qui se passe réellement dans le service mais nous sentons une extrême agitation. Nous apercevons de nombreuses infirmières qui courent, le visage grave.

Je ne dis toujours rien. Je suis appuyée contre le mur en gardant les yeux résolument baissés. Je sens mon cœur battre la chamade, j'ai les mains moites, j'ai chaud, j'ai froid. J'ai un très mauvais pressentiment, qui me gagne peu à peu. J'ai mal dormi cette nuit, j'ai fait cet horrible cauchemar. Je n'ai pas réussi à me rendormir, j'avais peur. J'étais glacée dans cette chambre vide et horriblement silencieuse.

§§§

Quand le sas s'ouvre enfin, *je le sais déjà*.

Quand le Docteur Broster s'approche de moi, le visage fermé, *je le sais déjà*. Je suis incapable de faire un geste. Je reste appuyée contre ce mur pour ne pas tomber. Je le regarde en silence s'avancer vers moi. Je retiens mon souffle. J'ai mal, j'ai atrocement mal.

Mon petit ange s'est envolé...

Elle est partie, elle a rendu les armes, elle a cessé de se battre. Le Docteur Broster m'explique avoir tout essayé, avoir tout tenté... mais il n'a pas réussi à la sauver, son cœur était trop fragile, elle était trop petite...

Ses paroles me parviennent comme à travers un brouillard. Je continue de le regarder mais je ne le vois plus. Je sens mes jambes devenir du coton, je sens des bras me soutenir. On s'agite autour de moi. Je me retrouve très vite dans une chambre, dans ma chambre. On m'injecte une drogue. Je plonge immédiatement dans un sommeil profond, sans rêve...

§§§

Papa et Maman sont en train de discuter avec le docteur Broster lorsque je reviens à moi. D'abord hagarde, je retrouve très vite mes esprits en rencontrant leurs regards... effrayés. Ils semblent terrifiés, j'imagine avoir une tête épouvantable.

Je me redresse d'un bond, je suis glacée. Je me rends compte qu'il va bientôt faire nuit. Je suis assez surprise, je n'imaginais pas avoir dormi si longtemps. Le médecin s'approche immédiatement de moi, le visage grave.

- Comment vous sentez-vous, Madame Beaumont ? me demande-t-il en s'asseyant près de moi.

Mon Dieu, quelle étrange question ! Mon bébé vient de mourir, comment suis-je censée aller ?!!! J'ai aussitôt envie de l'envoyer bouler mais lorsque je rencontre son regard bienveillant, je me radoucis immédiatement et tâche de lui répondre calmement.

- Je... ça va...
- Je suis désolé pour votre petite fille, enchaîne-t-il avec sincérité.
- A-t-elle souffert ? je l'interroge dans un souffle.

Le médecin inspire profondément avant de répondre :

- Non, elle n'a jamais souffert...
- Elle allait mieux pourtant, je souffle en portant une main tremblante à ma gorge.
- Non, me répond-il honnêtement, il n'y avait pas d'amélioration... Elle n'aurait jamais tenu jusqu'à l'opération.

Les médecins avaient prévu de l'opérer début mars, le huit pour être exacte, estimant qu'elle serait assez forte pour supporter l'intervention. Ils se sont cruellement trompés.

- Puis-je la voir ?
- Oui, bien sûr, me dit doucement le Docteur Broster en me pressant la main. Vous pourrez lui dire au revoir dans quelques minutes.

Je hoche lentement la tête.

- Soyez courageuse, me souffle-t-il avant de se lever.

Alors que le médecin quitte la chambre, je regarde mes mains posées sur les draps en essayant de respirer normalement. Maman pleure tout bas près de la fenêtre, papa me tourne le dos mais je l'imagine être effondré. Moi, je garde une expression indéchiffrable, incapable de prononcer un mot ou de faire un geste. Mon cerveau est vide, complètement vide. J'ai l'impression d'être ailleurs, d'être déconnectée du monde réel. Je ne ressens rien, absolument rien...

Pourtant, quand une sage-femme arrive enfin avec mon bébé couché dans un petit lit en plexiglas, je me redresse d'un bond et tends immédiatement les bras pour la prendre contre moi. Le cœur battant la chamade, je découvre son visage, sans cet horrible appareil, et je la trouve magnifique, avec ses cheveux noirs, ses joues rondes, son petit nez légèrement retroussé, sa bouche fine mais si bien dessinée... Elle est belle, belle comme son papa...

Elle porte un ravissant petit pyjama fuchsia avec un joli col en dentelle blanche, que j'avais acheté voilà quelques mois. Elle est vraiment belle... Je prends sa petite main dans la mienne, la caresse lentement... Sa peau est douce, encore chaude. Je touche délicatement ses cheveux, ses joues, son nez, sa bouche...

Elle est parfaite, elle est belle et parfaite... mais elle est morte, elle ne respire plus, elle s'est déjà envolée vers un monde meilleur.

- Voulez-vous que je prenne des photos ? me demande doucement la sage-femme.

Je hoche la tête. Elle sort aussitôt un appareil photo numérique de la poche de sa blouse et nous prend plusieurs fois toutes les deux, Rose définitivement endormie contre moi. Je la serre plus fort, je respire ses cheveux. J'ai envie de la secouer pour la réveiller... Je ne veux pas la laisser partir, pas encore. J'ai besoin d'elle, j'ai tellement besoin d'elle...

Papa et maman s'approchent de moi, déposent un délicat baiser sur le front du bébé puis quittent la chambre, sans prononcer un mot. La sage-femme me propose de me laisser un moment avec ma fille. Je me contente de hocher la tête encore une fois, les yeux résolument fixés sur ce petit ange inerte.

Lorsque je me retrouve enfin seule avec ma petite fille, je lui parle aussitôt de son papa. Je lui raconte notre rencontre avant de lui dire qu'il s'agit d'un homme bon et qu'il aurait aimé la connaître. Je lui dis aussi qu'elle est un bébé de l'amour. Je lui demande pardon de ne pas avoir été capable de la protéger et lui certifie que je ne passerai pas un jour sans penser à elle. Je lui dis encore que je l'aime... Je la couvre de baisers, caresse longuement ses cheveux, comme *il* aurait aimé le faire, la serre contre mon cœur... puis accepte que l'on me la prenne, pour toujours. Je regarde ma petite Rose partir sans émettre le moindre son, la moindre émotion...

Je suis morte, mon corps est de nouveau mort, plus rien ne peut désormais m'atteindre...

§§§

Deux jours plus tard, le visage froid n'exprimant aucune émotion, je quitte l'hôpital. Sans protester, je monte dans la voiture de Charlotte, direction la Normandie. Nous arrivons chez papa et maman en fin de journée, le temps est glacial. Nous nous dépêchons de rentrer au chaud et maman prépare du thé. La maison est silencieuse, trop silencieuse. Je bois très vite mon thé avant d'aller me glisser sous la couette, dans ma chambre de jeune fille. Je suis glacée et j'ai envie d'être seule. Personne n'ose faire de commentaire.

Je reste prostrée dans ma chambre toute la semaine suivante, le regard dans le vide. Claire m'appelle souvent, elle est incapable de retenir ses larmes au téléphone, ce qui m'agace prodigieusement. Mes collègues de travail m'envoient des fleurs, je ne réussis pas à faire les démarches nécessaires afin de les remercier. Mes sœurs me proposent de s'en charger, je les laisse faire sans réagir, indifférente.

Lucas, lui aussi, m'envoie de très jolies fleurs avec un petit mot, qu'il a écrit de sa main. Je reconnais son écriture.

*« Anna, je suis désolé, sincèrement désolé.*

*Sois forte, sois courageuse.*

*Je t'embrasse.*

*Ton fidèle ami, Lucas »*

Ces mots me transpercent comme un poignard. J'ai l'impression de suffoquer. J'ai l'impression d'étouffer. Comment peut-on se montrer forte et courageuse dans ces circonstances ?!!! Mon bébé est mort et je suis seule, seule. J'ai tout détruit. Tout. Je n'ai plus rien, plus rien pour me raccrocher à *lui*. J'ai tout perdu.

§§§

Les jours suivants, je passe mes journées à faire de grandes balades sur la plage afin de me retrouver seule. Je ne supporte plus d'entendre maman pleurer, de rencontrer les regards effarés de mes sœurs. J'ai l'impression d'être constamment dévisagée, épiée, surveillée... Je n'en peux plus, cela me tape considérablement sur les nerfs. Je veux rentrer chez moi, je veux me retrouver seule avec mon chagrin. Malheureusement, je me rends compte que ma famille n'a pas l'intention de me lâcher, pas maintenant du moins. Serrant les dents, je fais en sorte de supporter tant bien que mal leur gentillesse, leurs attentions, leur présence...

§§§

Mars et avril passent à une vitesse vertigineuse. Je suis dans mon appartement et reste prostrée presque chaque jour dans la chambre de mon bébé, ma *boîte à trésors* sur les genoux. Je ne fais rien, je suis incapable de réagir face à mon chagrin. Mes parents et mes sœurs m'appellent chaque soir mais je ne leur réponds pas toujours. Je me retrouve souvent couchée de bonne heure, droguée par les antidépresseurs prescrits par mon médecin.

Claire insiste pour me voir, j'accepte de lui rendre visite un week-end. Elle éclate en sanglots lorsque je pénètre dans son appartement, je regrette immédiatement d'être venue. Sophie se montre adorable et fait en sorte que mon séjour se passe bien. Nous n'abordons à aucun moment le bébé. Nous discutons de sujets légers, sans aucun intérêt. Je suis soulagée de rentrer chez moi.

§§§

Début mai, le cinq pour être exacte, je trouve cette date affreusement cruelle car *il* a trente-sept ans, je retrouve Antoine chez le notaire pour la vente de notre maison. Lorsque nous nous retrouvons assis dans la salle d'attente, nous sommes seuls, Antoine ne peut s'empêcher de me demander, le visage tout crispé :

- Anna, qu'est-ce qui t'est arrivé ?!
- A ton avis ? je réplique avec toute la hargne dont je suis capable.

C'est *son* anniversaire aujourd'hui. J'ai envie de *le* voir, j'ai envie de me blottir dans *ses* bras. J'ai envie de fermer les yeux et de tout oublier. J'ai envie de massacrer Antoine, qui ose me demander ce qui m'arrive !!!

- Ne me dis pas que c'est notre séparation qui t'a rendue ainsi ? laisse-t-il pourtant tomber en semblant affolé à cette seule idée.
- Divorce, je précise froidement. Il ne s'agit pas d'une séparation mais d'un divorce.
- Anna ! se défend-il vivement. Je ne voulais pas en arriver là, je t'assure.
- Ah oui ? je relève en le regardant droit dans les yeux, me sentant submergée par une haine féroce.
- C'est arrivé comme ça, dit-il encore en évitant mon regard meurtrier.
- Et pendant quatre ans, quand tu lui faisais l'amour, à cette autre femme, *c'est arrivé comme ça ?!!!*
- Ce n'est pas ce que tu crois ! se défend-il pitoyablement.
- Qu'est-ce que je suis censée croire ? j'explose soudain, oubliant complètement où nous sommes. Tu m'as trompée pendant quatre ans. Tu m'as menti pendant quatre ans. Tu as gâché ma vie. Qu'est-ce que je suis censée croire ? Vas-y, Antoine, dis-moi ? Qu'est-ce que je suis censée croire ?!!!
- Anna, s'il te plaît...
- Pourquoi as-tu attendu quatre ans avant de tout me dire ? je lui demande alors, de façon si brutale qu'il ne peut s'empêcher de sursauter.

J'ai besoin de savoir. J'ai besoin de comprendre. Pourquoi a-t-il attendu si longtemps avant de m'avouer l'existence de cette autre femme ? Pourquoi a-t-il décidé de tout me dire après quatre longues années de mensonges ? Est-ce parce qu'elle est tombée enceinte ? Est-ce parce que j'ai changé avec lui ?

Mais Antoine n'a pas l'intention de répondre. Il baisse piteusement les yeux mais n'a pas l'intention de répondre. Il est pourtant pâle et ses traits sont tirés, à croire qu'il souffre, lui aussi, de cette situation. Mais il ne se sent pas coupable, je découvre soudain. Il ne se sent pas coupable de m'avoir menti si longtemps. Pour lui, il ne faisait rien de mal. Il ne faisait de mal à personne. Il nous avait toutes les deux dans sa vie et cela lui allait très bien, jusqu'à ce que je *le* rencontre, jusqu'à ce que je change, jusqu'à ce que je tombe vraiment amoureuse de quelqu'un d'autre. Tout a commencé à se fracasser à ce moment-là. Son petit confort personnel, entre « ses deux femmes », deux femmes-objets, deux femmes assouvissant ses besoins de mâle, a commencé à s'écrouler à ce moment-là. Si je n'avais pas rencontré l'homme de ma vie, la grossesse de cette autre femme n'aurait probablement rien changé. Il aurait eu ce bébé et aurait continué de me mentir, de nous mentir, à elle et à moi, sans se préoccuper des conséquences de ses actes. D'ailleurs, je suis certaine que cette Allemande n'était pas au courant de sa double vie, qu'elle ne savait rien de moi, de notre mariage. Antoine aurait continué de se comporter, avec nous deux, comme le salaud qu'il a toujours été. Un salaud incapable d'éprouver de véritables sentiments.

- Tu me dégoûtes ! je lui crache au visage.

Antoine garde résolument le silence et, lorsque le notaire apparaît devant nous, je le sens si soulagé que ma haine envers lui grandit d'un cran. Durant tout le temps où nous signons les formulaires de la vente de notre maison, il évite de me regarder. Moi, je serre les lèvres afin de retenir les jurons qui ne demandent qu'à sortir de ma bouche.

Pourtant, une bonne heure plus tard, lorsque je m'apprête à quitter l'office notarial, Antoine essaie de me retenir. Il me certifie qu'il est prêt à répondre à toutes mes questions. Je le fixe un long moment, ne sachant sur quel pied danser. Puis soudain, je pense à *lui*. C'est *son* anniversaire. *Il* a trente-sept ans. Mais je ne suis pas avec *lui* pour les fêter. Je ne suis pas avec *lui* pour *lui* cuisiner un beau gâteau, *lui* offrir un cadeau et *lui* faire l'amour en *lui* disant à quel point je l'aime. Non, je ne suis pas avec *lui* parce que j'ai protégé une belle ordure qui n'a cessé de me manipuler durant des années, qui n'a cessé de me faire croire qu'il était un être fragile et vulnérable prêt à se mettre une balle dans la tête, si je le quittais. Mon Dieu, comment Antoine pourrait-il se faire pardonner une telle trahison ??? Comment pourrait-il se racheter d'un tel désastre ???

Ecœurée, je le repousse si violemment qu'il a l'intelligence de ne pas insister.

§§§

Début juin, j'ai trente-trois ans. Quelle mauvaise blague, je suis censée reprendre mon travail, après mon congé maternité. Mais je démissionne, sans la moindre hésitation. Je suis incapable de retourner au bureau et de continuer ma vie comme si rien ne s'était passé. Travailler pour *Bricodeal's* me rappellerait cruellement tout ce que j'ai perdu, et c'est trop me demander. Mais comme je m'en doutais déjà, Lucas accepte ma démission sans la moindre hésitation. Cependant, il me fait promettre de l'appeler régulièrement, ou de ne pas hésiter à lui demander quoi que ce soit en cas de besoin. Il insiste lourdement pour me remettre un courrier recommandant ma candidature afin de m'aider à trouver un nouveau poste. Cela me touche beaucoup. Pour la toute première fois depuis notre collaboration, nous nous embrassons chaleureusement, très émus.

Une page est tournée.

## Chapitre 21

En juillet, je décide de rendre mon appartement. Mes sœurs se chargent de vendre tout le matériel de bébé ainsi que chaque vêtement acheté pour ma petite Rose. Je les laisse faire, sans éprouver la moindre émotion. Je me sens détruite. Mon corps reste le même mais je me sens détruite, détruite de l'intérieur.

En juillet toujours, je quitte définitivement la Vendée, je retourne en Normandie. Je déniche un petit appartement, pas très loin de chez mes parents mais assez éloigné pour être « tranquille ». Mes sœurs me recommandent de rechercher immédiatement du travail mais je ne parviens pas à m'y résoudre. Pas maintenant du moins. J'essaie alors de m'intéresser à des reportages à la télévision, ou à lire simplement les bouquins que Claire m'a prêtés, mais c'est un vrai marathon. Je n'ai envie de rien. Je me contente de tourner en rond dans mon appartement, sans prendre la peine de m'habiller, ni de me coiffer. Je n'ai même pas la force de me préparer à manger. Maman ne tarde pas à s'en rendre compte et tient, dès lors, à me préparer régulièrement des petits plats... mais ses petits plats finissent souvent à la poubelle, faute d'appétit.

Un week-end, alors que je suis seule et complètement dépassée par le vide que je ressens, je me surprends à acheter deux bouteilles d'alcool dans l'épicerie du coin. Le soir, ma *boîte à trésors* sur les genoux, fébrile, je commence par me servir un verre, puis un deuxième, puis un troisième... Finalement, je vide les deux bouteilles, en quelques heures seulement. Le lendemain, je suis malade comme un chien après avoir ingurgité tout cet alcool et me déteste d'avoir été aussi pitoyable... Mais, durant ces quelques heures, je me suis senti bien, je n'ai plus eu mal. C'était presque le bonheur.

§§§

En septembre, je réussis enfin à décrocher un poste de secrétaire chez un avocat, un vrai boulot inintéressant. De plus, mon patron est constamment sur mon dos et me hurle dessus dès la moindre erreur. Et malheureusement, je fais des erreurs. Je sais pourtant que je viens d'être embauchée mais je ne parviens pas à être totalement professionnelle, ce qui n'était pas moi voilà encore quelques mois. J'arrive tout le temps en retard et je suis souvent obligée de refaire mon travail de la veille parce que tous mes courriers sont bourrés de fautes, ou complètement inappropriés. Le soir, quand je rentre complètement crevée et démoralisée, j'aime ouvrir une bouteille de vin, c'est devenu presque une habitude. Je me réveille de plus en plus souvent avec un mal de tête épouvantable mais ce n'est pas grave. Je traverse une période difficile, un peu de réconfort n'est pas négligeable. De toute façon, boire un peu d'alcool ne fait pas de moi une alcoolique. Je ne suis pas malade, loin de là. Mais j'avoue que consommer cet alcool me fait du bien. Quand je bois, je ne souffre plus. Les réveils sont plus difficiles, aller bosser devient un véritable calvaire mais je ne souffre plus. Rien que pour ça, j'assume pleinement cette alcoolisation.

Au fil des semaines, je recommence une vie « presque » normale.

§§§

En décembre, mon divorce est officiellement déclaré, enfin. Je n'ai jamais revu Antoine car nous avons fait toutes les démarches par l'intermédiaire de nos avocats. C'était une demande de ma part car je n'imaginais pas le revoir avec son air de chien battu, qui me donne des envies de meurtre. En plus, j'ai su qu'il avait eu un fils et qu'il attendait que notre divorce soit prononcé pour épouser son Allemande. Qu'il aille en enfer !

Mon divorce prononcé, je décide immédiatement de reprendre mon nom de jeune fille, Anna Kosvisky, *comme mon petit ange.* Sur mon livret de famille est inscrite *Rose, Louise, Emma Kosvisky.* Il était hors de question que ma petite fille prenne le nom d'Antoine, j'aurais eu l'impression de *le* trahir une énième fois.

§§§

Nous fêtons Noël chez mes parents. Je suis incapable de participer aux préparatifs et trouve une excuse bidon pour éviter de passer du temps avec mes neveux et nièces qui ne cessent de me réclamer. Mes sœurs ne cessent de me titiller pour savoir comment je vais, je mens honteusement en leur certifiant que tout va bien. Malheureusement, le soir du Réveillon, elles sont obligées de me coucher comme un enfant parce que je suis complètement saoule. La honte ! Le lendemain matin, je m'excuse vivement en leur certifiant que cela n'arrivera plus. Je leur fais la promesse que cela n'arrive plus. Toute ma famille ne fait aucun commentaire mais je la sens très inquiète. Ma honte grandit d'un cran, surtout quand j'entends mon petit neveu demander si je suis malade.

§§§

Les semaines continuent de défiler, lentement et péniblement. Je travaille, je rencontre du monde mais je m'enfonce un peu plus chaque jour dans une dépendance alarmante, malgré mes belles promesses. J'essaie de résister mais c'est au-dessus de mes forces. Boire, c'est oublier... je ne souffre plus...

Je fais en sorte de rendre visite le moins possible à mes parents. Je suis devenue très forte dans le mensonge. Je réussis toujours à trouver un prétexte qui m'évite de les rencontrer. J'avoue aussi que les quelques kilomètres qui nous séparent m'arrangent beaucoup. Mes sœurs, elles, m'appellent pratiquement chaque jour, mais je leur certifie que tout va bien et qu'elles n'ont pas lieu de s'inquiéter pour moi. Bien entendu, elles n'en croient pas un mot mais elles sont conscientes qu'il me faut du temps, beaucoup de temps, pour aller mieux. Elles me laissent tranquilles. Du moins, pour le moment. Je refuse également d'aller passer quelques jours chez Claire et Sophie. Je veux être seule. Seule avec mon chagrin.

§§§

En février, le vingt-six pour être exacte, mes sœurs m'accompagnent en Vendée et, dans un silence total, m'aident à jeter un bouquet de roses rouges à la mer, à l'endroit même où, il y a un an, j'ai laissé s'envoler les cendres de ma petite fille.

J'ignore pourquoi mais ce jour-là, je leur parle du *papa* de mon petit ange, je sais que papa et maman n'ont jamais révélé mon histoire. Je leur raconte notre rencontre, nos nuits d'amour à l'île Maurice, nos retrouvailles à Paris, son divorce, Stockholm, cette fameuse nuit où fut conçue notre petite Rose, notre atroce rupture, son départ précipité, sa démission. Je leur raconte ma descente en enfer en apprenant la double vie d'Antoine alors que j'avais tout sacrifié pour lui, rien que pour lui. Je leur raconte ma hantise du suicide, mes horribles cauchemars... Je me dévoile entièrement sans éprouver la moindre douleur, la moindre émotion. Je leur avoue toute cette histoire comme si je lisais un livre, insensible et indifférente...

Mes sœurs m'écoutent attentivement, ne me posent aucune question.

Lorsque je termine de raconter ma vie, une « vie ratée », j'en reste profondément convaincue, elles me serrent toutes les trois dans les bras et m'embrassent tendrement, se sentant impuissantes face à mon chagrin.

§§§

En avril, je pars quelques jours en stage à Paris. J'ai l'agréable surprise d'y rencontrer Lucas, à la Défense. Nous décidons aussitôt de déjeuner ensemble. Je suis sincèrement ravie de le revoir, lui semble affolé en me dévisageant attentivement, je le vois sur son visage. Il ne se permet néanmoins aucun commentaire, bien trop gentil pour me faire une remarque.

Durant le déjeuner, mon ancien responsable m'annonce avoir eu un deuxième enfant, un garçon. Il est clair qu'il redoute ma réaction en me l'annonçant mais je réussis à le féliciter chaleureusement. Il me parle longuement de sa nouvelle assistante de direction, avec maintes anecdotes, et m'avoue regretter notre ancienne collaboration. Il me fait part des changements dans le Groupe, il n'y en a pas beaucoup, avant de me bombarder de questions, sans jamais aborder la perte de ma petite fille, ou *lui*. Je m'efforce de répondre en gardant le sourire, un vrai marathon. Je lui promets néanmoins de lui rendre visite, en Vendée, dans un avenir proche.

Lorsque nous nous séparons, j'ai un cafard monstre. Je ne peux m'empêcher de boire une bouteille de vin, le soir même, dans ma chambre d'hôtel. Je suis incapable, le lendemain matin, de me lever pour me rendre à mon stage. Mon patron me retire par la suite un jour de salaire, ce qui, avec du recul, me paraît légitime. Je suis consciente qu'il aurait pu se montrer beaucoup plus méchant à mon égard.

§§§

Le cinq mai, *il* a trente-huit ans. Je me prends une cuite phénoménale dans un bar miteux. Je me réveille dans mon salon avec un horrible bleu sous le menton et une gueule de bois carabinée. Je suis incapable de me souvenir ce qui s'est passé la veille au soir mais je m'en fiche. Je m'en fiche vraiment. Je trouve ma vie si minable que plus rien n'a d'importance, pas mêmes ces terribles absences.

En juin, je fête mes trente-quatre ans avec ma famille et quelques amis dont Claire et Sophie, une idée tordue de Laure. Claire et Sophie sont particulièrement heureuses de me revoir car cela faisait plusieurs mois que nous ne nous étions pas vues. Nous passons un long moment toutes les trois dans mon appartement à discuter comme nous aimions le faire. Elles me racontent dans les moindres détails leur voyage en Chine et me montrent toutes leurs photos-souvenirs. Elles m'informent ensuite des derniers potins du Groupe. J'apprends le mariage de Marc Ledem et de Nadia Nourris, la grande copine d'Alice Morino. J'ai des nouvelles d'Edmond Patterson, sa femme a eu un bébé voilà quelques mois. Je suis contente pour eux deux, sincèrement. Et soudain, sans vraiment savoir d'où me vient cette force, j'ose demander si elles ont encore de *ses* nouvelles, j'ose demander si elles savent comment *il* se porte aujourd'hui…

Claire, elle semble assez émue de m'entendre parler de *lui*, m'informe aussitôt qu'*il* a ouvert un deuxième magasin *Bricodeal's Plus*, près de la Rochelle. *Il* est propriétaire aujourd'hui de deux magasins qui fonctionnent apparemment très bien, malgré la concurrence. Elle me révèle l'avoir rencontré lors de l'inauguration de son deuxième magasin, il y a quelques semaines, et qu'*il* a, pour la première fois depuis notre « rupture », demandé de mes nouvelles. J'avoue être particulièrement perturbée en l'apprenant mais j'essaie néanmoins de ne rien montrer. Claire me dit d'une voix sourde qu'elle lui a répondu que, désormais, je vivais en Normandie et que je travaillais pour un avocat, *rien de plus.* *Il* ne s'est permis aucun commentaire.

Après cette discussion plutôt tendue, les filles insistent lourdement pour savoir comment je vais, je mens honteusement en leur certifiant que tout va bien. Bien entendu, elles n'en croient pas un mot.

Ce soir-là, j'ai du mal à ne pas penser à *lui.* Après deux ans et demi de silence, *il* ne m'a pas complètement oubliée... Je me demande s'*il* a refait sa vie. Probablement est-*il* remarié aujourd'hui et peut-être a-t-*il* un enfant... J'espère qu'*il* est heureux, je veux qu'*il* le soit. J'ose imaginer qu'*il* va bien. *Il* a demandé de mes nouvelles, n'est-ce pas un signe ? Peut-être qu'un jour, *il* acceptera de me pardonner...

*Il a demandé de mes nouvelles...* Je réussis à aller me coucher sans boire une goutte d'alcool.

§§§

En septembre, contre l'avis de mon patron, je prends une semaine de congé. J'ai le moral au plus bas et j'ai besoin de faire une pause. Je n'en peux plus. Je suis tellement fatiguée qu'aller travailler est devenu un vrai problème. Mon responsable me déteste et me convoque régulièrement dans son bureau, pour me hurler dessus. Je ne le supporte plus. Pourtant, je sais qu'il a raison, je suis complètement nulle. La semaine dernière, alors qu'il venait de me reprocher une énième erreur, je lui ai dit de me virer. Bien entendu, il a refusé catégoriquement ma demande mais m'a aussitôt demandé de démissionner.

Malheureusement pour lui, il n'en est pas question. J'ai besoin de mon salaire et en démissionnant, je suis consciente que je perdrais tous mes droits. Je ne peux pas me le permettre, même si je me déteste de me comporter ainsi.

Le lundi soir, involontairement, j'apprends à mes sœurs mon absence au bureau, ce fameux lundi. Aussitôt, elles s'affolent et veulent venir me voir. Je refuse immédiatement en leur mentant une nouvelle fois, à croire que j'y prends goût. Je leur certifie que je pars en stage, à Paris, et ce dès la première heure, le lendemain matin. Du coup, je ne souhaite pas me coucher tard...

... Mais je ne pars pas à Paris. Je m'en fiche de Paris. Je veux aller à Bourges. Cela fait plusieurs semaines maintenant que cette idée me trotte dans la tête. Non, pour être honnête, je ne pense qu'à ça. J'ai besoin d'aller là-bas, j'en ai besoin comme si cela était vital. Je ne sais pas ce que je cherche en me rendant dans cette ville mais je veux découvrir où *il* vit, je veux découvrir *sa ville*.

§§§

Je loue une chambre dans un petit hôtel pas trop cher, où j'arrive en tout début d'après-midi. Fatiguée physiquement et moralement par la route, je suis presque obligée de faire une petite sieste avant de me décider à aller « visiter » la vieille ville. Je suis consciente pourtant de ne pas être tout à fait clean car je n'ai pu m'empêcher de boire une petite bouteille de vodka que j'ai achetée sur une aire de repos. *« Je ne suis pas alcoolique »*, je ne cesse de me répéter, chaque matin, en me levant, mais j'en ai encore besoin aujourd'hui. Je ne pense pas qu'à ça mais je suis consciente qu'en buvant de l'alcool, je me sens mieux, je n'hésite plus à en acheter. Je n'imagine pas la réaction de ma famille si elle l'apprenait, elle ne comprendrait certainement pas ce besoin. Elle tenterait même de me faire arrêter immédiatement cette consommation dangereuse... mais affronter toute cette souffrance m'est devenu intolérable. Je préfère fuir en sombrant dans l'alcool, en cachette s'il le faut.

Même si le chemin jusqu'au centre de la ville est assez long, je choisis d'y aller à pied, je ne me sens pas en état de conduire. Mais c'est une grosse erreur de ma part car je suis littéralement vidée en arrivant, enfin, dans le centre de la vieille ville. J'ai chaud, j'ai soif, je ne me sens pas très bien. Sans vraiment réfléchir, je m'arrête dans le premier bar que je trouve sur mon chemin et bois deux cocktails à base de rhum. C'est fort mais ça me fait du bien, ça me réchauffe de l'intérieur. Je me sens même plus hardie pour m'approcher de *son* quartier.

Je sais qu'*il* vivait par ici, *il* m'en avait parlé. D'ailleurs, je retrouve la description presque parfaite qu'*il* m'avait faite du magnifique jardin de l'archevêché. Je suis pourtant incapable de m'y promener. Je suis même terrifiée à l'idée de laisser mon empreinte de pas dans les très nombreuses allées encore fleuries. La splendide cathédrale me tend les bras mais je ne parviens pas à y entrer. Je l'observe de loin, bêtement en alerte. Par contre, comme un véritable zombie, je réussis à longer chaque trottoir au bas des appartements de standing, juste en face de l'immense jardin, et passe un temps fou à lire les noms sur les boîtes aux lettres.

Mon cœur s'arrête presque de battre quand je tombe soudain sur *son nom*. Me figeant littéralement sur place, j'observe ce nom un long moment, le souffle court. Malgré l'alcool ingurgité, malgré les antidépresseurs, j'ai mal, là, dans la poitrine. J'ai soudain l'impression d'étouffer. Portant une main à ma gorge, j'essaie de me reprendre, j'essaie de recouvrer mon souffle. J'ai envie de hurler, de pleurer. J'ai envie de sonner, de *le* voir, de me jeter dans *ses* bras, de *lui* demander pardon, de *lui* dire que je l'aime... Quand un gardien me demande soudain si je désire un renseignement, je tourne brusquement les talons et m'enfuis comme si j'avais le diable aux fesses.

Mais je ne pars pas loin. Par je ne sais quelle force intérieure, je parviens à entrer dans le jardin de l'archevêché et cherche un banc, juste en face de *son* luxueux appartement. Tremblante de la tête aux pieds, je suis glacée, je m'assois sur ce banc et y reste des heures, sans bouger, le regard fixé sur les différentes fenêtres. Je ne sais pas exactement où *il* vit mais durant les heures suivantes, je surveille les moindres mouvements, derrière ces fenêtres.

A la tombée de la nuit, je vois des lumières s'allumer, s'éteindre, je vois des ombres. Quand un agent de la sécurité m'informe que le jardin ferme ses portes, je retourne à l'hôtel complètement vidée. Sans prendre la peine de dîner, je vide une bouteille de vin achetée au bar de l'hôtel. Je me réveille le lendemain matin en sursaut et cours vomir dans les toilettes. Je me dégoûte d'être si minable.

§§§

Je passe encore une journée entière dans ce jardin, assise toujours sur le même banc, les yeux toujours fixés sur les luxueux appartements où personne ne semble vivre. Je sais déjà que je ne le verrai pas aujourd'hui mais qu'importe, je reste et j'attends. J'attends quoi, je ne sais pas vraiment mais j'attends. Quand le gentil gardien m'informe une nouvelle fois de la fermeture du jardin, je quitte les lieux en ayant l'impression d'avoir le cœur arraché. Je devine à son regard qu'il me prend probablement pour une folle, même si son visage respire la bonté. Je réalise alors qu'*il* me prendrait probablement pour une folle, si je *le* rencontrais. Perturbée par cette terrible évidence, je monte dans ma voiture et rentre à l'hôtel complètement déprimée, une nouvelle fois. L'alcool est la seule chose qui me soulage réellement.

§§§

Le troisième jour, je réussis à faire quelques pas dans les allées du jardin avant de revenir m'installer sur ce banc, en face de chez *lui*. Je reste jusqu'au soir, immobile, le regard fixé sur les différentes fenêtres. Je me demande si les appartements sont habités tant tout y semble mort. Cela me déprime encore plus.

Le quatrième jour et le cinquième jour se passent de la même façon. Le gentil gardien se permet de me dire que « *cela va aller* ». Il est clair qu'il me prend vraiment pour une folle.

§§§

Le sixième jour, nous sommes dimanche.

Toujours assise sur ce banc, je suis là à observer son appartement quand, soudain, je *l'*aperçois, enfin. Je savais que je finirais par *le* voir, j'en étais même convaincue. Je savais qu'*il* viendrait dans ce parc. Un jour, lorsque nous étions encore amants, *il* m'avait révélé qu'*il* aimait se promener dans ce parc quand *il* ne travaillait pas. J'espérais de tout cœur qu'*il* n'ait pas changé *ses* habitudes.

*Il* est beaucoup trop loin pour que je puisse distinguer *ses* traits mais je sais que c'est *lui*. Je reconnais *sa* haute stature, *son* port de tête. Je sens d'ailleurs mon cœur s'accélérer en l'observant attentivement. J'ai aussitôt envie de m'approcher de *lui* mais une force intérieure me cloue sur place, je n'ai plus de jambes. Je retiens mon souffle lorsque je *le* vois se diriger vers l'entrée du jardin. *Il* n'est pas seul. Une femme brune et un jeune enfant l'accompagnent.

Les doigts agrippés au banc à m'en broyer les phalanges, je *le* regarde entrer dans le jardin, avec probablement sa petite famille. Je n'arrive pas à discerner *son* visage car *il* est trop loin mais je me souviens de *ses* traits, dans les moindres détails. Lorsqu'*il* se dirige vers une aire de jeux, avec apparemment un petit garçon, je réussis à me lever et à m'approcher de lui. Tâchant de rester la plus discrète possible, je m'assois sur un autre banc, à l'abri des regards, et j'observe *ses* moindres faits et gestes. Je meurs d'envie de m'approcher de *lui* pour voir *ses* traits mais je sais que cela serait trop dangereux, *il* risquerait de me voir.

Je ne sais pas combien de temps je reste ainsi, immobile, le souffle court, le cœur battant la chamade, les yeux résolument fixés sur *lui*. *Il* porte un jean et un blouson de toile noire. Je *le* devine toujours aussi beau, aussi charismatique. Je *le* vois rire souvent avec l'enfant, jouer avec lui. *Il* ne discute pas beaucoup avec la femme mais je les sens assez complices.

En observant cette famille apparemment paisible et très heureuse, je sens que mon cœur va exploser, j'ai l'impression que chaque partie de mon corps s'émiette à vue d'œil. Je pense à Rose, à nous, à notre merveilleuse histoire... Ça fait mal, ça fait atrocement mal.

Soudain, je *le* vois s'immobiliser et lever la tête dans ma direction, comme s'*il* s'était rendu compte de quelque chose... ou de quelqu'un qui l'observait. Même si je ne distingue pas *ses* traits, ou *son* regard si bleu, j'ai l'impression, durant un instant, que nous nous dévisageons, comme nous en avions l'habitude, comme nous aimions le faire. Je me lève maladroitement de mon banc, commence à faire un pas vers *lui*...

Je le vois soudain faire un pas, dans ma direction, mais *il* s'arrête, semble hésiter. *Il* regarde la femme brune et le petit garçon... puis se tourne de nouveau vers moi, lentement, très lentement, comme s'*il* craignait de voir un fantôme...

Je sursaute violemment. J'ai l'impression d'entendre mon prénom, qui résonne longuement entre les arbres. C'est comme un souffle, un murmure... Je sens la caresse du vent sur mon visage. Je frissonne longuement, en proie à un étrange sentiment. J'entends une nouvelle fois mon prénom. Je le regarde, *il* me regarde... Je ne vois toujours pas *ses* traits mais je jurerais sentir son souffle s'échapper, comme s'il prononçait un mot, tout bas, si bas que personne ne pourrait l'entendre, sauf moi...

Très vite, je sens une sourde angoisse m'envahir tout entière. Je suis en plein délire. Je suis forcément en plein délire. *Il* ne peut pas me voir, *il* ne peut pas m'appeler, c'est impossible. Complètement dépassée par cet étrange phénomène que je ressens, à croire que je deviens folle, je tourne brusquement les talons et fuis loin de *lui*. Je fuis comme je l'ai toujours fait.

Je quitte le jardin de l'archevêché sans me retourner. Je quitte Bourges le soir même. Je rentre en Normandie plus que détruite. Je me mets à boire, boire, boire... à ne plus pouvoir m'arrêter...

§§§

En novembre, je pars une semaine chez Claire et Sophie. Nous passons sept jours à faire de grandes balades dans Angers, à discuter longuement devant une tasse de thé, ou à dîner dans des restaurants branchés.

Par je ne sais quel miracle, durant ce séjour, je ne bois pas une goutte d'alcool. Finalement, je ne suis pas dépendante, je me répète souvent. Je me sens considérablement rassurée par ce détail.

Claire et Sophie m'avouent, franchement, qu'elles me trouvent mauvaise mine et me conseillent, avec toute la gentillesse qui les caractérise, d'aller consulter un psychologue afin de m'aider à sortir de cette mauvaise période. En m'efforçant de rire, je ne voudrais surtout pas leur montrer à quel point je suis descendue bas, je leur certifie que tout va bien. Il me faut juste un peu de temps pour retrouver toute ma joie de vivre. En bonnes amies, elles acceptent mes arguments mais lorsque nous nous quittons, elles « m'avertissent », assez sérieusement, qu'elles ne me lâcheront pas quant à ma santé mentale.

§§§

Après ces quelques jours à Angers, je fais une visite surprise à Lucas et à mes anciens collègues. Je reçois un choc en pénétrant dans mon ancien bureau mais ce n'est rien comparé à celui qu'ils éprouvent en me retrouvant. Mais c'est vrai que j'ai changé, je le reconnais. Mes cheveux sont trop longs et mal coiffés, je me fais tous les jours une simple queue de cheval, moche et ringarde. Mes joues sont pâles et mes yeux sont cernés jusqu'au milieu des joues. J'ai vieilli aussi. J'ai également beaucoup maigri, je n'ai plus que la peau sur les os. Il m'arrive souvent de sauter des repas car je suis trop fatiguée pour me préparer à manger... ou trop ivre, je ne sais pas.

Lucas tente maladroitement de me demander comment je vais, je réponds que tout va bien. Je réussis même à sourire. Nous allons déjeuner ensemble, nous échangeons des banalités, il est extrêmement tendu. Nous nous quittons très vite. Je suis surprise et assez refroidie par cet accueil, je ne comprends pas, du moins pas immédiatement. Tout s'éclaire lorsque Lucas me dépose devant le magasin pour récupérer ma voiture. Un magnifique 4 X 4 Range Rover noir est garé sur le parking du personnel, à quelques pas de moi…

Je l'aperçois s'engouffrer dans le magasin, vêtu d'un costume noir…

A deux secondes près, on se rencontrait…

Je reste longtemps figée sur le parking clients, les bras ballants. Je me demande un long moment si, cette fois-ci, je ne dois pas aller *le* voir et m'expliquer enfin avec *lui*. J'hésite durant un temps interminable. J'ai le cœur qui bat la chamade, j'ai presque du mal à respirer. Soudain, j'aperçois mon reflet dans la vitre de ma voiture. Je crains de suffoquer. Levant les yeux au ciel, je regarde les nuages de longues minutes, sans faire le moindre geste. Quelques passants commencent à me jeter des regards surpris. Alors brusquement, je monte dans ma voiture et quitte le parking sans jeter un regard dans mon rétroviseur.

Quand je rentre en Normandie, je touche le fond.

§§§

Après ce tout petit passage en Vendée, je m'enfonce, peu à peu… Je ne vais plus travailler, je n'en ai plus la force. Mon patron, après plusieurs avertissements, me licencie comme une sale ivrogne. Honteuse, j'évite de le dire à ma famille. J'ai l'impression d'être une vilaine petite fille qui a fait une grosse bêtise et qui a peur de se faire taper sur les doigts.

Je ne recherche pas du travail, en tout cas pas dans l'immédiat. Je préfère mentir à tout mon entourage et faire semblant, je suis très forte à ce petit jeu. Dans la journée, je ne réponds pas au téléphone, je ne voudrais surtout pas tomber sur mes parents. Le soir, je fais croire à tous que je suis fatiguée parce que je travaille très tard et que je préfère éviter de recevoir du monde. Mes sœurs et mes parents devinent pourtant qu'il y a quelque chose qui ne va pas chez moi mais je reste si... joyeuse en leur présence qu'ils s'efforcent de se raisonner et réussissent à me laisser tranquille. Je refuse catégoriquement de leur avouer la vérité, de leur avouer dans quel état je me sens et dans quel état je suis, pratiquement ivre du matin jusqu'au soir. Ils ne comprendraient pas, ils ne peuvent pas comprendre. Ils ne pourront jamais comprendre ce que je ressens.

Je ne sais pas pourquoi mais *le* revoir à Saint-Gilles-Croix-de-Vie m'a fait prendre conscience que je ne cesserai jamais de l'aimer, que je ne réussirai jamais à l'oublier. *Le* revoir une seule petite seconde a suffi à raviver cette atroce douleur qui me ronge depuis des années. Je me rends compte que je n'arriverai jamais à remonter la pente, que je n'arriverai jamais à vivre normalement sans *lui*. Cela fait maintenant trois ans que je n'ai pas versé une larme, que je refuse de sortir de mon corps ce mal invisible. Je suis consciente que cela n'est pas normal, qu'il faut que je fasse le deuil de toute cette histoire... mais j'en suis incapable. Je continue de m'enfoncer.

§§§

En décembre, juste avant les fêtes, mes sœurs débarquent un matin chez moi et me demandent, sans détour, d'arrêter de boire. Je suis jeune, me disent-elles, je peux refaire ma vie et... avoir d'autres enfants. J'essaie de leur faire croire que tout va bien mais nous finissons par nous disputer violemment. Camille se permet alors de fouiller dans mes affaires et vide dans l'évier de la cuisine toutes les bouteilles d'alcool qu'elle trouve. Je la laisse faire, refusant de lui montrer à quel point je suis devenue dépendante. Le soir même, juste avant la fermeture, je cours au supermarché du coin acheter des bouteilles d'alcool, que je cache minutieusement dans des endroits complètement inimaginables.

§§§

En janvier, juste après le réveillon de la nouvelle année fêté chez Laure, afin d'avoir la paix avec ma famille et surtout parce que j'ai besoin d'argent, ils ont su que je ne travaillais plus chez ce maudit avocat, je retrouve un boulot comme femme de ménage dans une entreprise de nettoyage professionnel. Nettoyer de nombreux bureaux, chaque soir, me rappelle cruellement mon « ancienne vie », lorsque j'étais « heureuse ». Et quand je rentre chez moi, quand je suis allongée dans mon salon, trop fatiguée pour aller me coucher dans mon lit, je pense à ma vie d'aujourd'hui, à ce qu'elle est devenue depuis ce fameux congrès, à l'île Maurice. Je suis descendue si bas que je me demande désormais si je n'ai pas rêvé cet homme dans ma vie, cet homme si exceptionnel. *Il* serait probablement « choqué » en découvrant quel genre de femme je suis devenue : faible, affreuse, pitoyable et incapable de ressentir la moindre émotion. J'essaie de me ressaisir, pour *lui,* par respect pour *lui...* mais sans *lui,* je n'y parviens pas. Je rêve de retourner à Bourges, pour *le* voir, « *mais à quoi bon ?* », je finis toujours par me demander. *Il* a refait sa vie, si j'en crois ce que j'ai vu dans ce fameux jardin de l'archevêché. Pourquoi devrais-je débarquer dans *sa* nouvelle vie et risquer de tout détruire, une nouvelle fois ? Je n'en ai pas le droit. Je refuse de prendre ce droit.

§§§

En février, je vais seule en Vendée jeter une gerbe de fleurs dans l'océan, pour ma petite Rose. Je fais l'aller-retour dans la journée et refuse de rendre visite à Lucas, malgré sa gentille carte d'invitation. Il sait que je viens chaque année à Saint-Gilles-Croix-de-Vie afin de célébrer l'anniversaire de mon petit ange, c'est important pour moi, mais je ne peux pas aller le voir. Je suis descendue si bas que je redoute son regard. D'ailleurs, il me faut plusieurs jours pour « récupérer » après ce voyage express car je suis très fatiguée.

§§§

Début mars, lors d'un week-end, Claire et Sophie me menacent de *l'*appeler si je n'arrête pas mes « conneries ». J'éclate nerveusement de rire en les imaginant *lui* téléphoner. Voilà bientôt trois ans que je suis sortie de *sa* vie, qu'est-ce qu'elles croient franchement, qu'*il* va débarquer dans ma vie et reprendre notre liaison là où nous l'avons laissée ?!!! Les filles ne peuvent s'empêcher de rougir en réalisant l'incongruité de la situation. En plus, elles savent par Edmond Patterson qu'*il* refuse désormais tout contact avec le Groupe, et ce dans la limite du possible, car *il* estime avoir tourné la page. S'il avait fallu qu'elles interviennent entre nous, elles auraient dû le faire depuis longtemps maintenant. Elles réalisent très vite que j'en suis parfaitement consciente.

En mars toujours, papa est hospitalisé après une chute dans son jardin. Lorsque je lui rends visite, nous sommes seuls dans sa chambre où il est cloîtré à cause d'une vilaine fracture, il me demande de rencontrer un médecin ou un psychiatre afin de discuter avec lui. Il me révèle qu'il s'inquiète pour moi, pour sa petite fille. J'ai envie de pleurer mais je n'y arrive pas. Je me blottis dans ses bras en lui promettant de tout faire pour aller mieux.

Mes sœurs, mes parents, Claire et Sophie sont alors constamment sur mon dos. J'ai l'impression d'être surveillée à longueur de journée. Un soir, agacée par cette situation, je fuis tout ce petit monde et vais m'enfermer dans une chambre d'hôtel, à vingt kilomètres de chez moi. Je bois à ne plus pouvoir me lever, je rentre chez moi plus mal que jamais…

En avril, je perds une nouvelle fois mon boulot. Mes absences répétées n'ont pas tardé à me retomber dessus, ce qui a eu le don de m'enfoncer un peu plus. Quand mes sœurs apprennent mon licenciement, elles commencent par me hurler dessus avant d'essayer, encore une fois, de me raisonner, avec plus de tact et de gentillesse. Je les écoute sans être capable de réagir. Je n'ai plus la force de réagir. A bientôt trente-cinq ans, je suis devenue une vieille femme, maigre, moche, et totalement dépourvue de sentiments…

… Et je veux que ça s'arrête. Je veux quitter cette vie, cette vie pourrie, qui ne m'apporte plus que désillusions et souffrance.

Je veux disparaître et ne plus souffrir…

§§§

En mai, juste après *ses* trente-neuf ans, c'est la douche froide. Mes sœurs me font hospitaliser *de force* dans un centre psychiatrique. Je les maudis de me faire subir cette hospitalisation forcée et refuse, dès lors, de les rencontrer. Je refuse catégoriquement toutes visites de leur part durant de longues semaines. Je suis en colère, je suis furieuse, je suis pleine de rage…

Comment ont-elles osé m'enfermer dans une maison de fous ?!!! Je les déteste, je déteste la vie, je déteste le monde entier. J'ai des envies de meurtre durant ces longues semaines. Est-ce si difficile de comprendre ma douleur ? Est-ce si difficile de se mettre une fois à ma place et de ressentir ce que je ressens ? Oui, j'ai mal mais est-ce un crime de souffrir après la perte d'un enfant ? J'ai le droit de choisir de tout arrêter. Je refuse de continuer à vivre en faisant semblant que tout va bien... Je refuse de continuer à vivre en souffrant autant et à vivre sans *lui*. Je n'ai plus la force de vivre sans *lui*. J'étais forte avant, à trente-cinq ans, je ne le suis plus. Je veux en finir, je veux rejoindre ma petite fille. J'ai besoin d'elle, j'ai tellement besoin d'elle...

... Mais des médecins tenaces en ont décidé autrement, en affirmant vouloir mon bien.

§§§

Je traverse une longue, très longue période difficile, où je me sens furieuse, révoltée, dépassée, angoissée et perdue, complètement perdue... Je suis enfermée dans une « prison » médicalisée. *Une prison !* Je ne peux pas sortir comme je le veux, je ne peux pas téléphoner, je ne peux même pas aller surfer sur Internet. Par contre, je dois suivre un programme spécifique, *leur programme,* qui, selon leurs dires, va m'aider à aller mieux.

Chaque jour, je dois participer à des cours de cuisine mais je trouve ces cours ennuyeux et complètement débiles. Je dois pratiquer du sport en groupe. Je ne supporte pas tous ces déprimés qui m'entourent lorsque nous faisons de grandes balades en forêt. Je dois réapprendre à vivre, à me battre, me disent-ils en souriant. Qu'est-ce que ça peut bien leur faire ? Qui sont ces gens pour oser se mêler de ma vie ? Je n'ai pas envie de me battre, je n'ai pas envie de continuer ainsi. Qu'ils me laissent en paix. Que ma famille tout entière me laisse en paix !

Malheureusement, personne ne semble vouloir me laisser partir, comme je le voudrais. Non, au contraire, on m'oblige à suivre un soutien psychologique sévère. Je dois leur parler, leur confier mes pensées les plus profondes. Ça me rend folle. Je n'ai rien à dire à tous ces cinglés. Parler d'Arnaud, parler d'Antoine, parler de *lui*, parler de ma petite fille : de quel droit osent-ils me forcer à en discuter ? *Faire mon deuil, faire mon deuil, faire mon deuil*, ils n'ont que ce mot à la bouche. Je les déteste, chaque jour un peu plus, surtout lorsque je ressors complètement vidée de ces pénibles séances.

J'accepte néanmoins de me plier au programme car, depuis mon arrivée dans ce centre, je suis parfaitement consciente que je n'ai pas vraiment le choix...

## Chapitre 22

Cela fait plus de trois mois que je suis enfermée dans ce Centre. Trois mois que je suis obligée de suivre un programme difficile qui me paraît insurmontable. Trois mois que je me retrouve totalement seule face aux échecs survenus dans ma vie. Et c'est terrible.

Je me demande s'il ne serait pas plus simple de tout arrêter, de me jeter par la fenêtre, ou de m'enfoncer un poignard en plein cœur. Mais souvent, je fais un rêve, un rêve étrange qui m'empêche de passer à l'acte. Mon corps est allongé sur des draps blancs mais je me vois marcher sur une route déserte, une route où je ne vois jamais la fin. Le ciel est noir, il fait nuit, le froid glacial pique mon visage. J'ai froid, j'ai peur. Pourtant, je marche, je marche, je marche, lentement. J'entends ma respiration saccadée. Soudain, alors que je m'attends à recevoir un coup fatal derrière la tête, je vois le ciel s'éclaircir miraculeusement. Je sens mes jambes se soulever du sol. Je me sens devenir légère, légère, légère. Le soleil apparaît, mon visage se réchauffe aussitôt. Je n'ai plus froid, je n'ai plus peur. Et là, en plein milieu de cette route déserte, cette route toujours indéfinie, je *le* vois. *Il* est là, juste devant moi. *Son* visage est radieux. *Il* est heureux. Je sais qu'*il* est heureux. *Il* rit, *il* rit beaucoup. *Il* rit avec deux petits garçons, de magnifiques jumeaux, deux fils, *ses fils*.

Oui, *il* est heureux, je l'ai vu...

Ce rêve étrange, je m'y accroche. Je m'y accroche comme à une bouée de sauvetage. Imaginer qu'*il* soit heureux aujourd'hui me permet de tenir. Tenir pour accepter cette hospitalisation forcée. Tenir pour accepter un suivi psychologique sévère, tenir pour accepter un programme difficile et éprouvant. Et peu à peu, tout devient moins douloureux, tout devient moins insurmontable. J'ai envie de réagir. J'ai envie de rebondir. J'ai envie de voir la fin du tunnel… J'ai envie de voir le soleil de mon rêve…

§§§

Au fil des semaines, je réussis à me lever plus facilement. D'ailleurs, je suis souvent la première à me lever car les autres filles mettent toujours un temps fou à sortir de leur lit. J'ai envie de bouger, de faire du sport, de cuisiner des petits plats ou de rencontrer du monde. Je réussis même à plaisanter et à rire avec ma voisine de chambre, ce qui n'était pas arrivé depuis mon hospitalisation. J'ai alors, pour la première fois depuis mon arrivée dans ce Centre, l'autorisation de passer un week-end chez mes parents, avec toute ma famille. Je peux sortir librement, je peux quitter ces lieux sans la moindre crainte pour ma santé. Le service hospitalier me donne le feu vert.

Aussitôt, je me rends compte que je vais beaucoup mieux, du moins, physiquement. Je n'ai plus touché une goutte d'alcool depuis trois mois, une semaine et deux jours. Je réussis à tenir le week-end entier. Je n'ai pas envie de boire, à aucun moment de la journée. Je n'y pense même pas. Pourtant, je sais qu'il y a des bouteilles d'alcool dans la maison, qu'il serait facile d'échapper à la vigilance de ma famille et de boire l'une de ces bouteilles, mais je n'en ai pas envie, à aucun moment. D'ailleurs, j'ai honte quand je pense à tout cet alcool ingurgité, alcool ingurgité régulièrement depuis l'île Maurice, ai-je réalisé durant ma thérapie. En fait, j'avais commencé à boire durant ce magnifique voyage. Inconsciemment, je savais, une fois rentrée chez moi, que j'allais souffrir profondément et que notre séparation n'allait, au final, que me détruire de l'intérieur. Alors j'avais commencé à boire, pour oublier, pour atténuer la douleur. En buvant, tout devenait supportable, tout devenait vivable. Pourtant, je me souviens qu'un soir, durant ce magnifique voyage, *il* m'avait regardé avec une drôle expression lorsque, dans sa chambre, je m'étais resservi une énième coupe de champagne. Bien entendu, *il* s'était gardé de me faire une réflexion, trop aveuglé peut-être par son amour, mais j'avais senti qu'*il* n'avait pas aimé. Non, *il* n'avait pas aimé me regarder boire comme si cela était un besoin. Ce soir-là, je m'étais promis de ne pas recommencer. Je n'avais pas aimé, moi non plus, voir cette expression sur *son* visage. Mais je n'avais pas tenu ma promesse. La douleur avait été trop forte. J'avais continué de boire, en cachette, toujours en cachette. Les mois, puis les années suivantes n'avaient fait qu'aggraver cette consommation dangereuse et destructive et j'étais devenue une femme incapable de se contrôler. J'étais devenue une malade, une alcoolique.

Pourtant, je n'imaginais pas aller si mal…

§§§

Je suis heureuse de retrouver ma famille, et plus particulièrement mes trois sœurs. Je ne suis plus en colère. Je ne suis plus pleine de rage contenue. J'ai compris aujourd'hui qu'elles m'avaient internée de force pour me protéger. J'allais faire une bêtise, j'étais à deux doigts de faire une bêtise. D'ailleurs, quand, durant ma thérapie, j'ai enfin réalisé ce que je m'apprêtais à commettre, j'ai cru ne jamais remonter la pente. Comment avais-je pu en arriver là, moi qui détestais plus que tout au monde ce geste cruel et destructeur qu'on appelle le suicide, surtout après la mort d'Arnaud. N'avais-je donc rien compris ?!!!

Je m'en veux affreusement d'avoir fait subir à ma famille cette période difficile. Je sens papa et maman extrêmement fatigués. Je ne veux plus les voir me regarder comme si j'allais tomber d'une minute à l'autre, je ne veux plus voir dans leurs regards cette tristesse qui me déchire le cœur. Je les aime, je veux les voir sourire, je veux les entendre rire, je veux qu'ils oublient le passé lorsqu'ils me dévisagent.

Pourtant, je suis bien consciente qu'il va me falloir encore du temps pour être tout à fait « réparée ». Mon soutien psychologique n'est pas terminé, j'en ai encore besoin. J'en ai besoin comme si cela était vital. Je suis certaine d'aller mieux physiquement, mais moralement, je sais que c'est différent, totalement différent. Je suis toujours fragile. Je suis toujours *trop* fragile. Je refuse encore d'aborder des sujets trop douloureux, trop ancrés dans ma chair, comme la mort d'Arnaud, comme *lui*... ou la mort brutale de ma petite fille... Je suis partante, aujourd'hui, pour m'en sortir, pour faire mon deuil... mais je sais que le chemin sera long.

En attendant d'être totalement rétablie, je profite pleinement de ce premier week-end en famille. Nous allons nous balader longuement sur la plage. Maman me tient fermement par le bras, ou je la tiens fermement par le bras, je ne sais pas. Mais j'apprécie ce contact entre nous, j'apprécie de me retrouver en sécurité tout près d'elle. Avec papa, nous nous amusons à éviter les vagues, l'eau est encore froide. J'aime entendre son rire. Avec mes beaux-frères et tous mes petits neveux, nous jouons au foot, je suis nulle mais je m'amuse comme une petite folle. Mes sœurs se tordent de rire alors que je rate mon vingtième but ! Au bout d'un moment, j'abandonne mais je me sens bien, je ne cesse de rire, comme avant, comme je le faisais souvent, avant de le perdre, *lui*.

Plus tard, nous rentrons à la maison et nous nous offrons un vrai dîner gastronomique. J'ai aidé maman à préparer à manger tout en discutant gaiement avec elle.

J'ai tenu à préparer du poisson comme je l'ai appris au Centre, un régal. Le soir, au moment d'aller me coucher, là où ma fragilité peut reprendre le dessus, mes sœurs tiennent à rester avec moi pour passer la nuit. Je sais qu'elles ne sont pas tout à fait sereines à l'idée de me laisser seule dans ma chambre, je pourrais faire une bêtise. Bien entendu, je ne leur en veux pas. Comment pourrais-je leur reprocher leurs inquiétudes ?

Lorsque nous nous retrouvons toutes les quatre en pyjama, allongées sur mon lit, nous discutons longuement, de tout, de rien, de cancans, de mode, des enfants... Nous discutons comme nous le faisions par le passé, lorsque nous étions encore célibataires, et ça fait du bien. Plus tard, bien plus tard, quand je m'endors enfin, je vais bien. Je n'ai pas peur, je ne me sens pas angoissée et je ne fais pas cet horrible cauchemar.

Le lendemain matin, je suis en pleine forme pour attaquer une nouvelle journée...

§§§

Il me faut cependant du temps pour faire le deuil de ma petite fille. Accepter la mort de mon bébé, même après des semaines de travail, reste très difficile. Je parviens pourtant à partager ma douleur, à me débarrasser de ce poids sur la poitrine, mais je ne suis pas tout à fait sereine, je le sens. Je réussis cependant à atténuer ce sentiment de culpabilité que je ressentais envers Arnaud, à discuter d'Antoine sans des envies de meurtre et à prononcer *Hugo Delaroche* sans ressentir un grand vide.

Je sais que je n'oublierai jamais Arnaud, il a fait partie de mon adolescence, de ma « construction », difficile, en tant que femme. Avec les années, il m'a fait devenir cette jeune femme faible et fragile, qui avait constamment peur de vivre et d'être heureuse.

D'ailleurs, quand je pense à toutes ces années perdues avec Antoine, j'en suis malade. Quel gâchis. Si je n'avais pas été hantée par tous ces vieux démons, je ne serais pas restée si longtemps mariée avec un homme froid et manipulateur. Un homme égoïste qui ne pensait qu'à son petit confort, comme me l'avait toujours dit Claire.

Je sais que je n'oublierai jamais mon petit ange, je l'ai senti bouger de longs mois dans mon ventre, je l'ai porté dans mes bras… Je l'ai aimé dès la première seconde où j'ai su que je l'attendais… Je l'ai aimé parce qu'elle était un bébé de l'amour. Elle était *notre* amour…

Je sais que je n'oublierai jamais Hugo car je ne cesserai jamais de l'aimer… De toute façon, je refuse de l'oublier. Je refuse d'oublier cette période de ma vie, elle fait partie de moi, *il* fait partie de moi… Mais je vais apprendre à vivre sans *lui*, sans ma fille, et les années passeront les unes après les autres, et je souffrirai un peu moins… jusqu'à supporter leur absence…

§§§

En août, je me sens bien. Je réussis toujours à plaisanter et à rire avec mes nouveaux amis du Centre. J'y suis toujours internée mais désormais, chaque week-end, je peux rentrer chez mes parents. Je passe du temps avec chaque membre de ma famille. Je tiens à faire de grandes balades sur la plage envahie par les touristes. Je retrouve Claire et Sophie, qui viennent me voir régulièrement. Nous discutons et rions beaucoup, comme avant. Je joue des après-midi entiers avec mes neveux et nièces… Oui, je me sens vraiment mieux… Cependant, les médecins ne sont pas tout à fait d'accord avec moi, et refusent de me laisser définitivement sortir, m'annoncent-ils un matin, lors d'un entretien avec mon psychiatre et différents spécialistes. J'ai du mal à accuser le coup. J'étais persuadée de sortir cette semaine, j'avais même fait des projets. Je suis en colère en retournant dans ma chambre. Mes amis essaient de me rassurer en me certifiant que je sortirai probablement d'ici un mois ou deux mais je n'y crois plus. Je les envoie balader sans aucune retenue. Je suis vraiment déçue.

Le lendemain matin, je refuse de me lever. J'ai mal à la tête, je suis fiévreuse. Grimaçant de douleur, je me tourne vers le mur et reste prostrée un long moment avant de sombrer dans un sommeil agité. Je refuse également toute discussion.

Le jour suivant, je somnole toute la journée, jusqu'à entendre des pas derrière moi, dans un bruissement sourd. Le Centre est étrangement silencieux. *Ma chambre* est étrangement silencieuse.

-   Anna ? souffle soudain une voix grave, que je reconnaîtrais n'importe où.

Je sens mon cœur faire un bond dans ma poitrine en me retournant vivement vers cette voix, *sa* voix. Je retiens mon souffle. *« Ce n'est pas possible, je suis en plein rêve ! »,* je pense aussitôt en découvrant l'homme qui se tient dans la chambre. Mais non, *il* est là, debout au milieu de la pièce, toujours aussi beau, toujours aussi charismatique.

Tout en me fixant, Hugo s'approche lentement de moi et s'assoit dans un fauteuil, près de mon lit. Il continue de me dévisager en silence, le visage grave. Il a vieilli. Je le trouve fatigué, triste. J'essaie de me redresser mais sa main vient se poser doucement sur mon épaule. Il m'oblige à rester allongée.

-   Ne bouge pas, dit-il en glissant sa main jusqu'à la mienne pour entremêler nos doigts.

- Hugo... je murmure en sentant une larme couler sur mon visage.
- Je suis là, mon ange, ne pleure pas...

Je le regarde attentivement. Un doux sourire apparaît sur son visage, ce sourire que j'aimais tant. Je ne comprends pas ce qu'il fait là, tout près de moi. Je ne comprends pas comment cela est possible mais je suis si heureuse tout à coup que plus rien n'a d'importance.

Hugo se penche vers moi, caresse mes cheveux comme il aimait le faire. Je sens son souffle chaud sur mon visage. Je me sens légère, si légère. Le poids sur ma poitrine disparaît comme par enchantement. Sa main vient essuyer mes larmes, je ne cesse de pleurer, je n'arrive pas à stopper mes sanglots. Je réussis néanmoins à lui sourire. Je suis bien. Je suis tellement bien.

- Hugo... je... je...
- Anna, Anna, Anna ! m'appelle une voix stridente qui me perce les oreilles.

Je me redresse d'un bond en me demandant ce qui se passe, affolée. Fronçant les sourcils, le cœur battant la chamade, je fixe ma voisine de chambre en sentant une lame de couteau transpercer très lentement mon corps tout entier. Hagarde, je regarde autour de moi sans plus pouvoir bouger.

*Hugo, mon amour...* il n'est plus là. Le fauteuil près de mon lit est vide, horriblement vide. Personne ne me tient la main.

Mon Dieu ! Je découvre avec horreur que j'étais en plein rêve. *Il* n'est pas là, *il* n'a *jamais* été là. Je touche immédiatement mon visage. Pas une larme ne coule sur mes joues livides. Je manque alors de suffoquer tant la douleur me prend aux tripes. Je m'enfuis dans les toilettes pour hurler mon chagrin. Ma voisine, ahurie et angoissée par mon étrange comportement, appelle immédiatement les surveillants.

En effet, je ne vais pas mieux, du moins, pas comme je le pensais. Mon psychiatre m'interroge longuement sur ce rêve mais il me faut des jours entiers pour réussir à en parler tant la douleur de *son* absence m'est insupportable. J'ai vraiment cru qu'*il* était là, j'ai espéré longtemps qu'*il* soit là. J'ai senti ses mains sur les miennes, j'ai senti son souffle sur mon visage...

Ce rêve m'a profondément perturbée. J'ai pris conscience que je n'allais pas bien. Et cette vérité m'a fait mal. Pourtant, depuis Stockholm, je sais que je n'ai jamais réussi à verser une seule larme, comme dans mon rêve. Ce comportement n'est pas sain. Ne pas pleurer n'est pas sain, du moins, pas pour le personnel soignant. Je devrais extérioriser mes sentiments, je devrais pleurer la perte de ma petite fille, je devrais pleurer la perte de l'homme que j'aime, je devrais pleurer la trahison de mon ex-mari, mais je n'y arrive pas.

J'essaie alors d'aller vraiment mieux, je fais des efforts surhumains pour aller mieux, chaque jour qui passe. Je *veux* aller mieux car je veux quitter ce Centre. Je ne supporte plus d'y être internée, je ne supporte plus d'être considérée comme un être faible et fragile. Je veux être capable de contrôler ma vie, seule.

Ils estiment néanmoins qu'il me faut encore du temps, pour me rétablir complètement, car un départ prématuré risquerait de me plonger de nouveau dans un gouffre destructeur. Je m'efforce de prendre mon mal en patience... mais c'est dur, vraiment très dur de ne pas craquer, surtout quand je vois quelques-unes de mes amies quitter le Centre bien avant moi.

§§§

Début septembre, je rentre *enfin* chez mes parents. Je n'ai plus d'appartement, plus de travail, mais je me sens beaucoup mieux. *Vraiment mieux*. J'ai envie d'aller de l'avant. J'ai envie de me battre. J'ai envie de vivre.

Dès mon retour à la maison, je profite pleinement des derniers rayons de soleil, avec toute ma famille. Je profite même de la plage, où je me baigne tous les jours malgré des températures assez basses. Je prépare pratiquement chaque soir le dîner pour papa et maman. Je me chamaille avec mes beaux-frères. Je retrouve un certain bien-être en jouant avec mes neveux. Je retrouve la complicité qui me liait à mes sœurs. Je me surprends à sourire, toute seule, alors que je regarde une émission débile à la télévision, ou tandis que je lis un article amusant. Je m'énerve, je râle, je plaisante, je ris, je grogne, je redeviens celle que j'étais. Avec des envies, des émotions, des sentiments. Je redeviens vivante.

Très vite, je décide de rechercher un nouvel emploi. J'ai besoin de bouger, de m'occuper l'esprit, et de gagner de l'argent car je n'ai plus un sou. Même si mes parents insistent pour me garder encore un peu sous leur toit, et à leur charge, je sais qu'ils ont peur de me voir partir et de retomber dans une grande détresse, je n'imagine pas rester ainsi encore longtemps, surtout à mon âge. Non, je dois retrouver un travail. Je dois reprendre mon indépendance. Je dois leur prouver que je peux y arriver.

§§§

Durant un certain temps, je galère avec des petits boulots sans avenir et rentre souvent chez mes parents complètement démotivée, mais ma famille est là, près de moi, et réussit toujours à me remonter le moral et à m'encourager. Mes sœurs ne me lâchent pas, jamais. Elles sont toujours là à me redonner confiance. Mes parents se montrent d'un dynamisme exemplaire. D'ailleurs, je reste souvent en admiration devant leur entrain quotidien, à croire que ma descente aux enfers les a rajeunis de dix ans.

Enfin, en attendant, ils sont toujours là et ne cessent de m'encourager, surtout quand mon moral est au plus bas. Et à force de bonne volonté, je décroche un boulot de secrétaire, dans un hypermarché. Le travail y est intéressant et mon nouveau patron est plutôt sympa. Je retrouve tout mon entrain. Toute idée noire disparaît totalement de mon esprit. Un esprit constamment occupé par mon nouveau travail.

Trois mois après, je suis embauchée en CDI. J'emménage dans un magnifique appartement, lumineux et moderne, tout près de mes sœurs. Grâce à la vente de ma maison, je le décore avec goût, dans les tons beige et chocolat. Je déniche de superbes lampes dans un *Bricodeal's,* près de Caen. Je suis ravie de l'effet qu'elles font dans mon petit salon. Je suis contente, aussi, de revoir l'un des magasins du Groupe sans éprouver un sentiment négatif.

§§§

Juste avant les fêtes de Noël, j'invite Claire et Sophie à venir passer un week-end de trois jours, dans mon appartement, mon patron a accepté que je prenne mon lundi. Nous vivons un peu les unes sur les autres mais nous en rions tellement que cela en devient un vrai régal. Nous faisons de grandes balades dans le froid glacial de l'hiver, sur la plage, toutes les trois emmitouflées sous des bonnets de laine. J'avoue que retrouver sereinement mes vraies amies me fait un bien fou.

A Noël, je suis terriblement gâtée par mes sœurs. Mes neveux et nièces m'offrent de jolis dessins, mes parents retrouvent le sourire. Je réussis à passer les fêtes sans avoir envie de boire une goutte d'alcool, même si mon médecin m'a dit que je pouvais me permettre de boire une coupe de champagne, de temps en temps, lors de grandes occasions. Mais je refuse de prendre le risque, en absorbant une goutte d'alcool, de retomber dans ce vice destructeur qu'est l'alcoolisme. Cela me fait encore un peu peur, même si je suis consciente que cela n'arrivera plus.

Grâce à ma famille, je suis pleine d'entrain pour commencer une nouvelle vie. Je *décide* de recommencer une nouvelle vie.

§§§

Les mois défilent les uns après les autres, avec ses hauts et ses bas... Je m'efforce toujours de garder le cap... Je suis bien entourée. Ma famille est toujours là, prête à réagir à la moindre défaillance de ma part. Mes amis me rendent visite dès qu'ils le peuvent. Oui, je suis bien entourée...

§§§

En avril, je rencontre un homme d'une quarantaine d'années, lors d'une visite chez le dentiste. Je sais, ce n'est pas très romantique mais notre rencontre est plutôt sympathique. L'homme est grand, brun, les yeux noisette, un joli sourire. Nous discutons gaiement dans la salle d'attente, nous prenons un café dans le bar du coin. J'apprends qu'il est divorcé et qu'il a deux petites filles de sept et neuf ans. Il est vraiment très sympa, a beaucoup d'humour et avec lui, le temps passe très vite, de façon très agréable.

Le soir pourtant, lorsque je dois me rendre à notre premier rendez-vous, dans un restaurant assez chic, je suis morte de trouille. Malgré les nombreux encouragements de mes sœurs, malgré les nombreux encouragements de Claire et Sophie, je les ai toutes appelées dans la journée pour leur raconter cette sympathique rencontre et ce dîner prévu à vingt heures, je suis incapable de quitter mon appartement. C'est pitoyable car, pour la première fois depuis longtemps, je me suis habillé d'une jolie robe noire, très classe, et je me suis maquillé minutieusement. Je me suis même appliqué pour me coiffer, d'un chignon certes mais d'un très joli chignon… Mais je suis incapable de me rendre à ce rendez-vous. L'estomac noué, les mains moites, je ne peux pas quitter mon appartement, mes jambes refusent de bouger.

Bien entendu, je ne revois jamais cet homme. Je ne peux m'empêcher d'en être considérablement soulagée, au grand regret de mes sœurs.

§§§

Le cinq mai, *Hugo* a quarante ans. Je me coupe les cheveux et retrouve un carré court, je veux être belle pour fêter son anniversaire. Je l'imagine aisément faire une petite fête, avec sa famille et ses amis proches. Quarante ans, ça se fête !

J'essaie de me montrer souriante et joyeuse mais, en fin de journée, je suis obligée de prendre ma *boîte à trésors,* pour me soulager. Je me sens mal, triste, seule, affreusement seule. Hugo me manque, toujours. Cette boîte est devenue un remède contre mes coups de cafards. Lorsque je ne suis pas bien, lorsque j'ai le moral au plus bas, regarder et toucher délicatement les roses rouges, ma ravissante robe noire, mon précieux *porte-bonheur,* ou lire les jolies cartes de Hugo finissent toujours par me calmer. Je parviens à aller me coucher sans faire de bêtise.

§§§

Plus tard, je me refais une garde-robe complète car j'ai repris du poids, même si je n'ai plus ces formes que Hugo aimait tant. Je me prépare à manger chaque jour qui passe et savoure mes petits plats avec bon appétit. Je me maquille, je prends soin de moi. Je m'habille de façon élégante. J'ai envie de plaire, de plus en plus. Je n'ai plus ces idées complètement fausses et débiles sur mon physique, même si je suis restée profondément marquée à l'intérieur de mon corps. Je sais désormais, sans aucune prétention de ma part, que je suis une jolie femme. D'ailleurs, certains collègues hommes me font régulièrement la cour et me taquinent gentiment sur ma façon de rougir, surtout lorsqu'ils me font un compliment. Je reste cependant très discrète sur ma vie privée et évite toujours de me retrouver dans des situations embarrassantes avec de beaux célibataires. Je ne souhaite pas entretenir une relation, ou m'engager franchement avec un homme, même si quelques-uns se montrent plus « intéressants » et « intéressés » que d'autres.

En juin, c'est le début de l'été, il fait beau, j'ai des projets plein la tête. Je fête mes trente-six ans avec Claire et Sophie dans un restaurant vraiment très sympathique et nous finissons la soirée par un Bowling. Je m'amuse comme une petite fille.

Mes amies me trouvent beaucoup mieux et osent me parler de leur tout dernier congrès *Bricodeal's,* en Croatie. Lucas va bien, m'apprennent-elles en souriant, et elles m'embrassent très fort de sa part. Edmond Patterson a eu un nouvel enfant, une petite fille. Il me salue aussi. Les Brissan ont eu également un deuxième enfant, un garçon, et vivent heureux dans leur nouvelle maison, dans la banlieue de Nantes. François Gersse a enfin trouvé un adjoint, un homme d'une petite cinquantaine d'années. Les adhérents semblent assez satisfaits de ce nouvel directeur général. Alice Morino, quant à elle, a été définitivement remerciée par le Groupe, apparemment rattrapée par ses mauvais résultats.

Apprendre toutes ces nouvelles ne me touche pas personnellement, je parviens même à faire des commentaires, ou à sourire... Mais je pense très fort à Hugo. Je pense d'ailleurs à lui tout le temps. Certains jours restent néanmoins plus difficiles que d'autres.

§§§

Depuis plusieurs mois maintenant, je me sens mieux. Enfin, je me sens de plus en plus sereine... Je travaille, je reçois mes amis. Je passe du temps avec ma famille, avec mes neveux et nièces, avec mes sœurs. Je ris, je plaisante, je souris... *mais...* mais je ne pleure pas, jamais. Malgré ma longue thérapie, je n'ai encore jamais versé une seule larme depuis Stockholm ... et cela doit cesser. Il est temps que cela cesse. Je ne peux pas continuer de vivre ainsi, ce n'est pas sain, et j'avoue avoir peur pour mon équilibre. Je suis consciente d'être encore fragile et je ne veux plus prendre de risque pour ma santé mentale.

Je sais alors qu'il me reste une étape importante à franchir, avant de me sentir *complètement* et *totalement* libérée, et pouvoir pleurer comme toute personne normale et équilibrée. J'en ai pris conscience un matin, en me levant. J'en ai parlé à mon psychiatre que je rencontre encore lorsque j'en exprime le besoin, il a immédiatement approuvé mon souhait et m'a même encouragé à le réaliser. J'ai longuement réfléchi. Je ne veux plus reculer, mon choix est fait de toute façon. Je ne changerai pas d'avis. Je suis prête, physiquement *et* psychologiquement. Je sais que je peux le faire de façon sereine, sans danger pour ma santé. Mon patron est d'accord pour m'accorder une semaine de congé alors que nous avons pas mal de boulot, c'est vraiment un ange. Il n'est pas Lucas mais j'aime bien travailler avec cet homme bourru plein de qualités. Mes parents et mes sœurs sont plus inquiets quant à ce souhait de ma part mais je trouve les mots justes pour les rassurer. Il faut qu'ils comprennent, j'ai besoin de le faire, c'est important pour moi, c'est important pour que je puisse me reconstruire définitivement. Ils finissent par l'accepter en me faisant promette de garder le cap... si cela devait mal se passer...

Claire et Sophie approuvent immédiatement mon choix mais je les sens également très perturbées par cette démarche, surtout après ces trois dernières années difficiles. Je leur certifie que tout va bien se passer, que je ne suis pas inquiète. Je suis prête.

Oui, je suis prête...

... Prête à aller à Bourges, prête à rencontrer Hugo Delaroche... et prête à lui demander pardon...

§§§

J'envisage de rester trois ou quatre jours à Bourges pour visiter la ville tant aimée de Hugo. Cette fois-ci, je sais que je prendrai le temps de visiter les lieux dont il m'a tant parlé. Je sais que je prendrai plaisir à me retrouver dans *ses* quartiers favoris.

Je réserve une chambre d'hôtel dans la vieille ville, je refuse de retourner dans cet hôtel maudit où j'étais ivre chaque soir, il y a pratiquement un an. Je me renseigne sur internet des horaires d'ouverture du magasin de Hugo. Je prévois d'aller le rencontrer directement là-bas. Je n'imagine pas débarquer chez lui et me retrouver face à face avec sa femme et son enfant. Je n'ose l'appeler pour le prévenir de mon arrivée, je ne lui rends pas visite comme une vieille amie. Je me doute qu'il risquera d'être pris de court de me voir débarquer ainsi, peut-être même refusera-t-il de m'écouter, mais tant pis, je ne renonce pas maintenant. Il n'en est pas question.

Mes sœurs me proposent de m'accompagner mais je refuse catégoriquement. Je sais pourtant qu'elles craignent de me voir replonger dans une longue dépression, si cela se passait mal, mais je serai forte, je le sais déjà. Si Hugo refuse de me rencontrer, ce qui me paraît assez probable, pour être honnête, je sais que je tiendrai le coup et que je ne retomberai plus jamais si bas. Je vais bien aujourd'hui, j'ai un travail qui me plaît, un appartement où je me sens à l'aise. Mes parents vont mieux, ils sont plus sereins, apaisés. Je ne veux pas les décevoir. Et moi, je veux continuer à me battre. Je suis encore jeune, j'ai toute la vie devant moi. Peut-être rencontrerai-je un jour un homme qui réussira à me rendre le sourire, un homme qui réussira à m'aimer, comme il a su le faire. Je n'ose imaginer avoir un autre enfant, c'est encore trop tôt pour moi mais la vie peut me réserver des surprises, de bonnes surprises. J'en reste convaincue.

C'est pourquoi, lorsque je prends la direction de Bourges, une semaine plus tard, je me sens sûre de moi, et très déterminée. Il fait un temps magnifique, le soleil brille dans un ciel bleu sans nuages et les températures sont assez élevées pour un mois de juin. Je roule tranquillement, j'écoute de la musique, je chantonne tout bas. Je fais une longue pause pour déjeuner copieusement et prévenir maman que tout se passe bien. Nous rions quelque temps au téléphone. Je reprends la route en souriant. Oui, je suis sûre de moi, et très déterminée dans ma démarche.

J'arrive à Bourges en fin d'après-midi. Je me rends directement à l'hôtel pour y déposer mes affaires. L'hôtel, près de la magnifique cathédrale, est vraiment charmant. Un peu cher mais charmant. De la fenêtre de ma chambre, décorée dans les tons pastel, j'aperçois le fameux jardin de l'archevêché, tout en fleurs. C'est tout simplement splendide.

C'est vrai que la vieille ville est belle avec ses nombreuses rues piétonnes et son centre-ville riche en architecture, j'ai pu admirer les lieux en me rendant, à pied, à l'hôtel. J'ai un véritable coup de foudre pour ce centre-ville, j'adore tout ce que j'y découvre, comme un jeune enfant devant un nouveau jouet. Je suis d'ailleurs impressionnée par le nombre de magasins de chaussures, j'adore les chaussures !

Alors que je reviens à ma voiture, je me souviens soudain que Hugo, pour être avec moi, était prêt à quitter cette ville magnifique. Pourtant, je me serais plu ici, j'en suis certaine. Vivre ici n'aurait pas été une punition, loin de là. Mais je ne m'étends pas plus longtemps sur le sujet, je ne désire pas revenir sur le passé. Je remonte dans ma voiture et, à l'aide d'une carte de la ville, ma vieille voiture n'étant pas équipée d'un GPS, je me rends immédiatement au magasin.

Le parking réservé aux clients est complet, apparemment les affaires fonctionnent bien pour Hugo. Je suis contente pour lui car je l'imagine bosser comme un fou pour obtenir ces résultats. D'ailleurs, longtemps, j'ai senti, tout au fond de moi, qu'il était à fond dans son boulot. Je ne sais pas comment expliquer ce sentiment étrange que j'ai toujours eu à son égard mais j'ai toujours eu l'impression de ressentir ses moindres émotions, à distance, par une sorte de télépathie. Je sais que, durant ces quatre dernières années, il a mis toute son énergie dans ses deux magasins, à croire que son travail lui était devenu sa seule raison de vivre. Je n'ai jamais aimé cette sensation, j'ai souvent voulu la réprimer, jusqu'à vouloir la faire disparaître. Savoir qu'il travaillait de façon acharnée pour m'oublier prouvait à quel point je l'avais détruit. Et c'était dur à encaisser.

A ce jour, je ne sais plus vraiment ce qu'il en est car je ne ressens plus rien en ce qui le concerne. Mais, honnêtement, je ne sais pas si ce lien étrange entre nous n'existe plus ou si c'est mon subconscient qui a décidé de le rayer de mon esprit afin de ne plus souffrir. Depuis, je me répète qu'il est heureux et qu'il s'est définitivement remis de ma cruauté. D'ailleurs, n'est-ce pas ce que j'ai vu dans mon rêve, ce rêve qui m'a tant aidé à supporter ma longue hospitalisation ?

Oui, aujourd'hui, Hugo Delaroche est certainement un homme heureux, probablement marié et père de famille. Un homme d'affaires qui a su positionner ses deux magasins à un niveau élevé. D'ailleurs, il a reçu de nombreux éloges dans certains magazines spécialisés dans le bricolage, magazines que j'ai précieusement conservé. Il y a quelques semaines, il a aussi été cité comme une référence, un modèle de réussite. En lisant ces mots dans un article paru sur le Net, je n'ai pu m'empêcher d'éprouver une grande fierté. J'étais fière de lui, vraiment fière de lui.

§§§

Je décide d'attendre patiemment dans ma voiture car il n'est que 18 h 30 et le magasin ferme dans une heure. Je ne voudrais surtout pas le déranger dans son travail. Ce n'est déjà pas facile de débarquer ainsi, je ne voudrais surtout pas le mettre mal à l'aise devant de nombreux clients.

Je me rends compte alors que je tremble légèrement. Je commence à perdre un peu de mon calme. Cela fait maintenant quatre ans que je ne l'ai pas revu, j'appréhende de me retrouver en face de lui. Je ne reculerai pas maintenant mais j'avoue qu'apercevoir son 4 X 4 sur le parking du personnel me rend extrêmement nerveuse. Je sais qu'il est là, j'avais peur qu'il soit à la Rochelle ou en vacances mais il est là. Je ne peux m'empêcher de fixer son véhicule un long moment sans pouvoir faire le moindre geste.

19 h 00. Je sors de ma voiture et inspire longuement en essuyant mes mains moites sur mon jean. J'ai choisi de m'habiller d'une tenue simple et décontractée. Je ne veux pas qu'il croie que je viens lui faire du charme ou autre idée tordue. Il est assurément marié et a probablement plusieurs enfants, je n'ai pas l'intention de détruire sa nouvelle vie en lui laissant croire que je souhaite autre chose. Je suis juste venue lui demander pardon, même si ma démarche risque de le perturber. Je prie pour que ma démarche ne provoque pas de dégâts chez lui. Je ne viens pas lui faire du mal, une nouvelle fois. Je ne veux pas causer de trouble dans sa nouvelle vie. Je veux lui demander pardon car je reste convaincue qu'il sera, avec du recul, heureux d'apprendre qu'il n'était pas responsable de ce qui s'est passé lors de cette horrible nuit. Je lui avais reproché d'avoir tout gâché entre nous en voulant nous lier l'un à l'autre par un mariage, je veux qu'il sache aujourd'hui que cela n'était pas la raison de mon odieux comportement. Je ne rentrerai pas dans les détails, je le sais déjà, mais je veux qu'il sache la vérité. Cela venait de moi, uniquement de moi. Je veux qu'il en soit convaincu.

§§§

Malgré ma nervosité grandissante, je ne renonce pas à ma démarche. Je ne sais pas s'il acceptera de me recevoir, s'il acceptera de m'écouter, mais je ne renonce pas à ma démarche. J'imagine pourtant que, aujourd'hui, je dois être la personne qu'il doit détester le plus au monde et la seule personne qu'il doit redouter de rencontrer. Mais je ne cède pas à mes angoisses, je ne cède pas à la panique qui m'envahit peu à peu. J'ai promis à ma famille que cette démarche allait bien se passer. J'ai promis à Claire et Sophie que je garderai le cap. J'ai promis à mon médecin que je ne craquerai pas, en cas de coup dur. J'ai promis à ma famille de revenir avec le sourire. Je suis plus forte désormais. J'ai envie de me battre, j'ai envie de redevenir la femme que j'étais avant ma longue descente en enfer. Une femme qui aimait rire avec ses amis, une femme qui aimait profiter de la vie, malgré un passé douloureux et un mariage sans amour. Une femme qui était prête à tout pour survivre à un amour impossible.

Lorsque le parking commence à se vider, il est plus de 19 h 15, je décide, enfin, de me rendre dans le magasin. Avant de faire le premier pas vers Hugo, je ne peux m'empêcher de jeter un dernier regard dans mon miroir de courtoisie. Ça va, mes cheveux sont bien coiffés et je ne suis pas trop pâlichonne.

Je m'approche enfin de l'entrée. Mon cœur bat la chamade...

## Chapitre 23

Le magasin est immense, magnifique, propre, commercial... Je remarque aussitôt l'allée centrale, riche en salons de jardin, parasols, transats, barbecues... Il y a comme un air de vacances, c'est assez surprenant mais très agréable. De nombreux clients se promènent encore dans les allées, malgré l'heure tardive. Les vendeurs sont vêtus de tee-shirts jaunes à l'effigie du magasin, il y a un parasol au-dessus de l'accueil. Je suis très impressionnée par la grille luminaire à l'entrée du magasin, elle est grandiose. En m'approchant des trois jolies hôtesses souriantes et accueillantes, je ne peux m'empêcher de penser que *Bricodeal's* doit se faire un sang d'encre.

Bon, j'y suis... et il faut que je me calme, impérativement. J'ai pourtant l'impression que mon cœur va exploser quand une des hôtesses se tourne vers moi, mais je dois me lancer, je ne peux plus reculer. Je m'accroche à mon sac comme à une bouée de sauvetage pour ne pas flancher. J'inspire longuement avant de commencer, un sourire crispé sur le visage :

- Bonjour, je fais d'une voix un peu rauque. Je sais... je sais qu'il est tard mais... puis-je rencontrer Monsieur... Monsieur Delaroche, s'il vous plaît ?
- Vous avez rendez-vous ? réplique gentiment la jolie blonde, sans se défaire de son sourire commercial.
- Non, j'avoue en me raidissant légèrement.
- Je suis désolée, dit-elle aussitôt, mais Monsieur Delaroche ne reçoit que sur rendez-vous...

Zut, je n'avais pas pensé à ce détail. Machinalement, je serre un peu plus fort mon sac contre moi. Je ne peux pas renoncer maintenant, c'est impossible.

- Pouvez-vous lui demander de me recevoir, s'il vous plaît, j'insiste en lui souriant toujours, ... c'est important.
- C'est personnel ? me demande-t-elle brutalement.
- Euh... oui, je réponds en passant par toutes les couleurs.
- Très bien, soupire-t-elle en attrapant son téléphone, apparemment agacée par toutes ces femmes qui insistent toujours pour rencontrer son patron. Je vais lui demander s'il peut vous accorder un instant, mais je ne vous promets rien, ajoute-t-elle en composant déjà un numéro.

Je sens mes jambes devenir lourdes, je m'appuie vivement contre l'accueil pour ne pas tomber. Je retiens mon souffle. J'ai peur.

- Monsieur Delaroche, fait l'hôtesse au bout de quelques secondes, excusez-moi de vous déranger mais une dame désire vous rencontrer, personnellement.
- ...
- Je sais bien, Monsieur, mais elle insiste.
- ...
- Oui, à l'accueil.
- ...
- Oui, d'accord...

La jolie hôtesse me regarde de nouveau et me demande vivement :

- Vous êtes Madame... ?

Je me sens pâlir légèrement. Je respire difficilement.

- Beaumont… Anna Beaumont…
- Anna Beaumont, répète la jolie blonde en reprenant sa discussion, sans même imaginer, une seule seconde, ce qu'elle s'apprête à déclencher.

Comme je m'y attendais, il y a alors un long silence, un très long silence, un trop long silence. L'hôtesse me regarde soudain avec plus d'attention, en fronçant les sourcils. Elle semble perplexe.

- Oui, dit-elle enfin, elle est là…
- …
- Oui, Monsieur, à l'accueil.
- …

Encore un long silence. Mon Dieu, mon cœur va lâcher !

- …
- D'accord. Oui, d'accord, Monsieur, je le lui dis… Oui, entendu, Monsieur Delaroche.

Et elle raccroche, lentement, très lentement, apparemment troublée.

Je m'agrippe un peu plus à l'accueil pour ne pas tomber, je sens que je vais tomber… Je suis devenue un peu plus pâle. Tous mes membres tremblent nerveusement… Je m'efforce cependant de me maitriser et interroge du regard la jolie hôtesse. Je suis incapable de prononcer un mot.

- Monsieur Delaroche m'a demandé de vous faire patienter quelques instants car il est en rendez-vous.
- Ah ! je laisse tomber, profondément soulagée.

Il ne refuse pas de me recevoir. Mon Dieu, il ne refuse pas de me revoir ! Je ne peux m'empêcher de sentir mon cœur s'emballer, une nouvelle fois. Il sait désormais que je suis là, tout près de lui, que j'ose réapparaître dans sa vie après quatre ans de silence total et il accepte de me rencontrer. Je me sens stressée, émue et complètement angoissée à cette seule idée.

- Il désire que vous l'attendiez en salle de réunion, ajoute la jolie blonde en me fixant avec curiosité, surprise par cet « ordre » émanant de son patron. Je vais vous y conduire.

Tout en suivant « *Elisabeth, responsable caisses* », comme je peux lire sur son badge, je ne peux m'empêcher de passer par toutes les couleurs en sentant son regard appuyé posé sur moi. Elle est vraiment troublée, je le remarque en lui adressant un sourire un peu crispé. Je conçois aisément les raisons de son trouble. Connaissant Hugo, il a dû être perturbé en apprenant ma présence dans son magasin, lui d'ordinaire si calme et si posé. Probablement l'a-t-elle ressenti si elle le connaît bien. Elle doit d'ailleurs se demander qui je peux bien être pour avoir provoqué un tel « choc » chez son patron. Je l'imagine alors rapporter à ses collègues mon étrange apparition dans la vie de celui-ci, très étonnée qu'il lui ait demandé de me faire patienter en salle de réunion avec une voix tellement différente des autres jours.

La jolie hôtesse me fait entrer dans une salle assez grande mais agréable où de nombreux fauteuils bleu marine entourent une table ovale, tout en verre. Elle me propose à boire, *ordre de son patron*, me dit-elle avec un petit rire nerveux. Je refuse gentiment, je me sens mal à l'aise devant cette blonde qui me détaille comme un véritable spécimen. Heureusement, elle me laisse très vite.

Lorsque je me retrouve seule dans cette grande salle silencieuse, je me laisse tomber dans un fauteuil, les jambes en coton. Je passe une main nerveuse sur mon visage, je crains un moment de manquer d'air tant j'ai le cœur qui bat la chamade. Je souffle longuement, j'essaie de recouvrer mon calme. Je me relève nerveusement, je me rassois aussi vite. Je me remets debout une nouvelle fois et me dirige vers la fenêtre en tâchant de me ressaisir. Je ne cesse de trembler, j'ai chaud, j'ai froid, j'ai les mains moites.

Je sens une sourde angoisse m'envahir peu à peu, je commence à douter. Ai-je bien fait de venir ici, de le surprendre aussi brutalement, après toutes ces années ? Il n'a pas refusé de me rencontrer mais cela ne veut pas dire qu'il acceptera de m'écouter. Bon sang, je suis morte de trouille. Je suis morte de trouille de le revoir, de me retrouver en face de lui, de lui parler. Mon horrible comportement de Stockholm me revient forcément à l'esprit et je ne peux m'empêcher de chanceler. Je sais aussi que j'ai changé, je ne suis plus la même, je ne serais plus jamais la même. Je suis aujourd'hui une femme divorcée qui a traversé des moments difficiles. Mais je suis surtout une femme qui lui a fait du mal, une femme qui a certainement détruit une partie de sa vie. Comment va-t-il réagir en se retrouvant face à moi ? Comment, moi, vais-je réagir ? Je ne peux m'empêcher d'appréhender son regard. Je suis là *uniquement* pour lui demander pardon mais cet homme m'a aimée dans le passé, je l'ai aimé, je l'aime encore. Supporterai-je de voir de la colère, de la haine ou de la pitié dans ses yeux bleus ?

Mon Dieu, je ne sais plus ce que je dois faire en me posant toutes ces questions. J'avoue me sentir de plus en plus affolée à l'idée de le revoir, d'un moment à l'autre. Je ne cesse de sursauter en entendant du bruit derrière la porte, un téléphone qui sonne, des voix sourdes... Je me concentre sur le paysage devant moi, des bâtiments à perte de vue, les bras croisés sur la poitrine.

J'ai l'impression d'être au bord d'un précipice...

§§§

J'attends depuis vingt bonnes minutes dans la salle de réunion lorsque j'entends soudain des pas derrière la porte... Je me fige instantanément, les nerfs à vif. Je suis terrorisée.

La porte s'ouvre lentement...

Je serre les bras un peu plus fort contre moi. Je me demande une seconde si je ne vais pas m'écrouler sur le sol tant mes jambes deviennent du coton...

Hugo entre enfin dans la pièce... et s'immobilise brutalement en me découvrant, le souffle coupé. Il semble abasourdi en réalisant qu'il s'agit bien de moi, à se demander s'il y croyait vraiment en pénétrant dans ce bureau.

Lentement, je lève les yeux vers lui...

Il laisse la porte se refermer derrière lui. Le léger clic qu'elle produit en se fermant nous fait sursauter tous les deux.

On se dévisage... longuement... en silence...

Je remarque aussitôt qu'il a vieilli, comme dans mon rêve, même s'il paraît toujours plus jeune que son âge. Je retrouve immédiatement ses traits fins et réguliers. Son teint est étrangement pâle, probablement dû à ma soudaine apparition. Ses joues sont un peu plus creuses, ses yeux sont un peu plus cernés, il a l'air franchement épuisé... mais mon Dieu, qu'est-ce qu'il est beau ! Je me rappelais qu'il l'était mais j'avais oublié à quel point il l'était.

Je me trouble soudain en rencontrant son regard étrangement clair où brille une étincelle de stupeur, il est vraiment abasourdi. Je rougis brusquement. Bien sûr qu'il est abasourdi, il ne comprend pas ma présence ici, dans son magasin. Je le vois particulièrement perturbé en me dévisageant attentivement. Je ne peux m'empêcher de frémir, trop sensible à cet examen minutieux. Mais il ne montre aucune expression de haine ou de pitié. Non, il est juste sidéré par ma présence.

- Bonjour, Hugo, je dis en me raclant la gorge.
- Bonjour, Anna, répond-il aussitôt de sa belle voix grave.

Je frissonne imperceptiblement en entendant les intonations de cette voix de velours mais je m'efforce de garder le cap, pour continuer. Je suis raide comme un piquet.

- Je... je ne te dérange pas, j'espère, je...

Il émet un bref signe de la main.

- Ça va, fait-il en faisant un pas vers moi. Tu m'as épargné un rendez-vous long et inutile.

Je sens les battements de mon cœur s'affoler. Il ne semble pas spécialement en colère contre moi, juste surpris et curieux. D'ailleurs, je le sens extrêmement inquisiteur, attendant avec impatience des explications quant à ma présence dans son magasin. Il ne m'en faut pas plus pour me lancer. Je commence d'une voix un peu sourde mais décidée :

- Hugo, je... je...

Mon Dieu, je n'avais pas imaginé que cela serait si difficile. Le revoir me plonge immanquablement dans une grande détresse. J'ai un moment de panique. Je suis tellement terrorisée que j'en perds tous mes moyens. Je ne sais plus comment réagir, je ne sais plus quoi dire, c'est affreux. Je suis complètement paumée.

- Assieds-toi, fait soudain Hugo en me désignant un fauteuil. Tu veux boire quelque chose ? Un verre d'eau, un thé, un café ?

Je sursaute nerveusement, il est si gentil, si avenant.

- Je... non, mer... merci, je bredouille en m'asseyant dans le fauteuil. Il fait... il fait chaud, j'ajoute en retirant vivement ma veste en jean.

C'est vrai que j'ai chaud, des gouttes de sueur perlent à mon front. Je vois Hugo froncer les sourcils en me dévisageant attentivement, il ne cesse de me dévisager attentivement. Il sort soudain dans le couloir, discute deux minutes avec une femme dans un bureau voisin puis revient rapidement dans la salle, avec un verre d'eau fraîche qu'il dépose devant moi.

- J'ai fait annuler mon dernier rendez-vous, m'informe-t-il en prenant place en face de moi, avec, oui, je ne rêve pas, un sourire sur le visage. ... Nous avons désormais tout le temps pour discuter tranquillement, Anna Beaumont, ajoute-t-il d'une voix plus altérée malgré son air amusé.
- Kosvisky, je fais sans réfléchir, Anna Kosvisky. J'ai divorcé.

Je le vois sursauter, légèrement mais assez pour le remarquer. Mal à l'aise, je baisse la tête pour éviter son regard troublé... et toujours aussi troublant. Je bois une grande gorgée d'eau.

- Hugo, je reprends après un silence interminable, je... je suis ici pour...
- Oui, Anna ? m'interroge-t-il vivement.

J'inspire profondément, passe une main nerveuse sur mes cheveux, me racle encore la gorge puis enfin, osant le regarder de nouveau droit dans les yeux, je lui avoue doucement :

- Hugo, je... je suis désolée de débarquer ainsi après toutes ces années mais je... mais je suis ici pour te demander pardon... pardon pour... pour...

Mon Dieu, je ne vais pas y arriver, c'est affreux.

- Hugo, je reprends au bout de quelques secondes en essayant de me calmer, je suis venue de demander pardon. Pardon de... de t'avoir fait du mal à... à Stockholm.

Je le vois sursauter une nouvelle fois en me dévisageant étrangement. Soudain très pâle, il ouvre la bouche mais ne dit pas un mot... Il s'agite sur son fauteuil... Il passe une main nerveuse dans ses cheveux...

Il est décomposé.

C'en est trop pour moi. Me levant d'un bond, je me poste une nouvelle fois devant la fenêtre et le regard dans le vide, je reprends en m'efforçant de parler calmement :

- Depuis quatre ans, je ne passe pas un jour sans regretter ce qui s'est passé à Stockholm. Je n'ai jamais réussi à oublier notre... notre... euh... dernière nuit... Je voulais t'exprimer mon pardon, de vive voix...
- Pourquoi, tu vas mourir ? me demande-t-il brusquement.

Je me tourne vivement vers lui. Il est livide. Il a peur. Je jurerais qu'il a peur. Je ne peux m'empêcher de me sentir profondément troublée. Il s'inquiète pour moi, après tout le mal que je lui ai fait !!!

- Non, je ne vais pas mourir, je le rassure doucement.

Je reviens lentement vers lui.

- Je... j'ai cependant suivi une longue thérapie et... et te demander pardon était important pour moi. Je... j'y tenais.
- Une thérapie, répète-t-il tout bas, complètement paumé par ce « revirement » de ma part.
- Je ne te demande pas de me pardonner, j'ajoute précipitamment, mais je voulais que tu saches que je regrette sincèrement ce qui s'est passé cette nuit-là.

Hugo ne répond pas. Immobile, incapable de faire le moindre geste, il m'observe longuement en silence. Il ne comprend pas, je le vois dans son regard. Il ne comprend pas qu'une fille de mon espèce fasse l'effort de se déplacer à Bourges pour lui présenter ses excuses... quatre ans plus tard.

Il n'a pas oublié cette nuit, je le devine en soutenant son regard. Il n'a pas oublié *un seul mot*, ces mots crachés avec tant de violence, ces mots qui lui ont fait tant de mal...

- Le pensais-tu ? me demande-t-il en se ressaisissant enfin.
- ...
- Le pensais-tu, Anna ? répète-t-il lentement. Pensais-tu réellement ce que tu m'as dit, cette nuit-là ?

Je ne peux m'empêcher de tressaillir. Que dois-je répondre ? Je ne sais pas si je dois lui avouer la vérité au risque de devoir m'expliquer sur certains points inavouables, ou alors continuer de lui mentir et le quitter en sachant qu'il me détestera toute sa vie. Je panique soudain. Je ne me sens pas la force d'aborder certains sujets avec lui, comme ma responsabilité dans la mort d'Arnaud... Mais je ne me sens pas la force de le quitter ainsi. A cet instant précis, Hugo me semble si vulnérable, si fragile que j'opte, finalement, pour la vérité. De toute façon, continuer de lui mentir est au-dessus de mes forces.

- Non, je ne le pensais pas, je réponds en le regardant droit dans les yeux. Je t'ai menti, Hugo, et je... je le regrette... vraiment...

Hugo paraît bouleversé par mes aveux. Se levant d'un bond, il fait le tour de la table, me regarde sans comprendre, refait un deuxième tour, comme un lion en cage, avant de venir brusquement se planter devant moi. Il semble totalement anéanti.

- Mais pourquoi ? murmure-t-il.

Je me raidis légèrement en le sentant si près de moi, il le remarque. Ne sachant quelle attitude adopter, il se recule vivement et revient vers son fauteuil. Il reste cependant debout sur ses longues jambes.

Sans prendre la peine de répondre à sa question, je choisis ce moment pour ramasser nerveusement ma veste et mon sac. Il est temps de partir, je ne veux pas le retenir plus longtemps. Et, pour être honnête, j'ai peur de m'effondrer devant lui d'une minute à l'autre. Je déclare doucement :

- J'ai... j'ai été ravie de te revoir, Hugo... vraiment... mais je... je dois partir et je ne... euh... je bafouille lamentablement.
- Tu ne vas pas rentrer en Vendée ce soir ? me demande-t-il vivement.

C'est étrange, je croyais que Claire lui avait annoncé que je vivais à Isigny-sur-Mer. Mais peut-être a-t-il oublié ce détail insignifiant, ou l'a-t-il simplement exclu de sa mémoire, préférant effacer tous souvenirs *me* concernant.

- Je ne vis plus en Vendée, je réplique en réussissant à lui adresser un sourire. Je suis retournée vivre en Normandie, près de ma famille.
- Et tu ne comptes pas rentrer en Normandie ce soir ? insiste-t-il doucement.

Ouah, cette voix douce. Je sens mon cœur s'affoler.

- Non, je ris nerveusement, je... j'ai réservé une chambre d'hôtel. Je vais jouer les touristes durant quelques... quelques jours, j'ajoute en rougissant légèrement.
- Accepte de dîner avec moi, me dit-il alors en revenant vers moi.

Je sursaute violemment, surprise par cette soudaine invitation. Je tâche cependant de rester zen lorsqu'il poursuit vivement, d'une voix altérée :

- Dîne avec moi, Anna. J'ai envie de savoir ce que tu es devenue... et j'ai besoin de certaines réponses, ajoute-t-il en essayant de prendre une attitude décontractée malgré son évidente nervosité.

Je le regarde en rougissant. Pour être honnête, j'ai terriblement envie d'accepter son invitation mais je sais déjà que cela n'est pas raisonnable, ni pour lui, ni pour moi. De plus, je pense à sa femme, il doit bien avoir cette femme brune dans sa vie, cette femme vue avec lui dans le jardin de l'archevêché. J'ai remarqué qu'il ne portait pas d'alliance mais cela ne veut rien dire. Je refuse de provoquer la zizanie dans son couple. J'ai déjà détruit son mariage et tous ses rêves avec moi, je ne supporterai pas de provoquer d'autres dégâts dans sa vie.

- Hugo, je proteste faiblement, je…
- Dîne avec moi, répète-t-il plus fermement.
- Je… je ne pense pas que ce soit une bonne idée, je proteste encore en baissant piteusement les yeux. Tu… tu es probablement marié et…
- Non, je ne suis pas marié, me coupe-t-il violemment. A quarante ans, je suis un homme *encore* célibataire ! ajoute-t-il d'un ton sarcastique.

Je suis si surprise par cette nouvelle que je ne fais pas attention à son ton de reproche. Je suis juste capable de le regarder en écarquillant les yeux.

- Figure-toi qu'une certaine femme m'a déglingué, il y a quelques années, me dit-il alors d'une voix étrangement enrouée.

Je rougis violemment tandis qu'il émet un petit rire nerveux.

- Anna, poursuit-il aussitôt, tu débarques dans ma vie sans crier gare après quatre ans de silence. Tu me demandes pardon, ce que je n'aurais jamais imaginé venant de ta part et tu voudrais que je te laisse partir sans aucune explication ? J'avoue que j'ai un peu de mal à l'accepter.

- Ce n'est pas facile, je me défends faiblement.
- Ce n'est pas facile pour moi non plus ! s'écrie-t-il du tac au tac. Quand j'ai su que tu étais là, dans mon magasin, j'ai d'abord voulu refuser de te revoir, m'avoue-t-il en grimaçant, mais j'ai accepté. *J'ai fait l'effort* d'accepter.
- Pardon, je...
- Je voulais savoir à quel point je te détestais, dit-il encore en me fixant de son regard perçant.

Je ne peux m'empêcher de tressaillir. Il semble cruellement ravi en s'en rendant compte.

- Après tout ce que tu m'as fait, je n'arrive même pas à te haïr ! remarque-t-il comme s'il n'y croyait pas lui-même.

Je deviens carrément écarlate.

- Accepte de dîner avec moi, Anna.
- Je...

J'hésite. Mon Dieu, j'hésite encore. Je me pose tant de questions. Je ne m'attendais pas à cet accueil. Je m'étais préparé à retrouver un homme froid et cruel, je m'étais préparé à passer un très mauvais moment mais je n'avais absolument pas imaginé ces retrouvailles « presque » amicales. J'avoue être déstabilisée, je crois même avoir peur. J'aime cet homme, je l'aime profondément et j'ai peur de ne plus pouvoir cacher mes sentiments, de ne plus pouvoir lui... résister... Mais il est trop tard, une page est tournée. Hugo m'a définitivement rayée de sa vie et je dois le respecter. Certes, il n'est pas marié comme je le pensais mais cela ne veut pas dire qu'il n'a pas cette femme brune dans sa vie, cette femme qui doit l'aimer profondément. Je n'ai pas le droit de semer le trouble dans sa nouvelle vie, je n'ai pas le droit de le laisser percevoir mes sentiments. Non, après tout ce que je lui ai déjà fait subir, cela serait une insulte envers sa personne, et je m'y refuse.

- Je... je regrette, Hugo, mais je ne peux pas, je...
- Pourquoi, tu es remariée ? me demande-t-il brutalement. Tu as précisé que tu étais divorcée, tu t'es remariée avec ce Kosvisky ?

Je sens une certaine frustration dans sa voix. Il semble soudain en colère, contre moi, contre lui-même.

- Non, je lui avoue néanmoins, c'est mon nom de jeune fille.
- C'est vrai, tes grands-parents étaient Polonais, se rappelle-t-il avec un petit hochement de tête.

J'émets un petit sourire, bêtement touchée qu'il se souvienne de ce détail.

- Rien ne t'empêche de dîner avec moi alors, renchérit-il vivement en se radoucissant. ... Et, si ça peut te rassurer, ne peut-il s'empêcher d'ajouter d'un ton beaucoup plus ironique, je te promets une soirée sans coucherie ni engagement de ma part !!!

Tandis que je rougis pour la énième fois en quelques minutes seulement, il émet un petit rire sadique. Nous nous observons en retenant notre souffle, moi, de plus en plus mal à l'aise, lui, de plus en plus nerveux. Je découvre alors sous ses airs détachés un manque total de confiance en lui. Il a peur, il a peur de me voir refuser, il a peur de me voir disparaître, sans avoir eu le temps de tout clarifier entre nous.

Pitoyable, je baisse précipitamment les yeux car je ne supporte pas son regard. Bon sang, il a raison. Il y a quatre ans, je l'ai complètement déglingué.

- D'accord, je m'entends répondre tout bas. J'accepte.

§§§

Après avoir accepté de dîner avec lui, Hugo me conduit dans son bureau en m'affirmant, en ne plaisantant qu'à moitié, qu'il ne tient pas à me « lâcher », de peur de me voir changer d'avis. Dans son bureau immense, lumineux et très design, je l'observe ranger ses papiers, éteindre son ordinateur, mettre sa veste puis se diriger vers la sortie en me tenant légèrement par le coude. Le contact de ses doigts sur ma peau me trouble profondément. J'évite de le regarder, les joues en feu.

A l'accueil, tandis qu'il salue son personnel, je l'attends sagement à l'écart. Je me rends compte que les filles, dont la jolie blonde, m'observent avec curiosité. Très mal à l'aise, je me sens passer par toutes les couleurs mais je réussis néanmoins à leur adresser un petit sourire. Elles me répondent aussitôt mais il est évident qu'elles sont toutes rongées par la curiosité, et par une certaine jalousie, c'est assez flagrant. J'imagine qu'elles font partie de ces nombreuses femmes qui en pincent pour Hugo Delaroche. Lorsque celui-ci vient me rejoindre quelques secondes plus tard, je ne peux m'empêcher de rougir, une nouvelle fois.

- On y va ? me demande-t-il en glissant sa main dans le creux de mes reins pour m'inciter à le suivre.

Très troublée par son contact, je me contente de hocher la tête. Les filles perdent leur sourire en nous regardant quitter le magasin.

§§§

Nous nous retrouvons très vite sur le parking du personnel. Hugo commence à m'entraîner vers sa voiture, sa main toujours posée dans le creux de mon dos.

- J'ai ma voiture ! je remarque vivement.
- A quel hôtel es-tu descendue ? me demande-t-il en se crispant légèrement.
- L'hôtel de l'archevêché.
- Humm... Tu n'es pas très loin de chez moi, dit-il avec un petit sourire ravi.

*« Je sais, ai-je envie de lui répondre, j'ai passé quatre jours à observer ton appartement et à t'épier comme une folle ! ».*

Je hoche simplement la tête. Après un bref moment d'hésitation, il me propose de déposer ma voiture devant l'hôtel et de venir me chercher, à pied, dans une petite heure. J'accepte aussitôt, trop contente de me retrouver seule un certain temps. J'ai besoin de réfléchir, de faire le point. Tout s'est passé si vite que je ne sais plus comment me comporter. Je me sens effrayée, j'ai besoin de prendre un peu de recul. Je m'enfuis rapidement vers ma voiture, sous son regard inquiet. Bon sang, il n'a plus confiance. Je le remarque en grimpant sur mon siège. Il est clair qu'il craint de me voir disparaître à jamais de sa vie.

§§§

Quand je descends à l'accueil de l'hôtel, à peine une heure plus tard, j'ai juste pris le temps d'appeler mes parents pour leur dire que j'allais bien, Hugo est déjà là et discute gaiement avec la charmante hôtesse. Je les entends rire et je vois la brune aux yeux noisette lui lancer des regards si éloquents que je me sens immédiatement mal à l'aise. Je les laisse terminer leur discussion et me dirige aussitôt vers la sortie mais Hugo me rejoint très vite, le visage impassible.

- Excuse-moi, je dis vivement, je ne voulais pas vous interrompre…
- On avait fini, réplique-t-il lentement.

Il me jette un regard si appuyé que je me sens rougir. Je me détourne vivement et quitte l'hôtel sans plus attendre. Je resserre aussitôt ma veste en jean, surprise par cette soudaine fraîcheur.

- Tu as froid ? s'inquiète-t-il en m'observant attentivement.
- Ça va, je fais brièvement, mal à l'aise devant tant de gentillesse de sa part.
- Ecoute, fait-il en se plantant devant moi, je te propose de dîner chez moi.

Je sursaute violemment en rougissant jusqu'aux oreilles.

- Je me doutais bien que tu ne serais pas d'accord, rit-il doucement, mais je pense que nous y serons plus tranquilles pour discuter et… mon appartement est à deux pas d'ici. En plus, il fait frais ce soir, et je me rappelle que tu n'aimes pas avoir froid. Tu apprécieras certainement d'être bien au chaud, ajoute-t-il en me souriant gentiment.

Cet homme est un monstre, je pense en le dévisageant. Je ne peux pas refuser son offre lorsqu'il me sourit ainsi, j'en suis incapable. Il me demanderait d'aller sur la lune à cet instant précis, je crois que j'accepterais sans aucune hésitation.

J'accepte, je suis écarlate, je suis affolée mais j'accepte. Je pense qu'il a raison, nous serons plus tranquilles chez lui pour discuter. Nous serons plus tranquilles pour nous expliquer après toutes ces années. J'imagine qu'il veut des réponses quant à cette horrible nuit passée à Stockholm. Je me suis préparé à y répondre. Je vais donc y répondre.

Nous nous dirigeons immédiatement vers le jardin de l'archevêché, que nous traversons, cependant, très tranquillement. Je ne peux m'empêcher de m'arrêter devant l'immense et magnifique cathédrale, pour l'admirer. Je meurs d'envie, cette fois-ci, d'aller la visiter. Je me penche au-dessus des fleurs pour humer leur parfum, ça sent bon. Je regarde les arbres en me demandant depuis combien d'années ils sont ici, dans ce parc, tant ils sont impressionnants. Je jette des regards tout autour de moi avec curiosité, ravie de découvrir une partie de cette ville. Hugo ne dit rien. Il se contente de marcher près de moi, en souriant. Il semble amusé.

- Cette ville est belle, je souris soudain.
- Elle l'est, rit-il doucement.
- Chauvin ! j'ose le taquiner aussitôt, oubliant un temps la raison de ma présence dans cette ville.
- *La Normandie n'est-elle pas la plus jolie région de France* ? rétorque-t-il en riant plus franchement, prenant un malin plaisir à se moquer de ce que je ne cessais de lui répéter, lorsque nous discutions de nos régions natales.
- Touchée ! je pouffe en ressentant une immense joie de pouvoir encore plaisanter avec lui, même après toutes ces années difficiles.

Nous arrivons très vite devant chez lui. Je perds aussitôt mon envie de rire, Hugo recouvre son sérieux, à croire que nous arrivons à l'abattoir ! Lorsque nous pénétrons dans le hall de l'immeuble, je reconnais immédiatement le gardien mais je garde un visage impassible. Je me sens tout de même honteuse en m'y remémorant mon dernier séjour.

§§§

Quand je pénètre un instant plus tard dans l'appartement de Hugo, j'ai l'impression soudaine de rentrer à la maison, après une très longue absence. Je me garde de le lui dire, bien entendu, mais j'en suis extrêmement troublée. L'appartement est exactement comme je l'imaginais, grand, lumineux et décoré avec goût, même s'il y manque une touche féminine, je remarque aussitôt. Il est clair que Hugo vit seul. D'ailleurs, il me fait faire une visite des lieux sans rien me cacher, me dévoilant sans le vouloir sa vie de célibataire. Je ne peux m'empêcher de rougir en découvrant son lit défait, ou sa brosse à dents au-dessus du lavabo, *une seule brosse à dents*. Tandis qu'il s'excuse de ne pas avoir eu le temps de ranger son « bazar » alors que je trouve son appartement impeccable, je le suis vers une grande cuisine en bois sombre où l'électroménager n'est que du matériel de professionnel, tout en inox brossé. La cuisine est entièrement ouverte sur le séjour et coin salon.

- Omelette au jambon, ça te va ? me demande-t-il en m'aidant à enlever ma veste.

J'accepte avec un sourire. Je reconnais être affamée.

Tous les deux, sans même nous consulter, nous préparons notre dîner improvisé en essayant de discuter de sujets légers. Je réussis à me détendre et l'interroge sur ses deux magasins. Je lui pose de nombreuses questions. Je me rends compte très vite qu'il ne cesse de sourire, amusé et particulièrement touché par mon intérêt évident. J'en deviens bêtement écarlate. J'essaie alors de recouvrer mon calme et le félicite sincèrement en apprenant les résultats de sa petite affaire. Mais comme je m'y attendais, il se contente de hausser les épaules. Hugo Delaroche n'aime toujours pas les éloges !

Alors qu'il fait cuire l'omelette, je mets la table et prépare la salade. Je me sens bien, Hugo paraît détendu. Je trouve pourtant cette situation étrange. Nous ne nous sommes pas vus depuis plus de quatre ans mais, à peine réunis, nous nous comportons comme si nous nous étions quittés la veille au soir. Nous retrouvons notre complicité, cette complicité indestructible, cette complicité qui nous a toujours rapprochés. Je me rappelle nos retrouvailles à Paris. En quelques minutes seulement, nous avions retrouvé nos repères, nous dévoilant de nouveau l'un à l'autre, sans aucune retenue. A Stockholm, nous avions souffert d'être séparés mais nous nous étions retrouvés très vite, infichus de nous ignorer. Je crois que nous sommes impuissants, tous les deux, face à ce lien autre nous. Je lui ai fait du mal, j'ai vécu une période très, très difficile mais nous sommes incapables de résister l'un à l'autre, c'est au-dessus de nos forces. Cette évidence est terrible, impressionnante, presque alarmante. Et terriblement troublante.

Nous dînons avec appétit sans cesser de discuter, comme nous le faisions par le passé. L'omelette est excellente, légère et onctueuse. Je ne connaissais pas Hugo cuisinier, je le félicite en riant mais, une nouvelle fois, il se contente de hausser les épaules.

D'abord détendue, notre discussion devient néanmoins plus sérieuse à chaque instant qui passe. Je lui raconte avoir travaillé chez un avocat pendant un an, un travail triste à mourir. Je rigole légèrement en lui narrant certaines anecdotes.

- Pourquoi as-tu démissionné de *Bricodeal's* ? me demande-t-il soudain.

Je me raidis instantanément.

- Je...
- Que s'est-il passé ? insiste-t-il doucement, se rendant compte de ma soudaine nervosité.
- Euh... je...
- Je n'ai jamais voulu que tu démissionnes, fait-il en me regardant droit dans les yeux. J'ai d'ailleurs demandé à François de te laisser tranquille...
- Je sais, je le coupe vivement. Monsieur Gersse a même augmenté Lucas pour me garder ! je grimace en repoussant mon assiette vide.
- Alors pourquoi es-tu partie ? Tu savais que je n'étais plus dans le Groupe, tu ne risquais plus de me revoir...
- Je sais mais...
- Dis-moi, Anna. Pourquoi es-tu partie ? insiste-t-il encore.
- C'était compliqué, je murmure tout bas, de plus en plus agitée.
- Compliqué ? répète Hugo en haussant les sourcils. Compliqué après Stockholm ?
- Hugo ! je m'écrie en trouvant une échappatoire. Je regrette. Je regrette sincèrement ce qui s'est passé là-bas.

Hugo se recule brusquement au fond de sa chaise, il est un peu plus pâle.

- Pourquoi ne réponds-tu pas à mes questions, Anna ? Je te sens sur la défensive, je te sens presque... effrayée. C'est étrange, ajoute-t-il d'une voix blanche, ce n'est pas l'image que j'avais gardée de toi.
- Je...
- Tu as changé, dit-il tout bas, je t'ai connue plus... hargneuse...

Je sursaute mais ne dis rien.

- Que t'est-il arrivé ? demande-t-il d'une voix plus grave. La dernière fois que je t'ai vue, tu paraissais beaucoup plus sûre de toi...

Je baisse les yeux, le souffle court. Je sens la discussion changer. Le ton amical de Hugo disparaît peu à peu. Je le sens soudain plus froid, plus vicieux dans ses questions. Son expression bienveillante disparaît également, ne laissant apparaitre qu'un visage amer où ne se reflète plus aucune pitié. J'ai désormais en face de moi un homme plein de rage, plein de haine contenue. Un homme qui ne rêve probablement que d'une seule chose : se venger. Mais qu'est-ce que je croyais franchement ? Qu'il resterait charmant et attentionné toute la soirée alors que nous étions là, dans ce magnifique appartement, *uniquement* pour nous expliquer. Nous ne sommes pas un couple en train de dîner tranquillement. J'ai en face de moi un homme qui doit probablement me détester, je ne dois pas l'oublier.

- Effectivement, j'ai changé, je réussis à articuler d'une voix à peine audible.
- Tu n'es plus la femme volage et cruelle que tu étais à l'époque ? ricane-t-il méchamment.

Je ne peux m'empêcher de tressaillir en perdant le peu de couleurs qu'il me restait. Me rappeler cette fameuse nuit m'est intolérable.

- Je... Hugo, je regrette, je répète en le regardant. Je t'ai fait du mal et je le regrette, sincèrement.
- « *Tu n'es qu'une histoire de cul et tu ne seras jamais qu'une histoire de cul* », récite-t-il en me fixant.

Je suis livide.

- « *Réussir à t'avoir dans mon lit était glorifiant* »,
ajoute-t-il encore d'une voix pleine de mépris.

Mon Dieu, il me répète mot pour mot les horreurs citées
voilà quatre ans. Je crains de suffoquer en le voyant
s'acharner sur moi avec cruauté.

- « *Tu n'es qu'une liaison parmi tant d'autres* »
- Arrête ! je fais soudain en me levant d'un bond.
- Pourquoi toutes ces horreurs, si tu ne les pensais
pas ?
- Hugo, je t'en prie…
- Es-tu vraiment la garce que tu as prétendu être ?
- Hugo, je…
- Réponds ! me coupe-t-il brutalement en frappant
du poing sur la table. J'ai besoin de connaître la
vérité.

Je me recule subitement, affolée par son ton glacial. J'ai
peur soudain qu'il ne se mette à hurler mais, contre
toute attente, je le vois se calmer instantanément. C'est
probablement dû à mon visage apeuré. Semblant se
rendre compte de son comportement, comportement
tout à fait légitime, devrais-je admettre si je n'étais pas si
effrayée, Hugo passe une main tremblante dans ses
cheveux. Il est blanc comme un linge.

- Pardon, me dit-il dans un souffle. Tu as fait
quatre cents kilomètres pour me demander
pardon et je t'agresse comme un pauvre con. Je
suis désolé, Anna.

Je ne réponds pas. J'avoue être encore terrorisée par sa
rage contenue, même si celle-ci est tout à fait justifiée,
l'admets-je enfin. Mais je ne connaissais pas Hugo ainsi.
Jamais je ne l'avais vu perdre patience, encore moins en
présence d'une femme. Il me fait signe de me rasseoir,
gentiment. Je finis par m'exécuter mais je tremble de
tous mes membres.

- Anna, fait-il après un long silence durant lequel il m'observe attentivement sans plus oser bouger, réponds-moi, s'il te plaît. Qu'est-ce qui t'est arrivé durant ces quatre dernières années ?
- Hugo, je…
- Je te trouve différente. Tu as l'air tellement… fragile, ajoute-t-il tout bas.

Je décide d'être franche.

- J'ai fait une dépression, je lui avoue simplement.
- Oh ! laisse-t-il tomber en se raidissant légèrement. … Grave ? me demande-t-il après un silence.

Je m'agite nerveusement sur ma chaise.

- Je… j'ai voulu mourir, je lui révèle encore, après un long moment d'hésitation.
- Oh, Anna ! souffle-t-il en paraissant bouleversé.
- Il… il m'a fallu un certain temps pour aller mieux, je continue sans oser le regarder. Et… et j'ai compris qu'il fallait que je te demande pardon pour… pour m'en sortir…

Hugo se lève d'un bond, interloqué.

- Es-tu en train de me dire que tu as fait cette dépression, *à cause de moi* ?

Je frémis de la tête aux pieds.

- Non ! je proteste vivement. Enfin, je…
- Etait-ce à cause de moi, Anna ? insiste-t-il péniblement.

A mon tour, je me lève et vais me planter devant la grande baie vitrée s'ouvrant sur une terrasse en bois, cette terrasse que j'ai fixée si longtemps, assise dans ce parc, lorsque j'étais si mal. Regardant à l'extérieur, j'aperçois la cathédrale. La vue est superbe mais je n'y prête pas attention. Je tremble de tous mes membres. Je croise les bras avant de reprendre, doucement :

- Je me suis comportée avec toi d'une façon vraiment odieuse, Hugo. Je... je n'ai jamais réussi à me le pardonner...

Je le regarde de nouveau droit dans les yeux.

- Je ne voulais pas te faire de mal. Je me suis détesté de te faire du mal mais... mais à ce moment-là, j'étais convaincue de ne pas avoir le choix...

Hugo vient me rejoindre en fronçant les sourcils, il ne comprend pas.

- Que veux-tu dire ? m'interroge-t-il dans un souffle.

Voilà, nous y sommes. Je savais que ce moment arriverait vite mais j'étais loin d'imaginer qu'il arriverait *si vite*. Je ne peux m'empêcher de frémir de la tête aux pieds en réalisant l'ampleur des révélations que je m'apprête à lui faire. J'ignore totalement comment il réagira. Je ne sais pas s'il acceptera de m'écouter jusqu'au bout. Mais je vais lui avouer ce que j'ai vécu durant ces quatre longues et horribles années. Je veux être franche avec lui, je veux lui dire la vérité, même si je sais déjà que je ne pourrai pas *tout* lui raconter, c'est impossible. Je ne pourrai pas lui parler de notre petite fille. Je refuse de lui parler de notre petite fille.

Je décide alors de lui révéler la vérité... mais seulement une *toute petite partie* de la vérité.

# Chapitre 24

Je me laisse glisser sur le canapé et demande à Hugo de s'asseoir. Il s'exécute aussitôt et s'installe près de moi, en silence. Son visage est grave.

Je lui avoue alors... une *toute petite partie de la vérité*.

Inspirant profondément, je commence par aborder Arnaud. Je lui raconte notre rencontre, notre flirt qui a duré plus d'un an. Je lui raconte cet affreux jour où nous avons fait l'amour pour la toute première fois, j'ai pleuré pendant des heures dans la salle de bains de mes parents. Je lui raconte mon incapacité de l'aimer, alors qu'il méritait de l'être, car c'était un garçon vraiment gentil et généreux. Je lui raconte notre rupture, puis les mois pénibles que nous avons traversés. Arnaud ne cessait de me harceler, d'épier mes moindres faits et gestes avec chaque garçon que je fréquentais. Il me suivait dans la rue sans jamais m'aborder, à n'importe quelle heure de la journée, j'avais fini par être terrorisée dès l'instant où je l'apercevais. Je lui raconte enfin son dernier coup de fil me demandant de faire la paix. Je respire difficilement en abordant son suicide. D'ailleurs, je ne peux m'empêcher de revoir son visage défiguré par la violence de son arme, je me rappelle comme si c'était hier le sang tout autour de lui et sur l'un des murs de la chambre. Je vois Hugo frémir lorsque je lui relate le long et pénible interrogatoire de la gendarmerie, les regards accusateurs des élèves au lycée. J'étais devenue la méchante, celle qui avait poussé un jeune homme de dix-neuf ans, à se mettre une balle dans la tête. Je lui avoue avoir ressenti un sentiment de honte, de désespoir et surtout, *surtout*, un sentiment de culpabilité. Sentiment de culpabilité qui m'avait profondément traumatisée...

Je lui raconte ensuite mon mariage, un mariage triste et sans véritable amour. Je lui parle d'Antoine comme d'un être fragile et introverti. Je lui révèle ma peur au ventre de le voir mourir, si je le quittais, *lui aussi*. Hugo pâlit un peu plus en comprenant brusquement *la seule et unique raison* de mon refus de divorcer. Il devient carrément livide en découvrant la double vie d'Antoine.

Je lui raconte mon divorce, la vente de ma maison, ma démission chez *Bricodeal's,* mon retour en Normandie près de ma famille. J'hésite un moment puis décide de lui avouer ma descente en enfer, mes problèmes avec l'alcool... et... et mon envie de mourir... Je lui parle du Centre où mes sœurs m'ont internée de force. J'y ai passé quatre mois à essayer de m'en sortir, à essayer d'y vivre... normalement. Je m'efforce d'aborder cette période en restant sereine. Ma petite Rose me vient immédiatement à l'esprit mais je refuse catégoriquement d'en parler. Franchement, je n'en ai pas le courage.

Je lui dis une grande partie de la vérité, dans les moindres détails. Je me dévoile pour la première fois sans aucune retenue, j'en suis d'ailleurs profondément troublée. Je n'ai jamais réussi à me libérer ainsi devant mon psychiatre. Devant Hugo, les mots sortent les uns après les autres, sans que je puisse les retenir. Je me libère... presque... entièrement...

Hugo m'écoute sans m'interrompre une seule fois, sans oser faire le moindre mouvement. Il semble tétanisé.

-   Je vais mieux, je me sens obligée d'ajouter en riant nerveusement lorsque je termine ma longue tirade.

Hugo ne réagit pas. Il se relève lentement du canapé et retourne dans la cuisine sans prononcer un mot, le visage décomposé. Il commence à débarrasser la table mais s'arrête brusquement. Il se laisse lourdement tomber sur une chaise.

- Toutes ces années, fait-il en se passant nerveusement une main sur le visage, toutes ces années en pensant que tu me détestais…
- Je ne t'ai jamais détesté ! je proteste vivement.
- Je sais ! s'écrie-t-il brutalement en me fixant. Mais je le sais aujourd'hui, *seulement* aujourd'hui !

Je ne réponds pas. De toute façon, que pourrais-je dire ? Il n'y a plus rien à dire.

- Pardon, je dis seulement.
- Tu m'as menti, dit-il après un très long silence. A Stockholm, tu n'en pensais pas un mot ?
- Non.
- Mon Dieu ! laisse-t-il tomber dans un murmure.

Je serre mes mains l'une contre l'autre, pour les empêcher de trembler. Je le sens profondément touché par mes aveux. Son visage est ravagé par la douleur, ses épaules sont voutées. Je le vois essayer de se reprendre mais il n'y arrive pas. J'ai aussitôt envie d'aller le prendre dans mes bras, de le serrer contre moi. Je ne veux pas qu'il ait mal, je ne supporte pas de le voir souffrir, ça me rend folle.

- T'as pensé à moi ? me demande-t-il soudain en me regardant de nouveau.

Je frémis de la tête aux pieds.

- T'as pensé à moi ? répète-t-il plus fort. Je t'aimais, Anna, poursuit-il en se mettant en colère. Je t'aimais comme un dingue mais tu m'as traité comme de la merde. Tu m'as envoyé me faire foutre avec mes sentiments sans même te préoccuper des conséquences.

- Je suis désolée, je dis lamentablement.

- Il m'a fallu des mois pour m'en remettre, continue-t-il sans entendre mes derniers mots. Non, ajoute-t-il en me foudroyant du regard, je crois que je ne m'en suis jamais remis. Depuis Stockholm, je n'ai jamais pu aimer une autre femme que toi. Oh, je te rassure, j'ai eu des aventures mais j'avais tellement la trouille de tomber sur une garce que j'ai préféré me comporter comme un véritable salaud. Je me suis dégoûté de réagir ainsi ! Je t'ai détesté de me faire réagir ainsi !

Je me ratatine un peu plus dans le canapé, bouleversée par ses paroles. Il est si plein de rage que je n'ose faire le moindre mouvement. Je réalise peu à peu le mal que je lui ai fait, l'ampleur des dégâts.

- Je t'ai détesté, répète-t-il sans pouvoir bouger de sa chaise. Je t'ai même haï pendant des mois et des mois...

Je le savais. D'ailleurs, ne lui avais-je pas crié toutes ces horreurs pour qu'il me déteste et m'oublie. Néanmoins, je ne pensais pas qu'il en souffrirait autant, je ne pensais pas que je le détruirais autant. Il m'était toujours apparu comme un homme fort et robuste, capable de se défendre face à cette femme monstrueuse que j'étais devenue. Pourtant, à Stockholm, il n'était déjà plus le même mais j'avais réussi à me convaincre qu'il s'en remettrait plus facilement, en me haïssant. Je réalise, avec horreur, qu'entre Hugo et Antoine, c'était Hugo le plus fragile. Je m'étais complètement plantée. Je l'avais sacrifié, lui, alors qu'il m'aimait éperdument et qu'il avait besoin de moi, pour protéger un mari menteur et égoïste, qui se moquait royalement de notre couple, et ce depuis des années.

Mon Dieu, comment avais-je pu être si aveugle ?!!!

Pitoyable, je le regarde en retenant mon souffle. J'ai tellement honte de ce que je lui ai fait, tellement honte de m'être acharnée sur lui avec autant de cruauté. Sa douleur me donne envie de hurler.

Nous nous dévisageons un long moment, dans le silence le plus total. Différentes expressions passent sur le visage de Hugo. J'ai l'impression qu'il hésite à me garder ici, dans son appartement, ou à m'en chasser en espérant ne plus jamais entendre parler de moi. Je ne peux m'empêcher de tressaillir en l'imaginant m'attraper par le bras pour me mettre dehors. Mais soudain, alors que je m'attends vraiment à être virée de chez lui, toute rage disparaît de son visage. Il semble complètement anéanti, perdu.

- Tu as voulu mourir à cause de moi ? me demande-t-il tout bas.

Je ne peux m'empêcher de me raidir instantanément.

- Hugo, je…
- Tu étais sincère ? me coupe-t-il toujours aussi bas.

Je ne réponds pas.

- Réponds, Anna, j'ai besoin de l'entendre, m'enjoigne-t-il plus fort en se levant lentement. A l'île Maurice, à Paris ou à Stockholm, lorsque tu étais dans mes bras, tu as feint avec moi ou tu étais sincère ? m'interroge-t-il en s'approchant de moi.

Je passe par toutes les couleurs avant de me décider à lui répondre. Après tout le mal que je lui ai fait, ne lui dois-je pas un minimum de vérité ? Hugo est en droit de connaître mes sentiments, du moins, en partie. De toute façon, ne suis-je pas là pour lui avouer la vérité et lui demander pardon ? A quoi bon continuer de jouer avec lui ? Si je veux, un jour, pouvoir reprendre une vie normale et cesser de souffrir, je dois arrêter de lui mentir, définitivement.

- J'étais heureuse avec toi, je lui dis en me levant. Je n'ai jamais été aussi heureuse qu'avec toi, Hugo.
- Tu avais des... sentiments ? ose-t-il me demander.
- Oui.
- Alors tu as été monstrueuse avec moi pour me pousser à te détester ? murmure-t-il lorsqu'il se retrouve juste en face de moi.
- Je croyais que tu m'oublierais, je lui avoue en levant les yeux vers lui. En me détestant, je croyais que tu m'oublierais...
- Je n'ai jamais pu t'oublier, dit-il tout bas. Même en te détestant, je n'ai jamais pu t'oublier...

On se dévisage encore, comme autrefois, comme nous en avions le secret, comme nous aimions le faire. J'avale difficilement ma salive. Je devine que Hugo va me prendre dans ses bras, peut-être même va-t-il oser m'embrasser... car son amour est toujours là, bien ancré. Je le découvre sur son visage, dans son regard, dans sa respiration saccadée. Hugo n'a jamais cessé de m'aimer. Je lui ai fait du mal, je l'ai détruit mais il n'a jamais cessé de m'aimer. J'ai aussitôt envie de me blottir contre lui et de sentir ses bras autour de moi. J'ai aussitôt envie de redécouvrir son amour, cet amour si pur, si profond, qui me permettait de vivre sereinement. Malheureusement, quand il lève la main pour me caresser la joue, je ne peux m'empêcher de me raidir, surtout quand je sens ses doigts frais sur ma peau. Cela fait si longtemps, quatre ans... Il s'est passé tant d'éléments douloureux depuis notre dernière rencontre que j'ai peur de me laisser aller. Je pense immédiatement à ma petite fille, à ma petite Rose...

Non, je ne peux pas, c'est impossible. Je ne peux pas faire comme si rien ne s'était passé, j'en suis incapable. Je me recule soudain, comme effrayée par ce léger contact. Hugo laisse retomber sa main. Je le vois se fermer instantanément, son visage prend une expression indéchiffrable. Je le sens néanmoins très fragile.

- Je... je suis désolée, Hugo, je fais tout bas, mais je... je...
- Je sais, tu es venue me demander pardon. Rien de plus, ... n'est-ce pas ?

Mon Dieu, comme j'aimerais pouvoir le contredire. Mais je ne peux, je n'y arrive pas. Rose est là, entre nous. Je ne peux pas l'ignorer.

- Je... je ne veux plus souffrir, Hugo, je dis maladroitement. Et... et je ne veux plus te faire souffrir...
- Cela fait six ans que je souffre, Anna, m'avoue-t-il subitement.
- Je ne le voulais pas, je dis bêtement.
- Cela fait six ans que je t'attends, continue-t-il en plongeant son beau regard bleu dans le mien. Je t'attends depuis notre toute première rencontre.
- Hugo, je...

« *Non, ne dis rien !* », ai-je envie de crier. « *Ne dis rien, Hugo, je t'en prie !* »

- Non, Anna, écoute-moi ! objecte-t-il en me prenant fermement les mains, semblant lire dans mes pensées. Malgré toutes ces horreurs que tu m'as crachées au visage, je n'ai jamais réussi à t'oublier, m'avoue-t-il subitement. Je t'ai détestée, je t'ai maudite mais je n'ai jamais réussi à t'oublier. Durant ces quatre dernières années, je n'ai pas été fichu de refaire ma vie, j'ai eu pourtant des opportunités, mais je ne le voulais pas, je ne le *pouvais* pas...
- Oh, Hugo, tais-toi ! je fais en voulant me dégager de son étreinte, affolée par ses paroles.

Je le savais pourtant. Je l'avais toujours su, depuis Stockholm. Ces impressions que je ressentais, ces étranges impressions que je ressentais à son égard, elles n'étaient pas le fruit de mon imagination. Hugo souffrait tout autant que moi. Hugo m'aimait tout autant que moi. Ses sentiments n'avaient pas changé. Jamais, à aucun moment.

- Pourquoi devrais-je me taire ? proteste-t-il vivement. Dis-moi pourquoi ?!

Je réussis à me dégager de ses mains. Je me dirige vivement vers l'entrée, attrape ma veste et mon sac et, essayant de recouvrer mon calme, je lui dis précipitamment :

- Je suis désolée, Hugo, je suis vraiment désolée mais je... je...

Alors que je suis incapable de terminer ma phrase, Hugo secoue la tête. Planté au milieu du salon, il me regarde enfiler maladroitement ma veste sans pouvoir réagir. Je suis consciente de lui faire du mal mais je ne peux pas me jeter dans ses bras. Je rêverais de le faire mais je ne peux pas. Rose est entre nous et sera toujours entre nous. Je refuse de me comporter comme si elle n'avait jamais existé, je n'en ai pas le droit.

- Je te demande encore pardon, je fais en posant une main sur la poignée de la porte d'entrée. Je te demande pardon pour tout le mal que je te fais, je...
- Quand repars-tu ? me coupe-t-il brutalement.

Je sursaute en ouvrant de grands yeux, assez surprise par cette question inattendue.

- Oh, euh... je... j'ai prévu de rester quelques jours, je bafouille en rougissant.
- Acceptes-tu de me laisser te faire découvrir Bourges ? m'interroge-t-il sans bouger.

Je deviens écarlate.

- Eh bien... je... Ton travail ? je fais soudain, inquiète.

Il émet un petit rire en faisant un pas vers moi. J'essaie de recouvrer mon calme.

- Laisse-moi jouer les guides, sourit-il doucement. T'imaginer, seule, dans cette ville, me rend dingue.

Hugo fait apparemment l'effort de retrouver un semblant de bonne humeur, je décide d'en faire autant. Je n'ai aucune envie de le quitter fâchée. Je n'ai aucune envie de le quitter de la même façon qu'il y a quatre ans, c'est trop me demander.

- Je serai capable de me débrouiller, je remarque néanmoins avec un petit rire.
- T'imaginer, seule, dans *ma ville,* me rend dingue, précise-t-il en s'approchant encore.

Nous nous retrouvons de nouveau l'un en face de l'autre. Immédiatement, toutes mes résolutions s'envolent en fumée, surtout lorsque je le vois insister pour me revoir. Je sais pourtant que je devrais fuir, fuit loin de lui. Si je reste, je devrais lui parler de Rose et je ne l'imagine pas une seule seconde. Mais suis-je vraiment prête à le quitter comme ça, sans autre explication ? Suis-je vraiment prête à le laisser sortir de ma vie alors qu'il m'a laissé entrevoir ses sentiments ? Non, je ne peux pas. J'ai envie de le revoir demain, même si cela m'engage à m'expliquer encore et encore sur cette horrible nuit, ou à lui révéler, peut-être, de nouveaux secrets. Prendre un peu de recul et se retrouver demain n'est pas une mauvaise idée, je réalise en le dévisageant. Cette nuit, je vais prendre le temps de réfléchir à tout ce que nous nous sommes dit ce soir. Oui, je vais prendre du recul, j'en ai besoin.

Je réussis à lui sourire. Je me rends compte que je me sens soulagée de le revoir demain. Cette idée m'est même très agréable, vraiment très agréable.

- D'accord, je fais sans pouvoir m'empêcher de rougir, pour la énième fois.
- Demain, huit heures ? demande-t-il aussitôt en ne réussissant pas à cacher son soulagement.
- Euh... plutôt dix heures, dans le jardin de l'archevêché ? je propose en émettant un petit rire nerveux.
- Très bien, approuve-t-il en m'adressant un sourire à me faire tomber par terre.

Je quitte l'appartement mais, avant de disparaître dans l'ascenseur, Hugo me retient doucement par le bras et me dit encore, mi-sérieux, mi-gentiment moqueur :

- Tu ne veux pas que je te raccompagne à l'hôtel ? Il fait bientôt nuit dehors et je me rappelle que tu étais assez trouillarde.
- Je pense que je devrais y arriver sans encombre, je souris en appuyant sur le bouton de l'ascenseur, amusée malgré moi qu'il se souvienne de ce détail.
- Sois prudente, me recommande-t-il doucement avant d'ajouter, le visage soudain plus grave : Merci d'être venue, Anna. Merci d'être venue après toutes ces années.

Très émue et incapable de prononcer un mot, je m'enfuis dans l'ascenseur. Lorsque les portes se referment sur moi, je m'appuie contre le fond de la cabine pour ne pas tomber car j'ai les jambes en coton. Avant que les portes ne se referment, j'ai eu le temps de voir son visage, il semblait au bord des larmes.

Dans la rue, je ne peux m'empêcher de lever les yeux vers son appartement, il est à la fenêtre, il me regarde. Je lui fais un petit signe de la main avant de disparaître de sa vue. J'ai le cœur qui bat la chamade.

§§§

Cette nuit-là, comme je m'y attendais, je ne réussis pas à fermer l'œil. Je ne cesse de me retourner sous les draps, trop agitée pour pouvoir dormir. Pourtant, je me doutais bien que revoir Hugo ne serait pas anodin. Je savais même que j'en serais bouleversée. Mais mon Dieu, toute cette souffrance, ça m'a vraiment fait mal. Jamais je ne me serais douté qu'il souffrirait encore aujourd'hui, et ce uniquement à cause de moi. Je savais que je lui avais fait du mal mais je ne pensais pas qu'il serait, comme il dit, autant « déglingué ». Je ne pensais pas qu'il mettrait autant de temps à s'en remettre. Non, il ne s'en est jamais remis, m'a-t-il avoué, lorsqu'il était en colère. D'ailleurs, en le revoyant se mettre en colère, je n'arrive pas à comprendre comment j'ai pu être aussi aveugle. Je me demande si je n'ai pas volontairement fermé les yeux après notre séjour à Paris. J'ai toujours refusé d'écouter, au fond de moi, ce sentiment étrange qui me disait que Hugo n'allait pas bien. Et Hugo n'était pas bien à Stockholm, pas bien du tout même, mais, là aussi, j'ai préféré fermer les yeux. J'étais tellement persuadée, à ce moment-là, qu'il n'y avait pas d'avenir possible entre nous que je n'ai eu aucun scrupule à le faire souffrir. Je n'ai pensé qu'à moi, qu'à mon petit confort personnel. Quelque part, je me suis montrée aussi égoïste qu'Antoine a pu l'être avec moi. Je me sens d'autant plus coupable envers Hugo.

Coupable, mais légèrement euphorique, je réalise soudain. Je ne cesse de repenser à notre longue conversation. Je me la remémore sous tous les angles, j'essaie d'analyser tout ce que j'ai entendu ce soir. A un certain moment, je ne peux m'empêcher de sentir un étrange frisson me longer la colonne vertébrale. Hugo n'a jamais réussi à m'effacer de sa vie, n'a jamais réussi à m'oublier. J'imagine la raison.

Avec un sentiment de honte et de culpabilité, j'accepte, cette fois-ci, de voir la vérité en face : Hugo m'aime toujours, d'un amour profond et sincère. Il faudrait être idiot pour ne pas s'en rendre compte. Je me demande soudain si le choix de venir à Bourges pour lui demander pardon n'était pas dicté par cette souffrance, *sa souffrance*. Hugo n'était pas bien, il n'était plus qu'amertume et désespoir, n'était-ce pas le bon moment pour réapparaître dans sa vie ?

Après toutes ces années, j'avoue que découvrir ses sentiments intacts me laisse sans voix. La force de ses sentiments me bouleverse profondément, je le sens. D'ailleurs, j'en tremble de la tête aux pieds, j'ai les mains moites, j'ai le cœur qui bat la chamade. Je pense à

Claire, elle avait raison depuis le début. Jamais Antoine ne m'a aimée avec autant de force, avec autant de vérité. Malgré mon odieux comportement, malgré les épreuves endurées, et malgré les années passées, Hugo n'a jamais pu renoncer à cet amour si particulier. « *Puis-je, moi, renoncer à un tel amour ?* », je me demande soudain en me redressant dans mon lit. Peut-être serait-il plus raisonnable, pour tous les deux, de rentrer en Normandie et de l'oublier mais notre discussion de ce soir a ravivé plein de beaux souvenirs. Je me rappelle ce que nous avons vécu à l'île Maurice, à Paris. Je suis tombée très vite dans ses bras, je suis tombée très vite amoureuse de cet homme mais seulement parce qu'il était l'amour de ma vie, l'amour que l'on rencontre une seule fois dans sa vie. Pourquoi devrais-je y renoncer, n'ai-je pas assez souffert, n'avons-nous pas assez souffert ? Aujourd'hui, plus rien ne nous empêche de nous aimer librement. Je suis une femme divorcée, il est célibataire et seul. Ne pouvons-nous donc pas avoir une nouvelle chance, faire une croix sur une partie du passé et vivre enfin cet amour si particulier ?

Je me sens rougir subitement. Mon Dieu, je devrais avoir honte !!! Comment pourrais-je le reconquérir après toutes ces années ? Certes, Hugo est toujours un homme amoureux, mais il est également un homme en colère qui souffre depuis longtemps. Il n'est plus le même, il s'est endurci, il est devenu amer. Pourquoi accepterait-il mon retour dans sa vie, pourquoi aurait-il envie de me voir réapparaître dans sa vie ? Je l'ai manipulé pendant des années, je l'ai humilié, bafoué. Je n'ai pensé qu'à moi, *qu'à moi* ! Comment pourrait-il me le pardonner, comment pourrait-il l'oublier ? Si j'étais à sa place, je ne pourrais pas me faire confiance et je ne souhaiterais qu'une seule chose : me venger.

Pourtant, oui, pourtant, j'ai envie de le retrouver. J'ai envie de pouvoir l'aimer librement, sans mensonge, sans crainte, sans limite. J'ai envie de l'aimer de tout mon cœur, de toute mon âme. J'ai envie de faire ma vie avec lui. J'en ai tellement envie que je serais prête à tout pour vivre ne serait-ce qu'un instant avec lui, rien qu'avec lui...

... Mais... il y a eu Rose. Je ne peux pas lui cacher cette partie de ma vie, de notre vie, il est en droit de connaître la vérité. Je suis cependant terrorisée à l'idée de lui en parler. J'ai peur de sa réaction, j'ai peur que cette révélation ne détruise à jamais notre amour, surtout après lui avoir déjà fait subir tant de souffrance. Je lui ai caché pendant huit mois ma grossesse, je lui ai caché mon accouchement, je lui ai caché notre petite fille accrochée à la vie pendant sept jours, sept malheureux petits jours. Je lui ai caché la mort de ce bébé, cet enfant qu'il désirait tant...

Mon Dieu, je suis complètement angoissée à l'idée de lui révéler la vérité mais je suis complètement angoissée à l'idée de le perdre. Non, je ne veux plus le perdre, plus maintenant. Il m'aime, malgré les épreuves traversées, il m'aime ! Comment pourrais-je le quitter en sachant cette vérité, c'est impossible. Et moi, je l'aime, je l'aime tellement... Mon Dieu, s'il savait combien je l'aime... Je lui ai fait du mal, j'ai vécu des moments difficiles, j'ai touché le fond mais je n'ai jamais cessé de l'aimer, jamais, au grand jamais. Je ne peux pas tout sacrifier maintenant. J'ai envie d'être heureuse, *enfin heureuse*, avec lui, uniquement avec lui. Est-ce un crime ?

Alors que le soleil pointe le bout de son nez derrière les doubles rideaux, je m'endors enfin comme un bébé, apaisée. Après mûres réflexions, j'ai pris une décision et je sais que je ne changerai pas d'avis. Ce matin, lorsque

nous nous retrouverons, je lui révélerai *toute* la vérité...
au risque de le perdre...

§§§

Quand j'ouvre les yeux, je mets un certain temps à
réaliser où je suis. D'abord surprise de me retrouver
dans cette chambre inconnue, je reprends vivement mes
esprits en découvrant l'heure sur ma montre.

Mon Dieu, onze heures dix !!!

Je me redresse d'un bond, en proie à une immense
panique. Onze heure dix. Ce n'est pas possible, nous
avions rendez-vous à dix heures, nous devions nous
retrouver à dix heures !!!

Ne sachant comment réagir, je cours sous la douche
avant de m'habiller rapidement d'une petite robe dans
les tons orangés. Je me coiffe très vite, me maquille très
vite, enfile ma veste en jean, me chausse de ballerines
bleu marine puis quitte rapidement ma chambre. Je
m'arrête à l'accueil pour demander s'il y a un message
pour moi, la jolie hôtesse se fait un plaisir de me
répondre par la négative, assez ironique, je trouve.
Frustrée, je quitte l'hôtel et m'apprête à me rendre dans
le jardin de l'archevêché d'un pas pressé quand je me
fige instantanément.

Ma voiture !!! Ma voiture a disparu, elle n'est plus sur le
parking de l'hôtel !

Catastrophée, je retourne à l'accueil et informe l'hôtesse
au sourire sadique que ma voiture a disparu, elle perd
aussitôt son air de pimbêche et appelle la sécurité, sans
prendre la peine de lever les fesses de sa chaise. Nous
passons un temps fou à déclarer le vol.

Mon Dieu, Hugo a dû penser que j'étais partie, que j'avais pris la fuite. Je n'ose imaginer son état, il doit être furieux ou... anéanti. Ça me rend malade, ça me donne envie de hurler, de pleurer. Lorsque l'hôtesse m'informe qu'il faut que je me rende au commissariat de police pour porter plainte, je me retiens de ne pas l'étrangler. Je réussis cependant à garder mon calme pour noter les détails afin de me rendre, à pied, au commissariat. Lorsque je quitte l'hôtel, je tremble de rage.

Avant de prendre la direction indiquée, je cours dans le jardin de l'archevêché, il est plus de treize heures. Comme je m'y attendais, il n'est pas là, mais qu'est-ce que je croyais, qu'il allait m'attendre pendant des heures après ce que je lui avais déjà fait subir ?!

Furieuse contre moi, contre l'hôtel, contre cet être ignoble qui m'a volé ma voiture, je prends la direction du commissariat de police. Je mets un temps fou à m'y rendre, je mets un temps fou à effectuer une simple déclaration, je mets un temps fou à revenir dans le centre-ville. J'ai mal à la tête, j'ai chaud. Je n'ai pas pris de petit-déjeuner, je n'ai pas déjeuné, j'ai la tête qui tourne et je crains de m'évanouir.

En essayant de recouvrer mon calme, je me mets à la recherche d'une boulangerie pour m'acheter un sandwich, que je dévore comme un ogre affamé. Rassasiée mais complètement découragée, je reprends mon chemin vers l'hôtel en me demandant si je ne dois pas appeler une de mes sœurs, pour venir me chercher. Mais soudain, je décide d'aller chez Hugo. Je me traite aussitôt de tous les noms. Pourquoi n'y ai-je pas pensé plus tôt ? Avant d'aller au commissariat de police, j'aurais dû me rendre directement chez lui afin de lui expliquer la situation, je suis certaine qu'il aurait compris mon absence dans le parc. Me maudissant d'avoir été si bête, j'arrive presque en courant chez lui, tout excitée à l'idée de le revoir. Je suis contente car le gardien me reconnaît et me laisse gentiment entrer dans le hall de la résidence. Je suis néanmoins très vite déçue car Hugo n'est pas là.

Je ne sais plus quoi faire. Je n'ai pas de voiture, je ne sais pas où le joindre, le numéro de son magasin est dans ma voiture et je n'ai pas son portable. Complètement déprimée, je me laisse glisser sur le sol devant la porte de son appartement. J'ai soudain envie de pleurer, je touche immédiatement mon visage mais, comme je m'y attendais, pas une larme ne coule sur mes joues. Il est évident que cela n'est pas normal, mes parents me l'ont dit, mes sœurs me l'ont dit, Claire et Sophie me l'ont dit, mon psychiatre me l'a dit. Aucun ne comprend ce blocage. Moi, je sais pourquoi je n'arrive pas à pleurer, du moins, je commence à le comprendre. Malgré ma longue et douloureuse thérapie, j'ai toujours cette impression désagréable d'être morte, je suis vivante mais mon corps est mort. Je pensais que demander pardon à Hugo suffirait à me retirer ce mal invisible mais je me suis trompé. Je me sens mieux mais je ne me sens pas libérée. Il est clair que j'ai encore du travail à faire. D'ailleurs, je me demande si je réussirai un jour à me sentir de nouveau vivante, je…

- Je peux savoir ce que tu fiches ici ? me demande soudain une voix masculine.

Je sursaute violemment en écarquillant les yeux. J'étais si plongée dans mes sombres pensées que je n'ai pas entendu l'ascenseur s'ouvrir. Hugo se tient debout devant moi, aussi abasourdi que moi. Un sourire amusé flotte néanmoins sur son visage pâle.

- Hugo ! je fais en me levant d'un bond, soulagée, ravie, heureuse, rougissante jusqu'aux oreilles.

J'ai envie de lui sauter dans les bras, j'ai envie de l'embrasser, j'ai envie de me serrer contre lui. Je serre mon sac contre moi pour retenir mes pulsions. Je ne peux m'empêcher de sourire bêtement.

- Oh, Hugo, je suis si contente de te voir ! je m'écrie sans réfléchir, tellement soulagée de le retrouver enfin.
- Je pensais que nous avions rendez-vous à dix heures, remarque-t-il en me faisant entrer dans son appartement.

Je ne peux m'empêcher de le détailler discrètement de la tête aux pieds. Il est terriblement séduisant dans son costume gris et sa chemise bleu ciel. Probablement rentre-t-il du magasin, même s'il est encore très tôt.

- Je me suis réveillé à onze heures dix, j'avoue piteusement en le suivant machinalement dans la cuisine.

En plein jour, l'appartement est encore plus lumineux que je ne l'imaginais. Je ne peux m'empêcher d'apprécier le soleil entrant par la baie vitrée et sourire de ravissement en regardant tout autour de moi.

Hugo éclate de rire, un rire frais et agréable.

- C'est vrai, tu es une grande dormeuse ! se rappelle-t-il en retirant sa veste avant d'aller préparer du café.
- On m'a volé ma voiture, je lui dis en prenant place sur une chaise, épuisée moralement par cette journée éprouvante.
- Quoi ? fait Hugo en retrouvant son sérieux.

Je lui raconte en détail les démarches effectuées pour le vol de ma voiture, il semble soudain furieux contre l'hôtel, estimant qu'il aurait pu faire le nécessaire. Je lui révèle ensuite être venue en courant dans le jardin, pour constater qu'il n'était pas là. *Plus là*, précise-t-il doucement. Je rougis violemment mais je réussis à terminer mon récit en m'excusant de l'avoir fait attendre… sans savoir ce qu'il en était de la situation.

- J'ai cru que tu étais partie, m'avoue-t-il en venant s'asseoir en face de moi, surtout quand j'ai vu que ta voiture n'était plus là.
- Tu as dû me haïr, je remarque tout bas.
- Je n'en étais plus à un coup bas de ta part, me répond-il en toute franchise tout en prenant un air détaché.

Dieu que cet homme blessé est fier. Je me rends compte aussitôt qu'il est loin d'éprouver ce détachement qu'il veut bien afficher. Ses traits sont tirés, son teint est pâle, signe d'une grande lassitude. J'imagine aisément sa déception, son chagrin, sa colère, prêt à me maudire jusqu'à la fin des temps en comprenant que je ne viendrais pas.

- Je suis désolée, je fais sincèrement.
- Il faut voir les bons côtés des choses, sourit-il vivement avec un regard pétillant. Te voilà coincée dans cette ville, pour un temps indéterminé !

C'est étrange mais cette seule idée ne réussit pas à m'angoisser, bien au contraire.

- Je suis désolée de débarquer ainsi chez toi ? je réplique sans pouvoir m'empêcher de sourire, taquine.

Hugo me fixe un instant avant de répondre. Il a du mal à cacher son soulagement.

- Je suis heureux de t'avoir à la maison, Anna.

Mes joues deviennent écarlates.

- Comment se fait-il que tu ne sois pas à ton travail, il est encore tôt ? je lui demande précipitamment pour cacher mon embarras.
- Je ne suis pas allé au bureau aujourd'hui, je n'ai pas pu, me répond-il franchement avant d'ajouter avec un petit rire nerveux : j'avais prévu d'aller bosser très tôt ce matin mais, arrivé devant le magasin, je n'ai pas été fichu de descendre de voiture. Tu imagines un peu ?!
- Oui, je fais simplement en imaginant très facilement son état après ma réapparition soudaine dans sa vie.
- Ensuite, lorsque j'ai compris que tu ne viendrais pas dans ce maudit parc, j'ai roulé pendant des heures sans vraiment savoir où j'allais. Je me suis décidé à rentrer à la maison quand j'ai réalisé que je m'étais encore planté... Mais je t'ai trouvée, sur *mon paillasson*, ajoute-t-il en riant pour cacher son désarroi, pauvre petite femme abandonnée dans cette ville inconnue !!!

Sans pouvoir prononcer un mot tant je suis troublée par ses paroles et son évidente détresse, je me lève d'un bond et me permets d'aller servir le café. Je fouille un moment dans les placards avant de trouver deux tasses. Hugo m'observe, un petit sourire amusé au coin des lèvres. Son visage pâle retrouve quelques couleurs.

- J'aime te voir dans cette cuisine, m'avoue-t-il soudain.

Je deviens écarlate une nouvelle fois. Il rit doucement.

- Je me souviens de notre rencontre à l'aéroport, dit-il encore sans cesser de me fixer. Tu ne cessais de rougir, comme en cet instant. Je crois que je suis tombé amoureux de toi à ce moment-là.

- Tu étais très impressionnant, je remarque en lui servant une tasse de café fumant avant de me rasseoir.

Nous buvons quelques gorgées en nous observant attentivement, en silence. Nous nous regardons comme nous aimions le faire par le passé mais l'instant présent est chargé d'une certaine émotion, finissant par nous troubler tous les deux. Je décide alors d'aborder notre « situation » tant que j'en ai le courage. Je me racle aussitôt la gorge avant de commencer lentement :

- Hugo, je… j'ai réfléchi cette nuit…
- Toi non plus, tu n'as pas dormi.
- Je n'ai pas fermé l'œil de la nuit, je reconnais avant d'enchaîner : je me suis montré d'un égoïsme affolant avec toi. Je… je n'avais pas réalisé à quel point je t'avais fait du mal…
- Tu avais sous-estimé mes sentiments, grimace-t-il sans aucune trace de colère ou de rancœur.
- Je n'ai pensé qu'à moi, qu'à me protéger. J'ai préféré me montrer lâche et épouvantable.
- Tu as été très forte, dit-il tout bas.
- Oui, je l'avoue, Hugo.
- Tu m'as fait du mal.
- Oui, je le sais, je fais dans un souffle.

Hugo repose lentement sa tasse vide. Il tremble. Pour la première fois depuis nos retrouvailles, il ose se dévoiler, totalement, sans aucune retenue, sans aucune gêne. Il me laisse découvrir l'homme qu'il est devenu, un homme fragile qui souffre depuis des années, un homme qui se sent démuni face à cette souffrance. En réapparaissant brutalement dans sa vie, j'ai ravivé sans le vouloir toute cette souffrance. Et aujourd'hui, il a peur, peur de ses sentiments, peur de s'enfoncer un peu plus. D'ailleurs, son visage est grave lorsqu'il reprend après un court silence :

- Anna, je...

Je le vois s'agiter sur sa chaise, nerveusement. Mon Dieu, il a si peur de mes réactions que cela en devient presque angoissant. Je crains de suffoquer tant cette évidence me fait mal.

- Anna, continue-t-il néanmoins en s'efforçant de garder son calme, Anna, je... J'ai réfléchi, moi aussi, cette nuit. Te revoir après toutes ces années m'a fait comprendre certaines choses. Il est clair que je ne réussirai jamais à t'oublier, quoi que tu aies fait ou quoi que tu fasses. Je... je n'imaginais pas que tu avais encore autant d'importance dans ma vie, ... ou du moins, je refusais de l'admettre...

Hugo inspire longuement avant de poursuivre, extrêmement hésitant. J'ai peur soudain qu'il m'annonce ne plus vouloir me revoir, ou qu'il me demande même de quitter immédiatement son appartement. Cette peur soudaine que je ressens me fait comprendre à quel point j'ai besoin de lui pour affronter la vie. Je l'aime, il est mon oxygène, mon envie de vivre. Je ne veux pas le perdre une nouvelle fois, ce n'est pas possible.

- ... Mais tu m'as fait du mal, reprend-il lentement en me fixant, tu m'as fait énormément de mal...
- Oh, Hugo ! je gémis tout bas, malheureuse par ses paroles.
- ... Anna, j'ai peur, m'avoue-t-il brutalement. Je ne veux pas te perdre mais je suis terrifié à l'idée de... de m'accrocher à une... *illusion*. Je... je ne m'en remettrais pas...

Je le fixe un moment sans répondre. « *Comment ai-je pu lui faire autant de mal ?* », je me demande en frémissant de la tête aux pieds. Je l'aimais à Stockholm. Comment ai-je pu me montrer si monstrueuse et le détruire à ce point ? J'ai aussitôt envie de le prendre dans mes bras et de le rassurer. Je choisis de lui répondre en toute franchise.

- Hugo, moi non plus, je ne veux pas te perdre. J'ai *vraiment envie* de nous donner une seconde chance...

Il sursaute, apparemment surpris par mes aveux, mais je le sens toujours sur la défensive. Il a très vite compris qu'il y avait un *mais*...

- ... Mais, hier soir, je ne t'ai pas dit *toute* la vérité, j'ajoute précipitamment en me levant de ma chaise.

Hugo fronce les sourcils en me voyant devenir un peu plus pâle que je ne le suis déjà. Retenant son souffle, il attend que je poursuivre, le visage tendu à l'extrême. Il est clair qu'il s'attend à recevoir un énième coup de ma part, mais je ne veux plus de mensonge entre nous, plus jamais. Je décide alors de lui parler de son enfant, cet enfant qu'il désirait tant, au risque de le perdre, définitivement...

Chapitre 25

Le cœur battant la chamade, je vais me planter devant
la baie vitrée, comme la veille au soir, à croire que cet
endroit est devenu un lieu de confession. Je regarde un
moment les arbres centenaires dont les feuilles bougent
doucement au gré du vent. Je fixe également
l'imposante cathédrale, que j'aperçois au loin. Des
Berruyers, ou des touristes de passage, se baladent
tranquillement dans les allées du parc, souvent en
compagnie de jeunes enfants assis dans des poussettes
colorées. Tout semble si calme, si paisible.

J'inspire profondément. J'ai peur mais je dois la vérité à
Hugo. Si j'ai une toute petite chance de faire ma vie
avec lui, je dois lui dire la vérité.

-   Elle s'appelait Rose, je commence soudain en le
    regardant de nouveau.

Hugo hausse un sourcil sans comprendre.

-   J'ai eu une petite fille, je poursuis d'une voix
    altérée. Elle... elle est morte sept jours après sa
    naissance...

Hugo se décompose littéralement mais me laisse
continuer en retenant son souffle. Je devine pourtant
qu'il a déjà compris qui était le père de cette petite fille.

-   C'était... c'était ta fille, Hugo... Notre... notre
    *bébé*...

Je trébuche sur le dernier mot et... et soudain, sans
savoir d'où me vient cette force intérieure, je me mets à
pleurer. Sentir les larmes sur mon visage me tétanise
brutalement tant je ne m'y attendais pas. Je ne peux

cependant me retenir et mes larmes deviennent très vite des sanglots, incontrôlables, douloureux, déchirants. Hébétée, ne sachant que faire, je me laisse glisser sur le sol, submergée par le chagrin.

Hugo semble figé un long moment, me regardant comme si j'étais devenue folle… puis soudain, dans un gémissement de douleur, il se précipite sur moi et me prend dans ses bras en se laissant tomber à mes côtés. Il me serre si fort que je pleure de plus belle. Mes larmes ne cessent de couler. J'évacue littéralement toutes les épreuves accumulées durant ces quatre dernières années. Je me vide de ce mal invisible qui me rongeait de l'intérieur.

J'essaie de lui parler, de lui expliquer la situation mais je n'y arrive pas. Désemparée, je m'accroche à lui, je me serre contre lui comme si ma vie en dépendait. Hugo m'entoure fermement de ses bras et me berce doucement. Il me souffle des mots que lui seul semble comprendre. Il a l'air aussi bouleversé que moi. D'ailleurs, même si son visage retrouve quelques couleurs, il n'en reste pas moins aussi grave.

Nous restons longtemps ainsi, étroitement enlacés, silencieux, partageant enfin ce drame. Lorsque mes sanglots commencent à se calmer, je m'écarte doucement de lui et le regarde tendrement.

- Quand j'ai su que j'étais enceinte de… de toi, je réussis à lui dire, j'étais si heureuse, si fière. Je… je n'avais pas tout perdu finalement. Je savais que ce bébé m'aiderait à vivre sans toi…
- Oh, Anna ! souffle-t-il en essuyant machinalement mes larmes.
- J'ai vécu une grossesse merveilleuse, je reprends en prenant sa main dans les miennes.

Elle... elle ne cessait de me donner des coups de pied...

Il sourit doucement en resserrant son étreinte autour de mes doigts. Son visage arbore une expression qui me donne envie de pleurer encore plus.

- J'ai eu... j'ai eu la grippe, je sanglote de plus belle. J'avais de la fièvre, elle... était petite, si petite...
- Anna...
- Elle... elle avait une malformation au niveau du cœur, je lui explique en hoquetant. Elle... elle s'est battue pour vivre mais... mais elle était trop petite, elle n'a pas... elle n'a pas...
- Anna, souffle Hugo en prenant mon visage entre ses mains, tu n'es pas responsable. Ce n'est pas ta faute.
- Je n'ai pas su la protéger, je gémis entre mes sanglots.
- Tu n'es pas responsable, répète-t-il plus fermement.

Je me blottis de nouveau dans ses bras. Hugo me maintient contre lui sans bouger, caressant tendrement mes cheveux comme il aimait tant le faire. Il me souffle des mots réconfortants. Sa voix est douce, chaude, elle me fait du bien, elle me rassure. Je me rends compte que j'attendais ce moment depuis de longues années. Hugo était la seule personne qui pouvait m'aider à évacuer ce mal profond, la seule personne à qui je faisais suffisamment confiance au point de partager tout ce que je ressentais réellement. Et surtout, surtout, il était le père de ma petite Rose.

- Elle... elle était belle, je souffle en me mouchant dans le mouchoir en tissu qu'il me tend. Elle avait ta beauté, j'ajoute en caressant lentement son visage.

Je me dégage soudain de ses bras, doucement, et me lève d'un bond pour courir prendre mon sac resté dans l'entrée. Je reviens vers lui très vite, Hugo n'a pas bougé. Je me laisse glisser de nouveau sur le sol et lui tends d'une main tremblante une photo, une photo de Rose, dans mes bras. Hugo prend lentement la photo et semble se figer en regardant longuement ce petit ange définitivement endormi. Je n'ose plus bouger, je retiens mon souffle, je tremble imperceptiblement.

Je réalise que je suis morte de trouille. Hugo semble si loin, si... distant tout à coup que je crains de le voir changer, brutalement, sans prévenir. Je lui ai caché la naissance de son bébé, je lui ai caché l'existence de ce petit ange, ne va-t-il pas me le reprocher, en le découvrant sur cette photo ? Ne va-t-il pas m'en vouloir, en mettant un visage sur cette petite fille ? Cette petite fille qu'il n'a pas pu tenir dans ses bras, cette petite fille à qui il n'a pas pu dire au revoir, cette petite fille qu'il était en droit de reconnaître.

Mon Dieu, comment ai-je pu lui cacher un tel secret ??? Comment ai-je pu l'exclure de cette grossesse ??? Il était en droit de connaître ce bébé, il était en droit d'assister à mon accouchement, il était en droit d'être père.

Je ne peux m'empêcher de chanceler. Comment pourrait-il me pardonner un tel égoïsme ?!!!

-   Elle semble si paisible, dit-il soudain en levant les yeux vers moi. Oh, Anna ! ajoute-t-il précipitamment en découvrant mon visage décomposé. Anna, non !

Alors que je manque de suffoquer, il me reprend immédiatement dans ses bras et s'empresse de me rassurer, d'une voix empreinte de douceur. Je me sens aussitôt envahie par une très forte émotion. Les larmes coulent de nouveau sur mes joues, sans que je puisse les retenir. *« Mon Dieu, comment ai-je pu sacrifier un tel homme pour Antoine ?!!! »*, je me demande en le dévisageant intensément. Je crois que, jusqu'à la fin de ma vie, je me poserai cette question. Son amour est si fort, si profond, et si sincère qu'il est prêt à tout me pardonner, *même le pire.*

- Je ne t'en veux pas, Anna, dit-il en me fixant droit dans les yeux. Je te jure que je ne t'en veux pas. Je ne peux pas t'en vouloir...
- Tu en aurais le droit, je le coupe entre mes larmes.
- Mais je ne t'en veux pas, insiste-t-il fermement. Tu as traversé toute seule cette terrible épreuve, tu as tellement souffert. Comment pourrais-je t'en vouloir en sachant cette vérité ? Je ne peux pas.
- Je te demande pardon, je lui souffle tout bas.

Hugo ne répond pas. Bouleversé, il me reprend dans ses bras et me serre si fort que je ne peux plus m'arrêter de pleurer. Je suis tellement heureuse de sentir ses bras autour de moi, tellement heureuse de sentir son souffle chaud sur ma joue. Ce n'est pas un rêve. Je suis dans ses bras. Je suis vraiment dans ses bras.

- Tu as raison, sourit-il au bout d'un moment en regardant de nouveau la photo. Elle était belle, Anna, elle était vraiment très belle... mais belle comme sa maman, rectifie-t-il avec un petit rire.
- Elle avait tes cheveux, je dis en le regardant tendrement.
- Elle avait ton nez, murmure-t-il en détaillant encore et encore la photo. Et elle s'appelait

*Rose*, ajoute-t-il avec une note d'émotion dans la voix, très touché par ce prénom choisi, le prénom de sa maman.

Nous restons longtemps à admirer chaque trait de notre petit ange, partageant nos impressions sur son beau visage. La regarder *ensemble* me fait un bien fou, je me calme. Mes sanglots s'espacent peu à peu, mes craintes disparaissent, ma culpabilité s'évapore. Pour la première fois depuis nos retrouvailles, je me sens plus légère, plus sereine. Hugo, lui, semble plus détendu, plus tranquille. Je réussis à sourire doucement en caressant la photo. Je ne ressens plus ce vide dévastateur.

Au bout d'un certain temps, lorsque je parviens enfin à prononcer un mot, sans pleurer, je lui explique les raisons de mon affolement en sentant les larmes sur mon visage. Hugo semble abasourdi en apprenant les raisons de mon état, ne pas avoir pleuré pendant plus de quatre ans le fait littéralement pâlir. Il me serre plus fort contre lui en me soufflant des mots extrêmement doux. Je lui avoue alors, qu'inconsciemment, j'attendais ce jour depuis des années. Il était la seule personne à qui je pouvais me confier pour pouvoir me libérer de ce mal invisible, ce mal qui me rongeait depuis Stockholm. Et, pour la première fois depuis de longs mois, je me sens... *vivante*.

Je me retourne doucement pour lui faire face. Nous nous dévisageons longuement, en silence. Soudain, je me sens si en paix avec moi-même que j'ai envie de sourire, de sourire à la vie. Je me sens si libérée tout à coup qu'un avenir prometteur me paraît désormais possible. Avec lui, uniquement avec lui.

-   Je t'aime, je lui dis le plus naturellement possible. Je t'aime tellement, Hugo, *tellement.*

Hugo, qui s'apprêtait à me caresser la joue dans un geste tout à fait naturel, se fige instantanément en entendant ces mots. Il ouvre la bouche mais la referme sans pouvoir prononcer un mot. Je retiens soudain ma respiration lorsque je vois apparaître sur son visage une larme qui, lentement, coule sur sa joue sans qu'il puisse la retenir. Je ne peux m'empêcher de me remettre à pleurer doucement.

- Anna, murmure-t-il en me serrant à m'étouffer. Anna... Anna... Anna...
- Je t'aime, je lui répète encore en enfouissant mon visage dans le creux de son cou pour humer son odeur avec délectation. Je t'aime tellement, Hugo...

Nous finissons par rire doucement en nous dévisageant intensément, à pleurer encore, à sourire, à rire encore.

- J'attendais ces mots depuis si longtemps, me souffle-t-il en me caressant tendrement les cheveux, depuis si longtemps...

Hugo est si bouleversé que cela me donne des ailes. J'ose alors, pour la première fois depuis nos retrouvailles, me pencher vers lui et l'embrasser. Je lui prends les lèvres dans un baiser plein de fougue. Un baiser empli de joie, d'optimisme. Quand Hugo frissonne entre mes bras, je ris doucement contre son visage. Je me sens si heureuse.

- Je t'aime, je répète encore. Je t'aime, je t'aime, je t'aime ! je chantonne en l'embrassant sur les joues, le front, le nez, la bouche.

Je suis tellement soulagée de pouvoir lui avouer mes sentiments que plus rien ne me retient. Je veux qu'il sache que je l'aime, de tout mon cœur, de toute mon âme. Je veux qu'il sache que je l'aime d'un amour profond, sincère et éternel. Je veux qu'il le sache. Je veux absolument qu'il en soit convaincu.

Hugo rit gaiement avant d'oser, à son tour, m'embrasser sur la bouche. Mais son baiser est timide, je remarque aussitôt. Il semble avoir peur, peur de me voir le repousser. Je m'accroche immédiatement à ses épaules et l'attire vers moi pour l'embrasser plus longuement.

- Je t'aime, Hugo Delaroche, je lui souffle en le regardant de nouveau, le cœur battant la chamade tant j'aime lui répéter ces mots. Je t'ai toujours aimé, toujours !

Hugo reste un instant sans réagir puis soudain, dans un gémissement sourd, il prend mon visage entre ses mains et me couvre de baisers, lentement, tendrement, amoureusement... Un instant plus tard, ses mains commencent à s'aventurer sur mon corps. Il caresse mes bras, mon cou, mon décolleté, mais toujours avec une certaine timidité, je remarque très vite. Je m'empresse aussitôt de lui montrer à quel point je suis sûre de moi, à quel point je suis toute à lui. Je l'embrasse encore et finis par prendre ses mains pour les poser sur moi, plus ouvertement, plus intimement...

Après un instant, il me repousse doucement de ses bras et se lève d'un bond avant de m'aider à me mettre debout. Sans me lâcher la main, il va déposer la photo de notre fille sur l'une des nombreuses étagères, dans son bureau. Il l'observe encore un moment puis se tourne de nouveau vers moi. Il tremble lorsqu'il me caresse la joue.

- J'ai peur que ce ne soit qu'un rêve, m'avoue-t-il en me reprenant doucement contre lui.
- Ce n'est pas un rêve, Hugo, je fais en le regardant droit dans les yeux. Je t'assure que ce n'est pas un rêve. Je... je suis là...

Il me sourit en posant son front contre le mien.

- Je t'aime, souffle-t-il soudain. Je n'ai jamais cessé de t'aimer, Anna. Même en te détestant, je n'ai jamais cessé de t'aimer…

Je lui rends son sourire, j'ai envie de pleurer mais je lui rends son sourire. Je me mets sur la pointe des pieds et l'embrasse encore, encore, encore… Je ne cesse de lui souffler des mots doux. Hugo prend subitement les commandes et commence à me caresser plus intimement. Je frissonne longuement, sentant un désir dévastateur me submerger tout entière. Ses mains sur ma peau sont brûlantes. Je sens son érection contre mon ventre. Lentement, je lève les bras et m'attaque fermement à ses boutons de chemise. Tout autant que lui, j'ai envie de faire l'amour, j'ai envie de lui appartenir, maintenant. Je veux sceller notre amour, je veux qu'il sache que je l'aime, entièrement, totalement, définitivement…

J'enlève sa chemise sans le quitter des yeux, le cœur battant la chamade. Je caresse son torse imberbe, ses épaules larges. Je pose ma main sur son cœur, je respire son odeur avec délice. Hugo retire ma robe, tout doucement, et observe longuement ma silhouette. Il ne peut s'empêcher de poser sa main sur mon ventre, qu'il caresse du bout des doigts. Je ferme les yeux afin de savourer entièrement ses mains sur mon corps. *Ce n'est pas un rêve.*

- Dis-moi encore que ce n'est pas un rêve, Anna, murmure-t-il en me couvrant de baisers brûlants.
- Ce n'est pas un rêve, Hugo, je le rassure en répondant à ses baisers. Je suis là et je t'aime. *Je t'aime*, je lui souffle à l'oreille.

Je frissonne encore entre ses bras. Il m'emporte alors dans sa chambre, sans me quitter des yeux, le visage grave. Sans prononcer un mot, il finit de me déshabiller avant de se dévêtir totalement. Debout en face de moi, il me dévisage attentivement avant de m'allonger sur le lit, délicatement. J'ai l'impression d'être un véritable trésor, *son* véritable trésor.

Nous faisons longuement l'amour, prenant le temps de nous découvrir, ou de nous redécouvrir... et nous nous aimons, sincèrement, profondément, sans contrainte, sans limite, sans peur...

Hugo ne cesse de me chuchoter des mots tendres, si tendres que je manque à un moment de me mettre à pleurer. Il se montre particulièrement doux, extrêmement doux, comme s'il craignait de me « casser ». Lorsqu'il me pénètre enfin, ses yeux plongés dans les miens, il me souffle de ne plus avoir peur. Je ne suis plus seule, je ne serai plus jamais seule. Je ne peux plus retenir mes larmes, profondément touchée par ses paroles.

Je me laisse aller, totalement, entièrement... Je rends les armes, *enfin*...

§§§

Nous restons longtemps sans bouger, nous serrant étroitement l'un contre l'autre. Nos mains se tiennent comme si nous craignions d'être arrachés l'un à l'autre. Nous regardons le soleil disparaître derrière les rideaux, la nuit commence à tomber. Tout est calme, paisible, reposant. Mais je suis morte de faim. Hugo rit doucement en entendant mon ventre gargouiller.

- Tu n'as pas eu assez à manger ! me taquine-t-il en me caressant les seins.

Je frissonne sous ses doigts brûlants. Ils remontent lentement vers ma gorge.

- Tu ne portes plus ton *porte-bonheur*, remarque-t-il dans un souffle.
- Je ne l'ai jamais remis après ton... ton...
- Chut ! fait-il en posant ses lèvres sur les miennes, regrettant déjà d'avoir prononcé ces mots.
- J'ai une boîte, une espèce de boîte à trésors, je lui avoue en le regardant dans les yeux. Elle est cachée précieusement dans ma chambre. Dans cette petite boîte, j'ajoute en cachant difficilement mon émotion, il y a toutes les roses que tu m'as offertes, et ta jolie robe de soirée. Il y a aussi toutes tes cartes, dont certaines sont très belles, et... et mon *porte-bonheur*...
- Tu as tout gardé, sourit-il, touché par ces révélations.
- Cette petite boîte m'a étrangement aidée à tenir après... après ma dépression...
- J'ai gardé la cravate que tu m'avais offerte à Stockholm, me révèle-t-il à son tour avec un petit rire plein d'émotion, et un bout de papier que tu avais trituré pendant des heures...
- Je regrette de ne pas t'avoir gâté plus que ça, je marmonne avec une petite grimace.
- Sur le papier, tu y avais inscrit mon prénom, me précise-t-il vivement, comme si ce petit détail lui était d'une importance capitale.
- Je t'aimais déjà très fort, je souris en caressant ses cheveux.

Hugo m'embrasse tendrement sur la bouche avant de repousser les draps, mon ventre vient de crier famine.

- Ne bouge pas, me dit-il en riant gaiement, je vais te préparer à manger...

§§§

J'avais prévu de rester à Bourges seulement quelques petits jours. Une semaine plus tard, je suis encore là. Pendant cette semaine, nous ne quittons pas l'appartement, avides de nous retrouver. Nous faisons l'amour plusieurs fois dans la journée, dans la chambre, dans le salon, dans la salle de bains... Nous nous faisons livrer des plats tout prêts. Nous prenons nos douches ensemble, nous nous lavons les dents ensemble. Nous ne cessons de discuter, de plaisanter, de rire... Nous essayons de rattraper ces quatre longues années. Nous apprenons à nous aimer librement, sans secret ni mensonge. D'ailleurs, nous aimer nous semble si simple et naturel que nous en sommes souvent très émus.

Cependant, nous partageons des moments assez difficiles lorsque nous abordons nos quatre dernières années, à souffrir tous les deux chacun de notre côté. Hugo me parle longuement de son travail, de ses deux magasins. Ces deux magasins qui étaient devenus, après notre horrible nuit à Stockholm, sa seule raison de vivre.

- En rentrant de Stockholm, commence-t-il en me serrant très fort contre lui, il m'a fallu un certain temps pour... pour « réagir ». ... Honnêtement, décide-t-il de m'avouer lorsque je l'encourage à tout me dire, je ne savais plus où j'en étais, j'étais complètement paumé. Je ne savais même plus ce que je devais faire pour retrouver un travail. Lorsque François m'a proposé d'ouvrir mon propre magasin, j'ai sauté sur l'occasion sans même hésiter une seule seconde. Je savais qu'en travaillant comme un dingue, je réussirais à te sortir de ma tête... Du moins, je le croyais...

Il m'avoue ensuite s'être concentré uniquement sur la marche de ses deux magasins, un travail de folie.

Jusqu'à il y a une semaine, il n'avait jamais pris de jour de repos, jamais de vacances. Ses sœurs, inquiètes quant à sa santé physique, avaient essayé, à plusieurs reprises, de lui présenter de jeunes et jolies femmes célibataires en espérant qu'il finirait par m'oublier. En vain. Elles n'ont jamais réussi à me sortir de sa tête, elles n'ont jamais réussi à lui rendre sa joie de vivre. Il était devenu un autre homme, un homme qui souffrait sans qu'elles puissent l'aider pour le soulager. Cela a duré quatre ans, quatre longues années, jusqu'à ce que je réapparaisse dans sa vie, voilà quelques jours.

Malgré cette souffrance, il n'a jamais voulu penser du mal de moi, à aucun moment. D'ailleurs, il s'est longtemps demandé si toute cette histoire n'était pas une mauvaise plaisanterie. Il a eu du mal à croire qu'il n'y avait absolument rien eu entre nous, il a eu du mal à croire qu'il s'était à ce point trompé sur nous, sur notre amour.

Longtemps, il a cherché à comprendre ce qui s'était réellement passé à Stockholm, durant cette horrible nuit. Il était persuadé qu'il y avait une explication. Il sentait qu'il y avait une explication. Il restait convaincu que je l'avais aimé, profondément. Non, il restait convaincu que je l'aimais, profondément. Mais les jours, puis les mois ont passé, sans que je cherche à le revoir. Il a téléphoné plusieurs fois à Lucas, en espérant tomber sur moi au téléphone. Il voulait me parler, entendre ma voix. Il voulait m'entendre lui dire que je regrettais, que j'avais fait n'importe quoi. Il a voulu débarquer à Saint-Gilles-Croix-de-Vie, pour m'obliger à le rencontrer. Mon silence le rendait dingue. Il voulait me voir. Il voulait comprendre. *Comprendre.* Il a visité de long en large Isigny-sur-Mer. Il a imaginé me rencontrer au coin d'une route, ou sur la plage. Il a rêvé qu'il massacrait Antoine de ses mains, rongé par une jalousie dévastatrice. Il a pleuré comme un gosse en réalisant qu'il m'avait perdue, définitivement.

Il a ensuite éprouvé de la rancœur, de la colère, et même de la haine envers moi, finissant par admettre qu'il s'était trompé sur nous. Il s'est senti complètement paumé, autant dans sa vie familiale que dans sa vie professionnelle, mais il n'a jamais voulu me dénigrer et n'a jamais accepté que l'on dise du mal de moi. Ses parents ont beaucoup souffert durant cette période. Edmond Patterson, quant à lui, a tenté, à plusieurs occasions, de le convaincre de m'appeler, mais il n'a jamais voulu s'y résoudre, effrayé à l'idée de se faire jeter un peu plus qu'il ne l'était déjà. Pourtant, il sentait que ce n'était pas la vérité. Il sentait qu'il y avait autre chose. Notre histoire était trop particulière, notre amour était trop fort pour que je puisse tout détruire sans une bonne raison. Mais les mois ont continué de défiler sans que je donne de mes nouvelles. Il a fini par perdre tout espoir.

Les années l'ont ensuite rendu amer sur la vie, salaud avec les femmes. Il a détesté toutes relations intimes avec elles. Il a d'ailleurs toujours utilisé des préservatifs, ce que nous n'avions jamais fait ensemble. Il n'a jamais cherché à les connaître personnellement. Il ne les a même jamais invitées dans son appartement, refusant de donner de l'importance à ces liaisons qu'il trouvait morbides.

Longtemps, très longtemps même, il s'est retenu avant d'oser demander de mes nouvelles à Claire. Bizarrement, il sentait que je n'allais pas bien. Il était inquiet. Il n'a pas cru Claire lorsqu'elle lui a certifié que je me portais bien. Il a pourtant souffert un peu plus en apprenant que j'avais quitté la Vendée et mon travail, j'avais définitivement tourné une page sur notre belle histoire. Je me mets à pleurer en l'imaginant penser cette folie. Je lui souffle aussitôt n'avoir jamais passé une seule journée sans songer à lui. *Jamais.*

A chacun de mes anniversaires, me dit-il encore en cachant difficilement son émotion, il m'achetait un cadeau. Il n'arrivait pas à se raisonner, à arrêter toute cette mascarade. Il savait qu'il m'avait perdue mais il ne parvenait pas à se dire que tout était fini. Dans ses moments les plus sombres, il refusait d'admettre que je l'avais quitté et vivait comme si j'allais réapparaître dans sa vie. Il nous voyait même tous les deux en train de rire avec deux petits garçons, des jumeaux. Il aimait cette image. Il s'y était d'ailleurs toujours accroché, pour ne pas perdre pied. Quand Hugo me raconte cette histoire, je ne peux m'empêcher de pleurer. C'était mon rêve, celui qui m'avait tant aidé à tenir, moi aussi, lorsque j'étais si mal. Lorsque je lui révèle ce rêve, il me serre très fort dans ses bras, très surpris et très ému. Je ne peux m'empêcher de pleurer de plus belle.

Je ne cesse de pleurer, aussi, en ouvrant mes paquets, qu'il avait précieusement gardés. Je découvre une montre magnifique incrustée de diamants, un bracelet magnifique en or blanc, des boucles d'oreilles magnifiques assorties à mon précieux *porte-bonheur*, une robe de cocktail tout simplement fabuleuse, un très beau sac à main *Gucci*... Le bracelet qu'il m'avait offert à Stockholm est là aussi, toujours dans son paquet cadeau, tel que je l'avais laissé... Je n'ose imaginer le prix exorbitant de tous ces cadeaux et ne peux m'empêcher de me sentir mal à l'aise. Hugo m'ordonne aussitôt de ne pas m'inquiéter pour son argent et me rappelle, avec un petit rire plein de tendresse, qu'il aimait me gâter, *moi.*

Un instant plus tard, il retrouve un visage grave lorsque je lui raconte mes cuites phénoménales à ses anniversaires, ou mon séjour à Bourges à observer en cachette les fenêtres de son appartement, assise sur ce banc, en attendant de le voir enfin.

La femme et l'enfant, avec lui dans le jardin de l'archevêché, étaient sa sœur Charlotte et son dernier fils Robin, m'explique-t-il en se rappelant étrangement ce jour-là. Il n'était pas bien ce fameux dimanche. Il avait espéré comme un dingue me voir, me voir apparaître devant lui. Il l'avait tellement espéré qu'il avait fini par me voir, il m'avait même appelée mentalement. Apprendre que j'étais effectivement à deux pas de lui le trouble profondément car il ne m'avait pas réellement vue, comme je l'avais cru durant un instant. Apprendre également que je l'avais entendu prononcer mon prénom le trouble tout autant, *me* trouble tout autant. Je lui parle alors de ces sensations ressenties à son égard. Je savais exactement quand il souffrait et quand il n'était pas bien. Je pleure quand il m'avoue avoir ressenti exactement la même chose, à plusieurs occasions. Nous réalisons qu'une sorte de télépathie nous liait l'un à l'autre, nous faisant passer les mêmes émotions pratiquement au même moment.

Quand je lui raconte mon hospitalisation de force dans ce Centre psychiatrique que je haïssais tant avant d'y trouver un certain réconfort, Hugo me serre très fort contre lui. Je me sentais si bien « encadrée » dans ce Centre que j'avais peur de le quitter, presque quatre mois plus tard. Nous abordons de nouveau Rose, sans nous quitter du regard. Je réussis à lui raconter plus en détail mon accouchement. Je lui explique, en m'efforçant d'être claire et précise, la malformation dont elle souffrait. Hugo me pose beaucoup de questions, mais sans jamais cesser de me démontrer qu'il ne m'en veut pas. Je suis pourtant consciente qu'il me faudra du temps pour m'en convaincre, même si je sais déjà qu'il ne me le reprochera jamais. Car, encore une fois, cette certitude, je le ressens tout au fond de moi. Un instant plus tard, je pleure toutes les larmes de mon corps quand il m'avoue vouloir reconnaître civilement sa petite fille. Il veut qu'elle porte son nom. C'est important pour lui. C'est *très* important pour lui. J'accepte aussitôt. Oh oui, j'accepte aussitôt !

Après avoir réussi à me calmer, ce qui me prend un certain temps parce que Hugo est très ému, je lui parle de la crémation, des cendres de notre petite Rose jetées à la mer et de mes voyages en Vendée pour tous ses anniversaires. Je le vois verser une larme en me promettant de ne plus jamais me laisser souffrir de la sorte. *Je* lui fais la promesse de ne plus jamais le faire souffrir de la sorte.

§§§

Hugo me fait ensuite découvrir *sa* ville et m'emmène dans les meilleurs restaurants. Lors d'un après-midi shopping, il ne peut s'empêcher de m'offrir une jolie robe d'un gris très clair et de très belles chaussures à talons hauts assorties à la robe, que je mets cette fois-ci avec fierté. Je fais, pour ma part, quelques achats vestimentaires car je n'avais pas prévu assez de vêtements pour rester si longtemps.

Il fait un temps magnifique. Chaque jour, nous faisons de grandes balades dans le jardin de l'archevêché ou dans le centre-ville de Bourges. Nous sommes toujours étroitement enlacés, incapables de rester l'un près de l'autre sans pouvoir nous toucher. Hugo a pris quelques jours de vacances, qui lui font un bien fou. Il est clair qu'il en avait besoin. Moi, j'ai téléphoné à mon employeur pour le prévenir que je serais absente une semaine de plus. Il a accepté sans trop râler. J'avoue avoir de la chance.

Ma voiture est retrouvée le jeudi suivant à trente kilomètres de Bourges, dans un champ. Complètement vandalisée, elle est bonne à jeter à la casse. Hugo tient à se charger des démarches nécessaires auprès des assurances. J'avoue me reposer entièrement sur lui, toute contente de l'avoir enfin à mes côtés, pour des moments moins agréables.

Maman n'a pu s'empêcher de pleurer au téléphone lorsque je lui ai annoncé que j'étais chez Hugo et que tout se passait merveilleusement bien. Mes sœurs n'ont pas tardé à m'appeler sur mon portable en poussant des hurlements de joie. J'ai ri et pleuré d'émotion tout en répondant à leurs questions, avant de leur promettre de leur présenter très bientôt *l'homme de ma vie*. Je sais que Hugo désire rencontrer *très rapidement* tous les membres de ma famille, c'est important pour lui. Claire et Sophie, quant à elles, ont poussé des cris de joie au téléphone… avant de fondre en larmes tant elles étaient heureuses pour moi, et plus particulièrement pour nous.

Hugo a également appelé sa famille. Mal à l'aise, je me suis volontairement isolé sur la terrasse en bois, là où j'adore passer du temps, toujours blottie dans ses bras. Lorsqu'il est venu me rejoindre, je n'ai pas osé l'interroger pour savoir comment sa famille avait réagi en apprenant ma réapparition dans sa vie. J'imagine facilement que ses parents et ses sœurs me détestent, je ne peux pas les blâmer. En riant doucement, il m'a prise contre lui et m'a longuement embrassée. Son visage était radieux.

- Mes parents et toute ma famille ont hâte de faire ta connaissance, a-t-il dit contre mon oreille.
- Ils doivent me détester, ai-je presque sangloté.
- Non, ils ne te détestent pas, m'a-t-il formellement contredit. Je t'aime, Anna Kosvisky, a-t-il ajouté en m'embrassant encore, ils ne pourront que t'adorer…

Je n'ai rien répondu, trop angoissée à la seule idée de les rencontrer. Hugo m'a alors relaté, en détail et avec sincérité, ce qu'ils avaient dit, comment ils avaient réagi et comment ils étaient, effectivement, impatients de me rencontrer. Il a tenté de me faire oublier mes angoisses... en me faisant longuement l'amour. Il y est parvenu... comme à chaque fois...

§§§

Cela fait onze jours que je suis installée chez Hugo et que nous vivons un bonheur... exceptionnellement beau. Nous avons très vite pris nos marques en vivant ensemble, le plus naturellement possible. Nous ne sommes plus dans un hôtel de luxe et ce petit détail fait toute la différence. D'ailleurs, nous savourons chaque instant comme un véritable cadeau du ciel. J'aime lui préparer de délicieux petits plats, Hugo adore m'assister dans toutes les tâches ménagères. J'aime mettre quelques touches féminines dans son appartement, il adore regarder le bouquet de fleurs offert par ses soins posé sur la table de *sa* salle à manger, d'apercevoir ma brosse à dents dans *sa* salle de bains, ou mes vêtements éparpillés un peu partout dans *sa* chambre à coucher. Je me sens vraiment bien chez lui, je me sens vraiment bien dans cette ville. Je suis sereine, je suis heureuse. Hugo a retrouvé cette lueur pétillante au fond de son regard. Il dort bien, m'a-t-il annoncé un matin avec un grand sourire, il retrouve d'ailleurs de jolies couleurs. Ses cernes disparaissent peu à peu. Je le trouve beau, tellement beau. Il me gronde à chaque fois que je lui parle de son physique, j'ai l'interdiction formelle de me dénigrer. Moi, je le gronde à chaque fois qu'il désire m'offrir un présent hors de prix. Son argent me met toujours mal à l'aise. Je ne souhaite pas en profiter comme j'ai pu un jour lui cracher au visage. Hugo n'aime pas m'entendre relater cette horrible nuit. Il essaie, à chaque fois, de me rassurer en m'affirmant n'avoir jamais pensé ces horreurs. D'ailleurs, il tient à m'offrir d'autres bijoux, encore plus beaux, encore plus luxueux, dont une bague, s'est-il laissé aller à dire dans un souffle, si bas que j'ai cru ne pas avoir compris. Je n'ai pas osé relever mais, ce soir-là, je n'ai pu m'empêcher de pleurer en me serrant très fort contre lui. En découvrant mon émotion, Hugo n'a jamais répété ces mots, de peur, probablement, de tout gâcher entre nous…

§§§

Onze jours que nous vivons un véritable bonheur…

Nous sommes en train de prendre un café après avoir dîné tranquillement sur la terrasse. Nous sommes seulement en juin mais il fait déjà très doux. Nous profitons d'ailleurs de ce climat exceptionnellement agréable pour siroter notre café, confortablement installés dans un canapé en cuir blanc. Je pense que le moment est venu d'aborder notre situation. Je ne peux pas rester éternellement à Bourges sans savoir où nous allons. Hugo refuse pourtant d'en discuter. Je l'ai bien compris à plusieurs occasions, surtout lorsqu'il m'a parlé de cette bague. Il a tellement peur de vivre un rêve qu'il n'ose pas aborder notre avenir. Un avenir à deux. *Notre* avenir. Nous devons cependant avoir une discussion sérieuse. Aujourd'hui, il sait que je l'aime mais je le sens encore effrayé, angoissé même à l'idée de me voir disparaître brutalement de sa vie. Mais moi, je sais ce que je veux et je veux qu'il le sache. Je veux qu'il sache que je ne peux plus vivre sans lui, ne serait-ce qu'un court instant. J'ai besoin de lui pour respirer, j'ai besoin de son amour pour continuer d'avancer dans la vie. Je l'aime. Je veux passer ma vie près de lui, je veux vieillir avec lui…

- Il va falloir que je rentre chez moi, je dis soudain en le regardant.

Hugo se crispe légèrement. Sa main sur ma nuque se fait plus lourde.

- Tu es chez toi ici, réplique-t-il cependant avec un sourire.

Je lui rends son sourire avant de poursuivre doucement :

- Je ne peux pas rester comme ça indéfiniment, Hugo !
- Comment ça, *comme ça* ? demande-t-il d'une voix plus altérée.

Comme je m'y attendais, je remarque immédiatement ses inquiétudes. Il lui faudra du temps pour oublier le passé, j'en suis malheureusement consciente. Hugo craint, encore et toujours, de me voir disparaître de sa vie. D'ailleurs, un matin, en tout début de semaine, quand il a dû s'absenter pour son travail, j'ai vu sur son visage qu'il était inquiet. Il ne voulait pas y aller, il ne voulait pas me laisser. J'ai dû le forcer à se rendre au magasin en lui répétant qu'il ne pouvait pas oublier ses responsabilités. Trois heures plus tard, quand il est revenu à l'appartement, il ne m'a pas appelée. Je ne l'ai pas entendu rentrer. J'étais dans la chambre en train de ranger ses vêtements propres et je ne faisais pas de bruit. Il a parcouru chaque pièce, dans un silence lourd, pesant. Il a ouvert chaque porte, lentement, péniblement, comme s'il craignait d'y découvrir le vide. Quand il m'a enfin découvert dans sa chambre, les bras chargés de vêtements, les cheveux en désordre, un sourire éclatant sur le visage, j'ai cru qu'il allait tomber. J'ai tout lâché pour courir dans ses bras, en larmes. Je me suis détestée de lui avoir fait autant de mal.

Depuis ce jour, j'essaie de le rassurer comme je peux mais je le sens parfois si fragile, si vulnérable qu'il me donne envie de pleurer. Je l'ai déglingué, comme il dit, durant quatre longues années, sans compter notre séparation avant et après Paris, il faut du temps pour refermer les cicatrices. Je n'aime pas le voir ainsi. Je me sens tellement coupable lorsque je le sens effrayé par ses propres sentiments que je ne sais plus comment réagir. Je tente par tous les moyens de lui montrer à quel point je l'aime, à quel point j'ai besoin de lui... mais ça fait mal de constater à quel point je l'ai abîmé.

Revenant à notre discussion, je repose ma tasse de café sur la petite table basse et m'installe rapidement sur ses genoux. Il passe immédiatement ses bras autour de ma taille et me serre plus fort contre lui. Son visage est grave.

- J'ai mon travail en Normandie, je reprends doucement.
- Anna ! proteste-t-il en resserrant son étreinte, visiblement inquiet.
- Mon patron ne va pas accepter mon absence encore longtemps...
- Tu veux rentrer à Isigny ? me demande-t-il avec difficulté.

Je ris doucement contre sa gorge.

- J'aime beaucoup cette ville, je lui souffle tout bas.
- Tu pourrais démissionner, me dit-il aussitôt, très sérieux. Tu pourrais chercher du travail ici et... et vivre avec moi...

J'ai soudain envie de pleurer. Hugo n'osera jamais me demander, une nouvelle fois, de m'engager avec lui dans la vie. Il a tellement peur de me voir refuser, tellement peur de me voir le quitter brutalement, qu'il préfère vivre notre amour au jour le jour. Oui, il faudra du temps pour oublier le passé.

- Mais je ne peux pas rester comme ça indéfiniment, je répète néanmoins en le regardant droit dans les yeux.
- Que veux-tu dire ? m'interroge-t-il en fronçant les sourcils.

Il semble extrêmement tendu en attendant mes explications. Je le sens sur la défensive, son souffle est un peu plus saccadé. Il est clair qu'il redoute de se prendre un énième coup de ma part et de souffrir encore à cause de moi. Cela me donne aussitôt envie d'éclater en sanglots mais je fais un effort surhumain pour contrôler mes émotions. Je me serre étroitement contre lui et l'embrasse longuement dans le cou. Une minute plus tard, je sens les battements de mon cœur s'accélérer. Je le regarde de nouveau, je lui adresse un sourire. Je me mets à trembler légèrement. Et soudain, sans plus pouvoir me retenir, j'inspire profondément avant de lui demander enfin :

- Hugo Delaroche, est-ce que tu veux bien m'épouser ?

Hugo sursaute si violemment qu'il manque de me faire tomber. J'éclate aussitôt de rire mais j'avoue ne pas en mener large, surtout lorsqu'il me fixe de ses yeux perçants, sans dire un mot, le visage grave. J'ai le cœur qui bat la chamade, j'ai les mains moites, j'ai des plaques rouges qui apparaissent dans le cou. Je crois que j'ai peur, non, je suis morte de trouille... mais il sourit soudain. Son visage s'éclaire d'un large sourire, un sourire qui manque de me faire pleurer. D'ailleurs, je sens les larmes couler sur mes joues. Je ne peux plus les retenir. Hugo se met à rire, doucement. Il essuie mes larmes de ses doigts brûlants tout en continuant de rire. Il ne cesse de sourire. Je sais que cet instant restera gravé à jamais dans ma mémoire.

- Est-ce une habitude chez toi de demander les hommes en mariage ? s'esclaffe-t-il enfin.
- Non, je souris entre mes larmes. C'est la première fois…
- Et la dernière, me gronde-t-il en me couvrant le visage d'une multitude de baisers.
- D'accord, je souffle contre sa bouche, extrêmement émue.
- C'est oui, ajoute-t-il le plus sérieusement possible avec une note d'émotion dans la voix. Oh, oui, Anna ! Oui, oui, oui, mille fois oui !!!

© 2015,  Anita Jack

Edition :  BoD - Books on Demand, 12/14 rond-point des Champs Elysées, 75008 Paris

Impression :  BoD - Books on Demand GmbH, Norderstedt, Allemagne

ISBN : 9782322014460

Dépôt légal : Février 2015

Lightning Source UK Ltd.
Milton Keynes UK
UKHW02f2144140918
328919UK00013B/952/P